浙江省提升地方高校办学水平项目
"浙江及周边地区俗文学调查与研究"成果

浙江民俗文学
调查与研究

王皓 编

凤凰出版社

图书在版编目（CIP）数据

浙江民俗文学调查与研究 / 王皓编著. -- 南京：凤凰出版社，2018.8
ISBN 978-7-5506-2809-0

Ⅰ. ①浙… Ⅱ. ①王… Ⅲ. ①民间文学－文学研究－福建 Ⅳ. ①I207.7

中国版本图书馆CIP数据核字（2018）第201482号

书　　　名	浙江民俗文学调查与研究
编　　著	王　皓
责 任 编 辑	郭馨馨
装 帧 设 计	徐　慧　陈贵子
出 版 发 行	凤凰出版社（原江苏古籍出版社） 发行部电话 025-83223462
出版社地址	南京市中央路165号，邮编：210009
出版社网址	http://www.fhcbs.com
照　　排	南京凯建图文制作有限公司
印　　刷	江苏省句容市排印厂 句容市春城镇南，邮编：212404
开　　本	960×1304毫米　1/32
印　　张	12.625
字　　数	401千字
版　　次	2018年8月第1版　2018年8月第1次印刷
标 准 书 号	ISBN 978-7-5506-2809-0
定　　价	80.00元

（本书凡印装错误可向承印厂调换，电话：0511-87871135）

序

王小盾

温州大学人文学院有民俗学、中国古代文学、中国古典文献学等三个相关联的学科。虽然专业方法不同，但它们都面向历史文化遗存，重视历史观照与现实关照的结合，而且以中国语言文学为其学术渊源。这种共通性，使三个学科的教师常有交流，设想把各自的专业知识同本土文化资源结合起来，建立新的方向，以推动日常的教学与学术研究。2014年8月，他们得到一个机会，即：为提升地方高校办学水平，浙江省政府设立了"科研平台和专业能力实践基地"专项资金。他们于是共同申报了"浙江及周边地区俗文学调查与研究"课题，由我和黄涛教授负责，由王皓博士承办具体事务。在课题支持下，我们的设想逐步付诸实施，比如2015年5月，我在《中国社会科学》上发表了《东亚俗文学的共通性》一文；2016年，黄涛教授在光明日报出版社出版了《中国礼俗语言与传统文化》一书。读者面前这本论文集，是这个课题的另一项成果。

我们为什么要考察浙江及周边地区的俗文学呢？这主要因为，在中国文化的版图中，浙、闽、赣是富于特色和内涵的地区。从空间角度看，这一地区是平原模式与溪谷、滨海模式的结合部，有相近的物种，采用相近的生产方式。从时间角度看，在地缘关系的表象之下，这一地区有深刻的文化关联，可以追溯到瓯、徐、越、闽、赣等文化族群的关联，以及各族群先被越文化同化、再被汉文化同化的共同历程。人所共知的事实是：在新石器时代，这一地区的河姆渡文化、马家浜文化、良渚文化已经显示了较高的文明水平。两晋之交，北方战乱频仍，这一地区却是人们休养生息之地。两宋之间，皇室南迁，这一地区又出现文化荟萃的景象，成为汉文化发展的中心。而以学术史的眼光看，这一地区具有民风淳朴、学风优良的特点，教育发达，书院林立。仅以宋代计，江西有书院260所，居全国之首；浙江有书院156所，位居第二；福建有书院85所，位居第三。书院教育的发展，极大地推动了这一地区的文化繁荣，造就了众多人才。在《宋元学案》所记录的1700多名学者中，两浙路有608人，福建路有304人，江南西路及东路分别有183人和126人，居于全国前三。也就是说，虽然这一地区远离中原腹地，但在宋代以后，它却成为中华学术的中心和文化发展的标杆。所以，把浙江及周边地区的文化研究引入高校，这件事情至少有三个意义：第一，通过对这一地区文化特点、历史地位的考察，沿新的思路说明中国文化生长的动力；第二，通过这种考察实践，完善民俗学、中国古代文学、中国古典文献学的学术训练；第三，在进行学术训练的同时，推广本土文化知识，使青年学生建立起本土文化感情。

那么，我们为什么又要从民俗和文学的角度来作考察呢？这是因为，民俗是历史文化传统的遗存，是世代相传的文化事项，是政治传统和经济传统的综合反映。而浙、闽、赣等地历史文化的共通性，其突出表现也是有相近的民俗。比如在浙江及周边地区保存了若干种古老的汉语方言；汉语八大方言，其中吴语、赣语、闽语、客家语便主要属于这一地区。这件事既反映了文化的分隔，也反映了相近的通过移民而建立文化个性的过程。又比如，浙、闽、赣地区流行若干种内容相近的俗神信仰，这意味着，这一地区的人们拥有相近的生命观和价值观，也拥有相近的展开俗神活动的环境——物质方面，是作为传统村落之标志的庙宇、祠堂；非物质方面，是大同小异的节庆民俗活动和宗教科仪活动。除此之外，这一地区的社会结构彼此相近，有共同的宗族关系和社会阶层；这一地区的人群迁徙传说彼此相关，艺术形式也彼此相关。总之，通过民俗和文学，我们可以较深刻地理解这一地区种种历史现象与文化现象的内在关联。

那么，在民俗和文学这两个概念之外，我们为什么又要强调"俗文学"呢？这是因为，俗文学体现了民俗与文学的结合，可以成为考察两者关系的重要途径。而从文学角度看，俗文学是介于作家文学、民间文学之间的一个文学世界。如果说作家文学主体上是书面文学，主要使用诗、赋、章、表、策文等体裁，联系于官方教育和政治活动；民间文学主体上是口头文学，主要表现为歌谣、传说和谚语，联系于民众生活和劳动；那么，俗文学便是口头文学的书面作品，主要采用各种说唱文体，联系于宗教性的、娱乐性的群体活动。由于俗文学以广大市民为主要受众，往往用于专业表演，有一定的艺术要求,所以它既要用口语,又要付诸记录。它因而成为中国语言文学中富于群众性、传承性和深厚文化底蕴的部分;对它加以研究,因此是全面、系统地认识中国文化的必要途径。

特别值得一提的是:在浙、闽、赣地区,俗文学资源非常丰富,比如在浙江有以下俗文学品种:

> 杭曲、杭滩、绍滩、三跳书、小锣书、温州鼓词、四明南词、杭州评词、杭州评话、温州道情、温岭道情、金华道情、义乌道情、黄岩花鼓、义乌花鼓、台州词调、路桥莲花、宁波宣卷、宁波走书、蛟川走书、湖州琴书、绍兴平湖调、绍兴莲花落、平湖钹子书、浙江锣鼓书、东阳道情、独脚戏、温州弹词、卖技、绍兴宣卷、绍兴词调、绍兴莲花落;

在福建有以下俗文学品种:

> 南音、锦歌、岖歌、盘诗、俚歌、南词、伬唱、答嘴鼓、十音八乐、月琴说唱、福州评话、襃歌、闽东莲花落、漳州锦歌、莆仙俚歌、建瓯鼓词、芗曲、九莲唱、闽东评话、绍鹊苟、觥舭新、芗曲说唱、歌册、大广弦说唱、竹板歌、善书、唱曲子、祝由曲、曲蓬、驱邪歌、开天官、校场伬、盲人弹唱、大鼓曲、讲鉴、讲古;

在江西有以下俗文学品种:

> 南昌道情、高安道情、波阳道情、湖口渔鼓、南昌清音、九江清音、于都古文、永新小鼓、宜春评话、萍乡春锣、南风香钹、瑞昌船鼓、景德镇大鼓、赣州南北词、江西莲花落、武乡琴书、鄱阳渔鼓、宁都鼓子曲、筱贵林南昌谐谑故事、新干摇钱树、萍乡莲花落、进贤李渡道情、南康古文、都昌鼓书。

这就是说,同中国其他地区相比,浙、闽、赣地区是俗文学品种最丰富的地区。

以上这种情况是很值得注意的,因为它反映了以下一个文化传播的法则,即:发生在文化中心的那些事物,往往会通过传播而在稍边远的地方沉积下来,形成文化积累。或者说,文化传播有一种"边缘效应":当文化的古老因子在中心地区随历史变迁而改变或异化之时,这些因子在边缘地带却能够比较好地保留下来。从这个角度看,浙闽赣地区的俗文学遗存,事实上是中国说唱艺术史的缩影。换句话说,如果要追溯浙闽赣地区俗文学的远源,那么,我们可以考察先秦的成相歌和优人戏弄;如果要辨别它的滥觞,那么,我们可以考察唐五代的传奇、俗赋、词文、话本、变文;如果要确认它的雏型,那么,我们可以考察宋金元三朝的鼓子词、诸宫调、陶真、说唱货郎儿和词话;如果要描述它的成熟形态,那么,我们可以考察明代诗赞系的弹词、鼓词、讲史平话、道情和宝卷;而清代讲唱的多类型发展,则明显构成了浙闽赣地区活态俗文学的直接背景。总之,这一地区俗文学资源的丰盛,反映了中国文学史向它的倾斜。我们知道,在古代中国,文学主要是依靠口头方式传播的,一直密切地联系于各种讲唱艺术;书面文体的变革往往是通过讲唱艺术的不断革新而发生的,以民间创造为其渊薮。我们还知道,文学不仅具有娱乐功能,而且具有宗教功能、政治功能、知识功能和交际功能,本质上是社会群体的共同活动。所以,俗文学既是语言文学研究的重要对象,也是民俗研究的重要对象。

按照我们的设想,作为学科发展的基础性工作,我们首先应当全面调查浙、闽、赣地区的俗文学文献。而要实现这一设想,就应该完成一个"四步走":第一步,调查浙、闽、赣三地图书馆所藏的地方俗文学文献,编成目录,即编成《浙闽赣地区公私图书馆所藏地方俗文学文献》。第二步,分头进行数据采集、文献搜集、视频拍摄等田野工作,系统整理这一地区的俗文学资料,形成若干份调查报告。第三步,在若干地点建立科研平台和实习基地,以促成高校与地方的长期合作。第四步,形成"浙江及周边俗文学调查与研究"系列成果。从学术规范的角度看,这四个步骤是必要的。不过很遗憾,限于条件,我们未能完成上述工作;而只是在以下几方面,稍稍接近了计划和理想:

一、对浙江地区的非物质文化遗产作了一些调查与研究。在这一方面,黄涛教授曾经发表《论非物质文化遗产的保护主体》(载《河南社会科学》2014年第1期)、《温州端午节龙舟竞渡习俗的传统仪式与保护策略》(载《温州大学学报》2016年第6期)等论文。本书收录的论文有:黄涛《浙江永嘉县苍坡村的古民居保护与社区发展》，韩雷、杜昕谕《居住空间认同与古村落保护——以温州永嘉苍坡村为例》。这些文章，以一个具有宋代风貌的古建筑景观为研究对象，重点讨论了文化遗产保护和居民居住空间的关系等问题。

二、对浙江民俗作了一些历史学研究。在这一方面，黄涛教授曾经发表《中秋月饼考》《节日庆典的民间传承与政府介入》(均载《温州大学学报》2014年第2期)等论文。本书则收录了以下四篇论文：王小盾、王皓著《浙南马灯舞研究》，罗士杰著、赵肖为译《地方神明如何平定叛乱：杨府君与温州地方政治(1830—1860)》，叶大兵著《温州拦街福的历史、特点与当代复兴》，林亦修著《城镇化视野下村落传统的延续与重构——浙南城中村重建庙宇田野调查》。《地方神明如何平定叛乱》一文以发生在1855年温州府乐清县的瞿振汉起事为例，对地方神明杨府君(杨府爷)与温州地方政治的关系作了阐述。《温州拦街福的历史、特点与当代复兴》一文讨论一个具有鲜明温州特色的大型民俗节日，追溯了它的历史，并阐述了它联系于春祈、禳灾、求吉等活动，上巳节、花朝节等风俗事项的文化内涵。《浙南马灯舞研究》则是一篇近四万字的长文。它通过对一种流传范围很广的民俗舞蹈的考察，讨论了马、灯、元宵、戏剧人物等四个在中华文明中占据重要地位的文化要素的结合过程，揭示了各地马灯舞之间的生成、传播和接受的关系。

三、对浙江地区的民间信仰作了一些调查与研究。在这一方面，黄涛教授曾经发表《民间信仰的异域传播与在地化》(载《温州大学学报》2016年第4期)一文。而本书则收录了以下四篇论文：一是朴现圭所著《浙江平阳新罗庙记录和现状》。此文讨论在浙江平阳地区流传的有关新罗神的记录，以及相关的遗址和寺观。二是刘秀峰所著《神圣叙事的世俗展演：以陈十四信仰为中心的张山寨"七七"庙会》。此文论述自明万历年间以来在浙江缙云一带奉祀陈十四女神的三大庙会及其内涵。三是赖施虬所著《温州永嘉上塘庙会与卢氏女神信仰》。此文以温州永嘉上塘镇的上塘庙会为个案，对当地民间"卢氏女神"信仰以及由此而产生的庙会做了描述，并对当代卢氏信仰和庙会的组织演化做了分析。

四、对浙江地区的民间文学作了一些研究。在这一方面，黄涛教授曾经发表《以民间传说促地方文化建设》(载《光明日报》2016年11月08日第11版)、《传说、史实与地域文化》(载《温州大学学报》2016年第6期)等文。

本书收录的论文有邱国珍所著《在历史与传说之间——以何文渊传说为例》。此文考察明代清官何文渊在温州民间传说中被丑化的过程,运用族群认同以及历史记忆等相关理论,对何文渊传说及其后隐藏的大传统与小传统的关系加以解读,认为中国传统社会里知识精英和普通民众之间的思想互动,使中国文化具有历史与民俗传统相交融的特质。

除以上四项之外,我们还在地方文学史和文化史方面作了一些研究。其中代表就是收入本书的《中国文学史上的"浙东"》《宋前浙江文化年表》二文。"浙东"即"浙江东道",是唐肃宗在乾元元年(758)所设立的行政区域,包括今天的浙江省南部和中部。《中国文学史上的"浙东"》一文的主旨是从共时性、历时性两个角度讨论浙东文学现象的产生及其与周边地区的文学互动情况;而作为这项工作的基础,它结合历史学、人文地理学等相关理论,对古代浙东地区的文化史料作了钩稽和考释,分析了唐中后期浙东地区文化历史的形成与现状,及其在唐代文学中产生的实际影响。《宋前浙江文化年表》则是长达14万字的资料汇编。实际上,它属于前文所说"四步走"的第一步,是地方文献采集计划的一个项目。

希望各位同仁对我们的工作给予批评!

目　录

序 …………………………………………………………… 王小盾 1

民俗研究

浙南马灯舞研究 ……………………………………… 王小盾　王　皓 3
浙江永嘉县苍坡村的古民居保护与社区发展 ……………… 黄　涛 53
居住空间认同与古村落保护
　　——以温州永嘉苍坡村为例 …………………… 韩　雷　杜昕谕 66
地方神明如何平定叛乱：杨府君与温州地方政治(1830—1860)
　　……………………………………………… 罗士杰著　赵肖为译 82

民俗调查

温州拦街福的历史、特点与当代复兴 ……………………… 叶大兵 107
城镇化视野下村落传统的延续与重构
　　——浙南城中村重建庙宇田野调查 ………………… 林亦修 121
浙江平阳新罗庙记录和现状 …………………………………… 朴现圭 139
神圣叙事的世俗展演：以陈十四信仰为中心的张山寨"七七"庙会
　　…………………………………………………………… 刘秀峰 155
温州永嘉上塘庙会与卢氏女神信仰 ……………………………… 赖施虬 169

文学研究

在历史与传说之间
　　——以何文渊传说为例 ……………………………… 邱国珍 181
中国文学史上的"浙东" …………………………………… 陈　蕾 195
宋前浙江文化年表 ………………………………… 王　皓　陈　蕾 233

民俗研究

浙南马灯舞研究

王小盾　王　皓

马灯舞是一种流传范围很广的民俗舞蹈,是联系于特定风俗与仪式的歌舞艺术。一千多年来,它被不同的人群所重复,已成为富于内涵的文化表象。通过它,四个在中华文明中占据重要地位的文化要素——马、灯、元宵、戏剧人物——彼此结合,构成富于典型性的文化符号体系;各地马灯舞之间的生成、传播和接受,也组成了复杂的关系性空间。为此,本文拟以浙南马灯舞为例,对这一表象行为的生成与构造,以及这一文化生产的意义世界,进行探讨。

一、浙南马灯舞

马灯舞流行于中国各地,但最称盛于浙南地区。① 每年元宵之夜,浙南各地都有腰束假马的马童,左手禀马头,右手握马鞭,在号角、锣鼓声中起舞。马头、马尾中部点着蜡烛,故称"马灯"。马童鱼贯而出,边跑边唱,有时走成直线,有时转成曲线,有时交叉奔驰,有时昂首慢步,跑出各种队形和阵式,故"马灯舞"亦有"跑马灯""走马灯""调马灯""竹马灯"等别名。

关于马灯舞的缘起,在浙南地区有以下几种传说:

其一,起于福建的唐三藏取经骑白马传说。1993 年,在洞头县北岙镇小朴村,八十岁高龄的马灯舞艺人黄伯凯说:唐三藏取经返回时,路过福建

---

① 详见《全省民族民间舞蹈调查表》,载《中国民族民间舞蹈集成》(浙江卷),中国舞蹈出版社,1990 年,第 26—27 页。浙南地区包括临海、龙泉、丽水、瑞安、台州、温岭、温州、乐清 8 市以及苍南、洞头、缙云、景宁、平阳、青田、庆元、三门、遂昌、松阳、泰顺、天台、文成、仙居、永嘉、玉环、云和 17 县。

永春,恰逢当地遭受干旱,赤地千里,颗粒无收,大多民户断炊,度日艰难。其所骑白马见状,不忍离去,执意留下拯救百姓。以至诚感动天地,祈得甘霖。后来,当地百姓为纪念白马的功德,便建造了一座金碧辉煌的白马寺,并约定每年元宵节举办迎马灯的游艺活动。① 根据这一传说,浙南马灯舞可能来自闽南。

其二,起于泰顺县雅阳区埠下村的兵坪马灯。同周围地区相比,泰顺县雅阳区埠下村的马灯舞习俗最悠久。据说南宋时,埠下村北峰寺有一班和尚要造反,朝廷于是派兵防守,驻在埠下一块高地上。此地从此称"兵坪",兵坪上所演马灯舞遂亦称为兵坪马灯。②

其三,起于钱塘江泥马渡康王的传说。据已故甬剧老艺人黄君卿(生于1908年)生前口述:南宋康王赵构曾被金兵追杀,逃到钱塘江边,无舟可渡。万分危急之时,江面上忽然游来一匹白马,驮康王渡过了钱塘江。赵构上岸后投靠一座破庙寄宿,醒来不见白马,却见庙前有一匹汗流浃背的泥塑马。康王认为救其渡江的就是此马,遂封泥马为神马。后人为纪念泥马渡康王而兴起了跑马灯习俗。③ 根据以上两个传说,马灯舞产生在南宋时期。

图1 走马灯

其四,起于王昭君出塞之时。这类传说版本很多,基本上以王昭君出塞的史事为背景,杂以陈十四娘娘收妖的民间故事。④ 所说故事年代不同,但都和当地的历史事件相关。比如乐清素有跑马灯或走马灯习俗,又称"调马灯",据说起源于县西的屿头村,由善弄丝竹的道士主持表演,有《哪咤落山》《高机和吴三春》等戏曲曲目。1926年,县西马道村继起表演《昭君出塞》,因而著名。在《昭君出

---

① 《浙江非物质文化遗产普查项目调查表·马灯舞(小朴)》,《温州市非物质文化遗产普查成果汇编》(温州市卷),温州市文化广电新闻出版局编印,2008年,第278页。
② 浙江省温州市民族民间舞蹈集成编委会编《中国民族民间舞蹈集成》(浙江省温州卷),浙江省新闻出版局,1995年,第66页。
③ 中国民族民间舞蹈集成编辑部编《中国民族民间舞蹈集成》(浙江卷),中国舞蹈出版社,1990年,第64页。
④ 见洞头新闻网:www.dtxw.cn。

塞》中,扮昭君的艺人专司歌唱,其余艺人作和唱,马头军扮演者则手执马鞭,按"8""卍"等字阵舞蹈前行,并有单打、双打、倒走等武功动作配合。①可见这种起源传说是和表演题材相关联的。

从文献记载看,关于马灯艺术的记录有两种:一种记"走马灯",也就是记"假灯气运机,顺逆交驰"的灯火之戏。② 这种记录最早见于元代。另一种记以马灯为道具的舞蹈。这种记录较多见于清代,主要是关于元宵马灯舞的记咏。如:

> 郭钟岳《瓯江竹枝词》之一:"歌唱新年乐意腾,满城争演上元灯。滚龙走马喧通夕,火树银花烧不尽。"
>
> 董正榆《新正七咏》之一:"制成款段剪春罗,红影灯中走翠娥。看到扬鞭回勒处,关心迭唱送郎歌。"(自注:"四竹马裁纱为之,用童子八人:三装为胡儿骑;三施朱傅粉,峨髻,簪花朵,骑作女装;二则徒步,执鞭,左右之若驿卒什,唱俚歌而驰。")
>
> 胡玠《上元关灯竹枝词》之一:"选楼此地有传灯,庙宇宏开第几层。知否三郎乘白马,空留残照傍觚棱。"③

这几首诗歌,第一首表明瓯江地区的元宵灯舞有"滚龙""走马"两种主要形式,第二首表明舞马灯时有歌唱,第三首表明温州地区的马灯舞曾经在庙会上表演。值得注意的是第二首中的诗注:它详细介绍了马灯舞的编制、服装和道具等内容,即舞蹈时用竹马四匹、马童八人。其中三童着男装,扮"胡儿";三童着女装;另有二人为驿卒。皆用马鞭为道具。

到今天,浙南马灯舞的编制、服装、道具等配置与董正榆诗注所说略有异同,其大致情况如以下一表:

---

① 南伟然《乐清传统民俗》,浙江摄影出版社,2004年,第134页。
② 例如明方回《岐海琐谈》"元宵"条云:"或成'走马灯',假灯气运机,顺逆交驰者。"见《明代温州民俗文化资料汇编》,载蔡克骄、刘同彪《明代温州民俗文化》,知识产权出版社,2011年,第193页。
③ 叶大兵辑注《温州竹枝词》,文化艺术出版社,2008年,第200页。

表一　浙南几个乡村的马灯舞配置：①

地点	编制	服饰或道具	队形和舞蹈	音乐	名称	其他
苍南县藻溪镇下村村	马童12至15人，8到13岁。	用竹竿当马鞭、马铃铛。	三角，连环，剪刀，之字步，花步，S步等。	乐队齐奏，曲调婉转。	跑马灯、走马灯、调马灯、竹马灯。	唱《大布缸》《小布缸》《高机与吴三春》等曲目
洞头县北岙镇小朴村	马童36人。16匹马灯。	服装有粉红色、黄色、绿色。道具有马鞭。	三角花，四角花，五角花，龙滚水，凤阳，马蹄奔等。	乐器：锣鼓。有锣鼓字谱	同上	清乾隆年间从福建永春县传入。
乐清市龙西乡屿头村、柳市镇马道村	马童，俗称"马头军"。	化妆成戏剧人物。	"8"字，"卍"字等。	曲词优美动听。	走马灯	有《哪咤落山》《高机和吴三春》《昭君出塞》等曲目
温州市丽岙镇叶宅村	马童11、12岁，20多人，亦称"马头军"。	化妆成戏剧人物，无特定要求，根据所爱好的人物造型化妆。	"8"字，剪刀等。	乐队伴奏，曲调婉转动听。	跑马灯、竹马灯	
平阳县南湖乡	由两个成年人，手执高照带领十几位或二十几位（偶数）身跨竹马的少年（12至14岁），按一定阵式表演。	成年人身穿戏曲服装，少年妆扮成古代将领模样。	模仿古代军事家的作战线路图，有：眼镜运、四角运、编壁运、六角运、单十字、双十字、满天星、土兰阵、蜘蛛阵、八卦阵、连环阵、龙喷水、顿营阵等。	齐唱跑马歌，曲调优雅，有伴奏。		由小孩演小戏，段子有：《大花鼓》《小花鼓》《大补缸》《小补缸》《卖布》《划旱船》《奏广东》《瞎子捉奸》。轮换演出3个多小时。

---

① 此表据以下文献编制而成：《浙江非物质文化遗产普查项目调查表》，《温州市非物质文化遗产普查成果汇编》（温州市卷），第278—280、290—291页。南伟然《乐清传统民俗》，浙江摄影出版社，2004年，第134—135页。周向勇主编《金瓯遗韵》，中国民族摄影艺术出版社，2013年，第62—63页。温州市非物质文化遗产保护中心编《东瓯遗韵：温州市非物质文化遗产大观》，西泠印社出版社，2009年，第78—79页。浙江省温州市民族民间舞蹈集成编委会《中国民族民间舞蹈集成》（浙江省温州卷），浙江省新闻出版局，1995年，第66、76页。

续表

地点	编制	服饰或道具	队形和舞蹈	音乐	名称	其他
平阳县鹤溪乡	马六头、马头军2人、马夫2人，花鼓公、婆各1人，高照（舞队指挥）2人，共14人。		队形反复。	唱马灯调。	小头马灯（马头用木头刻成，体量较小）	在旧历二月二日庙会中表演，唱马灯调。戏目有《大补缸》《小放牛》。
泰顺县雅阳区埠下村	马童10人，12至16岁。有四头马，六盏灯。	马灯既像风铃又像花，灯内可点蜡烛。道具有马鞭。	两扇门、编篱、圆篱、九连环、田螺旋、蛤蟆抱葱、老蛇脱壳、双龙抢珠、鲤鱼上滩、半月沉缸、双蝴蝶、剪刀梢、四角兜、金戒指、太极、水波澜、梅花操、长拳击寨、两头抛、双旋、单旋、正手、反手、退旋、青蛙下井、排九洲、八卦场、七星下墙、排五方、十阵图等。	乐队有鼓、锣、钹、小锣等，人数5人。以高腔为主歌。		不同于小跑步的马灯舞，埠下马灯踮脚尖，碎步向前，后退，二灯交会时弓身吸腰而过。

　　由此可见，各地马灯舞在马童、马匹的数量上存在差异，队形编排也略有区别；不过，其中有一些基本要素是共同的。最主要的共同是：（一）参演者主要是经过专门训练的马童。（二）马灯仿照马的形状制作而成，一般分马头（前身）和马身（后身）两段，用竹篾扎成并用纸或各色纱布糊贴。马灯颜色有白、绿、红、蓝诸色。马灯绑在马童腰部，马童位居马身中间，行走之时像骑马，俗称"马头军"。（三）表演者通常化妆成戏剧人物，亦即采用戏剧题材。

就以上第三点而言,"马灯舞"也可以称作"马灯戏"。事实上,有些地区的马灯舞表演是伴有小戏的,即节目表演由跑马、小戏两部分组成,跑马、小戏相互穿插,轮换表演。不过,现在的马灯戏往往独立出来了,形成马灯戏演于舞台、马灯舞演于广场的二分。民国初年瑞安人薛钟斗在《戏言校记》中说:"(温州)光宣之间,'竹马歌'颇声一时,其始亦不过三数士人之擅声律者,偶一游戏,拾群儿教之,久久才登场。"① 这是说,在清末之时,浙南地区已有马灯戏登台演出。另外有些记载,反映了目前浙南乡村的马灯戏概况:

图 2

苍南县观美镇岩联村岩尾自然村:(孩童)服饰为古装戏服,因角色而定。演出曲目有《大转螺》《四转螺》《六转螺》《八转螺》《龙虎斗》《划旱船》《十八摸》《敲钱筴》《大补缸》《打花鼓》等。声腔为马灯调,用闽南话唱。伴奏乐器:民间打击乐、唢呐、板胡、二胡、箫、笛。②

平阳县南湖乡:演员2至3人(孩童),身穿戏曲服装。段子有《大花鼓》《小花鼓》《大补缸》《小补缸》《卖布》《划旱船》《奏广东》《瞎子捉奸》等。保持戏剧的原生态,是平阳地方和剧之源,具有浓厚的民间生

---

① 薛钟斗《戏言校记》。见沈不沉编著《温州戏曲史料汇编》(下册),中国戏剧出版社,2011年,第307页。
② 《温州市非物质文化遗产普查成果汇编》(温州市卷),温州市文化广电新闻出版局编印,2008年,第324—325页。

活气息。

永嘉县溪下乡：演员为10至13岁的孩童，采用花鼓调及绍兴调，用永嘉方言演唱。主要伴奏乐器有大号、唢呐各一，锣鼓钗铍一套，二胡两把。节目有《四角采》《打课》《买茶》《贩茶》《打花鼓》《补缸》《张三打妻》《讨花鼓钱》《保当》等。①

相比马灯舞而言，马灯戏更强调故事性，在曲目编排、唱腔、伴奏等方面都更为丰富。但在演员、道具和服装方面，马灯戏与马灯舞却是异曲同工的。因此可以说，马灯戏是马灯舞的舞台呈现。二者的不同主要是演出场地的不同：马灯舞是广场艺术，马灯戏是舞台艺术。至于两者的共同，则还有一点：它们之所以能在浙南地区盛行，是与当地所举行的元宵灯会活动密切关联的。

二、浙南灯会活动

如上所说，浙南马灯舞以元宵节灯会为生存环境。后者是在浙南地区十分盛行的活动，历史久远。《光绪永嘉县志》卷六风土志引《寰宇记》："永嘉土贡有竹丝灯。"②可见浙南灯笼在唐代就已闻名遐迩，列为贡品。宋代永嘉人叶适有《元夕立春喜晴于是郡人久不出矣》诗云："艾褐家绸阔阔裁，抱

图3　首都博物馆藏元宵灯会雕塑

---

① 温州市非物质文化遗产保护中心编《东瓯遗韵：温州市非物质文化遗产大观》，西泠印社出版社，2009年，第78—80页。

② 《光绪永嘉县志》，清光绪八年刻本。据《太平寰宇记》卷九七江南东道婺州金华县下引："《吴录·地理志》云：常山，仙人采药处，谓之长山。山南有春草岩、折竹岩。岩间不生蔓草，尽出龙须，云赤松羽化处。又有似龙须而粗大者，名为虎头，不中为席，但以其穰为灯炷。""永嘉土贡有竹丝灯"之说似出自此。中华书局，2007年，第1950页。

孙携子看灯来。"①陈元靓《岁时广记》卷一〇亦引《岁时杂记》曰："灯夕,外郡唯苏、杭、温华侈尤甚。自非贫人,家家设灯,有极精丽者。"②可见浙南灯会在宋代已具规模,家家参与其中,灯笼亦臻于精丽华侈。到明代,浙南地区元宵节灯会尤为繁盛。明姜准《岐海琐谈》记载:

> 元夕,张灯街市及神庙,起十二三至十七八方止。街市结盖松棚,或用欢门。神庙如仁济、忠靖、惠民、广惠诸所,以珠囊、竹丝灯等华灯,争胜争奇,游观者肩摩踵接,几无置足之地。村落糊楮,象龙首尾,裁版为身,机转轱辘,篝灯于上,从以金鼓,沿门索赏,谓之"龙船灯"。
>
> 元宵,郡城厢隅,除小巷外,尽构松棚,以事点照。……每岁开正初七八际,先架横木一二,曰"过街"。接续构完,以期十三夜上灯,至十八九日方止。大约丈余地悬灯一行,行四五盏,傍加柱灯者有之。其灯制,有花鸟虫鱼、人物器皿诸状,曰"青田灯"。或成"走马灯",假灯气运机,顺逆交驰者。或剪楮成人物、花鸟及草诗书句为"雪灯"者。亦有间用竹丝、珠笔、料丝、羊皮,麦管诸灯以自异者。争胜争奇,莫可殚述。③

可见当时元宵灯会的特征有四:(一)通常在街市、神庙张灯,搭建松棚为灯棚;(二)灯会时间一般持续七天,从正月十二日到十八日;(三)灯的形状有花鸟虫鱼、人物器皿等;(四)制灯物品有竹丝、珠笔、料丝、羊皮,亦简称之为"珠囊竹丝"。关于这些特征,明代温州各府、县方志亦有记载:

> 《弘治温州府志》卷一岁时"上元":"自十二、三夜点灯起,谓之'试灯'。十四、十五、十六谓之'正夜',或结鳌山,搭灯棚,放烟火,士女通衢游赏。十七夜以后谓之'残灯'。"④
>
> 《万历温州府志》卷二岁时"上元":"街衢结竹为门,挂彩张灯,庙宇

---

① 《叶适集》,中华书局,2010年,第124页。
② 《岁时广记》,《丛书集成初编》第0179册,第104页。
③ 《明代温州民俗文化资料汇编》,见蔡克骄、刘同彪著《明代温州民俗文化》,知识产权出版社,2011年,第191—193页。
④ 明王瓒、蔡芳编纂,胡珠生校注《弘治温州府志》卷一"岁时",上海社会科学院出版社,2006年,第13页。

尤盛。数日，箫鼓、歌唱之声达旦，而妇女扰杂，致烦禁饬云。"

《嘉靖瑞安县志》岁时"元宵"："放灯自十二日至十七日、十八日止，不禁夜，官衙前结鳌山，通衢上搭松棚，点各色灯，放小烟火。各里社、神庙张灯奏乐，陈宝玩盛于街坊。"

《隆庆乐清县志》风俗"上元"："张灯自十二至十六、七，连夕鼓吹达旦，烛为之贵。而丙夜妇女竞出，优杂衢路，以故官府或禁之焉。"①

以上记录进一步细化了灯会的时间分段：十二、十三夜为"试灯"，十四至十六夜为"正夜"，十七夜以后为"残灯"。另外说明：灯会期间有"箫鼓""歌唱""奏乐""连夕鼓吹达旦"以及"优杂衢路"等文艺活动。

到清代，浙南灯会依旧热闹。据劳大與《瓯江逸志》和《乾隆瑞安县志》卷一"岁时·元宵"所记，灯会活动长达十余日，规模盛大，以至"昼夜游观，男女杂沓"。其目的是"兆丰登"，故不惜耗费重金，形成了规模盛大的灯市。② 这些灯会景象往往反映在竹枝词中，如胡玠制有《上元灯会竹枝词》十首，其中第一首云："东风何处不春阳，蜂蝶撩人梦亦香。最是六街灯火盛，软红一路到南塘。"第六首云："火树银花热闹场，满街紫焰间松香。秦淮灯市如何样，脱十娘家郑妥娘。"第九首云："尔来华靡遍江乡，何止春灯意气扬。灯阁灯船灯佛会，一年灯事不收场。"③由此可见温州元宵灯会的盛况。

至今，浙南灯会活动一如既往，例如《洞头县志》记载说：农历正月十五之夜，祭神祖之后，有鱼灯、龙灯、马灯、花鸟灯、空明灯、水灯以及迎火锅等，各种各样，形成渔乡灯会，热闹异常。④《平阳县志》《瑞安县志》则说元宵节有三大内容：一是焚香祭祖，二是结伴会亲，三是举行灯会。在灯会活动中，除了各商店在街巷上展出花灯外，还有以鼓乐作前导的灯火游行，其次序是：以一壮汉开道，赤膊曳火球（火流星），拓宽人群；其后两人掮一对"高灯"，用以指路；接着有四个武生打扮的人骑在马上，高擎四面大彩旗，俗称

---

① 《明代温州民俗文化资料汇编》，见《明代温州民俗文化》，第206、211、215页。
② 《瓯江逸志》，《丛书集成新编》第95册，第447页下。《中国地方志集成·浙江府县志辑》第64册《乾隆瑞安县志》卷一，上海书店，1993年，第29页。
③ 叶大兵辑注《温州竹枝词》，第119—200页。
④ 洞头县地方志编纂委员会编《洞头县志》第五章风尚习俗，第二节岁时习俗"元宵节"条，浙江人民出版社，1993年，第117—118页。

"大头旗"。第一队为头旗队,背旗者都是十五六岁面貌清秀的少年,傅粉抹脂,穿上鲜艳夺目的服装扮作戏剧中的英雄人物。第二队为纱龙,由四老人抬着游行。第三队为板凳龙。第四队为灯队,有各种鱼形灯、百鸟灯、花篮灯、八蛮灯(即八只庞大猛兽),每种灯都有其独特的走灯阵法。第五队为"马驾"与抬阁,队员扮作《西游记》《水浒》《三国》等戏曲中的人物,骑马驰过,称"马驾";接着是"抬阁""高跷""狮子""旱船"。第六队为布龙队,一般用五条颜色不同的布龙。第七队为香亭,有鼓吹乐队跟随。①

这些记录说明:马灯舞是在元宵灯会的平台上展开的。为了了解它所包含的文化意义,应该对马灯舞的节庆背景加以考察。

三、元宵节与灯的关联

灯会是流行于中国、日本、韩国、越南等地的习俗。追溯其来源,乃起于佛教法会中的燃灯仪俗。燃灯仪式原在佛塔、佛像之前举行,以表示对佛菩萨加以供养。据《法华经》(卷六)、《无量寿经》(卷下)、《摩诃僧祇律》(卷三五)等佛经记载,它是大乘佛教仪式活动中的重要仪轨,在印度已经盛行。《大唐西域记》说:摩竭陁国有正月十五日观看佛舍利放光雨花的习俗。②汉以后,燃灯风俗传入中国,逐渐成为独立的法会形式。有人认为,这种风俗同中国原有的焚火祭祀春、夏、秋、冬等季节神的习俗相结合,就成了一种新风俗——在正月十五日(即西域十二月三十

图4　燃灯佛授记释迦文图

这是宋元之际的绢本画,描绘燃灯佛授记释迦文的故事。燃灯佛是释迦牟尼佛之前的佛,因出生时身边一切光明如灯,故称。此图反映了佛教同燃灯习俗的密切关联。

---

①　参见叶大兵《温州民俗》第五章岁时风俗第一节传统节日元宵"灯会"条,海洋出版社,1992年,第114页。

②　《艺文类聚》卷四"正月十五日"引《西域记》曰:"摩竭陁国,正月十五日僧俗云集,观佛舍利放光雨花。"上海古籍出版社,1999年,第61页。

日)用燃灯来表示佛法大明。① 从唐以前的记载看,燃灯会在南北朝期间尚不是国家仪式,而且一般在佛诞日,同观佛行像的活动一起举行。不过在这种活动中,已经容纳了民俗歌舞。唐代《羯鼓录》所记载的《大燃灯》《散花》等曲调,就是在北朝至唐初的燃灯会中产生的。

燃灯习俗发生巨变,流行朝野,并且同上元节庆紧密结合,是北朝至唐初的事情。柳彧曾描写周隋之际的风俗说:"京邑爰及外州,每以正月望夜,充街塞陌,聚戏朋游。鸣鼓聒天,燎炬照地,人戴兽面,男为女服,倡优杂伎,诡状异形。外内共观,曾不相避。竭赀破产,竞此一时。"②隋炀帝亦有《正月十五日于通衢建灯夜升南楼》诗,描写

图5　韩国佛诞日的燃灯会
2004年5月26日,王小盾摄于首尔奉元寺。

到上元张灯风俗同佛教的关联:"法轮天上转,梵声天上来,灯树千光照,花焰七枝开。"③此风到唐代更盛,例如唐神龙年间(705—707),"京城正月望日盛饰灯影之会"。④ 又如睿宗先天二年(713)应胡僧婆陁之请,于正月十五日起观灯纵乐三日三夜。⑤ 到玄宗天宝三年(744),上元燃灯成为定

---

① 《大宋僧史略》卷下"上元放灯"条:"案《汉法本内传》云:佛教初来,与道士角试,烧经像无损而发光。又西域十二月三十日是此方正月十五日,谓之大神变日,汉明敕令烧灯,表佛法大明也。一云:此由汉武祭五时神祠,通夜设燎,盖取《周礼》司爟氏烧燎照祭祀,后率为故事也。然则本乎司爟举火供祭祀职,至东汉用之表佛法大明也。"《大正藏》第54册,第254页中。
② 《北史》卷七七《柳彧传》,中华书局,1974年,第2624页。《隋书·柳彧传》末句云:"肴醑肆陈,丝竹繁会,竭赀破产,竞此一时。"中华书局,1973年,第1483—1484页。
③ 《先秦汉魏晋南北朝诗》,中华书局,1983年,第2671页。
④ 《大唐新语》卷八,中华书局,1984年,第127页。
⑤ 《旧唐书》卷七《睿宗本纪》:"(先天二年)上元日夜,上皇御安福门观灯,出内人连袂踏歌,纵百僚观之,一夜方罢。……初,有僧婆陁请夜开门,然灯百千炬,三日三夜,皇帝御延喜门观灯纵乐,凡三日夜。左拾遗严挺之上疏谏之,乃止。"中华书局,1975年,第161页。

制——元月十四日至十六日,"开坊市门燃灯,永以为例程"。① 这样一来,在唐代,燃灯会就成了每年节庆活动的一个重要项目,其活动场所不限于寺庙,而遍及各坊市;其内容也不仅是供养佛法,而主要在于祈求福祉;尽管因战乱而在晚唐暂时中断,但它到五代又很快复活了。② 而且,就在唐代的上元节庆活动中,形成了"奉觞进寿礼"的习俗。③

宋代的上元燃灯会继承唐制,通常有"结彩山,聚优乐,使民夜纵游"④的娱乐项目。这一风俗东传以后,在日本、韩国都有新的发展。日本称之为"千灯会""万灯会",是寺院的重要法会。高丽朝的燃灯会则是隆重的春季行事,史称"二月望,僧俗燃灯如中国上元节"。⑤ 从高丽太祖时起,燃灯会就被看作与仲冬(十一月十五日)八关会并称的节日庆典,看作与民间的预祝节、播种节相混合的春季节日。所以《高丽史·乐志》把文宗二十七年(1073)二月燃灯会上的教坊歌舞《踏莎行》、三十一年二月燃灯会上的王母队歌舞,都作为国家大事记下来了。⑥ 这一记录进一步表明,唐代人于正月十五夜燃灯踏歌的风俗活动,乃是高丽"唐乐"在文化上的渊薮。⑦

不过,若把东亚各国的元宵节会作一比较,则可以发现一些差异。

在日本,燃灯活动通常在佛诞日和七夕节举行,正月十六日的节庆内容则是踏歌。这一风俗可以追溯到公元七世纪——《年中行事抄》即记有天武

---

① 《旧唐书》卷九《玄宗本纪》,第 218 页。又《册府元龟》卷六三"发号令第二":"天宝三载十一月敕:每载依旧取正月十五日燃灯。"凤凰出版社,2006 年,第 676 页。

② 《册府元龟》卷一九一"政令":梁太祖开平"三年正月,幸西京,敕近年以风俗未泰,兵革且繁,正月燃灯,废停已久,今属创开鸿业,初建洛都,方在上春,务达阳气,宜以正月十四、十五、十六日夜开坊市门,一任公私燃灯祈福"。第 2140 页。

③ 《新唐书》卷七七《后妃传》:"开成中,正月望夜,帝御咸泰殿,大然镫作乐,迎三宫太后,奉觞进寿礼如家人。诸王公主皆得侍。"中华书局,1975 年,第 3507 页。

④ 《宋史》卷三二四《李允则传》,中华书局,1985 年,第 10481 页。

⑤ 《宋史》卷四八七《高丽传》,第 14043 页。

⑥ 《高丽史·乐志·用俗乐节度》:"文宗二十七年二月乙亥,教坊奏女弟子真卿等十三人所传《踏莎行》歌舞,请用于然灯会,制从之。""三十一年二月乙未燃灯,御重光殿观乐,教坊女弟子楚英奏王母队歌舞,一队五十五人。舞成四字,'君王万岁',或'天下太平'。"

⑦ 参见王小盾《〈高丽史·乐志〉"唐乐"的文化性格及其唐代渊源》,载《域外汉籍研究集刊》创刊号,中华书局 2005 年,第 23—72 页。

天皇三年(674)正月十六日"拜朝大极殿,诏男女无别,暗夜踏歌"之事。①674年是唐高宗上元元年。据记载,在此之前,中国已经形成了正月十五举行踏歌灯会的风俗。②而从《日本书纪》《类聚国史》等书的记载看,正月望日踏歌之风在公元七至八世纪形成制度,由"汉人"或内教坊表演。《续日本纪》曾记载天平胜宝、天平宝字年间(749—765)的踏歌会的内容,云:"作唐、吐罗、林邑、东国、隼人等乐,奏内教坊踏歌。"③此后到公元十六世纪,正月十六日的踏歌会虽偶有中断,但一直是表演雅乐歌舞的重要的宫廷节会。④总之,日本的情况是:接受中国文化影响,产生了正月望日节,但这一节日却没有和燃灯习俗结合起来。

再说朝鲜半岛。在宋徽宗于公元1114年或1116年颁赐给高丽的"唐乐"作品中,有"元宵嘉会赏春光""应上元佳节""一年一度上元回""正值元宵"等辞句。这说明,朝鲜半岛人对元宵节会的了解始于高丽。不过,他们却并没有行用元宵祝寿等风俗。朝鲜半岛人对正月望日的习惯称呼是"元夕"。据相关资料,朝鲜时代,人们习惯在元夕举行的活动有三种:一是"踏桥,通夜游戏";二是"炬火戏",即手持火把相互撞击;三是在月下立表测影,以占年岁丰歉。⑤ 由此可见,朝鲜半岛的情况和日本相同:既有正月望日节,也有燃灯会,但这两者是彼此分隔的文化表象。

不过,古代琉球地区的情况却有所不同。在琉球的节庆活动中,我们分明看到了马、灯这两个文化表象的结合。汪楫《使琉球杂录》记载:1683年,他作为清正使册封琉球。九月九日夜,"于北宫开宴,观烟火,立竿放花置爆

---

① 《续群书类从》卷二五三,第10辑上,续群书类从完成会,1928年,第270页B。
② 唐陈子昂(约661—702)有《上元夜效小庾体》诗,云"芳宵殊未极,随意守灯轮",《陈子昂集》补遗,上海古籍出版社,2013年,第277页。张说(667—730)有《十五日夜御前口号踏歌词》,云"西域灯轮千影合,东华金阙万重开",《张说集校注》卷一〇,中华书局,2013年,第546页。又《朝野佥载》卷三说:"睿宗先天二年正月十五、十六夜,于京师安福门外作灯轮,高二十丈……于灯轮下踏歌三日夜,欢乐之极,未始有之。"中华书局,1979年,第69页。按"先天二年"指公元713年。
③ 《续日本纪》卷二二,天平宝字七年正月十七。
④ 据京都大学图书馆所藏《踏歌节会部类记》。
⑤ 参见陶思炎《中韩元夕民俗三题》,载《东南大学学报》2000年9月号。

图6

竹,草马中骑而驰回环,竿下遇火而震,以为笑乐"。① 这里所谓"草马中骑而驰回环",其实就是"跑马灯"的一种形式。徐葆光《中山传信录》又记载:1719年,他作为清副使册封琉球。中秋宴席上,有乐工表演《笠舞》《花索舞》《篮舞》《拍舞》《武舞》《球舞》《杆舞》《竿舞》。到黄昏之时,"撤帷幕,庭中设烟火数十架;又令数人头戴火笠,骑假马,头尾烟爆齐发,奔走庭中,以为戏乐"。②

这里说的"火笠""假马""烟爆齐发,奔走庭中",也是马灯舞的一种形式。为什么琉球的情况不同于日本、朝鲜半岛呢?这是因为,明清时期,琉球王国同中国福建地区曾有密切往来。琉球的马灯舞很可能是宋代以后从福建传入的。③

四、马和马灯舞的文化意义

以上分析表明,元宵节灯会是在西域文化、佛教文化影响下产生的风俗活动。如果说在佛教的观念里,灯意味着"法光""法炬",是佛法的象征,燃灯供佛可得无上功德;④那么,柳彧等人的描写便说明,隋唐元宵灯会的核心内涵是佛教光明观念和民间狂欢文化的结合。宋代以后,这一内涵有所扩大,元宵灯会被赋予了祈丰年、烧田蚕、祈得子、辟邪祟等涵义。⑤ 既然浙南马灯舞以元宵节灯会为生存环境,那么,它也包含这些意义,特别是光明

---

① 那霸市史编辑室《那霸市史数据篇》第一卷,1977年,第54页。
② 《那霸市史资料篇》第一卷,第102页。以上两条转引自刘富琳《从〈使琉球录〉看琉球宫廷舞蹈的发展变化》,《北京舞蹈学院学报》2010年第4期。
③ 参见刘富琳《从〈使琉球录〉看琉球宫廷舞蹈的发展变化》。
④ 参见北齐天竺三藏那连提耶舍译《佛说施灯功德经》,《大正新修大藏经》第16册。
⑤ 参见向柏松《元宵灯节的起源及文化内涵新论》,载《中南民族学院学报》2000年第2期。

和狂欢的意义。

不过从另一面看,在元宵节庆的产生史和早期传播史上,马灯舞的身影是不明显的。正因为这样,它并没有伴随元宵风俗传到日本和朝鲜半岛。这意味着,就马灯舞的生成而言,原有两个值得注意的结构要素:一是联系于外部环境的要素,包括元宵节庆和戏剧人物——从灯会上戏剧人物不确定、戏曲唱腔较晚近等特点看,戏剧人物是作为外部元素进入马灯舞的;二是内部基因,主要是"马"这个意象。事实上,在构成马灯舞的种种元素当中,"马"具备最深厚的历史积累。从以下情况看,在浙南马灯舞的关系性空间中,马、灯这两个文化表象的关联,以及这种关联的生成和传播过程,是具有核心文化意义的。

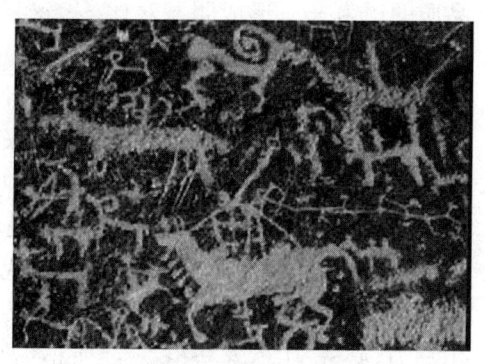

图7 阿拉善岩画

阿拉善岩画主要分布在内蒙古自治区雅布赖山东北部,是新石器时代晚期的岩画。

中国是世界上养马历史最悠久的国家之一。在中国文化史上,马的地位比较特殊。早在新石器时代,马就被驯化了,成为人的脚力,也成为人类生活伙伴中体量较大、关系较密切因而最受尊崇的一员。"马"在中国多种语言中,具有"大"的涵义。比如淮南、山东称大枣为"马枣",广东称大豆为"马豆";汉语地区普遍称大蚁为"马蚁"①,又称大鹿为"马鹿",称大蜂为"马蜂",称大勺为"马勺";蒙古族则在命名动植物的时候,用"马"来表示"大""高""粗""肥"等涵义。② 马为大,为人中贤才,这是马表象在中国文化中的第一个涵义。

不过,在不同地区,马的文化形象有所不同。从现存的考古艺术品(比

---

① 参见章太炎《新方言》卷二《释言》,《续修四库全书》第195册,上海古籍出版社,2002年,第89页上。
② 参见通力嘎《蒙汉语涉马词语及其文化的对比研究》,内蒙古大学硕士学位论文,2009年,第23—24页。

如岩画)看,马在中国北方各民族中有特别重要的地位,享受着类似于图腾的崇高感情。这些民族主要是以游牧为生产方式的民族,例如夏代的猃狁、鬼方、荤粥、戎、狄等民族。在这些民族当中,马实际上是生产力和军事实力的标志。《说文解字》说:"马,怒也,武也。"《后汉书》说:"马者,甲兵之本,国之大用。"① 这便是对马的军事意义的反映。周民族起源于西北泾渭地区,长期与西北游牧民族相邻,很早就饲养和使用马;在建立战车兵团的同时,他们也接受了游牧民族的马观念。所以在《诗经》中,马有二十多种名称,例如少马为"驹",大马为"骒",白鬣黑马为"骓",黑鬣红马为"骝"——多以毛色区分。但是,随着农业经济在汉族居住区的发展,这种情况不断改变,汉语中马类词语逐步减少,同游牧民族的语言——重视描写马的毛色、形体、品质的语言——形成明显对比。② 这样一来,马就成了游牧文化的标志物,于是产生了"胡骑"这个同马相联系的重要表象。从各种资料看,"胡骑"主要有两个文化涵义:一是代表文化他者,例如《木兰诗》所云"但闻燕山胡骑鸣啾啾";二是代表力量和强悍,例如汉民族所服膺的"胡服骑射"。前文说到,在董正榆所记清代的浙南马灯舞中,有"三装为胡儿骑"等细节。"胡儿骑"所隐喻的正是对武力的尊崇。这是马表象在中国文化中的第二个涵义。

资料表明,马很早就进入祭祀仪式,取得神灵的身份。《诗经·小雅·吉日》说:"吉日维戊,既伯既祷。"《毛传》说:这里讲的是对马祖的祭祀,"将用马力,必先为之祷其祖"。③ 所谓"马祖",古人也解释为天驷之星。《周礼·夏官》和郑玄注的说法是:马有四时之祭,春祭马祖,夏祭先牧,秋祭马社,冬祭马步。马祖即天驷,是天上的马,也就是彼岸世界的马。其他三个马神是:先牧,发明驯马的神灵;马社,发明乘马的神灵;马步,主管马灾害的神灵。④ 由此可见,马神是被古人当作文明的化身而崇奉的。那么,通过祭祀,古人确立了怎样的马神观念呢?从各种资料看,马在神秘世界主要有三

---

① 《说文解字》卷一〇上,中华书局影印,1963年,第199页上。《后汉书》卷二四《马援传》,中华书局,1965年,第840页。
② 参见通力嘎《蒙汉语涉马词语及其文化的对比研究》。
③ 《十三经注疏》,第429页下。
④ 《周礼·夏官·校人》郑玄注:"春祭马祖","马祖,天驷也";"夏祭先牧","先牧,始养马者";"秋祭马社","马社,始乘马者";"冬祭马步","马步,神为灾害马者"。"凡大祭祀朝觐会同","皆有合用之马"。《十三经注疏》,第860页下。

个身份：一是战神，二是交通天地之神，三是神灵座骑。这源于马作为速度和力量之象征的观念。关于战神身份，《汉书·叙传》"类祤厥宗"应劭注曾有表述，云："马者兵之首，故祭其先神也。"①汉武帝《天马歌》又名《太一之歌》，《汉书·礼乐志》将其列为《郊祀歌》十九章之一。从歌中所说"涉流沙兮四夷服"等辞句看，这里奉祀的天马正是战神。关于交通天地之神，《离骚》有很多描写，即把马描写为"飞龙""玉虬"，说以马为驾，可以巡行太空，上县圃，叩帝阍，登阆风，求宓妃。这里的马，明显是沟通现实世界和超现实世界的工具。②后来，《淮南子·天文训》有另一种描写，说太阳在周天运行，出发于旸谷，经行咸池、扶桑等地，最后到达悲泉，"爰息其马，是谓悬车"。这种描写同样出发于马为交通天地之神的观念，但它也隐喻了一个流传久远的传统，亦即把马当作神灵的座骑。事实上，马为神灵座骑，这是马在中国文化中最值得探究的一个意义。因为它可以在神化马的基础上，造成"骑马"这一意象的神圣化。

图 8　敦煌莫高窟第 9 窟小儿骑竹马图

关于"骑马"意象的神圣化，可以举出很多例证。其中一个重要表现是竹马，也就是把竹竿置于胯下模仿骑行。其事最早见于《后汉书·郭伋传》，说建武十一年（35），郭伋治并州，到西河郡美稷县（今属内蒙古准格尔旗）时，"有童儿数百，各骑竹马，道次迎拜"。③这里的竹马是有其仪式意义和象征意义的，即表示美稷少年都是可用的壮士之才；正因为这样，童儿骑竹马之事才得到《后汉书》的记录。稍后，《三国志》裴注引《吴书》也记载了陶谦儿时"乘竹马而戏"的故事。④此后类似的记载不绝于书，尤其多见于唐以来的诗歌，说明竹马是

---

① 《汉书》卷一〇〇下，第 4269 页。
② 参见赵逵夫《〈离骚〉中的龙马同两个世界的艺术构思》，《文学评论》1992 年第 1 期。
③ 《后汉书》卷三一，中华书局，1975 年，第 1093 页。
④ 《三国志》，中华书局，1959 年，第 248 页。

一种流传很广的游戏,甚至是戏弄表演的道具。① 敦煌莫高窟第9窟是一个晚唐的洞窟。在其南壁的供养人行列图中,便有一个小儿骑行竹马的形象。到宋代,则出现了艺术化的竹马戏,包括"竹马舞""竹马灯"等形式。宋代吴自牧《梦粱录》卷一说:杭城元夕之时,舞队有"竹马"。西湖老人《繁胜录》说:禁中大宴,亲王试灯,庆赏元宵之时,有"小儿竹马""踏跷竹马"。周密《武林旧事》说:临安元夕舞队中有"男女竹马"。姜夔《观灯口号》诗云:"纷纷铁马小回旋,幻出曹公大战年。"②这些记录说明:在宋代,竹马有多种

图9　云南白族的甲马

队舞形式,既有杂技竹马,也有男女分队的"扮竹马";竹马舞队演于元宵,参加灯会,有"曹公大战"等戏剧情节。这时的竹马,显然可以看作马灯舞的雏形。

"骑马"意象的神圣化另有一个重要表现,即纸马。从形式上看,纸马也就是祭神用的木版画。但从内容上看,"纸马"又可因其所表现的神明的特点而分别称作"神马"(以马为神明)、"佛马"(以佛为神明)、"菩萨纸"(以菩萨为神明)以及"神纸""马纸""甲马""神像""云马"等。人们把种种神像一概称为"纸马",大概有两个原因:其一,所有神灵都以马为乘骑,故可以"马"为代称;③其二,纸马的用途是通过祭供、焚化来迎神、送神。古人认为此纸为神灵所凭依,祭时、焚时迎送有序,快捷如马,故称"马"或"神马"。④ 由此可见,纸马实为"交通天地之神""神灵之座骑"这两个观念的产物。唐代郑怀古《博异记》说:开元中,王昌龄自吴地到

---

①　任半塘《唐戏弄》,上海古籍出版社,2006年,第997页。

②　《梦粱录》,《丛书集成初编》第3219册,商务印书馆,第3页。《繁胜录》,《永乐大典》第4册,中华书局,1986年,第3515页上。《武林旧事》卷二,《丛书集成新编》第96册,新文丰出版公司,1985年,第646页中。《白石道人诗集》卷下,《丛书集成初编》第2261册,第28页。

③　清赵翼《陔余丛考》卷三〇"纸马"条:"然则昔时画神像于纸,皆有马以为乘骑之用,故曰'纸马'也。"上海古籍出版社,2011年,第578页。

④　清虞兆隆《天香楼偶得》"马字寓用"条:"俗于纸上画神佛像,涂以红黄采色而祭赛之,毕即焚化,谓之甲马。以此纸为神佛之所凭依,似乎马也。"

达京城。应舟人之请而拜谒庙宇,"乃命使赍酒脯、纸马,献于大王"。① 这是关于纸马的较早的记录,说明当时的纸马用于祭供。

同样在唐代,出现了关于"甲马"的记录。敦煌写本伯希和3810号载:"用甲马两个,上用朱砂写'白云飞升'四字,飞符二道,祭六甲坛下。随即白云腾架而起,欲上,开诀解甲马而落地矣。"可见甲马也是用于祝祷和祭供的,因而是纸马的一种。事实上,现在云南人所说的"甲马",同样有"甲马纸""纸马""纸马板板"等别名,同样用指祈福禳灾祭祀活动中用来焚烧、抛洒、张贴的各种雕版印刷品②,与"纸马"的内涵无异。不过从最初的用法看,"甲马"一名偏指用于邀神除凶、赶路神行的裹甲之马。《水浒传》第三十九回记"梁山泊戴宗传假信",说戴宗"身边取出四个甲马,去两只腿上每只各拴两个,口里念起神行法咒语来"。这是宋元之时甲马的一种典型的用途。

从种种迹象看,和马灯舞最接近的事物,就是竹马和纸马。纸马主要在江苏、浙江、湖南、云南以及河北、河南、山东、陕西等地流行,这和马灯舞的流行地域是一致的(见表二、表四)。在纸马的神像系列中,有释迦牟尼佛、阿弥陀佛、弥勒佛、观世音菩萨、地藏王菩萨、准提菩萨、韦驮菩萨、十殿阎王、目连、泗州大圣、胎神大圣等多种图像;在丧葬、祭祀等仪式中,除使用纸马外,还使用经咒、文疏、路引、纸锭袋、度亡赦文、还原赦文。③ 纸马的这种佛教性格,也见于作为马灯舞外部环境的元宵灯会。除此之外,纸马在发展中,也出现仪式化、道具化的倾向,而用于节庆仪式。比如浙江省缙云壶镇金竹村"五月十三"关公庙会中的大纸马、广东省河源市紫金县的纸马舞、云南省文山等地的"跳纸马"——后者是流行于云南文山、马关、砚山等地的壮族舞蹈,主要用于丧葬仪式,传说起源于宋朝,表达对抗敌英雄杨三姐的纪念。其道具是用竹篾扎成然后用棉纸裱糊的彩马。舞蹈时,舞者将纸马套于腰间,双手提着马腰两沿,随着马铃、鼓、锣、碓之声,抖动马头,用踢、跳、转等操作表现马的抬头、摆尾、提脚和奔驰。这种舞蹈,便和马灯舞十分相

---

① 《博异记》,《丛书集成初编》第2698册,第4页。
② 参见蒋园嫒《云南大理周城甲马艺术研究》,贵州民族大学硕士学位论文,2012年。
③ 参见陶思炎《论纸马的信仰背景与艺术基础》,载《广西民族大学学报》2011年第2期。

似了。

马灯舞和纸马的相互接近,事实上反映了民间艺术的基本关系,即在共同的文化环境中相互渗透的关系。这一点也表现在竹马戏方面。中国闽南地区有一种竹马戏,发源于漳浦、华安等县而流行于周边的长泰、南靖、龙海、厦门、金门和台湾。其主要特点是用竹马舞开场,亦即在开场时,由演员胸前臀后扎着纸糊的马头、马尾,手拿竹竿子来边唱边舞。它的唱腔一度是民间小调,后来接受梨园戏、四平戏、昆剧、汉剧、徽班的影响,发展成唱腔庞杂的戏曲品种,至今仍然保留了《唐二别妻》《昭君和番》《跑四美》等剧目。①这种竹马戏是否起源于汉唐时代的竹马游戏,不能肯定;但它的发展过程却显然可以和马灯戏相比拟:马灯戏和竹马戏一样,也是以舞蹈和其它戏曲形式的结合为形成契机的,只不过马灯戏以马灯舞为主体,而竹马戏则以角色演唱为主体。

以上分析,有助于认识马灯舞的文化意义。不难判断,这一意义是通过以下两个要素呈现的:其一是马灯舞的功能,以及实现这种功能的环境;其二是马灯舞的结构形式,以及这种结构的生成过程。具体地说,既然马灯舞以元宵灯会为生存环境,那么,它便包含光明、祈福和狂欢的意义;既然马灯舞是和竹马、纸马、甲马等民间艺术一起发展起来的,同样在南宋时期进入元宵节会,同样经历了跟包括戏曲在内的其他民间艺术的相互渗透,同样反映了马的意象和"骑马"意象的神圣化,那么有理由确认,它所依据的基本观念就是以马为战神、为交通天地之神、为神灵座骑的观念。浙南马灯舞中的马童须妆扮成古代将领,这一细节,便是马为战神观念的表象——表达对英雄事业和勇武精神的向往。

五、从方志记录看马灯舞的关系性空间

马灯舞及其亲缘艺术已经成为东亚文化的重要表象。这些艺术品种星星点点,散落各地,彼此关联。譬如,洞头县马灯舞据说来源于闽南,苍南县马灯调须用闽南话来歌唱,这意味着,对于浙南的闽南方言人群来说,马灯舞经历了由南向北的回传。关于马灯舞,不同地方有不同名称,或称"竹

---

① 参见林聪辉、郑尚宪《闽南竹马戏源流考述》,载《艺苑》2012年第2期。

马"，或称"走马"，或称"马灯"，这又意味着，马灯舞和竹马戏、走马灯、彩马灯等亲缘艺术曾经交叉渗透。这种围绕某些大小中心而传播的情况，以及不同艺术要素相互渗透的情况，非常复杂，隐藏了深刻的文化联系。为探讨这种联系，了解马灯舞的关系性空间，我们依据各种地方志资料，编制了一份马灯舞及其亲缘艺术地理分布一览表（表四）。今且根据这份表格，提出以下理解：

（一）马灯舞及其亲缘艺术，其必要因素是马。各种艺术品种之间的区别，可以理解为关于马的表现方式的区别。比如同治十三年刻本《安吉县志》记载浙江湖州的马戏，云："十三日为上灯日，有龙灯、马灯、狮子灯、鱼灯、故事灯之类。悬于家者，又有走马、绣球、荷花各种灯名。硫星火炮，金鼓喧阗，自是夜起，至十八夜乃止。灯节前后，乡村有竹马之戏，以木三尺许，高者五六尺，缚置脚底，行步如常，亦能驰骤，但不容驻足。"在这段记录当中，出现了"马灯""走马""竹马之戏"等三个名词，分别指称彩马灯、走马灯和竹马戏。彩马灯即竹制、纸裱、中有灯火的马形彩灯。因采用竹制，故又名"竹马"。走马灯即竹制、纸裱、中有灯火驱动纸马的彩灯，俗称"走马"。竹马戏即手持竹竿模仿骑马的各种表演。"马灯""走马""竹马之戏"等三个名词，事实上描写了这三种活动中的马的形象，说明人们在记录马灯舞相关艺术之时，很关注马的形态。

从古代记录中可以看到，古人对于马灯舞及其相关艺术的理解，是在同其他艺术的比较中进行的。比如嘉庆二十三年刻本《善化县志》载湖南长沙的民俗活动："元宵，张挂彩灯，有走马、鳌山、花爆、烟火诸戏。乡间则坟墓送灯，田园爇柴，豚栅、鸡栖皆置灯烛，并有金鼓、爆竹、龙灯、竹马、狮子等戏，彻夜不息为闹元宵。"这里说到两类艺术活动：一是"张挂彩灯，有走马、鳌山、花爆、烟火诸戏"；二是在"坟墓送灯，田园爇柴"等场合使用的"金鼓、爆竹、龙灯、竹马、狮子等戏"。两者都称"戏"，但前者只是挂灯之戏，因而其中的"走马"是指走马灯，而非马灯舞；后者是送灯之戏，因而同龙灯舞、狮子舞相近，是指有表演的竹马之戏。

当然，古人的记录往往很简单。对于记录中的马灯舞及其相关艺术的性质，需要细致辨别。比如嘉庆二十一年刻本《华阳县志》载四川成都的元宵活动，云："是夕始放灯，曰'出灯'，有狮龙、竹马、走马、鳌山、采莲船诸名。"这里未对诸戏加以分类。但根据"放灯""出灯"等说法，可以判断"竹马"是指竹制之马,即彩马灯;"走马"则指走马灯。

古人对事物进行命名时有一习惯,即采用旧名而指称新物。正因为这样,"竹马""走马"成了多义的名词。"竹马"兼指三种艺术:一是骑行竹竿之马,即本文用为术语的"竹马";二是竹制之马灯,即本文说的"彩马灯";三是骑行竹马的表演,即本文说的"竹马之戏"。"走马"则兼指两种艺术:一是纸制的灯中走马,即本文用为术语的"走马灯";二是骑行的马灯,即本文说的"彩马灯"。这种多义情况,可以理解为新事物对旧名称的沿袭。因此,这些记录有助于我们判断某些事物的历史关系,大致推定各地马灯舞的来源及其早期形态。

(二)竹马是马灯舞的重要来源。其早期形态是"郎骑竹马来,绕床弄青梅"的形态;但一旦进入节庆,它便有了以下几种演化形式。

1. "骑竹马奔走驰逐"的形式,流行于陕西咸阳、安徽池州、河南郑州等地:

　　陕西咸阳"小儿骑竹马群相驰逐,亲友间歌管为乐"。(道光十六年重刻本《咸阳县志》)

　　陕西咸阳"小儿骑竹马奔走驰逐,随以金鼓游街巷,或至夜分不息"。(民国十四年西安艺材印书社铅印本《盩厔县志》)

　　安徽池州"儿童或骑竹马,或肖狮象,或饰故事于中堂,鸣锣跳舞,盖仿《周礼》逐疫遗意"。(民国二十四年铅印本《石埭县志》)

　　河南郑州"儿童戏竹马、秋千"。(民国十七年上海世界书局铅印本《氾水县志》)

这种形式的竹马比较简易,用竹竿等物模仿而成,所以能在骑行之时"奔走驰逐"。在印度尼西亚中爪哇岛也有这种形式的竹马。其特点是用纸制马,由少年男子跨马、持竹鞭表演。节目富于舞蹈性,舞蹈时用节奏鲜明的锣鼓声做伴奏。

2. 竹马戏,即骑竹马表演。它是"骑竹马奔走驰逐"形式的艺术化,包括两种类型:一是由游戏转为节庆艺术的竹马戏,比如宋代汴京、临安等地正月十五"社火"活动中的"小儿竹马""踏跷竹马"和"男女竹马";二是由游戏转为表演艺术的竹马戏,比如戏剧表演中的竹马——据记载,元杂剧《萧何月下追韩信》中有萧何的"骑竹马"、明代戏剧《双金榜》中有"跑竹马"的舞蹈。

现在,"竹马戏"已经是一个戏曲品种的名称。这种戏剧流行于福建漳浦、龙海、东山、云霄沿海一带。它在汉族民间歌谣、小调、南曲等说唱伎艺的基础上,吸收融合了闽南木偶戏、梨园戏的唱腔和表演程序,形态很丰满,是很成熟的戏曲。但值得注意的是:它的名称是原始的。它之所以称为"竹马戏",是因为在开场部分有《跑四喜》的节目,由四个旦角扮演春、夏、秋、冬四个角色骑着竹马出场,边舞弄边唱歌曲。可以推断,所谓"竹马戏",原来指的就是这种骑行竹马的表演。以下文字,是对这种竹马戏的记录:

> 福建漳州"诸少年或装束狮猊、八仙、竹马等戏,踵门呼舞,鸣金击鼓,喧闹异常"。(康熙五十八年刻本《平和县志》)
>
> 福建漳州"子弟有仙狮、竹马、龙灯诸戏"。(乾隆二十七年刻本《龙溪县志》)
>
> 福建三明市"每夜,家各燃灯,儿童歌吹,街巷有竹马、龙灯诸戏"。(民国陈朝宗修纂《大田县志》卷五)
>
> 浙江湖州"灯节前后,乡村有竹马之戏,以木三尺许,高者五六尺,缚置脚底,行步如常,亦能驰骤,但不容驻足"。(同治十三年刻本《安吉县志》)
>
> 安徽滁县"童子争造竹马乘驾,或持戴傀儡相惊诧"。(万历四十二年刻本《滁阳志》)
>
> 河南新乡"各街及乡镇办演故事,有秋千、高跷、旱船、竹马等戏,喧嗔(阗)竟日"。(民国二十五年铅印本《阳武县志》)
>
> 河南新乡"进城有背妆、高跷、旱船、竹马、秧歌、狮子、皇扛诸名色"。(民国十二年刻本《新乡县续志》)
>
> 河南驻马店"青年儿童效乡傩遗风,玩龙灯、狮子、竹马、汉(旱)船、高跷种种有兴趣之事"。(民国二十七年石印本《汝南县志》)
>
> 河南驻马店"社会中演竹马、纸船、龙灯诸戏"。(道光八年刻本《泌阳县志》)
>
> 湖南湘潭"为鱼龙、竹马等戏,钲鍠导引,昼夜喧阗"。(同治九年刻本《醴陵县志》)

广东汕头"逾四日,设果酒迎神下天,儿童竞以竹马、鱼龙之戏"。(光绪十年刻本《潮阳县志》)

吉林"张灯彩三日,有旱船、秧歌、竹马诸杂剧"。(民国三年铅印本《吉林汇征》)

这些资料涉及福建漳州、浙江湖州、河南新乡、河南驻马店、湖南湘潭、广东汕头等地的节庆活动,共同特点是称竹马为"戏",并且有"演"、有"装束"。其中《安吉县志》说到一种类似于高跷的竹马:"以木三尺许,高者五六尺,缚置脚底,行步如常,亦能驰骤,但不容驻足。"与此相关,《阳武县志》《汝南县志》也说到"各街及乡镇办演故事,有秋千、高跷、旱船、竹马等戏",把竹马和高跷并列。这说明高跷、竹马是两种性质相近因而一起展演的艺术品种。由于展演之时演员要加以装扮("装束"),故福建漳州和台湾等地区也称竹马戏为"扮竹马"。例如:

福建漳州"元宵,剪彩为灯,连街接市,喧闹达曙。子弟扮竹马、龙灯庆乡间"。(乾隆十五年刻本《长泰县志》)

福建漳州"上元作花灯、火炮之属,子弟扮仙狮、竹马、龙灯庆乡间,索酒食"。(道光年间重纂《福建通志·漳州府》)

台湾"有装扮故事、人物、龙马、狮虎之属,杂于行列"。(1950年至1965年铅印本《台湾省通志稿》)

台湾基隆"有装扮故事、人物、龙马狮虎之属,杂于行列"。(1954年至1959年铅印本《基隆县志》)

湖北宜昌"上元节,城内四街,城外四乡悬灯,或扮演龙灯、狮子、竹马及杂剧故事"。(同治五年刻本《长阳县志》)

(三)马灯舞另一个来源是马灯,也就是编竹为马形,用纸糊于其外,点燃灯火于其中。因其材质是竹、形制是马,所以浙江杭州、浙江嘉兴、浙江丽水、福建三明、江西萍乡、江西景德镇、河南周口、河南新乡、湖北郧阳等地人也称之为"竹马":

浙江杭州"乡人编竹马、龙灯以贺岁,鼓乐喧阗,遨游达旦"。(光绪

十一年活字印本《临安县志》)

浙江杭州"各乡各村皆以龙灯、竹马彼此闹贺,锣鼓喧嗔(阗),达旦不寐"。(光绪三十二年刻本《富阳县志》)

浙江嘉兴"少年扎竹为龙灯、马灯,拥迎斗胜,箫鼓达旦,名曰'庆元宵'"。(光绪十二年刻本《平湖县志》)

浙江丽水"元夕张灯,放花爆,有桥龙灯、彩茶灯、竹马灯、台阁灯,锣鼓喧天"。(乾隆三十二年刻本《缙云县志》)

江西景德镇"作竹马、纸龙、花钵之灯,钲锽导引,过门时响爆竹接之"。(同治九年菉山书院刻本《乐平县志》)

江西萍乡"为竹马、龙灯,钲锽导引入人家,与以钱,谓之'代蜡'"。(同治十一年遵敬堂刻本《萍乡县志》)

河南周口"戏游犹剧,狮子、竹马、龙灯,箫鼓杂陈,歌声鼎沸,士女纵观登城,竟夕不寐"。(道光十三年刻本《扶沟县志》)

河南周口"狮子、竹马、龙灯杂陈,箫鼓讴歌达旦。风雅士作灯谜以寄兴"。(民国二十三年铅印本《淮阳县志》)

河南周口"张灯,燃火树,放花炮,狮子、竹马、龙灯杂陈,箫鼓讴歌达旦"。(民国二十七年铅印本《西华县续志》)

湖北郧阳"通衢张棚结彩,火树银花,灯烛辉煌。又有火龙、竹马、狮子,皆以纸竹装点为之,而明光一照,诩诩欲活,居然自他有耀,谓之元宵灯会"。(同治五年刻本《郧县志》)

以上这种艺术,可以说是朴素形态的"彩马灯";因为典型的彩马灯是以炫耀色彩和华丽形象为宗旨的。后者如以下资料所记:

浙江湖州"乡农制各色纸灯为龙、马、狮、鱼、花篮之形,赴市竞赛"。(民国二十一年铅印本《德清县新志》"灯节")

江西上饶"城乡各处为庆贺元宵。有龙灯、马灯、双龙灯,错彩镂金,颇极华丽"。(同治十二年刻本《铅山县志》)

湖南益阳"元宵,剪彩为灯,有龙灯、狮灯、马灯之别"。(嘉庆十五年刻本《沅江县志》)

广西河池"竞放纸爆,悬灯彩,或群聚为龙、马、狮子等灯"。(挹芬

楼抄本《庆远府志》)

安徽宣城"乡人以篾丝扎龙长数丈,并禽兽、虫鱼、花草、鳌山、竹马,名状不一,勾心斗角,烛火辉煌,奏舞街巷,老幼竞逐"。(民国二十五年铅印本《宁国县志》)

可见其制作方法是剪裁不同颜色的纸,塑形为马,扎制成灯笼后游行街市,供人观赏。

图10 走马灯

彩马灯在本质上属于灯笼。走马灯也是这样:不仅属于灯笼,而且常常见于元夕、元宵、中秋等节日。其技术特点是:灯内点上蜡烛,烛产生的热力造成气流,令轮轴转动。轮轴上有剪纸,烛光将剪纸的光影投射在屏上,图像便不断走动。因为在灯面上绘制古代武将骑马的图画,而图像转动时看起来好像几个人在你追我赶,故名走马灯。宋人周密《武林旧事》卷二《灯品》说:"若沙戏影灯,马骑人物,旋转如飞。"清人富察敦崇《燕京岁时记·走马灯》说:"走马灯者,剪纸为轮,以烛嘘之,则车驰马骤,团团不休,烛灭则顿止矣。"可见走马灯是一种灯影之戏,其技术设计已有上千年的历史。

各地府县志对走马灯多有明确记述,诸如:

江苏无锡"其悬像四周以火运之,曰'走马灯'"。(嘉靖刻本《江阴县志》)

江苏苏州"悬剪纸人马,于旁以火运之,曰'走马灯'"。(嘉靖刻本《姑苏志》)

湖北黄冈"走马灯则悬纸人马于中,而以火运之"。(同治十一年活字本《广济县志》)

海南"剪纸为人、马、树,于灯内团走,曰走马灯"。(1964年上海古籍书店据宁波天一阁藏明正德刻本影印《琼台志》)

（四）马灯舞是综合多种艺术因素而形成的，形成的途径不一，所以拥有多种形态。其中包括：

1. 骑纸马灯。也称"骑纸马""串马灯"。马用纸制，如上文所示印度尼西亚中爪哇岛马舞之马；但通常的骑纸马是一种由孩童表演的游走街市的活动，在节庆夜举行。如以下记载：

江苏苏州"上元前后，农民张锦灯，穿锦衣，骑纸马，执纸旗，装演故事，鸣锣击鼓。中有龙灯或一或二三，鳞甲蜿蜒，青白相间，街坊串斗。名曰'串马灯'"。（民国六年叶嘉棣铅印本《同里志》）

江苏苏州"好事者造纸马灯，小儿扮古戏，骑走街巷，曰'走马灯'"。（抄本《璜泾志略》）

上海"有仿故事，而男扮女妆，游戏街坊者，谓'马灯'"。（光绪十五年铅印本《罗店镇志》）

浙江杭州"乡村儿童或骑走马灯，唱秧歌"。（道光八年刻本《建德县志》）

广东韶关"有习弹唱者，以音乐配之。用四小童，二骑纸马，一坐纸轿，一人推之，步骤安闲，声调可听。皆导以锣鼓，遍游村坊，燃爆以迎，妥相招待"。（民国二十年铅印本《乐昌县志》）

可见骑纸马灯有以下四个特点：一、马用纸制；二、骑马者为少年；三、骑马人装扮成戏剧、故事中的人物，游走街市；四、有音乐伴奏，以锣鼓为主。这使它和彩马灯有了明显区别。

2. 骑竹马灯。又称"跨竹马""竹马灯"。其特点是用篾片扎成竹马骨架，外面糊纸或布，分为前后两段，系在舞者腰部，如同骑马；主要用行走的方式表演。各种地方志中关于竹马灯的记录有：

安徽宣德"十六日，城南竹马高四丈许。按，各处神祠社庙悉皆挂灯祝岁，有骑竹马出行者，其高以小东乡、小圩保及八保庙为最。马足至三丈六尺，以二长木为之，骑者先系马头尾于腹背，登树颠缚其足于木杪，手扶竹竿而起"。（乾隆五十七年刻本《广德直隶州志》）

湖北宜昌"裁绘剪纸像人物、花草，小儿骑竹马或携彩球、花灯游

戏"。(同治五年刻本《宜阳县志》)

3. 手马灯。

江苏苏州"十五为元夕。里巷游手为龙灯、马灯之戏,所经之处士女出观,犒以酒烛"。(光绪八年刻本《苏州府志》)

4. 跳马灯。又称"跳灯",是马灯舞的重要品种,亦即由团队表演的骑马灯舞蹈。在记录中,"跳灯"也指跳龙灯、跳狮子灯。上古"跳"字多出现在楚地文献当中。现代人以"跳"表跳舞,这种表达方式也流行于中国长江以南地区。记载中的"跳灯"正是出现在南方的:

浙江杭州"村氓童稚结队跳灯,有行龙走马,舞狮滚球,秧歌花神之属,钲鼓喧阗"。(民国八年吴兰孙铅印本《余杭县志》)

四川雅安"饰马形者曰马灯。马灯以秀俊韶年妆作男女,回环驰聘(骋),兼唱祈年俚语,发抒情意,尤足供人笑乐"。(民国十九年刻本《名山县新志》)

四川乐山"十五夜,元宵节。自九日至此夜,办灯火,唱《采茶》《纺绵》等歌,跳狮子、龙、马诸戏"。(嘉庆十八年刻本《洪雅县志》)

四川乐山"十五夜,元宵节。自九日至此夜,办灯火,唱《采茶》《纺绵》等歌,跳狮子、龙、马诸戏"。(光绪十八年刻本《丹棱县志》)

5. 其他马灯舞。由于记录者、记录对象这两方面原因,各种地方志中的马灯舞资料呈现出纷繁多样的面貌。例如以下记录:

浙江舟山"上元夜,诸祠庙张设灯球,群聚里人装先朝故事,连骑结队,鸣金击鼓,喧填街衢为乐"。(康熙五十四年刻本《定海县志》)

江西吉安"元宵,好事者先期选俊童扮杂剧,或龙马跳舞,灯彩辉煌"。(同治十二年刻本《龙泉县志》)

湖南益阳"儿童秀丽者扎扮男女妆,唱插秧、采茶等曲,曰'打花鼓';或跨竹马,谓之'竹马灯'"。(同治六年刻本《宁乡县志》)

浙江杭州"《武林旧事》'元夕舞队有男女竹马',今谓之'马灯儿'。……人骑在灯纱之外,上作风轮,下连铁线,火光所到,旋转如飞,曰'走马灯'"。(民国十一年铅印本《杭州府志》)

浙江杭州"以竹作骨,纸糊之作马形,缚于身之前后,燃灯其中,驰骤歌唱,曰'马灯'"。(民国十九年铅印本《寿昌县志》)

广东汕头"元旦起,至元宵止,好事少年装束仙鹤、狮马之类,踵门呼舞,以博赏赉,金鼓喧天,谓之闹厅"。(乾隆四十八年刻本《南澳志》)

广西南宁"正月自初旬至上元后,村童竞闹锣鼓,夜燃彩灯,陈设龙灯、马灯、狮子、采茶、花鼓诸故事,沿村戏舞"。(光绪二年刻本《上林县志》)

从这些记录可以得出三点认识:第一,各地马灯舞的艺术特点是和当地流行的其他表演艺术相关联的。比如浙江舟山、江西吉安的上元夜庆典富于戏剧内容,所以舟山"连骑结队"的"灯球"以"装先朝故事"为特色,吉安人在元宵之前须"先期选俊童扮杂剧"以作准备;而湖南益阳也要装扮男女俊童,唱《插秧》《采茶》等曲来表演马灯舞。第二,有些马灯舞强调"舞"(表演),有些强调"灯",浙江杭州的马灯舞则两者兼具:既有"人骑在灯纱之外,上作风轮,下连铁线,火光所到,旋转如飞"的类型;也有身缚竹马,"燃灯其中,驰骤歌唱"的类型。第三,马灯舞形态的地域性和节庆活动的地域性是相联系的。比如在广东汕头、广西南宁两地,马灯舞有两个共同点:其一,和龙灯、狮子、采茶、花鼓一起饰演,采用"踵门呼舞,以博赏赉"的"闹厅"方式;其二,这种"竞闹锣鼓"的活动,要连续进行十五六日。

需要补充说明的是:马灯舞还有一种亲缘艺术,即马戏,亦即用真马为道具而进行的表演。它的特点在于表现人对马的驯化。因此,它的仪式性不明显,而充分展示了马意象的艺术化和生活化。

据考察,马戏在中国的历史比竹马、纸马更为悠久。早在西汉时期,"马戏"一词就见诸文献。例如桓宽《盐铁论·散不足》说:"戏弄蒲人杂妇,百兽马戏斗虎。"[1]在汉代的文学作品中也有大量马戏描写,如张衡《西京赋》说:"百马同辔,骋足并驰,橦末之伎,态不可弥。"又李尤《平乐观赋》说:"戏车高

---

[1] 王利器《盐铁论校注》卷六,中华书局,1992年,第349页。

橦,驰骋百马,连翩九仞,离合上下,或以驰骋,覆车颠倒。"①足见汉代马戏已具有相当规模。从出土文献来看,在山东藤县龙阳店出土的汉画像石中,出现了人站立、倒立于马背上的画面;在山东沂南出土的大型百戏题材的汉画像石中,出现了人站立于飞驰的马背上表演各种动作的场景。很明显,这种以马的驯化为主题的表演艺术,在汉代已经形成。

魏晋南北朝时期,马戏表演十分普遍,《魏大飨碑》赞之为"戏马立骑之妙技"。② 据《三国志·文昭甄皇后传》裴注引《魏书》载:"(甄后)年八岁,外有立骑马戏者,家人、诸姊皆上阁观之,后独不行。"③可见马戏已盛行于街市。同样的记录又见于《三国志·明帝纪》裴注引《魏略》,云魏青龙元年(233)有"弄马倒骑"④的表演。另外,晋陆翙《邺中记》说:"伎儿作獼猴之形,走马上,或在胁,或在马头,或在马尾,马走如故,名为'猿骑'。"⑤《南齐书·礼志》记载:"晋中朝元会,设卧射、倒骑、颠骑,自东华门驰往神虎门,此亦角抵杂戏之流也。"⑥这些记录从不同角度,描写了马戏表演中"立""卧""倒""颠"等技法。

到唐代,马戏表演形式丰富多样,出现了一批高水平的节目,有"走马击钱""立马写字""马背舞蹈""马上演奏"等名目。典籍记载其中的马舞艺术说:

> 唐玄宗尝命教舞马四百蹄,各为左右,分为部,目为某家宠,某家骄。时塞外亦有善马来贡者,上俾之教习,无不曲尽其妙。因命衣以文绣,络以金银,饰其鬃鬣,间杂珠玉,其曲谓之《倾杯乐》者数十回,奋首鼓尾,纵横应节。又施三层板床,乘马而上,旋转如飞。或命壮士举一榻,马舞于榻上,乐工数人立左右前后,皆衣淡黄衫,文玉带,必求少年而姿貌美秀者。(《明皇杂录》)

---

① 萧统编,李善注《文选》卷二,中华书局影印,1977年,第49页上。严可均辑《全后汉文》卷五〇,载《全上古三代秦汉三国六朝文》,中华书局影印,1958年,第747页上。
② 洪适《隶释》卷一九,中华书局,1985年,第185页下。
③ 《三国志》卷五,中华书局,1959年,第159页。
④ 《三国志》卷三,中华书局,1959年,第105页。
⑤ 陆翙《邺中记》,《丛书集成初编》第3804册,第5页。
⑥ 《南齐书》卷九,中华书局,1972年,第150页。

> 马舞者,桃马人着彩衣,执鞭,于床上舞蹀躞,蹄皆应节奏也。(《乐府杂录·舞工》)①

这种马舞,代表了马戏表演向艺术化方向的发展。宋以后的马戏,沿这一方向更有所进步,即一方面实现体系化,另一方面注意技艺精湛。比如《东京梦华录》卷七"驾登宝津楼诸军呈百戏"记载了一场马戏表演的全景,共有十八个节目,依次是:引马、开道旗、拖绣球、褙柳枝、旋风旗、立马、骗马、跳马、献鞍、倒立、拖马、飞仙膊马、镫里藏身、赶马、绰尘、豹子马、马上轮重物、马上舞大刀双刀。其中有一些非常精彩的细节,例如"忽以身离鞍,屈右脚挂马鬃,左脚在镫,右手把鬃,谓之'献鞍',又曰'弃鬃'"。又如"或留左脚著镫,右脚出镫,离鞍横身,在鞍一边,右手捉鞍,左手把鬃存身,直一脚顺马而走,谓之'飞仙膊马'"。② 到明清时代,这种体系化的特点和技艺精湛的特点都得到保留,故马戏表演以"走马卖解""挂子""走骠骑"等名目广泛流行。③

在古代中国,凡动物驯化类的杂技,皆通称"马戏"。这一点表明了马在中国杂技中的地位。到明清之际,马戏不仅走上专业化和职业化的道路,而且成为元宵节等节庆活动中的重要节目——比如《清稗类钞·戏剧类》"文宗观马戏"条载:"咸丰时,每至上元日,文宗辄于未申之交驾至西厂,先陈八旗骗马诸戏。"④在这种情况下,对于同样是元宵节庆艺术的马灯舞来说,马戏的影响便是不可忽视的。结合前文谈到的几种关于马的风俗资料可以判断,马灯舞事实上对包括马戏在内的各种相关因素作了综合。一方面,既然它的观念基础是对马和骑马形象的神圣化,源于以马为战神、为交通天地之神、为神灵座骑的民俗意识,那么,它的前身就是南宋时期元宵舞队中的"竹马"队。因此,可以把彩马灯、竹马戏看作它的两种亲缘艺术。但在另一方

---

① 郑处诲《明皇杂录》,中华书局,1994年,第45页。段安节《乐府杂录》,中华书局,2012年,第128页。
② 孟元老撰,伊永文笺注《东京梦华录笺注》,中华书局,2006年,第688—689页。
③ 参见刘侗、于奕正《帝京景物略》卷五,北京古籍出版社,1980年,第192页;刘廷玑《在园杂志》卷四,中华书局,2005年,第162—163页;《丛书集成续编》第215册,第75页下;赵翼《檐曝杂记》卷一,中华书局,1982年,第12页。
④ 《清稗类钞》第37册,商务印书馆,1928年,第100页。

面,马戏则可能在以下三件事情上对马灯舞发生重要影响:第一,在马意象中增添艺术化和生活化的成份;第二,推动马灯舞成为节庆艺术;第三,促进马灯舞和相关艺术的传播。这是因为,清代马戏也是一种元宵节庆的艺术形式,例如光绪二十九年刻本《永城县志》所记:

河南商丘"春正月,戏会、竹马、船灯、龙灯、钲鼓、丝竹相间而作。马必数十,盘旋纵横,或缓或急,倏合倏分,以钲鼓为节。缓时,马上作歌,鼓声一急,马走如飞,而人身稳如山,令人目迷"。

六、结　语

图11　无锡门神纸马

综上所述,马灯舞是在节庆活动中形成的一种民俗舞蹈。它的观念基础是对马和骑马形象的神圣化。也就是把马当作速度和神奇力量的象征,用手持、骑行或展示竹马灯的方式,驱赶邪祟,祈求福祉。如果要追溯它的起源,那么有两条路线:其一是考察它的环境要素,根据元宵灯会习俗的形成过程,判断它源于西域用燃灯来表示佛法大明的习惯;隋唐之际,当它的光明观念和狂欢精神结合起来之时,它开始有了一定的实践形式。其二是考察它的亲缘艺术,根据竹马、纸马的历史,判断它源于以马为战神、为交通天地之神、为神灵座骑的民俗意识;到唐宋之时,它逐渐成为节庆仪式的项目。作为一个文化表象,它有很丰富的内涵。

按照浙南民间的传说,马灯舞具体形成于南宋。这一说法是有道理的。首先,从时间角度看,关于马灯舞登上历史舞台的明确记载,出现在南宋。这就是在元宵舞队中展列各种"竹马"队,用立体竹马代替平面纸马的记载。其次,从空间角度看,南宋建都临安,以今江苏、浙江为文化中心区,并辖有今江西、湖南、广东、广西、海南、四川等省以及安徽、湖北、河北、山西、陕西、甘肃、河南等省的局部。这些区域,也就是竹马戏、马灯舞流行的地区(见下文)。足见遗存资料可以作为马灯舞形成于南宋的旁证。再次,从逻辑上看,南宋朝野面对女真族所建金国的压迫,渴望恢复故土,追求民族振兴,一直在呼唤英雄救国、神灵庇佑。这和马灯舞的核心意义——崇尚勇武、光明和神奇——是一致的。总之,马灯舞之形成于南宋有其必然性。可以说,马灯舞既是特定文化的产物,也是特定时代的产物。

从现有资料看,影响马灯舞之形成与发展的因素大致有两方面:以上说的主要是前一方面,即马意象的神圣化。竹马、纸马等艺术形式便是围绕这一主题而形成的。另一方面则是马意象的艺术化和生活化,其在艺术形式上的典型表现是马戏。上文也说到,当马戏成为节庆艺术之时,它便促进了马灯舞和相关艺术的传播。

考虑到以上诸要点,今根据地方志的记录(参见表四),把马灯舞及其亲缘艺术的传播情况归纳如下:

表二 地方志所见关于马灯舞及其亲缘艺术的记录

	竹马	竹马戏	彩马灯	走马灯	马灯舞	马戏
浙江		湖州	湖州4、嘉兴6、杭州2、丽水2、温州	衢州3、金华、湖州、杭州、台州	舟山、嘉兴、杭州4	
四川		绵阳、乐山、西昌	绵阳3、宜宾、成都	绵阳、成都、温江	乐山2、宜宾、雅安	
安徽	池州	滁县2	宣城	芜湖2、安庆3、巢湖2	宣德2(手持马灯舞1)	
闽台		漳州5、台湾5		台湾	漳州	
苏沪			无锡、苏州2、上海	无锡、苏州、上海	苏州4(手持马灯舞1)、上海	
河南	郑州		驻马店2、许昌2、商丘、新乡2	周口3		商丘
江西			抚州2、景德镇、九江、上饶、萍乡	抚州2、赣州	抚州、吉安	
广东海南		汕头		佛山、肇庆、梅县、海南3	汕头、梅县、韶关	

续表

	竹马	竹马戏	彩马灯	走马灯	马灯舞	马戏
湖北	宜昌	宜昌3、荆州	郧阳2、襄樊	黄冈		
湖南		长沙	怀化、益阳	长沙、常德	益阳、湘潭3	
陕西	咸阳2	宝鸡2、汉中、咸阳2			榆林	
河北		廊坊2		唐山	邢台	石家庄2
广西		玉林	河池		桂林、玉林、南宁	
甘肃		张掖3、甘南				
山西			运城2、临汾			
吉林		吉林				通化

在这份表格中,省区名乃按记录数的高低顺序排列(其中2、3等数字代表同一事项有2条或3条记录)。由此看来,关于马灯舞及其亲缘艺术,拥有较多记录的地区依次是浙江、四川、安徽、闽台、苏沪、河南、江西、广东海南等地。其具体数目如下:

表三 地方志所见马灯舞及其亲缘艺术的记录数

	竹马	竹马戏	彩马灯	走马灯	马灯舞	马戏	总计
浙江		1	15	7	6		29
四川		3	5	3	4		15
安徽	1	2	1	7	2		13
闽台		10		1	1		12
苏沪			4	3	5		12
河南	1	7	3			1	12
江西			6	3	2		11
广东、海南		1		6	3		10
湖北	1	4	3	1			9

续表

	竹马	竹马戏	彩马灯	走马灯	马灯舞	马戏	总计
湖南		1	2	2	4		9
陕西	2	5			1		8
河北		2		1	1	2	6
广西		1	1		3		5
甘肃		4					4
山西			3				3
吉林		1				1	2

分析此表，可以得出以下认识：

（一）马灯舞及其亲缘艺术主要流传在长江以南。关于这些艺术的记录最多见于浙江地区。可以认为，浙江是马灯舞及其亲缘艺术的传播中心。

（二）在不同地区，各种马灯艺术的传播态势并不均衡。比如竹马戏最多见于闽台、河南和陕西，彩马灯最多见于浙江、江西和四川，走马灯最多见于浙江、安徽和广东，马灯舞最多见于浙江和苏沪。可以认为，这是四个传播组，每组之内各有一条特定艺术品种的传播路线。

（三）马灯舞应该是经由两条路线形成的：其一是从彩马灯发展为马灯舞，其二是从竹马或竹马戏发展为马灯舞。据上表，马灯舞流行于浙江、四川、安徽、苏沪、江西、广东、湖南、陕西、广西、河北等地；除广东、河北、陕西外，这些地区都有挂彩灯、持彩灯巡游的习俗。这说明，大部分地区的马灯舞是从彩马灯习俗中发展而来的。

（四）另外，相当数量的马灯舞应该来源于竹马戏。这不仅因为浙江、四川、安徽、陕西、河北等地同时流传竹马戏和马灯舞，而且因为竹马戏是闽台地区马灯艺术的特色。前文说到，闽台竹马戏已经发展为戏曲艺术，并因此而影响了浙江南部的马灯舞——据田野资料，浙南地区有些马灯舞来自闽南。考虑到较高水平的艺术在文化传播中具有较优势的地位，总是会影响较低水平的艺术样式，由此判断，浙江南部的马灯舞，特别是那些演于舞台的戏曲马灯舞，应该是来自竹马戏的。

关于马灯舞及其亲缘艺术的关系性空间问题，是东亚文化史上的重要问题,资料很多,细节非常复杂。限于各方条件,本文只对这一问题作了初步探讨;由于未穷尽资料,所以只能提出一些粗浅的认识,或者说提供进一步研究的线索。换言之,关于马意象和马艺术的传播,仍有许多未解的问题,需要我们去认识、去解决。比如前文提到印度尼西亚中爪哇岛的纸舞马,它是否和中国的竹马戏有关,便是值得探究的问题。又比如日本人在传统节日有焚香烛、供祭品、挂纸马的习俗,但是他们把纸马称作"绘马",绘马的形式是以木版为主的匾额和祈愿牌,通常敬献给寺庙和神社。据介绍,这一习俗源于用草马、木马或纸马代替活马作为奉纳之礼来祭神,最早出现在奈良时代(710—794,相当于唐代中宗景龙四年至德宗贞元十年),此后流行全国。显而易见,日本绘马和中国纸马在名称、功能和出现年代上是相似的。这是否意味着一种渊源关系,也有待考订。另外,在本文所引用的地方志资料中,缺少对汉族以外各民族文化的记录。而在事实上,马灯舞在中国南方各民族中都有流传,比如在浙江客家人、广东客家人、江西畲族人、贵州畲族人、广西壮族人中,有各种形态的马灯舞。这些资料都是有待补充和分析的。总之,本文的宗旨是抛砖引玉。它的意愿在于:以马灯舞为个案,对文化意象进行历史学的考察,尝试找出研究东亚文化意象关系性空间的道路。

表四　地方志所见马灯舞及其亲缘艺术的传播情况表

省	市县	性质	特点	典据
江苏	无锡	走马灯	上元日,作灯市。架木编苇,穹窿如屋,下缀以灯。灯皆杂品彩绘,镂剪异形。其悬像四周以火运之,曰"走马灯"。	《江阴县志》(嘉靖刻本)
	无锡	彩马灯	十五日上元节,龙、马、狮子诸灯竞作,各庙俱张灯设乐,城隍庙为最盛。	《江阴县志》(道光二十年刻本)
	苏州	走马灯	上元,作灯市,采松竹叶结棚于通衢,下缀华灯。……其悬剪纸人马,于旁以火运之,曰"走马灯"。	《姑苏志》(嘉靖间刻本)
	苏州	马灯舞	有马灯会。择村童之秀丽者扮演故事;兼有龙灯,鳞甲蜿蜒,或青或白,沿街串走,作戏珠状,鸣金击鼓,奔走若狂。	《黎里志》(嘉庆十年吴江徐氏孚远堂刻本)

续表

省	市县	性质	特点	典据
江苏	苏州	彩马灯	十五日为上元节。街市张灯,好事者为藏头诗句,任人商揣,曰"灯谜"。又有扎龙马诸灯行游街市者。前后数日,少年往往鸣钲击鼓以相娱乐,谓之"元宵鼓"。	《震泽镇志》(道光二十四年刻本)
	苏州	手持马灯舞	十五为"元夕"。里巷游手为龙灯、马灯之戏,所经之处士女出观,犒以酒烛。	《苏州府志》(光绪八年刻本)
	苏州	彩马灯	十五日,上元节。……悬巧样纸灯于街市,或有龙灯、马灯之戏,金鼓喧填不息,曰"闹元宵"。	《周庄镇志》(光绪八年刻本)
	苏州	马灯舞	上元前后,农民张锦灯,穿锦衣,骑纸马,执纸旗,装演故事,鸣锣击鼓;中有龙灯或一或二三,鳞甲蜿蜒,青白相间,街坊串斗,名曰"串马灯"。	《同里志》(民国六年叶嘉棣铅印本)
	苏州	马灯舞	"元宵"食馄饨,谓之"兜财"。……好事者造纸马灯,小儿扮古戏,骑走街巷,曰"走马灯"。	《璜泾志略》(抄本)
上海		走马灯	"元夕":采竹柏结棚于通衢作灯市,观者嬉游,或至达曙。(灯有满园春、众星捧月、鉴装鳌山、走马诸名色。皆刻饰楮帛,或琉璃、鱼枕、竹丝、麦秸、建珠、山东珠等为之,四周县带,剪簇彩绘,尤极精丽,一枚有直数十缗者。)	《松江府志》(嘉庆二十二年刻本)
		马灯舞	十五日为"上元节",各庙宴赏,庙前设立塔灯两座,游人往来不绝。……有龙灯盘绕,助以锣鼓,通宵不绝者。有仿故事,而男扮女扮,游戏街坊者,谓"马灯"。	《罗店镇志》(光绪十五年铅印本)
		彩马灯	"元宵":演龙灯、马灯,农家以束刍烧田间,曰"著田蚕",以祈丰年。	《枫泾小志》(光绪十七年铅印本)

39

续表

省	市县	性质	特点	典据
福建	漳州	竹马戏	元日,早起礼神,祭祖先。……诸少年或装束狮猊、八仙、竹马等戏,踏门呼舞,鸣金击鼓,喧闹异常。	《平和县志》(康熙五十八年刻本)
	漳州	竹马戏	元宵,剪彩为灯,连街接市,喧闹达曙。子弟扮竹马、龙灯庆乡闾。	《长泰县志》(乾隆十五年刻本)
	漳州	竹马戏	上元张灯,子弟有仙狮、竹马、龙灯诸戏。	《龙溪县志》(乾隆二十七年刻本)
	漳州	竹马戏	上元作花灯、火炮之属,子弟扮仙狮、竹马、龙灯庆乡闾,索酒食。	《福建通志·漳州府》(道光重纂)
	三明市	竹马戏	元月自初一至二十日。每夜,家各燃灯,儿童歌吹,街巷有竹马、龙灯诸戏。	《大田县志》卷五(民国陈朝宗修纂)
台湾		竹马戏	有装扮故事、人物、龙马、狮虎之属,杂于行列。	《台湾省通志稿》(1950年至1965年铅印本)
		竹马戏	有装扮故事、人物、龙马狮虎之属,杂于行列。	《基隆县志》(1954年至1959年铅印本)
		走马灯	元宵节以灯为中心,所以有兔仔灯、走马灯、花灯、龙灯等出现。	《台南县志》(1957年至1960年刻本)
		竹马戏	上元。作花灯、火炮之属,子弟扮仙狮、竹马、龙灯庆乡闾,主人酬以厚礼。	《凤山县志》(康熙五十九年刻本)
		竹马戏	元旦起至元宵止,好事少年装束仙鹤、狮马之类,踏门呼舞,以博赏赉,金鼓喧天。	《台湾府志》(1960年《台湾文献丛刊》本)
		竹马戏	元旦至元宵,好事少年装束仙鹤、狮马之类,踏门呼舞,以博赏赉,金鼓喧天。	《诸罗县志》(1968年《台湾方志汇编》本)
浙江	衢州	走马灯	元夕。以纸剪走马诸灯,及为龙灯、花灯委蛇巷陌,士民竞观。	《西安县志》(嘉庆十六刻本)
	衢州	走马灯	装成大小狮子、花鸟及走马灯、百子灯,锣鼓周行街巷。	《常山县志》(光绪十二年刻本)

续表

省	市县	性质	特点	典据
浙江	衢州	走马灯	元宵。以纸剪走马诸灯，及为龙灯，爪牙鳞甲，炫耀蜒蜒，周行巷陌。	《衢县志》（民国二十六年铅印本）
	金华	走马灯	自六日至十五日谓之灯节。夜夜迎灯，名状不一，有高灯，亦曰花灯；长灯，即龙灯；滚地灯，亦曰九节灯；棚灯；竹丝灯，亦曰百子灯；走马灯、挂灯、扛灯诸戏。	《浦江县志》（民国五年铅印本）
	舟山	马灯舞	上元夜，诸祠庙张设灯球，群聚里人装先朝故事，连骑结队，鸣金击鼓，喧填街衢为乐。	《定海县志》（康熙五十四卷刻本）
	湖州	彩马灯	扎造滚灯及龙、象、狮、马等灯，游迎街市。	《湖州府志》（乾隆四年刻本）
	湖州	彩马灯	十三日，街市张灯。少年慭猛者又扎造滚灯及龙、象、狮、马等灯，游迎街市，恣为耍乐。	《湖州府志》（同治十二年爱山书院刻本）
	湖州	彩马灯 走马灯 竹马戏	十三日为上灯日，有龙灯、马灯、狮子灯、鱼灯、故事灯之类。悬于家者，又有走马、绣球、荷花各种灯名。硫星火炮，金鼓喧阗，自是夜起，至十八夜乃止。灯节前后，乡村有竹马之戏，以木三尺许，高者五六尺，缚置脚底，行步如常，亦能驰骤，但不容驻足。	《安吉县志》（同治十三年刻本）
	湖州	彩马灯	灯节：自一月十三日"上灯"起，至一月十八日"落灯"止，乡农制各色纸灯为龙、马、狮、鱼、花篮之形，赴市竞赛。	《德清县新志》（民国二十一年铅印本）
	嘉兴	彩马灯	十五上元夕。……好事者造鱼、龙、狮、马、荷花、台阁等灯游行街市，村落间喧阗达旦。	《武康县志》（乾隆十二年刻本）
	嘉兴	彩马灯	十五日为上元。……是夕有扎造龙马诸灯游行街市者。	《南浔镇志》（同治二年刻本）
	嘉兴	彩马灯	元夕，张灯于市，或迎龙灯、马灯，箫鼓声达旦。	《桐乡县志》（嘉庆四年刻本）

续表

省	市县	性质	特点	典据
浙江	嘉兴	彩马灯	元夕,屑米为丸,谓之"灯团"。……少年扎竹为龙灯、马灯,拥迎斗胜,箫鼓达旦,名曰"庆元宵"。	《平湖县志》(光绪十二年刻本)
	嘉兴	彩马灯	扎造滚灯及龙灯、马灯,游迎街市。	《菱湖镇志》(光绪十九年临安孙氏刻本)
	嘉兴	马灯舞	十三日为上灯节。旧例街衢悬灯,好事少年造龙马各灯,锣鼓前导,循行街市,亦或邀至家中作滚龙、走马诸戏。	《双林镇志》(民国六年上海商务印书馆铅印本)
	嘉兴	彩马灯	扎造滚灯及龙、象、狮、马等灯,游戏街市。	《乌青镇志》(民国二十五年刻本)
	杭州	马灯舞	元宵,自十一日起,至二十二日止。庙宇街市悉张灯棚,放花爆,或联纸灯如游龙状,翔舞通衢。乡村儿童或骑走马灯,唱秧歌,复有龙灯长如桥,俗名"桥灯",或数百节,或数十节,远观尤炫目。	《建德县志》(道光八年刻本)
	杭州	走马灯彩马灯	上元,祠庙、街市各悬灯彩,有鳌山、走马之属,乡人编竹马、龙灯以贺岁,鼓乐喧阗,遨游达旦。	《临安县志》(光绪十一年活字印本)
	杭州	彩马灯	上元,十三日起,谓之上灯。各乡各村皆以龙灯、竹马彼此闹贺,锣鼓喧嗔(阗),达旦不寐。	《富阳县志》(光绪三十二年刻本)
	杭州	马灯舞	十五日为"上元节"。……村氓童稚结队跳灯,有行龙走马,舞狮滚球,秧歌花神之属,钲鼓喧阗。	《余杭县志》(民国八年吴兰孙铅印本)
	杭州	马灯舞	《武林旧事》"元夕舞队有男女竹马",今谓之"马灯儿"。……人骑在灯纱之外,上作风轮,下连铁线,火光所到,旋转如飞,曰"走马灯"。	《杭州府志》(民国十一年铅印本)
	杭州	马灯舞	元宵,自初八、九日至十六日止。……以竹作骨,纸糊之作马形,缚于身之前后,燃灯其中,驰骤歌唱,曰马灯。	《寿昌县志》(民国十九年铅印本)

续表

省	市县	性质	特点	典据
浙江	台州	走马灯	元宵,人家门首悬挂灯球,有莲花灯、百花灯、走马灯、塔灯、字灯之类,各极伎巧以争胜。	《太平县志》(康熙二十二年刻本)
	丽水	彩马灯	元夕张灯,放花爆,有桥龙灯、彩茶灯、竹马灯、台阁灯,锣鼓喧天。	《缙云县志》(乾隆三十二年刻本)
	丽水	彩马灯	(缙云县)有桥龙灯、彩茶灯、竹马灯、台阁灯之类。	《处州府志》(光绪三年刻本)
	温州	彩马灯	上元。……好事者为滚龙、竹马、鱼兽诸灯,沿门庆贺,旬日乃止。	《泰顺分疆录》(光绪五年林氏望山堂刻本)
安徽	滁县	竹马戏	童子争造竹马乘驾,或持戴傀儡相惊诧。	《滁阳志》(万历四十二年刻本)
	滁县	竹马戏	童子或驾竹马,戴傀儡相惊诧。	《滁州志》(康熙十二年刻本)
	芜湖	走马灯	城市多作鱼龙、花球、走马诸灯及鲍老、狮象诸戏,或结栈通衢为鳌山,燃爇达曙无禁。	《太平府志》(康熙十二年刻本)
	芜湖	走马灯	十五日,粉米为团,曰元宵,相赠遗。神庙并各街市悬放花灯,有鳌山、走马及制为禽兽、花草之属。	《太湖县志》(道光十年刻本)
	安庆	走马灯	元宵,街市悬放花灯,其名有鳌山、走马之类。	《安庆府志》(康熙二十二年刻本)
	安庆	走马灯	元宵,比屋张灯,其灯有鳌山、走马之类。	《望江县志》(康熙五十四年刻本)
	安庆	走马灯	自人日至元夕,乡中无夜无灯,或龙、或狮、或采茶、或走马,第取碟攘之意,不足称巨观。	《怀宁县志》(道光五年刻本)
	巢湖	走马灯	元宵。……街市张灯,闹锣鼓,制狮子、走马、龙灯,参庙绕城,周行巷陌。	《庐江县志》(雍正九年刻本)

43

续表

省	市县	性质	特点	典据
安徽	巢湖	走马灯	十三日至十五日夜,铺户居民门首悉张灯悬彩,有狮子、走马、鱼龙诸灯之戏,金鼓喧阗,彻夜乃止。	《庐江县志》(光绪十一年活字本)
	宣德	马灯舞	十六日,城南竹马高四丈许。按,各处神祠社庙悉皆挂灯祝岁,有骑竹马出行者,其高以小东乡、小圩保及八保庙为最。马足至三丈六尺,以二长木为之,骑者先系马头尾于腹背,登树颠缚其足于木杪,手扶竹竿而起。	《广德直隶州志》(乾隆五十七年刻本)
	宣德	手持马灯舞	上元日,各处土坛神庙张灯演剧,或扮童戏,持火马,舞青衣,游烛龙,遍巡巷,名曰闹元宵。	《绩溪县志》(嘉庆十五年刻本)
	池州	竹马	乡城自十三日至十六日,儿童或骑竹马,或肖狮象,或饰故事于中堂,鸣锣跳舞,盖仿《周礼》逐疫遗意。	《石埭县志》(民国二十四年铅印本)
	宣城	彩马灯	十三日为灯节。乡人以篾丝扎龙长数丈,并禽兽、虫鱼、花草、鳌山、竹马,名状不一,勾心斗角,烛火辉煌,奏舞街巷,老幼竞逐。	《宁国县志》(民国二十五年铅印本)
江西	抚州	彩马灯	好事者或扮龙灯、马灯、桥灯诸名目。	《东乡县志》同治八年刻本
	抚州	彩马灯	上元节,自十三日至十六日。装龙灯、马灯、狮子灯、花鼓灯,金鼓踏歌,比户演玩,谓之闹元宵。	《南城县志》(同治十二年刻本)
	抚州	马灯舞	人家张灯者鲜,惟城市乡村有跳龙灯、跳狮子灯、马灯。	《新城县志》(同治十年刻本)
	抚州	走马灯	元宵,造元宵灯,剪诸色楮为鳌山、绣球、走马灯,四围拖带。	《南丰县志》(民国十三年铅印本)
	抚州	走马灯	元宵。灯有鳌山、绣球、走马、窠菜等名,皆刻饰楮帛,或琉璃、鱼鲇、竹丝、菩提叶等为之。	《建昌府志》(1964年上海古籍书店影印《天一阁藏明代方志选刊》本)

续表

省	市县	性质	特点	典据
江西	景德镇	彩马灯	十三夜,四衢张灯。又作竹马、纸龙、花钵之灯,钲镗导引,过门时响爆竹接之。	《乐平县志》(同治九年荟山书院刻本)
	九江	彩马灯	半月内举灯,象龙、象、狮、马,村市遍至,观者拥聚。	《星子县志》(同治十年刻本)
	上饶	彩马灯	初六、七日后,城乡各处为庆贺元宵。有龙灯、马灯、双龙灯,错彩镂金,颇极华丽,观者如堵墙。	《铅山县志》(同治十二年刻本)
	萍乡	彩马灯	上元张灯,自十三日起,至十六日止。为竹马、龙灯,钲镗导引入人家,与以钱,谓之"代蜡"。	《萍乡县志》(同治十一年遵敬堂刻本)
	赣州	走马灯	正月十五元宵会,城乡肆市张灯结彩,有龙灯、花灯、走马灯、花鼓灯,遍谒神祠,沿街歌唱。	《会昌县志》(同治十一年刻本)
	吉安	马灯舞	元宵,好事者先期选俊童扮杂剧,或龙马跳舞,灯彩辉煌,官署、民祠、遍途,至三更乃罢。	《龙泉县志》(同治十二年刻本)
河南	驻马店	竹马戏	上元。街市悬花灯,放花炮,社会中演竹马、纸船、龙灯诸戏。	《沁阳县志》(道光八年刻本)
	驻马店	竹马戏	上元节。青年儿童效乡傩遗风,玩龙灯、狮子、竹马、汉(旱)船、高跷种种有兴趣之事。	《汝南县志》(民国二十七年石印本)
	周口	彩马灯	元宵张灯,燃火树,宴集为欢。十六日,戏游犹剧,狮子、竹马、龙灯,箫鼓杂陈,歌声鼎沸,士女纵观登城,竟夕不寐。	《扶沟县志》(道光十三年刻本)
	周口	彩马灯	元宵张灯,燃火树,馈食元宵,自十四日夜起,至十六夜止。狮子、竹马、龙灯杂陈,箫鼓讴歌达旦。风雅士作灯谜以寄兴。	《淮阳县志》(民国二十三年铅印本)
	周口	彩马灯	元宵:张灯,燃火树,放花炮,狮子、竹马、龙灯杂陈,箫鼓讴歌达旦。风雅士作灯谜以寄兴。	《西华县续志》(民国二十七年铅印本)

45

续表

省	市县	性质	特点	典据
河南	许昌	竹马戏	社会中演竹马、纸船、龙灯诸戏,十六日夜尤盛。	《舞阳县志》(道光十五年刻本)
	许昌	竹马戏	十六日,戏游、蹴鞠、走马,箫鼓杂陈,歌声如沸,士女纵观、登城,竟夕不寐。	《鄢陵县志》(民国二十五年铅印本)
	商邱	竹马戏马戏	春正月,戏会、竹马、船灯、龙灯、钲鼓、丝竹相间而作。马必数十,盘旋纵横,或缓或急,倏合倏分,以钲鼓为节。缓时,马上作歌,鼓声一急,马走如飞,而人身稳如山,令人目迷。	《永城县志》(光绪二十九年刻本)
	新乡	竹马戏	十四、十五、十六,曰灯节。进城有背妆、高跷、旱船、竹马、秧歌、狮子、皇杠诸名色。	《新乡县续志》(民国十二年刻本)
	新乡	竹马戏	十五为元宵。各街及乡镇办演故事,有秋千、高跷、旱船、竹马等戏,喧嗔(阗)竟日。	《阳武县志》(民国二十五年铅印本)
	郑州	竹马	上元节,架鳌山,花灯火炮,家家争胜。儿童戏竹马、秋千。	《汜水县志》(民国十七年上海世界书局铅印本)
湖北	郧阳	彩马灯	十五日为上元节。通衢张棚结彩,火树银花,灯烛辉煌。又有火龙、竹马、狮子,皆以纸竹装点为之,而明光一照,诩诩欲活,居然自他有耀,谓之元宵灯会。	《郧县志》(同治五年刻本)
	郧阳	彩马灯	有龙虎、狮麟、车船、竹马、软索、节节高、鳌山等灯。	《房县志》(同治四年刻本)
	襄樊	彩马灯	新春,酿金制麟狮、龙灯、竹马、采莲船,间以灯采沿门嬉戏,钲鼓爆竹之声震动闾里,盖古人傩以逐疫之义也。	《枣庄县志》(同治四年刻本)
	宜昌	竹马戏	十五日上元。……好为龙灯、竹马、鳌山之戏。	《当阳县志》(同治五年刻本)
	宜昌	竹马戏	元宵张灯,自十日至十五日止。裁绘剪纸像人物、花草,小儿骑竹马或携彩球、花灯游戏。	《宜阳县志》(同治五年刻本)

续表

省	市县	性质	特点	典据
湖北	宜昌	竹马戏	上元节,城内四街,城外四乡悬灯,或扮演龙灯、狮子、竹马及杂剧故事。	《长阳县志》(同治五年刻本)
	宜昌	走马灯	元宵张灯,自正月初十至十五日。有蟠龙穿凤,跳狮走马诸灯。	《东湖县志》(乾隆二十八年刻本)
	荆州	竹马戏	上元,交馈汤圆,各家结彩张灯,鼓吹喧聚,舞龙灯,并为麟凤、鳌山、走马百戏,讴歌游赏达旦。	《钟祥县志》(同治六年刻本)
	黄冈	走马灯	上元,作灯市。走马灯则悬纸人马于中,而以火运之。	《广济县志》(同治十一年活字本)
湖南	怀化	彩马灯	元宵,街市、乡村造纸灯,有龙、马、狮子、采茶诸灯。	《溆浦县志》(同治十二年刻本)
	长沙	走马灯 竹马戏	元宵,张挂彩灯,有走马、鳌山、花爆、烟火诸戏。乡间则坟墓送灯,田园蓺柴,豚栅、鸡栖皆置灯烛,并有金鼓、爆竹、龙灯、竹马、狮子等戏,彻夜不息为闹元宵。	《善化县志》(嘉庆二十三年刻本)
	益阳	彩马灯	元宵,剪彩为灯,有龙灯、狮灯、马灯之别。	《沅江县志》(嘉庆十五年刻本)
	益阳	马灯舞	儿童秀丽者扎扮男女妆,唱插秧、采茶等曲,曰"打花鼓";或跨竹马,谓之"竹马灯"。	《宁乡县志》(同治六年刻本)
	湘潭	马灯舞	上元张灯,先数日起,至十六日止。为鱼龙、竹马等戏,钲锽导引,昼夜喧闹。	《醴陵县志》(同治九年刻本)
	湘潭	马灯舞	上元,前数日为龙狮、竹马、春灯之戏,曰耍灯。	《醴陵县志》(民国三十七年铅印本)
	湘潭	马灯舞	上元,自"人日"至十五止,作龙灯、竹马、狮戏之类,锣鼓喧闹,歌舞彻宵。	《鄞县志》(乾隆三十一年刻本)
	常德	走马灯	上元,剪纸为灯,糊以竹格,饰以五彩,有绣球、走马、莲花诸类。	《常德府志》(1964年上海古籍书店据宁波天一阁藏明嘉靖刻本影印)

47

续表

省	市县	性质	特点	典据
广东	汕头	马灯舞	元旦起,至元宵止,好事少年装束仙鹤、狮马之类,踵门呼舞,以博赏赉,金鼓喧天,谓之闹厅。	《南澳志》(乾隆四十八年刻本)
	汕头	竹马戏	元旦,沿门书宜春帖,族里往来拜贺。翼日,或延春酌。逾四日,设果酒迎神下天,儿童竞以竹马、鱼龙之戏。	《潮阳县志》(光绪十年刻本)
	佛山	走马灯	元夕,结彩张灯,有鱼龙、走马、花球、琉璃诸灯,各乡设灯寮庆神。	《恩平县志》(道光五年富文斋刻本)
	肇庆	走马灯	元日夜,城市有鱼龙、走马、花球、琉璃、鳌山诸灯。	《肇庆府志》道光十三年刻本
	梅县	马灯舞	凡龙灯、马灯、舞狮诸戏,尽正月乃止。	《长乐县志》(民国间铅印本)
	梅县	走马灯	元夜,结彩张灯,有鱼龙、走马、牡丹、莲花诸灯。	《兴宁县志》(民国十八年铅印本)
	韶关	马灯舞	有习弹唱者,以音乐配之,用四小童,二骑纸马,一坐纸轿,一人推之,步骤安闲,声调可听。皆导以锣鼓,遍游村坊,燃爆以迎,妥相招待。	《乐昌县志》(民国二十年铅印本)
广西	桂林	马灯舞	或以童子扮走马,好女联臂踏歌,多采茶歌,俗谓"逻灯"。	《全州志》(嘉庆四年刻本)
	玉林	竹马戏	上元夜,街市户民各结灯彩,银花火树,及彩狮、瑞龙、竹马等戏,鼓乐竟宵。	《博白县志》(道光十二年刻本)
	玉林	马灯舞	元宵以前,乡村中有装扮竹马、春牛戏者。竹马则唱《采茶歌》,春牛则唱《耕田曲》。	《郁林州志》(光绪二十年刻本)
	南宁	马灯舞	正月自初旬至上元后,村童竞闹锣鼓,夜燃彩灯,陈设龙灯、马灯、狮子、采茶、花鼓诸故事,沿村戏舞。	《上林县志》(光绪二年刻本)
	河池	彩马灯	自元日至上元夜,竞放纸爆,悬灯彩,或群聚为龙、马、狮子等灯,或妆扮妇女唱《采茶歌》,喧锣鼓嬉游以为乐。	《庆远府志》(抱芬楼抄本)

续表

省	市县	性质	特点	典据
海南		走马灯	十三晚,各赴娘娘庙张灯,谓之"走马灯",有许愿者,又各办花灯。	《万州志》(道光八年刻本)
		走马灯	作灯市,剪彩为花及鱼虾,走马各样,村庙中竞闹锣鼓,张花灯,舞龙虎之戏。	《文昌县志》(咸丰八年刻本)
		走马灯	剪纸为人、马、树,于灯内团走,曰走马灯。	《琼台志》(1964年上海古籍书店据宁波天一阁藏明正德刻本影印)
四川	绵阳	竹马戏	张灯闹元宵,唱《秧歌》、《采茶歌》,儿童作走马戏。	《盐亭县志》(乾隆五十一年刻本)
	绵阳	走马灯	其街市则张棚结彩,无灯不备,如火龙、竹马、麒麟、狮子之属,皆剪纸为之,燃灯于腹,借人力而跳舞如生,彻夜鼓乐喧阗,人海腾沸,谓之耍灯。	《三台县志》(嘉庆二十年刻本)
	绵阳	彩马灯	正月前半,城乡市镇,或以狮龙、竹马、火树、花灯互相谒贺。	《彰明县志》(同治十三年刻本)
	绵阳	彩马灯	陈火龙、竹马等戏,通宵金鼓喧阗,至望五日夜三鼓方息。	《三台县志》(民国二十年铅印本)
	绵阳	彩马灯	十五日为上元节。入夜燃灯,祀天地、祖先,好事者作龙灯、狮灯、竹马灯,游戏城市,名贺元宵。	《安县志》(民国二十七年石印本)
	乐山	马灯舞	十五夜,元宵节。自九日至此夜,办灯火,唱《采茶》、《纺绵》等歌,跳狮子、龙、马诸戏。	《洪雅县志》(嘉庆十八年刻本)
	乐山	竹马戏	上元节,预于初八、九日,城内四街、城外四乡悬灯,或扮演龙灯、狮象灯、走马、采莲船灯及他杂剧故事;先于各庙宇朝献,然后逐户盘旋,箫鼓喧阗。	《彭山县志》(嘉庆十九年刻本)
	乐山	竹马戏	十五夜,元宵节。自九日至此夜,办灯火,唱《采茶》、《纺绵》等歌,跳狮子、龙、马诸戏。	《丹棱县志》(光绪十八年刻本)

续表

省	市县	性质	特点	典据
四川	宜宾	马灯舞	至十六日,居民结棚张灯,敲锣鼓,放花炮,童子女妆唱《采茶》,跳竹马,城乡各作龙灯、虾灯,彼此互迎以为胜。	《合江县志》(同治十年刻本)
	宜宾	彩马灯	城乡皆以纸糊竹龙、竹马及鱼虾、狮象,燃烛其中,鼓乐喧阗,百剧皆作,谓之闹元宵。	《南溪县志》(嘉庆十七年刻本)
	成都	彩马灯 走马灯	是夕始放灯,日出灯,有狮龙、竹马、走马、鳌山、采莲船诸名。	《华阳县志》(嘉庆二十一年刻本)
	温江	走马灯	游戏,则鳌山、走马、龙狮诸灯,争奇斗巧,各有新意,直至元宵,火树银花,滋绚烂矣。	《灌县志》(民国二十二年铅印本)
	西昌	竹马戏	龙狮、竹马游耍成行,锣鼓铙吹震耳喧哄,午夜乃罢。	《冕宁县志》(咸丰七年刻本)
	雅安	马灯舞	别有饰隆形者曰龙灯,饰马形者曰马灯。马灯以秀俊韶年妆作男女,回环驰骋,兼唱祈年俚语,发抒情意,尤足供人笑乐。	《名山县新志》(民国十九年刻本)
河北	石家庄	马戏	十六日,结伴游寺,观庙宇,走马斗鸡,蹴鞠玩钱,日旰始散,谓之遣百病。	《真定县志》(顺治三年刻本)
	石家庄	马戏	十六日,结伴游寺,观庙宇,走马斗鸡,蹴鞠玩钱,日旰始散,谓之遣百病。	《正定县志》(光绪元年刻本)
	唐山	走马灯	制灯多尚巧式,或凿冰为冰灯,或堆雪为雪灯,走马灯,鳌山灯等类。	《遵化通志》(光绪十二年刻本)
	廊坊	竹马戏	上元赏灯,前后三日,放烟火,为秧歌、竹马诸戏。	《大城县志》(光绪二十三年刻本)
	廊坊	竹马戏	上元,赏灯,放烟火,岁丰则有秧歌、竹马之戏。	《安次县志》(民国二十四年铅印本)
	邢台	马灯舞	十五日,夜置火树,箫鼓喧填,游人往来不辍。儿童骑竹马灯,沿街驰骤,谓之"跑马灯"。	《新河县志》(宣统元年补刻本)

续表

省	市县	性质	特点	典据
山西	运城	彩马灯	其人民嬉戏诸技艺,则有高抬、柳木棍,妆演戏目,游行街衢,夜又有龙灯、竹马、旱船、太平车等,金鼓喧阗,观者如堵。	《临晋县志》(民国十二年铅印本)
	运城	彩马灯	十五日,为上元节。乡间有秧歌、纸马、旱船、太平车等,金鼓喧阗,观者如堵。	《荣河县志》(民国二十五年铅印本)
	临汾	彩马灯	十五日,为元宵节。夜又有龙灯、竹马、旱船、太平车、花鼓等。	《翼城县志》(民国十八年铅印本)
陕西	榆林	马灯舞	十五日元宵夜,街市遍张灯火,朗如白昼,长少聚观,小儿骑竹马灯为乐。	《榆林府志》(道光二十一年刻本)
	宝鸡	竹马戏	每岁上元灯节,醵金结社,扮演百戏,如龙灯、走马、烟火、秋千之类,扎束甚精。	《凤县志》(光绪十八年刻本)
	宝鸡	竹马戏	上元前数日,乡中为傩,或戏竹马,名闹元宵。	《宝鸡县志》(民国十年铅印本)
	汉中	竹马戏	十五日,张灯结彩,歌管酒筵,欢声达旦。龙灯、莲船、竹马、狮子,无村不有。	《续修南郑县志》(民国十年刻本)
	咸阳	竹马	元宵,门悬彩灯,祖先前设香烛,小儿骑竹马群相驰逐,亲友间歌管为乐。	《咸阳县志》(道光十六年重刻本)
	咸阳	竹马	元宵,悬彩灯于门首,先代神主前亦设灯。小儿骑竹马奔走驰逐,随以金鼓游街巷,或至夜分不息。	《盩厔县志》(民国十四年西安艺材印书社铅印本)
	咸阳	竹马戏	上元,昼作社虎、柳木腿诸戏,夜则张灯作竹马、龙灯、纸船各戏,金鼓喧阗,举国若狂,然亦古傩礼之遗。	《重修咸阳县志》(民国二十一年铅印本)
	咸阳	竹马戏	十五日为元宵节。比户皆悬灯结彩。昼则演高跷,夜则放火炮及竹马、火狮、龙灯之戏,并在祖茔前燃纸制小灯,名曰"送灯"。	《续修醴泉县志稿》(民国二十四年铅印本)

续表

省	市县	性质	特点	典据
甘肃	张掖	竹马戏	庶民作花炮、竹马、龙灯、踏歌,戏于街市,以庆丰年。	《甘州府志》(乾隆四十四年刻本)
	张掖	竹马戏	庶民作花炮、竹马,或龙灯、踏歌,戏于街市,以庆丰年。	《山丹县志》(道光十五年刻本)
	张掖	竹马戏	庶民作花炮、竹马、龙灯、踏歌,戏于街市,以庆丰年。	《新修张掖县志》(1959年北京中国书店油印本)
	甘南	竹马	北乡民亦有纸马之戏。	《洮州厅志》(抄本)
吉林		竹马戏	元宵节以粉糍祀祖,张灯彩三日,有旱船、秧歌、竹马诸杂剧。	《吉林汇征》(民国三年铅印本)
	通化	马戏	至是日,县官亲率僚属、士绅、各警甲、军队,排列而行。并令令一人扮春童,其衣服如演戏;扮马童装束同,令骑马先至东郊。	《辑安县志》(民国二十年石印本)

浙江永嘉县苍坡村的古民居保护与社区发展

黄 涛

苍坡村是浙江省永嘉县楠溪江流域古村落群中最具代表性的村落之一,1991年被列为浙江省历史文化保护区。该村历史悠久,始建于五代后周,现有村落形成于南宋淳熙五年,其特色是村庄以"文房四宝"布局,现存古建筑呈宋代风貌。该村原是楠溪江古村落群中最富盛名的,上世纪八九十年代曾经吸引了大批游客前来观赏,客源经常保持旺盛状态。但随着村落经济水平的提高,村中的新式多层楼房越来越多,相关政府部门虽努力控制而成效不大,已经很大程度地破坏了古村落风貌,近几年游客稀少,并引起社会关注。苍坡村的物质遗存保护有不少令人担忧的问题,同时该村的民俗文化调查工作也基本没有展开,其文化遗产保护的基本思路尚需探讨。

本文以苍坡村为例,在田野调查的基础上,探讨如何将古村落的物质文化遗产保护与非物质文化遗产保护相结合,如何对古村落文化遗产进行整体性和活态的保护,如何将古村落文化遗产保护与现代社区发展相协调,如何在进行遗产保护的同时尊重当地民众的意愿、符合他们的生存利益,以及如何加强古村落民众的文化保护自觉意识并使之成为保护工作的主体。

一、作为现代农村社区的古村落

一个不容置疑的事实是,古村落也是村落。然而,这一看起来很明白的常识,长期以来却被各方面忽略了,旅游者、管理者、学者等把注意力更多地放在古村落的古建筑上,而对古村落的村民、活态文化、社区发展等不同程度地忽视了,好像古村落就不是村落了,只是古建筑的若隐若现的、可有可无的容器。所以,在这里我们首先需要申明:古村落也是村落。只不过它是拥有规模较大的保存相对完好的典范古建筑的村落,古村落保护及其研究应该也必须注意它作为村落社区的一面,在其中加入村落研究的视角。

自民俗学在新中国建立以来,民俗学者们就把研究重心放在了农村地区。这是由于城市社区在文化变革与创新上走在前面,而传统民俗文化在农村得到更多的保留。村落是农村地区的主要空间表现形式,村落民俗研究在民俗学领域占有举足轻重的位置。但是,传统意义的村落研究与古村落保护是既有关联又有较大差异的不同话题。村落研究看重村落是承载较为厚重传统文化的空间或社区,而近年来的古村落保护及其研究则把关注点集中到古建筑上,前者并不包括古村落保护及其研究,后者是近年来在文化遗产保护背景下出现并成为热点的问题。后者已给古村落的存活现状带来了较为严重的问题。

古村落中的古建筑都是在长期的传统社会自然形成的,它们是传统社会的生活方式、历史文化的凝结物。近代社会以来,中国经历多次社会动荡,生活、文化都发生巨大变迁,而这些在形态、功能上已不能很好地适应现代社会的古建筑幸运地保存下来,近年来在全球化、现代化快速发展的背景下,这些集中反映传统历史文化的古村落特色景观备受社会和学界关注,成为文化遗产保护、学术研究和大众旅游的热点。许多古村落的物质文化遗存还没有得到重视和保护,正在快速消亡;有些具有显著旅游价值的村落古建筑得到了各种方式的保护和开发。而各方关注的焦点在古村落的物质文化遗产方面。

据冯骥才先生归纳,各地比较好的村落古建筑保护模式有如下几种:分区式、民居博物馆式、生态式、景观式、景点式。古村落保护采取哪种模式要根据保护对象和社区生活的具体情况。这些保护模式各有其成功之处,但多数的情况是"比较注重外观、景点、路线,比较偏重于物质遗产"。① 这些保护模式能够采取有效措施将古建筑保护与所在社区的发展利益结合起来,基本不会妨碍当地民众的现代化需求,并给社区带来旅游收入。但是这些保护模式还是把保护重点放在物质遗存上,把物质遗存与非物质文化在很大程度上分离开来,对古建筑所在社区的非物质文化遗产重视不够,也就是没有把古村落当作物质文化与非物质文化的综合体,也还不是最为妥善的古村落保护思路。

---

① 冯骥才《文化遗产日的意义》,《光明日报》2006年6月15日,6—7版。

就目前来看,苍坡村保护状况还不能归入上述几种保护模式之一。目前,该村已被作为一个旅游景点,外来者进入村落要买门票,但村内格局仍然大致保持原貌,并没有像周庄、乌镇等景点式古村落按着旅游需要进行整修和改造;村内几个代表性古建筑分别设立为小型博物馆,但并不像山西的王家大院、常家大院等那样搞成脱离社区、集中重建的民居博物馆,它们就分散在村中民居之间,其余民居古建筑也还作为私人住房使用或闲置。所以,总体来看,苍坡村还是常态下的村落,一个与社会环境融为一体的现代农村社区,只不过它是一个拥有优秀古建筑资源的特殊村落。由于古建筑保护政策的限制和发展旅游的实施,这些古建筑的存在对苍坡村民的生活有一定程度的影响,但并没有根本影响,村民们仍然像当地普通村落的农民一样从事各种生产活动、出外打工经商等。

苍坡村的物质文化遗存主要包括村落格局、古建筑,这些都是古村落村民生活的设施、环境、场所、财产,其文化蕴涵也是村落文化的一部分。要妥善保护这些物质文化遗存,自然要将之纳入村落整体发展的体系之中,使之成为苍坡古村作为现代农村社区的生存发展工程的一部分。要研究其文化遗产保护问题,也必须将这些物质文化遗存视为村落资源、村落文化的一部分,要了解这些村民的生活、文化、愿望和利益。这需要对苍坡村的整体情况做深入细致的调研,这里仅根据初步调查资料,勾勒苍坡村的概貌。

苍坡村的地理位置、自然环境。苍坡村位于现永嘉县岩头镇北面6公里处,背靠笔架山,东对楠溪江,邻近仙清公路,交通较为方便。苍坡村的历史源流及旅游价值与楠溪江流域的地理风物密切相关。楠溪江位于温州市北部,发源于永嘉县西北部山岭,由北向南注入瓯江,再流入东海。楠溪江全长145公里,流经永嘉县三分之二的地域,流域面积为2429平方公里。其上游、中游称楠溪,由大楠溪、小楠溪等支流会合而成;下游称楠江,水流较开阔并受东海潮汐影响,又称"潮港",是永嘉水路交通动脉。楠溪江流域三面环山,东西北三面皆为雁荡山系山峰,南面为瓯江横亘阻隔,此地又邻近东海,形成一个较为封闭的地理环境。该地属于亚热带海洋性季风气候,冬无严寒,夏无酷暑。唯夏秋之交常有台风肆虐,过去该地频繁遭受江水决堤与暴雨倾注带来的洪涝灾害。故当地村民沿江大举植树造林以抵御风灾洪涝,也使此地多了树木葱茏之美。楠溪江两岸有宽阔肥沃的冲积盆地、河谷平川,适宜人类繁衍生息。西汉初年,越王勾践的后世子孙在这里建立东瓯王国,东晋始设永嘉郡,"永嘉"为"水长而美"之意。

楠溪江流域的地理环境很像与世隔绝而又风景优美的世外桃源。清乾隆年间《永嘉县志·疆域》引《浙江通志》说:"楠溪太平险要,扼绝江,绕郡城,东与海会,斗山错立,寇不能入。"正是这种环境在历史上曾吸引着大批逃避乱世的人们来此定居。该地古村落群的形成即得益于两次人口大迁徙:一次是晋代,一次是晚唐五代。

西晋末年,大批北方名门望族、文人学士随皇室南渡,使江浙一带人文勃兴,永嘉也在六朝时相继迎来多位大学者任太守,如王羲之、谢灵运等。明代任敬在《温州府志·序》中说:"尝考东晋置郡以来,为之守者如王羲之治尚慈惠,谢灵运招士讲学,由是人知自爱向学,民风一变。"自此永嘉人勤耕苦读,尊师重教,文风鼎盛。晚唐五代时期,战乱频仍,又有大批避乱之人来此。五代十国时期闽国皇帝王曦残暴无道,许多名门望族北迁到楠溪江流域定居,现存苍坡、芙蓉、岩头、枫林、花坦、溪口等古村落都是那时的先祖由福建长溪前来创建的。

现存古村落群多位于楠溪江的上游地带。在大楠溪、小楠溪及另几条溪流相汇聚的区域,有一片较为宽阔和肥沃的冲击盆地,晋代以后,这里逐渐人烟稠密,村落众多。苍坡村就是大楠溪冲击盆地古村落群中的一个。①

苍坡村的村史可见于近年发表的许多文献,各处说法大同小异,这里引用本村李氏第三十七代世孙李盛仙、李盛献编写的小册子《仓坡》中的一段:

据苍坡村李姓宗谱记载,五代后周显德二年(955),一世祖李岑为避战乱,从福建长溪迁居来到这里。到第九世净堂公时,筑堤引水,建园种树,"环绕所居之东南",大功未成便死去。他的妻子刘氏"克继成其志遂成台池之胜"。这便是我们今天看到的东西两池塘及塘岸。迄今已延续了四十多代。现今的苍坡村是南宋孝宗淳熙五年(1178)九世祖李嵩邀请国师李时日规划设计的,至今已有 800 多年的历史。虽然古村历经沧桑,却依然保存着宋代建筑风格。其寨门、寨强、水系、街巷、民居、宗祠、台榭、殿宇等无不浸透了浓郁的南宋遗风。②

---

① 胡念望《芙蓉、仓坡以及楠溪江畔的其他村落》,浙江摄影出版社,2001 年,第 22—27 页。

② 李盛仙、李盛献《仓坡》,香港天马图书有限公司,2002 年。

苍坡村的人口构成。苍坡村现有880余户人家,2900余口人。村中有土地14.3公顷,每人平均2分地。当地有"七山二水一分田"的说法。村中现有7个姓氏:李、潘、徐、周、黄、郑、吴。李为世居大姓,其余姓氏都是以被招女婿的方式进入村里的。

苍坡村的经济状况。村民的经济收入主要在以下几个方面:1、种蔬菜。这是苍坡村民的首要收入。各家都有养殖蔬菜的大棚,"科学种田",每亩地卖菜收入少则一万元,多则两万元。有的人家一年卖菜收入就五六万元。2、种柑橘。全村有柑橘树四万多株,平均每家有柑橘一百株左右。苍坡柑橘在温州很有名气。3、种稻子。全村共有四百多亩地种植单季稻,夏季播种,十月收割。麦子、玉米种的很少,地瓜也种的不多。所收粮食主要是自己吃。村民说:"种粮不合适(不划算)。"4、做小本生意。主要是倒卖桂圆。桂圆成熟时,村里每天都有几十户人家做卖桂圆的生意。所卖桂圆并不是自己种的,是福建产的,大家从温州买来,运到永嘉县来卖,早晨出发,晚上回来。另外,也贩卖衣服、红枣、荔枝、白糖等。5、"打工"。村民所说的"打工"实际是指去外地做生意、开厂子等,很少有出外干苦力的。如潘姓人家在外地开超市,一年能赚几十万。本村中青年人大部分都去外边做生意了。本地危险的活儿、装修一类的活儿都是外地来的人干的。还有一些其他收入,如养猪养鱼。村里一户人家拥有永嘉县最大的鱼场。村里现有十几部轿车,主要是做生意的人买的。一般人交通工具是摩托车、电瓶车。小部分人家里装了空调。

村民过的节日主要有春节、清明节、端午节、中秋节等。其中清明节很受重视,在外地工作的人都要赶回来扫墓,端午节、中秋节都不用赶回来。婚俗方面,村民成亲主要靠媒人介绍,很少自由恋爱而成婚的。过去有同姓不婚的习俗,现在村里李姓内部也通婚了,辈分差距很大也没关系了。同姓通婚的人家有几十户了。订婚的时候男方要送三万到五万的彩礼,不过女方会返还一部分,一般送五万返回一万多,送三万返回六千元。办婚事时不坐轿,闹洞房的习惯也没有了。不在家里办婚宴,都到酒店、宾馆里请吃饭。有些人只订婚不结婚,在外地生了孩子再回来办婚事,这是由于村民还有较浓重的传宗接代、多子多福的思想,设法逃避计划生育政策的限制。村里很重视办丧事,都大操大办,比办婚事花钱多。办一回丧事,花钱多的要五六万。钱主要花在搭彩棚,放礼炮、做道场,酒席办的不多。村民送了礼钱,办丧事的人家回送一部分,如送一百返回三四十,就不再请他吃饭了。

毋庸讳言,吸引外界和游人的,主要是村中古雅、恬淡、秀丽的乡土建筑,确实单纯靠古建筑与古村布局也能吸引游客。但是苍坡古村显然不是那种没有居民、专供参观的博物馆式园林,而是村民在此世代生息繁衍的村落社区,只不过他们祖先的生活设施无意而幸运地保留下来了。外界注重其古建筑,却忽视了这一村落主要还是数百名村民生活的现代社区,从而导致古村落保护策略上的失误。

二、苍坡村的物质文化遗存

苍坡村确实拥有很优越的物质文化遗产资源,它主要由两方面组成:一是村落格局,二是村中古建筑。

苍坡村的总体布局按"文房四宝"设计:进入村落寨门首先看到的两方池塘,被当作"砚池"。池塘边的大条石被解释为"墨条"。村中唯一的一条主街成东西向延伸,长约330米,直指村西约几百米处一座山峰,该山顶峰蜿蜒起伏如笔架,故称"笔架山",该街道则称"笔街"。笔街向东方指向另一村落后边的青尖峰,村民将笔街与该山峰组成的景观解释为"文笔清秀"。村子四周用石头砌的寨墙围成方形,村民说整个村子的空间就是一张纸。传统时期的永嘉乡土社会历来推崇半耕半读的生活方式,代代宣扬"耕以致富,读以荣身"或"耕为本务,读可荣身"的祖训族规,所以这种"文房四宝"的村落布局是楠溪江流域乡土文化的典型写照,也为苍坡村赢得了很大名声。

苍坡村的古建筑也有很大的文物价值。村中的建筑物景点主要有:车门(寨门)、仁济庙、李氏宗祠、望兄亭、池塘、水月堂、三份祠、一泉四井、八卦井等。这些主要建筑物都是村中的公共设施,也是该村重点保护对象,从物质遗存层面讲还保存得比较完好,可供参观。另外,大部分人家还保留着建筑风格与上述公共设施一致的老房子。这些老房子与公共建筑物一起,构成了苍坡村古雅珍稀的风貌。根据苍坡村李氏宗谱记载,村中古建筑应为宋代风格,如果没有新建的现代建筑,整个苍坡古村可说是一座典型的"宋庄",是宋代耕读文化遗址。著名作家汪曾祺参观后赞美道:"村古民朴,天然不俗。秀外慧中,渔樵耕读。"

"楠溪江畔多村落,古村最好是苍坡。"这是流传在苍坡村人口头的一句话。确实,在20世纪80年代苍坡村作为古村落被社会发现以后,在近二十年的时间里作为楠溪江古村落群中最为耀眼的一颗明珠获得了全国性的名声。直到现在,楠溪江最有名的古村落仍然是苍坡、芙蓉并提,只不过现在常见的提法是芙蓉、苍坡,而过去的排列顺序是苍坡、芙蓉。这种排列顺序的改变不是偶然的,而是表现了两村作为古村落在人们心目中的地位调整。现在,人们公认芙蓉村的古村风貌保持较好,游客较多;而苍坡村的建筑格局新旧参差,游客稀落。村民们说到这一点都有些失落和无奈。村民李显春说:苍坡村原来声誉很好,后来到过这里的人一看见了很多新房子,卫生也不好,回去就跟别人说,不要去苍坡了。这话说得很实在,基本上概括出了苍坡村游客稀落的原因。下面我们再看游客的看法。2002年10月22日有一位名为光远的深圳网民在"磨坊"网站的"自驾之路"论坛贴出了他的游记,按日期叙述他在当年九十月份游历福建、浙江的观感,其中有涉及芙蓉、苍坡两村的内容:

  10月4日
  我们仍然是6时起来,这几天可能是受到了太姥山和尚的感染,每天很早就睡不着了,在小店吃了糯米饭,7点来到芙蓉村,门票10元,村口有"唢呐乐队"迎接,芙蓉村始建于唐代末年,元末明初重建,村民都姓陈。一进村门,右手边就是宗堂,和江南很多已开发的古村落一样,陈氏宗堂已经成了展览室。里面摆放着很多介绍几百年来本村的状元、举人的图画、石匾,门外有一个戏台。一条溪水从村后地势高的稻田流入,在村口分叉,流经到每户人家,这有点像云南丽江,只是水没有丽江那样清,水流也不大,很多村民在家门口洗菜、洗碗、洗衣。有一家还在使用双缸洗衣机。漫步石径小道,旁边尽是些有些年代的老屋,之中也参杂一些现代的马赛克建筑,使人感到有些不协调。
  告别了芙蓉,我们又来到苍坡,苍坡村马赛克建筑明显增多,村民的市场意识也要强一些,宗堂已名为苍坡民俗馆,村中还建有苍坡婚俗馆,每天定期给游人表演几次,门票也成了15元,我们觉得没多大意思,只简单看了看民俗馆中的楠溪江摄影展就出来了。

岩也看了,古村落也参观了,接下来的主题只有漂流了。①

由上可知,在2002年,对于游客来讲,芙蓉村的旅游价值已经超过苍坡村了,原因就在于苍坡村的新建筑更多,"发展旅游"的意识也更强。但是这时候苍坡村还有一些游客,每天还有民俗表演,门票也高于芙蓉村。到我们来苍坡村的2008年7月,来苍坡旅游的人很少见了,以至于在这一天,除了我们的调查小组外,笔者没有见到一个来此游览者。村民说,前些年村里有人利用自己的房子开办了餐馆和旅店,但近几年游客稀少,赚不了钱,又都关闭了(我们调查小组吃午饭是在六公里外的岩头镇)。

村中古貌的被破坏主要是村民居住的老屋不能被很好保护,有些村民从自己的生活需要出发拆掉老屋,或在老屋旁边盖起新式楼房。虽然政府部门制订了关于保护村中建筑风貌的规定,但是这些老屋毕竟是村民私产,村民盖新房也是出于生活所需,而政府部门又没有拿出更好的处理办法,所以村民盖新房的行为屡禁不止。这一问题牵涉到各个方面,正是古村落保护的主要症结所在。

三、古村落的物质文化遗产保护与非物质文化遗产活态传承的密切关联

如果考虑到古村落的村民们,那么古村落不仅是拥有物质文化遗产的场所,也是拥有非物质文化遗产的社区,即古村落是物质文化遗产和非物质文化遗产的综合体。② 实事求是地说,古村落虽然有着优秀的物质文化遗产,但是其非物质文化遗产并不一定是优秀的或有突出特色的。但这并不能成为我们忽视其非物质文化遗产的理由。因为古村落正在存活的非物质文化遗产正是古建筑承载的文化内涵的现代传承,它与古建筑是水乳交融的关系。如果没有古建筑所处环境的非物质文化遗产的较好活态传承,这些古建筑的价值也会大打折扣或变得索然寡味。苍坡村的现状恰好提供了

---

① http://www.doyouhike.net/forum/23307,0,0,1.html
② 冯骥才《文化遗产日的意义》,《光明日报》2006年6月15日,6—7版。

这样的例证。

苍坡村的古建筑蕴涵着丰富的传统文化信息。其"文房四宝"布局显然是传统社会耕读文化的反映,其大小宗祠、四合院民居是宗族文化的传承场所,仁济庙则是村民从事信仰活动的场所,其寨墙、凉亭等公共设施则是对外相对封闭、对内强化凝聚性的村落文化的体现,那两方映照出笔架山的秀丽池塘,不仅是"文房四宝"的组成部分,还是古人阴阳风水、五行八卦思想的结晶。传说南宋淳熙五年国师李时日受托设计苍坡村布局时,注意到苍坡村的环境火旺缺水:东方甲乙木,村东有一片密林,木易着火;南方丙丁火,火气很旺;西方庚辛金,而村西笔架山顶峰也形同火焰,属金被火炼;北方壬癸水,村北却没有水流湖泊。于是李时日建议在东南方寨门里边修筑双池以蓄水,同时在村落四周开渠引水,认为这样可以以水克火。① 人们又将这池塘附会为砚池。现在作为村民重要休闲场所的望兄亭与村外东南方不远的送弟亭则承载着一段兄弟相亲相爱的动人故事,传播着儒家"兄友弟恭"的人伦理想。无疑,这些物质形态的古建筑文化遗产,与其相关的传统文化内涵是表里相依、不可分割的。

在漫长的传统社会,这些古建筑作为村落的私人或公共生活设施,一直发挥着其正常功能。自从二十世纪初期中国社会发生彻底转型以来,随着传统文化大规模地被批判、被舍弃、被打断,这些建筑物逐渐失去了其原有的实用功能,或者因不适应现代社会而功能衰退。因为政治运动影响,有些建筑物受到了一定程度的毁坏,如供奉平水王的仁济庙中的神像在1953年就被捣毁,大殿、走廊天花板上的壁画,屋顶上的麒麟、龙凤雕塑等也在"文革"中被损坏;宗祠内的祖先神像与牌位也在解放后被毁掉。自然风化因素也对建筑物造成很大程度的毁损。有些居民为了住上新房子、不懂得珍惜古建筑,也对老屋造成毁坏。但在20世纪80年代以后,随着极"左"错误被纠正,社会上对传统文化的态度发生转变,同时兴起文化遗产保护的热潮,这些古建筑成为珍贵遗产。但是此时开始的对古建筑的保护是由行政部门主导的,具体来说就是由县旅游局来领导、主持的。

苍坡村的李氏宗祠在建国前是苍坡村与邻近的方巷村的李姓人家举行宗族活动的中心,也是两村举办较大型戏曲演出的场所。建国后,宗祠内用

---

① 胡念望《芙蓉、苍坡以及楠溪江畔的其他村落》,浙江摄影出版社,2001年,第54页。

以举行活动的设施全部拆毁、撤掉,改成了村级小学,建筑格局经过多次改建,与原貌有很大差距。20世纪80年代后,县政府拨出专款进行了修复,基本恢复了建筑物原貌,随后把它与仁济庙连在一起作为"楠溪民俗馆"的一部分供游人参观。值得注意的是,政府并没有修复原有的祖先神像与牌位,这种对文物性建筑物的修复是不完善的。即使单纯为了向外展览,也应该展示其原貌,没必要将宗族文化设施当作糟粕、丑陋的东西予以避讳、遮掩。再进一步地说,在修复宗祠之后,某些不适合现代社会的宗族习俗会消失或明确禁止,但是一些适合现代社会的、有益于村民生活的宗族习俗以及文艺活动可以继续在宗祠内举行,这样,宗祠的使用功能可在现代社会得到自然传承和演变,它也继续成为村落生活的设施而存在,而不是像现在这样变成摆设。① "三份祠"的情况与此类似。这本来供奉的是李氏某代祖先的三兄弟,现在被改成了"女织馆",陈列传统时期女工用具和女性服饰。其房门上方匾额上写着"女织馆"几个大字,经询问才知道此处原为三份祠。村民说,这里原来供的是祖先,后来要搞旅游,不准敬祖先了,就摆上了这些。这些东西大部分是从本村收集的,小部分是旅游局从外面收来的。后来因为游人稀少,女织馆没设专人看管,有几件玻璃柜内的展示品被村民偷走了。

  仁济庙为一处宫殿式的建筑,据说是按着南宋宫廷殿试的试场格局设计,其三面临水,正殿中心位置为四方水池,布局很有特色。这里供奉的是主掌水利的平水王。庙前墙上悬挂的一块木牌介绍说,平水王就是《世说新语》中讲到的晋朝周处,为江苏宜兴人,有少时作恶又痛改前非、降虎斩蛟的事迹。现在村民也认为平水王就是周处。而据明代宋濂《温州横山周公庙碑》记载,晋代还有一个叫周凯的人,是浙江平阳县人,有治水除蛟之功,唐代被封为平水显应公,宋代被加通天护国仁济之号,其庙被赐以"仁济庙"匾额。从记载来看,仁济庙供奉周凯之说更为可信,可能是因《世说新语》的缘故,人们将周凯混为周处了。而周处有浪子回头的事迹,也便于人们教化子女。仁济庙正门匾额上高悬"楠溪民俗馆"五个大字,里面有一块约一人高的木牌介绍楠溪江、永嘉县的历史、民俗,大殿内沿墙摆放着传统农具。大

---

  ① 在我们去调查时,李氏宗祠主殿内原来摆放祖先排位的位置前面有一张小桌子,上面放着已干枯的鲜花。村民说,这是海外李氏宗亲清明节回来扫墓时摆放的。

殿东南角有十来个村民围着一张方桌在打牌,一群孩子在玩耍。该建筑有很高的建筑学艺术价值,而其目前的展示设计使其历史文化价值显得混乱不清,给人不伦不类的感觉。仁济庙后面是太阴宫,其神像也被拆毁,而改成了楠溪江摄影展。

在西砚池的北侧有一处保存较好的古屋,也是一处公共设施,屋门木牌上表明"古村耕读文化展馆",里面展览的是生活用具、婚俗物品。据了解,这里原来是村里接待外来宾客的地方。

这几处公共设施都位于离寨门很近的地方,是村里的活动中心,也是古村的主要景点。目前这几处古建筑的展示方式集中体现了苍坡村保护工作的领导者也是主要实施者——永嘉县旅游局的工作思路。这种思路对一般村民的观念也有很大影响。在访谈中,笔者多次问到一些展示或保护措施的缘由,村民都说"要搞旅游嘛""那是旅游局让搞的""旅游局让拆的"等等。我们看到一户人家的屋顶房梁处并排贴着两张布质的八卦符咒图,右边图上的文字是"符镇九州龙虎伏平安,法行四海鬼神惊吉庆",左图写的是:"道德高超龙虎伏,法力无边鬼神敛。"我问房主大爷这两张图是什么意思,他摆摆手说:那是迷信,现在搞旅游不兴这个。可以看出,县旅游局的工作思路是一方面下大气力保护古建筑,一方面要努力向外界展示"值得肯定的"传统民俗文化,如生活用具、劳动工具、民间工艺等,而回避宗族文化、民间信仰、阴阳八卦等历史文化。但是宗祠、庙宇本来就是这些历史文化的结晶物,如此展示方式就不能使参观者完整了解这些古建筑的文化价值;同时,也阻碍了这些传统文化形态在现代农村的自然演变与传承,加剧了传统文化的断裂。

县旅游局采取行政措施禁止人们毁坏古建筑、乱建新房,也投入财力修缮一些古建筑,同时组织旅游开发的相关工作,如搞习俗表演、民俗展览等。这些工作对古村落保护都起了正面作用。但是行政部门的保护工作在指导思想和具体措施上都必然要符合国家对某些文化问题的政策尺度、政治导向,这固然能够保证古村落保护工作有正确的政治导向、避免出现违背政策的偏向,但是也会有某些方面的局限性。特别是在新时期,国家在调整对传统文化的政策时有一个探索研究的过程,县旅游局的保护工作如果仅凭已发布的文件精神、按照以前的政策导向来进行,就会落后于文化遗产保护的新形势,不能根据古村落的实际状况采取切实有效的创新性措施,而对古建筑的保护造成负面影响。在对待宗族文化、民间信仰等方面，国家政策有一定的灵活性。比如许多村落的婚丧、家庭纠纷等事务由同姓亲族中有威望的人来组织，以个人形式自发自愿进行并不危害他方利益的民间信仰活动，这些不违背国家政策的民间行为，是为政府部门允许的。但是苍坡村的古建筑保护工作由政府部门主导，而非民间行为，在做法上就采取了保守的、严格的尺度，主要表现在与这些公共设施有关的宗族文化、民间习俗活动，管理部门倾向于认为这些是封建的、落后的或"迷信"的，事实上是采取了排斥、取消的措施。这就使宗祠、庙宇等公共设施没有完成它们在现代社会的功能调整，而成了单纯的展示性文物，成为脱离村落正常生活的点缀性景观，这实际上是对完善意义的古建筑保护的损害。

结　语

　　古村落既有珍稀的物质文化遗产，也有活态的非物质文化遗产，是双遗产的综合体；它既是传统社区的遗存形态，也是作为现代社会一部分的村落社区。社会对古村落的关注常出现这样的情形：旅游者到了古村落主要看古建筑，行政管理部门也围绕古建筑保护制定严格的政策、投入一定的资金，学者、艺术家们也把注意力放在这上面。这种对古建筑的强烈而专注的兴趣很容易导致一种简单的逻辑错误：古建筑就等于古村落。这种逻辑错误看起来是如此显而易见，如果单纯从字面上和概念上说，即使是小孩子也不会犯这样的错误：古建筑当然不等于古村落。但是事实上，在很多地方，旅游者、管理部门、学者们却在不自觉间犯了这样的简单逻辑错误。这是由于古村落之所以被称为古村落，也确实首先在于其古建筑。在注意古村落问题的初期，保护策略不完善、学术研究没跟上的时候，确实容易发生这样的偏向。旅游者对古建筑的游览兴趣无可厚非，而管理者与学者的兴趣必须同旅游者的兴趣分道扬镳：古建筑保护肯定有利于旅游，但是从发展旅游的角度出发对待古建筑，肯定不利于、甚至是毁了古建筑保护。这种偏向忽略了一个根本事实：这些古建筑里面或周围是住着活生生的人的，这些古建筑曾经是这些人们祖先的居所和设施，而且现在仍然为这些村民所居住和使用；古建筑不是脱离具体时空的空中楼阁，而是特定村落社区的生活设施的一部分，不仅与拥有他们的村民们的历史息息相关，也与其现实生活密不可分。单纯从旅游的角度出发,会导致各方面对古建筑进行过度的、不适当的开发利用;行政部门从发展旅游或者仅从保护古建筑的角度而进行的强力干预,则使古建筑的主人——古村落村民们处于被动的、不相干的甚至是抵制者反对者的位置。

把关注焦点放在古村落的物质遗存上面,不关心与古村落物质遗存密切相关的非物质文化遗产,不关心古村落居民的思想观念、风俗习惯、发展利益等,这种兴趣和思路显然是偏颇的,按着这种思路进行古村落的保护则是有严重缺陷的、不完善的,不能使古村落获得可持续发展,实际上也不能对古村落物质文化遗产进行完备的开发和展示。完善的古村落保护,不应只重视保护、修复古建筑的物质层面,也应该完整展示、合理传承与古建筑密切相关的传统文化。保护、展示古建筑,不能忽视、损害古建筑主人即村民的活态文化和生存利益。而且古村落的保护工作应该由当地村民作为主要实施者,政府管理部门应承担指导与资助责任而不能成为保护工作的主体。

居住空间认同与古村落保护
——以温州永嘉苍坡村为例

韩　雷　杜昕谕

居住空间认同与传统民居文化遗产保护等问题在当下历史情境中逐渐获得凸显,用人类学家纳尔逊·格雷本的话说,"传统文化极有可能在旅游、现世主义与消费主义的重压之下被吞噬掉"。① 除去这些因素外,新农村建设和城市化也在加速编排着中国传统乡村的居住空间景观。这些源自传统乡村内部升级换代的心理诉求和城市化的外力推动,抑或二者暗送秋波之私下里联手,都不仅仅是对村落空间和民众居住空间进行简单的外科式手术整容乃至改头换面,还牵扯到村落空间认同和居住空间认同等重要问题域。村落空间是众多居住空间的合集。相对说来,村落空间认同是大认同,居住空间认同则是小认同;这两种认同存在交集。居住空间认同发生问题,必然牵涉到村落空间的重构。在居住空间升级换代的心理诉求过程中,中国乡村生活主体往往忽略了村落空间和居住空间的历史感延传或重构等重要问题。居住空间主体若认同了这样的历史感,古村落保护才会落到实处。浙江永嘉楠溪江流域还保存着较为完整的古村落群,笔者曾对其中的苍坡村做过多次田野调查。本文试图以苍坡村为例对居住空间认同与古村落保护等相关问题进行论述。

---

① (美)Nelson Graburn:《人类学与旅游时代》,赵红梅等译,广西师范大学出版社2009年版,第311页。

一、新房子与旧房子的冲突

　　浙江永嘉楠溪江流域的古村落苍坡村原名苍墩,南宋时为避光宗赵惇字讳而改名苍坡。该村落为李姓聚居村。苍坡村位于永嘉县岩头镇最北面,背靠笔架山,面朝楠溪江,东面毗邻仙清公路,交通便捷。苍坡村布局别具匠心,村落四周环境优美,是楠溪江中下游著名的古村落,已有一千多年的历史。苍坡村是一座典型的"宋庄",也是中国目前比较罕见的宋代耕读社会的遗址。村落四周用大块的鹅卵石砌成约一人多高的围墙即寨墙。①

　　我们最近几年连续跟踪调查发现,苍坡村的面貌已经发生了较大的变化。因村寨墙被拆除与新建楼房的醒目点缀,昔日的古村落已不再自成一体。村寨墙之所以能被蚕食般地拆掉,在笔者看来,该村李姓支书的说法较为合理。他说谁家门前或权力范围内的寨墙谁家有权利处置,村级政府无权阻止或干涉,因为这是村民自己家的事,他们想拆去寨墙腾出地方盖房;现在看来这是很可惜的事,也说明村民只看眼前的利益,没有长远的目光。② 不过,这也说明村民的居住空间确实太狭小,之所以要利用这一点地方拓展自己的生存空间,也是不得已而为之的事。村寨墙原本为集体所有,但随着村里人丁的繁衍,原来的居住空间难以满足村民的需要,所以总会有村民想方设法竭力突破寨墙的限制,试图建造新的楼房。中国农村只要有第一个吃螃蟹的人,随后就会有很多跟风者。按照曹锦清先生对河南农村的调查和研究,他认为中国农民善分不善合,公家集体的东西分得很彻底。③ 对于产权不明晰的村寨墙,苍坡村的村民在不到半年的时间里就把它分掉并拆除殆尽。现在即使想恢复原状也很难了,因为寨墙外面就是平整的水泥路,直通古村落外面的世界。

　　苍坡村村民传统居住空间与村落整体尤其是寨墙的命运很相似。我们

---

　　① 本段文字参见李盛仙、李盛献编著的《楠溪江古村落——苍坡》,天马图书有限公司 2002 年版,第 1—5 页。
　　② 访谈对象:李姓书记,50 多岁;访谈时间:2012 年 7 月 4 日下午;访谈地点:在从村西边庙里出来回到村里大宗祠的路上。同时参加访谈的还有黄涛教授。
　　③ 曹锦清《黄河边的中国——一个学者对乡村社会的观察与思考》,上海文艺出版社 2000 年版,第 764 页。

2012年7月份再去该村调查的时候,其整体布局大致是这样的:东门、大宗祠、仁济寺以及女织馆这些标志性建筑基本上保持原貌。女织馆后面有白墙,系砖体建筑的新建房。其后有厕所和猪圈,但猪圈已被闲置,厕所也不再经常使用。这些都是当代农村生活被机械化改造升级后的必然结果;因为古村落要保护,即使被闲置而不再承担已有功能的建筑也不能随意拆除,但弥漫着不可名状的荒凉。岩头镇苍峰社区服务中心设置在村委会,其旁边是蓄满历史故事的东池,东池边有公共厕所,厕所北有一废弃的新房,现今仅用来放置杂物。村落东南角的望兄亭也显得寂寞衰败,已经没有人在这里守望邻近村落的灯火。

旧房子基本上是石砌墙根,或者是石头墙夹杂青砖的老房,有的墙上还遗留下用毛笔书写的"战无不胜"等字样——显然是上世纪"文革"时期所留下的印迹。苍坡村四合院居多,在老屋旧址上新建房屋的墙上大都嵌有刻上"泰山在此"四个字的石板,风格相似;也有看似随意刻在墙根处的,据村民说系房子建成后小孩子刻上去的,是故字迹不是很工整,但也说明传统就是这样被一代代传承下去的。在水月堂的西北方向有三层新楼房,其北是新盖简易房,其东也有一排新建房,已被拆除,显然不是房屋主人自愿所为。新盖简易房后有一排三层钢筋水泥楼房,共九间,主体呈白色,已入住七户人家。靠近村落东面新铺筑水泥路有两幢三层红墙在建楼房,后面那幢已有八户人家住进去了。那里人多,热闹;两幢楼之间距离太近,采光性差。我们调查时适逢夏天,乘凉的村民很多。因为寨墙拆除了,这两幢楼房之间狭小的地带恰好朝向村外的水泥路,通风效果好,村民在此拉家常或嬉戏就很凉快。

村落新建楼房每户村民的住房有一间房子的宽度,一般三层,共六个房间。据一位回娘家省亲的年轻母亲说,邻村的姑娘还是愿意嫁到这个古村落来的,用她的话说,"这个村有名气,生活很方便"。这些新盖楼房上边都接有半层楼房,系三角形的阁楼。村民说上面——比村政府地位高的单位,如镇级或县级以上的单位——不允许盖超出三层的新式建筑;这种阁楼是村民发挥民间智慧,迫使政府妥协的结果,或者说是村民在充分利用当地政策的空隙,为了拓展改善居住空间,而打政策的擦边球——民间智慧就是这样被逼迫出来的。这样的拓展肯定不是政府所鼓励所允许的,但是政府对此也无可奈何,甚至睁一只眼闭一只眼。毕竟村落是熟人社会,就像苍坡村支书所说的那样,"抬头不见低头见的,总得给自己留条后路,别把事情给做绝了"。村民在此对待古村落和传统居住空间的情感显然是暧昧的,与上面即政府的保护意愿存在着某种错位,甚至与之发生冲突,以致每年都有村民越级上访。我们在苍坡村调查时,就有村民告诉我们,村民李某为了拓展居住空间,多次在宅基地旧址上盖新楼房,也多次被上面派人强行拆掉,李某为此多次上访告状。我们这次调查的时候,他又在盖新房——不知道这是他第几次在原址上重盖了。

苍坡古村落的热闹氛围是不同家庭共同营造的结果。相对说来,旧的民居比较封闭,一则是里面居住的人大都是老弱病残,二则是旧宅子大都有院落,居住空间相对昏暗闭塞。在笔者看来,传统居住空间昔日充满活力的生活场域很难重现了。而新建楼房虽然前后幢间距很小,但生活感浓郁。如村落东边新建楼房每间宽 3.2 米,长 14.5 米,两幢楼之间距离仅 2 米;其一层楼外间是客厅,中间是厕所和楼梯,采光性很差;里间是厨房,灶台上方贴着灶王爷的画像,建有地锅和存放干树枝和木材下脚料的空间,干树枝等专供烧地锅做饭用;厨房内也有煤气灶和抽油烟机等现代化设施,是传统与现代的奇妙联姻。我们调查时恰好有一位三十岁左右的年轻母亲,正抱着孩子坐在门口;不远处还有好几个小孩子在玩耍。这幢楼房的后面还有一幢七间的三层新楼,每间是三层白色墙体的楼房。最北面一幢系三层白楼,与前一幢相距还不到一米。白楼西边是文明东街 2 号,第 29 号住户有一废弃的院子,最后面一幢是较窄的平房,仅有 2.5 米宽。

在古村落东部是李氏两兄弟新盖的二层楼房,对面也是新楼房,但外表是仿古的;仿古可能是一种改造传统居住空间的策略。靠近古村落寨墙的水月堂旁边有两处系对老房子进行局部手术的半新房,而邻近村东边水泥路建的却是新房。古村落寨墙于 2008 年前后被拆掉。苍坡村的村落空间原本自成一体,寨墙是村落空间与外面世界的文化分界线。原本象征着封闭的寨墙被拆除后,是否就意味着古村落的对外开放?我们若进一步追问,古村落将对谁开放?谁促使或更愿意古村落开放?答案如果是游客的话,没有寨墙的古村落还能继续吸引游客的凝视吗?这里的"谁"是政府如旅游局之类的,抑或是村落的主体即村民?从古村落旧房与新房并存的现状看,任何一种简单化的答案都不能真正化解古村落生存之痛的难题。诚然,建在古村落外围公路内侧的三层楼,毋庸置疑破坏了古村落的景观线。而古村落内部的新建筑和残败的旧房子也在解构着游客的审美凝视。令人感到吊诡的是,与古村落民居保护较为完好的现状相比,新建楼房的内外空间更显得热闹,而老房子却显得落寞冷清。不过,前者的热闹已不似过去传统家族或宗族的同质热闹,而是不同家族所营造的异质热闹。这种热闹是村落开放的结果,在一定程度上表征着时代的变迁。

新房子与旧房子在苍坡村并存共生,前者在时时刻刻挤压着后者的存续空间;这种境况并非为苍坡村所独有,中国其他地方的古村落也面临着类似的生存压力。苍坡古村落新旧房屋并存的局面实则隐含着这样的认同:一是村民对现代化生活设施和居住形式的认同,二是村民对传统居住空间所饱含的历史文化价值观的认同。第二个认同背后是村民与生俱来的自豪感;在古村落日益凋敝的当下,这样的自豪感显得弥足珍贵。平心而论,在全球化和现代化背景下,村民们追求现代化的生活方式是可以理解的;而他们对古村落居住空间的认同也是真诚的,有不少村民就曾对笔者表达过这样的感慨:"房子毕竟是祖先留下来的,是吧?当然珍贵。"

调查后我们发现以上两种认同却未能和谐兼容,而是相互对立的二选一。换言之,若追求现代化生活方式,村民就要抛弃祖先留下来的旧房子;若认同祖先的荣耀或居住空间所积淀的历史感,村民就需忍痛割爱,放弃传统居住空间的现代化。究其原因,第一,是村民的这两种认同可以和谐共处的思想意识很弱。从新中国成立一直到现在,顶层所设计的城乡二元格局,在农民心底烙下如此根深蒂固的观念:城市生活优越于农村——实际情况也大都如此,农民把城市生活视为现代化生活的样板。在城乡这两个选择项上,你只能二选一,二者之间很难实现真正的流动或互动;中国当代文学也有对这方面的深刻反映,如路遥的《人生》、叶辛的《蹉跎岁月》等小说。基于这样的历史情境,我们就能理解甚至同情,当代中国农民为何对都市生活如此一往情深了。进而言之,这样的二难选择其实是身份地位的选择,更是一种没有选择的选择,或者说是一种历史宿命——谁让你出生在农村家庭呢。所以,苍坡村的村民把老房子——学者一般称之为古建筑——视为通向现代化生活的沉重负担或一时难以逾越的障碍,因为政府要保护。笔者调查时,很多村民得知我们是来做调查研究的,一脸的暧昧;当确证我们的调查是为古村落保护献计献策时,暧昧中所夹杂的一点尊重和好奇瞬间消失,剩下满脸的不屑和不以为然:"古村落还要保护干啥,还不如开发好呢!"

有一位20岁左右的村民还说:"你们说这里好,什么要保护啊,我们换换,你们来这,我们到城里,行不行?"

第二,是政府管理层面没有做过深入调查,不了解村民的真实想法,更谈不上对村民心理诉求的理解和尊重,仅从政府美好的意愿或政绩观出发,想当然地去保护古村落,以至把村民对城市现代化生活的渴求与当下古村落保护对立起来,无法真正理解村民们潜在的消极对抗心理。实际上,当地政府目前并没有这样雄厚的财力去保护;退一步说,即使有丰盈的财力,政府出面主导的保护大都搞一些面子工程,未能切实改善村民的日常生活。换句话说,面子工程丝毫不能满足村民对居住空间升级换代的心理冲动。所以村民大都采取消极的态度,想方设法寻找盖新房的机会,根本不考虑旧房子的死活,任其自生自灭。我们2012年7月再次去调查时,恰逢县政府有关部门正在改造苍坡村大门前的空地;伴随着挖掘机的轰鸣声,青砖和石头铺就的历史记忆又被翻了起来,坐在苍坡大门口乘凉的村民,依然拉着家常,偶尔投去好奇的眼光,俨然是古村落保护的旁观者。

二、传统民居与民众现代生活

在古村落整体保护得相对完整的前提下,其中的传统民居不像点缀在钢筋水泥建筑汪洋中的老屋一枝独秀,老房子终有一天会被吞没掉;而依托较大生存空间即村落的老房子,毕竟多了一道脆弱的防火墙,虽然村落也可能被现代化建筑所包围所蚕食。防火墙内传统民居的主体能不能享受现代化生活?传统民居若与现代化生活绝缘,那么这道防火墙终有一天会被拆除。作为温州楠溪江流域著名的古村落之一,苍坡村里的民居最近几年被破坏得尤为严重。如前所述,使古村落显得更为完整的石砌寨墙已被拆除,村落四周尤其是东北和西北面,新建楼房很抢眼地穿插在传统民居中间,亦越来越有规模。

为了研究的方便,我们在此把苍坡村民居粗略分为四类,以"间"作为统计房屋的单位。第一类属于新建的房屋,原则上不超过三层楼高,但有村民在楼顶又搭建了一阁楼,相当于半层楼高,即三层半新楼房,共有80间。第二类是名副其实的老房子,基本保持原样,共有34间。第三类是在老房子已残损部分续建的新房子,亦即老房子被部分拆除,而后在此基础上建造新的楼房,或直接在老房子的残垣断壁处建新房子,也有特意延长旧房子两头接建新房的,这样的房子共有14间。最后一种属于半旧茅舍,并非传统旧房子,是用石头砌墙的,总共有6间。苍坡村所规划的新民居共有6幢三层仿古式楼房,有的新民居已经有村民入住,有的尚在建设中。

村民中有钱的都在村后靠马路的地方即原先村寨墙所在的位置盖起了三层到三层半的新楼房。村东北处新建楼房最为集中,楼房与楼房间距太近,影响到采光。但村民说这样热闹,有人气,住着也舒服亮敞。古村落西边是新农村建设的杰作,有六排整齐划一风格统一的新楼房,但也没有超过四层。这样的房子外观很漂亮,生活设施也一应俱全,但由于地皮太贵,大多数村民买不起地皮;即使能买得起盖房子的地皮,却没有钱建房了。在苍坡古村落内,通向老屋的小路显得越来越窄,也越来越脏,但村落外围通向新建楼房的马路却很宽。这些都是现代化生活节奏突然加速所带来的影响。

由此可见,没有被破坏的旧房子最多占古村落房屋总数的四分之一,新建的房屋明显多于旧房子,旧房子有被新房子逐渐分割包围的态势。传统民居若还不能被有效保护,任其自生自灭的老房子很快就会被新房子所取代。再加上天灾人祸——所谓天灾是指不可抗拒的自然损毁;所谓人祸是指有村民为了能名正言顺建新房子,而故意把自己老房子烧掉。调查时就有村民给我们指认哪家哪家是这样曲线建新房子的,政府相关部门由于没有确凿的证据,对这样的村民也无可奈何。

传统民居与新建房屋并存的现实确实表征着民众的矛盾心理,以致我们不禁要追问,生活在古村落的民众到底认同传统民居的什么?是对现代化生活方式认同还是对传统民居所积淀的历史感认同?如果认同的是前者,村民理想中的现代化生活是什么?根据我们的调查和相关学者的研究,农民思想中的现代化其实就是居住房屋的现代化,居住空间竞相模仿城市里的火柴盒建筑,过上与城市市民相似的生活。在曹锦清先生看来,中国传统村落从来都是一个充满内部竞比的社会,村落内部血缘关系的尊卑从来不足以定贵贱,相反,贫富差异决定着各户在村落社会内的地位高低。在土地家庭私有制的条件下,农户间竞比之物,主要集中在土地,而在土地承包制条件下,新一轮的地位竞争主要集中在住房。住房庭院的好坏已成为乡村社会内部衡量财富与地位的外显标志。① 早在20世纪40年代,著名美籍华裔人类学家许烺光先生在云南调查喜洲镇时就发现过类似的情况,喜洲镇居民,"在传统的墙壁上绘上带有欧洲文化色彩的图画,而并没有在其他方面欧洲化的现象说明了住宅主人仅仅是想利用这一点对欧洲的喜爱来加强他自己的声望,而并非要改变传统的东西。这就是为什么人们的每一幢新住宅都要完全按照前人的模式建造的原因;也就是为什么镇上的富裕人家,尽管他们已在湖边建造了西式的洋楼,却仍然忘不了在镇内额外地修建一幢传统风格的大住宅。从这一点来看,住宅本身是激烈竞争的代表物。房屋住宅与其说是众家庭成员用以栖身的舒适之地,还不如说是整个家庭——包括死去的,活著的,未来的家庭成员——社会威望的象征。"②

总体上看,传统村落内部一直存在着竞争关系,内在的丰富不易被看到,主要通过外在的如民居等来彰显身份或地位。我们可以说,这是一种推动村落变迁的重要动力,也是改变重构传统居住空间格局的潜在力量;甚至有的村民终其一生就是为了通过居住空间的升级换代而提升自己或家族在村落共同体的地位或威望。据我们调查,苍坡村外出闯荡打工中的成功者,成功之后首先考虑的是在村落盖上或买上体面的楼房,哪怕在城市里已经拥有了商品房。虽然每年他们在古村落的房子里住不了几天,但心里感觉踏实而有成就感。

苍坡村李氏兄弟老四所口述的就很有代表性:

> 老百姓住老房子住了几百年了,想住点洋房享受一下,有什么错啊!老房子你漏雨就漏吧,塌了政府会给你盖的,还会拨钱给你。用一把火把老房子烧了,民政局还有钱给你,这样多爽!我们村里好几间老房子就是这样烧掉了嘛!没办法,老百姓给逼得无路可走,只有这样。我们现在老百姓跟那个永嘉县打游击战,就像以前跟日本鬼子打游击战——真是一模一样的;我就天天跟他们打仗。我造房子,就造半间房

---

① 曹锦清:《黄河边的中国——一个学者对乡村社会的观察与思考》,上海文艺出版社2000年版,第377页。

② 许烺光:《祖荫下:中国乡村的亲属,人格与社会流动》,王芃、徐隆德译,台湾:南天书局有限公司2001年版,第31—33页。

子,我还不苦啊?三年我找了那么多部门,说给你发个图纸才能盖。但图纸就是发不下来,有什么用?不让盖,我没办法。我三十二岁讨的老婆,之前没房子,没人嫁给你的。我盖了那两层楼,然后娶了老婆,生了一个女儿。我们村里有好多小伙子,三十多岁了,都还没找到老婆,就是给房子害的!我娶的老婆是外地的,若是本地的还不给你盖。①

生活在苍坡村的民众最希望对古村落进行开发式保护,对城市现代化的生活很向往;向往是如此强烈,以至不惜一把火烧掉老房子,以满足自己对居住空间升级换代的世俗欲望。所以,当下村民处在观望状态,心里充满着怨气和渴望。我们从以上李氏兄弟的口述中就能深切感受到这种爱怨交集的复杂心态。专家学者对村民的意愿未必真正理解或尊重;他们之间也意见不一。主导古村落保护的政府又没有足够的财力去落实自己的保护计划。但是村民对现代化生活孜孜以求的迫切愿望没有变。

根据我们调查,有一部分村民抱怨住在古村落的空间太小,孩子长大后要成家立业,原有的居住空间根本满足不了他们追求私密空间的心理诉求,所以就时常出现所谓钉子户见缝插针造新房子的违规操作;而更能赚钱的人则到城里买商品房。我们访谈的一位李姓媳妇可证之。她说:

> 一般都愿意住新房子。我有一个女孩现在住在宁波奉化溪口,我叫她来这住几天,她还有两三个月就生小孩了。她说,妈啊,我就不想去啦,去了不方便。去年还是前年?我们做了个洗澡间。她说洗澡间做了,但上厕所不方便。我去呢,也只能住一两天。我说你就过来吧,因为你(刚开始)怀孕要保胎,现在都七八个月了。她觉得洗澡还是不方便,上厕所呢就根本没办法上。农村里的事就是这个风俗。现在什么都要搞新式的。你看这房子,去年重修过但全部塌掉了;旁边也是老房子,但不能住人。②

李氏兄弟老二说得更直接:

---

① 访谈对象:李氏兄弟老四,农民,35岁;访谈时间:2012年7月5日。
② 访谈对象:李姓媳妇,农民,50多岁;访谈时间:2012年7月4日。

我要求不高,让里面舒服一点,瓦房搞起来,你说是吧!他(政府)如果不同意的话,我也没办法。到时候给我拆了,也没办法。老房子本身它破掉了,是危房。他说你这个房子是老房子,要保护,旅游局说这是古村落,可以开发旅游。但我人住在这里,塌下来怎么办?那你就把保护标准拿出来,哪怕你说我这个房子是古董,你要把它保护起来,可以啊。或者说你就把我搬迁走。搬迁又不给搬,保护又没做到,你说让我怎么办。人住在里面总要生存吧。①

当下古村落的民众还无暇追求精致的文化品味,实际上其将来会发展到什么程度,现在还无法预测。当社会发展到一定阶段,民众肯定会追求居住空间的诸如舒适、自然和谐等内在的精神享受。现在的苍坡村显然还没有发展到这个阶段。中国传统民居确实很讲究生活情调的,所谓"宁可食无肉,不可居无竹"即是强调这样的品位;理想的居住空间不仅要有华美舒适的卧室客厅,还要有"深深深几许"的庭院。这些都是文化发展到比较高峰阶段的精致表现。但是这种精致是传统农耕社会的精致。当中国传统居住空间突然遭遇以机械化、电气化为表征的现代化技术的升级改造时,传统的生活节奏或方式,对这种并非渐至的现代化所表现出来的高原反应就在情理之中了,虽然生活其中的民众也被现代化生活所诱惑。相比较而言,西方发达国家的现代化是积累到一定阶段而逐步实现的;而中国近代社会历史发展与西方形成某种错位,其现代化升级是被迫的,其现代性也因此是被压抑的现代性。所以,传统古村落中有的民居就因为无法适应现代生活而被拆除。但是,那些新盖的楼房又没有达到与现代化生活相匹配的精致阶段——它们至多属于过渡期的纷乱表现。令人担心的是,此过渡期尚未结束,传统民居可能就被拆解殆尽了;曾经的精致和品味还未来得及被充分吸纳以至重构就成了"此情可待成追忆"的文化碎片,届时再奢谈传统民居文化遗产保护等问题就会显得不合时宜了。

现在的苍坡村由于没有规划好,给古树和新栽的树留存的生长空间太小。这也是其他古村落所面临的一个重要问题,因为古村落里没有古老的大树实在不可思议,古树本身即粘附着村落的历史和传说,见证着白云苍狗

---

① 访谈对象:李氏兄弟老二,农民,42岁;访谈时间:2012年7月5日。

和村民悲欢离合的生活史。村落里若没有了故事和传说,其衰落几乎是注定的。古村落现有的空间相对狭小,而规划保护者又没有很好地解决村民追求居住空间的舒适和品味等紧迫性问题,古村落原来的生存空间就日益遭到致命的挤兑,树木的生存空间以及其他公共空间也就越来越狭小。居住空间毕竟是首要问题,至于有没有绿树成荫的公共空间或故事传说却退居其次了。

诚如法国著名社会学家布迪厄所言:"住宅是一个按照组织宇宙的同一些对立组织的微观世界,它同宇宙的其余部分保持了一种对等关系;但是,从另一个角度看,住宅世界整体上与世界的其余部分保持了一种对立关系,其原则不是别的,就是住宅内部空间和世界其余部分的组织原则,从更广泛的意义上说,是所有生存领域的组织原则。"①同样,我们也无法忽略古村落居住空间事关生存领域的组织原则,生活其中的民众对其内部空间组织原则的认同就显得极为重要,因为其事关每个生存主体的实践感和生活感等问题域。当下村民认同现代化设施所带来的便利舒适,但并非天然地拒斥传统民居的生活空间。若保护仅止于供游客凝视的空间展示,而忽略了村落和民居的生活维度,那么,这样的保护注定要无功而返。其结果可能就是:政府对古村落保护做得愈多,对其破坏亦就愈甚。或许,从作为对接现代与传统的的生活空间去切入相关问题域,一些保护上的难题可能就会迎刃而解。传统民居文化遗产保护与民众的现代化生活渴求还是可以相携而行的。

宋代词人晏殊在《浣溪沙》一词中写道:"无可奈何花落去,似曾相识燕归来。小园香径独徘徊。"第一句可能写实,是一种现实逼迫的无奈,但仅仅徘徊在传统的香径上怀旧是不够的,被成功保护好的古村落或传统民居应该是"似曾相识燕归来"的感觉;有时代变迁的症候,也有强大厚重的历史传统立在那里——我们甚至可以触摸得到。

三、对古村落历史感的认同

旧房子里飘出苍凉刚健的旋律。之所以说其苍凉是因为老屋年久失

---

① (法)皮埃尔·布迪厄,蒋梓骅译《实践感》:译林出版社2012年版,第389页。

修,像是被这个后现代世界遗忘一样,任凭风吹雨打,任凭蜘蛛在编织自己的"八阵图";说其刚健,是因为飘出来的旋律是温州鼓词,是与温州人传统日常生活密切相关的艺术形式。老人们带着孩子守候在这历史积淀较为丰厚的老屋,时间仿佛停滞了,亦如小孩的岁月是没有褶皱的,老人的岁月却是怀旧的。有本事能折腾的年轻人都走出去打工或做买卖去了;他们寻找谋生的新途径,有的留在了大城市,有的又回到古村落,用辛苦赚来的钱建造像城市住房一样的新房子。

美国学者玛丽·赫福德(Mary Hufford)曾提及诺拉·鲁宾斯坦(Nora Rubinstein)在其最后形成的报告中所观察到的案例,即当邻居街坊和他们的名字发生了很大变化时,人们很难维持一种历史感(a sense of history)。斯蒂夫·苏维茨基(Steve Soviczki)的祖先生活地现在是一开发区,他对靠近阿特卡(Atco)地区变化程度之大感到很懊恼:"这是进入我曾祖父出生地旧的入口。这块被称为霍纳的地方(the Horner place),系我高祖母的父亲给高祖母的财产。她生活在一间小木屋的家里,生下过七个孩子。我曾祖父以赛亚(Isaiah)就出生在这个地方,也就是这个小木屋里。他祖父叫伊萨克(Isaac)。他们在此筚路蓝缕……这是所有新的开发蓝图。是啊,它跟过去完全不同……你也许认为他们会把这块地方命名为霍纳,或其他名字。"①对于生于斯长于斯的祖祖辈辈来说,旧房子及其所依托的村落或区域之所以如此重要,是因为那里浸透了一代代人的情感和记忆,是历史感积淀丰厚且已被情感化的空间。我们回忆故乡童年,总会想到大树,大树背后的游戏,流过汗水和眼泪的土地,我们童年的伙伴,我们的亲人,以及我们出生的房间,等等——这些都是见证我们成长历程的情感固化物。其实,我们之所以要保护古村落,也即是保护我们进入历史场域的入口,以期与祖先或曾经的自己时时保持某种联系。

遗憾的是,民众对古村落历史感的认同在城市化背景下已经发生了磁暴现象;古村落的历史感弥散在已渐趋碎片化的传统居住空间景观之中。毋庸讳言,古村落突然遭遇现代化和城市化,就像苍坡村的旧房接新房,总显得那么不适应。村民原先引以为傲的村落历史记忆如今竟成为文化负

---

① Mary Hufford, *One Space, many places*, American Folklife Center Library of Congress-Washington, 1986, p.50.

担。古村落的视觉景观已经被马赛克化,历史感虽然还可以感受得到,但其中所蕴含的生命已经支离破碎。村落传统也像千年老屋,再也无法抵御城市化推土机的摇撼。苍坡村就有村民希望老房子快点倒下,否则还要守在拥挤的老房子里。他们却很少顾及古村落是积淀着历史感的情感化空间。村落文化无疑是农耕社会的产物,随着农村的城市化或城镇化,传统意义上的农民可能就此终结。按照李培林①对广州羊城村的研究,他认为传统意义上的村落也会就此终结。不过他研究的对象是城中村,而不是本文所论及的古村落。但是,古村落的生存现状确实堪忧,其原本的宁静从容变得越来越焦躁、自卑。村民的这些情绪在调查者面前丝毫不加掩饰。笔者访谈过的三轮车夫即是留守村落的年轻人,他说自己尚未结婚,至少三十岁了。

在通往温州市区的高速公路两旁张挂着这样的标语:城市化让生活更美好!温州市下辖的文成县正在搞美丽乡村建设,我们还没调查过,不知道其美丽乡村之"美丽"是如何打造建构的,有没有尊重当地的历史文化记忆?后现代最显著的一个特征就是:世界是平的,所有的深度被抹平。若我们的乡村包括古村落都变成千村一面的平面世界,那么,我们的生活世界就太单调沉闷了。在笔者看来,古村落的历史感却能消除民众生活世界的平面化特征。古村落的地方感(Sense of place)是无法与历史感(a sense of the past)相分离的。人类学学者凯文·林奇(Kevin Lynch)就曾洞察到,地方感能"强化发生在那里的人类行为,并激活历史的沉淀物"。② 作为视觉景观的古村落建筑,"使景观保持活力的不是对历史的严格保护,而是把过去不断重构到现在中去。"③生活在古村落里的民众,在感知世界时要发挥主观能动性,并创造性地使自身形象能呈现出来。他们应该有力量改变这种形象,以适应不断变化的需求,而不是仅仅听从专家学者或政府的指导;他们对古村落历史感的认同程度关涉到古村落保护的成败。

苍坡村西边的寺庙已有1000多年的历史,其规模原本很宏大,清代遭火灾后重建,原有地盘被其他公益设施侵占大半。就在我们调查的前一天

---

① 参见李培林《村落的终结:羊城村的故事》,商务印书馆2010年版。
② Kevin Lynch, *The Image of the City* (Cambridge, Mass: MIT Press, 1960), p. 84.
③ Mary Hufford, *One Space, many places*, American Folklife Center Library of Congress-Washington, 1986, p. 74.

晚上,该寺庙走廊支柱下的础石被偷走两个。据村支书说,这两个础石系唐代传下来的镇寺之宝,也是苍坡村的镇村之宝,但村政府仅派一个年老的五保户看守寺庙。村支书推测,这桩盗窃极有可能是里外勾结。盗窃础石的案子一直到是年年底都没有告破。苍坡村民也就街谈巷议几天,就该做什么就做什么了。那些础石是元代的,雕工精湛,以前在灵山寺,具有很高的历史价值。可谓古村落活化石的国宝级文物就这样从村落民众的生活中消失了。苍坡村被偷走的何止这两个础石,李氏宗谱早就被人偷走卖掉了。1997年之前,李氏祠堂里摆得满满的,现在都空了。大宗祠大厅里面以前有很多名人字画,也全给人偷走了。村民李氏兄弟老四对此痛惜不已,"值钱的都被偷走了。那些国宝级的东西被偷了,我们都心疼,村里的干部却说偷了就偷了。那么值钱的好东西被偷了,真可惜!被偷的真的很多啊!村里好多村民保护意识还是很强的,否则,房子传到现在,每家都该拆得精光了。"①

苍坡村的"历史沉淀物"若消失殆尽,其历史坐标就很难呈现出来了,剩下的也就难以支撑所谓的眼球经济了。换言之,古村落的历史感对村民的认同极为重要,对古村落的旅游开发也很重要。众所周知,长久以来,各种历史遗迹一直都是日本国内旅游的支柱部分。除了通常分布于城市或已城市化的农村地区的著名神殿、寺庙和城堡外,独具特色的乡村景点正受到人们的欢迎,其中大多数是快过时或已经废弃的建筑物,包括考古遗迹、农场老屋,像民居即村庄小屋,或者通常是由村庄小屋汇聚而成的"老房子公园",与欧洲的生态博物馆有些类似。为吸引更多的游客来参观,人们在老屋子里开餐馆、表演传统的手工艺以及出售纪念品和土特产。最引人入胜的景点之一,是位于金泽县的新建的温泉乡森林公园,它由一片重修过的芭茅顶民居组成,每座民居内都举办一种传统手工艺展示活动,诸如制作漆器、陶器、纸与烹制乡村风味等。这座公园由当地出租车公司的富有业主修建,耗资巨大,距附近一个知名温泉胜地只有几公里路程。② 日本的保护之道值得我们借鉴。

---

① 访谈对象:李氏兄弟老四,农民,35岁;访谈时间:2012年7月5日。
② (美)Nelson Graburn:《人类学与旅游时代》,赵红梅等译,广西师范大学出版社2009年版,第170—171页。

日本人的做法若再配上对地方标志性文化人物或文化的创造性开发，一定能使传统民居文化遗产在城市化浪潮中幸免于难。村民对古村落的自豪感亦即认同感会因游客的凝视而被强化，也就是说游客来此凝视的不仅仅是景点、各种传承至今的遗留物，还有古村落自身的精神品位或文化内涵。游客与村民乃至村落形成某种精神互动。正如美国人类学家纳尔逊·格雷本所言："任何一趟特定的旅行都不会只局限在一种吸引物上：人们总能在新鲜中体验到怀旧，在陌生或'自然'与文化的有趣结合中发现熟悉的东西。"①只不过，"旅游者的凝视是围绕着该文化的奇异性来构建的，因此提供的服务也不能影响或消弱凝视的质量，而且还应该提升这种凝视质量。"②古村落保护若真像村民所希望的那样，最好在开发中保护，在此玛丽·赫福德的观点也许值得我们重视，"若鼓励保护区的开发商对其地方特色保持敏感的话，土著和外来者的生活质量都将得到改善。"③当然古村落的外来者主要是游客。

四、结　语

　　综上所述，居住空间认同与古村落保护关系密切，前者认同的不仅仅是现代化的生活，还有村落的历史记忆和祖先传承下来的生活方式，而古村落保护若尊重村落主体的心理诉求，理解尊重村落保护背后的各种利益博弈，并对之调谐到位，我们的保护才会落实到实处。"我只希望在安装了空调设备的现代书房里，依然会有一盏传统的明灯照亮我的原稿纸和打字机。新和旧是可以同时存在的：多少前朝旧宅的深深庭院里，处处是花叶掩映的古树。房子和树是老的；花和叶是新的。"④诚然这是董桥比较抒情的说法，但却意味深长。对居住空间的重构若未能使村落主体形成认同，像苍坡村这样的古村落最后或许就像里尔克在一首名为《这村里》的诗中所描绘的

---

　　①　（美）Nelson Graburn：《人类学与旅游时代》，赵红梅等译，广西师范大学出版社 2009 年版，第 171 页。

　　②　（英）John Urry：《游客凝视》，杨慧等译，广西师范大学出版社 2009 年版，第 83 页。

　　③　Mary Hufford, *One Space, many places*, American Folklife Center Library of Congress-Washington, 1986, p. 74.

　　④　董桥《英华沉浮录》（二），海豚出版社 2012 年版，第 4 页。

那样:

  这村里站着最后一座房子,
  荒凉得像世界的最后一家。

  这条路,这小村庄容纳不下,
  慢慢地没入那无尽的夜里。

  小村庄不过是两片荒漠间
  一个十字路口,冷落而悸惴,
  一条傍着屋宇前去的通衢。

  那些离开它的,飘流得远远,
  说不定许多就在路上死去。①

---

① 梁宗岱《宗岱的世界·译诗》,广东人民出版社2003年版,第52—53页。

地方神明如何平定叛乱:杨府君与温州地方政治(1830—1860)

罗士杰 著　赵肖为 译

在 1867 年刻立于温州的《杨府庙碑记》①中,落款人温州知府戴槃仍对杨府君②12 年前戡乱显灵的事迹津津乐道。如同在碑文中可见的,戴槃宣称杨府君激励了乐清县城居民和西乡③村民一齐将以瞿振汉为首的叛乱分子赶出乐清县城。碑文开篇写道:

> 异哉,乐清县城之复也! 咸丰甲寅十二月,土匪瞿逆倡乱,麇集县城,势张甚。大兵未集,士民俯首帖耳,莫敢撄其锋。忽一日哄然而起,齐心杀贼,渠魁授首,群匪千七百余人歼焉。城遂以复。佥曰:此杨府君之助也。④

从碑文的说明来看,杨府君的显灵事迹激发了乐清民众向以瞿振汉为首的叛乱分子进行战斗的勇气。事后的报告也指出,他们在短短的 4 个小

---

① 此碑迄今仍矗立在温州市海坛山的杨府庙旁。此碑其实脱胎自戴槃题为《杨府真君戡乱显灵记》一文,此文可见于:戴槃《东瓯记略》,戴槃《戴槃四种记略》,重印本,台北华文书局,1969 年,第 85—87 页。

② 杨府君(温州方言也称之为"杨府爷")信俗依然盛行,尤其在浙南地区。关于温州地区杨府君信俗的研究,参阅:姜彬《吴越民间信仰习俗(节选):吴越地区民间信仰与民间文艺关系的考察和研究》,姜彬《姜彬文集》第 3 卷,上海社会科学院出版社,2007 年,第 189—365 页。林亦修《温州族群与区域文化研究》,上海生活·读书·新知三联书店,2009 年。

③ 乐清城往温州方向的县域称"西乡",往台州方向的县域称"东乡"。

④ 戴槃《杨府庙碑记》,见金柏东《温州历代碑刻集》,上海社会科学院出版社,2002 年,第 369—370 页。

时里杀死了至少1400至1500名①显然来自瞿的家乡的匪徒。② 然而,实际上的经过究竟如何？这个短时间所造成的骇人的死亡记录,对于乐清地方政治又隐含着怎样的根本意义呢？

瞿振汉事件爆发于1855年初。③ 根据清朝官员的报告,温州府乐清县虹桥人瞿振汉聚众组建了所谓的红巾军,并于1855年初在虹桥瞿氏宗祠集结后,聚众进攻乐清县城。这一场所谓的叛乱实际上并非清政府武力镇压,而是被乐清县城居民以及来自西乡的村民联手击灭。戴槃的碑文基本上沿用前任上司庆廉于瞿案事后所撰报告的观点。不论当时善后的庆廉抑或数年后到任的戴槃,对于杨府君显灵戡乱的事迹显然都没有任何疑问。

另一方面,清朝政府在重新取得乐清城的控制权之后,庆廉召集当地的地方士绅商议如何论功行赏。通常的情况是,就嘉奖名单达成共识后,官员会向军机处呈递善后处理报告。这一类报告的内容通常会胪列有功人员姓名与具体事迹以请求军机处授权地方官员给这些有功人员授予荣誉或赏金。令人意外的是,与会的地方士绅拒绝了庆廉的封赏提议,反而要求庆廉撰写报告向皇帝要求敕封他们的地方守护神杨府君,以表彰他对这次平乱的贡献。至于军机处已拨下的赏金,这些地方士绅建议用于修缮位于西乡的杨府庙。庆廉已经在温州为官10年,深知地方民情,因此同意了这群地方士绅的请求。经过了将近12年的等待,1867年军机处的批复终于传到乐清,同治皇帝册封杨府君为"福佑真君"。

不管是清朝官员的报告还是戴槃的碑记,其实都清楚地表明,他们对地方神明在地方政治中所发挥的角色与一般民众所谓的"有求必应"的内涵并无二致。从更大的层面来说,对于这些发生在地方社会中的神明显灵故事,学者必须探讨,在这些显然充满不解与惊讶的论述背后到底隐藏了哪些存在于地方政治中的待解意义。简单地说,通过对瞿振汉案的讨论,笔者认

---

① 关于死伤数字,根据时人林大椿的日记,约有1456人受害。之所以会有这一个统计,是因为在事后,有一位名为赵士铨的地方士绅捐资办理收尸事宜。而受雇收尸的人必须割下个别尸体的发辫以换取工钱。见庆廉《浙江盐运使庆廉奉委查办乐清县匪徒占踞城池始末详文稿》,第37页；林大椿《红寇记》,第24页。

② 庆廉《浙江盐运使庆廉奉委查办乐清县匪徒占踞城池始末详文稿》,见马允伦《太平天国时期温州史料汇编》,上海社会科学院出版社,2002年,第37页。

③ 关于瞿振汉起义的故事,参阅：温州图书馆珍本部收藏的《瞿振汉档案》。

为,与其强调杨府君的灵验故事,还不如质问一个更关键的问题:为什么清朝地方官员会需要与杨府君这样的地方神明合作?为何在事平之后,清代官员还把杨府君纳入官方祀典中,同时给予封号,以确保这样的合作关系?这样的做法用意何在?探讨上述问题,笔者认为将有助于我们勾勒出在1860年代后期西方列强及其重要的附加物——天主教与基督教进入中国之前,民间信仰与地方政治之间的互动关系。简单地说,温州杨府君的例子揭示了清朝试图通过将深得人心的地方神明纳入官方祀典以加强其在地方社会中的权威性的手段。

一、杨府君:西乡的守护神

最初的杨府君是唐朝的一位神仙,在温州和台州沿海地区的渔民中深得人心:

> 神姓杨名精义,唐太宗时人,生十子,俱入山修道。一夕拔宅飞升,同登仙籍。由此着灵,海澨祷祇辄应。①

目前已知最早的杨府庙坐落在杭州,建于南宋年间。据此,杨府君信俗至少可以上溯到12世纪。② 光绪年间所编的《永嘉县志》曾经提及两则关于杨府君信俗历史的碑文,一则是记载杨府君第一次获得封号的南宋碑文,另一则由一位明朝袁姓按察使撰写,可惜两者都失佚了。③ 不过,我们仍可据此推测,杨府君信俗至少从12世纪起已经存在于乐清地区。

那么,杨府君信俗又是如何与乐清西乡联系在一起?又如何进一步成为西乡乡民心中的守护神?根据1777年树立的一块碑文,乐清西乡西皋社村民自明朝以来每年农历二月廿五都会庆祝杨府君诞辰。当时的杨府庙并没有什么财产,庙务的维持只能靠村民的年度奉献去支应年度祭仪的费用。

---

① 李登云、钱宝镕《光绪乐清县志》,影印本,台北成文出版社,1983年,第641—643页。
② 潜说友、汪远孙《咸淳临安志》,影印本,台北成文出版社,1970年,第4017页。
③ 张宝琳、王棻《光绪永嘉县志》,影印本,台北成文出版社,1983年,第405—407页。

一直到了康熙年间,一位名叫郑文玉的人捐了一批价值不菲的财物。尽管某些乡民图谋侵吞,杨府庙最后总算保有了自己的财产,并经过许多年的努力,在当地社会中逐渐增强了影响。

不过,这一场庙产争夺战仍显示了 18 世纪清朝地方官员对杨府君神力的认知程度。如同《杨府庙重置祀田记》①记载:

> 郑文玉者,邑西三塘人,因迈无子,于康熙时挈田入庙,为主持。玉卒,其妻再适盐盆王某,后子王书升思冒其田,雍正十三年,升丈入之,遂吞焉。然玉在日,恐身死田去,预置版眉,列而藏之,复镌诸所营墓志旁,以故得悉,取以题诸梁。

即便如此,情况还是对侵吞庙产的王家有利,情势直到 1777 年乐清知县张福敏到杨府庙参拜才发生具体的变化:

> 公自言前岁八月渡江,至中流,飓风突作,舟败,公入水,恍惚见有人掖而出之,得无恙。是夜梦神人告曰:"余,杨府神,比掖君者,即余也。"言已不见。

于是,张知县于到任后便安排时间前往杨府庙参拜。他一跨进庙,庙中杨府君的形象竟然同他梦境中出现的神明一模一样!为了表达对杨府君的谢意,他决定捐钱整修当时已见颓败的庙宇。环顾四周,张不意发现庙梁上刻有"故心邑民郑文玉舍田十三亩"等字,立刻怀疑庙产是否被侵吞。张知县马上询问村民何以一座拥有财产的庙宇竟然颓败至此。聚集的人群向他陈报了杨府庙与王家之间的争执过程。张知县立即召来社首张煌和周乐朔(周很可能就是郑文玉的继任者)说明案情。几经调查,张知县责令张煌具状到县衙请愿让地方政府介入此案。张煌的请愿书不仅要求王家归还庙产,而且乘机要求官府准许在西漈坑开垦两亩地以增加庙产规模。张知县当然允其所请,并传唤王书升的三个儿子到公堂,勒令他们归还他父亲所侵

---

① 赵翼照《杨府庙重置祀田记》,见吴明哲《温州历代碑刻二集》上,上海社会科学院出版社,2006 年,第 455—456 页。

吞的庙产,否则予以重罚。最后,王家归还了先前侵吞的土地。

如前所述,即便缺乏足够的庙产,杨府君信俗自明朝以来已经在西皋社普遍流行。不过,如上文所见,就算地方社会中的神明其实也也无法捍卫自己的庙产,简单地说,杨府君并不是万能的。根本地说,寺庙还是必须仰仗地方官员的介入去索回自己的庙产。这也就是说,上述故事中的地方神明其实是非常懂得利用适当的时机跟地方官员互动从而实现信众的目的。不过,过去的研究者往往将注意力集中在地方神明如何将分散的地方社会统合到一种地方信俗之中,从而忽视了这种"相互拯救"[①]的故事所反映的地方神明与地方政治相互联系性。随后,我们将会看到,正是这种政治上的相互联系性在镇压瞿振汉起义中再次发挥作用。

二、瞿振汉起事的背景

关于瞿振汉起义,除了官方报告,民间也存有许多记录,这些记录的史料价值在于它们有助于我们全方位地了解事件的起因。例如,乐清文人林大椿针对瞿案所撰写的《红寇记》一文,即提供了除了官方报告之外与本案相关的重要背景资料。根据林的记载,瞿的家庭背景如下:

> 红寇之魁瞿振汉,又名振海,世居乐清东乡虹桥街。祖兆岗,以拳勇雄乡里。父嘉秀,贫,诸生,早卒。汉善居积,业重罗,资渐充,旋卖酱

---

① 事实上,此类地方神明与地方官员之间这种"相互拯救"的故事在庙产纠纷以及个别与地方利益相关的案例中是很常见的。然而,在帝制中国晚期宗教史的研究中,学者仍高度依赖人类学家桑格瑞(Sangren)根据1970年代晚期在台湾北部桃园县大溪镇的田野调查所做成的关于"灵力"功能的讨论。根据桑氏的见解,地方神明的灵力可将不同背景的人群整合于同一神明的信仰与相关的组织中。参阅:Sangren S. *History and Magical Power in a Chinese Community* [M] Stanford:Stanford University Press,1987. 关于地方神明如何统合地方社会的开创性研究,参阅:王世庆 Wang S C. *Religious Organization in the History of a Chinese Town* [C] // Wolf A. *Religion and Ritual in Chinese Society*. Stanford:Stanford University Press,1987:71—92(中译本:《民间信仰在不同祖籍移民的乡村之历史》,见于氏着《清代台湾的社会经济》,台北:联经出版事业公司,1994年,第295—372页。)

于市。素不知书,而粗通文义,狡谲性成,关机捭阖,猾胥不能困。①

另一则值得长篇引用的关于瞿的故事是20世纪初温州一位中学教师周起渭收集的:

> 清咸丰元年(1851),年岁歉收,七八月间瘟疫流行。瞿振汉店内的腐乳存货很多,一时销售不了。虹桥东街口,蒲歧地方人挑来渔鲜担货,每天销售数十担。振汉心中羡慕,因写十多张不署名的黄纸通告,于夜间遍贴通衢。通告上面大略说,明日某菩萨圣诞,大家都要茹素,不得吃荤,可保家口平安等语。果然,第二天他店内的腐乳销路很旺,而东街口蒲歧人的渔鲜则无人过问。②

上述两则故事提供了更多关于瞿振汉家庭背景和所处环境的线索。他的祖父很可能是当地的土豪,并希望儿子瞿嘉秀能接受教育晋身文人。③但是,体弱的瞿嘉秀没能实现父亲的愿望。更糟的是,他年纪轻轻就抛下年幼的儿子死去。瞿嘉秀的早亡无疑对瞿家产生很大的冲击,窘迫的境况迫使瞿振汉从商糊口。再从上述的记载中亦显然可见,瞿振汉在虹桥商圈里即便算不上十分正直,但绝对称得上精明。④

---

① 林大椿《红寇记》,见马允伦《太平天国时期温州史料汇编》,上海社会科学院出版社,2002年,第10页。
② 周起渭《瞿振汉起义事略》,《近代史资料》1963年(1),第165—166页。
③ 虹桥瞿家的故事其实非常接近台湾雾峰林家的例子。根据Meskill的研究,为了捍卫家族在地方社会中的利益,雾峰林家首先是以地方土豪的形象去跟其它家族竞逐地方利益。发迹之后,林家也冀望家族成员能接受教育以通过科举考试成为官员来保卫家族的利益。在这方面,雾峰林家无疑是非常成功的。至迟从1850年前后到1960年间,历经了不同的统治者,雾峰林家一直是台湾最有声望的家族之一。参阅:Meskill J. *A Chinese Pioneer Family*:*The Lins of Wu-feng*,Taiwan 1729—1895 [M]. New Jersey:Princeton University Press,1979.
④ 与瞿振汉类似的背景形象亦可见于韩书瑞(Susan Naquin)对发生于1774年的山东王伦事件与康豹(Paul Katz)对1915年台湾的余清芳事件的研究。参阅:Naquin S. *Shantung Rebellion*:*The Wang Lun Uprising of 1774* [M]. New Haven:Yale University Press,1981 与 Katz P. *When Valleys Turned Blood Red*:*the Ta-pa-ni incident in Colonial Taiwan* [M]. Honolulu:University of Hawaii Press,2005.

经过一段时间的积聚,瞿家的经济状况获得明显的改善。因此,瞿振汉决定采取手段来提升家族在地方社会中的地位。为此,他一方面将弟弟瞿振山送入县学;另一方面则捐资替自己换来一个监生头衔。① 除了教育投资以实现祖父对父亲的期望外,瞿也热衷于地方慈善事业来提升家族在虹桥乡亲间的声望。根据林大椿的记载,1853年瞿发起赈济饥贫,并从而得到当地民众的赞誉。② 不过,大约过了1853年后,瞿已年过四十,此时他家的经济状况亦如同当时的清帝国一般快速地走下坡。到了他1855年初起事前夕,瞿早已负债累累。但跟之前不同,这一次,瞿并不认为他当时所面临的窘境是因为运气太差,反而认为当时清朝官员众多引起争议的政策是造成他失败的主要原因。

19世纪中叶以降,清帝国遭遇了两场全国性的危机。一场是鸦片战争,另一场则是当时方兴未艾的太平天国。这两次危机对于温州民众的直接冲击就是不断加重的税赋。清帝国为了承担因鸦片战争向英国的巨额赔偿,军机处因此下令与此战争有关的江苏、浙江与安徽三省负责筹措赔款。③ 浙江省因相对而言较少直接受到太平天国战火的破坏,因此军机处要求浙江省必须比其他省份承担更大的对英摊款的责任。为了应付上级所交派的任务,浙江省地方官员唯有提高以田赋、劳役与盐的专卖所得为主的地方税赋。

这样的贸然加税对地方社会的冲击,当然是非常巨大的。不过,更可议的是地方官员的执行手段。对此,我们可以从赵钧日记《过来语》的记载中一窥新加的税赋对当时温州地方社会的影响。1843年1月12日,南京条约签订刚过了半年,赵钧抱怨他的土地被瑞安梁知县派人霸占,说是为了从地方社会征税。他非常愤怒,但却无力阻止。④ 1844年,赵在日记中悲愤地指控现任知县的残忍:⑤

> 邑令有父母之名,应有父母之情,乃藉势肆毒,民不聊生,旨膏日竭,控告无门。以愚观之,当今天下大势,误国家者,县令也。时赵令景

---

① 林大椿《红寇记》,第10页。
② 林大椿《红寇记》,第12页。
③ 彭泽益《十九世纪后半期的中国财政与经济》,人民出版社,1983年,第11页。
④ 周梦江《赵钧过来语辑录》,《近代史资料》1980年(4),第138页。
⑤ 周梦江《赵钧过来语辑录》,第140页。

铭无政不酷,视民如仇,事事令人俱哭。

随着太平天国运动的逐步升级,清朝的财政状况更加恶化,日常的税赋水平已不再能够满足政府日渐急迫的军事支出。为此,清廷决定扩大捐输的范围以求增加整体财政收入。1854年农历三月十一,赵钧又在日记中谴责了新税制在温州造成的负面影响:

> 现在十室九空,朝廷又下捐输诏。县官承上官意旨,只图取媚,不顾大体,时谓之勒捐,闻者骇异。①

在这样的状况下,不光是地方政府滥用勒捐制度,地方士绅为了保护自己的利益,亦不得不采取非常的办法。如同赵均在日记中所指控的,当时的瑞安地方士绅孙锵鸣为了减轻捐输制度对其亲族故旧所造成的冲击,因此以在籍京官的身份在地方设局办理捐输事宜。做为孙的启蒙业师,赵无疑对孙利用在籍京官的特权,擅自将负担转嫁到他人身上的手法痛心不已,但却无可奈何。这样因地方士绅操弄特权所造成不公的状况,使一般百姓对清廷和地方士绅都已然失去信心。

身处乐清的瞿振汉当然无法自免于勒捐制度所造成的冲击。更别说孙锵鸣主导的捐输体制在乐清县最主要的受益者正是孙的连襟、瞿振汉好友倪廷模的死敌徐牧谦。事实上,当徐获知瞿振汉与倪廷模等人从虹桥出发准备进入乐清城时,马上连夜逃到瞿安孙家寻求孙的保护。② 除了向地方

---

① 周梦江《赵钧过来语辑录》,第159页。
② 当徐牧谦得知瞿振汉与倪廷模已控制乐清城时,徐与他的两个儿子马上动身逃往乐清西乡去寻求保护,计划之后再找机会逃到瑞安孙锵鸣处。但徐在西乡的佃户无视徐与他当时患病的两个儿子的请求而拒绝提供保护。更令徐感到尴尬的是,西乡的佃户反而取出棍棒强迫徐等人立即离开。不多久,徐的儿子还被一名叫张永敖的西乡人抓住,并旋即解送到乐清城内瞿振汉处。若不是旁人劝阻,瞿本想立即处决徐的儿子。徐在乐清北部的山区躲了一夜后,还是被村民抓住,并准备送给瞿振汉处置。但非常戏剧性的是,在被押往乐清城的路上,徐被其故旧所救。随后,徐才被护送到瑞安孙宅。从上述的故事,我们可以清楚地发现,徐氏父子的遭遇并不能怪罪于他们的坏运气。更准确地说,徐氏父子的遭遇反映了徐家在乐清一般百姓中的形象。见林大椿《红寇记》,第18页。

社会要钱,从1850年代开始,清帝国官员还鼓励地方社会组建团练以节省军费开支。团练制度引入温州,一方面使得地方利益集团之间不断加剧的竞争进入一个新阶段,另一方面也提供了与瞿振汉具有相似社会经济条件的地方士绅在地方政治领域崛起的绝佳机会。①

早在1853年3月下旬,瞿振汉便向乐清知县孙涤源递交组建团练的申请,请求孙准许其在虹桥组建团练抵御"外侮"。尽管所谓的"外侮"涵意含糊,但孙知县还是允其所请。② 同年6月下旬,节制温州地区防卫的温处道台庆廉为了抵御1840年代以来持续骚扰温州沿海地区的广东海盗,③便下令进一步放宽地方团练的武装限制,但仍不准许地方团练配备枪支和弹药。此令一出,瞿振汉就在虹桥开设工厂打造包括刀剑等在内的武器。④

1853年7月,广东海盗多次掠劫温州城,但温州守将池建功怯战不前。赵钧的日记也指出,当广东海盗掠劫温州和瑞安时,驻地清军基本上没有进行实质性的抵抗,因此造成温州地区居民严重的损失。⑤ 这当然让温州居民(譬如瞿振汉)更加坚信当地的清朝官员和军队是不可依靠的。

除了上述因素外,还有一些更直接的原因促使瞿振汉在这个时刻决定铤而走险。1854年夏天,乐清遭受严重的洪涝。⑥ 这年的2至7月,饥谨和瘟疫肆虐虹桥地区。⑦ 为了度过这场危机,瞿再次发动赈灾。而且,如火如荼的太平天国进一步影响了瞿,当时他的好友金佩铨刚从太平天国都城天京回来,并向他讲述了令人振奋的亲身经历。远方的太平天国,眼前自然灾

---

① 关于团练与地方军事化的讨论,参阅:Wakeman Jr F(魏斐德). *Stranger at the Gate*:*Social Disorder in South China*,1839—1861 [M]. Berkeley:University of California Press,1966(中译本:《大门口的陌生人:1839—1861年间华南的社会动乱》,王小荷译,中国社会科学院出版社,2002年和 Kuhn P(孔菲力). *Rebellion and Its Enemies in Late Imperial China*:*Militarization and social structure*,1796—1864 [M]. Cambridge:Harvard University Press,1970(中译本:《中华帝国晚期的叛乱及其敌人:1796—1864年的军事化与社会结构》,谢亮生译,中国社会科学院出版社,2002年。)

②④ 林大椿《红寇记》,第11页。

③ 张宝琳、王棻《光绪永嘉县志》,第804—805页。周梦江《赵钧过来语辑录》,第136—137页。

⑤ 周梦江《赵钧过来语辑录》,第163—165页。

⑥ 李登云、钱宝镕《光绪乐清县志》,第2269—2271页。

⑦ 林大椿《红寇记》,第12页。

害显露的天启,都在一定程度上激励着瞿向地方政府挑战,以结束沉重税赋与特权所造成的苦难和社会不公。就动机而论,瞿振汉起义非常接近于美国学者培宜理(Elizabeth J. Perry)研究晚清抗税起义所概括的"保护性反叛"。① 尽管总体目标仍不明确,且受制于他的经济状况,在瞿决定下一步行动之前他还是需要考虑下列问题:首先,要采取怎样的措施才能够终结因地方官员的不当施政所造成的伤害? 其次,在他的周遭到底有多少潜在资源可资动员? 有多少人会支持他的行动? 最后也可能是最重要的,如何在不过度引起中央政府关注的情况下去挑战地方官员?

情势如此,瞿振汉和他的朋友倪廷模稍后决定在一座庙里召集会议讨论这些问题。瞿以庆祝团练正式建立为由,并通过官方渠道邀请地方士绅与会:

> 汉乃与廷模定议八月廿二日在土神祠②置酒,遣县役孔桂等持束会诸绅士。赴会诸人闻其情词闪烁,像率引避。留者独七人,为盟书,托词团兵防堵,而阴谋誓于神,掺香灰入酒均饮之。③

从上文中可见,原本一个庆祝团练正式成立的会议,最后变成一个兄弟组织(brotherhood association)的誓师大会。这次会议实际上并未发挥预期效果争取更多人员与财政支持来扩张他们现有的团练,不过,稍后当地富裕的监生连清纯的加入却适时地解除了瞿所面临的窘境。事实上,连之所以会加入瞿的组织,主要也是因为连的一个皇帝梦。连在皇帝梦醒后,便很兴

---

① Perry E J. *Challenging the Mandate of Heaven*: *Social Protest and State Power in China* [M]. New York: M E Sharpe, 2002年,第47—75页。

② 按照庆廉事后的报告指出,所谓的土神祠就是在娘娘宫(即为陈靖姑的庙宇)举行。见庆廉《浙江盐运使庆廉奉委查办乐清县匪徒占踞城池始末详文稿》,第34页。关于陈靖姑信仰的研究,详见:法国学者 Baptandier B. *The Lady of Linshui*: *How a woman became a Goddess* [C] // Shahar M, Weller R. Unruly Gods: Divinity and Society in China. Honolulu: University of Hawaii press, 1996: 105—149. 最新的研究,又可见:Baptandier B. *The Lady of Linshui*: *A Chinese Female Cult* [M]. Stanford: Stanford University Press, 2008.

③ 林大椿《红寇记》,第12页。

奋地去找瞿讨论这个梦境。听完连的皇帝梦后,瞿便怂恿连道:"子托团练名招募士兵,吾当助子举大事。"连很高兴瞿愿意支持他,于是决定约个时间与瞿的其它几位朋友碰面,随后便加入了瞿的团练组织。① 可以说,连与瞿的结盟取得两项重要的成果:首先,瞿得到连坚实的财政支持,可以用之扩充弱小的团练、从而增强团练在乐清的影响;其次,瞿和连等 7 人结为兄弟组织,从而更加巩固了连对团练的忠诚。

至此,我们必须要问的问题是,何以两位监生会在 1850 年代初选择挑战清朝政府?监生的头衔不仅使他们具有参加科举考试的资格,而且也说明他们曾经信赖过清朝及其体制。毕竟,捐个监生所费不赀。他们愿意做这样的投资,主要是因为监生的身份有助于确保他们家族的地方利益与声望。可以说地方士绅懂得灵活地采取不同的手段(譬如捐官、共享特权、联姻等不同的策略)与当地实权人物合作来保持他们在地方社会中地位。但很显然的是,监生的身份与所伴随的有限特权已不再能解决连与瞿当时在地方社会中所面临的问题。

因此,无论连清纯的皇帝梦在多大的程度上启发了他们挑战清朝政府的决心,但实际情况就是两位监生决定跳出来对抗清政权。他们的行动不仅反映出对清朝地方政府施政日渐高涨的不满,其实也代表了他们对清帝国统治能力(governmentality)彻底失去耐心和信心。总之,前面所讨论过的种种因素已经对清朝政府与地方社会某些成员之间先前存在的权力结构造成剧烈的变化。虽说瞿振汉和他的红巾军只占领乐清城 7 天,旋遭县城居民和来自西乡的村民联手镇压。但这样的状态其实也清楚地表明地方社会任何一方的成员都难以自免于这一场剧烈变化。现在的问题是,在瞿振汉事件扰动地方社会之后,清政府又将采取怎样的策略去缓解东乡与西乡、地方官员与乐清地方社会之间长期存在的紧张关系,并重新取得乐清民众的信任。如同下文所将讨论的,地方神明杨府君将在此间扮演一个活跃的角色。

---

① 林大椿《红寇记》,第 12—13 页。

三、乐清城一日屠

土神祠会议后,瞿振汉的计划大致是这样的:先打劫一家邻居,诱使官弁从县城出来逮捕他们,而他们可以凭借对当地地形的了解伏击官弁。如果成功了,就长驱直入进攻县城。讨论的时候,有人担心钱财人力不足,而瞿回答道:"无虑也。孙令、姚协各富私蓄,先破县城,两人官橐十万金,皆我辈有也。"① 除了县城的官员外,他们的首要目标是倪廷模的世仇、同时也是乐清地方士绅徐牧谦。风闻瞿等人的计划后,徐也在准备建立团练以保护自己的利益。当时盛传徐已积聚一大笔钱藏在乐清城的家中。② 总之,瞿进入县城就马上集中力量劫掠官府(包括县衙和军械库)夺取钱财和弹药以确保对县城的占领,之后便调集主力劫掠徐宅。

1855年2月3日,当瞿振汉率领不到500人的红巾军进入乐清城时,出乎他们预料的是,沿途他们并没有遇到实质性的抵抗。到了5日早上,瞿基本上已经控制了乐清城。在之后几场零星的战斗中,清军的姚姓护协被杀,刚上任不到两个月的知县康正基则逃往丽水。据称,当时幸免于难的官员多半躲到邻近的西乡去寻求保护,徐牧谦则逃到瑞安孙锵鸣宅。③ 与此同时,瞿的同党金阿满准备同日在温州城起事响应,但却很快就被温州的官员逮捕。④ 瞿占领乐清城后,先后发布两次安民告示。⑤ 姑且不论其告示内容的真伪问题,瞿所发布的第一次告示描述了整个温州地区每况愈下的社会经济状况,重申他的起事将有益于保护乐清乡亲的利益。而目前可见的第二次告示则是宣扬反满情绪,并声称他的起事由太平天国东王杨秀清亲自指挥。就瞿的意图而言,并不是所有的人都完全同意他的论调,林大椿便评论道:"檄称汉为义主,诟斥官吏,颇中时弊。然其中讪谤朝廷,语意狂悖。"⑥

尽管如此,除了接管官府和劫掠徐宅之外,瞿的红巾军并没有对乐清县

---

① 林大椿《红寇记》,第12—13页。
② 林大椿《红寇记》,第13页。
③⑥ 林大椿《红寇记》,第18页。
④ 张宝琳、王棻《光绪永嘉县志》,第804页。
⑤ 周起渭《瞿振汉起义事略》,《近代史资料》1963年(1),第169—170页。

城居民的生活造成过多的损害,甚至说根本很难称得上是一场叛乱。如林大椿对瞿起事的评论道:

> 而瞿党非其类也,所纠者市人,所持者钝兵,所相与筹度者狂书生耳。①

不过,仅以瞿振汉这支非正规部队就可以轻而易举地夺取乐清县城,亦可藉此一窥晚清地方官僚体系的脆弱实况。首先,脆弱的乐清地方守备部队与乐清地方官僚系统,根本无力与瞿的红巾军接战。否则瞿不可能如此顺利地进入乐清城。其次,只要瞿及红巾军不对乐清县城居民采取过激行为,乐清县城居民似乎愿意让瞿振汉去取代那些更令人讨厌的清朝官员。在瞿进城后包括乐清县城居民以及西乡村民都将仔细地注意后续事态的变化,并警觉瞿的起事是否会对他们造成威胁。然而,瞿进城之后只打劫官府和徐宅而不骚扰他人,并努力在全县民众面前证明自己的起事乃是正义之举,加上两度发布的书面告示,似乎已经让乐清民众对瞿暂时降低戒心。这里必须明确指出的是,这种双方彼此克制下的互不侵犯仅仅是瞿与乐清市民之间所达成的权宜之计而已,并无助于缓解之前双方早已存在的紧张关系。如后文所将揭示的,双方很容易因为发生小冲突而破坏这一个脆弱的默契,并导致可怕的灾难。

几天后,到了 10 日早上约 8 点的时候,同时也是瞿振汉占领乐清的第七天。五名红巾军士兵在城门口争吵到底谁偷了五百文钱。一位名叫余邦荣的县城居民边上经过时,其中一名争吵者无端指责余偷了钱。余愤怒地否认这种无端的指责,双方相持不下因而导致了激烈的肢体冲突。② 尽管知县已经逃跑了,但为了厘清是非,双方仍然同意上县衙去找瞿振汉评理。到了县衙后,双方仍相持不下,最后反而演变成双方——严格地说,乐清县城居民与东乡村民两个集团——之间的高声对骂。站在瞿身后的一名部属想尽快结束这场争执,便对着余邦荣以及旁观的县城居民吼道:"尔民敢抗

---

① 林大椿《红寇记》,第 10 页。
② 林大椿《红寇记》,第 21 页。

吾，教汝满城皆死！"①这句不经心的口头恫吓激怒了在场的所有乐清县城居民，他们现在认定瞿以及东乡村民是他们的共同敌人，他们要与之战斗。

无视瞿与其红巾军的存在，狂怒的余邦荣以及旁观者动手将瞿的部属拖出县衙外，当众赤手空拳地打死了他。之前当过清兵的当地人周廷华碰巧经过现场，随后就敲着锣跑遍全城，通告大家县衙前发生了大事。转瞬之间，存在于县城居民与瞿振汉之间的互不侵犯默契顿时烟消云散。事发之后，据称全城居民不分男女老少挥舞着随手可得的锄头、菜刀、棍棒与瞿的红巾军接战。本想跳墙逃跑的瞿被一位名叫屠承高的清兵刺死，重要智囊金佩铨不久后也被杀。听到瞿的死讯，原本就缺乏组织的红巾军顿时陷入一团混乱。不久，西乡村民也趁势涌入乐清城里，至此红巾军与乐清市民之间的冲突演变为西乡村民与东乡村民之间的械斗：

> 城外农夫及县后山居民闻声，皆荷锄截隘，遇红巾者辄击毙之。黠贼弃巾走，则执而诘之，但闻东乡口音，立歼于路。②

前任温处道台庆廉的善后报告指出，在这一场短短四个小时的械斗事件中，据报有大约1400至1500名"匪徒"被杀。③这里要特别指出的是，这个骇人的伤亡统计其实也佐证东、西乡村民之间长期存在的紧张关系，不然也不会在这样短的时间内就造成如此巨大的伤亡数字。其次，县衙所在地乐清城很可能在东西乡间扮演着缓冲区的角色。所以，瞿振汉以及东乡村民进入县城的行动等于是打破了这个"势力平衡"。此外，西乡村民也担心，瞿以及东乡村民会利用这次起事，以县城为跳板，在不久的将来将其势力范围永久地扩伸到西乡。这种不断加深的疑虑驱使西乡村民密切地观察县城里的情况。因此，一听到瞿的死讯，西乡村民立即奔往县城，将东乡村民驱出县城缓冲地带，以消除潜在的威胁。因此，可以说乐清东、西乡之间的世仇与地方势力的争夺战导致了当日骇人的伤亡数字。

屠杀之后，直到逃跑的清朝官员返回之前，乐清县城居民为了填补瞿所

---

① 林大椿《红寇记》，第21页。
② 林大椿《红寇记》，第22页。
③ 庆廉《浙江盐运使庆廉奉委查办乐清县匪徒占踞城池始末详文稿》，第37页。

遗下的权力真空与防范来自东乡(尤其虹桥)村民的报复,在城内城隍庙(而非县衙)成立防堵局以接管城防事宜。到了第二天(11日),防堵局还决定正式邀请西乡村民协助护城。① 乐清县城与西乡为了保护自己而结成临时的地方政治联盟其实也说明,瞿振汉的死讯及其红巾军的溃败并不等于起事的结束。相反地,对于大难后幸存的乐清地方民众和清朝官员来说,瞿起事对地方政治的冲击才刚刚进入另外一个新的阶段。譬如,西乡村民开始担心红巾军残余是否会向其报复;东乡村民也会担心西乡村民与乐清县城居民之间的新联盟是否会导致西乡将影响力扩伸到东乡;还有,先前弃职逃跑的县府官员也开始担心中央政府的责任追究,并同时也要考虑要如何去重新赢得当地民众的信任。在这里,我特别感兴趣的是,清朝官员又如何把宗教作为一种治理方略来重新树立官员在地方社会中的地位。因为他们深知,深得人心的地方神明是清朝政府与地方社会(包括东、西乡村民)之间最强有力的共同基础。为了确保国家与地方休戚与共,清朝政府积极地运用地方社会中最强有力的话语形式——宗教来维持自己在地方乃至国家政治中至高无上的地位。

四、杨府君如何平定瞿振汉起事

1855年2月14日,所谓的清朝援兵终于从不到1天步程的瑞安赶到乐清城。但是,由于新的护协尚未任命、知县康正基拖到4月24日才正式返回乐清任所。这等于说,在康返回任所之前,乐清城仍然由地方士绅所组织的防堵局所掌控。② 瑞安过来的援兵大概也因为不愿卷入这种地方世仇争斗,所以只消极地在乐清城里防守,却不敢主动前往红巾军的根据地虹桥查办。事实上,就跟西乡村民一样,这些来自瑞安的清军其实也害怕东乡村民对其进行报复。

至此,按照当地民间的普遍认知,清帝国的官员与此次起义的镇压其实毫不相干。与之同时,满城当时风传着两则地方神明显灵的故事。一则故事说,一位看似关公的将军穿着盔甲,骑着赤马,号召县城居民起而反抗瞿

---

① 林大椿《红寇记》,第23页。
② 林大椿《红寇记》,第24页。

振汉。另一则由东乡幸存者讲述的故事说,有一群看似庙中阴间鬼卒模样的追兵在追杀它们,吓得他们根本不敢抵抗。① 特别值得注意的是,官方后来所宣称杨府君显灵平乱的说法在此时根本尚未浮出台面!

事件平定之后,清朝各层官员也忙于准备报告向所属上司澄清自己对镇压叛乱所起的作用,其实主要目的就是开脱任何可能的政治罪责。于是,除了上述民间普遍认定的版本之外,另一个关于这一事件的重要解释的官方版本这时才开始逐渐成型。这一个官方版本的解释最后是由当时的闽浙总督王懿德所核定,他根据所属浙江巡抚何桂清在1855年2月25日的呈报,于3月8日向军机处上了奏折报告此事。

根据王懿德对军机处的报告,他一得知瞿振汉叛乱,就立即派遣500名福建标兵前往乐清增援何桂清的浙江部队。依照王的报告,这支虚拟的闽浙联合部队应该从温州渡过瓯江并于2月9日抵达乐清,从而与乐清士绅一起消灭了"土匪"。王也提及,何在清朝官员重新控制乐清城后已经于稍早的2月25日向军机大臣报告情况。② 显然因为军机大臣并未在王与何的奏折中发现矛盾不合之处;又与当时方兴未艾的太平天国相比,对军机大臣来说瞿的起事根本无关紧要,因此军机处并未下令要求王与何做进一步的解释。这其实也代表咸丰皇帝接受了两位浙江省最高官员对瞿起事的解释,同时也未表现出进一步调查此案的意图。③ 因此,对这些浙江地方官员来说,完成了责任的厘清后,下一步就是准备另一份报告,要求朝廷嘉奖戡乱有功人员,给瞿振汉事件正式画上句号。为此,何桂清命令时任温处道台的俞树风前往乐清县与当地相关人员商议嘉奖名单。抵达乐清之后,俞首先张贴了署有他的头衔、盖着官印、代表官方说法的布告宣布瞿起事的善后处理措施。布告说,省里派来的援兵与乐清地方官员所率领的地方部队联合镇压了叛乱。

这个布告的官方说法激怒了乐清地方人士。尤其让乐清县城居民无法接受的是:根本没有参与战斗、而且事实上瞿一进城就弃职逃跑的康正基知

---

① 林大椿《红寇记》,第25页。
② 何桂清《浙江巡抚何桂清奏折》,见马允伦《太平天国时期温州史料汇编》,第32—33页。
③ 参阅《大清文宗显皇帝实录》第157卷,台北新文丰出版公司,1978年,第712、716页。

县居然位居嘉奖名单之首;①更让他们无法接受的是:与瞿案发生直接有关的徐牧谦反倒是成了协助清朝援兵反攻的第一"义民"。在许多乐清市民看来,徐对引起瞿振汉起事以及接踵而来的混乱其实负有直接责任。更进一步说,当地人也都知道,瞿之所以能轻易占领乐清城就是因为大家都明白他的目标只是失去民心的地方官员和徐宅。②除了徐牧谦,地方人士认为弃职逃跑的知县康正基也必须受到谴责。因为,在官方报告中所未见的是,弃职逃跑的康在事平后从丽水回到乐清任所,就忙着到处乞求乐清地方士绅帮助他逃避弃离职守的政治罪责。某些地方士绅因为同情他的境遇就帮了他一把,并给康的上司写信,伪证康平叛有功。他们在信中宣称:③康县令战斗很勇敢,并且还因此受了伤。瞿占领乐清城后,康本来要投水自杀,但是却被西乡村民所救了。嗣后,康与地方士绅一起谋划对瞿发起反攻,并最后取得成功。由于这封信,康得以和徐一样列在嘉奖名单之首。这意味着,他们两人可以逃避一切可能的究责。更令乐清居民无法接受的是,原本有罪的康、徐二人还可能会以这个编造的官方版本的结论去报复他们在当地的对手。

因此,乐清县城居民拒绝接受这样的官方版本。事实上,愤怒的县城居民开始聚集到县衙前抗议官方版本对瞿振汉事件的描述。因为无力处理逐渐紧张的官民对立,俞树风不得不于1855年3月17日从乐清返回温州。为了防止再次滋生事端,浙江巡抚何桂清指派先前担任温处道台将近十年的庆廉接替俞树风处理瞿案的善后事宜。④

4月16日,庆廉只带着少数随从人员抵达乐清县境。随后就前往虹桥会见瞿姓、倪姓和金姓等家族的族长,并要求他们予以合作去当众拆毁瞿振汉和倪廷模家族的祠堂和祖坟,并没收他们所属的财产。在虹桥逗留期间,庆廉还召来徐牧谦,询问其所称的平叛贡献是否真实。局势的改变让徐的说法变得南辕北辙,至此徐推说因为自己与清朝援军及乐清市民之间沟通问题,所以才会造成这一个严重的误会,从而使整个事情复杂化。最后,徐

---

① ④ 林大椿《红寇记》,第27页。
② 林大椿《红寇记》,第15页。
③ 林大椿《红寇记》,第28页。

承认了自己在事态平息后才回到乐清。① 就算如此,徐牧谦及其同伙其实仍立于不败之地。因此,乐清地方人士仍对官员们所编造的结论感到失望,并对官员是否有能力解决瞿案之后东、西乡村民之间日益加深的矛盾进一步地丧失了信心。面对这样的统治危机,庆廉也终于意识到,他必须在维持上司的结论和赢回当地民众的信任之间寻求平衡,他需要找出一个让双方都可以接受的解释。

庆廉进入乐清城后所采取的行动预告了他之后的策略。庆廉于4月16日离开虹桥前往县城,一进县城便参拜了城中所有的重要庙宇。② 然后他贴出新的布告,向公众宣称,镇压瞿振汉叛乱应归功于乐清民众的集体贡献,而非清朝官员的调度行动。庆廉及其幕僚同时也明白,发布新布告的用意只是用来安抚当地民怨,并非要对官方说法进行更正。张贴了新布告后,庆廉随即召集防堵局成员开会。他不仅需要从地方士绅手中正式收回城防控制权,同时也需要同他们商议赏金的分配方案。会中,庆廉提议,平叛有功人员人人有赏。如前文所示,在场的所有人都拒领赏金。③

乐清地方士绅拒绝庆廉提议的理由至少有二。首先,很难确认到底谁是有功人员。其次,可能还是更重要的原因是,没有人敢以个人身份接受赏金。因为,与会人士都明白瞿振汉的同党可能会把官方嘉奖名单作为参加镇压的证据,并在将来对名单上的人员实施报复。因此,庆廉与乐清地方士绅不得不商议出另一套方案,毕竟清廷已经批下了赏金。

经过差不多8天的反复讨论,双方所达成的共识是名不见经传的地方神明杨府君。庆廉对杭州知府王有龄所提出的报告重新为瞿振汉事件定了调子:

> 又因士民佥谓起义时实赖本地杨府庙神灵佑,信而有征。本司在温年久,深知神灵素著,而复城之举,再四访察,众口一词,确然可信。④

---

① 庆廉《浙江盐运使庆廉奉委查办乐清县匪徒占踞城池始末详文稿》,第39—40页。
② 庆廉《浙江盐运使庆廉奉委查办乐清县匪徒占踞城池始末详文稿》,第40页。林大椿《红寇记》,第28页。
③ 林大椿《红寇记》,第28页。
④ 庆廉《浙江盐运使庆廉奉委查办乐清县匪徒占踞城池始末详文稿》,第40页。

最后，庆廉与乐清民众达成了下列两项共识。部分赏金将用于修缮包括西乡杨府庙的地方神庙，以表达对这位地方守护神的恭敬。① 剩余的赏金用于建造纪念乐清民众"义行"的牌坊。复次，乐清市民要求庆廉向所属上司呈报，要求皇帝册封杨府君。

经过这些磋商，结果是庆廉主要靠表现对杨府君的敬重成功地完成了上级交办的任务，并重新取得地方民众对清朝政府的信心。几经操作，最后建造牌坊的主意改为规模较小的立碑。这一个由庆廉撰写的碑文，旋被树立在县衙前。这一块碑文声明，瞿振汉事件的平定是由当地民众因杨府君显灵的启发而集体平定的。② 当然，庆廉确有可能因为赏金不足而选择立碑而非建造牌坊，但真正的原因是因为他不愿意把事情进一步复杂化。毕竟建造牌坊需要军机处批准，并可能给各级官员带来更多的麻烦。不过，至少庆廉还是遵守了诺言向上司呈报请愿书，要求皇帝授封地方神明杨府君。但是，因为军机处已经核定了地方官员镇压瞿振汉叛乱的事实，因此无法理解地方神明杨府君在此间所扮演的角色，从而搁置了地方官员请求封号的奏折。③ 几经转折，迟至1867年庆廉的舅从戴槃担任温州知府时，朝廷给杨府君的封号终于抵达了温州。④

五、结语：无所不在的杨府君与晚清中国

清帝国政策的改变其实也反映了自从19世纪下半叶以来，地方官员逐渐意识到调和地方宗教与地方政治去维系政权的必要性。如前所述，纵观整个清朝历史，皇帝其实主要是依靠各级官员所呈的奏折去统治帝国辽阔的疆域。然而，由于所处的时空环境与历史条件的变化，已有学者指出，自

---

① 庆廉《浙江盐运使庆廉奉委查办乐清县匪徒占踞城池始末详文稿》，第42页。
② 庆廉《浙江盐运使庆廉收复乐清县城记》，见马允伦《太平天国时期温州史料汇编》，第46—47页。
③ 林大椿《红寇记》，第28页。
④ 戴槃《杨府庙碑记》，见金柏东《温州历代碑刻集》，第369—370页。

18世纪后期以来,朝廷政治与地方政治之间的差距其实已经越来越大。①一般认为,有能力的地方官员应该具备足够的能力来利用这样的差距,一方面取悦上司,另一方面则能加强与地方社会的关系并且与之深化合作。至少从发生在19世纪中叶的瞿振汉事件的讨论中,我们可以看到,地方官员变得非常愿意与地方社会合作以完成自己的职责或至少避免麻烦。重要的是,透过庆廉与乐清地方士绅的谈判过程的讨论亦表明,深得人心的地方神明杨府君实际上是温州地方政治中最有效的话语形式之一。透过这样的话语形式,官员可以藉以保障自己在地方社会中的权威、解决地方政治中的难解争端。与之相随,乐清的地方士绅其实也借助神明的影响再次巩固自己在地方社会中的政治地位。更为重要的是,温州杨府君的故事并非只是一个孤立的历史事件。事实上,在1850年后的清朝中国,很多地方都同时发生着相似的故事。这其实也反映了19世纪中叶以来,清帝国全国和地方政治的主要发展动向。

1867年杨府君迟来的封号,正好就是所谓同治中兴时期(1862—1874)的高峰。著名的美国史家芮玛丽(Mary Clabaugh Wright)认为同治中兴是"中国保守主义的最后抵抗",从而去强调儒家思想对各种中兴努力所发挥的指导作用。② 不过,当我们将注意力转向地方政治如何运作这个问题时,温州杨府君的故事其实丰富了我们对晚清这段关键时期的理解。透过瞿案的讨论,我们可以清楚地发现,不管该神明先前的地位如何,面临地方政治中的难解问题时,向受百姓欢迎的地方神明寻求帮助成为地方官员维持正当性的重要选项。也就是说,儒家的保守主义可能有助于支撑中央政府的统治的正当性。但是,回到地方政治的领域,其它手段则是必需的。的确,

---

① 参阅:Kuhn P(孔菲力). *Soulstealer*:*The Chinese Sorcery Scare of 1768* [M]. Cambridge:Harvard University Press,1990(中译本:《叫魂:1768年中国妖术大恐慌》,上海:生活·读书·新知三联书店,1999年)和 Bartlett B(白彬菊). *Monarchs and Ministers*:*The Grand Council in Ming-Ch'ing China*,1723—1820 [M]. Berkeley:University of California,1991.

② 参阅:Wright M C(芮玛丽). *The Last Stand of Chinese Conservatism*:*The T'ing-Chih Restoration*,*1862—1874* [M]. Stanford:Stanford University Press,1957(中译本:《同治中兴:中国保守主义的最后抵抗(1862—1874)》,中国社会科学出版社,2002年。)

通过与地方神明合作以管理地方政治,就算不称职的地方官员也能够在当地的权力博弈中确保支配地位,同时又可巧妙躲闪过官僚体系的层层节制。最后,授予杨府君这样的地方神明封号,并将其纳入官方祀典成为晚清地方官员确保地方社会合作意愿最有效的方法。

从清朝授封地方神明的记录中看出,利用地方神明达成政治目的这项政策,不仅对地方政治而且对整个清帝国都产生明显的影响。如表1[①]显示,在咸丰皇帝之后,清朝皇帝授封地方神明的数量相对于前朝有剧烈增长的趋势,这也正与1850中叶以来清帝国所面临的内外危机不断加剧在时间点上相吻合。

表1 清朝皇帝授封地方神明的数量及比例

皇帝	在位时间/年	授封数量	比例/%
顺治(1644—1661)	18	1	0.7
康熙(1662—1722)	61	2	1.4
雍正(1723—1735)	13	10	7.3
乾隆(1736—1795)	60	4	2.9
嘉庆(1795—1820)	25	18	13.2
道光(1820—1850)	30	23	16.9
咸丰(1850—1861)	10	26	19.1
同治(1862—1874)	14	33	24.2
光绪(1874—1908)	33	19	13.9
宣统(1909—1912)	3	0	0.0

如表1所示,清帝国在所谓的"康雍乾盛世(1662—1795)"对神明的授封较少。事实上,87.3%的封号是在此之后授封的。其中,74.1%的封号是在道光至光绪年间授封的,而且多数获封的神明都是地方神。这也正好对应于清帝国统治能力在中国和亚洲日渐式微的重要时期。因此,若将杨府君受封的过程放在整个清王朝授封政策历史沿革的大背景下,在19世纪中叶之后,清廷与所属的地方官员刻意地利用地方宗教作为治国手段来处理

---

① 赵尔巽《清史稿》,台北洪氏出版社,1985年,第2546—2550页。

地方政治。从这个角度看,1850年代乐清杨府君的故事例证了当清帝国面对日益深重的内外危机时,官员为何与如何与地方神明合作以保证其在地方政治中的存在的过程。就这一点而言,杨府君的故事典型地反映了这一时期中国国家和社会关系的重构的历史过程。

民俗调查

추리소설

温州拦街福的历史、特点与当代复兴

叶大兵

旧时,每逢春季,温州都要举行一次盛大的传统民俗活动——拦街福。时间是农历二月初一从东门康乐坊开始,到三月十五日五马街为止,长达四十多天。在此期间,温州几条主要街巷分段轮值,张灯挂彩,红幔遮天,遍搭彩楼,百戏横陈,弦管奏作,娱乐活动丰富多彩。商店提前备足各种货物趁机出售,并在店内外陈列花木、古玩、书画以吸引顾客。街头摊贩遍地,各种风味小吃比比皆是。各乡群众,数以千计,涌进城内,他们穿着新衣,手提礼包,扶儿携女,走家访友,俨如过节。

一、拦街福的历史

拦街福究竟始于何时?温州历代地方志仅见《光绪永嘉县志·风俗》载:"二月朔,通衢设醮禳灾,名拦街福,以后循次取吉为之,至三月望日止。"[①]有人认为拦街福起于光绪年间。错。因为民俗是一种跨时空的文化现象,它的形成要经过较长时间的渐变,直到比较稳定,最后才衍演成俗。这是由民俗本身的传承性、变异性、社会性、心理性、地域性等几大特征决定的。

(一) 拦街福的酝酿期

根据历代诗人吟咏,早在乾隆年间,温州已出现拦街福的雏形。当时平阳诗人黄云岫在他的《静观楼诗集》中写道"仲春迎会,时久雨乍晴,漫赋记胜",有诗云:

---

① 张宝琳、王棻《(光绪)永嘉县志》,上海书局,1993年,第139页。

宿雨初收骤日曦,迎神事果有神奇。了无泥淖沾香辇,喜见晴光映画旗。

入夜灯明和月照,沿街歌歇值醒移。天人共享升平乐,不是庸愚惑九黎。

这首诗使我们依稀看到当年张灯祀神的情景。古有祭祀敬天之俗,南唐刘崇远《金华志》载:"夜张列炬送神,小儿击鼓,制各式花灯,备极之致,炬若繁星,达旦而止。"温州拦街祈福,仍承古风。

乾隆四十九年(1784),温州诗人赵贻瑄在《存修斋诗草·上巳迎神次周鸿津韵》中诗云:

花朝元夕事非遥,赛会重开斗富饶。荷芰彩为浮绿水,楼台绮结倚青宵。

四郭人趁春潮至,比户全随腊炬销。同乐时来民父母,闲看万众拥河桥。

这首诗写了当时温州举行张灯祈福时,在谢池一带剪彩成芰荷,浮水燃灯,又结绮为楼台;郡城内外自三月初三至初十,沿街皆悬灯,连宵达旦;以及当时永嘉县尊不时巡行等情景。

乾隆五十二年(1787),这位赵贻瑄在《存修斋诗草·丁未三月观迎会次象浦徐先生韵》中又诗云:

笙歌盈耳酒盈瓯,夹道华筵拥绿旌。海国春城真似锦,不须重上望穹楼。

古树千株列有芒,云翘翠朵晚来妆。刚从水曲群湔濯,好向神灵迓淑祥。

漫天缯彩结层层,扈从灵旗日日增。晚霁初收三月雨,新街重点九华灯。

夭桃浓李竞时芳,人影匆匆亦太忙。临路钗钿争拾得,春风缕缕麝兰香。

漫夸杏酪与蒸羔,三月登盘有碧桃。怪底天神劳善颂,筹添海屋鹤飞高。

  盲词拍板间清讴,不夜城开足胜游。犹有梨园新子弟,登场重为按梁州。

  绮结当年事已非,凌云楼阁又翚飞。会看烟火鱼龙戏,游女还歌缓缓归。

  寂寥灯火记元宵,赛会重开斗富饶。幸及遨头仍故事,时看士女拥河桥。

诗中详细记叙了当年三月迎会时每有荷旗随行者,云是神灵显异,以及兴文街结彩为楼,入夜放烟火戏,和郡县出示禁止张灯事等情景。

  嘉庆九年(1804),永嘉举人张泰昌写有《瓯城灯幔记》。这是一篇难得的历史资料,它应是当年拦街福活动的真实写照:

  吾瓯处浙东之僻陋,号海上之繁华,敬鬼之风习传乎骆氏。逐傩三月,揆法乎周官。每届上巳修禊之辰,辄仿太乙展灯之祀,烟方冒禁水不张,嬉木天以开火城,乃起厥俗,以迎神也。……或见招乐部,建戏车,镣质为山,负之鳌背,铜机引水,转以龙头。植参军之椿,绿衣秉简,逞伥童之伎;黄帽乘跷,各征歌舞于帝江,用助喧阗于人海,则春城启而杂戏陈也。

从文中我们可以知道,当时在街头搭台招邀戏班,百戏俱陈,童子们穿着绿衣,手执竹简,上演参军戏。还有人黄帽乘跷,作高跷之戏。有商家临街暗设水柜,用铜管引水上行,于灯幔下设一鳌头,口中喷水,日夜不停,即"铜机引水,转以龙头"是也。

  道光十六年(1836),黄汉在《瓮云草堂诗稿·修禊吟》中亦着力描绘当年江城六街灯火、游人如蝶和结绮挂彩为台以及鳌山吐水等情景:

  春风三月旧江城,锦洞天开夜色明。仿取永和修禊事,六街灯火绘升平。

  彩霞结绮化楼台,龙水鳌山处处开,赢得一时花月开,游人如蝶乱飞来。

年前乐趣正无何,岂道今年乐更多。总是熙朝天子福,不妨闲谱太平歌。

咸丰六年(1856),陈舜咨在《茶话轩诗集》中还明确提出:"龙桥祀福晚初四,陆海游人动地来。"龙桥,即今划龙桥。

在以上这些诗词中,虽未出现"拦街福"三字,但都凸现了后来拦街福的特点。当时以信仰民俗作为主线,溶进文化娱乐,这种从娱神到娱人的情景,已见端倪。

(二) 拦街福的形成期和发展期

到同治年间,拦街福已在民间流行,其名称也明确出现在不少诗人的吟咏中。

郭钟岳,字叔高,江苏江都(今属扬州)人。曾在温客居三年,采风问俗,搜集佚事,于同治十一年(1872)把所作的100首竹枝词结集,名《东瓯百咏》,由温州天倪斋刊印。其中"拦街福"条注:"春末赛神曰拦街福。仕女夜游,笙簧夹道。"其诗云:

春祈饮福会拦街,酒醴笙簧处处皆;今夜出游新雨后,青泥污损凤头鞋。①

方鼎锐,字子颖,江苏仪征人。同治年间曾任温处道,居温六年,在府署且园,取钱子奇大令竹枝词稿,增删合成百首,名《温州竹枝词》,由温州剡绿轩刻印。其中"拦街福"条注:"赛会时,六街张灯,谓之拦街福。"其词云:

广市通街架采缯,城开不夜烛龙腾。笙歌闹过春三月,何用金钱去买灯。②

戴文俊,字玉生,浙江嘉善人。同治七年(1868)曾随宦来温达21年之久。对温州世情民俗颇为了解,喜作竹枝词。后因病疗养在家,续成凑满百

---

① 转引自叶大兵《温州竹枝词》,文化艺术出版社,2008年,第52页。
② 转引自叶大兵《温州竹枝词》,文化艺术出版社,2008年,第10页。

首,名《瓯江竹枝词》。其中"拦街福"条注:"二三月间,街市各设灯幔,祈天降福,榜曰'春许冬还',名拦街福。"其词云:

> 春许冬愿若如何,家家齐唱太平歌。拦街不用多祀福,但得平安福已足。
>
> 铜机引水转龙头,忽讶虚空喷玉虬。细雨不愁云鬓湿,祇防滑倒小莲沟。
>
> 小小鳌山点缀工,中宵花祭入花丛。天香国色矜华贵,别有轻妆一捻红。①

生动地描写了当时拦街福中的迎神歌舞、扮罪童、沿街百戏具陈、鳌头喷水、摆花祭等情景。

光绪八年(1882)修订的《光绪永嘉县志》才把"拦街福"正式收入志中"风俗"条,成为历史的定论。之后,拦街福习俗不断扩大、丰富、发展。在光绪短短的34年中,拦街福举行了多次。

光绪十四年(1888)三月十五日,张棡在《杜隐园日记》中记述了他在温州城内观看拦街福的情况:"温郡此日各处赛会极闹,鼓楼下玄坛庙挂珠囤,晏公殿巷保大洋行门首插竿竹约四五丈,上面用米斛串插成屏,两边结彩挂灯,下面临河之中,浮各色纸扎鱼灯,两边游人甚众,妇女尤多。"

清光绪十七(1891)年,曾任永嘉县衙佐官(丞篆)的石方洛,自言"两游瓯江,先后十余载",因有感于民间淳厚之风,写《且瓯歌》32首。其中"拦街福"曰:②

> 春意渥,天降福。福在街头暗摸索,谁家拦去春常足。南门南至朔门朔(原注:郡城北门,也谓双门,土音朔转音为双),漫天灯彩炫罗縠。朱楹柱上词联玉,谓是桃李园开夜秉烛,或是兰亭修禊曲水曲,檐头巧挂鹦哥络,口喷细液灵机伏。夕阳西,欢声作。红男绿女相征逐,家置一灯设一桌,十家五家联陆续,最后一家崇台筑,上供福星神肃穆,牲有

---

① 转引自叶大兵《温州竹枝词》,文化艺术出版社,2008年,第130页。
② 转引自叶大兵《温州竹枝词》,文化艺术出版社,2008年,第466页。

花果披红绿,粉桃如塔高齐屋。

全歌用简洁的字句再现了清末拦街福的鲜活情景,勾勒出当时民间拦街祈福的真实画面。

清末民初,徐燮在《瓯括纪游草》亦载:"拦街福,拦街福,三月三日春光烁。张灯设彩斗繁华,赛会酬神丰酒肉,六街彻晓管弦声。到此详如不夜城。上元灯火尽灿烂,画阁珠楼睡不成。"

其他关于"拦街福"的吟咏还有:余国鼎的《西峰诗录》、杨士炳的《蔚亭诗笈》、郑传笈的《东瓯观花祭记》以及杨淡风的《永嘉竹枝词》等。

综上所述,拦街福从清初开始,到清中后期才盛行,世代传承,至少已有两百多年历史。

(三)拦街福的衰落期

民国时期,温州举行过几次拦街福活动。民国十一年农历三月廿八日,张棡在《杜隐园日记》中载:"晚饭后,闻大南门底拦街福极闹,县城隍(庙)又有文明戏,乃徒步赴之。至则戏未上台,待一句钟后始开演,未半出,台下拥挤不堪,予适至河边,无从退避,不料一转瞬予身畔数人已被挤落河,予急挤入人丛中,随流拥至铁井栏口,始行脱险。"

民国十六年,杨青在《永嘉风俗竹枝词》[①]中也进行了详细的描述:

二月初头康乐坊,拦街祈福趁昏黄。当年只为刀兵劫,天愿流传答谢忙。

十五西街大寿桃,灯红一路语啁嘈。寿桃一个一升米,插接云霄北斗高。

一羊一豕列当街,祭礼家家店面排。拥挤不堪放焰火,教侬踏脱凤头鞋。

夜夜灯光相接连,东双城外城门边。鲊鱼巷亦寿桃大,张树桥头焰火然(燃)。

犹有拦街福好看,南街初一乐盆桓。城西初二笙歌沸,南郭初三灯

---

① 杨青《拦街福》,杨青《杨青集》,谢作拳、吴显军编,上海社会科学院出版社,2005年,第6页。

火攒。

时当上巳说迎神,伞扇旗牌崭崭新。去岁仙楼今巽吉,争看花祭趁良辰。

贪看夜市未阑珊,转过城南人更换。只恨糟冤龙喷水,无端湿透碧桃衫。

据《浙瓯日报》报道,民国二十五年三月廿三日曾在南大街举行过拦街福:"本埠南大街拦街福,游人起冲突,带入警所,排解了事。"民国三十五年农历三月,五马街、百里坊也举行过拦街福[①]:"三月三栏(拦)街福,五马街、百里坊皆扎起灯市,店家门前皆陈设祭桌红毡,每隔数十步一个彩牌楼,搭台演温州戏、木偶戏,或单是鼓乐。还有放烟火、舞狮子。……夜里我与秀美去看,一派笙歌。看灯回来,沿河过僻巷,人家都睡了。"最后一次拦街福是在民国三十六年清明节于五马街举行。[②] 据当时在五马街百亨药房当学徒的费永楠老人回忆,金三益布店、五味和南货店前都摆有祭品……由于规模较小,摆设不多,热闹几天就匆匆收场了。

拦街福是一项大型的复合性民俗,每年举行一次,需要大量的人力、物力、财力。当时政局混乱,农村破产,商业凋零,经济萧条,人民生活困苦,拦街福自然中断了。

二、拦街福的特点

拦街福,顾名思义,是春季拦街祈福的传统习俗,为民间祈求幸福之祭。古代温州民间有"春许冬还"的习俗,即春天举行春祈,以许愿形式祈求天神保佑当年生产丰收和一方平安;冬天举行冬祭,以此感谢一年来天神给予的赐福。拦街福,即春祈,故又名"平安福",含"春意渥,天降福,福在街头暗摸索,谁家拦去春常足"之意。由此可见,初期的拦街福还是一种单纯的信仰民俗。民俗是传承的,但又不是一成不变的。后来,人们以娱神为名,增加

---

① 胡兰成《今生今世:我的情感历程》,中国社会科学出版社,2003年,第253页。
② 鹿城区文史资料工作室《温州城区近百年记事》,鹿城区文史资料工作室,1990年,第247页。

了丰富多彩的文化娱乐活动,满足节日期间群众的文化生活需要。同时,商业活动也乘此时机,进一步得到发展。各个商店为了招揽生意,还在店门口和店堂内别出心裁布置了各种新奇的装饰和摆设,以吸引顾客上门;行商(摊贩)也蜂拥而来,在街头摆摊,贩卖各种人们需要的货物和食品,因此,大大活跃了城乡商贸经济。就这样,年复一年,拦街福习俗从单一的信仰民俗逐渐发生变化,最后形成了集信仰、娱乐、商贸为一体的独特的复合性民俗形式,受到世代温州人的欢迎。

经过历代人民传承和创造,作为一个区域性城市节日习俗和大规模的复合性民俗活动[①],温州拦街福文化具有四个鲜明特点:

(一) 和春祈、禳灾、求吉的民间信仰相结合

拦街福期间,温州各街巷分段设醮禳灾,祈天降福,榜曰"春许冬还",是拦街街春祈取福之意,故名。那时,骑街搭起花门竹、结上红彩,挂起精美的灯彩,街头竖起一对高灯、一对头牌,有古代春傩的遗意,显然是"春祭社以祈膏雨,望五谷丰登"之古风。街尾搭起高台,上供福礼,并陈列糕点,以祭神祇。全街店铺居民都在门口摆上祭桌,放置鸡、鹅、鸭和其它山珍海味,作为祭品。

(二) 和民间游艺活动相结合

拦街福之日,通街大道灯火辉煌,高张布幔,结彩悬灯,尤以南北大街最为突出,比户接连,号称十里。各种古玩奇花,琳琅满目。隔帘红烛,弹唱声新。夜里有各种戏曲和木偶戏演出,整个活动丰富多彩。据统计,有:1. 灯采类:如各种悬灯、抬灯、背灯等,著名的有珠灯、春灯、首饰龙灯、木龙灯、百鸟灯、台阁、高跷、走马灯等;2. 戏剧类:演出地方戏班有乱弹、高腔、昆曲、和调、木偶戏等,并以"斗台"为乐,即当街五七步一台,或几个戏台并列,各戏班均演出拿手好戏,昼夜锣鼓喧天,观众人山人海;3. 舞蹈类:有布龙舞、纱龙舞、板凳龙舞、舞狮、马灯舞、踩高跷等;4. 曲艺类:有弹词(即坐唱)、道情、花鼓、龙船、清唱、说书和吹打班等;5. 展出类:有摆花祭、大寿桃、龙喷水以及各种工艺品等。

---

① 叶大兵《祖国富强春永驻人民安宁福常在:谈恢复拦街福的实际意义》,载《叶大兵民俗学论集》,上海文艺出版社,2008年,第177页。

（三）和商贸活动相结合

节日期间，由于城镇四乡群众都会赶来看拦街福，并买些货物回去，因此各商店都备足了货物，好好做次生意。为了招徕顾客，各店家还苦心布置店面，有的临街设龙喷水；有的在店门口悬灯；有的将当时稀有的新奇东西如留声机、幻灯、西洋镜、鸟兽标本以及各种不同的时辰钟等都陈列出来，供人赏玩；也有集资演剧放烟火，招人观赏等等。而且通宵经营，为顾客服务。就是那些不是轮值到的街巷店铺也都提前大摆夜市，使市面渐趋繁荣。各种货物备全，如南北货、农土特产、日常百货、文房四宝以及竹木农具等，无所不有。街头摊贩遍地，各种风味小吃比比皆是，有灯盏糕、鱼丸面、猪油糕、烧饼、油卵、麻糍、茶豆饼、火腿粽、泡豆腐、洋粉丝、鱼球汤、炒田螺、梅花粒、千张卷，以及小孩们喜欢的棉花糖、糖人儿、米人儿等各种花色品种，风味可口，应有尽有。

（四）和上巳节、花朝节民俗相融合

拦街福在发展过程中实行兼容并蓄，不仅集信仰、娱乐、商贸之大成，同时，又吸收了温州上巳节、花朝节等节日的有关民俗来充实自己，使活动更具丰富性。

拦街福的活动时间，通过街巷轮值，每年农历二月初一开始，三月十五结束。在这长达一个半月的时间内，元宵节刚结束，又紧接二月初一拦街福开始，要经清明节、花朝节、上巳节以及王母娘娘诞辰等节日，民俗内容十分丰富。几个节日相隔很近，不少诗人多次提到"三月烟花刚上巳，上街灯火又元宵"（郭钟岳），"最是上元连上巳，鱼龙曼延杂春灯"（陈舜咨），"花朝元夕事非遥，赛会重开斗富饶"（赵贻瑄），反映的正是这一情况。根据史料记载，"拦街福"三字，最早见于同治年间，但从乾隆、雍正、嘉庆到道光年间的诗人吟咏中所看到的，大都以"迎春迎会"、"上巳迎神"或"修禊会"等为题，诗中已出现后来拦街福许多民俗的雏形，如"大寿桃""摆花祭""龙喷水""鳌山""花门竹""放烟火""傀儡戏""高跷杂技""扮八仙"，以及结绮为楼、浮水燃灯、沿街悬灯等民俗，还有罕见的"摆锡山"（溶锡为山的工艺品）、"鬼牵砻"（上装绳索牵引）、"摆桶枷"（形如长桶，露头，自肩以下皆藏）等。上述民俗，后来几乎都有出现在拦街福中。

最典型的如"摆花祭"。农历二月十五原为花朝节，温州有摆花祭敬谢花神的民俗。该日，各家采集各种花卉，有牡丹、山茶、杜鹃、海棠和盆松之

类。一花挂一灯,上书花名,斗艳争妍,掩映成趣。有将花罗列店间或内室,有的沿街摆设,并兼摆各种古董,供人观赏,名之"花祭"。又如"大寿桃"。农历三月三相传为王母娘娘诞辰,在奉祀王母庙会上,往往有米塑大寿桃一座,高与屋檐齐,分层陈列大小寿桃,桃上装有人物、鸟兽、花卉等。其他如上巳节,在迎东岳神驱瘟逐疫中,沿街搭起花门竹(取连枝竹对缚,跨街架设,以扎彩灯),家家摆供桌祭祀……上述这些民俗,开始是各自进行,后来就逐渐被融入到拦街福活动之中了。

三、拦街福的当代复兴

(一)合作化高潮中的拦街福

1949年5月7日温州解放,这块广阔的土地起了翻天覆地的变化。1956年1月,温州市人民委员会正式宣布:温州市资本主义工商业已全部实行公私合营,手工业、市郊农户全部实现合作化。为了庆祝合作化高潮,1月18日举行了盛大的庆祝大会和游行活动,参加游行人数达7万人。紧接着于农历二月初一举办拦街福活动,更是盛况空前。吴明华回忆:"康乐坊、府前街、五马街等处,都搭起了花门竹,结上红彩绸,挂了大珠灯,沿街殷实人家和商店纷纷摆出了供桌,放上鸡鸭鱼肉和时鲜瓜果,点起了蜡烛祀拜祈福;沿街开阔处搭上好几个戏台,管弦齐鸣,鼓乐喧天,人头攒动,比肩继踵;乱弹和调、京戏绍兴戏对台,滚龙灯、踩高跷来往穿梭。在五马街百货公司门口还搭起戏台,有人在表演魔术。"[①]拦街福原是民间自发的,这次加以政府倡导,更是盛况空前。这次拦街福虽然在全市热闹了几天,但因准备匆促,缺乏充分酝酿,活动没有全面规范,因此,民俗原貌无法全面重现。不久之后,拦街福被批为迷信活动,从此就停止了。

(二)拦街福的恢复

改革开放后,温州经济得到了很大的发展。群众的腰包鼓起来了,人们的思想活跃,对文化娱乐的需求也日益迫切了。进入21世纪后,温州市各种大型民俗文化活动不断出现。2001年是龙年。1月,先在马鞍池公园举行了温州市首届新春文化庙会;春节,又在中山公园举办了温州民俗风情

---

① 吴明华《追忆1956拦街福》,《温州晚报》2007—12—22(4)。

节;5月,在江心屿举办了"五一黄金周"活动。还有永嘉县在岩头古镇举行了丽水街风情节等。这些活动分别在恢复传统民俗方面下了很大功夫,大大满足了群众对文化生活的需求;同时,都融入市场操作的应用尝试,并受到群众的热烈欢迎,收到了较好的效果。上述几次大型民俗活动的探索和实践,也为拦街福的重新恢复创造了有利条件。

就在2001年夏,孟庆江、叶大兵、林剑丹、胡珠生、张思聪等专家向温州市长钱兴中先生反映了群众的意见,并提出"恢复举办拦街福"的建议。为了继承和发扬温州民俗文化,促进五马街商业旅游街建设,温州市人民政府经过研究,在8月18日正式下达了温政办机62号文件,决定结合五马街新街开街仪式,恢复拦街福活动(原定2001年10月,后延至2002年4月)。为确保活动的顺利开展,在市政府直接领导下,成立活动领导小组,指定一位副市长担任组长,并由市商业局、鹿城区政府、市文化局、市旅游局等单位协办,尝试按照市场机制举办活动,由温州华亭文化产业公司负责承办。

恢复拦街福活动的消息立即引起全市各界的关注。特别在老年人中引起强烈的反响,"又可以看见儿时见过的场面了"、"拦街福是我们温州老百姓喜闻乐见的民俗"、"那几天,城乡农民都会携老扶幼进城,喫喫嬉嬉束见束见戏"(土话),"全城人轧人,多兮多,晚上人散场后,散落的鞋子有超过八大箩的"。他们翘首盼望这中断几十年的拦街福快些在温州重现。

拦街福活动在五马街区、蝉街、人民广场及连接上述三个街区的府前街进行布置。为再现旧时红幔遮天的情景,结合五马街改建后街宽楼高的特点,以红灯笼连接两侧街面,悬空排列成一个红色的穹顶。同时在府前街区再现了传统拦街福布置时所用的"花门竹"。全长300米的街区布置了70对花门竹,将五马、蝉街活动区域与人民广场区域连成一体。

五马街口搭起了大牌楼,以传统民间工艺品展示为主,设置了台阁、中秋小摆设、首饰龙、档龙、珠灯、走马灯、福禄寿三星造型等大型传统工艺美术作品。同时,还举行了"温州民情风俗展"。人民广场开辟为美食小吃广场,160个摊位集中了温州传统名点小吃,如长人馄饨、矮人松糕、鱼丸、灯盏糕等。广场中还设置了旧时拦街福的保留节目——戏曲斗台。场上靠近搭两个戏台,两个剧团同时在各自台中演出,有京剧、越剧、木偶戏等,相互吸引观众。另外,还在广场周围设置了七米多高的米塑寿桃山,以及用木头雕成的凳板龙和极乐世界、大灯笼等传统民间工艺品。蝉街区域为旅游景区促销活动现场,搭建了百余个标准摊位,集中了本市各旅游景区及旅游服务单位,全面展示瓯越山水风情。

这次"拦街福"活动,体现了"政府行为、市场操作、群众参与"的温州特色。因内容丰富多彩,号召力强,影响面广,取得了轰动效应。拦街福活动从4月19日开始,在人民广场举行了隆重的2002年第五届温州旅游节开幕式,并组织少儿文艺、武术、腰鼓、高跷、旱船等表演项目踩街巡游。活动的第一天就吸引了大量市民争睹这消失了半个世纪的民俗文化活动,从上午起,活动街区水泄不通,至晚上9时,参观人数达20万。次日上午温州旅游节组织委员会发出临时通知,因游客过多造成温州市区交通过分拥挤,形成不安全因素,原定19—21日的"拦街福"活动不得不提前在19日晚结束。第二、三日从各县和外地慕名而来的不少观众空跑了一趟,无奈只好"乘兴而来,失望而归"。

(三) 拦街福的持续发展

2005年9月,首届浙江山水节暨温州第八届旅游节在温州市拉开序幕。拦街福是这次旅游节的重头戏。本次活动以"中国旅游年"为主题,由浙江省旅游局、温州市人民政府主办,温州市旅游局及温州华亭文化产业有限公司承办。整个活动于9月24日至10月7日在温州新城举行。

本次活动以全省的旅游文化为背景,以区域旅游文化展示为内容,面向全国,面向世界,对全省及温州的旅游资源进行包装,以打造一个有影响力、有延续性的区域旅游文化品牌。活动由"开幕式暨《欢乐中国行》大型晚会"、"彩车巡游"、"拦街福"等主要板块组成。来自省内外旅游部门、相关产业、媒体等有关单位参与,其中有六百余名海内外旅行商来温亲自体验温州民俗以及灵秀山水,实地考察旅游路线。

拦街福活动地区设置在世纪广场南首锦江路东段,东西横贯,全长420米,全段封闭。道路上空悬挂红布幔,搭花门竹等传统装饰。东西首入口处,各自搭建一座传统风格的仿古牌楼。道路两侧搭建仿造温州旧时的木质结构的临街商铺,以旅游一条街、百工一条街为主题,道路中线用以集中摆设各种著名的传统工艺品、美食以及旅游展示等,如台阁、鳌灯、珠灯、中秋小摆设、木雕、瓯绣、米塑"四季八节"、"三十六行",以及板凳龙、寿星、寿桃山等。还有新创的船模展览、"聚宝盆"、"五谷丰登"等一起展示。在世纪广场南侧靠近东首入口处,搭建两座相对的传统舞台,安排不同剧团上演斗台戏。

这次"彩车巡游"是拦街福中一个现代创新节目,各市县分别组织彩车参加。因每部彩车形式独特,别出一格,受到沿街观众的热烈称赞。如鹿城区的白鹿衔花特写和中国南戏之乡缩影、洞头岛的巨鱼和汹涌波涛、乐清五彩缤纷的蒲岐台阁、泰顺的古老廊桥、瑞安的仙岩名胜、文成的刘基故里、苍南的海湖奇观,还有红蜻蜓集团的特大绣花鞋等。巡游还组织鱼灯舞、花轿抬亲、贝壳舞等。

这次旅游节借助大型的拦街福活动,共接纳游客逾三十万人次,又一次引起轰动,并走进了中央电视台的《欢乐中国行》栏目,传播到全国和全世界各地。

事隔四年,2009年2月25日至3月8日,第三届拦街福在世纪广场举行。本届以"传承文明,文化兴市"为主题,通过民俗文化展示、民间艺术表演、名优特产展销等八大活动,不但让传统民俗继续焕发光彩,而且努力展示时代气息和时尚活力。整个活动分为牌坊长廊、斗戏台、民风民俗和传统文化、名品馆、美食街等几个部分,有分有合,便于市民分散观赏。内容既有传统文化、戏剧表演、工艺欣赏、风味小吃等,又有名购特产、商品销售等,可谓琳琅满目,五彩缤纷。不仅满足了游客多层次的需要,而且利用传统民间节庆,促进了市场经济增长。

这次活动,为了准确复原拦街福,还有意识地融入温州地域文化特色,让更多市民从中找到对历史文化的记忆。在拦街福入口处,搭建了六座仿古牌坊,牌坊上分别写着"安平、康乐、来福、万寿、扬名、永宁"等字,这些吉祥的名字都是温州旧有古街坊名。六座牌坊又寓"六六大顺"之意。同时还在东西口处各设两座仿古城墙,东首为镇海门,西首为来福门。古时温州有七大城门,镇海门和来福门就是其中两座。更为可贵的是,依照老照片和历史资料恢复仿造的总高17米高的古钟楼,上有"东瓯古镇"四字。该楼原在府前街(后因各种原因被拆除),是旧时拦街福必经之路。这次仿造的钟楼,其楼层、窗户朝向、楼顶的钟等和旧时一模一样。市民们纷纷称赞建造者独具匠心。

这次拦街福仍以展示传统民俗为主,除历次出现的板凳龙、首饰龙、珠灯、档龙、小摆设、大寿桃等外,还增加了新入选全国、省、市级非特质文化遗产名录的木活字印刷、夹缬、头发吊灯、拼字龙、发绣以及集锦头通等,同时,增添了农耕文化场景。"斗台"是拦街福很受群众欢迎的项目,这次共搭了四个戏台,一百多场民间戏曲、音乐、舞蹈、木偶戏轮番演出。入口处两个戏台共演出五十多场"斗台戏"。除此以外,2009年拦街福在一些古老民俗中融入了现代元素,绽放出别样色彩,如乐清著名的板凳龙灯安装了"风火轮",并接上了电,一推就会自己"跑"起来,一通电,灯上的三百多个人物便会"动"起来,吸引了许多观众。

为配合拦街福活动,广场周边的温州市博物馆、科技馆、图书馆等有关文化单位还举办科学普及和中国古玉展览以及非物质文化遗产知识讲座等。市美术、摄影等协会举办以拦街福为内容的美术和摄影展览等。拦街福的人气让这些联动场馆出现了客流高峰。群众评论"文化组合牌,有新意,有名堂,成了本届拦街福一大创新"。

此次拦街福虽遇寒冷天气,但市民逛游拦街福的热情不减,如瑞安、苍南等地游客纷纷来市区逛游;甬台温高速公路南白象出口出现了拥堵现象,车龙从出口一直排到高速主线,绵延近一公里。拦街福的最后一夜,还有不少市民恋恋不舍,冒雨逛街,活动延时谢幕。12天的拦街福民俗盛典继续受到了市民和游客的青睐,累计吸收逛街游客达50万人次,又一次创新历史记录,成功营造了温州传统文化的"嘉年华"。

拦街福是我市历史上以传统文化娱乐与商贸活动为主体的最大的民俗节日,中断已有半个多世纪。它的恢复和改造发展,一直深受广大市民、海外华侨、政府部门及学术界的关注,如何继承传统文化精华,使之为社会主义服务,是政府和人民的共同责任与愿望。建国后,在党和政府的重视和领导下,各级有关部门在保护、发掘、抢救、传承、发展和弘扬民俗文化等方面做了大量工作。从2002年始,结合省、市旅游节的召开,温州连续在2002年、2005年和2009年成功举办了三届拦街福活动,每届人数都达数十万以上,在社会上产生了很大的影响。其影响力波及到全省、全国,尤其在温籍华人世界里颇为震惊,有不少老人从国外赶回温州观看拦街福。群众反映,现在的拦街福,民俗、文化、商贸、旅游一起来,要创温州大品牌。通过实践,拦街福活动还被赋予了一种新的社会意义。活动不仅对抢救、保护文化遗产和民俗作了有益的尝试,而且大力弘扬了民族文化,并使其和商业、旅游密切结合,走出一条古为今用的道路。

现在拦街福已成为温州举行旅游节的重头戏。2009年已被批准列入浙江省暨温州市的非物质文化遗产名录。

城镇化视野下村落传统的延续与重构
——浙南城中村重建庙宇田野调查

林亦修

一、引　言

　　传承与变异，建构着村落的历史和现状。村落文化因传承而延续，因变异而重构。民间信仰以其相对稳定的文化特点，调适于社会生活的变迁，可以作为观测村落传统传承与变异的最好度量器。在民间信仰中，信仰传说、俗神庙宇、信仰仪式构成民间信仰的要素，这些要素也就可以成为村落文化传承和变异的主要观测点。信仰传说是民间信仰的灵魂，规约着特定地域和特定共同体的言行趋向，折射着村落文化的核心价值观念，是最能展示意义的民俗事象；神总是作为人的对应物、相关物、对立物而生成并存在着，俗神崇拜和村落群体起源及其生存条件往往构成镜像关系，神和人处于互动之中；信仰仪式反映村落群体的生活诉求，仪式的延续和变迁反映村落生活方式的延续和变迁。民间信仰的地方性，至少能让我们从时间、空间、族群三个维度观察村落文化传统。本文选择重建庙宇这一民间信仰的视角，考察村落传统的延续与重建，正是基于这样的认识。
　　传承性的民间信仰，保留了村落共同体的历史记忆，成为能够考论村落历史的最好材料。村落自然环境、村落创业史、村落生存方式都在传承性的民间信仰中得到保留。我们的调查地点是钱库镇的方村。钱库位于浙江省苍南县的东北部,鳌江流域下游的南岸平原,俗称"江南垟"。① 该地区古时候属于浅海湾,由海相沉积和河流冲积而成,大约在唐时基本成陆,至今平均海拔约 4.4 米,水网发达。在唐末五代至两宋时期福建移民陆续来此开荒垦殖,吴越国钱氏政权在此设库司征税,"钱库"由此得名,历代以来成为江南垟的一个农副产品交流集镇。传统方村处于镇的东郊,是一个以方姓为主的宗族村,有 323 户,1533 人,耕地面积 246 亩,主种水稻,比周边村落更具有商业性。它的俗神信仰结构中,关于水、垦殖、福建移民、商业等自然要素和历史要素都得到体现和延续。

变异性的民间信仰调适于社会生活的变迁。转型期的方村处在高度城镇化和商业化的变异之中,变成了"城中村"。民国初年的钱库镇仅有三街一桥:东街、西街、魁桥、横街,街区以东西街村为中心,包括方村的一部分,面积不足 1 平方公里,人口不过数千人,生产方式是主农兼商。现在的钱库镇城区面积达 4.25 平方公里,城区人口 4.7 万,城区延展到方村以外的 10 多个村落。1980 年代小镇成为"温州模式"的策源地之一。目前已形成印刷、包装、轻纺、铝塑、制革等五大支柱行业,成为浙闽两省边贸的箱包集散市场和贸易中心,温州十大商品集散专业市场之一。现在方村整个村落已经成为城区的中心地段,农业用地全部成为工业、商业和民居用地,转化为商业中心区,形成了农贸市场、木材市场、粮食市场、水果市场、纸张批发市场等专业性市场,村民由农民转行为个体企业主或商人。因土地转让、店面或厂房出租、办厂或经商,村民和村集体都非常富裕。由传统农业向现代工商业的生产形式的转型是钱库社会近 30 年来的根本转型,娘娘宫的重建反映了村落传统在转型中的重构。

村落庙宇一直是村民作为保境安民的祭祀圣所,历代统治者又常常把它列入"淫祠",建国后被作为封建迷信的产物打击尤盛,但屡建屡毁,屡毁屡建,延绵不绝。1980 年代以来,在国家宗教政策宽松的环境里,鼓动建庙和抑制建庙的游戏在民间和政府之间展开。在温州的调查发现,几乎所有的旧庙、民国以来就已颓毁的庙、解放后被拆毁的庙基本上都得到了扩大式

---

① 江南垟是一个滨江临海的自然区域,面积约 200 平方公里,人口 60 多万。传统上由金乡、钱库、宜山三镇构成,1980 年代新镇龙港作为中国第一座农民城在滨江地区崛起。

的重建,以宫殿式的建筑成为村落区别于民居的一道景观。这些建筑有能力进入地方政府审批、登记、管理系统的被称为"宗教场所",没有能力的被称为"民间场所"。民间信仰在转型期的境遇和演变深深烙上了时代的印痕。通过它们,我们试图探索村落传统延续和重构轨迹,并引发现代文化引领民间文化的讨论。

二、重建庙宇

在钱库镇以及方村,有三位地方神灵是可以见证地方历史的,而且极具代表意义。一位是库官大神,即五代时期吴越国君主钱镠或钱俶;一位是陈十四娘娘,即五代时期以收妖保赤著名的福建女神陈靖姑,代表着福建移民的祖先崇拜;一位是五显大帝,是从徽州一带流传而来的商业财神,具有行业神的特点。正是在唐末五代时期,由于吴越国实行保境安民的政策,大量福建移民经闽东赤岸移居温州区域避乱垦殖,钱氏君王和陈靖姑作为开明君主和祖先神娘得到钱库居民的祭祀和崇拜。也正是方村地处小镇东郊的商业地位,五显大帝在生产方式的影响下进入村民的祭祀视野。

钱库祀钱镠或钱俶,开始于吴越国时期。吴越国招徕福建避乱移民垦殖,在鳌江下游以南的绵峣、茶寮、盐亭(今炎亭)设所征收绵、茶、盐税,并在中心腹地设库司,将捐税收入供给高僧愿齐在当地修建和维持寺院。县志记载:"钱王司库官盖钱俶,以一乡财赋给愿齐,特于江南设诸所以征收之。"①县志虽然记载为钱俶,但庙宇香炉铭文常为钱镠,民间口传也以祭祀钱镠为主。② 沿海岸线北上的浙江台州地区,"钱王宫"规模巨大而且香火兴盛,祭祀的正是钱镠。③ 钱镠作为钱库的"库官大神",在当时应该属于官方祭祀,祠庙也具有相当规模,其祠庙就称"吴王庙"。到了宋代,随着吴越国的纳土归宋,库官大神的官方祭祀地位失落,古殿开始衰落。宋时乡人徐起滨在《咏吴王庙》诗中写出了衰落的景象:"天晴四塞霭苍苍,古殿秋阴下

---

① 《乾隆平阳县志》。
② 钱镠为吴越国的开国君主,钱俶为吴越国降宋的末代君主。
③ 林伟、任林豪、马曙明:《临海钱王及钱王宫民间信仰调查与研究》,《汉学研究与中国社会科学的推进国际研讨会论文集》(民间信仰卷),中国杭州2008年9月,内部印刷品。

夕阳。急管尚传流水咽,残碑容覆落花香。绵岙钱库遗千秋,涧藻溪毛祀一乡。玉辇不游芳草合,屯云翠盖寄寒蝉。"①在往后的岁月里,钱镠逐渐成为一位保境安民的社区神灵,其庙名也由"吴王庙"更名为"保宁庙",人物尊贵的身份日渐淡去。清初"保宁庙"成为娘娘宫的偏殿。现在当地民众已经很难把"库官大神"与武肃王钱镠的关系述说清楚了。

陈靖姑在温州城乡得到普遍祭祀,以水乡为著。钱库娘娘宫被认为是苍南县三大古庙之一,与相传建于宋代的鲸头杨府庙并称。从移民史的角度看,陈靖姑信仰应该与库官大神信仰出现于同一时期,但历史上娘娘宫在温州多次被当作"淫祠"摧毁,尤其是明代江南四大才子之一文征明的父亲文林执政温州时期,非官方祠庙被破坏殆尽,钱库娘娘宫的始建年代也就无从考证了。清乾隆四年(1739)钱库镇车头、金家垟、倪处、黄判桥、金处、三秀桥六村组为四扇②,由苏家店(黄判桥的一个自然村)捐田一亩,建会龙宫,祀陈靖姑。会龙宫位于自然镇东北角环镇河外,为五条河道的汇合处,由此得名。同时建偏殿保宁庙。由六个村组成四扇来建一座庙宇,当时的筹建"头家"就有来自各村的方、黄、章、董、金、林、谢七姓八人。③ 说明该神灵跨越了村境,得到社区各姓氏共同体的一致认同。这一认同的基础,除了各村落的居民主要是闽东移民的后裔之外,农业生产的大水利建设和区域共同的治安御外需要,也是主要的原因。

社区对陈靖姑的信仰在硬件结构和组织结构上,在清代都已经超越对钱镠的信仰。钱镠信仰的日渐衰落和陈靖姑信仰的日渐兴盛,给我们的重要启示是,以政治生活为背景的信仰和以社会生活为背景的信仰,在民众生活长河中的生命力,是不可同日而语的。

21世纪初重建娘娘宫,出现了神灵资源的争夺。会龙宫因为岁时节庆的唱《娘娘词》④、演戏、跳马灯、滚花龙、放烟火、吃福酒(会饮)等民俗活动,

---

① 章岳棠、林勇《钱库的会龙宫与"会市"》,《苍南县文史资料第二十二辑·苍南风土》,第141页。
② "扇"为温州庙宇祭祀神灵的组成单位,拥有庙宇的财产权,有"股东"的意思。
③ 被访谈人:章岳棠,地方文史研究者。地点:被访谈人钱库住宅。时间:2007年12月。
④ 《娘娘词》歌颂陈靖姑学法、收妖、斗南蛇的故事传说,用温州鼓词的曲艺形式演唱,也称《灵经大传》、《夫人传》等。

成为地方文化活动中心；解放后逐渐成为地方政府的文化宣传基地。破四旧开始，神像和香炉在庙里消失，庙宇被改为电影院。改革开放后，教育的发展导致小学扩建，衰落的电影院划给第一小学改建为校门。1990年代，随着重建祠庙潮的到来，地方精英开始考虑重建娘娘宫。乾隆廿二年（1757），四扇为了让会龙宫与钱库镇连为一体，曾要求借道方村，隔河造一座永庆桥，以利交通。可能这座桥的建造有碍方氏祠堂的风水，村民不肯让出土地，永庆桥只好在河沿用条石搭栈道造路，由此留下一"结"。原来的会龙宫宫址，现属方村地界。四扇重建会龙宫，已经是没有遗址资源、没有遗物资源的重建，他们以原来的神灵名义和祭祀组织名义组织筹委会机构，选择镇西北部的鹁鸪河畔作为新的宫址，新宫址处于东西街村稠密的居民区里，距离方村较远，在某种意义上割断了方村与会龙宫的关系。方村村民认为，娘娘也是我们方村的神灵，原来就供奉在我们的土地上，保佑我们村落的平安，怎么可以把它请走呢？于是他们以遗址的名义，在完成方氏祠堂建筑工程之后，在距娘娘宫遗址200米左右的祠堂东侧，开始重建娘娘宫。

方村原先有自己的祭祀神灵，即五显大帝，建有庙宇。该庙在晚清时期颓圮。温州的郡城、县城、卫所、市镇，凡是有集市的地方，普遍地建有五显殿。清赵翼认为五显、五通、五圣，名虽异而实则同，宋元时期已有之，盛于江南地区。① 清代康熙时江宁巡抚汤斌记载："商贾市肆之人谓称贷于神可以致富"。② 五显大帝是可以让人骤然暴富的财神，非常符合商贾得心理。方村建有五显殿，与它的镇郊商业地位有直接的关系。

方村以方氏宗祠为办公地点，组织娘娘宫五人筹建委员会，划地1900平方米，计划集资500万元人民币，重建娘娘宫，全面利用村落神灵资源。筹建委员会召集村中40多个富户开会，每人至少捐资1万元人民币。全家迁居北京经商的方培海自愿捐资10万，捐二三万的村民很多。他们还绘制娘娘宫效果图，向钱库全镇和江南垟地方募捐，利用奠基仪式、上梁仪式和开光仪式及传统节庆日募捐，当然村集体也拿出一部分资金。现在已经到位的资金达400万元。从捐资人员的姓氏看，总人数中方姓占50％，其他姓氏占50％；从捐资数量看，方姓占80％，其他姓氏占20％；从捐资人的居住

---

① 赵翼《陔余丛考》卷三十五《五圣祠》，河北人民出版社，1990年，第739页。
② 汤斌《汤子遗书》卷二《毁淫祠以正人心疏》。

地看,本村人占60%,本镇人占30%,其他占10%。① 在娘娘宫里,我们发现所有的楹联都出自地方文化人的手笔;在开光大典上,钱库镇的知名企业家、一些事业机关单位的干部或家属,也来朝拜和捐资。方村村民认为,娘娘是钱库人的娘娘,娘娘宫是钱库人的娘娘宫,所有的钱库人来捐资、来朝拜是正常的。而实际操作是,捐资数量最大的个人必须是村里方姓的人,他捐助的资金被称为"捐正梁"。如果正梁被别村别姓的人捐走了,那是很没面子的事情。② 捐资的各种比例和钱库人与村里人的观念,体现村落精英在拥有娘娘宫的主体地位和扩大神灵的影响力上作了精心的策划。③

在镇政府统一领导下不断扩大的新城镇,出现了一分为二的庙宇。如果承认民间信仰是传统文化的话,我们可以说,行政上统一了,而文化上却分裂了。这是全国城镇发展的共同病症。这不是一个镇的问题,也不是一个村的问题,而是城镇化过程中全国性的问题。

传统社会的庙宇建造源于一定的社会组织,这种组织以神灵为象征物促进特定区域的社会认同,在浙江南部地区被称为"宫门"组织。会龙宫原来就是钱库自然镇的认同象征物,团结了区域内各姓氏的人群。而现在的状况是,以姓氏为组织的"祠堂门",反而瓜分了城镇化区域内神灵资源,城镇在"圈地"的过程中忘记了"圈心"。

历史上城镇建设的经验是,在城镇的中心位置设置象征物,并以此象征物开展节庆活动,形成同城人的文化认同。明代沿海卫所建设就是如此,都在卫所的尊贵地域设置城隍庙,基本上在清明节和七月十五日举行抬城隍仪式,卫所居民以祭祀单位形成组织。在现代城镇化的浪潮中,以上的城中村显然不是我们所需要的,但村落走向终结,街居能完全取代村落吗?怎样的社会组织、怎样的象征物,才能建构同城人的文化认同?

---

① 根据娘娘宫筹委会公布的捐资名单和结构性访谈统计。
② 被访谈人:方以爽,男,48岁,方村建庙首事之一。
③ 村民和村委会对我们的调查表示担忧,他们直言不讳地告诉我们,现在镇里在同时兴建的有两座娘娘宫,存在着竞争现象;大家都还来不及登记为"宗教场所",地方政府的态度不很明朗,开光大典的一些安排已经受到政府有关部门的阻挠。我们害怕节外生枝。半个月后在与有关干部的访谈中,我们发现这两座庙宇都已经列入全镇为数不多的"宗教场所"名单之中。"宗教场所"合法化诉求的快速实现,体现了村民实现愿望的能力,这种能力让我们想起神与人的对应关系。

城镇化过程中，规划者无视同城人的文化认同，忽略传统意义上的象征物建设，打碎原有社会组织，将给中国社会带来致命的危害！

三、神灵体系

扩建中的两座娘娘宫在神灵体系上既存在共同点，也出现差异。共同点是土地紧张了，庙宇建筑现代化了，可以容纳更多的神灵，出现了"信仰超市"，或称"联合庙"；差异点是会龙宫出现了道教化倾向，娘娘宫出现了佛教化倾向。

东西街会龙宫坐北朝南，计有三进，一进门楼和二进戏楼正在建造中，三进主殿已经投入使用。主殿分太阴宫、三官殿、保宁庙三部分。太阴宫面积较大，主祀神灵为太阴圣母，配祀神灵有陈葛公婆、黄卿大夫、黑虎玄坛、汪杨大将、值日大将、判官、符使、地主大神、福德尊神。右偏殿约有主殿的三分之一，为三官殿，主祀天地水三官和其他道教神灵。保宁殿为连屋异向建筑，坐东朝西，面积小于三官殿，主祀武肃圣王钱镠。方村娘娘宫也为三进，而规模和气派远远超出会龙宫。一进门楼，二进楼上为五显殿，楼下大厅。三进为主殿，高约15米，面积达200平方米，设神座五案。主案后排塑4米多高的观音大士立像，旁立金童、玉女，招财童子、龙女，前排塑太阴圣母、斗姥娘娘和天妃娘娘坐像，太阴圣母居中，膝前另立太子神像。右一案为陈氏家神塑像，计五人，后排为陈府太公、葛氏太婆，前排为陈法通、陈法清兄弟和黄卿相公，分别为陈十四的父母、兄弟和丈夫。左一案塑三位神灵，后排略高塑库官大神坐像，前排塑土地公和土地婆坐像。右二案和左二案准备塑三十六姨娘像，村民认为陈靖姑有三十六位结拜姊妹。① 主殿的左右两厢另立千佛像。

根据章岳棠先生提供的资料，清代建筑的会龙宫前门有四大金刚，二进中央是戏台，两边是厢房，正殿当中是陈十四娘娘的神龛，两边分别是土地爷爷和法通。后殿当中供奉北斗（斗姥）娘娘。并在会龙宫的东首偏殿建保

---

① 浙闽各地对结拜姊妹的数量说法不一。

宁庙。① 斗姥娘娘和天妃娘娘都是航海女神，斗姥娘娘即天上的北斗星辰，有海上导航功能，被人格化为女性神；天妃娘娘即妈祖，是传自福建的著名海上女神。她们神位的存在唤起人们对古海湾的记忆，警示滨海平原的台风、海溢等自然因素。她们在同一神龛上的重构，展示了该地区海洋生活的存在和仍然可能来自海洋的威胁。新建的会龙宫和娘娘宫的建筑格局基本上都遵循传统模式，神灵体系也维护村落传统。让当境的神灵会聚一堂，在农村城镇化、民居套房化、办公一楼化、购物超市化的当下语境里，是很有意味的变迁。

民间庙宇的宗教化倾向主要体现在将地方人物神的宫庙逐渐转化为道教或佛教活动场所，或添置道教、佛教神灵塑像，或将原来的宫、殿、庙名称改为寺、院、观等。这是地方政府出于民间信仰场所管理需要的考虑而采取的"宗教收编"政策。同样是祭祀陈靖姑的娘娘宫，东西街的会龙宫添置了三官殿，出现道教化倾向；方村娘娘宫设起了观音像和千佛案，出现佛教化倾向。在江南垟的宫庙调查中，鲸头村的载福堂和雅店桥村的乐善禅寺是佛教化程度最高的两座宫庙。载福堂原来是鲸头杨府庙到安基堂之间山坳（铜钱坑）里的一座小庙，祭祀朱氏仙姑、齐天大圣等民间诸神，20世纪末期由一位道士管理，庙宇和香火维持1970年代的状况，"唯一的发展就是装了一盏电灯"。世纪初一位去过杭州灵隐寺的当地居士接管该庙，将其改造为佛堂，建起六十多米高的大雄宝殿。大雄宝殿正堂塑起佛教三佛祖的金身，左偏堂仍然是朱氏仙姑的神龛，殿里继续使用仙姑的100灵签祈神问命，而齐天大圣的神位已不复存在，它的香炉被置于殿前供香客插天香使用。雅点桥村的乐善禅寺原来是一座文昌阁，供奉文昌大帝，与柘荣村供奉魁星的魁星阁仅有一桥之隔，1980年代高考恢复以来香火极盛，现在也建起大雄宝殿和观音阁，改名为寺。2006年年底我们在温州市区调查，发现很多扩建的平水王庙、包公殿、太阴宫被配上观音阁、三官殿、大雄宝殿或大罗宝殿，并改名为寺或观。这一村落传统的重构现象基于两种原因：一、民间的拜经活动日益盛行。拜经活动是追求现世幸福和财富的祈神求佛活动，必须在道教神灵或佛教祖像的殿堂里举行，不能在地方神的庙宇操作。而地

---

① 章岳棠、林勇《钱库的会龙宫与"会市"》，《苍南县文史资料第二十二辑·苍南风土》，第141页。

方上的佛、道寺观数量已经无法满足拜经活动的需要,出家的和尚和道人也不参与和支持这种不求自修和来世的拜经活动,改造地方神庙宇成为民间的需求。在我们的调查时间里,东西街村会龙宫的三官殿和雅店桥村文昌阁的大雄宝殿里,都在举行道教和佛教的拜经仪式。二、地方精英在庙宇的扩建、改建过程中,为了迎合政府的宗教政策,追求庙宇的合法化,使其审批顺利通过,建成后不会作为"淫祠"拆毁,在硬结构上采取宗教化的策略,在软结构上依然走民间地方神的祭祀路子。就像宗祠改名为文化活动中心或纪念馆一样,民间庙宇改名为寺、观,从而取得合法化的幌子。

在神灵塑像赋予灵性的分香活动中,我们发现了一种关于神灵和庙宇产生的民间故事类型,它可以说是民俗的一种潜规则。我们在调查中发现,新建庙宇的神灵开光前一般要到较为灵应、著名的庙宇"分香",而这是不被允许的。民间认为被分香的神灵喜欢到风水更好的新庙宇"坐宫",常不落家会影响本境的福佑。这又涉及到神灵资源的争夺。清代钱库初建会龙宫时,就偷偷从邻镇的一家太阴宫分香,偷香者伪装成渔夫,常到当地的太阴宫歇脚,与庙祝搭讪,乘庙祝不留意的时候,用水烟筒装了神座上的香灰带回。后来会龙宫的香火盛旺,而对方的太阴宫就日渐衰落下去。[①] 一座新庙的兴起总会有人追究香火的来源,并试图报复和破坏风水,于是庙宇产生的故事类型就出现了:某人(一般为渔夫),在打鱼或发洪水时,获得一段木头(或一尊香炉、一座神像),在劳作(或带回、做梦)时出现了灵迹,便在某地建起了庙宇(或香亭、神龛),日后香火旺盛。这种故事在东南沿海一带非常流行,温州的晏公信仰、杨府信仰、陈靖姑信仰、卢氏娘娘信仰都有这样的故事流传。它既增加了神灵的神秘性,又避免了不必要的是非。方村新建娘娘宫的"分香"过程自然会出现"偷香"事件,但这样的事件不能被说起和记录。严重的"分香"事件还有偷香炉或神像的,去年年底苍南浦城晏公殿的明代神像和某庙的宣德炉就被偷走了。闽台地区的分香庙认祖庙、回炉补运等年度仪式,温州则出现"偷香"的"隐祖断缘"现象。

村落神灵的体系化、庙宇合法的宗教化、分香故事的隐秘化,我们可以发现一条村落共同体的运作规则:适应性生存。体系化的齐备、宗教化的改性、隐秘化的断脐,都是适应性运作规则的体现。在这一适应性运作中,我

[①] 被访人:方培锁,男,43岁,方村人,道士。

们发现有迫于时代变迁的适应,有迫于政治需要的适应,也有迫于村际关系的适应。适应是短视的当下行为,从历史长远和科学发展的角度观察,这些适应很可能就是一种破坏。"信仰超市"表面上的体系化齐备,实际上破坏了村落庙宇原来的神灵体系。村落在决定供奉什么样神灵的时候,是出于村落生活需要的考虑。如随着考生和商人的增加,村落庙宇普遍缺少文昌/魁星和财神的供奉。体系化的原则不应是各庙神灵的集合,而应是各司其职的神灵的完备和系统化。流传几千年的民间信仰有它自己的传统,不是道教,也不是佛教,不应该仅从管理需要出发适应"宗教收编",这样会改变民间信仰的性质。民间信仰在中国有它自己的阶层组织,祖庙和分香庙关系的确立就是一个很好的组织系统,但这一组织系统在村落利益纷争的"偷香"行为中日渐断裂。这些短视的适应需要引导。

我们在提倡"先进文化引领社会发展",但是我们没有看到村落传统文化在遭遇现代化的尴尬时被科学地引导。

四、仪式变迁

农历 2006 年十二月初六至初八日(2007 年 1 月 24—26 日),该殿举行开光大典,请 16 位道士先生举办道教科仪。这 16 位道士分属天师教、全真教、圆通教、闾山教各派系,可以说是江南垟精英道士的一场联袂表演。笔者初五夜晚到达现场。寒而微雨,天井里的钢架帆布雨篷已经搭好,供桌祭坛也已摆起,内外庭挂了 10 幅道教神像。第二天的请水仪式被安排在十里外的一个山腰龙潭里举行,有十几位村民、五六位道士参与,在乐队和旗队的簇拥下,由两辆车运载。龙潭取水一结束,天气放晴,松枝间透进了阳光,此后的三天时间里都是晴朗天气,这让方村村民感到了神的力量。

在三天的道场仪式里,道士班总共举行了 39 场科仪。依次为:1. 请水;2. 地主大神醮;3. 净坛;4. 开橱醮;5. 签押;6. 启师;7. 发文;8. 土地(福德尊神)醮;9. 太岁醮;10. 城隍醮;11. 大八仙;12. 敕坛;13. 东岳大帝醮;14. 灶府龙君醮;15. 三官大帝醮;16. 斗姥元君醮;17. 祗迎圣驾醮;18. 武曲星君醮;19. 文曲星君醮;20. 玄天上帝醮;21. 牛隍将军醮;22. 进表;23. 太阳帝君醮;24. 月府皇君醮;25. 五师真君醮;26. 南宸星君醮;27. 庐山醮;28. 有巢先师醮;29. 大八仙;30. 五雷、日宫金光、月府玉露醮;

31.四海龙王醮;32.三光醮;33.祝幕科;34.求财科;35.求子科;36.三台表;37.献供;38.送神;39.安位。主法用非常通俗的语言解释了道场科仪的程序:要举行这样大型的开光活动,首先要打扫卫生,请水和净坛都属于打扫卫生的活动;然后要请地方名人作陪,地主大神醮、土地醮和牛隍将军醮都是请地方神灵作陪;然后要请祖师;再然后请天上的神灵。地上、山上、天上的神灵都请到了,才能开光;开光了求保佑,求财科、求子科、三台表、献供都是重要的求保佑内容;保佑了送神;最后请娘娘和土地神安位休息。① 在其他小型的道场仪式里,我们发现"请水"就用矿泉水代替,地主大神醮可以分出杨府上圣醮、陈府上圣醮、袁府上圣醮、朱氏娘娘醮等多个仪式。没有发现18、19、23、24、26、27、28、32等醮仪。

《武曲星君醮》《文曲星君醮》《太阳帝君醮》《月府皇君醮》《南宸星君醮》《庐山醮》《有巢先师醮》《三光醮》都是黄声先生新创的科仪曲目。黄声先生出身于江南垟地方道士世家,是颇有声望的正一派道士,早年在报馆做过校对工作,文化水平较高,基本上能够解决道场上碰到的疑难问题。当地许多祠庙的楹联和神灵的介绍性碑文都出自他的手笔。他本人与上海市道协也有一定的业务联系。1990年代他新编了36种道场科仪曲目,称为"玄门科范丛书"。除了以上8种外,还有《轩辕醮》《神农醮》《盘古醮》《伏羲醮》《仓颉醮》《武穆醮》《孔圣醮》;《天地醮》《天台醮》《三官表》《昊天表》《东极表》《东岳表》;《二郎神醮》《林四醮》《许府醮》《齐天大圣醮》《荆山醮》;《三元醮》《三省醮》《兰盆科(内含送山魈)》《游地府科》《完谱科》《解愿科》《解结科》;《捲廉科》《迎礼王科》《早晚朝科》28种。根据他本人的介绍,可以将36种科仪曲目分为民族祖先、天地自然、地方英雄神灵、民情法事、道场规仪5种。他认为,在地方法场上,对民族英雄、文化先人的歌颂几乎没有,我们不应该抛弃民族祖先,所以我创编了8种歌颂民族祖先的科仪曲目;天地自然、日月星辰赐予我们生存的需要,我们当然要歌颂的,创编它们也有利于年轻人了解关于它们的知识;我们的法场科仪主要是地方神灵的歌颂,这些神灵都是在地方历史上作出重要贡献的,但是不全面,很多神灵的出处来源都没人知道了,所以我补充了林四、齐天大圣、荆山、庐山等几种;我们民间经常做普度、劝善、完谱(族谱完工的祭祖仪式)、解愿(解除诅咒、罚愿的毒

---

① 被访人:黄声,男,82岁,苍南县金乡镇人,道场文书。

誓)、解结(解除祖先或本人结下的怨恨),但一直以来没有规范的科仪,我创编了相关的曲目。黄声先生说,道教是国教,国教就要弘扬中国文化,弘扬地方文化,解决地方问题。我编写"玄门科范丛书"的目的也就在这里。①科仪内容的革新体现神媒人物视野的扩大和文化的自觉。在汽车代替了手划船、电视打开世界之窗、农民穿上西装走遍全国的社会背景下,村落传统的重构拥有了自觉的视野。

其实民众对科仪的整个过程并不关心,第一天和第二天的道场没有什么观众,除了一位需要配合的头家(出资最多的人)代表之外,首事和村民们都在忙碌着自己的事情。而开光仪式、求财科、求子科、进表、献供则吸引了大量的信众。

初八日五点开光,四点仪式开始。神座前摆满了笔(毛笔和圆珠笔)、毛巾、雨伞、镜子、元宝和花瓶,神像的脸上依然蒙着红色的纱巾。神殿已经围满了人,右侧置三大桶清水。开光师由塑像师担任,是一位精壮的 30 多岁青年,来自福建的霞浦县。正在昨晚的法台上,在持续的锣鼓声中,他按唱本颂唱吟白,并辅以大量的手印、手势、画符等。

五点到,开光师与首事三人爬上神座。首事中一人辅助打杂,一人捧昨晚三光醮的脸盆,盆中有水,盆沿挂毛巾,右手还握一把开光笔(毛笔)。开光的程序为:撩纱(遮住神像脸部的毛巾)、沐佛、整装、点穴、照镜、画香符。点穴用毛笔,部位为:额、两睛、两颊、肩胛、背。开光从观音大士开始,依次为金童、玉女、陈十四娘娘、北斗娘娘、妈祖娘娘、龙女、招财童子、太子;库官大神、福德尊神、土地娘娘;陈太公、葛氏夫人、黄卿相公、陈法通、陈法清。观音佛像太高,撩纱后一切程序在镜中完成。每尊神像点穴用毛笔一支,点后开光师转身将笔尖对着信众比划,照镜后也将镜子在信众前晃动。于是用过的毛巾、毛笔、镜子成为信众拥挤讨索的圣品。神座前的毛巾、圆珠笔、镜子、睛雨伞、水、供品也成了分发给信众的圣品。开光后的笔一般最后会被赠送给中小学生,在考试的时候使用;镜子成为镇宅的厌胜物;雨伞成为日常用品,最具有象征意义。笔、雨伞是转型期新兴的开光圣品,而毛巾、水、供品则是传统的延续。

开光完毕,开光师继续回到法台,一位少年被带上法台,开光师用毛笔、

---

① 被访人:黄声,男,82 岁,苍南县金乡镇人,道场文书。

手符为其点睛开慧,此为事先安排;另有30岁、45岁左右二位男性临时要求点睛开慧,开光师也接纳了他们;最后开光师象征性地为所有在场的信众点睛开慧。仪式结束,供桌上的供品被哄抢一光。

开光之后,信众继续活跃。舀神水喝或装瓶带走,烧经、烧纸、烧莲花、烧元宝,送花瓶,用自己的镜子照神像。不懂程序的信众纷纷询问,坐着休息的我也成了咨询对象。隔墙方氏宗祠里摆着的近八十桌流水席上,不断围坐起信众享用圣餐,见面打招呼的人们总是问这句话:"吃过了吗?快去吃吧!"圣餐的菜肴是:金桔、鱼饼、春卷、金针菇豆腐条、银团、银眼(桂圆)、腰鼓、发菜丸、虾仁炒豆(金花翡翠)、花菜年糕、木耳、芋,这些菜肴在当地的年岁节庆宴席上也会出现,都是代表吉祥富贵的符号,并非现在温州人筵席上特别崇尚的海鲜。

《求财科》被安排在初八上午的第二场,被求的神灵为福德尊神,即土地爷。虽然在现在的商店和企业里关公、赵公明或比干经常被作为财神供奉,但村庙、宗祠和道场科仪仍然以土地爷作为财神祭祀。在科仪的前一天,首事们就已经准备好金元宝,并大量地收集一元面值的硬币,代替以前科仪中的银元使用。二十分钟的仪式结束,金元宝被授予固定的人选(那些捐资额高的信众),硬币分发给在场的人们。一位典礼中的女性工作人员在挤抢硬币的过程中控制了硬币的分发权,向她求施的声浪一阵高过一阵。在这种声浪中我们可以听出因某种人际关系你应该优先施授和更多施授的诉求理由。一位老年妇女在求施中收获有限,便抓住装硬币的袋子论理:我是不是村里人?娘娘宫我有没有份?一位来自外省的老年男性乞丐挤到人堆里,他在以前的两天里在娘娘宫吃好喝好,也讨到了不少人民币,甚至有人给他十元面值的纸币,而分硬币的女性工作人员面对他殷切的乞求也曾认真地投以一瞥,但最终还是吝啬地不曾投以一币。分抢硬币的时间延续了近十分钟,人群散去,发现供桌上的书写米和贡品也已经被人抢光。

《求财科》之后是《求子科》,引来许多人看热闹。大家多说这个科目没有见过。文书爷在平摆的三张供桌上米书"张仙送子、观音送子、陈十四送子"。字上压塑料袋,袋里有桔、花生、印着小孩的红毛巾等,袋前供桌上摆着米塑状元郎,九对青年男女跪在供桌前秉香伏拜。另有亲友团跪在后排助阵。道场作《祈嗣张仙圣位科》《观音醮科》《太阴醮科》,科毕,主法到供桌前依序念读每对夫妻年庚簿,祈求赐子,并把状元郎和一袋礼品赐予夫妇,夫妇将红包置于供桌,拜起接物,双双便撑起雨伞急急回家,不说一句话。赐毕,供桌书写米也被哄抢一光。这是整个道场最有趣的一个曲目,引得在场观众的阵阵笑声。

《三台表》是第22目科仪《进表》的翻版,场面极大。雨篷外新置5张叠桌,雨篷下3张叠桌。法、供桌之间拉蓝布,蓝布一端压供桌吹甑下,另一端穿过法桌副梁压法台(用长凳和木板架成)上的跪垫下。男女头家一持手香炉,一持表亭跪拜于供桌前蓝布下,吹甑上置铁锅和米筛。先生3人,主法先持玉笏在甑边默祷,然后三人上法台唱本,通情旨,头家端表亭(纳方函、文书)到法桌边,主法逐香行手印,左右先生抬表亭于法桌上,主法跪祷,下台;头家上台跪拜三拜,表亭由香倌送米筛上,头家复跪于供桌前。法台只留主法一人,继续作《进表科》,科毕,换先生通《主弟子》、《年庚簿》、《观音塑像捐资者名单》、所有200元以上捐资者。该程序主法的唱科进表如旧,重要的是进表的信众由1户增加为3户,9位先生要分工给所有200元以上的捐资者通年庚簿。年庚簿达两大纸箱,9位先生通读时间各达45分钟。名单通毕,三先生上法台,吹甑上焚化表亭,音乐做京剧庆典调,以吹、鼓、锣为主。鸣铳、打鞭炮,主法秉三细香祈祷。烧一切手持香和金银纸于外炉。三台表是适应信众心理需求的新的变式,黄声先生认为不符规制。

《献供》是最后一目引起信众兴趣的科仪,安排在初八下午。三排供桌上的供品有:金团、柑、粽、荔枝干、状元糕、红糖、发菜、长寿面、红枣、喜糖、桂圆干、梨、苹果。以上大盘,饰以扁柏叶(万年青)。雨伞、内外衣,皆为献供人家用之物。茶叶、米、佛珠、苹果、水、莲花,以上小碟。银元(硬币)、花、烛、香,以上嵌插在米塑制品上。

献供人三对夫妇跪拜。分别为头家、宗长、首事。先生9位分四组请神,情节性强,极具表演性。主法挥令旗差4组先生请各路神灵达45分钟,请神结束,替换一先生由近及远通请各硐、海、山、岛、省市神明来享供品。

仪式的变迁主要体现在场面的扩大、要求具名或直接参与朝拜的信众人数的增多、现世实用性的突出。在这样的变迁趋势下,我们发现黄声先生的创编科仪曲目具有引导性。

信众的兴趣体现造神的价值倾向,主要落实在聪慧追求、财富追求、平安追求、优生追求和学业追求上。在现代的商业社会中,人们的核心价值观发生变化,聪慧的资质成为财富的源泉,多生让位于优生,商读文化叠化了传统的耕读文化。信仰仪式变迁迎合了这种倾向。

五、庙会与会市

围绕保宁庙和会龙宫,传统上钱库镇每年有两次规模盛大的庙会,一次为正月十五日,定为钱镠的神诞日;一次为三月廿三,定为陈靖姑的神诞日。① 届时庙里建坛祈禳,演戏娱神,抬神巡境,四方民众进香请愿,家家户户设宴待客,成为传统节日。而四乡工匠商人也会用小船运来农具和日常用品沿街摆卖,把横街、魁桥、东西街挤个水泄不通,煞是热闹,俗称"会市"。传统的"会市"是由庙会衍生的,但庙会的"会市"无法满足人民的生产生活需要,会市就由一年两次添为四次,增加了五月初二和九月初九两次。"会市"逐渐脱离传统庙会,成为独立的经济活动。

去年的九月九日和今年的正月十五日,笔者对钱库镇会市进行了调查。发现会市已经远离一般民众的生活,与庙宇的祭祀活动完全脱离关系。正月十五日上午九点多,我们来到会龙宫,发现进口处的围墙上贴着一张32开大小的红纸《通知》,全文如下:

通　知

会龙宫元宵闹灯节将至,有关福酒事宜通知如下:

人数各自筹集,每一桌派代表于正月十五日上午前到会龙宫报名,以便统一安排(菜肴自备)。

会龙宫领导小组启
正月十一日

这张通知明显是针对四扇信众而发的,这么小的一张手写《通知》来组织元宵的"福酒事宜",并且处于"自筹"状态,看来会饮方式的祭祀活动已经无法引起经济发达的城镇居民的兴趣。宫里十来位人,一户人家在借三官殿拜忏"做好事",如果没有那里的鼓乐之声,庙里就显得过于安静。厨房里几人在忙着准备菜肴,看样子中午只有小几桌的规模。首事会办公室的门开着,

---

① 各地祭祀陈靖姑的神诞日都是正月十五日,这个庙的情况刚好相反。

有 2 位老年人在商量事情。一位首事把香烛摊临时摆在保宁庙前,还有一些盖印的"生意兴隆"、"六畜平安"等长方形彩色字条。库官大神受到祭祀,神案前摆着供品,香绕烛明。门楣上挂下"开印大吉"的红纸条幅,可能是建庙后库官大神印章的第一次使用。这种印章一般为铜质篆书大印章,在神像开光时被赋予威灵,在各种祭祀活动中使用于布质或纸质的门符、条幅和压箱符上。一位 30 多岁的妇女点完了香,要求一张贴在商店里的条幅,主持就赠与盖有神印的"生意兴隆"红色纸条。我们就庙会与会市的问题展开访谈,首事们觉得非常好笑:"会市是工商和城管的事情,跟我们毫无关系。"后来我们在方村娘娘宫继续访谈同样的问题,老人们也认为没有关系。钱库镇庙会与会市关系的脱离,有将近一百年的历史。而在乡级街市的新安和鲸头(各距钱库镇只有几公里),庙会与会市还是联系较为紧密的。1982年新建镇的龙港(距钱库镇也只有几公里),镇政府将 10 月 1 日定为物资交流会,形式与传统会市完全一样,但与庙会没有任何关系,民间仍然称其为"会市"。

  十一时左右我们来到方村的娘娘宫,这里也打开庙门、摆起香烛摊迎接香客,烛山下的纸箱里有残烛堆积,说明有香客来过,但我们等了半个多小时,没有发现新的香客来朝拜许愿,可能我们来得太迟了。根据叶涛和任双霞的事后访谈,今年的正月十五,该庙接收到了 17000 多元捐助,卖香火、蜡烛盈利 30000 多,又把点完的蜡烛卖给造蜡烛的人,得到 7000 多元,一共 5 万多收入。我们的观察认为被访人夸大了香烛的收入,其实应该没有这么多香客到来。这里的夸大,又体现了生存和竞争中的智慧——寻求广告效益。

  现在一年四度的会市在钱库镇的工贸路和农贸路举行,每次持续 3 天,由镇工商部门和城管部门组织和维持秩序。两路呈东西走向,用于会市的路段在镇的中心部位,全长约 4000 米,中间有一桥相隔,属于 20 世纪 90 年代以来新建的城区街道。商贩在路的两侧搭起帐篷,中间留一条仅供两三个人并肩而行的通道,也显得拥挤热闹。从商贩的摆摊工具看,可以分出机动车户、手动车户、棚户、船户、箱包地摊户等类型。从商品和经营的类型看,有书籍类、音像类、服饰类、日用品类、地方特产类、特色小吃类、玩耍类、表演类、竹器类、木器类、铁器类等。机动车户和一些大棚户主要来自天津、内蒙古、安徽、周围县市,他们是专业的赶集个体户,经营时往往贴出"请讲普通话"的条幅,主要出售"十元三样"、"一元一样"的牙刷、袜子等日用品类、廉价皮鞋、外衣、内衣、被单等服饰类,出售天津糖果大板栗、丽水椪柑等特产类,提供木马、海盗船、射箭、套圈等玩耍类,组织杂技、武术、舞蹈等表演类。竹器、木器和铁器主要是本地与周围县市的商人或工匠经营,主要有梯子、椅子、酒篓、晾衣架、竹竿、吹甑、方凳、藤椅、菜刀、柴刀等,它们本来是传统会市的主打商品,现在在数量上已经退居次要地位,八仙桌、橱柜、犁耙等家具和农具品种已经不见,主要由船户沿河边空地设摊。逛会市的顾客不是太多,主要有外地打工人员、老人、乡下中年人、带小孩的镇里人。外地打工人员和乡下中年人对廉价的日用品和服饰感兴趣,老人对书摊的地理风水书、武打书和音像摊的温州鼓词、乱弹感兴趣,带小孩的镇里人主要参与玩耍项目。竹木铁器商场的顾客寥寥无几。小广场的表演棚也门可罗雀,可能是上午的缘故。

我们访谈了一位牛杂摊的老板,他来自附近以产牛和杀牛著名的山垟坡,牛杂汤做得很好味。他用一辆小型农用车装他的三个炉子和锅盘、棚架、桌椅,夫妻经营,一年四季到处赶会市。摊主介绍说:这些人都这么赶,都记得哪里哪天会市,如果每一个镇每一次会市都去会忙不过来。会市时工商和城管基本上不收税也不收管理费,对我们摊贩的态度也很好。我的生意还可以,一年赚五六万吧。很辛苦的,就睡在棚架里。

环城北路是与工贸路和农贸路仅有500米之隔的平行路,隔桥能够看见对面桥上的商棚。我们沿街访谈了几位三四十岁的家庭妇女,她们大多不知道钱库镇这几天会市,或者知道没有参与,记不清镇里会市的具体时间和一年的次数,好像会市是与她们没有关系的遥远过去:"现在买东西很方便,干嘛还要会市啊。""我不去会市,那里没有好东西(卖)。""都是外地人、乡下人,没兴趣。"会市成为与本镇居民生活脱离的一项可有可无的小型商业活动,也没有相应的文化活动来延续这一传统。现在如果地方政府取消这项活动,将不会有人反对,会市这一由庙会发展而来的传统民俗也将从这一带消失。

"会市"一词的使用,体现传统集市商业做大了,脱离祭祀仪式的庙会,独立存在于村落传统中。转型期"会市"文化的象征化和淡出村落的生活视野,体现工商社会中传统的自然淘汰。

六、结　语

民间信仰在村落传统文化中通过信仰心理层面、社会组织层面和行为规约层面服务于社会系统的稳定。村落的终结和城镇化的发展将弱化或丧失民间信仰的上述功能，导致文化安全危机。

民间社会在应对城镇化的过程中，就民间信仰的保护和发展出现了信仰心理偏向、社会组织固化、投机扭曲适应等问题。这些问题目前没有得到合理、科学的引领，处于"盲撞"状态。

政府作为规划者，在城镇化的过程中无视民众信仰心理的认同价值、无视信仰组织的文化资源地位、无视民间信仰的性质，没有尽到"先进文化引领社会发展"的责任。

只有在城镇化过程中充分考虑民间信仰的地位，把民间信仰作为独立于其他宗教之外的中国特色信仰纳入宗教管理体系，从文化建设层面充分发挥它的积极意义，并在社会生活层面科学重构，才能保护和利用好中国民间文化。

浙江平阳新罗庙记录和现状

朴现圭

新罗人很久以前就开始利用海洋,海上活动非常活跃。新罗的水手们坐新罗船舶频繁出入半岛沿海和唐朝、日本海域,负责人员运送和货物交易。以张保皋为始的新罗海上势力通过最大限度地提高自身的海上能力,曾掌握了东亚海域贸易的主导权。今天在中国沿海和水路地区留有很多新罗人或新罗船舶出入而留下的遗址,这些是可以证明历史事实的有力实体。

平阳位于浙江东南沿海的温州地区。平阳地区有大海和鳌江,很久以前捕鱼和船舶运输活动就很活跃,而且和外国的交流也很频繁。很早就传说在这个地方有新罗庙和新罗山。1996 年,笔者在《平阳县志》中找到了在平阳南部有新罗国王庙的记录,并首次在学界进行了介绍。① 那以后,在各种有关新罗人海上活动的论文中,这一事实常被引用,但却千篇一律、单纯地记述平阳地区有新罗山和新罗庙,没有更为具体的分析。

从 2007 年 8 月到最近,笔者几次前往平阳地区,调查了新罗神的现场,不光发现了现存的供奉新罗神的遗址和寺观,目睹了很多香客向新罗神进香的场面,而且从有关新罗神的各种文献,尤其是平阳地域方志上查找了相关的记录。本论文以此为基础,对平阳新罗山和新罗庙的有关记录和背景进行分析。

一、平阳新罗庙和新罗山的记录

平阳往北是瑞安,往南是苍南,往西是文成和泰顺,往东则是中国的东

---

① 박현규《중국 진출 백제인의 해상활동 천오백년》2,서울:맑은 소리,1996 年,第 70—72 页。

海。约六亿年前,海洋隆起,侏罗纪时期火山爆发,从而形成了山地形态。平阳的南侧流淌着的是鳌江。西晋太康四年(283),临海郡安固南部的横屿和船屯地区被分辖,设立了始阳县。东晋太宁一年(323),改名为横阳。唐上元二年(675),括州的永嘉、安固地区被编入到温州,而当时的平阳一带则属于安固。五代吴越国天宝七年(914),钱缪平定了淮阳地区,把县名改为平阳。自那以后平阳县一直属于温州府,直到今天也还属于温州地区。平阳县所属管辖地有17个镇、13个乡、1个民族乡。

平阳地区在很早以前就有关于新罗庙和新罗山的记录,载于各种有关平阳的地方志中。在现存的地方志中,最早的是明弘治十六年(1503)《(弘治)温州府志》①卷三的记载:

在县治南二里,旧为海山,是山因神得名。

明隆庆五年(1571),朱东光编撰的《(隆庆)平阳县志》也写到新罗山,因神灵而得名。②《(弘治)温州府志》③中记述了有关新罗山神灵的具体内容。该书卷一六记载:

……在新罗山。山以神庙得名。唐新罗国太子因航海入觐溺焉。显灵兹山,邑人立祠祀之。

供奉在灵护庙的神灵是新罗太子。新罗太子在入唐渡海时溺水身亡,这儿没有阐明新罗太子溺死的地点。从新罗太子在新罗山出现这一点来看,在平阳前面的海上可能性很大。新罗太子的灵魂在平阳地区显灵,当地人信以为真,建了庙宇来祭他。灵护庙,又叫新罗灵护庙。明成化二十一年(1485),无名氏作的《新罗灵护庙》上也出现了"新罗灵护庙"的庙名。明万

---

① 王瓒、蔡芳《(弘治)温州府志》,胡珠生校注,上海社会科学院出版社,2006年,第50页。
② "新罗山,县治南二里,海中,因神而名。"参见:朱东光《舆地志·山川》,朱东光《(隆庆)平阳县志》,明隆庆五年刊本影印本,台北成文出版社,1970年。
③ 王瓒、蔡芳《(弘治)温州府志》,胡珠生校注,上海社会科学院出版社,2006年,第425页。

历三十二年(1603)汤日昭、王光温等修撰的《(万历)温州府志》①中也收录有《(弘治)温州府志》所述的内容。汪沆、齐召男等在清乾隆二十一年(1756)编撰的《(乾隆)温州府志》②卷四记载新罗山：

> 在县治南二里。有新罗国王庙在焉，故名。

新罗国王庙被称为灵护庙。在清乾隆元年(1736)，嵇曾筠等编撰的《(乾隆)浙江通志》中也引用了《平阳县志》，提到新罗山位于该县南二里，那儿有新罗国王庙。③ 这里的《平阳县志》，好像是指在明隆庆年间编撰的《平阳县志》。

杭世骏、徐恕乾隆二十五年(1760)编撰的《(乾隆)平阳县志》④卷九《庙祠》记载《灵护庙》：

> 在新罗山，山以神庙得名。入山不见庙，入庙不见山。相传唐昔新罗国太子航海入觐溺焉。显灵兹山，敕封忠义灵济威惠广佑圣王，其后庙迁儒林大街。明天启丁卯，令聂于勤，祷雨则应，额曰灵济天瓢。

在这儿叙述了灵护庙的位置和迁移、显灵故事等内容。灵护庙原位于新罗山上，后被搬到了儒林大街。儒林大街指的是今天的坡南街。据刘绍宽编撰、王理孚编修的《(民国)平阳县志》所述，在坡南街有以前的儒林坊，儒林坊位于仕巷。仕巷原名寺巷，后来因学校被搬到这儿改名为仕巷。⑤

---

① 参见汤日昭、王光温《(万历)温州府志》，明万历刻本影印本，温州市图书馆。
② 参见汪沆、齐召男《(乾隆)温州府志》，乾隆刻本影印本，温州市图书馆。
③ 《(乾隆)浙江通志》卷二〇《山川·平阳县》："新罗山，《平阳县志》：在县治南二里，有新罗国王庙。"参见嵇曾筠、沈翼机《(乾隆)浙江通志》，影印本，上海古籍出版社，1991年。
④ 杭世骏、徐恕《(乾隆)平阳县志》，乾隆刻本影印本，平阳县地方志办公室。
⑤ 《(民国)平阳县志》卷五《建置志一·县治坊巷表》："坡南街。在岭门下，通儒林河塘，通儒林河头……旧儒林坊。在仕巷……仕巷。旧名寺巷，因迁学改为仕。"参见王理孚、符璋、刘绍宽《(民国)平阳县志》，《中国地方志集成：浙府县志辑》第62册，影印本，江苏古籍出版社、上海书店、巴蜀书社，1993年。下引《(民国)平阳县志》均出自同一版本。

灵护庙,即新搬迁的新罗庙,位于今天的坡南街上,新罗山在坡南街往东南方向不远处。不知是否正是因为这样,在上文中才写到这样的话,进入新罗山的话,无法找到新罗灵护庙,进入新罗灵护庙的话,无法找到新罗山。

新罗太子在升格为人格神后,经常在新罗山显灵,守护着当地人。元朝朝廷赐了忠义灵济威惠广佑圣王的封号给新罗神。在《大明集礼》中提到朝廷赐封新罗神的时间是元至治二年(1322)。① 自那以后,新罗神被改为朝廷认可的正式信仰。明天启七年(1627),县令聂于勤听说这一地区长时间干旱,就前往灵护庙向新罗神致了祈雨祭。新罗神立即洒下了雨,聂于勤很为感动,在灵护庙挂上了名为"灵济天瓢"的匾额。从那时开始,当地的人们就更为虔诚地供奉着新罗神了。

明成化二十一年(1485),有无名氏所写的《新罗灵护庙碑记》。该碑记中有关新罗神出没的地区、捍灾御患的事例、历代封典等记录在南宋周元龟编撰的祭文中有详细的叙述。② 周元龟,字锡畴,平阳人。嘉熙二年(1238)考上进士,淳佑九年(1249),在担任台州知郡州事时辞世,享年76岁。从这儿可知,新罗灵护庙是在南宋淳佑年间之前建的,新罗神在平阳地区被传为是抵御灾患的保护神,并从朝廷得到了封号。

在《(乾隆)平阳县志》的《灵护庙》自注中,收录有元张子龙作的《灵护庙诗》。这诗的最后一句中写道"英雄庙食今千载,花压双碑香满坛"。说在灵护庙供奉新罗神已有千年的历史,这虽是出自诗人的夸张的手法,但正如南宋周元龟的记录所暗示的,告诉人们一个事实那就是灵护庙的创建历史十分悠久。当时,在灵护庙立有双石碑,并设有祭坛。

民国四年(1915),刘绍宽编撰、王理孚编修的《(民国)平阳县志》卷四五《新教志一》的《灵护庙》中,除了《(乾隆)平阳县志》记录,还记述了好几个事实。下面对那些内容进行摘录:③

　　明天顺甲申重修。……庙后有假山,详《古迹志》。一名广佑,各处

---

① 《大明集礼》卷一四《封爵》:"至治二年,封新罗山为忠义灵济威惠广佑王。"参见徐一夔《大明集礼》,内府刊本,明嘉靖九年(1530)。
② 明无名氏《新罗灵护庙碑记》:"神之存殁出处与捍灾御患,显受历代封典,故宋臣周元龟撰记已详备矣。"参见《(民国)平阳县志》卷二四《新教志一·灵护庙》。
③ 参见《(民国)平阳县志》。

多有,不备载。

新罗神,别名广佑。这一别名出自于中国朝廷向新罗神册封的名为"忠义灵济威惠广佑圣王"的封号中。在平阳地区,很早前就开始信仰新罗神,在许多地方都拜新罗神。灵护庙在明天顺八年(1464)被重修了。同时,还造了厨房,挖了井。① 清乾隆三十三年(1768),平阳地区的人们把疏浚河川后的土搬到了灵护庙后边,造了假山。县令何子祥作了《新罗庙假山记》②,写到新罗庙在坡南汇头,祠堂非常大,而且高,挂着名为"新罗"的匾额。何子祥被假山美丽的风景所感动,把赞扬当地人同心协力造假山的"与民"两个字挂在门楣上,与此同时还下命令把一起参与造假山人的名字刻在碑石上。

在这里暂时先来吟咏一下假山的风景。祠堂后面是寝宫,前面是大台。假山宽不到半亩,高不过数丈,装饰得非常漂亮。山峰和崖壁尖挺陡峭,绝壁和山雄壮地往四周延伸,可以和南雁汤山的景观媲美。祠堂的左边是源自山顶的小溪往围墙处流淌着。围墙周边的崖壁用奇异的石块装饰而成,在崖壁间往下流下小瀑布。这和它旁边泉水涌起的瀑布水相应。池塘总是被装饰成参差不齐的,波光微微发蓝,几十条鱼儿像在空中划浆似地悠哉游哉。还挖了一条小溪,水从寝宫右侧流过,沿着围墙流往下游。小溪的上面有座石桥。鸟儿们在花和树木丛中间的那条窄小路上飞来飞去。沿着那条路走十余步就可以看到一个亭子,顺着亭子前面那条弯弯曲曲的小路往上可到达山顶。山的左侧有一个洞窟,从洞窟内涌出凉气。洞窟前造了个可以坐上五六个人的小亭子。在亭子的周边有一个小洞,通过那个小洞看周边的景观,十分漂亮。③

---

① 明无名氏《新罗灵护庙碑记》:"庙宇经历年远,倾坍殆尽,天顺甲申,鼎新中兴之际,本里信官周尚英、赵永辉偕耆老叶尹谧等致书清隐道人请其来为劝募以落成之,并造香积厨房,白玉泉井,视旧增焕一新。……清隐道人,姓孙氏,名周真,安固丰湖旧族也。"参见《(民国)平阳县志》。

② 《(民国)平阳县志》卷五四《古迹志三·杂物》中的《新罗庙假山》:"清乾隆戊子,邑人浚河辇土筑成,上有十八松,邑令何子祥有记。"

③ 何子祥《新罗庙假山记》,参见《(民国)平阳县志》卷五四《古迹志·新罗庙假山》。

在《(民国)平阳县志》卷三的《舆地志三·山川上》中,有这样的记载:

> 自岭门山东南行为新罗山,有新罗王子庙,故名。

这里提到了分布在平阳地区的山川,新罗山在岭门山东南侧,山名源自新罗王子庙。这里有一个很有趣的现象:据现有文献记录,被当作神供奉在新罗山的新罗人的身份分别是国王、王子、太子,各不相同。《(乾隆)温州府志》中的《灵护庙》条和《(乾隆)浙江通志》中的《新罗山》条说位于新罗山的祠堂叫做"新罗国王庙",而在《(民国)平阳县志》中的《山川志》条则说位于新罗山的祠堂叫做"新罗王子庙"。在《(弘治)温州府志》中的《灵护庙》条、《(万历)温州府志》中的《灵护庙》条、《(乾隆)平阳县志》中的《灵护庙》条等诸多地方志,则说供奉在新罗山祠堂的新罗神是"新罗太子"。对此笔者会在下文中作具体说明,但在这儿还是简单提一下。众所周知,国王、王子、太子的身份差异非常大,今天平阳一带的道观和寺刹中供奉着的新罗神都是"新罗太子",而各种有关新罗人的身份记录仍然不相同,甚至于在同一书册中也不一样。

这些记录中到底哪一个最符合历史事实呢?综观韩中古代交流史,可知新罗国王没有一次是直接以国王的身份前往中国的,而新罗太子作为使臣在前往中国路上溺死的情况也没有。作为使臣去过唐朝的新罗王族中有几位后来成了国王。真骨出身的金春秋,曾数次作为使臣前往唐朝,后因真德女王没有后嗣,金春秋成了国王,即太宗武烈王。金法敏作为太宗武烈王的长子,曾以使臣的身份前往唐朝,后来成了太子,而后就成了国王,即文武王。他们都是在新罗境内去世的。

金仁问是太宗武烈王的次子,他曾数次前往唐朝,在那儿做了宿卫。咸亨五年(674),因和新罗外交关系的恶化,唐高宗不承认文武王为新罗国王,曾封在唐朝做宿卫的金仁问为新罗国王。但金仁问去世的地点不是平阳,而是唐朝首都长安(西安)。他去世不久后,他的灵柩被移送到了新罗,并被安葬在了庆州的西原。

金仁问被暂封为新罗王时,职位是临海郡公。临海位属于浙江中部的台州地区,离平阳县不是很远。平阳的人们有没有可能追悼的是在邻近地区任临海郡公职位的金仁问,把他作为新罗神供奉了起来?对此笔者认为有考察的必要。但问题是金仁问去世的地点在长安,平阳地区没有把金仁问作为神来供奉的记录。金春秋和金法敏的情况从历史上来看也和平阳新罗神的记录不符。

在各种文献中,有关作为使臣或求法僧人前去唐朝的,新罗王子出身的记录算是比较多的。在这儿,新罗王子这一称号的含义的范围相当广。对在各种文献记录中所提及的新罗王子的出身进行分析的话,可知除了当时现任国王的直系子弟外,还有很近的王族的旁系子弟,甚至连很早之前的同一祖宗传下来的旁系嗣子也有。例如作为求法僧人前来唐朝的圆测、无染、无相等。他们虽不是现任国王的直系子弟,但在文献记录中都明记为新罗王子出身。

当时,新罗的王族们从半岛出发,渡过大海,安全地到了中国大陆,但有时也会在海上遇到狂风,在海上漂流。其中,有顺利到达生还的人,也有不幸掉入大海溺死的人。平阳新罗神故事中的新罗人具体指的是哪一位王子呢?可是只根据现存的文献,很难对这一事实进行正确阐述。作为使臣前往唐朝的新罗王族的人数相当多,但在现存文献中没留下有关他们的正确记录。

新罗人进入平阳地区了吗?从新罗人往来中国大陆的航路来看,他们主要从半岛西海岸的中部地区出发,横渡到山东半岛的黄海横断航路,但有时也会从半岛西海岸出发,直接下长江流域或浙江地区的黄海使团航路。在今天的浙江沿海岸和岛屿地区留下了很多有关半岛新罗的海洋遗址。例如普陀山的新罗礁、象山的新罗奥村、临海的新罗屿等。①

平阳的南侧流淌着鳌江。从平阳坐船,利用河川可以驶入鳌江。灵护庙所在的坡南河直到不久前还有过一个让驶往鳌江的船舶停泊的坡南埠头。很早鳌江地区的海上活动就很频繁。鳌江人世世代代从事着出海捕捞或海上运输的工作。今天的鳌江港,算得上是浙江四大港口中的一个。这个地方既是浙江南部和福建北部的货物集散地,也是前往临近海域和远海进行捕捞作业的渔业基地。鳌江一带到处都有水路。虽会在后文中作说明,但在这儿还是提一下。新罗殿和太子亭所在的鳌江下厂和塘外也连接

---

① 박현규《浙东 연해안에서 新罗人의 수로 교통: 수로 유적과 지명을 중심으로》,《新罗文化》2010年(35),第235—252页。

有水路。虽是最近的事儿,下厂村村主任郑巨印说他和这里的人们以鳌江港为母港,从事着渔业活动,有时还出海到远处的半岛海域。

和这一情况稍有不同的是漂流到浙江和福建地区的朝鲜人相当多。朝鲜人在半岛沿海从事海上活动时,有时遇到狂风,船舶漂流而到了浙江或福建地区。他们的例子在《朝鲜王朝实录》《承政院日记》《备边司誊录》等中很容易找到。在新罗时代也与此相同,新罗人也曾在渡海时遇到狂风而漂流到了平阳地区。因而我们可以说不管是以前还是现在,平阳地区和半岛都有通过海洋的交流,新罗神故事中的新罗人也有可能是在渡海时漂流到平阳地区的。

温州市道教协会在1999年编撰了《温州道观通览》。该书的《平阳城南新罗太子观》条,对新罗太子观的诸多情况进行了记述。[①] 主要内容如下:原来的新罗太子观又叫魁星阁,建于唐朝。新罗太子名为金一,他是在唐高宗时期活跃过的人物。新罗和唐朝连手灭了百济和高句丽。新罗太子金一率领船团,带着无数的礼物,打算渡海去唐朝为官。不幸的是在途中遭遇狂风被迫漂流,后在平阳的南麂海域溺水身亡。当时的平阳县令接到朝廷的圣旨,建了追慕新罗太子金一的祠堂。

总之,笔者很难接受有关新罗太子金一的记录。笔者之前前往汇头新罗太子观和平阳县道教协会,对这份记录的出处和真伪提出了质疑,但结果除了民间故事中的传说外,没有其他数据。笔者又前往平阳县文物馆和平阳县地方志办公室查阅了相关资料,但也没能找到满意的资料。不知温州市道教协会依据的是什么资料,故事的内容在整体上和历史事实不符的地方很多。唐朝初期,即新罗统一三国的时期,在新罗没有一位名为金一的太子。说新罗太子观又叫魁星阁,这也是错误的。魁星阁位于宋宣和三年(1121)进士陈彦才的老房子地基处。后来在那儿建了县学宫,明朝时建了魁星阁。魁星阁用的是村落名。[②] 今天魁星阁在行政区划分上是归属于凤山村的自然村,距离市区1.8千米远。魁星阁和灵护庙相距不远,但它们是由来不同的文物。

[①] 温州市道教协会《温州道观通览》,天马图书有限公司,1999年,第295页。
[②] 平阳县地名委员会《浙江省平阳县地名志》,平阳县人民政府,1985年,第136页。

笔者虽会在下文进行叙述，但这里还是要提一下，在鳌江下厂建有新罗庙。2004年，下厂地区的人们为了重建新罗殿，收集整理了各种书面材料，这些材料由居住在下厂蔡落桥路的郑祥球保管。书面材料中的《简介》，对下厂新罗殿的重建历史和新罗圣王的故事进行了简略的介绍。下面对该记录进行一下整理：新罗圣王是新罗王子出身，新罗在统一三国后，把王子派遣到了唐朝。新罗王子坐船渡海时遭遇了狂风，而漂流到了平阳地区。官府向朝廷汇报了这一事实，朝廷册封新罗王子为圣王。在平阳的回头①建有灵护庙和新罗圣王殿，后来又建了下厂的新罗殿。

笔者向写作《简介》的郑祥球询问了新罗王子的活动时期和是否到达了平阳。他说因没有具体资料，《简介》只是根据这一地区流传的民间传说整理的。《简介》的记录和《平阳城南新罗太子观》的记录大致类似，略有些不同。有关新罗王子的活动时期，两个记录都说在新罗统一三国时。《简介》的记录说是新罗王子，而《平阳城南新罗太子观》的记录说是新罗太子。《简介》的记录叙述新罗王子在渡海时遭遇狂风而在海上漂流，但最终还是安全地到了平阳，而《平阳城南新罗太子观》的记录则说新罗太子在渡海时遭遇狂风而漂流，在平阳附近的南麂海域溺水身亡了。

各种地方志或民间记录中平阳新罗神的故事是从历史事实出发的，但不一定要和历史事实完全相符。正如上文中所提到的，平阳新罗神的故事对民间的传说内容进行了添加。从各种民间故事的后代传播过程来看，就算故事以历史事实为依据，也因故事的编撰者或传播者添加了些虚构的元素，从而出现了一个新的版本，这种现象并不少见。有时，在民间，人们不认为这些变形的内容被添加了虚构的元素，觉得它们都是出自历史事实。随着岁月的流逝，内容的变形程度更大。

中国大陆还流传着一个和平阳新罗神类似的故事，就是湖北京山芭蕉寺流传的新罗泉和新罗太子墓的故事，以前芭蕉寺的境内至今还留有新罗泉和新罗太子墓遗址。唐太宗年间，新罗僧人得到敕令，到了芭蕉寺修行佛法，新罗太子为求佛法，跟着新罗僧人也来了芭蕉寺，后来死了，埋葬在此。一天，新罗僧人得了思乡病，打算放弃求法回国。神仙出现了，往地上凿了一下，泉水涌出，泉中有比目鱼在游来游去。新罗僧人尝了尝新罗泉的泉

---

① 回头，汇头的别名。

水,发现味道和故乡的一样,比目鱼也和故乡的鱼一样,从而放弃了回国的念头,重新专心致志地求法。新罗太子庙的故事恰似新罗僧人故事。新罗太子把在新罗泉中抓到的比目鱼切了一半尝了一下,发现味道很好,就把剩下的另一半再次放入了水中,而那鱼没死,活了下来。新罗太子把对在故国母亲的思念传达给了比目鱼,而那条比目鱼从新罗泉游出,游过长江,渡过大海,来到了新罗,新罗女王很是高兴。①

以历史的观点来看,京山芭蕉寺的新罗泉和新罗太子墓的故事可能并不是事实。在现存资料中,连有关新罗太子曾在唐太宗年间到芭蕉寺待过,后来去世被埋葬在芭蕉寺的历史记录也没能找到。和新罗泉相关的新罗僧人或新罗太子的故事一言以蔽之就是被添加了很多虚构的元素,但我们不能单纯把它当作是虚构的故事,新罗泉的故事和新罗太子墓的故事还是有历史事实为依据的。当时,包括新罗王族在内的很多新罗使臣和新罗僧人渡海来到了唐朝,穿梭在大陆,进行活动。京山芭蕉寺位于连接长江和汉水的水路交通路上,新罗僧人们到那儿很方便。唐末五代时,以慧清禅师为首的新罗僧人们在京山芭蕉寺进行了求法活动。京山芭蕉寺的新罗泉故事和新罗太子墓的故事在历史事实的基础上,被编撰者或传播者添加了一些文学性的想象,随着岁月的流逝,故事的内容就变得越来越丰富了。因此,可以说平阳的新罗山故事也和京山芭蕉寺新罗泉的故事及新罗太子墓的故事一样,由类似的构造和模式变化而成。

二、昆阳坡南的新罗庙遗址

昆阳镇是平阳市内的行政镇。总面积 80.4 平方千米,人口 10.39 万(2006 年的基准)。它的管辖地有 6 个小区,50 个行政村。平阳县城,民国初因都市发展计划全解体了。县城南门二里有通福门,通福门位于现昆阳镇九凤山东南侧的铁岭马路上。通福门原来称为通北楼,清康熙二十三年(1684),拆了北门内的文昌阁,建了关圣庙的戏台,并把文昌帝阁搬到了通北路。通福门的构造大体上可分为门墙和楼阁。门墙由花岗岩堆积而成,

---

① 박현규《湖北 京山 芭蕉寺의 新羅 관련 遺迹과 기록》,《韩中人文学研究》2008年(24),第 187—203 页。

而楼阁则由木雕和石刻组成，六角屋顶上是复式房檐的形状。在清道光九年（1829）重修，称为通福门。1949年中国解放以后，曾一时被叫做解放门，后改回了原名。通福门在2004年进行了整体的保修工作，它的左边是平阳文物馆。

从通福门这一名字可知它以前是福建省通往沿海岸的门路。通福门的南边有一条名为坡南街的老驿道。坡南街从前是出入平阳和福建的主要陆路。往北到通福门为止，往南直到坡南埠头。整条路长1440米，宽3.5米。路面上铺着的青石，因漫长的岁月被磨平了，透着微微的油光般的润泽。坡南街的两边是很多古老的房子，周围立有古牌坊和古塔。其中的师儒侍养牌坊是颂扬明万历年间的郑思恭忠孝的牌坊。①

坡南街南边平地地带是坡南荷。坡南荷曾被用作连接平阳和南部地区的主要水路，直到20世纪80年代中期为止。从温州南下，在温瑞塘河坐船进入坡南河，再经过九凤山，到达鳌江江南的平原。从江南平原沿着陆路而行，可以到达浙江和福建的省界分水关。在坡南荷留有儒林一桥、仕巷桥等14座老桥。坡南山领的末端有平阳最大的道教寺院东岳观。东岳观原名宋志观，又称广福宫，建于宋治平三年（1066）。在东岳观对称地建有圣门、府前门、东岳殿、大罗宝殿、斗姥阁等建筑，观内留有数百年树龄的樟树、葛洪丹井等古迹。现任道长是吴崇悦（原名吴立勋）。

东岳观的旁边是烈士公墓。烈士公墓在平时大门紧闭，不对外开放。笔者在东岳庙的吴崇悦和平阳文物馆的陈余良陪同下参观了烈士公墓。烈士公墓建于1956年1月。公墓的入口处有一棵巨大的樟树，这棵树在2005年8月被列入浙江省的古树木保护名单。公墓的中央立有平阳革命纪念塔。纪念塔的后面，形成了由叶廷鹏、吴信直、吴毓、郑明德、欧阳宽等中国200名革命烈士的遗骨和衣冠组成的墓域。公墓的后园建有池沼亭阁，后园的后面是后来开通的昆鳌路。

今天烈士公墓所在地以前曾是灵护庙即新罗庙的旧址。1956年，人们拆了新罗庙，建了烈士公墓。公墓后园是清乾隆年间造新罗庙假山的地方，至今还可以看到以前假山的一部分面貌。池沼亭阁的下面流淌着溪水，它的旁边有一块清光绪七年（1881）刻的碑石，碑文上刻有名为十八代公的居

---

① 陈余良《探访平阳古驿道》，《温州日报》2006—11—21(08)。

处等字。在民国年间画的《平阳县城》地图上[①]，我们可以看到，从县城的南门通济门经过铁岭通福门，顺着坡南街走的话，就是东岳庙，在它的下面是灵护庙。灵护庙的东侧是从新罗山延伸出的山麓，南侧是第一高等小学和儒林国民小学。当时灵护庙的面积非常大。灵护庙位于离县城的南门通济门1.5千米左右的地方，这和各种地方志中灵护庙在县南二里处的记录相吻合。

三、昆阳汇头的新罗太子观

坡南街旁边是1955年左右修建的由平阳往南延伸的昆鳌路。坡南街以前曾是主要道路，但路很窄，现代的车辆通行很不便，加上它周边有很多有价值的文化遗产，所以当地人不得不在它旁边修建了一条车辆可以通行的新路。就如同路名所指，昆鳌路就是连接昆阳镇和鳌江镇的道路。

山坡上顺着昆鳌路走，可以看到后边的东岳庙建筑屋顶，往左是平阳县木偶剧团、平阳县公路路政管理大队、平阳县总工会等公共机关。到达平阳县总工会之前，挂着昆鳌路271号门牌的房屋旁边有一条很窄的弄堂，弄堂入口的前面写有"汇头新罗太子观"的红字。进入弄堂里的话，就可以看到昆阳镇人民政府最近立的禁坟区石刻。顺着台阶往上走，右边的是20世纪80年代建的该地区干部的4座墓。从那儿再往上走40米左右，就可以看到左边山麓处黄墙绿瓦的新罗太子观。汇头居民会是1990年改的行政名，2005年和城南居民会一起编入了坡南小区。

灵护庙在中国解放初被拆毁了。1998年，道教人士在新罗山山脚处重建新罗太子观。因之前坡南灵护庙位置上建了烈士公墓，故不得不移到新地方。道观的位置在新罗山西侧山边，离原来坡南灵护庙200米左右。1997年冬，理事会决定重建新罗太子庙，1998年3月竣工。理事会由蔡春碎、章志进、潘生弟等人组成。现新罗太子观南边的建筑就是当时建的道观建筑，共有3间。门楣上刻着"汇头殿"的红字。分别在2004年和2005年对本殿和附属建筑进行了扩建。

---

① 参见《(民国)平阳县志》。

正门的悬板上镶嵌着在乙酉年(2005)冬天刻的"新罗太子观"的字样。进入正门内,有一个小庭院,那里面有本殿和事务所。本殿悬板上挂着在甲辰年(2004)刻的"新罗太子观"的字样。法堂中间供奉着主像新罗太子像。新罗太子像身穿龙袍,头戴紫金盔,留着长长的胡须。右手拿着折扇,左手拿着万年历,他的旁边放着青龙剑。新罗太子像的左右分别供奉着陈府侯王和齐天大圣。三尊像的左右分别供奉着的是元帅爷爷、五虎将、林六、天后娘娘。新罗太子像的上面挂有名为"威灵显赫"的牌,下面放着在2005年铸造的"新罗太子观"香炉。在本殿右边的阁楼内,供奉着新罗太子像和齐天大圣的画像。新罗太子观的主要宗教活动有阴历三月初三的春袍,七月十八的齐天大圣寿诞日,九月初九的秋袍,九月十一的新罗太子寿诞日,在每月的十一也进行祭祀。现任道长是德灵子(原名林诚才),苍南人。1995年,从涤垢子(陈宗化)入门道教。

从现在的新罗太子观出发,往新罗山山顶走500米左右,就是一片宽阔的平地。传说那儿曾是原来新罗庙所在地,现被用作蔬菜地和墓地。蔬菜地的边缘留有用石头堆起来的遗址,那里的墓是在民国五年(1916)建的吴楚舫之墓。墓碑的对联上有新罗福地和古庙地基等词。[①] 吴楚舫墓的前边是平阳县修建的公墓。从那里往远处眺望的话,远处流入鳌江的水路和平原都呈现在眼前。

四、鳌江下厂的新罗庙

鳌江是隶属平阳县的行政镇,平阳市往南11千米远。鳌江在以前称为舻艚头。舻艚头这一名字,源自渔船出入的地方这一意思。这个地方是和大海相邻的江的下游地区。清末民初,当地的人们把它叫做和舻艚头的发音差不多的古鳌头。后来在满潮的时候,因波浪从大海上涌来的样子像大鳌背着一座山,而改名为鳌江。鳌江总面积是97.6平方千米,人口为10.08万名(2006年的基准)。它所属的管辖地有8个小区,57个行政村。

下厂是隶属鳌江镇的行政村。原来叫做霞厂,后改成笔画比较简单的同音字下厂。这一地方以前曾属于慕贤东乡的九都,民国时改为小南乡,现

[①] "福地占新罗,万像回环绵世泽,宏基都古庙,九凤封峙卓文峰。"

在编入了鳌江镇。下厂人口有3100余名,670余户人家,村主任是郑巨印。这儿的主要姓氏是郑、陈、徐、任。这些姓氏是在康熙五十一年(1712),从温州瓯海巨溪前交垟、郭溪任桥等地搬过来的。下厂在鳌江市内往东2千米处。没有前往此地的公交车,只能乘坐出租车。在村落内,水路延伸到了各处,在主要的水路周边建有房屋。从水路坐船驶1千米左右就可以到鳌江。

下厂新罗殿位于村落南侧南向路上,入口处有一块下厂新罗殿管理小组于2005年8月立的石碑,上面写着新罗殿的创建和重建的历史。根据这块石碑上的《序言》和郑祥球写的《简介》,新罗殿的创建历史可以追溯到清朝的中期。清乾隆四年(1744),监生周天价捐助了一块6亩的土地,建了有5间大殿的新罗殿。当时新罗神灵验的神力被广为流传,该地区的人们认为新罗神能保护他们远离灾难。同治十三年(1874),由监生周宪章、周宪仁、周照德和院生周庆龄等发起,把新罗殿扩建成了7间。在20世纪50年代后半期和"文化大革命"期间,新罗殿被完全破坏了。

20世纪80年代初半期,当地人和渔业机关决定复原新罗殿,从而重建了本殿。当地人在1987年建了戏台,在1989年建了两座庙。当时重建新罗殿的照片现在挂在本殿的旁边。后来,当地的人们决议拆了现存的新罗殿,建造新的新罗殿。2003年6月,从当地地方政府处得到了宗教活动地点的许可。2004年10月,新的新罗殿竣工。新殿长38.7米,宽27.2米,总面积1052.64平方米,总建筑费是人民币500568元。现新罗殿管理小组成员有郑巨印、徐尚庆、郑祥球、林开松等人。

新罗殿本殿屋檐下挂着"新罗殿"的匾牌,本殿正中央供奉着新罗太子像。新罗太子温文儒雅的脸上留着长长的胡须,穿着朱黄色龙袍,戴着紫金盔,两手拿着金宝。新罗太子像的右边是土地公像和陈十四娘像,左边是值年太岁像和陈府侯王像。本殿前的右侧供奉着写着酒神和陪神的砂器香炉。在这儿也是一样,正中央由新罗太子像和两位陪神组成,放一套香炉。中央香炉前面的红纸上写着"新罗太子忠义灵济威惠广佑圣王"。这封号在《(乾隆)平阳县志》的《灵护庙》条中可以找到,传说是新罗太子从中国的皇帝处得到的。新罗太子像右侧陪神的香炉上写着"右太监尊信之位",左侧陪神的香炉上写着"虎将尊神之位"。本殿的右边挂着描绘了荆溪山的奇异风景的画。荆溪山位于离鳌江2千米左右远的地方,那里因奇异的岩石形成的出类拔萃的风景而著名。爬上山顶,鳌江两岸和东海海洋的风景尽收眼底。本殿的左边挂着描绘了薛仁贵战斗场面的画。这些画都是在2004年冬天作的。每年的阴历九月十一,这里举行新罗太子诞辰日活动。

五、鳌江塘外的太子亭遗址和净念禅寺

塘外是隶属鳌江镇的行政村。村落的人口为1600余名,有500余户。在鳌江市内乘前往墨城方向的公交,坐3.5千米就可以看到塘外的入口。在塘外入口处有一个新建的三港庙,它的旁边流淌着江面宽阔的鳌江,鳌江两岸到处停泊着渔船。从塘外到鳌江港,相距2千米左右。江边有一处像村落样子的宽阔平地,平地上到处有流往鳌江的水路,水路上面漂着一艘小小的渡船。在塘外入口处往北走150米,然后再往左走50米左右,那里是塘外老人中心。从那儿顺着北边的中桥北路走150米左右,再往东差不多走50米,就可以看到黄色墙壁、红色屋顶的净念禅寺。

净念禅寺入口处墙壁上,镶嵌着清道光二年(1822)制作的残碑。碑面磨损了,肉眼无法辨读字体,碑文内容是公德者的名单。寺院所在地的西侧是以前太子亭的所在处。据当地人所述,以前新罗太子来到这个地方,在太子亭作了短暂的休息。太子亭所在的地方以前是驶向鳌江和大海的船舶停泊的码头,很多人在这儿进行捕捞作业和交易活动。太子亭在20世纪60年代被拆掉了。

净念禅寺是在1991年创建的尼姑庵,现任住持是现法。大门的匾额上镶嵌着1997年刻的"净念禅寺"的石碑。本殿的屋檐下挂着在己卯年(1999)写的名为"大雄宝殿"的牌匾,在本尊内供奉着释迦牟尼佛,上面挂着"佛光普照"的牌匾。本殿的左右墙上挂有十八罗汉画,本殿的前面有一个在2000年铸造的香炉。本殿的北边主要是用作办公室的附属建筑,那里的二层楼上有一个供奉着新罗太子像和太子妃像的小小斋室。小斋室里左边是新罗太子像,右边是太子妃像。新罗太子像是端庄文雅的坐姿,脸为鹅蛋型,两侧的面颊化妆成了粉红色,穿着黄色的龙袍,带着银色的官帽,右手拿着折扇。太子妃像也和新罗太子像一样,脸透着粉红色,端庄文雅的坐姿,头上带着装饰华丽的花冠,双手合掌在胸部。现在这里没有为了新罗太子而举行的特别宗教仪式。

六、结　论

　　平阳地区位于浙江南部沿海，这一地区广泛流传着从前的新罗神故事。综合各种记录，可知在唐朝时，新罗太子（有时记为国王、王子）坐船前去中国大陆，不幸地是发生了在平阳附近大海上溺死的事件。后来，传说新罗太子神经常在这个地区显灵，当地的人们很是相信，修建了庙宇。新罗庙出现的时期被推断为是在唐朝，而从现存资料上看，南宋淳佑年间已有庙宇。元至治二年(1322)，朝廷下赐了"忠义灵济威惠广佑圣王"的封号。在最近的《温州道观通览》中提到新罗神是三国统一时的新罗太子金一，但这没有具体的根据。

　　在平阳市昆阳镇的南边是新罗山，新罗山这一名字源自供奉了新罗神的神庙。神庙是灵护庙，即新罗庙。后来，灵护庙搬到了邻近的坡南地区。1956年，人们拆了灵护庙，建了烈士公园。今天在这个地方只留下了从前灵护庙假山的痕迹。1998年，人们在平阳汇头新罗山山麓重建了新罗太子观。传说新罗太子观上面的新罗山山顶，曾是从前新罗殿所在的地方。在鳌江下厂（以前叫霞厂）有周天价在清乾隆四年(1744)创建的新罗殿，后来这座殿经历了数次的重建和拆毁。2004年当地人重建了新罗殿。鳌江塘外的净念禅寺旁边有一座太子亭，这座亭子在20世纪60年代被拆毁了，最近建的净念禅寺内设有供奉新罗太子夫妇的斋室。

　　最后附上写本文时的感受：平阳地区的人们在很久以前就开始供奉新罗神，直到今天，平阳地区的人们还是前往新罗太子神庙上香。在中国大陆各地有很多新罗人曾活动过的记录和遗址，但像平阳这样，把新罗神作为信仰对象来供奉的情况很少，平阳地区的人们和有关机关特别关注新罗神。笔者期待着今后能进一步巩固半岛和平阳的关系，而且之前新罗和平阳之间结成的这一缘分能起到纽带作用，促进韩中两国传统文化的交流。

神圣叙事的世俗展演：以陈十四信仰为中心的张山寨"七七"庙会

刘秀峰

在我国东南沿海闽、浙、台地区，广泛流传着陈靖姑（陈十四）的传说和信仰活动。从唐代起，历代传承，至今未衰。在浙江省缙云县就沿袭着奉祀陈十四的三大节庆：农历正月十五的迎龙灯①、七月初七的迎案和十月十五的求平安②，尤以张山寨"七七"庙会为盛。当地村民认为农历七月初七是陈十四诞日，为纪念这位除妖保民的救星，每年从七月初五至初七，周边五十多个村都要举行庙会"迎案"仪式，规模宏大，覆盖全县乡镇。庙会期间，各村村民竞相上演，参加人数多达五万。

据清光绪二年《缙云县志》记载，张山寨"七七"庙会始于明万历年间，来自杭州、金华、温州、丽水各县市及福建、江西、台湾等地的信众纷纷前来朝拜。因"七七会"与牛郎织女"鹊桥会"同期，故又有双重民俗意义，吸引了大批青年男女上山，每年农历七月初六夜晚，露宿山寨周边山野的青年男女足有上千人之多，"七七会"也成了年轻人最浪漫的传统节日。时至今日，我们还能发现许多传唱于张山寨的手抄本情歌。

---

① 正月十五迎龙灯上张山寨，其中胡源乡的大板龙，有272节，连接起来有六七百米长，需千余名青壮年将它扛上山。龙灯盛会，连数十里外的新碧镇小溪村都要将板龙迎上寨来。

② 迎案，即迎请神灵，以神位前的案几代称神。据《缙云县志》记载，明万历神宗皇帝即位时，溶江乡岩坑村、田洋村等头首确案地。并确定胡村点、沿路头点，雅江点、溶溪点、大源点等为七月七日大庙会主事。章村点、上坪点、舒洪点、双溪点、横塘岸点、周升塘点等为十月十五日大庙会主事。

一、陈十四传说与张山寨庙会概况

(一) 传说与神庙变迁

地方庙宇是民间信仰文化的中心,充分表现了宗教象征、仪式和组织。从张山寨神庙中,我们可以发现当地陈靖姑信仰的分布和沿革,了解其神祇故事,透视信众的心态,把握它们在聚落或社区中的位置。

张山寨神庙,也称"献山庙",初建于明洪武年间。山寨四周奇岩偎倚,苍松郁深,环境清幽。庙内供奉着主神陈十四(中厅左中第一位)和她的结拜姐妹马夫人、陈十五、母亲葛氏、林十九夫人、李十三等,还有陈十四的父亲陈文相公、兄弟陈法通、陈法清,以及当地传说中的神医朱兰溪[①]、土地公婆、送子娘娘和五谷神。

相传陈十四,祖籍福建,少时上闾山学法,为百姓除妖灭怪,屈死成神。明洪武年间追杀蛇妖路过张山寨,救下缙云县胡源乡东山村民张希顺六岁幼子,张希顺感恩戴德,献出山地,并发动善男信女,出钱出力,集资建庙,塑陈十四金身供奉于张山寨献山庙。陈十四斩妖灭怪,为民除害,功德如山,自此,八方群众不远而来,入庙陈香,求妻求子,求雨消灾,名扬千家万户。

在明嘉靖年间(约 1521—1566),各村头首聚集,广筹资金、物资,经温州、金华、仙居、遂昌等地善男信女八方支援,在原址大兴土木,扩建大殿,上厅五间,下厅五间,泥塑木雕陈十四等座像于内。据清光绪二年《缙云县志》记载,明万历初年,溶江乡岩坑村、田洋村等头首确案地,确定胡村点、沿路头点、雅江点、溶溪点、大源点等为七月七日大庙会主事。章村点、上坪点、舒洪点、双溪点、横塘岸点、周升塘点等为十月十五日大庙会主事。会期确定后,每年由轮值到的主事村,筹措资金,组织"迎案"队伍,上张山寨献山庙表演,祭拜陈十四,始称"张山寨七七会"。

在明万历年间,张山寨周边的招树、沿路头等村聚头首,筹资重修献山庙下厅,扩建大庙五间,三层楼五间。大殿内青龙绕柱、雕梁画凤,捐资者按助洋多少排名上榜。

[①] 据胡村 71 岁的老道士胡官庄说,朱兰溪是缙云民间传说的中医祖师,他传播了许多草药知识,也为当地老百姓免去很多疾病灾难,所以这一带乡民一直把他供在庙里。

明万历末年,由于"张山寨七七会"活动规模逐年增大,参加活动人数越来越多,人们为了抢到烧第一柱香,纷纷提前在农历七月初六夜晚就上张山寨祭拜陈十四,因为第二天还有"迎案"表演,为度长夜,他们点篝火、唱山歌、谈情说爱。从此,形成了"张山寨七七会"的守夜、对歌习俗。

清光绪二年(1876)《缙云县志》中载:"献山庙在十六都,道光四年重建,知县林鹏飞有记,八年本都江绍淹募建。同治七年胡肇修、江清涟等捐修。"重建的献山庙,坐西朝东,庙前南北两侧和庙后东西,各有三至五里卵石山岭,通往周边各村。

《丽水地区戏曲志》(手抄本)记载,清道光四年,重建献山庙,坐西朝东,庙前南北两侧和庙后东西,各有三至五里路卵石山岭,通往周边各乡,面对正殿,建有并列平顶戏台三个,面宽5米,进深6米,台后各有厢房,中间一个为大戏台,两边稍小。清咸丰九年(1859),章村、姓王两村为首,发起民间集资,在原三戏台南侧又兴建番角戏台一座,前额写着"响遏行云"金字匾,上台门写"出将",下台门写"入相"四个字,翘角飞檐,非常壮观。台前广场面积约800平方米,卵石铺砌。这四座戏台平时不演戏,专供每年农历七月七日和十月十五日两期庙会斗台演出用。

据多次参与拆庙、修庙、管理庙宇的江设桂老人口述,1964年3月,献山庙庙宇被拆,佛像遭毁,庙前四座戏台也同时被拆除,庙宇大殿的木料也被运走当做雅江乡造礼堂的材料和章村盖房所用。庙前成了一片空地。同年8月24日傍晚,雷震天地,庙后山滚下一块几万斤重的巨石,落在原庙中天井庙基,众人感慨惊奇。1985年由民间集资复建庙宇,胡村胡惠芳在巨石上题词"仙飞石"为记,"七七会"等迎案活动也同时恢复,常年香客不断。2000年后,庙会日益兴盛,有来自浙江、福建、台湾等地信众。

历年来,张山寨献山庙的几经修扩,为"张山寨七七会"的兴盛和延续提供了依托。庙宇的修建包含了早期村民对自己生存空间、生存状态的思考,是民众在危险处境中的应急性行为的固化,是民众对自己生存空间的一种象征性设置。张山寨神庙修建好后,作为村民活动的公共空间,它一直在村落生活中占据重要的位置。

(二)庙会依托的村落背景

1. 山多地少的生存环境

缙云县位于浙江省中部偏南的栝苍山区之中,相传是四五千年前黄帝缙云氏族南迁聚居之地。自唐万岁登封元年(696)恢复建县,至今已有1300多年历史。全县辖8镇8乡,605个行政村,总人口44万,总面积1503.52平方公里。县境地势东南高,西北低。全县山多田少,千米以上山峰346座,有"八山一水一分田"之称。张山寨地处缙云东南16公里,位于县境东南部胡源乡东山村。其周边村落基本上具有两百多年以上的历史,一般是一个村一个姓,或者以某个大姓为主,村里大部分建有宗祠,有较典型的以血缘关系为基础的行政管理方式。"七七"庙会迎案活动主要以县境东部的溶江和胡源两个乡(51个行政村)为核心,覆盖全县乡镇。溶江、胡源都以山地丘陵为主,占65%以上,耕地不到10%,水域占2.2%。两乡总人口近3万,人均收入不足3500元。由于地处偏僻,交通不便,乡民与外界接触相对较少,加上耕地面积少,乡民缺乏商品意识,市场观念淡薄,未能从农业生产中找出相对优势,摆脱不了粮食为主的单一农业模式,长期以来,造成粮食不能自给,其它农业经济又不能得到及时快速发展的局面。"乌糯当早稻,竹篾当灯草,柴桩当布袄,番薯吃到老"成为当地群众生活的真实写照,农村经济处于落后局面。

2. 福建移民的大量入迁

在调查中,我们注意到福建移民的入迁也是陈十四信仰在当地流传的一个重要因素。自宋至明年间,福建居民常有举族迁徙到浙赣的。北宋年间,翁氏就最早从福建莆田进入缙云;缙云的丁姓大族,源出闽南,南宋年间入缙。大族李氏,也与福建李姓具有密切的亲缘关系。张山寨附近的大族章氏也在宋代时由福建迁入,祖居张山寨的鲍氏,就是从浙闽边界入迁的。缙云县城古代的"天妃宫",光绪版县志就记载为"闽人所建"。胡村当地的百姓就认为青田、温州一带的陈十四信仰是从这里传出去的。

二、传说、信俗到庙会的文化逻辑

(一) 传说:陈十四信仰的表现与坚固

陈十四信仰在传说、歌谣、戏剧、曲艺、雕塑、壁画方面的数量之多,是十分惊人的。仅浙西南丽水一带就有传说、鼓词、夫人戏、木偶戏、畲族民歌、舞蹈等不同的表现形式。缙云也有鼓词《夫人传》——当地称"大香山",另外还有"莲花"。结合了当地风土人情的陈十四传说,使人们更加相信彼时彼地曾经真切的发生过传说中的人和事。"传说的核心,必有纪念物,无论楼台庙宇、寺观庙观,总有个灵异的圣址,信仰的靶的,也可谓之传说之花坛,发源的故地,成为一个中心。"①在以张山寨为中心的周边方圆几十里地就流传着陈十四在这一带除妖护民显灵的种种传说。② 这些传说都是被人们当作真事来叙述的"严肃故事",这种严肃性完全来自于民众对神灵"信以为真"的膜拜和信奉。

在对胡村的调查中,我们发现,很多陈十四传说中的因素已经不被人们相信,而众多的民间传闻以"耳闻目见"的方式不断产生,并为当地居民津津乐道,具有很强的生命力。它们重复着信仰的灵验性,强化人们头脑中日趋淡漠的陈十四信仰。比如,传闻中1957年8月陈十四除恶狼保护儿童的故事③和陈十四神威逼退太平军的故事。④ 关于太平军打到插花墩这一段战事,史料上也有相关记载。《处州府志》卷十二《武备志》记载:"咸丰十一年,冬十月,踞金华贼李世贤袭台州,分兵陷缙云。""同治元年,三月,踞缙云壶镇贼掠三溪及上周地方,团勇击走之。""夏四月,缙云民团克复县城。""五月,金华贼复袭缙云,踞西乡及胪堂、静岳等处。贼将林采薪等分其党入缙云荄岭,踞凝碧、新建等处。又从馆头至潦、塘,白岩民团邀击之,败绩,贼分路追杀,死亡枕藉,遂进踞静岳、胪堂,掠及岭口。适侵温败寇返窜,南乡勇并力追逐,战于插花墩,武童胡月芬死之。后三乡民团约攻胪堂,贼伏险隘,截杀士民,阵亡百数十人。""八月,踞缙云贼分屯上王,东乡团勇击走之。""闰八月,缙云团勇大败于白叠山。九月,缙云胪堂贼遁走。冬十月,贼复侵缙云白竹,团勇邀击于上九岭,大破之。""十一月,官军至桃花隘及三里街,

---

① [日]柳田国男《传说论》,中国民间文艺出版社,1985年,第26页。
② 胡源乡章村82岁章晚春根据民间流传,将张山寨一带传说整理成《献山庙传记》。其中有"太平军袭境陈十四显威"的情节。
③ 据胡官庄老人说:1957年8月,缙云大黄村有狼群过境,因以其形如狗,人们称它为"狗头熊"。村中两个小孩遇害,人们一时惊慌,从几十里路外的张山寨迎取陈十四娘娘副本雕像供于村中,场面庄严肃穆,附近数村民妇前来参拜。一段时间后,狼群消失,人们都认为是陈十四娘娘显灵。
④ 当地传说当年太平军内部混战,在缙云胡源插花墩一战中,百姓被困,神娘显灵帮助村民逼退乱军。

缙云肃清。"①

无论是民众口传的历史还是正史上记录的历史事件,从本质上讲都是一种历史记忆,而历史不仅是过去的事实本身,更是指人们对过去事实的有意识、有选择的记录。他们会本能地选择、记忆适合自身发展的历史片段。比如陈十四的传说从福建到浙南一带的嬗变,都紧密结合当地的风土人情。尤其是各地的鼓词《夫人传》,叙述陈十四从庐山学法回来,由江西入浙江,经杭州,沿钱塘江、富春江西至金华、兰溪、永康,然后南下,沿经缙云、丽水、青田直达温州,再继续南下进入福建境内,一路发生的故事,都与当地风物密切关联。传说作为一个社会群体对某一历史事件或历史人物的共同记忆,人们共享的记忆内容可以丰富多彩,千差万别。而且,这种共享的记忆内容可以并非是历史本身,只要是族群内部的成员坚信它们是可信的。

信仰的流传总是伴随这无数的传说和故事,这些传说故事在人们口耳相传中不断印证着神灵的力量。而种种关于陈十四显灵的故事传说也借着集体活动一再传播,自然更加强了各地信众对陈十四的信仰和崇拜。传说既是信仰的外在表现,又是信仰得以延续的重要保障。

(二)信俗:陈十四信仰的实践与传承

在落后闭塞的生活条件下,贫困无助的人们不得已求助于神灵解决社区以及自身生活中的种种问题。为了家庭社区的生存和自身的繁衍,面对无常的天气变化、无法医治的病痛,人们求助于神灵,乞求风调雨顺、庄稼丰收,乞求人丁兴旺,四季平安。神灵强大的威力给予人们巨大的安全感,人们总是希望通过与神恭敬而谨慎的交流,得到满意的结果。所以人们一方面通过崇拜和敬奉以得到神灵的保护,一方面遵守禁忌以免神灵降下灾祸。由此,也就产生了许多信俗。

小儿多病,为了驱瘟逐疫,父母就往拜陈夫人,祈求保佑,拜她为"亲娘"。孩子病愈,每年七月十五日要备办三牲祭品,仍请道士来主祭,然后用五色彩线一束系孩子头颈上和手臂上,俗叫"还俊"。孩子满十岁,要杀猪宰羊,做最后一次隆重的祭祀,民间叫做"满俊",以报夫人保佑的"俊德"(亲九族的大德)。也有在认亲娘时,父母在夫人庙点香烛、供祭品,将小儿的姓名和生育日期用红纸书写后,贴在庙堂,选择农历初一或十五日,做好夫人鞋

---

① [清]潘绍诒修,周荣椿等纂《处州府志》,第 666—668 页。

前往夫人庙礼拜,将夫人鞋挂在夫人神位旁,夫人庙会时,抱小儿随夫人出巡,待孩子长到十岁,再到神庙还愿。

与丽水、青田等地一样,缙云历史上也流传为驱鬼逐疫、祈福求佑的祭祀仪式,仪式上,一定要请盲艺人来演唱《大香山》,当地民众将这种仪式称之为"唱夫人",并有"盲眼先生编神曲,百听不厌唱夫人"之说。关于"唱夫人"的起源,史无记载。见到本地区最早的史料是清道光二十六年(1846)《丽水县志》,其载:"儿生,自洗儿及弥月、周岁,必设位于家供香花,招鼓者唱夫人遗事,曰'唱夫人'。"又载:丽水县教谕屠本仁(1805—1826 年在丽水县任职),尝与处州知府雷学海吟诗唱和上元灯社及祠祀顺懿夫人(陈十四夫人)等风俗盛事,其中有"作诗歌唱付瞽矇,神人和洽春融融"、"蕃厘祠宇香烟笼、传芭赞唱盲志公"等句。① 清同治三年《云和县志·风俗篇》中,载有该县名士柳翔凤所撰《迎神锁记》一文,其中有云:"丽邑西乡有唱《夫人词》者矣,叙述异事,俚俗皆知。"② 足见清时丽水城乡,以"唱夫人"为主要内容的鼓词演唱活动,已甚为普遍。如今的"唱夫人"通常由村落集体或个人请艺人来唱,一般在夫人殿、夫人庙和其它有陈十四夫人配祀的殿宇内、本族祠堂里或者在自家中堂设立经坛演唱。个人请唱为求子、佑子、病愈、走运而还愿。集体还愿通常为求雨、祈求本境平安,或者在庙会、村落新庙落成等重大节日、集体性活动中举行。

山里遇到大旱,人们也往拜十四娘娘祈雨降甘霖。

从个体的出生到成长,从家庭到村落集体,人们视陈十四为送子神,妇女儿童的保护神,救苦救难的救星;甚至是是男女心目中的红娘;她法力高强,除蛇妖,灭恶魔,被供奉在庙宇里,她依托村落,庇护着一方水土和百姓,成了村落百姓心目中法力无边的地方保护神。

(三)庙会:陈十四信仰的强化与固化

传说在完成地方化的过程中,不可避免的要伴随着一些仪式化行为使其得以传承。不论传说始于一个历史的存在或者是完全不存在的虚构,都必须在某一地方、某一行业、某一人群中建立一个象征性的认同,仪式往往就是这种认同的逻辑前提和实践行为,它含有明显的神话因素。故事的主

---

① 清道光二十六年《丽水县志》,第 320—321 页。
② 清同治三年《云和县志》,第 233 页。

人公最终都可以在仪式化的传播过程中变成神。缙云一带,陈十四传说在不断地方化的流传中,形成了许多信仰的习俗,而每年一度的七七庙会更是以具体可感的实践方式不断强化人们对陈十四的信仰和膜拜,并将其固定为传统继承与流布。①

1. 庙会的组织:主事村点轮值

张山寨"七七"庙会规模大,案队多,几百年来,民间一直沿用主事村点轮值的办法;每个主事村点由周边三到六个村组成一个"案坛",旧时共设有七个"案坛",后合并为四个"案坛"。各村宗祠存有娘娘轿,各坛内设有陈十四娘娘"行宫",称"娘娘宫"。

每个"案坛"由轮值首事村负责每年活动的安排,组织民间"案队"。溶江乡岭脚吴村93岁的江设贵(1917)老人二十三岁时就跟随首事人胡风男(1892)参加"张山寨七七会"活动,从民国时期开始接任成为"张山寨七七会"的首事人,每年的活动都由他来安排主持,各村委会根据村里的情况拿出数额不等的经费作为活动开支。比如庙会首事村摆案坛的费用由村集体出一部分,村民集资一部分。参加迎案的表演队伍由村民自发组织,不计报酬。服装和道具的费用,各村情况不一样,有村委统一支付,也有自付的。而七月初七会案当天庙中大量的膳食开支,包括人力和财力都是附近村民自发提供的,据庙中伙房的帮工说,那一天,起码也要烧一千多斤的米。庙会结束后,各案坛村口和张山寨庙门墙上都会张贴各村本期庙会捐资助工情况。

张山寨庙里常年有三位管理人员,一个总管、一个膳食主管、一个管账。管账的洪大爷给我们拿出一本账本,账本上详细地记录着1985年民间集资复建庙宇以及之后的维修情况,包括捐资、义工、支出等情况。据他说,目前也在集资准备扩建和翻新。轮值制度构成了这一个社区的社会—文化秩序体系。以张山寨为中心地点的祭祀,则是村落家庭群体通过敬拜陈十四,以整肃与共认本村内部与外部的生活秩序、公众道德规范和加强地域的联合。

---

① 2011年张山寨"七七"庙会胡村迎案现场,笔者与一位当地女青年闲聊得知,村民们把庙会看得比过年还重要,因此这是一年中最喜庆的日子。村里无论是外出经商、求学、做官、打工的都必须回来参加庙会,有些村里明确规定有人没回来的家里得交2000元钱作为庙会开支,实际上,即便没有这一条,没有万不得已的原因,没有人不愿意回乡参加庙会的。

2. 庙会仪式:神圣秩序的现实展演

任何信仰都有一定的仪式,它的存在沟通了神圣世界与生活世界,使得信仰以一种可以操作的"真实面目"展现在信众眼前。如果说信仰是仪式活动所内具的观念形态,那么仪式就是信仰在现实层面的操作系统。张山寨"七七"庙会历时三天,规模盛大,经过几百年的传承流变,其活动过程逐步形成组织案队、上寨迎轿、巡游祈福、献戏、山寨守夜、会案表演、祭拜归位等七个固定程序。

(1)组织案队:如上文所述,张山寨民间一直沿用主事村点轮值的办法,确定胡村等四个"迎案"主事村点;每个主事村点由周边三到六个村组成一个"案坛",每个"案坛"由轮值首事村负责每年活动的安排,组织民间"案队"。所有的案坛,早在年前冬闲时就要开始排练操演。

(2)上寨迎轿。每年农历六月初开始,轮值的首事村就择黄道吉日,到张山寨献山庙恭迎陈十四娘娘。迎接时,先在娘娘像前摆香案,放三牲等供品;由德高望重的老人致辞。然后燃香鸣炮,在主事人指挥下,由四人抬扛娘娘銮轿,以牌灯为前导,以罗伞、掌扇、刀、枪、斧、钺等护卫下山;再将娘娘神像迎放到首事村的"娘娘宫"里,设供桌、供品,日夜有人添香烛,轮流值守。

(3)巡游祈福。各案坛内案队于农历七月初五集中在主事村,各案队都以大锣开道,紧接着是大号,当地称为"梨花",然后是长幡队(上面写着许多吉祥祈福语)、罗汉队①、三十六行②、大莲花③、锣鼓队、抬阁、铜钱鞭、推

---

① 迎案主要活动项目,多达150人。虽为"罗汉",实则不限男女老少,刀、枪、棍、棒林立。由头旗和两支先锋号为前导,行进时雄赳赳、气昂昂。表演队先在庙前绕场一周,围成大圆圈,再进行各种技艺表演,杂技动作有大牌坊、小牌坊、过仙桥、七丁珠、叠水井、开荷花、观音扫殿、老鸦扇翼等。还有梅花阵、大盘龙、天门阵等十几种阵法。"罗汉"头戴英雄结帽,着装上白下红。每队都有五、六个小孩骑在大人肩上,称为"罗汉顶",他们头戴观音帽额,肩膀挂着"花肩",手执"仙帚",大的五六岁,小的还吸着奶嘴。
② 是缙云传统彩扮节目。表演者装扮成各行各业的典型人物形象,既有达官贵人,也有贩夫走卒,甚至有大腹便便的孕妇和身着破衣腰缠草绳的流丐。行进时各自表演相关的动作,逗乐取笑。
③ "七七"会中主要民间表演。每队至少20人以上,各人头戴草帽,眼戴墨镜,手提茶壶,身背宝剑。其它道具有大板(领唱者)、小板、响盏、蜈蚣签、七姐妹、梆子、木鱼等。边歌边舞,曲调有"十字莲花"、"高韵"、"平韵"、"沙拉梅"、"海棠花"等。

车、翻车、十八狐狸、十八蝴蝶、大头娃娃、腰鼓队、秧歌队等。每队表演后都朝娘娘宫跪拜,燃放鞭炮,敲锣打鼓,由八人杠抬陈十四娘娘銮座,各案队跟随其后,边走边演,在该"案坛"内的各村依次进行巡游祈福。每个村都事先在村口摆好供桌供品,等案队一到,即燃点香烛,放鞭炮恭迎。"案坛"内的各村都迎游完后,回到主事村,将娘娘像安放回"娘娘宫"。

(4)献戏斗戏。七月初五开始,轮值村还要请戏班演戏,通常演的都是婺剧①,戏台正对着"娘娘宫",让陈十四娘娘观赏演出,剧目以《文武八仙》最为常见,缙云俗称"打八仙"。其他以爱情戏居多。一般要连演三到七天,初七这天戏班到张山寨献山庙献演,据管庙的老先生说,过去庙前有四个戏台,各案队要斗戏,以台前观众最多的戏台为胜。"文革"期间,戏台遭到破坏,现在各案队精选一段最精彩的剧目,初七当天在庙门前的广场上轮番上演。

(5)山寨守夜。在七月初六夜晚,大批民众上山,有为抢烧头柱香,有为求签祈福,也有为"圆梦"夜宿献山庙,还有许多青年男女上山露营,专为祈求美好姻缘。缙云俗称未婚女青年是"娘边囡",旧时是不能随意离家的,只有在此三天可以略微放任自由。

(6)"会案"表演。七月初七,各村参加"会案"的人们都三更做饭,四更出发。

① 抢占案头:"案坛"聚集在各村"娘娘宫"前,由罗汉队跪拜陈十四,然后鞭炮、锣鼓、号角齐鸣,按"会案"的队形浩浩荡荡向张山寨进发。各"案坛"的案队共有四十多支,约有四五千人。未到黎明,就到张山寨山脚,一时间,旌旗蔽空,刀枪林立。上山通道有四条崎岖山岭古道,历例规定:以先登岭头并在叉路口插立案旗者为胜,胜者可以优先进寨选占中心位置进行表演和祭拜。于是火铳轰鸣,喇叭长鸣,"哦嗬"声连天,摇旗呐喊,冲锋而上,场面热烈紧张。

② 案队表演:到达张山寨后,各案队按顺序在庙前绕圈摆阵、献艺表演,现场高手林立,绝技纷呈。

---

① 流行于浙江金华、丽水缙云一带的地方剧种,又名"金华戏",是多声腔剧种,由高腔、昆曲、滩簧、徽调等组成,各有其剧目及表演特色。著名的剧目有《僧尼会》《牡丹对课》《断桥》等。

③ 斗台演戏：旧时献山庙正前有四个戏台，各案队进寨后，分轮斗台演戏。每轮四个班，第一轮各演三个散出（短剧），以放炮为号：一炮准备，二炮开锣，三炮定输赢。以炮响时台前观众最多者为优胜。各班都紧锣密鼓，使尽解数。剧目以《火烧子都》《擒史文恭》《抢阿斗》《南宋传》等武戏居多。

④ 祭拜归位：表演活动结束后，"案坛"的主事村各自扛抬娘娘銮轿，送陈十四娘娘回到张山寨献山庙，俗称"娘娘归位"。归位时，参加护送的全体案队人员都要依次向陈十四参拜。到此，会案前后历时六小时结束。

日常的敬神、祭祀是以家户为单位的行为，而节庆时的敬佛则是村落的聚会，有分有合，显示出节日不过是村民全部生活时间与空间的一种安排。在节日期间，聚在一起的不仅是本村全体民众、邻村全体民众，而且有他们平时所敬奉的众神，他们通过这一形式全面体验着神界的秩序，共同渡过一段庄严的时刻。

三、庙会与村落生活及其相互建构

（一）庙会坚固了村落自我认同，维持了村落社区秩序

村落是农民聚居的地方，是传统中国农民经济生活和社会生活的基本活动范围，世世代代在村落内居住的村民之间有着千丝万缕的复杂联系，村落因此成为一个彼此熟悉的"没有陌生人的社会"[①]；同时，又是一个被村民用各种象征符号"圣化"了的场所[②]，是民俗传承的生活空间。庙会（包括庙宇）是组织村落公共生活的重要方式，它以广泛的共同参与，强化村落社会关系，维持着村落社区秩序。张山寨神庙并非属于某一个村落的庙宇，前来赶会的人多来自周边村庄，迎案仪式也是以村落为单位进行，全村人被视为一个不可分割的整体，迎案队伍的表现直接代表了一个村庄的荣誉，不仅参与迎案的村民有一种神圣的使命感，连围观者也很容易在其中发现日常难以感受的集体力量。因为供奉的是村庄的保护神，在分散的小农经济日常状态下，个人的力量是弱小的，很多情况下都不能脱离集体，作为村中的一份子无论是自愿还是非自愿都不可避免地卷入整个村庄的活动。所以，外

---

① 费孝通《乡土中国生育制度》，北京大学出版社，1998年。
② 岳永逸《乡村庙会传说与村落生活》，《宁夏社会科学》2003年第4期。

出的人无一例外地都不能在这样庄严而神圣的时刻缺席。

在这个神圣的时刻,人们抛弃了平日的恩怨,在同一支送驾队伍里和睦相处,共商庙会大事。每年的迎案仪式调动了情绪,提升了精神,强化了集体意识,在庄严的仪式过程中人们获得对自己生存村落的认同感,心理上获得极大的安慰和满足。

同时,通过这些仪式村落历史的延续得以显示。王铭铭总结了普通民众表述社区历史惯常使用的四类历史叙事形式:(1)社会实践行为的历史习惯方式;(2)象征和仪式所造成的社会性记忆;(3)通过文字记载的本土社区史;(4)口头传说。① 这四类表述方式被张山寨一带的村民不同程度地使用。从某种意义上来说,村落依赖于庙会的存在,通过神诞的节日庆典,彰显、记取历史,展示了自我的存在。每个庙会的特征伴随着村落历史上形成的个性,换言之,庙会总是以特定的文化为依凭的。它既是村落的自我认同,又是被他人注意的标志,其发展、变化都是村落自我调整的结果,并不受外在意志的控制。

张山寨庙会是当地集体记忆的重要组成部分,庙会的存在,使所有行动者之间、各种行为之间产生了连结、交换和互动,建构了张山寨周边村落的集体记忆,并通过时间和强化,构筑了当地的民间社会。"迎案"保持了当地的"社会环境"和"社会框架",一年一度的"唤醒",维护了社会行记忆的连续性、鲜活性,使社区得以成为有信仰、有仪式、有象征、有记忆的"社会"并维持其稳定性和有序性。

(二)庙会既以村落文化为依凭,又形成巨大的文化向心力

有人认为庙会产生之初是为了取悦所供奉的神灵,那时的人们认为,天地神灵鬼怪也像人一样,喜欢热闹,喜欢各种形式的娱乐活动,所以在举办庙会时,人们往往通过最原始的娱乐形式——音乐和舞蹈来愉悦神灵,似乎唯有这样,人神才能相通。② 张山寨"七七"庙会,所有迎案队伍中每一支表演队,即便像罗汉队,也并不限男女老少,上至耄耋老人,下至嗷嗷待哺的娃娃。它就像是民间百姓的"运动会"、"联欢会",花鼓队、腰鼓队、民间乐队、

---

① 王铭铭、王斯福《乡土社会的秩序、公正与权威》,中国政法大学出版社,1997年,第105页。
② 薛晓蓉《庙会的产生及其嬗变轨迹》,《雁北师范学院学报》2003年第4期,第33页。

罗汉队、莲花班、爆竹阵阵、锣鼓喧天、好戏连台，庙会成了他们身心锻炼、交朋会友的最佳场所、最佳时机。

"七七"庙会，不是单纯的节日象征性习俗，它是当地民众生活整体的有机组成部分，是经由其象征体系深刻体现生活整体的部分，不同于一般的劳动游戏或间歇。"迎罗汉"、"大莲花"、"铜钱棍"、"三十六行"等表演活动历史悠久，它们既是社会发展进程中农耕生活的侧面反映，也是缙云人文历史长河中民族文化多样性的体现。比如"迎罗汉"表演融各种艺术表演手法于一体，包括罗汉阵、各种刀术、棍术、滚钢叉、拳术、叠罗汉等。其中罗汉阵就有大团圆阵、半月阵、四方阵、大交叉阵、九连环阵、梅花阵、龙门阵、蝴蝶阵、小盘龙阵、剪刀阵、双龙出海阵等十六个阵法。滚叉和叠罗汉充分展示了村民娴熟高超的技艺。整个迎罗汉表演场面惊险刺激、声势浩大，展示了崇尚武术与健身的鲜明的地方特色和深厚的文化内涵。又比如"大莲花"，《丽水地区戏曲志》（手抄本）记载：缙云县自清末以至民国期间，各地纷起组成莲花班，几乎村村有莲花活动。莲花班以老带新，代代相传，至今兴盛不衰。每逢庙会，几十支莲花班汇集庙坛，竞相献技。莲花节奏明快，曲调粗犷，语言通俗，内容多为劝善警世和因果报应之类的内容。由过去民间艺人的"自打自唱自帮腔"，发展成为庙会上的一领众和的群唱，气势磅礴。因其曲调易唱易学，内容朴实，反映生活，又具有普遍的教育意义，受到各地群众的喜爱，成为农村群众自唱自乐的一项农余文化活动。六天六夜连台上演的缙云婺剧以其古老浑朴、强烈粗犷的特点和生动形象、夸张戏谑的表演深受村民喜爱，而贴近生活的题材故事则传播了积极向上的伦理道德、审美情趣和人生价值观。

可以说，庙会本身就是文化的积聚点，在这些娱乐世界中，我们能看到民族文化的积淀和传播。庙会所具有的娱乐功能使庙会形成巨大的文化向心力，庙会的组织管理者，用各种民间艺术的演出为庙会增添了热闹的氛围，既是酬神，更是娱人。杂技、歌舞、神戏等民间艺术，无论是演出者还是观众，都在精彩的表演中得到愉悦，除去了郁积在心头的苦痛。在这里，宗教艺术和世俗艺术共放异彩，集中了地方民间艺术的精华，形成了庙会文化的兴奋点。

张山寨神庙，反映在庙会上的文化集中体现在陈十四的英勇神武和护国佑民的伟大功绩。庙会的意义也因此得以不断张扬，才能持续存在和发展。显示了神威,又体现出文化传播的功利性。庙会的教谕就是建立在这些娱乐行为与传播过程之中的。一是关于民俗文化知识的教谕,二是通过仪式进行道德规范的教谕,这种教谕是潜移默化的,世代相传的文化形式,是典型的寓教于乐。

庙会满足了社区民众的精神需求,庙会期间,张山寨方圆几十里一片祥和,焚香、祷祝、祈福、请客、会友、看戏、串门,人们借助敬奉神灵的机会,尽情表达生活的哀乐。在这个与神共处的时空里,所有的言论和行为都是合法的、无拘无束的,人们的一切权利和意志都受到神灵"法"的保护而获得充分表现的自由。

余 论

受自然环境、经济条件的制约,几百年历史的村落其文化发展也是相对迟缓和闭塞的,传统的地域观念、乡土观念、宗法观念基础上形成的社区心理为当地文化创造了一种稳定的生态环境。以血缘关系为基础的行政管理方式和宗法制度下的道德伦理,使得这里的民间文化传统一直处于一种封闭与胶着的状态,社区居民的传统信仰也因此得以在一代一代的传承中循环生存。这种稳定的社区心理和文化环境是张山寨庙会长期存在的重要条件,而张山寨独特的历史、功能与生活在其中的社区居民也是延续张山寨庙会生命不可或缺的重要因素。

温州永嘉上塘庙会与卢氏女神信仰

赖施虬

温州永嘉上塘镇是当今永嘉县的县政府所在地,它位于距温州市区14公里的瓯江北面,风景秀丽的楠溪江横穿永嘉,由县城东面向西流过。

永嘉在隋文帝开皇九年(589)前称永宁县,清朝时,改称永宁乡,上塘属永宁乡三十九都。这里原是一片湖塘水浦,下塘(龙泉山)与屿山(蟾山)将此都分成三塘(上塘、中塘、下塘)三浦(浦东、浦西、浦口),因地处屿山上部,故名上塘。现所称的上塘镇,由原上塘镇、中塘乡、路口乡、峙口乡、东岸乡5个乡镇合并而成,总辖83个行政村、5个社区居委会,镇域面积157平方公里,总人口10.42万。如今的永嘉全县大大小小的庙宇有一百多座,其中祭祀民间神祇的庙宇就有近50座。由此民间信仰的祭祀活动也就有很多,其中最大的一个庙会就是上塘庙会。

在永嘉每年的农历二月十五到二月十六都要在上塘镇城东南的孝佑宫举行上塘庙会,庙会中主要祭祀的神祇是一位女神,她就是当地著名的唐代孝女——卢氏。

一、卢氏女神信仰与上塘庙会由来

上塘庙会是由于当地民间"卢氏女神"信仰而来。卢氏被当地民间称为"卢氏元尊"、"卢氏娘娘"、"上塘娘娘"、"孝佑夫人"。一般说来,"娘娘"、"夫人"是用来称呼已结婚的女神;而卢氏是从没有出阁的女神,所以应该称她为"元尊"。但是当地的人还是将这位女神尊之为"卢氏娘娘"和"上塘娘娘"。

在当地历代府志、县志等文献中,我们都可以查到唐代"卢氏"的记载,而且这些文献都是将"卢氏"记录在人物传的烈女中,可见她是一个孝道女性的典范人物。

明代嘉靖丁酉年(1537)《温州府志》卷之三"烈女"中有记载:"唐,卢氏女,永嘉人,居卢岙,虎将噬其母,急就代死。后有人见其跨虎而行,立祠永宁乡上塘。宋理宗朝封曰孝佑。"①明代万历年间杭州人徐象梅也在他撰写的著作《两浙名贤录》中也记载了卢氏的事迹:"卢氏女,永嘉人,居卢岙。尝与母出樵,虎将噬母,急投身虎喙以代死。后有人见女跨虎而行,遂立祠祀之。宋理宗赐号曰孝佑夫人。"②清代康熙二十一年(1682)修纂的《康熙永嘉县志》卷十《人物·烈女》中也有类似的记载:"唐,卢氏女,居卢岙,一日与母同行遇虎,将噬其母,乃以身代母死。后有人见其跨虎而行,里人为建祠上塘。宋理宗朝封曰孝祐庙。"③此后的乾隆《温州府志》、光绪《永嘉县志》,以及2003年9月新编撰的《永嘉县志》中对卢氏女的记载都是以摘录《两浙名贤录》中资料,仅仅只是改动了个别文字。也就是说,此后文献中记载的都是卢氏母女常去砍柴,有一次遇到老虎,为救其母,卢氏女自投虎口,有人看见她骑虎而过,后人为她立祠祭拜,到宋理宗时将她封为"孝祐"。从以上文献中我们可以看到最早的对卢氏女的记叙并非是母女同去砍柴,而是行之路上遇到老虎;而从《两浙名贤录》后的文献记载,改为了母女二人同去砍柴遇到老虎,卢氏女为救母自投虎口,为孝女而名扬天下;后又被朝廷赐封表彰,成为"孝祐夫人",被民间敬为神灵。

当地民间关于卢氏女的故事,也基本上和文献记载的内容大体相同,只是口头文本中讲述人在叙述的故事的细节上各有不同。

据传唐朝年间,永嘉楠溪太石卢岙村,有个靠种田度日的卢氏女,家里很穷。一日她跟娘去砍柴,见到柴丛里钻出一只老虎,张开血盆大口朝她娘扑来。卢氏女见状,她就把自己的头钻进虎口说:"你勿要吃我娘,要吃就吃我吧!"说来奇怪,老虎见了卢氏女,就趴在地上不咬她,只是用虎背往她身上不停地磨蹭。卢氏女见逃不脱,想不出好主意,只得爬上虎背。老虎见她

---

① 《天一阁明代方志选刊》第17册《嘉靖温州府志》卷之三《烈女》(丁酉年八月望日出书),上海古籍书店,1964年。
② 《两浙名贤录》卷五○《烈女》,《北京图书馆古籍珍本丛刊》第18册,北京图书馆出版社,2000年。
③ 《康熙永嘉县志》卷一○《人物·烈女》,《中国地方志集成》第59册,江苏古籍出版社、上海书店、巴蜀书社,1990年。

骑上,便越山过水,直向西南方的楠溪江上塘奔去。到了上塘岩头儿,正值二月十四夜里,老虎就停下不走了。卢氏女从虎背上跳下后,老虎只管自己跑了。从此卢氏女就在楠溪江上塘岩头儿落脚。后人为了纪念这位虎口救母的孝女,专门为她建了"上塘殿"奉祀。并规定二月十四为卢氏娘娘的寿诞日,附近各县的人们都来烧香祭拜,成为一个盛大的庙会。据说到了宋代,温州府台将卢氏女伏虎救母的事迹,奏本当朝圣君,宋帝听后就封卢氏女为"孝佑夫人",并赐银两在上塘岩头儿重建"孝佑宫"。后人把孝佑夫人称为"上塘娘娘","孝佑宫"说成"上塘殿"。① 民间的故事叙述者为了好人得以长寿,在故事叙述里有意让老虎发善心,让孝女卢氏女永远不死活在民间。

上塘镇城东浦东村龙山脚下的"孝佑宫"(又称"上塘殿"),据说建于唐天宝元年(742),又说建于宋代。但据《浙江通志》记载来看,孝佑宫始建于唐,重修于清。② 清康熙二十一年(1682)修撰的《永嘉县志》里记载了"宋理宗朝封孝祐庙"。③ 可见宋理宗时就有了"天佑宫",当时是被称为"孝祐庙"。据当地上塘村78岁的胡希松老人告知,"天佑宫建于宋朝,规模很小。"文化大革命"时这里被作为粮食仓库,过去的天佑宫已经无存,只留下了地基和现在门前的两个石鼓。1977年修建了现在的老殿,2005年修建了主殿,今年(2009)修建了二殿,才形成了现在这样的样子。"④1996年,孝佑宫经县政府批准为宗教活动场所,也是永嘉县级文物保护单位。

孝佑宫坐东北朝西南,现占地面积为2500平方米,是清式抬梁结构建筑。设有山门、前殿(山门殿)、左右回廊、戏台、月台、二殿(天王殿)、左右厢楼(玉皇楼、办公室)、三殿(主殿)等。宫内富丽堂皇,画栋雕梁,壁彩精渊,升斗叠筑,翼角起翘,凤脊飞舞,神塑逼真,显得古朴庄重。在主殿的正中祭祀有孝佑宫主神——卢氏孝祐天尊,右边祭祀的是卢氏的母亲——葛氏娘娘,左边祭祀的是闽南传入的女神——陈静姑(陈十四娘娘),两边还有土

---

① 王恬《海峡两岸神灵俗信、传说的比较》,《民间文化论坛》2004年第5期,第69—73页。
② 郑樵撰《浙江通志》,浙江古籍出版社,2000年。
③ 《康熙永嘉县志》卷一〇《人物·烈女》,《中国地方志集成》第59册,江苏古籍出版社、上海书店、巴蜀书社,1990年。
④ 作者田野调查所得材料,时间:2009年3月8日。

地、招财、月老、张仙送子等神像。在殿内外的梁柱上还设有很多匾额、对联,有"仁孝则天"、"至孝鸿仁"、"惠我黎民"、"唐表忠贞跨虎成神后枕龙山威灵赫耀保我黎民大哉馨香万古,宋封孝佑舍身救母前浮楠水圣德崔嵬惠生物冗祷祀"等几十幅。

当地民间传说卢氏女是农历二月十五所生,因此就将上塘殿的庙会(孝佑宫)定在每年的这一天举行。年复一年,庙会规模越来越大,殿外的商贸集市也成了当地最大的一个庙会型商业集市。

二、上塘庙会与卢氏娘娘祭祀

孝佑宫现在是由上塘镇的上塘村(又分上塘前村、后村)和浦东村联合管理。庙会活动也是由两个村(或称三个村)组织,经费除了天佑宫本身收入开支外,还有两村的善男善女们自愿的捐款。上塘、浦东两个村共有三千多户人家,其中百分之七十信仰"卢氏",百分之二三十信仰其他宗教,信仰"卢氏"的人家,每户自愿捐出三十元,共计七万多元捐款。

上塘庙会举行的日期,一般的说法是农历二月十五,实际上是从二月十二就开始,到二月十六结束。每年来赶上塘庙会的商家都会早早的在二月十二前来到这里,在孝佑宫山门外两边摆好摊位,等待庙会的开始。

二月十二这一天,孝佑宫内也开始热闹起来,上塘村和浦东村近百位已婚有子的男性村民,自愿来到这里为祭祀卢氏义务干活(女人是不能参加的)。在宫内长廊上摆起十多米长的案板,四十多个男人们分坐两旁,制作祭祀用的籼米馒头和送子斛尖,以及米塑供品。每年制作这些东西要用3000斤籼米,每个馒头还规定必须是八两一个,而且每个上面要点红,当地的村民每户在祭祀结束后,都可带回五个用来祭祀神灵籼米馒头,据说这些馒头会给自家带来平安吉祥。斛尖三斤一个,绑上纸扎仙人送子,并用红布包裹好。米塑艺人、纸扎艺人、泥塑彩绘艺人、竹蔑匠们都忙个不停,都在赶制自己手上的活计。

到了二月十三,宫内就开始搭架、杀猪,准备供品,做好一切准备工作。上塘村和浦东村各自在主殿两边搭起祭台,相互对称。每个祭台背板是由三组籼米馒头粘在板架上搭成,有十米来高,每组上面还插有三个"仙人送子";正位设有卢氏像和老虎等,下面是一对宰杀的干干净净的全猪,猪嘴里还含有一个大橘子,表示吉祥;供桌比一般供桌要长许多,上面除了三牲、水果外,还有米塑人物、动物和供品。这一天戏班子也要进来,晚上开戏前要"打八仙",这是一种祭祀活动,演员们打扮成八仙摸样,祭祀神灵,给神灵们演头一出戏,而后开始演出正本大戏。

到了十四这天,这也是宫内最热闹的一天,到处灯火辉煌,香烛缭绕,人山人海,引来了温州、台州、丽水各地的香客。人们走进宫里先请香火,淋洒柚叶水驱邪,再敬香火,求神灵保佑。

许多结了婚没有生育男丁的妇女都会花上一百元(也有一百零一元)钱,请上一个"仙人送子"回家。据说带回"仙人送子",吃了籼米斛尖,就会怀上男孩子,不仅能延续自家香火,而且一定会是一个和"卢氏"一样的孝子。求"仙人送子"还有一系列行为活动:求子妇女必须先给"卢氏"敬香磕头,然后由有子的壮年男子上高架顶部取下"仙人送子"交给村中年纪最大、有子孙的老者。2009年上塘庙会的老者名叶希忠,今年89岁。他身材偏矮,却非常健康。只见他接过"仙人送子",不让人看见,用身上的衣服包好,然后击鼓放炮,在两个敲锣、六个高举火把的壮汉引领下送到孝佑宫山门,求子妇女早已赶到山门口迎接"仙人送子",叶希忠悄悄的将"仙人送子"塞进求子妇女的衣服里,妇女赶忙藏好"仙人送子",将红包塞到叶希忠的手里,转身离开赶回家中。

这一天戏班子也是唱个不停,上午在月台茶座清唱,香客们不停点段子。下午和晚上都是彩装演出,一般都是一出折子戏,一出正剧。剧目以忠孝报国的剧目为主,有《刘金定救驾》、《赵云救主》;有求姻缘的,演《遇仙记》、《打金枝》、《甘露寺》和《龙凤钗》;有求子女的,则演《张仙送子》、《云头送子》;有求财求功名的,有《刘海仙》、《借东风》、《大登殿》等吉祥戏文。

二月十五是庙会的高潮之日,也是祭祀的最后一日。这一天不仅有祭祀活动,还有卢氏巡游、武术表演等等。

卢氏出巡时,一路锣鼓喧天,鞭炮不断。在锣鼓吹打齐鸣,彩旗帐幔引路下,人们抬着供品和"卢氏"等神灵的漆金銮驾,在善男善女们的拥簇下从孝佑宫出发,经过上塘桥儿头(古名白玉桥)、后村、下湾、岩上、下堡和浦口等村落,再将卢氏孝佑天尊迎回上塘殿。沿途每到一处,各村信徒们都事先设好三坛,焚香虔诚迎拜,请神灵降福到此。

卢氏巡游结束,神像到位,也标志着整个祭祀活动结束。

三、当代卢氏信仰和庙会的组织变化

庙会,起源于古代的社祭,一般设在寺庙所在地附近,是祭神、游乐、贸易"三合一"的传统方式。温州庙会是江南庙会较为典型的代表。江南庙会疏淡于社会政治,表现出较强的封闭性和区域性,庙会的祭品和祭祀礼仪也更为繁杂。① 现代的庙会,往往是人们进行文化交流、娱乐活动、旅游观光和进行各种商品贸易的场所。庙会给附近居民购物和娱乐提供了方便,又活跃了市场,丰富了人民日常的文化生活,是最具特色的中国民间集市形式之一。从上塘庙会我们不难看出当代庙会在神祇功能、组织结构、内容形式上都有不同的变化。

1. 神祇功能的变化

孝佑宫所祭祀的"卢氏"在唐宋时期是作为一个孝女的典范,在历史文献中也是记录在烈女传中。在历史的演化中,这位"烈女"、"孝女",又被人们作为求得"孝子"的神灵,从而达到生子的目的。特别是近几年来信奉者即使是祛病禳灾、求财祈福也来找她。可见卢氏娘娘的神祇功能范围扩大。

2. 庙会组织结构的变化

过去庙会的组织是由寺庙组织祭祀活动,民间自发形成庙会商贸市场。当今上塘庙会,祭祀活动是由上塘村和浦东村两个管理村委会组织进行。两村派出十多位专职人员管理宫内一切事务,包括道士、保卫、财务等工作。其收入每年也达到 40 至 50 万元左右。而庙会商业活动却转为现代商业模式,即由专业公司承包,并组织实施。商人租用摊位要向公司交付一定的费用;公司则向县政府交付承包费用。②

3. 庙会内容形式的变化

为了适应当代人生活的需求,上塘庙会在内容形式上也发生了一定的变化。

首先是庙会地址的变化。据上塘浦东村 73 岁老人杜培祥回忆:"过去庙会集市是在殿山门外两边,后来山门外做了马路,为了安全集市移到了孝

---

① 高有鹏《庙会与中国文化》,人民出版社,2008 年,第 256 页。
② 作者田野调查所得材料,时间 2009 年 3 月 10 日。

佑宫西边的老街。这前两年赶庙会的人越来越多,将旁边消防队的大门都给堵了,消防车不好进出,所以移到上塘镇街上去了。"①

其次是商家的增多。参加庙会的商家,过去只有温州、台州、丽水一带的商人;现在,全国多数省份的商人几乎都汇聚到这里。

第三是商品种类的变化。过去的上塘庙会,商品种类主要是生产工具、农业产品、家具生活用品等。现在,庙会成了农资公司、百货公司、大型超市和地方小吃的综合体。囊括了几乎所有的生产、生活和祭祀用品。总之,上塘庙会商品五花八门,应有尽有,是人们购物、饮食、娱乐的天堂。

四、结　论

时代在发展,人们的信仰和需求在更新,今天的上塘庙会,也在悄然发生变化。从过去的祭神祈福为主,到现在的祭祀、购物、娱乐并存,体现了上塘庙会神灵信仰成分日益淡化,而民俗文化、商业、娱乐气息愈来愈浓的当下特点。

1. 神灵信仰成份日益淡化和变异。据相关资料和笔者田野调查,历届上塘庙会都有"卢氏娘娘巡游",这是上塘庙会的重头戏,也是历年庙会的保留节目。但2009年的上塘庙会取消了这一传统的保留节目,此举措无疑淡化了上塘庙会的神灵信仰成分。

传统的上塘庙会所祭祀的"卢氏娘娘",在唐宋以来是作为一个孝女的典范。现今,"孝女"被人们作为求得"孝子"的神灵,从而达到生子的目的。特别是近几年来,善男信女们举凡祛病禳灾、求财祈福也来找她。这不仅意味卢氏娘娘的神祇功能范围扩大,也是神灵信仰在当代发生变异的表现。

2. 民俗文化得到传承和弘扬。历史上温州地区的民间工艺很发达,但在现代化的进程中,也遭遇到冷落和衰败的命运。非物质文化遗产保护工程使民间工艺枯木逢春,重现生机,但真正使其"活"起来的,不是被保护,而是现实的需要而"重现江湖"。在上塘庙会上,米塑、纸扎、泥塑等民间工艺都派上了用场,有了再度展示自身魅力的机会。

永嘉武术历史相当悠久,影响深远,光是武术节就有三个:农历正月二

---

① 作者田野调查所得材料,时间2009年3月10日。

十日的瓯渠武术节、农历二月十五日上塘殿武术节和农历二月二十二日的枫林武术节。其中的"上塘殿武术节"即上塘庙会武术表演。2008年农历二月十五日,阔别近半个世纪的武术节在永嘉县上塘庙会重现。2009年武术节那天,上塘殿挤进了数千人,南拳北腿、少林武当峨眉、刀枪棍棒,让观众大饱眼福。古老的戏台下人头攒动,台上表演到精彩处,台下观众都双手举过头顶鼓掌。上塘殿武术节是温州乃至浙南地区传统武术文化领域中的一颗璀璨的明珠,它在五十多年后重新得到恢复,不仅使这一区域民俗文化得到传承,还将进一步推动永嘉武术之乡的全民健身热潮。

此外,戏曲也在上塘庙会中独树一帜。上塘庙会的魅力,不仅在于祭祀和购物,对于文化消费相对匮乏的乡村民众,看戏是莫大的精神享受。2009年的庙会上,人们整天都能欣赏京剧:上午听京剧清唱;下午和晚上看折子戏和全本戏。剧目都是传统的,如《赵云救主》《六国封相》等等。热情的观众,免费欣赏自己钟情的京剧艺术;一个戏班子,三天下来,收入两万多元。真可谓台上台下,皆大欢喜。

3. 上塘庙会的区域特色。从时间上看,上塘庙会在春节之后的农历二月十五举行,这与北京"过年逛庙会"不同;从内容上看,与浙江省内较有影响的永康方岩庙会不同,方岩庙会几乎不包含任何经济行为,纯粹是民间文艺体育大汇聚,民俗风情大展示。

每年的上塘庙会,全国很多省市的商贾都闻风而来,虽然路途遥远,时间前后不过五天。但人流如潮,商机无限。据有关部门2008年统计,从农历二月十二至二月十六,客流量高达70余万人次,最多时光临时摊位就有3000来个,营业额超过2000万元人民币。现在,浙江省和永嘉县好多地方都有庙会,但像上塘殿如此规模之大,历史悠久而且不间断的庙会,在其他地区也是罕见的。或许这正是它与各处庙会不同的意义所在。

4. 冥品买卖与畸形消费。焚香祭祀,是上塘庙会的一道景观。庙会上香烛等冥品的消耗,产生了一种畸形的需求。这种文化消费直接误导了生产和流通领域,生产的激增反过来又刺激了这种精神消费的攀升。

在上塘庙会,祭祀卢氏娘娘,香、烛和经文等冥品是必不可少的。一般的信众,买这些冥品,得花四五十元钱;更为虔诚者,光买一对大蜡烛就得花几百甚至上千元。以每一百人中有一人烧香,上塘庙会就有7千人购买冥品。以人均购买冥品的花费50元计算,上塘庙会仅冥品的消费数目就达

350000元,这是一个保守的数字。在农村消费市场低迷的情况下,这种畸形的消费走势,对生产者和商家带来了极大的诱惑,在庙会所在的区域,很快出现了颇具规模的冥品的生产和营销行业。这无疑是庙会文化的负面作用,值得我们警惕和思考。

文学研究

在历史与传说之间
——以何文渊传说为例

邱国珍

就人们的一般观念而言,历史是文字记载的,指经过证实的、可信的、关于过去的事实记录,所以又称"正史"、"信史"。传说是描述某个历史人物或历史事件、解释某种风物或习俗的口头传奇叙事。传说的创作以特定的历史事件、特定的历史人物或特定的地方事物为依据。从这个意义上说,传说是关于历史的叙事,也是一种历史话语,是一个特定的群体对所记忆的历史事实的阐释。但传说毕竟不是历史,历史需要不断地得到证实,而传说却在流传和传承中不断地远离事实。于是,在历史与传说之间,就有了一道看不见的鸿沟,并因此变得扑朔迷离。科学的乐趣在于探索和发现。揭示在历史与传说之间存在的未知和真相,成为学人孜孜以求并乐此不疲的动力。

明代温州知府何文渊,据历史文本记载是位政绩突出、人品清廉的官员。但在温州民间传说中,他却是一个"坏官"、"酷吏"形象。在历史与传说之间,何文渊像一个谜,吸引我们去破解。本文拟通过大传统(great tradition)与小传统(little tradition)的互动关系,运用族群认同以及历史记忆等相关理论,对何文渊传说作一解读,并对历史与传说的关系作一探讨。

一、关于何文渊的历史记载

据张廷玉《明史》、汤日昭等《(万历)温州府志》、王叔果《礼部尚书何公传》、章纶《吏部尚书何公文渊行状》、龙文彬《明会要》等古籍记载,何文渊,江西广昌人,生于明洪武十九年(1386),卒于明天顺元年(1457),历经太祖、成祖、仁宗、宣宗、英宗、代宗等朝。永乐十六年(1418)戊戌,32岁的何文渊登进士第,先后当过湖广道监察御史、山东巡按、温州知府,后升任刑部右侍郎、吏部左侍郎、吏部尚书、太子太保。本文关注的,是何文渊在温州当知府的6年。据《(万历)温州府志》载:

> 何文渊,字巨川,江西广昌人。永乐戊戌进士,为监察御史。宣德庚戌出知温州。察民情、革奸弊,吏民畏服。旧例田分水陆,而小民受富豪洒纳之害,为奏水陆一例均科;军卫收放仓粮,弊多虚冒,奏请悉隶于有司;江北军卫设关扰民,奏请革之;税课纳银病民,奏请折钞。他征科差役便民多如此。在任六年,召为刑部侍郎。老稚遮道挽留,摹像于郡学先贤祠,又绘像于东岳庙,处州冯公岭亦为立却金馆。①

上述记载叙述了何文渊生平,重点记叙在温州的事迹。我们结合其他相关资料,概括何文渊任温州知府六年间的政绩,大致如下:一是关心百姓疾苦,重视民情民意,广泛征求百姓对官府的意见。二是铲除弊政,重审错案,平反冤案,解救无辜。三是改革税制,实行水陆田亩均税,革除课银,而改为输钞。地方粮税一律由政府收放,而不由军卫插手扰民,以减轻百姓负担。四是为民兴利,关心农田水利建设,修陡门,筑水坝。五是振兴学校,修明条例,注重感化,使僚属守法,山无盗贼,民寡词讼,境内大治。六是品德高尚,为官清廉,深得温州百姓爱戴。

鉴于何文渊的政绩和人品,无论是当时还是后世,人们对他好评如潮。如与何文渊有过师生之谊的明代官员章纶,在《吏部尚书何公文渊行状》和《却金馆记》中对恩师赞美有加;另一位温州籍明代官员王叔果,在《吏部尚书何公传》中也于客观记叙中流露赞美之情,如文中特意指出了何文渊任温州知府期间"浚石岗斗门,筑瞿溪坝灌田数千顷"②的功绩。后世的史籍也是如此。如清代《明会要》记载何文渊任温州知府后,"吏称其职,民安其业,一时蒸蒸称盛"。③

---

① [明]汤日昭、王光蕴《(万历)温州府志》卷九《治行》,齐鲁书社,2009年,第9—10页。
② [明]王叔果《礼部尚书何公传》,蔡克骄点校《王叔果集》,黄山书社,2009年,第341页。
③ [清]龙文彬《明会要》卷四一《职官十三》,中华书局,1956年,第724—725页。

史籍关于何文渊的记载,除了其政绩外,还有关于他清廉品德的记叙。明宣德七年(1432)十月,何文渊奉命进京述职。永嘉县丞于建对何文渊素怀仰慕之情,知其为官一世,两袖清风,想送些银子给何文渊做盘缠,便派儿子携银两追赶到了处州(今丽水)的留山驿站。何文渊婉言谢绝不成,只好权且收下银两。次日清晨,何文渊悄然上路,所赠银两则原封不动留于馆舍。何文渊的清廉之举,一时被传为佳话,后人追美其事,而名其馆舍曰"却金馆"。这就是《(万历)温州府志》中所记载的"处州冯公岭亦为立却金馆"。对于这件事,《明史》①也有记载:明代画家文徵明的父亲文林"治温州有善政,既卒,囊无余赀,吏民醵千金为赙。徵明时年十六,悉却不纳,乃修故却金亭,以配前守何文渊,而记其事。"文林,明弘治十一年(1498)任温州知府,次年卒于任上。与何文渊一样,文林也以廉洁著名,逝后囊箧萧然,温州吏民自发凑集千金为他办丧事。但文家坚辞不受,其子文徵明遵照父训丧事从简,谢绝一切丧礼。于是吏民重修为纪念何文渊而建的却金亭,把文林的事迹也放进去了。

史籍中关于何文渊调离温州时的场景记载也很感人。明宣德十年(1435),何文渊治温已六年,被朝廷擢升刑部右侍郎。何文渊离温州之日,"老稚遮道挽留"。"吏民万余人夹道送行,瑞安名士虞原璩颂以'恭、宽、信、敏、惠、廉、明七字全'。文渊赋诗志别:'作郡焦劳短鬓蓬,承恩又侍大明宫。行囊不载温州物,惟有民情满腹中。'"②

对于何文渊的评价,当代学者也持肯定态度。沈克成说:"何文渊出守温州,持身廉洁,勤政爱民,益尽心职,业绩突出……任温州知府六年,重视教育,兴修水利,发展农业,改革弊政,政化大治,时称浙东第一。"③洪振宁说,何文渊"在温州任职六年,重视教育,亲往府学讲课,培养了不少人才……章纶有《却金馆记》记其却金事,后有却金馆揄扬其美……"④

综上所述,历史上的何文渊是位好官员,他在温州任职六年,无论政绩还是人品,都是值得称道的。因此,在历史文本中,何文渊是没有争议的、无

---

① [清]张廷玉《明史》卷二八七《文苑传》,上海古籍出版社,1986年,第8576页。
② 《温州市志》编纂委员会《温州市志》,中华书局,1988年,第610—611页。
③ 沈克成《温州历史年表》,北京电子出版物出版中心,2005年,第147页。
④ 洪振宁《宋元明清温州文化编年纪事》,浙江人民出版社,2009年,第255页。

可厚非的正面形象。

二、何文渊传说

　　大凡历史上的著名人物，总有为人们所热衷讲述的"事迹"，人物传说就是对这些"事迹"的夸张和宣扬。对当地人而言，人物传说有光宗耀祖的意味，诸如鲁班的传说、革命领袖人物的传说、刘三姐的传说等；但对口碑不好的知名人物，当地人往往避之不说不传。① 但也有例外，如在温州民间传说中，何文渊是作为反面形象出现的，是"奸臣"、"坏官"和"酷吏"。从内容看，何文渊传说大致有两类，一类是身为朝廷大官的何文渊，屡屡在嘉靖皇帝面前进谗言，加害、折磨温州人；另一类是作为温州知府的何文渊，蓄意破坏温州的风水，使温州地方出不了人才。

　　先看前一类传说。为方便叙述和分析，有必要先说说张阁老。张阁老即张璁（1475—1539），浙江温州府永嘉（今温州市龙湾区）人，明代政治家，文渊阁大学士。因张璁曾任内阁首辅，所以被家乡人尊称为张阁老。在温州历史人物传说中，宋代的王十朋、明初的刘基、明嘉靖时期的张璁等影响最大，可谓家喻户晓。张阁老传说的内容，主要是叙说其幼年早慧、青年用功读书、中年孜孜以求考功名、当官后提携温州乡亲等；此外，还有一些与同朝为官的外地人斗法的故事，"智斗何文渊"就是其中一例。

　　"智斗何文渊"②的第一个回合是围绕瓯柑进行的。瓯柑是温州出产的一种水果。传说中，何文渊离开温州后，来到京城做了大官，却总是伺机害温州人。有一次，他送了几个瓯柑给嘉靖皇帝吃，见皇帝吃得高兴，就趁机进谗言，要温州以后每年都进贡瓯柑。张阁老一听坏了，以后家乡父老要增加赋税，真是劳民伤财啊，便想了个主意回击何文渊。他对嘉靖皇帝说，从温州到京城，路途遥远，运输途中瓯柑会变质，须配江西产的瓷盏才好。嘉靖皇帝连连点头，说这是好主意。这一来何文渊傻了眼，因为他是江西人。第二个回合是缦（蒙）鼓的故事。金銮殿前的龙凤鼓坏了，何文渊怂恿嘉靖

---

　　① 万建中《民间文学引论》，北京大学出版社，2006年，第182页。
　　② 参见永嘉县民间文学三套集成办公室1989年编写的《中国民间文学集成·浙江省温州市永嘉县故事卷》。

皇帝,说温州人的皮瓷实,正好用来蒙鼓。嘉靖皇帝于是下令带来一个温州籍死刑犯,要剥他的皮。按照张阁老事先吩咐,死刑犯喝了热粥,满头大汗。于是张阁老对嘉靖皇帝说,容易出汗的人皮透气,不宜用来蒙鼓。嘉靖皇帝觉得此话有理,转而责怪何文渊出馊主意,剥夺了他一个月的俸禄。两个回合的较量,均以张阁老胜利、何文渊失败而告终。

"何文渊磐石建城"①这则传说也是讲何文渊残害温州百姓。磐石建城的传说源于乐清西乡,说当年造城是温州知府何文渊掌管的,何文渊贪功邀赏,突击施工,把皇帝给他的3年时间改为3个月。天气炎热,日夜加班,老百姓不堪劳累,死亡惨烈。这事终于被皇帝知道了,遂将不顾百姓生命的何文渊严惩。

何文渊破坏温州风水的传说有两则,一则是"何文渊破坏圣迹鹤山的传说",另一则是"何文渊破坏永嘉场的传说"。

"何文渊破坏圣迹鹤山的传说"②大意是:明朝时,瑞安民间流传着仙降地方出圣道的传讲(传说),说这儿的地形地势是"锣鼓喧天,龟鹤相联",将来要出"一斗芝麻官"、"十八进士"等。何文渊进士及第后,为官数载,总是得不到皇上的信任,便怀疑是温州人张璁把持朝纲,搞地方派系主义,排除异己,于是怀恨在心,想方设法拆浙江人的墙脚。恰好那一年何文渊出任温州知府,于是他就借下察民情为由,到了瑞安仙降巡察、破坏。从此垟坑地方便陆续出了十八名道士。

"何文渊破坏永嘉场的传说"③的内容也属同一类型。"茅竹岭头圈一圈,永嘉场少了一斗芝麻官"。何文渊看到永嘉场名声响、人气旺、风水好,心中忌恨,寻机暗害,拟破除永嘉场地脉灵气,使其今后出不了大官伟人。又因他懂天文地理、易卜星相,于是选定水心朱宅这爿地方,征集民夫大造砖瓦窑,瞅准其地乃永嘉场风水之龙额位置,可谓用心歹毒。结果,永嘉场龙煎闷难当,潜往瑞安。从此清代瑞安盛极一时,出现了"二孙五黄"之百年

---

① 邱星伟《磐石城的沧桑兴废》[EB/OL],[2008—07—01] www.wzrb.com.cn/system/2008/07/01/100575837.shtml.

② 徐学彬、蔡笃益《何文渊破坏圣迹鹤山的传说》[EB/OL],徐志方整编,[2007—05—16],www.xianjiang.gov.cn/xianjiang_old/newsview.asp?newsId=307.

③ 佚名《闲话"永嘉场"》[EB/OL],[2010—03—26],cnycb.com/ShowNews.aspx?NewsID=177.

望族。而永嘉场归于平寂,政坛人才也一度衰落。

总之,温州民间传说塑造的何文渊,是一个心胸狭隘、凶狠毒辣而且懂些巫术的封建官吏。

三、何文渊传说解读

探讨历史与传说的关系,是一个跨学科的课题。历史学、民俗学是主力军,文化人类学、心理学等学科也要披挂上阵。换言之,研究这类课题,有赖于学者的知识结构和方法论。

对于历史与传说的关系,历史学者陈学霖教授通过对北京建城传说的系列研究,专门讨论了"传说解释的理论架构"。他认为,民间传说鲜明地体现出美国人类学家雷特菲尔德(Redfield)所谓中国传统社会里大传统与小传统的互动关系,北京建城传说里面有大量知识精英的思想的沉淀。[①] 对于这一点,在民俗学与历史学两个学科中穿行游走的赵世瑜教授特别欣赏,他指出:[②]从 20 世纪 50 年代以后,我们对所谓的统治阶级的意识形态采取一种批判态度的同时,对于民间传说却青睐有加;但是从这些传说的内容、文本的分析来看,它所体现的很多是精英的伦理思想、天人感应思想、帝王思想的投射,但在当时特殊的背景之下,被作为人民大众的一种所谓小传统而加以保留,甚至提倡。这的确是一个很有意思的现象。他认为沈万三传说[③]与当时明朝的一些知识精英对朱元璋的不满、对明朝初年统治者不满的情绪有着直接的关联,有可能是由他们创造出来,然后采用老百姓非常容易把握的形式加以流传,在流传过程中老百姓又从自己的亲身经历、价值观念和喜怒哀乐的情感出发,总之往里面加入了很多自己的成分;这就会使我们对通常所谓精英文化和民间文化的截然二元对立产生疑问,因为我们通

---

① 陈学霖《刘伯温与哪吒城》,《生活·读书·新知三联书店》,2008 年,第 2 页。
② 赵世瑜《传说·历史·历史记忆:从 20 世纪的新史学到后现代史学》,《中国社会科学》2003 年第 2 期,第 175—188 页。
③ 参见顾诚《沈万三及其家族事迹考》,《历史研究》1999 年第 1 期,第 65—84 页。作者认为:传说、正史、文献都说沈万三与明初的政治史密切结合,实际上沈万三这个人在明朝建立之前就已经死掉了。所以这些传说都是人们后来虚构的一些东西,有关他在明初的事迹纯属讹传。

常在讲民间传说的时候,是指老百姓对民间传统的口头传承,但是在我们对具体的传说进行探讨的时候,我们就会发现知识精英和普通民众的思想之间有一个互动。①

回到何文渊传说。现在我们不难理解,历史上可圈可点的明代温州知府何文渊,为何在温州地方历史人物传说中被丑化?是什么原因使得温州民间流传对何文渊妖魔化的传说,造成何文渊的"冤"?如前所述,何文渊不仅是清官,也是位铁腕人物。他任温州知府前,即洪熙元年(1425),奉旨考察吏治,据实劾罢工部侍郎杨和、参议金文斌、副使张铭等贪官酷吏三百余人,人称"铁面御史"。在温州任知府期间,兴利除弊。一方面以传统道德规劝士民,平息争端;一方面对贪官污吏绳之以法。何文渊"革奸弊",必然要触动一些人的利益,甚至要将一些不法官员、豪强、劣绅绳之以法。这样一来,那些对何文渊怀恨在心、又掌握了话语权的地方精英,自然要创造传说诋毁何文渊。何文渊传说的流传,离不开温州民众。而民众的参与,则证明了"知识精英和普通民众的思想之间有一个互动"。

但这还不足以说明问题的全部。温州民众为什么参与传播何文渊传说?民众的态度,以及他们的情感取向,固然与何文渊施政过程中的某些过错、失误有关,更与民众的族群认同(ethnic identity)及他们的共同记忆(shared memory)有关。

族群在民族学中指地理上靠近、语言上相近、血统同源、文化同源的一些民族的集合体。构成族群有两大元素,一是血缘,二是文化。按照汉语方言、居住地归类,"温州人"可归为汉族人群中的一个次族群,有学者称之为"温州族群"。②关于族群概念,以马克斯·韦伯(Max Weber)所下的定义最为流行。他在《族群(The Ethnic Group)》一文中说:"如果那些人类的群体对他们共同的世系抱有一种主观的信念,或者是因为体质类型、文化的相似,或者是因为对殖民和移民的历史有共同的记忆,而这种信念对于非亲属社区关系的延续是至关重要的,那么,这种群体就被称为族群。"③族群问题

---

① 赵世瑜《传说·历史·历史记忆:从20世纪的新史学到后现代史学》,《中国社会科学》2003年第2期,第175—188页。
② 林亦修《温州族群与区域文化研究》,上海三联书店出版社,2009年,第3页。
③ 万建中《民间文学引论》,北京大学出版社,2006年,第187页。

有时表现为族群的冲突和对立。从历史的角度来看,在前现代或传统社会中,诸如此类的冲突比比皆是。早在两千多年前,中国古人就已经清醒地看到了这样一个事实:"非我族类,其心必异。"(《左传·成公四年》)由此可见,族群的冲突和对立在很大程度上构成了人类社会的常态。

族群认同指族群身份的确认,是社会成员对自己民族(族群)归属的认知和感情依附。民族归属感、语言同一、宗教信仰一致和习俗相同等都可以成为族群自我认同的要素。古代温州,人们聚族而居,血缘村落里彼此都是熟悉的乡里乡亲,费孝通教授称此为"熟人社会"。他指出:"血缘是稳定的力量。在稳定的社会中,地缘不过是血缘的投影,不分离的。'生于斯,死于斯'把人和地的因缘固定了。"①血缘村落的管理依靠宗族组织。在封建社会,农村虽有郡、县、乡等各级行政机构来管理,但是,在很长时间里,宗族组织实际上是血缘村落的真正政权机构。温州人的族群认同,反映在人际关系上,在相当长的历史时期,就是基于血缘的宗族观念,基于地缘的熟人社会。

族群认同是人们与不同起源和认同的人们之间互动中的产物。据此可以认为,江西籍的何文渊来到温州任知府,激活了温州人的族群认同意识。何文渊知温州之前,已有"铁面御史"的名声,来到温州,下马伊始,即大刀阔斧"革时弊"、"改税制"、"修斗门"……我们不能复原历史,但可以遥想当年:一位做事动真格的铁面知府,在相对封闭的东南一隅,掀起了一场资源和利益再分配的变革风暴。这样的"父母官",不仅使既得利益者、传统社会的精英们怨声载道,也让"信鬼神、好淫祀"、尤其讲究风水的普通民众莫衷一是。相同的价值观和信仰观,使"温州人"成为一个族群、一个整体。虽然何文渊是一位有作为、清廉的知府,虽然有少数温州人成为他的学生和朋友,如他与周旋、章纶②等的师生之谊,又如他与瑞安处士虞原璩的"醋交"佳话,但更多的民众认同的是宗族,是乡亲。熟人社会中的族群认同,足以遮蔽何文渊的卓越政绩和人性光辉,甚至将其妖魔化。相反,当张璁在嘉靖时期的中国政坛上崛起之后,就激发了温州人一种"根基性(primordialism)"亲属情

---

① 费孝通《乡土中国》,《生活·读书·新知三联书店》,1985年,第72页。
② 周旋,温州永嘉人,1436年状元及第。章纶,温州乐清人,1439年登进士第。两人都得到何文渊的栽培。

感。在温州民间,也许张璁的事迹并非每个人都很了解,但有一点人人皆知:张璁是内阁首辅,在温州历史上的为官级别是最高的。温州民间流传至今的俗话"张阁老还搭携同乡人"、"张阁老做官带携一省",既表明了明代温州人对同乡张璁提携、关照的期待,也表明他们在对祖先共同的追忆中延续着的族群认同。在温州广泛流传的民间传说"三只瓯柑"①是明代温州人族群认同的形象表述;而张阁老"智斗何文渊"之类的传说,尽管是"关公战秦琼"②,也会无中生有,不胫而走。

历史上的张璁,是明代杰出的政治家。《中国通史》评价说:"张璁以进士而入居内阁,始终清廉自守,博学明辨,而又勇于革新,可谓嘉靖朝难得的贤相,也是有明一代少见的阁臣。"③"张璁在朝九年,他不进一内臣,不容一私谒,不滥用一子侄,唯才是用。"④但是,在温州民间传说中,张璁却是一位无原则地眷顾乡亲、提携家乡人的庸俗官员。原本意欲歌颂张璁,却无意往张璁脸上抹黑。当然,民间传说的始作俑者,没有也不可能想到这一点。

张璁"智斗何文渊"的传说在另一文本中被改为张璁"智斗严嵩"⑤,这可能是民间文学在流传过程中的一种变异,也可视为民间文学作者对历史的尊重。因为严嵩是有定论的奸臣,这样改似乎更符合历史的逻辑,符合民众对传说的接受心理。历史上,张璁确实与严嵩同朝为官,但是两人出任内阁首辅却有很大的时间跨度。张璁于嘉靖八年(1529)任内阁首辅,六年后因病致仕,告老还乡。严嵩则在嘉靖二十一年(1542)以63岁的高龄入阁为大学士;嘉靖二十三年(1544)成为内阁首辅。张璁从议礼中崛起的十余年,身边都没有严嵩的影子。在嘉靖初期围绕议礼而展开的激烈斗争中,严嵩既不支持张璁、桂萼为首的继统派,也不拥护以杨廷和为首的继嗣派,而是取审慎的态度。张璁与严嵩,从未有过正面交锋。为什么民间传说中要让

---

① "三只瓯柑"的大意:有个永强人带了一篮瓯柑去找张阁老谋差事,张阁老设计让他在午朝门口用一个瓯柑卖了三十两银子,赚了嘉靖皇帝的钱。参见诸松华《温州历史人物传说》,华夏出版社,2002年。
② 何文渊卒于1457年,张璁生于1475年。就是说,何文渊死后18年张璁才出生。说他们之间"斗智",自然类似"关公战秦琼"。
③ 蔡美彪《中国通史》第8册,人民出版社,2007年,第261页。
④ 王勤福《张璁其人其事》,《温州晚报》2006—01—11(12)。
⑤ 参见诸松华《温州历史人物传说》,华夏出版社,2002年。

他与严嵩在嘉靖皇帝面前"过招"呢？张璁在仕途上，曾先后与杨廷和、费宏、杨一清、夏言等四位内阁首辅发生矛盾，有过斗争。除杨廷和仅仅是"大礼议"的对立面外，严格意义上的政敌是费宏、杨一清、夏言等三人。而这三人当中，就有两位是江西籍（费宏，江西铅山人；夏言，江西贵溪人）。于是"张阁老与江西人斗法"就成为张阁老传说创作的思维定势。至于张阁老与谁斗，看来传说的创作者和传播者是经过斟酌的：费宏和夏言，与张璁一样，都是明代赫赫有名的政治家。惟有严嵩，作为奸臣已经盖棺定论。就这样，历史上没有交过手的张璁和严嵩，却在传说中斗智斗勇。这种历史与传说之间的落差，恰恰印证了族群认同的地缘性特征，印证了费孝通先生"地缘不过是血缘的投影"的论断。

近年来，在传统文化复兴的背景下，历史文化名人纷纷被抬出来为弘扬"地域文化"服务。明代历史文化名人当然也不例外。张璁和费宏，又一次被各自家乡的学者在带有火药味的氛围中研究和讨论。2007年12月上海古籍出版社出版《费宏集》，其点校者在所撰《前言》①中批评张璁等为"佞臣"，其举措为"奸谋"，"张璁等人利用大礼议迎合帝意，迫害群僚，以为一己进身之阶……张璁、桂萼轻而易举地进入了内阁，给国家带来极大的损失……璁、萼之流虽然得逞于一时，但留在历史上的却是千古骂名"。明眼人一看就知道，在学术研究背后，潜藏并涌动着一种源于地缘的族群认同意识。

但更为普遍的情况是，人们的价值理性渐渐化解了价值情绪。由于族群认同、文化认同与国家认同在当代人心目中是三位一体的，三者之间存在的是相辅相成的关系。因此，族群不再被后裔认同，虽然其文化影响依然存在。在温州，尽管何文渊传说还在流传，但传播者大多已经具备了现代意识和理性思维。如《闲话"永嘉场"》的作者，在叙述了"何文渊破坏永嘉场的传说"之后感慨道：有人愤愤不平，说"六月飞雪"的窦娥冤已够冤了，何苦又如此抹黑何文"冤"！② 又如《磐石城的沧桑兴废》一文的作者，在插叙了"何文

---

① 吴长庚、费正中《前言》，费宏《费宏集》，吴长庚、费正中点校，上海古籍出版社，2007年，第1、15、21、23页。

② 佚名《闲话"永嘉场"》[EB/OL]，[2010—03—26]，cnycb.com/ShowNews.aspx?NewsID=177.

渊磐石建城"的传说之后,也指出:这个故事显然是虚构,历史上的何文渊是一位不错的官员,更无掌管磐石造城的记载。至于何故把无辜的何文渊拉出来抹黑,可能属于官僚内部的互相攻讦。①

如果说族群是一个共同体,其内部成员坚信他们共享的历史、文化或族源,那么这种共享的载体并非历史本身,而是他们拥有的共同记忆。

这就涉及记忆的话题。20世纪70年代以来,全球范围的历史研究发生一系列重要变化。变化之一就是人们对"记忆(memory)"与"史学(history 或 historiography)"逐渐产生出新的认识。法国历史学家莫里斯·哈布瓦赫(Maurice Halbwachs)被公认为是集体记忆(collective memory)研究的鼻祖,他将记忆这个概念首次赋予了社会学的内涵,强调记忆的社会性。在哈氏看来,记忆产生于集体,即只有参与到具体的社会互动与交往中,人们才有可能产生回忆。"正是在一个或多个群体之中,集体记忆发挥着最重要的功能。"②从后现代主义的立场出发,有人已经提出"记忆"应该取代原来的"传统"、"民俗"和"神话"等观念,因为后者其实都并不客观存在,只是依靠记忆或通过记忆打造出来的。③

其实,不惟史学界,民俗学界也有学者力挺这一观点。赵世瑜教授认为:"科学实证的历史研究通常把传说与历史二元对立起来,而后现代史学的挑战却对此进行了质疑,因为他们试图解构历史撰写的客观性……传说、历史、历史记忆,这三个概念在表面上是由一系列个案构成的知识组合,而在这背后,历史学、民俗学、人类学的知识、方法、概念和理论,后现代的思考,都可合而为一。因为无论是历史还是传说,它们的本质都是历史记忆。"④万建中教授也认为⑤:"从宏观而言,不论是诸葛亮的传说,还是鲁班的传说,都是历史记忆的一种表达方式,其形成和流传下来绝不都是偶然

---

① 邱星伟《磐石城的沧桑兴废》[EB/OL],[2008—07—01],www.wzrb.com.cn/system/2008/07/01/100575837.shtml.

② [法]莫里斯·哈布瓦赫《论集体记忆》,毕然、郭金华译,上海人民出版社,2002年,第95页。

③ 王晴佳《历史学的"记忆转向"》,《中国社会科学报》2010—03—02(1)。

④ 赵世瑜《传说·历史·历史记忆:从20世纪的新史学到后现代史学》,《中国社会科学》,2003年第2期,第175—188页。

⑤ 万建中《民间文学引论》,北京大学出版社,2006年,第179页。

的。历史就像一位装满记忆的老人,对各种各样的传说进行了某种'选择',使传说中那些能够满足人们某种精神需求及解释欲望的内容,在漫长的流传过程中,得以继续'传说'。在其背后起作用的,实际上是人们对当地历史的'集体记忆'"。

何文渊传说的建构,也可视为温州民众对明代历史的"集体记忆"。何文渊在温州的政绩,史学家用文字记载于史册,成为所谓的"正史"。与此相对应,"何文渊传说"则是温州民众的集体记忆和口述的历史。当年何文渊兴修水利,"浚石岗斗门,筑瞿溪坝",必然要征地和征用民工,甚至要拆人家的房子挖人家的祖坟;为了赶工期,他的手下难免气势汹汹,如狼似虎,打骂民工应该是家常便饭。当地方精英因受到何文渊的惩罚而制造"何文渊传说"之后,族群认同和亲身经历,使得普通民众也从自己的感情和喜怒哀乐的情感出发往里面加入了很多自己的成分。在随后的岁月,温州民众提起何文渊的名字,或者提起在温州发生的某件事,都会按自己精神需求回忆、解释。这种回忆和解释或许有虚构、移位、叠加和黏附,就像当年顾颉刚先生对孟姜女传说的研究所揭示:后来的孟姜女距开始的杞梁妻有多远。如果我们想找到一个"真实",就要一层层地剥离历代黏附粘连在上面的东西。如果说顾颉刚先生的这种方法已经为我们今天做研究提供了一个坚实的基础,而在承继的过程当中,时代的发展、史学的变化又为我们提供了新的挑战,这新的挑战就来自后现代历史学,来自"记忆"的相关理论。以此观照温州民众,他们关于"何文渊传说"口头叙述,也是一个历史的过程。万建中教授论及这个问题时说:"按照历史人类学的观点,重要的不是历史叙述的对象,更是史料建构的过程。对同一宗事件,不同的人有着不同的历史叙述。问题并不在于传说运用了夸张、虚构,是'文学'的,而是传说提供了现实生活必要的历史记忆,这才是着重要的。"[①]我们再以"何文渊磐石建城"为例,看民众的历史记忆是如何转化为"何文渊传说"的。

磐石城位于乐清,为温州海上兵防要隘,自古以来瓯江发生战事,磐石首当其冲。为了防范平阳、乐清沿海一带的倭寇,继洪武初年立温州卫后,洪武二十年又增设磐石、金乡二卫于"滨海之地以防倭寇",并"置宁村千户所于温州永嘉县,海安、沙园二千户所于瑞安县,蒲门、壮士二千户所于平阳

---

① 万建中《民间文学引论》,北京大学出版社,2006年,第181页。

县隶金乡卫,蒲岐、楚门、溢顽三千户所于乐清县隶磐石卫"。① 有明一代,温州地区以温州、金乡、磐石这三卫为中心的卫所兵防系统的雏形在此时基本形成。那么,乐清磐石城的建造,是谁负责督造呢?《温州历史年表》记载:"明太祖洪武二十年(1387),倭寇侵扰浙江沿海,百姓深受其苦,明太祖朱元璋命信国公汤和在沿海筑城设防。汤和监造温州卫、磐石卫、金乡卫,设指挥使司,以抗御倭患。"②《磐石城的沧桑兴废》一文指出:磐石造城,使得当地民众备受征料和劳役之苦。如石材不足,把民居的屋墙都拆去用了,甚至连镬灶孔门前拦隔柴灰的"石冈"也不放过。民众为了泄愤和表达对恶官酷吏的痛恨,事后刻起一尊高约一米的石坐像,放在海上给人撒尿,影射严令造城的官员。该石像如今移存于祝圣寺内。③

磐石城的建造,由"汤和监造"变为"温州知府何文渊掌管",历史与传说之间就是这样移位、错位。张冠李戴,对于民间传说创作来说并不奇怪。这个传说对于何文渊这个历史人物来说是虚构的,但是它的背后还是有一个历史的真实作为它的基础。造城故事本身比喻的意义不是历史的真实,但它所阐述的磐石城建造过程中当地民众备受征料和劳役之苦这个现实却不是一个捏造的事实。这样我们所关心的问题就变成了这件事反映出来的社会舆论、造成这种社会舆论的历史动因,以及后人对此的历史记忆。

至此,我们发现,记忆虽然看起来是个人的,但其实都是在特定的集体、文化等场域形成的。如果说,历史和传说本质上都是历史记忆,那么何文渊传说就是明代以降温州民众的集体记忆。当今史学界的"记忆转向",为我们了解历史文本与传说之间的共性提供了一把钥匙。这个共性不仅在于它们都是在某种叙事逻辑和结构支配下的产物,而且在于它们都是一种历史记忆。记忆的各个层面及其形成过程在民族建构、族群构成和文化变迁等方面扮演着重要角色,也为我们解读何文渊传说提供了理论支撑,为历史与传说之间架起了一座桥梁。

---

① 转引自蔡瑞霞《明代温州倭寇研究》,《浙江学刊》2010 年第 5 期,第 41—46 页。
② 沈克成《温州历史年表》,北京电子出版物出版中心,2005 年,第 137 页。
③ 邱星伟《磐石城的沧桑兴废》[EB/OL],[2008—07—01],www.wzrb.com.cn/system/2008/07/01/100575837.shtml.

四、结　论

通过何文渊传说研究,我们初步得出以下结论:

第一,中国传统社会里大传统与小传统之间存在互动关系,通常所谓精英文化和民间文化的截然二元对立,并不是绝对的。在一些情况下,知识精英和普通民众的思想之间会有互动。在中国文化中,有历史与民俗传统交融的特质。何文渊传说的产生和流传,是对上述理论的印证。

第二,族群认同使其内部成员坚信他们共享的历史、文化。与张璁传说一样,何文渊传说也是明清以降温州人族群认同的形象表述。

第三,传说是被建构的真实,是一种集体记忆。何文渊传说,是温州民众对当地历史的"集体记忆"。即便关于何文渊、张璁等历史人物的口头记忆有很多虚构的成分,这类传说产生和流传的过程恰恰是一个历史真实。如前所述,何文渊传说是什么人创作出来的,人们为什么要创作这样的传说,传说是怎么传播怎么流传至今的,这些是实实在在的历史问题,即传说的历史动因及后人对传说的历史记忆。

第四,理解历史与传说的关系需要在一定的语境中进行。在现代性的语境或科学主义的话语中,何文渊传说与历史之间的区别就是虚构与事实之间的差别;而在后现代的语境中,如"知识考古学"等后现代历史思潮的观点,认为对传统意义上的客观历史的终极追求只是一个梦想。何文渊传说是关于历史的叙事,虽然不能等同于历史事实,但同样可以进入后现代史学的视野之中。

中国文学史上的"浙东"

陈 蕾

一、绪 论

(一) 问题的提出

文化中心的迁移是一个漫长而复杂的过程,它往往是在经济和政治的双重推动下进行的。从先秦至汉代,中国的政治中心一直位于黄河流域,直到魏晋南北朝时期,由于封建统治者内部混战不休,中原地区的百姓为了躲避战乱,纷纷涌入当时尚未开化的长江中下游地区,从而拉开了江南经济开发的序幕。唐代的安史之乱,导致民不聊生,哀鸿遍野,中原经济遭到严重破坏,而此时浙江东南一带山环水绕的地理环境,成为北方移民避乱的最佳场所。大量的官宦仕子会集江浙,诗酒文会,纵情山水,推动了中唐以后南方文学的兴起。至此,文化中心逐渐向南迁移,而南方原始的传统文化也加强了对唐代文学的影响,形成了多个独具特色的地域文学,"浙东"文学即是其中之一。

"浙东"即浙江东道方镇,是唐肃宗在乾元元年(758)所设立的行政区域,亦即将原有的江南东道区域再次拆分为浙江西道、浙江东道和福建道,浙江东道作为一个新的行政区所,主要管辖新安江以南、福建道以北的原江南东道地区,即唐代的睦、越、明、温、婺、台、处、衢八州,其管治中心设于越州。

在唐初浙东地区除越州外其余都较为落后,文明尚未开化,尤其是明、温、处、台4州,属于"智化未开"之地,人文意识也较为浅陋淡薄。据新旧《唐书》统计,唐代初期,浙东地区总共有15人加载史传,其中衢州和处州各1人,婺州3人,越州8人,温州2人,睦州、明州、台州其时暂无人入传。到了唐中后期,即安史之乱发生之后的浙东时期,该地区总共有87人入传,其中越州入传者 27 人,依然是浙东重要的经济文化中心,其他依次为睦州 18 人,婺州 15 人,台州 9 人,温州 8 人,明州 6 人,衢州、处州各 2 人。其中涌现的一批诸如严维、贯休、张志和、朱庆馀、罗虬、杜光庭、项斯、灵澈等在唐代文学史上具有较高知名度的浙东本地人才,在唐后期到五代中原文化名人不断锐减的大背景下,更是令浙东地区熠熠生辉。由此看出,随着唐代的不断发展,浙东地区不仅在经济上得到了开发,其文化也逐渐兴盛起来,并且逐渐由区域中心越州向沿海地区发散。

笔者认为,浙东文学是唐代文学发展的一条重要线索,即在晚唐诗文风格形成的过程中,浙东文学逐渐处于主导地位。由于受地域文化的影响,浙东文学具有其自身的独特性,因而在南北文化的交流中,它不仅未被北方中原文学同化;相反,浙东文学作为晚唐文学的代表,同化了之后的五代文学及后世的宋代文学。那么,浙东文学具有什么样的特色,又是受到哪些因素的影响,在唐代文学中占有怎样的地位,如何影响唐以后文学的发展。鉴于这些问题,有必要对浙东文学的地位影响作一总体评述。

(二) 研究的时间断限与地域范围

道,是唐代设置的监察机构,唐代前期将全国按照山川地形划分为十道,后又改为十五道,其中,江南道位于长江与南岭之间,覆盖面积较广。开元二十一年(733)唐玄宗将江南道分置为江南东道、江南西道和黔中道三个区域。安史之乱后,地方割据兴起,道成为实际的地方行政机构,全国普遍设置方镇。唐肃宗乾元元年(758),又在江南东道原有的区域上继续拆分出浙江西道、浙江东道和福建道三个方镇,成为州、县之上的一级政区,"浙东"即是浙江东道的简称。

"浙东"方镇在唐肃宗设立之后经历了两次废立,唐大历十四年(779)第一次将浙江东道重新并入江南东道,后于唐建中元年(780)再设浙江东道;781 年,浙江东道被二次废除,再入原来的江南东道,到贞元三年(787)恢复。此后,直到五代初钱镠建立吴越国,浙江东道才于吴越天宝元年(908)被废除,与浙江西道合并统一。浙江东道虽然经过几次废立,但是废除时间不长即被当局恢复,故并不阻碍浙东地区在当时作为一个新兴的发展中心给周边甚至全国所带来的影响。而由原江南东道拆分出来的福建道,亦或是江南道中的江南西道和黔中道则并未有如此频繁的废立,可见浙东这片区域在唐中后期的重要地位。正是由于浙东地区在时空范围的特殊性,其作为中国历史上的一个特有地域,所形成的浙东文学对当时江南地区乃至全国的文学产生了深远的影响,因此在唐宋文学史上亦占有举足轻重的地位。

(三)当前"浙东"的相关研究

1. "浙东"与"浙东学派"的区别

与"浙东"一词容易产生混淆的是宋以后浙江地区形成的"浙东学派",该学派起源于宋代,倡导"经世致用"的治学风格,属于文学思想流派。在明清时期其发展到达顶峰状态,因秉持该学派理念者多在今浙江东部地区活动,所以被称之为"浙东学派"。文中论述的"浙东"文学属于唐中后期文学范畴,并不涉及宋以后的"浙东学派"。"浙东"方镇出现的时间非常特殊,且覆盖地区大致为唐代浙江东南流域,因此,本文在论及时间分期上以"浙东"时期作区分,而其所在的地域范围仍以浙东地区称之。

浙东文学具体表现为两个层次:表面层次包括,浙东籍和乔迁定居于此的文人数量的逐渐增多,文学创作活动的兴起,浙东文学现象的形成和发展,文学作品中对浙东地理景观和相关意象描绘的增多;内在层次包括,"浙东"这一特定时期在中晚唐历史上的重要地位,浙东文学在唐代文学史上的扮演的特殊角色,浙东时期的文学创作及风格对五代及宋初的深刻影响。目前学术界对浙东的研究大多聚焦于宋以后形成的浙东学派,专门针对中唐至五代时期的浙东文学研究则较少。

2. "浙东"文学所代表的区域文学研究

从人文地理角度上来看,一定时期文学家的地理分布情况是一方文学兴起的重要佐证,因而近年来对区域文学的研究方兴未艾,如曾大兴《中国历代文学家之地理分布》[①]一书首开通代文学家地理分布情况研究的先河;陈尚君《唐诗人占籍考》[②]一文以《全唐诗》《全唐文》为主,利用各种存世典籍和新出文献,考察纠订唐代诗人的郡望籍贯;史念海《两〈唐书〉列传人物本贯的地理分布》[③],将两《唐书》中能确定本贯的唐人依据其籍贯所在的道州县进行排列,图表皆备,关键处附详细说明,是唐人籍贯分布研究中的扛

---

① 曾大兴《中国历代文学家之地理分布》,湖北教育出版社,1995年。
② 陈尚君《唐代文学丛考》,中国社会科学出版社,1997年,第138—170页。
③ 史念海《唐代历史地理研究》,中国社会科学出版社,1998年,第373—467页。

鼎之作。

涉及浙东这一时期的文人地理分布的相关研究有蒋荣《从唐五代浙东文人分布变化看当时文风之东渐》[1]、叶持跃《论浙江唐五代时期诗人的籍贯分布》[2]、戴伟华《唐代文学研究中的文人空间排序及其意义》[3]等通过分析晚唐五代诗人籍贯的地理分布特征，充分体现当时浙东一带区域文化的发展水平，"江浙人文渊薮"之说已初见端倪。冻国栋《唐代人口问题研究》[4]一书，以《新唐书》《登科记考》为主，并参考了日本史学家的书籍文献，统计出有关唐代散文作家及诗人在唐前后期各道的分布情况，反映了唐前后期所辖行政区域人数分布在数量上的变化，推动了今人对地域文学研究的进程。总体而言，虽然这部分文章已有明显的地域文学意识，用统计诗人籍贯、分布数量的方法间接说明唐中后期南方文学的兴起，但只是浅尝辄止，对唐代背景及文人作品没有进行系统分析。

3. 对中唐诗歌作品的研究

现阶段的研究主要是把中唐诗歌分为前后两个阶段来划分，前阶段以唐大历年为中心，集中探讨"大历十才子"和顾况、刘长卿、韦应物等人的诗作情况；后阶段是以唐元和诗坛为中心，研究韩孟、元白、刘柳等诗派。这其中对江南诗人群体创作的讨论部分涉及到浙东领域，如赵昌平在其论文《"吴中诗派"与中唐诗歌》[5]里，将中唐以顾况、灵澈、皎然、朱放、秦系等占籍东吴或长期居住于此的诗人作为一个文化群体，这是当代较早的唐代区域文学研究。此外，景遐东《江南文化与唐代文学研究》《唐五代江南地区诗歌创作基本状况述论》[6]、郝红霞《中晚唐文学的南方化》[7]、俞林波《〈大历年

---

[1] 蒋荣《从唐五代浙东文人分布变化看当时文风之东渐》，《宁波党校学报》2005年第02期。

[2] 叶持跃《论浙江唐五代时期诗人的籍贯分布》，《宁波大学学报》1999年第01期。

[3] 戴伟华《唐代文学研究中的文人空间排序及其意义》，《扬州大学学报》1999年第01期。

[4] 冻国栋《唐代人口问题研究》，武汉大学出版社，1993年，第90页表3—1，第359页表6—6。

[5] 赵昌平《"吴中诗派"与中唐诗歌》，《中国社会科学》1984年第04期。

[6] 景遐东《唐五代江南地区诗歌创作基本状况述论》，《学术月刊》2001年第08期；《江南文化与唐代文学研究》，2003年复旦大学博士学位论文。

[7] 郝红霞《中晚唐文学的南方化》，2012年复旦大学博士学位论文。

浙东联唱集〉考论》①、尹占华《大历浙东和湖州文人集团的形成和诗歌创作》②,对受到江南文化影响的江南文学及其现象进行了阐述,在唐代文学的大背景下从不同的角度展现出当时江南诗人相当活跃的创作状态,有些亦从诗人群体的层面深化了对唐代诗坛整体创作的研究。但这些文章大多从地理文化因素对文学的影响层面出发展开描述,区域文学对当时整个文坛的支撑及对后世文学的影响则不涉及,没有从共时性和历时性的角度宏观看待浙东文化问题,且这些研究多侧重于对唐代浙东所在江南地区的诗歌创作的论述,对散文、俗文学等其他文学创作形式与地域文化的关系方面则浅尝辄止,没有深入分析。

4. 对浙东部分区域的研究

在个案研究方面,阮堂明《睦州诗人群体的形成与创作》③主要对中晚唐时期睦州地区诗人群体的形成原因进行分析,缺乏对整个唐浙东文化的探索和解读,尤其是对在当时文坛上颇有建树的重要文人个体的研究。

总体而言,目前学术界的研究主要集中于对浙东诗歌创作、文人群体等方面的研究,对浙东这一特殊时期内文人仕官在散文等其他文学创作形式方面以及浙东区域的文学发展史尚未进行系统性的梳理和分析,尤其是缺乏从宏观角度来看浙东文学在江南地区甚至是中晚唐整个文坛上的重要地位,以及其形成的独特文风对后世文学的影响,把浙东文学作为一个独立的研究对象。这是当今学术界研究的空白点,也是本文创作意义所在。

(四) 本文内容和研究方法

1. 主要内容与篇章结构

本文内容的展开主要基于两个部分,第一部分结合历史学、人文地理学等相关理论,对古代浙东地区的文化史料进行钩稽、考释,分析唐中后期浙东地区文化历史的形成与现状,以及其在唐代文学中产生的实际影响,为问题的展开提供广阔的历史人文背景。第二部分则是在对浙东文学作品分析

---

① 俞林波《〈大历年浙东联唱集〉考论》,《东南大学学报》2008 年第 02 期。
② 尹占华《大历浙东和湖州文人集团的形成和诗歌创作》,《文学遗产》2000 年第 04 期。
③ 阮堂明《睦州诗人群体的形成与创作》,《天津师范大学学报(社会科学版)》2001 年第 01 期。

的基础上,研究浙东是如何一步步得到开发,从而造成文学上的发展并和其他地区的文学现象互动的,主要从共时性和历时性的角度来讨论浙东文学现象在中国文学史上的意义。本文在结构上主要分为五章,第一章为绪论部分,介绍"浙东"这一特殊时期及相关论作;第二章主要从传统文化的角度出发,分析公元12世纪以前浙东一带的文化状况,把浙东文化的产生置于广阔的历史背景下;第三章从浙东诗歌角度展开,分析其诗歌内容特点及形成原因;第四章结合唐代幕府方镇的地区特点,试分析浙东文章的特色;第五章从共时性和历时性的角度来讨论浙东文学现象在中国文学史上的意义。

2. 研究方法

关于浙东文学创作的史料是非常斑驳的,必须进行归类分析。通过归类可以把握一批文献的大体内容和整体特点,而对文本的分析则离不开一定的历史环境。在此基础上通过文史结合的方法,从文本内容出发,并把文本内容置于特定的历史环境中,综合分析文本,从微观看宏观,讨论浙东文学现象在中国文学史上的意义,进而得出确凿的结论。因此,本文主要采用史料考证、归纳分析与比较研究的方法,从类书、史书、注疏、地理书、史料笔记、方志、总集等文献中摘录有关资料,并尽可能占有第一手材料,在结合具体的文化、历史、文学、民俗等材料之上,建立浙东文学与整个文学史的联系。

二、浙东及周边的历史文化

(一) 本文所讨论的文化范围

"文化"的范围非常广泛,迄今学界尚未得出一个公认的概念。从"文"的角度来说,精神层面上的"文"是人类生活习惯和内在修养的综合,如《论语·雍也》里提到的"文质彬彬"。从最初的文字符号引申为各种史料典籍和礼俗制度,"文"的涵盖面极广。而"化"则有教化、施行之义。总体上说,文化是人类在长期以来的活动创造中形成的产物,它具有两个特点:一是文化必须为人或者人群所具有,并只能通过人或人所在的群体来具体表现;二是文化具有一定的地域性,受不同环境的影响,地方文化的呈现各具特色。由此说来,能够被传承下来的国家或民族的价值观念、生活习性、文学艺术、劳动技艺等,都属于文化的范畴。除了会受到山川地形方面的限制,各地文化在传承过程中还会由于政治等人文因素的干扰而各具特色。由于本章所探讨的"文化"是在对现存文献数据分析的基础上进行的，意在通过对浙东及其周边地区相关文化史料的归纳整理，找出历史文化与其地文学创作的相关性，故文中所论及的"文化"范围被限定为地方的生活习俗及价值观念。

（二）商周时期的浙东文化

浙东地区包括以越州会稽山为中心的东南沿海地带以及以温、处、台三州为主的浙南区域，其文化的形成可追溯到先秦时期，主要是以浙南为中心的瓯越文化。越，是古代中原人对南方各地土著的一种泛称，由于部族间存在的文化差异性，越又被分划出多个支系，极为庞杂。《吕氏春秋·恃君》中就有："扬汉之南，百越之际"①的说法。早期活跃于浙东地区的民族主要是瓯、越土著。

从文献史料上看，"瓯"、"越"二字单独出现在史籍上的年代要早于"瓯越"一词。《山海经》是较早记录"瓯"的文献之一，在《海内南经》里对瓯地有"海内东南陬以西者，瓯居海中"②的描述，指出瓯人生活于水泊较多地带，这与瓯地今天所在的浙南地区的地理环境相符。对于"越"的记载可见西汉司马迁的《史记·夏本纪》："十年，帝禹东巡狩，至于稽而崩。"裴骃注："越传曰禹到大越，上苗山大会计，爵有德，封有功，因而更名苗山曰会稽。"③早在夏禹时期，会稽山区域就被北方部落称为大越，其地居民被称为越人。这说明氏族时期的瓯、越两族是两种不同的文化体系，"瓯越"是两个名词组成的复合词。

瓯人，属于百越的一支，都属于"蛮苗"系属。由瓯人组成的部落其内部也有很多族系分支，瓯人之名最早见于《逸周书·王会解》，其书附有《商书》中《伊尹朝献》的佚文，文中讲道商汤要求四方诸侯进献当地特产作为贡物，于是大臣伊尹制定了《四方令》，规定需要进贡的国家及应献方物，其中就出现了"沤深"、"越沤"④、"瓯邓"三地，由此可见，"瓯"在原始社会曾是一个大

---

① ［秦］吕不韦《吕氏春秋》，中华书局，2011年，第737页。
② ［清］郝懿行笺疏，范祥雍补校《山海经笺疏补校》，上海古籍出版社，2013年，第285页。
③ ［汉］司马迁《史记·夏本纪第二》，中华书局，2007年，第88页。
④ 孙诒让在《温州建置沿革表引》中认为："夏为瓯、殷为沤、周为欧，实一字也。"欧人"即"瓯人"。详见孙诒让《温州建制沿革表引》，《浙江省通志馆馆刊》第1卷01期。

族,经过族系分支后出现了许多小的部落,这些部落都带有瓯人的文化印记,并在长期迁徙中与其他种族融合。为了加以区分,中原统治者便依据其所处方位冠以各种带"瓯"字的部落名称,浙南地区的瓯人通常被称为"东瓯"或"瓯人"。史料记载,周代有成周之会,命令各路诸侯前来进献,有关瓯人的贡品均为鲜美的水产,其作为瓯人的地方美味进贡,表明瓯人最初生活在沿海区域,并拥有丰富的淡水资源,以渔业生产为主要的生活方式。

(三) 东越国的建立

远在新石器时代早期,浙南的土地上就已经生活着原始土著。商周时期,瓯人的名称就已出现在中原政权的文档中,到春秋战国,这块土地已经有了相当的繁荣景象。浙南的瓯文化发展的同时,以会稽山为核心的于越文明也逐渐兴起,关于于越的起源可追溯到夏禹治水时代,《墨子·节葬下》有:"禹东教乎九夷,道死,葬会稽之山。"称禹统领天下后,四处教化当时的蛮民,来到大越,登上会稽山朝见四方诸侯,后葬于会稽山,其后代为延续禹王陵的守护与祭祀工作,留守越地,并最终开创了越国。另《越绝书·越绝卷第八·越绝外传记地传第十》《史记》《吴越春秋》亦有相关记载。到了周代,周穆王曾"起九师,东至九江,驾鼋鼍以为梁"不远千里讨伐大越,能让周穆王如此兴师动众,可见当时的大越军事能力非常强大。"越"的本字是"戉",清段玉裁《说文解字注》:"戉,大斧也。凡戉之属皆从戉。"[①]大越以越为名,说明该地在武器制造上先人一步或高人一筹。西周时,越国已十分强大,从越国的国境覆盖面积上来看,越国领地并未涉及浙南瓯人的区域。直到在吴越争霸中越国战败,越人向南搬迁,与南边的瓯人杂居,瓯、越两族的文化才渐渐融合。公元前306年,越王无疆北上伐齐,兵败被杀,越被楚国吞并。于是分散的越人在瓯地建立了东越国,统治着瓯地的土著,瓯、越文化合为一体。欧越国的建立,对浙南地区产生了重大影响,特别是大批越人一次又一次南下与瓯人结合,对于浙南地区经济社会的发展起到了重要的促进作用,瓯越文化最终形成。

(四) 闽、越两地的交流

浙南地区作为浙北文化与闽地文化的过渡地带,一直以来都是在两地

---

① [汉]许慎撰,清段玉裁注《说文解字注》,中州古籍出版社,2006年,第632页下。

交互影响中发展。据司马迁《史记·东越列传》载,"秦王并天下,皆废为君长,以其地为闽中郡。"①秦将东瓯、闽越两地合并为闽中郡之后,瓯越文化与闽越文化出现了交集。《史记·东越列传》则把东瓯和闽越两地合写在一个列传中,尽管在汉孝惠三年(前192)时东瓯复国,但在西汉建元三年(前138),由于发生了诸多地方叛乱事件,汉武帝认为东越国所在地区"狭多阻",且"闽越悍,数反复"②,难于管理,于是将瓯民向北迁往江淮地区,瓯地与闽越国合并。

由此可见,浙东地区的古文化是瓯、越、闽等文化的交融,其文化的形成受到地域的限制,呈现复杂性和反复性的特点。汉代以后,饱经战乱的中原人南下避乱,南北文化发生了碰撞,古老的瓯越文化在外来文化的融入下,形成了别具一格的地域文化。

(五)浙东地区的文化特点

1. **巫术文化下的祈福风俗**

古代的巫源于人们向神明祷祝,最初由女性担任,主要的做法就是舞蹈,通过奇异的肢体动作来取悦神明,从而祈求鬼神的保佑。瓯越的敬鬼风俗由来已久,《列子·说符篇》曾提道:"楚人鬼而越人禨。"张湛注:"信鬼神与禨祥。"③所谓"禨"就是向鬼神求福,通过巫祝和祭祀表达对鬼神的敬意,以期带来福瑞。看来,在春秋战国时瓯越文化中的事鬼风俗就已闻名远近,且广为后人所知。《史记》记载了越人勇之的话:"越人俗信鬼,而其祠皆见鬼,数有效。昔东瓯王敬鬼,寿至百六十岁。后世谩怠,故衰耗。"④文中提到的东瓯国是越被楚吞并后在瓯地建立的国家,东欧王是越王无疆的后代,他由于敬鬼而得以长寿。诸如这样的传闻无疑推动了瓯越鬼神信仰的传播,《史记》中载汉孝惠帝听完大臣对瓯越鸡卜的介绍,于是命令越巫念祝词,向天神上帝百鬼祭祀。鸡卜是越巫独有的占卜方式,其不同于北方的龟甲占卜,是用鸡卜或鸡卵施行的,由此看出瓯越的巫术文化早已自成体系,影响根深蒂固。元稹在其诗《春分投简阳明洞天作》就曾写道:"雕题虽少

---

① [汉]司马迁《史记·东越列传》,中华书局,1959年,第2979页。
② [汉]司马迁《史记·东越列传》,中华书局,1959年,第2984页。
③ 杨伯峻《列子集释》,中华书局,1979年,第260页。
④ [汉]司马迁《史记》卷一二,中华书局,1959年,第478页。

有,鸡卜尚多巫。"①古人认为鬼神是切实存在的,《礼记·祭法》曰:"山林、川谷、丘陵能出云,为风雨,见怪物,皆曰神。"②鬼神能主掌一国的兴衰,君主只有顺从神明的旨意,国家才能得到庇护。春秋时期越国大夫文种向越王勾践提出的九条讨伐吴国的要法,首先就是要尊天地,事鬼神。《尚书·咸有一德》篇中,大臣伊尹在告诫商汤的长孙太甲时也指出夏朝最后一个君主桀没有美好的德行,忤逆鬼神的原意,所以百姓遭致灾祸,夏朝灭亡。由此可见,在古人的眼里,敬拜鬼神对国家的延续有着至关重要的作用,那么对于普通百姓而言,信鬼立祠更是关乎家族命脉的大事。在民间,巫术思想弥盛,古代越人认为火灾是由于鬼祟作怪引起的,所以如果要在原地再起建筑,则必须要造得原先的建筑还要高大,以此来使鬼祟屈服,防止火灾的发生。魏晋南北朝时期,南方地区巫风蔓延,《晋书·艺术传·幸灵传》提到当时人们对于巫术依然是趋之若鹜,从之如云。庾信就在其《哀江南赋》中就道出当时人们好巫信鬼,遇到不能解答的事情必然问诸淫祠。唐陆龟蒙在《野庙碑》上对瓯越人敬奉鬼神的虔诚程度有这样的描述:"农作之氓怖之,走畏怖后,大者椎牛,次者击豕,小不下鸡犬鱼菽之荐,牲酒之奠,缺于家可也,缺于神不可也。"③瓯越人宁愿自己缺衣少食,也要保证祭祀贡品的充沛。在巫风如此盛行的情况下,集体性的祈福活动也逐渐兴起,具体表现为民间对本地诸神的信仰崇拜仪式。最著名的要属东瓯地区对东瓯王的信仰和崇拜,并以"人文始祖"来定位东瓯王。作为东瓯历史上最早出现的文化名人之一,东瓯人奉他为瓯人的先祖,其地对东瓯王的信仰与祭祀,至今已有两千余年,这是瓯人传统文化的延续与继承,有着鲜明的地域文化特色。伴随着神灵观念意识,东瓯地区在每年的正月十五都会举行舞龙活动,以此来祭祀东瓯王,场面之热闹,万人空巷。此外,浙东地区的菊酒宴会也尤为著名。据刘宋时孙诜所撰《临海记》描述:"郡北四十步有湖山,山甚平正,可容数百坐,民俗极重,每九日菊酒之辰,宴会于此者常致三四百人。"④《太平御览》对浙东地区群游宴会的喜好也有类似的载录。按浙东地区相关的民

---

① [清]曹寅《全唐诗》卷四二三,清文渊阁《四库全书》本。
② [清]朱彬撰,饶钦农点校《礼记训纂》,中华书局,1996年,第690页。
③ [清]董浩等编《全唐文》卷八〇一陆龟蒙《野庙碑》,中华书局,1983年。
④ [唐]欧阳询编《艺文类聚》卷四,上海古籍出版社,1965年,第81页中。

间习俗,重阳节之际不仅有菊酒宴会,登高祈福;大批的文人才子还要相聚在一起,吟诗作对,互相赠答。这期间民间祭祀活动的增多,使瓯越的巫术文化在历代传承中经久不衰。

2. 奇丽山水中的道教文化

浙东地区山脉连绵,地势险峻,有天台、括苍、会稽、雁荡等山脉交叉盘结,由于山路难行,出入不便,古代的瓯越土著利用其地的山水资源,自给自足。司马迁在《史记·货殖列传》中云:"楚越之地,地广人希……地势饶食,无饥馑之患。以故呰窳偷生,无积聚而多贫。"①在这样一个安逸的环境里,修仙炼道似乎成了必然趋势。浙东地区有关道教的神话故事可以追溯到黄帝时代,黄帝和老子是道家的鼻祖,"黄老之学"乃是道家思想的根源,以"清静无为"为主。自古有轩辕黄帝在浙东缙云县峰顶炼丹,炼成之后乘龙升仙的传说。唐人徐凝曾在处州缙云山鼎湖题诗云:"黄帝旌旗去不回,空携片石碧崔嵬。"②可见浙东地区自古就有道家居山修炼的传统。晋代葛洪在《抱朴子内篇》曾言人们无论是想修道炼丹还是逃避战乱,都会选择躲进深山。山,是修道炼丹的重要场所,道教历来对修道所处的环境十分看重。浙东诗人杜光庭在《洞天福地记》中把被道家认为是传授道术、提炼仙丹的最佳处所总结为十大洞天。其中浙东地区的括苍山洞就名列其中。括苍山是浙东南第一高峰,《浙江通志》载:"高五千丈,周回八十里……又云处州缙云县,有括苍山(一名苍岭),《图经》载,十六洞天,括苍为第十名。"此外,浙东还有共21处山水被列为道教的小洞天和福地,其自然环境所显示出的优越性在道教中可谓影响深远。

道教是在巫术文化的基础上形成的,中国的道教约在东汉年间正式形成,期间瓯越地区也云集了一批修道之人。东汉桓帝时期的会稽上虞人魏伯阳在会稽山上撰写了《周易参同契》,书中介绍了提炼丹药,与天地同化的秘法,被道教追捧。魏晋南北朝时期,道教兴起,各类道教方士来往于浙东,络绎不绝。不仅道教的重要人物葛玄、葛洪不远千里来到杭州结庐修炼,就连官至尚书令的文学家沈约也弃官为道,来到天台山上入道。名士王羲之、谢灵运等也曾到浙东地区云游,对道教极为推崇。高士云集,无言地暗示着

---

① [汉]司马迁《史记》卷一二,中华书局,1959年,第3270页。
② [清]陶元藻《全浙诗话》卷四唐,清嘉庆元年怡云阁刻本。

此山契合道家风水,是修身养性、延年益寿的殊胜之地。大批的名士长期荟萃浙东,寄情山水,不仅对当地士人影响很大,而且也使浙东道教的地位有了新的提高。人称"山中宰相"的陶弘景是道教的代表人物,曾在温州永嘉县楠溪江修道,在《答谢中书书》中他对修道之地有这样的描绘:"两岸石壁,五色交辉。青林翠竹,四时俱备。……实是欲界之仙都。自康乐以来,未复有能与其奇者。"①其地常有白云缭绕,山气缥缈,陶弘景以此表达出对浙东山水的赞叹及热爱之情。南北朝时的谢灵运曾当过永嘉太守,其曾在此写过《登池上楼》《游南亭》等诗,用以排遣被贬后的愁闷,时浙东地区山水缭绕,景色澄净清秀,谢灵运顿生入道之志,并在探奇览胜,放形山水之中开创了中国诗歌发展史上的山水诗派。浙东山水之奇,孕育出了神秘的道教文化,进一步影响到浙东地区的文学创作,为后世文学的发展锦上添花。

3. 佛教的传入与"浙东化"

佛教传入中国的具体时间现在学界并没有统一的说法,东汉时期,就有僧侣游历到南方传教,据清刘世珩《南朝寺考》"吴大帝赤乌十年,天竺康僧会初达建业……大帝为会建塔于此以,金陵始有佛寺"。② 东吴时吴帝孙权曾为来自天竺的僧人康僧会在金陵建立建初寺,是为江南的第一间佛寺。东晋时,中原兴起第二次"衣冠南渡",大量的中原士族为了躲避战乱随皇室南迁,随之而来的还有在北方传教的僧侣。江南秀丽的山水令佛教大放异彩,唐人杜牧的诗句:"南朝四百八十寺,多少楼台烟雨中。"③就极言南朝佛教的兴盛,在当权统治者的支持下,修建成的佛院星罗棋布,黄墙金瓦随处可见。在与中原本土文化碰撞、交流的过程中不断被汉化,形成了具有中国特色的佛学理论。

佛教传入浙东后,浙东地区得天独厚的地理条件和优越的社会经济,为佛教的传布提供了有利的环境。从地理分布上来看,大部分的佛教学者主要活动于浙江东部沿海地区及中部平原一些风景怡人的地方。东晋时,来到浙东地区的佛教高人,为了加速佛学的传播,将佛理与玄学结合起来,形

---

① [清]严可均辑《全上古三代秦汉三国六朝文·全梁文》卷四六,清光绪二十年黄冈王氏刻本。
② [清]刘世珩《南朝寺考》卷一吴,清光绪三十三年刻垩庼丛书本。
③ [清]曹寅《全唐诗》卷五二二,清文渊阁《四库全书》本。

成了独具特色的佛学思想。东晋时期活动于浙江的高僧有"即色宗"的代表支遁、竺法潜,"义解"僧释慧虔、竺法崇、竺法义,"习禅"僧帛僧光、竺昙猷、支昙兰,"诵经"僧竺法纯等。① 陈隋时期,佛教徒智𫖮来到浙东的天台山修行,在浙东地区清净空灵的自然风光与悠久的历史文化底蕴的熏陶下,智𫖮创立了第一个富有中国特色的教派天台宗,起开一派风气之先的作用。随着天台宗的发扬光大,浙东地区的佛教事业进入繁荣阶段,佛学氛围非常浓厚。据南朝梁慧皎撰的《高僧传》统计,魏晋南北朝时期的浙江籍僧人有15人,占高僧总数的6%。而到了宋代,《佛祖统纪》中提到的浙江僧尼有二百又五人之多。其中大多数为信奉天台宗的僧侣,天台宗在浙江佛教的影响力可见一斑。中国佛教的八大宗派都曾广泛活跃于浙东地区,更有许多浙江籍的佛教徒有志于佛教的创新,独树一帜。唐释道宣是浙江长兴人,他创立了律宗,世称南山律师,除了自创宗派,他还著述了《续高僧传》以补充自梁以来的高僧事迹,加深了佛学文化对世俗的影响。此外,唐以前浙东地区佛教徒所著述的文献史籍也非常丰富,见于史料的著作有梁代会稽人慧皎著《高僧传》十四卷,《涅槃义疏》十卷;南朝会稽人慧集著《毗昙大义疏》十余万言等。

由于统治阶级的推崇,信奉佛教成了当时社会名流的新风尚,许多文士爱好与僧人交往,并以此为雅,这也成了后世文学中士僧赠寄现象的开端。东晋王羲之虽然信奉道家,但与佛教名僧依然有来往,据明代释心泰《佛法金汤编》卷二载,王羲之在会稽时就已听说过僧支遁的名声,后见支遁议庄子《逍遥游》,洋洋洒洒,颇有新意,王羲之留连不能已,于是请求住在灵嘉寺,与支遁探讨玄学佛理。可见晋代时僧人已经将道家的清谈玄学与佛理相联系,以便能与名士之流往来交谈,促进佛法更好的传播。南朝宋谢灵运曾和名僧慧严、慧观等共同润饰昙无谶译的《大般涅盘经》,见宋董嗣杲《西湖百咏》卷:"在下天竺香林门道里,谢灵运与僧于此将北本《涅盘经》,翻为南本三十七卷,旧有七叶堂。"② 谢灵运常与高士名僧谈玄说理、作赋吟诗,因而留下不少佳作,如《石壁立招提精舍》:"四城有顿踬,三世无极已。浮欢

---

① 盖晓明《东吴、两晋时期佛教在浙江传播情况之初探》,《宁波大学学报》2012年第25卷04期,第15页。

② [宋]董嗣杲《西湖百咏》,清文渊阁《四库全书》补配清文津阁《四库全书》本。

昧眼前,沈照贯终始。……禅室栖空观,讲宇析妙理。"诗歌以佛祖释迦摩尼修身成道之前的困顿开篇,写其一朝觉悟能生生不息,但有灵明一点存于本心,纵使浮欢在眼,也能洞悉一切,是即佛性。诗中阐释了佛教中的"顿悟说",成为了唐代佛教南宗精义的流觞之作。另有《石壁精舍还湖中作》等,这些诗谈了不少佛门精义,也多用佛语,自汉末佛教传入以来,佛教僧徒在浙东地区创立新说,传教布法,使浙东地区的文化氛围更加浓厚。寺院的林立,僧徒的众多,为唐代诗歌中的诗僧群体打下了基础,更为"浙东"诗词中的僧士酬和、题禅写意的现象拉开了序幕。

三、"浙东"诗人群体及其创作特点

(一)"浙东"诗人数及存诗数量

唐代浙江东道方镇主要有睦、越、明、温、婺、台、处、衢八州,其政治中心设于当时的越州(今绍兴)。从唐杜佑撰写的《通典》及五代刘昫主编的《旧唐书·地理志》等书上来看,浙江东道的地理范围主要是在以越州为主的政治中心及大片的浙南地区。有关浙东区域的具体方位详见附录表3—1(唐代浙东区域与今浙江地区对照表)。

唐中后期"浙东"的诗文创作数量已是可观,浙东地区凭借独特的地理风貌,天下独绝的奇山异水,吸引了一大批的诗人到此游历,并留下了许多传诵千古的作品。《全唐诗》共收录诗人2200余位,其中有340人游览过浙东名山,占总人数的14%。浙东地区山水富丽,有着绝佳的旅游资源,这些大诗人的到来也带动了浙东文化的繁荣。因此,在探究浙东地区所作诗歌的特点及其意义之前,有必要理清唐浙东地区的本土诗人的籍贯分布及现存作品数量。根据清曹寅主编的《全唐诗》、宋尤袤写的《全唐诗话》、清嵇曾筠修著的《(雍正)浙江通志》、清徐倬所撰《全唐诗录》及复旦大学陈尚君教授考证的《唐代诗人占籍考》《全唐诗补编》,本文确定了"浙东"本籍诗人的数量及所存诗句,为使"浙东"诗歌的特点更加清晰,其中有史料记载但无诗歌作品存世的诗人、以及匆匆过客羁旅途中所作的即兴诗歌暂且不录。"浙东"诗人诗歌创作情况详见表3—2(唐浙江东道方镇诗人数及作品存量表)。

表 3—2　唐浙江东道方镇诗人数及作品存量

州	县	诗人	诗人数	诗歌总数
睦州,新定郡,今浙江建德 18 位诗人,存诗 1093 首 140 句。	睦州县	奚贾(诗 3 首 6 句)、孙颜(诗 2 首)、喻坦之(诗 19 首)、翁洮(诗 13 首)、许彬(诗 20 首)	5	诗 57 首 6 句
	清溪县(新安县)	皇甫湜(诗 3 首)、皇甫松(诗 13 首 2 句)、方干(诗 355 首 11 句)、赵崇(诗 1 首)	4	诗 372 首 13 句
	寿昌县	李频(诗 209 首 8 句)	1	诗 209 首 8 句
	桐庐县	章八元(诗 6 首)、章孝标(诗 75 首 40 句)、章碣(诗 26 首 1 句)、周朴(诗 50 首 24 句)	4	诗 157 首 65 句
	分水县	徐凝(诗 105 首 12 句)、施肩吾(诗 188 首 36 句)、何希尧(施肩吾婿,诗 4 首)、罗万象(诗 1 首)	4	诗 298 首 48 句
越州,会稽郡,今浙江绍兴 28 位诗人,存诗 769 首 51 句。	越州	朱庆馀(诗 177 首)、朱可名(诗 1 首)、庄南杰(诗 6 首)、若耶溪女子(疑为李弄玉,诗 1 首)、释遇臻(诗 1 首)、万齐融(诗 4 首)、贺朝(诗 8 首)、范氏子(诗 4 句)、诸葛觉(诗 1 首)、越溪杨女联句诗(诗 2 首)	10	诗 201 首 4 句
	剡县	徐浩(诗 2 首)、叶简(诗 4 首)	2	诗 6 首
	会稽县	罗珦(诗 1 首)、罗让(诗 2 首)、秦系(诗 42 首)、陈允初(诗 11 首)、康造(诗 1 首)、释清江(诗 21 首 2 句)、释灵澈(诗 17 首 26 句)、孔德绍(诗 12 首 2 句)	8	诗 117 首 30 句
	山阴县	吴融(诗 304 首 2 句)、贺敱(诗 1 首)、严维(诗 78 首 12 句)、澄观(诗 1 首)	4	诗 384 首 14 句
	诸暨县	陈寡言(诗 3 首)、释良价(诗 36 首)、周镕(诗 1 首)	3	诗 40 首

续表

州	县	诗人	诗人数	诗歌总数
婺州,东阳郡,今浙江金华16位诗人,存诗801首54句	金华县	张志和(诗9首)、张松龄(诗1首)、舒道纪(诗2首)、处默(诗8首2句)	4	诗20首2句
	东阳县	冯宿(诗3首)、冯衮(宿侄,诗2首)、冯涓(诗5首4句)、舒元舆(诗6首)、滕珦(诗1首)、滕迈(珦子,诗2首2句)、滕倪(迈宗人,诗2首4句)、楼颖(诗5首)	8	诗26首10句
	婺州	刘昭禹(诗15首14句)、方龟精(诗1首)	2	诗16首14句
	兰溪	释贯休(诗737首28句)	1	诗737首28句
	永康	彭晓(诗2首)	1	诗2首
明州余姚郡,今浙江宁波共6位诗人诗48首	明州	胡幽贞(诗2首)、吴商浩(诗9首)	2	诗11首
	奉化	邢允中(诗2首)、释宗亮(诗4首)、孙合(诗7首)、释契此(诗24首)	4	诗37首
衢州信安郡,3位诗人14首2句。	常山	江景防(诗1首)	1	诗1首
	须江	释大义(诗2首)	1	诗2首
	龙丘	徐安贞(诗11首2句)	1	诗11首2句
台州临海郡,今浙江临海8位诗人,存诗205首22句。	台州	林员藉(诗2句)、罗虬(诗101首10句)	2	诗101首12句
	临海	释清观(诗2句)	1	诗2句
	宁海	释怀玉(诗1首)	1	诗1首
	黄岩	释重机(诗1首)	1	诗1首
	乐安	项斯(诗98首8句)、蒋琰(诗2首)、张文伏(诗2首)	3	诗102首8句
处州缙云郡3位诗人,诗176首12句。	缙云	杜光庭(诗172首12)	1	诗172首12句
	龙泉	释德韶(诗1首)	1	诗1首
	括苍	叶法善(诗3首)	1	诗3首

续表

州	县	诗人	诗人数	诗歌总数
温州永嘉郡10位诗人，诗21首2句。	温州	释道怤(诗9首)、释晓荣(诗2首)、释本先(诗3首)	3	诗14首
	永嘉	朱著(诗1首2句)、朱褒(著弟,诗1首)、释永安(诗1首)、释玄觉(诗1首)。释玄宗(诗2首)、薛正明(诗1首)	6	诗7首2句
	安固	吴畦(诗1首)	1	诗1首

"浙东"诗人籍贯的确定是依据诸多史料的记载而来的，清曹寅主编的《全唐诗》中所收录的诗人介绍往往出现籍贯不明或未标出生年代的现象，对于这些诗人，笔者主要采取查阅地方县志及诗话的方法，多方取材来确定。如明州人吴商浩，在《全唐诗》卷七百七十四载有其所写诗九首，其余未标。清陶元藻《全浙诗话》卷四唐中有句："商浩鄞人，《甬上耆旧诗》前三十卷刻成已在校，雠万生允诚趋白余曰：顷录四唐人诗，及吴商浩，仅载其名氏，余不详。至所录诗《塞上篇》末曰：'分明更想残宵梦，故国依然在甬东。'然则商浩定为甬上人也。与陆龟蒙、皮日休同时。"

从浙东地区本土诗人分布的地区上来看，以越州为主的中心地段诗歌数量较多，而在温州、处州、衢州等区域则存诗较少。由于这些地方山环水绕，较为隐秘，成为了许多文人雅士隐居闲处的最佳场所。因而，从诗歌内容上看，这些较为冷清之处往往成了诗歌吟咏的对象或赠寄的场所，如睦州诗人方干的《处州洞溪》描写了处州清寒的山水和静谧的意境，"混元融结后，便有此溪名。"诗人在言语中更是透露出对有着悠久历史文化的浙南山水的敬畏与赞美。同样是睦州诗人的徐凝也曾作《题缙云山鼎池二首》，诗中的"黄帝旌旗"、"仙都"都隐藏着瓯越的道家文化。可见，虽然浙南大片的丘陵山岭在当时阻碍了其经济的发展，但悠久的历史文化和山水却在另一方面开拓了"浙东"诗歌的题材内容。

（二）浙东的诗歌创作概况

1. 睦州本土诗人及诗歌创作情况

据统计，被载于《全唐诗》的睦州"浙东"时期诗人有18位，存诗1093首140句。有贾溪、皇甫湜、皇甫松、章八元、章孝标、章碣、方干等诗人。

奚贾，《全唐诗》卷二百九十五："奚贾，富春人，诗三首。《诗式·卷四》收录残句3句。明凌迪知《古今万姓统谱》记奚贾和常建是同时期人，郎士元曾以诗送奚贾。"明高棅《唐诗品汇》卷十七五言古诗有："奚贾，诗僧皎然者，尝称其诗有'眠涧花自落，步林鸟不飞。溪谷何萧条，日入人独行。落日下平楚，孤烟生洞庭'。皆佳句，但不见其全篇。"

皇甫湜，字持正，新安人。《全唐诗》卷三百六十九载他在元和年间中进士第，为陆浑尉，有诗集三卷，今存诗三首。清嵇曾筠《（雍正）浙江通志》第一百八十二卷载皇甫湜曾作为司东都留守裴度的判官，作《顾况集序》。唐韩愈、李贺都曾与皇甫湜有交。其子皇甫松自称檀栾子，《全唐诗》收其诗十八首，作《醉乡日月》三卷，《酒孝经》一卷。清冯金伯《词苑萃编》卷三载皇甫松是牛僧孺的外甥，以词《天仙子》而著名。

李频，字德新，寿昌人。《全唐诗》卷五百八十七存其诗204首，并称他少时悟性通达，尤其擅长作诗。事中姚合由于欣赏他的品行，于是招他为婿。大中年间八年擢进士第，曾担任过秘书郎、南陵主簿判官、武功令、侍御史等职，为人正直，守法不阿，卒后百姓为他在梨山立庙祭祀。其诗多以送别诗为主，如《送德清喻明府》《送友人往振武》《送薛能少府任盩厔》《送许寿下第归东山》等，以怀叙友情为主，如《友人话别》《送徐处士归江南》，另有一些感时伤怀之作，如《书怀》："华发初生女，沧洲未有家。"[1]《避暑》："白日欺玄鬓，沧江负素心。"[2]有对宦途漂泊的无奈和感伤。曾经与方干、姚合、鱼凫、翁洮、僧人贯休有诗歌唱和。

章八元，字虞贤，桐庐人。《全唐诗》第二百八十一卷记他在大历六年（771）登进士第，收其诗六首。唐韦应物的《送章八元秀才擢第往上都应制》、张继的《赠章八元》、熊孺登的《春郊醉中赠章八元》都是写给章八元的赠寄诗。南宋姚宽的《西溪丛语》记其曾参与吴筠等人的《兰亭故池》联句。其子章孝标，《全唐诗》卷五百六记他在元和十四年（819）登进士第，曾任秘书省正字、大理评事，有诗一卷。章孝标现存诗75首，曾经和白居易有酬答诗。清陶元藻《全浙诗话》卷五载章孝标及第后曾有"马头渐入扬州路，为报时人洗眼看"等句寄白居易，白居易以"十载长安得一第，何须空腹用高心"

---

① ［清］曹寅《全唐诗》卷五八八，清文渊阁《四库全书》本。
② ［清］曹寅《全唐诗》卷一，清文渊阁《四库全书》本。

酬答。相似的诗作还有《初及第归酬孟元翊见赠》:"六年衣破帝城尘,一日天池水脱鳞"①等。诗人以此表达自己及第后急于施展的雄心壮志。此外,章孝标子章碣也成功入仕,《全唐诗》卷六百六十九载其登乾符三年(876)进士第,后流落不知所终。陈振孙《直斋书录解题》卷十九收录有《章碣集一卷》。章碣首次改变了律诗中只押偶句韵的规律,使诗中的奇偶句各自押韵。《蔡宽夫诗话》云其诗平侧各一韵,自号变体。如此看来,章八元、章孝标、章碣三代都有诗文见于世,并且都曾及第做官,一时间在浙东地区传为佳话。

方干是章八元的外孙,《全唐诗》卷六百四十八称他字雄飞,是新定人。徐凝非常器重他,教授他诗律。方干曾拜谒过姚合,但因为他相貌丑陋,起初姚合并不待见他,直到看到他的诗词,才厚待他。方干在咸通年间中过举人,但是并不得志,于是方干经常在会稽鉴湖边垂钓。虽然仕途坎坷,但方干却声名在外,并收了很多弟子,他的门人曾收集其诗三百七十余篇,整理成十卷诗集。罗邺、罗隐、翁洮、彦谦、周朴、吴融等都曾与方干赠寄诗词,互相唱和。现存诗歌 355 首,他的诗歌大多是赠寄诗,诗中表达了对仕途的向往,有一种施展才干,实现人生价值的渴望。如《叙雪寄喻凫》:"密片繁声旋不销,萦风杂霰转飘飖。澄江莫蔽长流色,衰柳难黏自动条。湿气添寒酷酒夜,素花迎曙卷帘朝。此时明径无行迹,唯望徽之问寂寥。"②仕途昏暗,有如被白雪覆盖的大地,无处寻觅,一心想施展抱负的诗人只能寂寥等待。《送吴彦融赴举》中"想见明年榜前事,当时分散着来衣"③,《送杭州李员外》"必恐驻班留立位,前程一步是炉烟",《赠李支使》"一等孔门为弟子,愚儒独自赋归田"等句,更是有种功名求取不得的失意落寞。

2. 越州本土诗人及诗歌创作情况

据统计,被载于《全唐诗》的"浙东"时期的越州诗人有 28 位,存诗 769 首 51 句。主要诗人有朱庆馀、吴融、严维等。

朱庆馀,名可久,曾受知于张籍,有诗二卷。其诗最著名的莫过于与张籍的酬唱诗《近试上张水部》,张籍作《酬朱庆馀》诗答复,更有《送朱庆馀越

---

① [清]曹寅《全唐诗》卷五百六,清文渊阁《四库全书》本。
② [清]曹寅《全唐诗》卷一,清文渊阁《四库全书》本。
③ [清]曹寅《全唐诗》卷六四八,清文渊阁《四库全书》本。

州归觐》等诗,表达了对朱庆馀的期望与厚爱。朱庆馀现存诗有 177 首,其诗除早年求官的一些干谒诗外,其后多是记与僧人、道士之间的往来和酬唱。《送僧往太原谒李司空》《送僧游缙云》《寻僧》《赠道人》等诗记录了他与僧、道之间的往来,多是他对僧道平淡生活的看法,充满清新雅趣。

吴融,字子华,山阴人,进士及第后跟随韦昭度入蜀平乱,回到朝廷后曾任侍御史等职,天复元年(901),由于朱温作乱,吴融弃官逃跑,流落他乡,后被朝廷再度召回任翰林承旨。在晚唐动荡时局之下,吴融几经浮沉,漂泊一生,创作了很多诗歌,《全唐诗》称其有《唐英集》三卷,今编诗四卷,共 304 首诗存世。曾为僧贯休《西岳集》作序,贯休作《晚春寄吴融、于竞二侍郎》《送吴融员外赴阙》酬答。吴融诗多为酬和诗,注重押韵,如《奉和御制六韵》《和僧咏牡丹》《和寄座主尚书》《和杨侍郎》等,这些诗歌无论是奉旨酬和,还是宴会酬和,都是描绘山川美景的佳作。他的组诗《南迁途中作七首》有"从此自知身计定,不能回首望长安""惊魂往往坐疑飘,便好为文慰寂寥""无路能酬国士恩,短亭寂寂到黄昏"①等句,抒发其贬官时的感慨,诗词间笼罩着漂泊无依的忧伤。

严维,字正文,山阴人,是章八元的老师。据《全唐诗》卷二百六十三载:严维在至德二年(757)荣登进士,被提拔到辞藻宏丽科,曾在河南幕府作幕僚。严维与刘长卿关系很好,常有诗歌往来,刘长卿有《对酒寄严维》《送严维尉诸暨》《送严维赴河南充严中丞幕府》《蛇浦桥下重送严维》《送严维下第还江东》等写给严维的酬唱诗。严维诗歌现存有 68 首,诗以送别赠酬居多,如《赠别刘长卿时赴河南严中丞幕府》《剡中赠张卿侍御》《送李秘书往儋州》等,其中"柳塘熏昼日,花水溢春渠""柳塘春水慢,花坞夕阳迟"写柳塘花坞之语,静中有动,颇有自然情趣,为时人所称道。宝应元年(762),鲍防跟随浙东观察史薛兼训来到浙东,在鲍防的倡导下,酬唱之风盛行,浙东诗人之间的交流更加频繁,诗坛显得生机勃勃。在酬唱之余,更兴起了联句之风,主张两人或多人共同作句,联结成诗。严维作为浙东联唱的主要回应者,躬逢其盛,曾与鲍防、谢良辅、陈元初、吴筠、杜弈、刘蕃、谢良弼、樊珣等诗人联句,作《中元日鲍端公宅遇吴天师》,更独创一字至九字诗联句,使《大历年浙东联唱集》内容更加丰富。

---

① [清]曹寅《全唐诗》卷六八四,清文渊阁《四库全书》本。

3. "浙东"诗歌创作中的家族诗人群体

从睦州、越州、婺州等地的诗歌创作上看，家族式的创作群体较多。如睦州清溪县的皇甫湜、皇甫松父子，桐庐县的章八元、章孝标、章碣祖孙三人，越州会稽县的罗珦、罗让，东阳县冯宿、冯宿的侄子冯衮、宗人冯涓，滕珦、滕迈父子及滕迈的宗人滕倪，金华县张志和、张松龄兄弟，温州永嘉县的朱着、朱褒兄弟等，这些都是家族文学的代表。《蔡宽夫诗话》有按："从古诗人罕有祖孙父子三世著称者，吾浙章八元作《慈恩寺》诗，子孝标有《归燕诗》，孙碣复有《焚书坑诗》，虽后人不无所议，而当其脱稿时，靡不脍炙人口，竞相播传，可谓极一时之盛矣。他若父子能诗，则顾况顾非熊是也；族中兄弟能诗，则罗邺、罗虬、罗隐是也；妇翁女婿能诗，则施肩吾、何希尧、章八元、方干是也，亦浙中一时佳话。"①

家族中的成员是文化传承的重要载体，家族文学往往是在经年累月的文化积淀中形成的。皇甫松在其诗《古松感兴》中写道："我家世道德，旨意匡文明。家集四百卷，独立天地经。"②言及家传文学之久。自唐代安史之乱后，诗坛逐渐萧条，家族诗人群体此时对诗坛的支撑显得尤为重要。时人对家族诗人群体相当重视，对父子皆及第的家族评价很高，这也直接刺激了家族文学群体的发展。东阳县的滕珦、滕迈父子及滕迈的宗人滕倪，都有诗歌传世，清王崇炳《金华征献略》卷十载："滕珦……子亦侍御史。白乐天赠诗云：'身着锦衣儿戏彩，东阳门外数滕家。'其为时所荣如此。"③可见，当时人们对家族文学的推崇。

浙东地区家族诗人的兴起源自战乱，安史之乱以后，大批的北方士人南迁，其中不乏一些拥有雄厚文学背景的士族家庭，他们的到来刺激了南方私学的发展。私学有群体化的私塾与家学等多种形式，家学的发达使浙东家族诗人的数量有所增多。在中晚唐诗坛不济的情况下，浙东地区家族诗人的产生无疑为唐代后期文学注入了新的力量，是盛唐之后形成的一种新的文学现象。

(三)"浙东"诗歌的特点

1. 浙东地区传统的尚学风气与干谒诗的产生

---

① [清]陶元藻辑《全浙诗话》卷五，清嘉庆元年怡云阁刻本。
② [清]曹寅《全唐诗》卷六八四，清文渊阁《四库全书》本。
③ [清]王崇炳《金华征献略·文学传》卷一〇，清雍正十年刻本。

(1)"浙东"诗歌中的干谒诗

唐代自安史之乱后,政局并不平稳,国库由于战乱等因素也日渐空虚,此时的唐王朝为了节约开支,大量缩减官僚机构,文人想要求职做官更是难上加难。在人才录用上,唐代有"新进士守选制"和"官员铨选制"两种。由于官位数量有限,新考中的进士并不能立即做官,通常要等守选期满(一般为三年)后进行考试,通过者吏部才会为其任命职位。中唐以后,官职大量消减,吏部的考核由唐初的一年一次更改为三年一次,文人谋官就职的道路愈加窄小。此时唐代的官员奏荐制成了文人士子通往官宦之路的快捷方式,该制度规定地方官员每年都可以推荐优秀的人才直接到朝廷做官,每道推荐人数一年不得超过两人。随着方镇势力的不断扩大,方镇幕府不但能自主征辟僚佐,还能奏荐幕僚被直接授官,其权力之大可想而知。因此,进幕府充当幕僚成了文人进入仕途的希望,明胡震亨《唐音癸签》云:"唐词人自禁林外,节镇幕府为盛。"[1]在这样的社会背景之下,以进入幕府为目的的文人创作出了许多干谒诗。

中晚唐时期的浙江东道,正处于唐代方镇割据的开端。其时的诗词创作产生了大量的干谒诗,多有阿谀奉承之作。章孝标《上西川王尚书》:"人人入蜀谒文翁,妍丑终须露镜中。"[2]就写出了当时谒官风气之盛。方干《途中逢进士许巢》:"声望去已远,门人无不知。"[3]极言进士许巢声名之大,无人不知,是爱惜人才之人。《将谒商州吕郎中,道出楚州,留献章中丞》:"才小知难荐,终劳许郭心。"以"才小知难荐"委婉地请求章中丞代为推荐。《上杭州杜中丞》:"昔用雄才登上第,今将重德合明君。苦心多为安民术,援笔皆成出世文。寒角细吹孤峤月,秋涛横卷半江云。掠天逸势应非久,一鹗那栖众鸟群。"夸赞杭州杜中丞才学高明,苦心为民,极力吹捧取悦,以求获得奏荐。《寄灵武胡常侍》:"青云直上路初通,已在明君倚注中。欲遣为霖安九有,先令作相赞东宫。自从忠说承天眷,更用文篇续国风。最是何人感恩德,谢敷星下钓渔翁。"称胡常侍为明君,将之比作"钓鱼翁",意为自己的引荐之人。《漳州阳亭言事寄于使君》:"鲤鱼纵是凡鳞鬣,得在膺门合作龙。"

---

[1] [明]胡震亨《唐音癸签·谈丛三》卷二七,上海古籍出版社,1981年,第285页。
[2] [清]曹寅《全唐诗》卷五〇六,清文渊阁《四库全书》本。
[3] [清]曹寅《全唐诗》卷六四八,清文渊阁《四库全书》本。

以"鲤鱼跃龙门"的典故,"龙门"喻进入仕途的门径,在方干看来,得到使君的引荐就好似"鲤鱼化龙"一般,可见中晚唐时求官任职的不易。同样,李频《将赴黔州先寄本府中丞》有:"幕中职罢犹趋府,阙下官成未谢恩。"①以感谢幕府曾为他提供的机遇。喻坦之《陈情献中丞》:"孤拙竟何营,徒希折桂名。始终谁肯荐,得失自难明。……奖善犹怜贡,垂恩必不轻。从兹便提挈,云路自生荣。"在诗中,喻坦之言尽自身所处环境的恶劣,"始终谁肯荐,得失自难明"一句将诗人内心怀才不遇、无人赏识的痛楚倾泻而出,流露出深深的无奈与感伤。

(2)浙东地区传统的"崇文尚学"风气

干谒行为是唐代非常突出的社会现象,文学在其中起着重要的桥梁作用。大量干谒诗的出现除了源于中晚唐方镇割据下紧张的政治形势之外,还与浙东传统尚学风气息息相关。魏晋时期,人们为了躲避战乱,中原地区掀起了第二次"衣冠南渡"的热潮,北方大批的官宦士族进入到了江南地区。由于这些人的文化素养普遍较高,凭借着在文化上的优势和一些经济手段,他们很快就成为了当地的望族,"读书入仕,光宗耀祖"的家族文化也接踵而来,加快了当时浙东地区"崇文尚学"风气的形成。乾隆《温州府志》转引《旧志》说:"王羲之治尚慈惠,谢灵运招士讲学。由是人知向学,民风一变。"②在当局者的引导下,浙东地区掀起了办学热潮,涌现出大批的人才,"崇文尚学"的思想也深入人心。方干《送弟子伍秀才赴举》就有:"由来不要文章得,要且文章出众人"③的语句。《寄普州贾司仓岛》:"闲曹犹得醉,薄俸亦胜耕。"只要能做官,即使只有微薄的薪金也比耕地种田强,这是浙东时期多数文人学子的价值观念。李频在《喜友人厉图南及第》一诗中则写道:"承家吾子事,登第世人情。未有通儒术,明时道不行。"④这多是当时士人在求仕做官上的普遍态度。

2. "浙东"诗歌中的隐逸诗

(1)浙东地区隐逸诗的产生

隐逸思想早在先秦时期就已经产生。商末,伯夷、叔齐耻食周粟逃至深

---

① ④ [清]曹寅《全唐诗》卷五八七,清文渊阁《四库全书》本。
② [清]李琬《(乾隆)温州府志》卷之九,清乾隆二十五年刊民国三年补刻本。
③ [清]曹寅《全唐诗》卷六四八,清文渊阁《四库全书》本。

山;春秋时期,介子推因躲避晋文公而逃进绵山隐居,这些行为可以算作是隐逸的雏形,体现了士人的一种政治人生观。道家的"清静无为"等思想中所蕴含的丰富内涵为士人保持人格独立和精神自由提供了重要的理论依据。同时,道家与道教的结合也对中国文学中隐逸主题产生了直接而深远的影响。魏晋时期,一些身在官场的士人,在看清朝廷腐朽的本质之后,便以逃脱的方式遨游于名山大川之间,情寄山水,吟诗题赋,过着隐居生活。永嘉太守谢灵运《石室山》就有"总筞羡升乔,灵域久韬隐"①的诗句。可见山环水绕的自然环境对隐逸思想的产生尤为重要。诗人谢灵运为永嘉太守的时候,就曾遍历浙南山水,并且因此开创了山水诗题材,沈约《宋书》载"郡有名山水,灵运素所爱好。出守既不得志,遂肆意游遨,遍历诸县,动逾旬朔。"②安史之乱后,哀鸿遍野,战乱给人们带来的伤害也加深了一些人对生命的看法,促使其隐逸思想的形成;另有一批士人,由于中晚唐时期仕途竞争的残酷,在屡试不第的情况下,消极出仕。此外,隐逸与自然条件也有关系,从自然地理的角度看,隐逸文化也可以称之为山水文化,"五湖泛舟、林泉啸咏。临清流而赋诗",这都是隐士生活的重要乐趣,唐代道士诗人多隐居山林,游览名山大川,寻找洞天福地。这是一种精神寄托和心性怡养活动。所谓"山林之中非有道也,而为道者必入山林,诚欲远彼腥膻,而即此清净也。"③惟有清净,才能获得一种自然纯粹的生命。浙东时期隐逸山间的道人有很多,如睦州人翁洮、会稽人秦系、越人陈寡言、金华人张志和、婺州人舒道纪、永康人彭晓以及括苍人杜光庭等都曾隐居山林。

翁洮,字子平,睦州人。据《全唐诗》卷六百六十七载,翁洮是光启年间进士,做过主客员外郎,后来他归隐青山,朝廷屡次召他做官都被他委婉拒绝。明徐象梅《两浙名贤录》卷四十一有:"主客员外郎翁子平洮,字子平,寿昌人,举进士。授主客员外郎,退居不仕。僖宗以建州刺史李□荐遣使征之,令睦州守臣催促上道。洮不起,作《枯木诗》以答诏……宋理宗朝追谥为善庆公。"④清倪涛《六艺之一录》卷一百五记载其曾撰写《大唐威武公庙

---

① [明]张溥辑《汉魏六朝一百三家集・宋谢灵运集》卷六六,清文渊阁《四库全书》本。
② [南朝]沈约《.宋书》,中华书局,1974年,第1753—1754页。
③ [晋]葛洪《抱朴子・内篇》卷十,四部丛刊景明本。
④ [明]徐象梅《两浙名贤录》卷四一,明天启刻本。

记》。现存诗十三首,他的诗歌大多是隐逸诗,叙述归隐后的乐趣,如《渔者》"一叶飘然任浪吹,雨蓑烟笠肯忘机""到头得失何须达,谁道渔樵有是非"表达了对官宦间黑暗作风的厌恶及对隐逸生活的热衷。他的《枯木诗辞召命作》:"枯木傍溪崖,由来岁月赊""有根盘水石,无叶接烟霞"[1]等句,更有一种珍惜岁月,任意人生的淡然。

秦系,字公绪,越州会稽人,曾被奏举为曹参军,后隐居九日山研注《老子》,自号"东海钓客"。《唐才子传》称其"与刘长卿、韦应物善,多以诗相赠答"。[2] 有诗42首。在《山中枉张宙员外书期访衡门》《山中赠张正则评事》有"常恨相知晚,朝来枉数行""贫家仍有趣,山色满湖光""终年常避喧,师事五千言""莫强教余起,微官不足论"等句谢绝做官,表达了诗人安贫乐道的志向。诗人也经常与道士往来,其诗《题洪道士山院》《期王炼师不至》《题赠张道士山居》多记山中的闲云野趣。

陈寡言,清嵇曾筠《(雍正)浙江通志》卷二百摘录《神仙通鉴》:"陈寡言,字大初,越州暨阳人,隐居玉霄峰,号曰华林。天台科法,有阙遗者,拾而补之。居常以琴酒为娱,每吟咏,未尝加饰。"[3]《全唐诗》卷八百五十二记陈寡言曾跟从田良逸学道,元和中住在桐柏山,收弟子数人。现存诗三首。

张志和,字子同,婺州金华人。在肃宗朝时做过待诏翰林,后再也没有出仕。他隐居江湖边,自称烟波钓叟。《全唐诗》卷三百八收其诗九首,著作有《玄真子》十二卷,《大易》十五卷。张志和在作词方面的造诣很深,他的《渔父词》源自吴地渔歌,他的《渔歌子·西塞山前白鹭飞》以山水衬意境,境高韵远,因此广为传诵。后人所作的《渔父》词均受到其词句式格律的影响。诗词多以描绘惬意平淡的隐居生活为主。

舒道纪,《全唐诗》卷八百五十六载:"舒道纪,婺州人,为赤松山黄冠师,自号华阴子。与贯休友善,诗二首。"[4]《兰溪灵瑞观》《题赤松宫》都是他写道教景观的诗。

彭晓,字秀川,永康人。《全唐诗》卷八百五十六称其自号"真一子",有

---

[1] [清]曹寅《全唐诗》卷六六七,清文渊阁《四库全书》本。
[2] 傅璇琮主编《唐才子传校笺》卷三,中华书局,1987年。
[3] [清]嵇曾筠《(雍正)浙江通志》卷二百,清文渊阁《四库全书》本。
[4] [清]曹寅《全唐诗》卷八五六,清文渊阁《四库全书》本。

《参同契明镜图诀诗》二首。

杜光庭,字圣宾,括苍人。《全唐诗》卷八百五十四称他喜爱读书,擅长著书作文,因多次落第,便上天台山做了道士。后被唐僖宗召见,授予大官,充麟德殿备召。后杜光庭在青城山隐居,自称"东瀛子",为蜀主王建所赏识。杜光庭今存诗一卷,共172首,多为题壁诗,如《题霍山秦尊师》《题福唐观二首》,另作宝塔诗《纪道德》《怀古今》两首。

(2)"浙东"诗歌中的文道赠寄现象

上述所列举的浙东时期相关隐士,其所作诗歌的内容多带有道教色彩,以表达悠然安逸的心境为主。中唐以后,为了寻求内心的平和,文人与隐士的往来更加密切,相互之间常有诗歌寄赠。如方干《赠华阴隐者》《因话天台胜异仍送罗道士》《送何道者》,奚贾《谒李尊师》,徐凝《寄玄阳先生》等,杜光庭有《赠蜀州刺史》《招友人游春》等作。文人赠送隐者的诗歌其主题大致可分为两类,一是直接抒发对道人高雅情怀的尊敬和赞美,把道士当做神仙来交往,从中获得超越世俗的精神满足和心理安慰,如奚贾《谒李尊师》:"万物返常性,惟道贵自然。先生容其微,隐几为列仙。炼魄闭琼户,养毛飞洞天。将知逍遥久,得道无岁年。"[1]徐凝《寄玄阳先生》:"颜貌只如三二十,道年三百亦藏年。"[2]方干《送何道者》:"真经与术添年寿,灵药分功入鬓毛。"[3]表达了对修道之人道性修为的敬仰。二是通过对隐士所处清雅环境的描写,以此衬托隐者的高洁形象。如《书桃花坞周处士壁》:"细泉出石飞难尽,孤烛和云湿不明。"《送道上人游方》:"贯花留静室,咒水度空山。"

在唐代,诗人与道士关系密切,这种社会关系的产生与唐代帝王经常召见道教人士有关。由于唐代对道教十分重视,致使许多道士声名显赫,社会地位较高。蒙受皇恩的道士能够自由地出入朝廷或官府,为在朝文员与道士的直接交往提供可能。另一方面,幕府文僚在闲暇之余也往往造访山林宫观,与道士会面交谈。这样,文人与道士的交往就成了宋代社会人际关系中不可忽视的组成部分。诗人与道士的交往使二者建立了深厚友谊,加快了道家思想在文人间的传播,对文人的诗歌创作有着潜移默化的影响。同

---

[1] [清]曹寅《全唐诗》卷二九五,清文渊阁《四库全书》本。
[2] [清]曹寅《全唐诗》卷五七八,清文渊阁《四库全书》本。
[3] [清]曹寅《全唐诗》卷六四八,清文渊阁《四库全书》本。

时,道教在唐代吸收了佛教明心见性和儒家心性论的养分,将修身、修道、修心联系了起来,也契合了浙东文人的思想心态。

(3)"浙东"时期的山水诗

山水诗是由南朝诗人谢灵运开创的以山水题材的诗歌,其诞生地就在唐浙东地区。它的出现,使山水成为了独立的审美对象。入唐以来,优秀的山水诗歌不断涌现,更有王维所作山水诗歌"诗中有画"的艺术提升。老、庄认为,只有全身心地融入自然之中,才有可能做到"无为",从而达到物我两忘的审美境界。在这种没有世俗干扰的状态下所作出的山水诗,充满了逍遥游的精神及超尘出世的幻想。此外,奇丽的环境也是山水诗歌形成的必备条件,"一个人不能凭空创造出新的东西。他的东西必须有一个环境。这个环境给他提供文化熏陶以及各种刺激。"① 浙东山水的奇异推动了大量的山水诗歌的出现。《处州洞溪》:"众山寒迭翠,两派绿分声。"② 《涵碧亭》:"闲云低覆草,片水静涵空。"《题睦州郡中千峰榭》:"曳响露蝉穿树去,斜行沙鸟向池来。"等都是描写浙东地区山水的佳句,读来清新淡雅,余香满口。

值得注意的是,山水诗虽然是在南北朝自浙东地区产生,但是到了"浙东"时期,其在形成原因及内容上都有所改变。在成因上,谢灵运最初创造山水诗题材,是因为其在政治上遭遇贬谪后郁郁寡欢,从而寄情山水。内容多是单纯描绘山川秀美的景色,由于受到赋体的影响,其诗句在刻画风景上非常细腻,创作上多附于形式。而"浙东"的山水诗多为道士隐者所写,大多以描写隐逸所处的自然环境为主,抒发隐逸生活的惬意,多有修道成仙的志向,读来有一种道家素有的飘逸淡然。可谓是南朝山水诗的演化,是在"浙东"大背景下形成的山水隐逸诗。

3. 浙东诗歌中的僧道唱和及题禅诗

(1)"浙东"诗人中的僧人群体及唱和现象

自佛教传入南方以来,浙东地区由于天台宗的创立,其佛事之兴盛,僧徒之众多自是必然,因而"浙东"诗人中存在着许多著名的诗僧。这里介绍四位较为突出的诗僧。

释清江,会稽人。《全唐诗》卷八百十二:"清江,善篇章。大历、贞元间,

---

① (美)S.阿瑞提着《创造的秘密》,钱岗南译,辽宁出版社,1987年,第47页。
② [清]曹寅《全唐诗》卷六四九,清文渊阁《四库全书》本。

与清昼齐名称,为会稽二清,诗一卷。"①卢纶《洛阳早春忆吉中孚校书、司空曙主簿因寄清江上人》,僧法照《送清江上人》等都是写给释清江的赠诗。

僧灵澈,字源澄,原姓汤氏,会稽人。《全唐诗》卷八百十称其为云门寺的律僧,年少时跟从严维学诗,后来在吴兴与僧皎然相交。贞元中,皎然向包佶、李纾等人推荐释灵澈,由此名振辇下。后因人造谣中伤,灵澈被贬徙汀州。有《归乡诗》一卷,今存诗十六首。卢纶、张祜、僧灵一、皎然等都有诗歌相赠。

释处默,《全唐诗》卷八百四十九载:处默与贯休同时剃度,之后入庐山,与修睦、栖隐等人相交。有诗一卷,今存八首。

释贯休,字德隐,俗姓姜氏,兰溪人。《全唐诗》卷八百二十六中有对他的相关记载。贯休七岁出家,天资聪颖,每日读经书千字犹过目不忘。所作诗风格奇险,署号禅月大师。贯休着有《西岳集》,后更名《宝月集》,已佚。今仅存诗三卷。

自佛教传入浙东地区以来,由于谋求自身发展的需要,佛教文化积极地与浙东地区的固有文化相结合,尤其是有关儒、道的思想文化,以便更快地为当地的人们所接受。有鉴于此,到了唐代,佛学在浙东地区得以广泛传布。僧人写文作诗,谈禅说理,与官僚、文士多有来往,这在当时已较为普遍。因此,在"浙东"时期聚集了大量的诗僧群体,且多有与文士的酬唱之作。

诗歌酬唱是指诗人间的相互赠答,是一种文学上的互动现象。在诗歌中,来而无往并非酬唱,只能算是寄赠之作。酬唱必须是双方诗人的对答,其回复的诗歌常以"答"、"酬"、"和"字开头。"浙东"有关佛道的诗歌中,表现诗人与僧道唱和的诗歌就占了相当分量。浙东地区崇文尚学,道士、僧侣也爱写诗。因此,"浙东"诗人常与僧道切磋诗艺,交往唱和。许彬《酬简寂熊尊师以赵员外庐山草堂见借》,吴融《酬僧》都记录了文士与僧人的唱和往来,也多有与僧人谈论禅理的诗,如吴融《和僧咏牡丹》,表达了对世间万物存在的看法。在浙东,诗人与僧道书信往来、以寄赠诗作的方式联络感情的现象较为常见。随着浙东三教融合趋势的加强,僧、道之士也多有来往。僧人也有寄赠道士的作品。如释贯休的《寄清泠山道人》:"江头无事也,终必

---

① [清]曹寅《全唐诗》卷八一二,清文渊阁《四库全书》本。

到烟萝。""烟萝"指幽居或修真的地方。在修行方面,僧、道之间对境界的追求上或有共鸣,因而贯休写下此诗,与清泠山道人探讨。

(2) 浙东诗歌中的题寺诗

题寺诗是唐代题壁诗的重要组成部分,在唐代,于风景名胜之处题诗留名,是一种非常流行的风尚,一些圣寺名刹,专门将墙粉白或备上"诗板",供行人留题,以求风雅,文人也多以能够留题古迹为荣。这种漫题的社会风尚,也是浙东诗歌繁荣发展的重要原因。僧人是禅寺文化重要的构成要素,也是寺院文化的直接缔造者和能动因素。诗人游览禅寺主要是为了拜谒禅师,结交僧徒。此外,禅寺古幽、清净的环境和浓郁的文化氛围,成为了诗人栖息、放松的绝佳场所。为仕途奔波的文士羡慕悠闲自乐的僧人,一旦置身寺院,就怀有无比放松的心情,而这种心情又常常用诗歌的形式表达出来。如方干《题雪窦禅师壁》:"飞泉溅禅石,瓶注亦生苔。"《书法华寺上方禅壁》:"卧闻雷雨归岩早,坐见星辰去地低。"许彬《游头陀寺上方》:"高步陟崔嵬,吟闲路惜回。"诗中对佛寺清幽的环境有着细致的描绘,诗人在禅寺里闲庭信步,来去自如,可以忘形于清幽的寺景中,亦或是在寺庙中寻吟佳句,获取灵感。《游竹林寺》:"闻僧说真理,烦恼自然轻。"诗人在与僧人的谈论中,渐入佳境,烦恼顿消。

"浙东"时期的题壁诗除了题寺诗之外,还有题观诗等其他题材的诗歌。从其形成原因来看,题壁诗是时代的产物,是诗人表达思想感情,提升知名度的手段,同时也丰富了诗歌的题材。中晚唐时期,由于浙东地区佛、道思想的流行,禅院、道观等建筑的大量修建在客观上刺激了题壁诗的产生,从而成为了晚唐文学中一道靓丽的风景。

四、唐代浙东散文创作的基本样貌

(一) 唐代浙东散文的文学史定位

"浙东"散文建树颇丰,在唐代文学史上有着重要的地位。从横向上看,唐代的政治文化中心均在以长安为辐射点的北方,随着安史之乱的爆发,文化中心逐渐南移,浙东的文化也在逐步发展。从散文的创作数量上看,由于浙东地区独特的地理优势,其绝佳的旅游资源吸引了一大批诗人来此游历,在奇山异水中文人的写作灵感被激发了出来,诗词歌赋大量涌现,"浙东"文学逐步发展。从纵向上看,早在唐代以前,就有文人学士云集于会稽山一带,召开文人雅集的活动,六朝时期浙东地区的山水文学初见端倪。在唐之后的宋明时期,浙东地区文学愈发兴盛,散文名家更是数不胜数,唐宋八大家中就有六位是宋代作家。宋代散文尚理务实、朴实自然,是韩愈、柳宗元倡导的古文运动的延续。而处于这之间的唐代,尤其是处于中晚唐的"浙东"时期,无疑是一个过渡期,扮演着重要的承接角色,甚至是二者的风格转型期。

(二) 唐代浙东散文内容的特点

《全唐文》中共记载了 31 位浙东地区的唐代散文家,综观这 31 位作家共数百篇散文,其内容大致可以分为两种:一是对风物的歌咏;二是对佛道的阐扬。

1. "浙东"散文中的风物歌咏

"浙东"散文多有吟咏山水的篇章,这与当地优美的自然环境显然是分不开的。婺州人冯宿的《兰溪县灵隐寺东峰新亭记》是一篇描绘山水风光的佳作,这篇散文描写的是兰溪县灵隐寺的一座新亭。先描绘了这座山峰的地势与景物,然后将视角集中于新亭之上,并且通过与同行之人的对话,将游乐的自由气息倾注在文字之间。

徐铉,祖籍越州会稽,曾担任过礼部侍郎、翰林学士、御史大夫、吏部尚书等职,可谓身居要位。《全唐文》收其文章数篇,绝大部分都是书表、奏章等实用性文章。另有一些单纯描写景物的散文,表达其对寻访自然山水名迹的热衷。譬如《乔公亭记》写道:"朱桥偃蹇,倒影于清流。巨木轮囷,交荫于别岛。其地丰润,故植之者茂遂。其气清粹,故宅之者英秀。"[①]这篇散文描绘乔公亭的景色,结合了当地的人文内蕴,呈现出一座集历史、文化、文学、地理、政治等多重因素的历史遗迹。

徐铉之弟徐锴亦能作文,《全唐文》现存其文 6 篇。他也曾入朝为官,但他的散文却少了徐铉的官气,更多的流露出一种清新自然的风韵,大概是由于其对山水真挚的热爱,比如《通天台赋》所写"风伯陪乘,蚩尤扈跸;向甘泉以整像,届通天而挺出"。[②] 这段文字描绘通天台的壮观景象,未有夹杂太

[①] [清]董浩等编《全唐文》,中华书局,1983 年。
[②] [清]董浩等编《全唐文》卷八八八,中华书局,1983 年。

多的个人情感,可以视作纯粹的写景篇目,把通天台的浩然之气写得如在眼前。这里所举的几位代表性作家都写了很多的风景散文,这些散文大多描绘浙东地区的山水亭台,亦即作家的家乡风物,因而文章蕴含着对风景的眷恋。

安史之乱后,唐代式微,昔日的繁盛不复存在,令不少文人发出黍离之悲。舒元舆是婺州东阳人,中唐时期的散文家、政治家。他在散文《贻诸弟砺石命》中描写了他见到的荒凉景象,继而发出感慨:"嗟乎!诗、书、礼、乐,国之洪源也。浚其源,天下可以光润;窒其源,天下为之憔悴。"①舒元舆认为,孔子曾经推崇的诗书礼乐,是国家繁荣兴盛的基础,而太学作为国家文化的标志,由于战乱而衰落则象征着文化的败落,"天下为之憔悴"。舒元舆服膺孔子的儒学观念,故而发出一声爱国知识分子的哀叹。"而太学且犹衰凉之若此,岂非有司之不供职耶?"②他的散文夹叙夹议,表达了对国家文化没落的担忧。他的另一篇散文《悲剡溪古藤文》则是一篇托物言志的佳作。这篇散文写作者的一次游历。他在剡溪游玩时,发现这里的很多青藤都被木工所斫伐,于是引发了自己的一番思索,"道在则暴耗之过,莫由横及于物",③藤条温荣寒枯是自然的生长规律,而木工无尽地斫伐则是违犯了自然规律。由此可见,文人的写作亦不能过度,假如为文者不能斟酌酝酿,一味地追求速成,也是违反了写作的规律。舒元舆的这篇散文,由植物的被斫伐联想到暴耗之过,最后引申出为文之道,极为妥帖,没有生涩突兀之感。其散文的艺术价值还体现在他的咏物文中,他的《牡丹赋》以多种修辞将牡丹的芳姿描绘得淋漓尽致,可见其对高雅的追求。

这些散文作品多带有抒情色彩,抒发了作者对当地自然风景的热爱与赞美,另有一些则寄托了作者胸中的别样情怀。虽然各抱异趣,但都表现出了"浙东"散文作家较高的文学造诣。

2. "浙东"散文中的阐扬佛道

由于佛、道文化的兴盛,"浙东"时期的僧人、道士众多,所作文章多是阐扬佛、道思想。

越州人万齐融收入在《全唐文》中的篇目大多与佛教有关,其中《阿育王

---

① ③ [清]董浩等编《全唐文》卷七二七,中华书局,1983年。
② [清]董浩等编《全唐文》卷九二一,中华书局,1983年。

寺常住田碑》《法华寺戒坛院碑》这两篇文章都是万齐融为佛寺写的碑文,这些碑文能够反映出作者较高的佛学修为,"道胜之韵,生而能言;禅悦之味,老而弥笃"①,体现了万齐融对于佛学的理解,他认为"观生若幻,视息犹风"是佛学所能达到的境界,可见他对佛学的钻研。

释澄观是"浙东"时期的高僧,《全唐文》收录了他所作的《答皇太子问心书》,以其精炼的佛学理论巧妙地解开了太子的疑虑。

施肩吾曾在浙东居住,并与"浙东"文人徐凝等有来往。他的隐逸倾向在他的散文中就有具体表现,《与徐凝书》写道"仆栖心元门,养性林壑"。"栖心元门,养性林壑"②,这样一种淡泊明志的心境,很明显也是来源于道家的清静无为的思想,他的《座右铭》一文更是精练地浓缩了他对人生态度。

永康人彭晓,《全唐文》对他的简介是"善修炼养生之道",亦是受到了道教的影响,他的《周易参同契分章通真义叙》出自他对道家经典《周易》的精深研究。

(三)"浙东"文章体裁的多样化

"浙东"文章体裁多样,除了吟咏风物和弘扬佛道精义的散文之外,另有其他的文体。首先是碑、铭、疏、表等应用文,这些散文的实用性较高,大多为歌功颂德之作,但创作手法千篇一律,缺乏独创性,用词上也多有重复。徐铉就以奏章等文章居多,诸如《右拾遗郑延枢可清江县令赐绯制》《江西推官成幼文可主客员外郎制》等都是代皇上所拟的折文。其《昭惠皇后谥议》一文,以"臣闻广莫极于坤元,则含容光大,拟议着焉。尊莫隆于皇后,则窈窕思贤,咏歌发焉。是以上德无名,而称谓流于百代。至道无象,而仪刑表于四方"③等句开篇,颂扬皇后的贤良高德。在墓志铭类文章中,徐铉的所写的《唐故中书侍郎光政殿学士承旨昌黎韩公墓志铭》是为唐代著名散文家韩愈所写的墓志铭,历述其生平,简明扼要,对其评价是"公之为人也,美秀而文,中立不倚"④不无褒誉,但大体中肯。"浙东"文章中还有一些疏表类的文章,如冯涓的《谏用兵疏》表达对皇上滥用军队的异议,直言劝诫用兵之道。

---

① [清]董浩等编《全唐文》卷三三五,中华书局,1983年。
② [清]董浩等编《全唐文》卷七三九,中华书局,1983年。
③ [清]董浩等编《全唐文》卷一三八,中华书局,1983年。
④ [清]董浩等编《全唐文》卷八八九,中华书局,1983年。

其次,"浙东"散文也不乏大量的书论。所谓书论就是书法理论,书论在中国具有悠久的历史传统,汉代是中国书论的源头,扬雄的《法言》和许慎的《说文解字》都有论述书法的部分,此后王羲之的《书论》与孙过庭的《书谱》也成为中国书法史上的经典论著。虞世南《笔髓论》是一篇优秀的书论作品,其中《原古》篇写道"文字经艺之本,王政之始也"。① 将文字说成是经艺之本,王政之始,可见虞世南对书法之重视。虞世南在《释草》中写道"草则纵心奔放,覆腕转蹙,悬管聚锋,柔豪外拓"。② 这几句话用四字词语连贯成章,十分贴切地传达出草书的神韵。越州人贺朝有一篇《书法论》,里面对数字书法家进行了评价,抓住了他们书写的不同特点,观点贴切。

(四)"浙东"散文的形成原因及其文学史意义

1. "浙东"散文中的风物吟咏及其成因

(1) 浙东地区秀丽的山水风光

浙东地区之所以能涌现出大量的的写景佳文,这是和其得天独厚的地理环境分不开的。高利华在《越文化与唐宋文学》一书中指出:"越中有山水之胜,自东晋而后,越中一直是文人们心向往之的地方。入唐以来,慕名而来越中寻觅山水踪迹的文人便络绎不绝,唐代最著名的诗人几乎都来此地。他们或追随谢灵运笔下的诗情画境,寻访越中山水风物;或寻觅六朝名士的流风遗韵,发思古之幽情;或亲禅悟道,放浪形骸之外,重温魏晋风流……不一而足。"③ 由此可见,浙东地区的山水文化历来受到人们的推崇,正因为这里有得天独厚的自然资源,"浙东"散文中抒情性的一面才能得以展开。

(2) 魏晋山水文学的深刻影响

晋代"永嘉南渡"之后,政治中心开始移向南方,浙东地区也迎来了文化上的繁荣时期。"在六朝时期,山水开始真正被赋予审美意涵,成为名士的精神家园,亦为佛教等宗教文化所栖居。"④ 魏晋时期是文学自觉的时代,对山水景物的讴歌成为文人独立审美下的产物。王羲之的《兰亭序》是在兰亭雅集之后所做的一篇文章,其中对会稽风光的描绘优美醇厚,"此地有崇山峻岭、茂林修竹,又有清流激湍映带左右"勾画出一种绝美的意境。由于文人的

---

①② [清]董浩等编《全唐文》卷一三八,中华书局,1983年。
③ 高利华《越文化与唐宋文学》,人民出版社,2008年,第76页。
④ 叶岗、陈民镇、王海雷等《越文化发展论》,中华书局,2015年,第191页。

雅集，魏晋时期浙东地区的山水文学初见端倪，对后世的影响也较为深远。"浙东"文人所创作出的山水类抒情散文中亦受到了魏晋山水文学的影响。

2. 弘扬佛、道之文与儒释道思想的交融

浙东散文杂合了儒释道三家思想，其中尤以儒家和道家思想最为明显。儒家思想作为中国历史上的正统思想，自汉代以来就成为士大夫所信奉的思想，古代科举考试所重视的四书五经均为儒家经典，因而对于文人来说，掌握儒家思想是他们考取功名的一条必经之路。

受儒家思想的影响，吴融的《沃焦山赋》也为孔教不振而发出了无奈的叹息："则尧舜禹汤之道，没不传矣。周孔扬孟之文，又安存斯？"[1]唐代散文重视儒教的作用，因此唐代的文人大都具有极强的功利心，希望为国家建功立业。韩愈领导的唐代古文运动强调散文的"文道合一"，即"文以载道"，这里的"道"指的就是儒家之道，这对中唐以后散文影响十分深远。"浙东"文人亦受此思想感染，特别重视在散文中宣扬儒家思想，尊孔崇儒，将散文的功利性进一步发挥。他们认为散文并非只是一项单纯的技艺，而是关乎国家社稷。

道教在浙东地区曾盛极一时。陈寅恪曾经指出："六朝的政治中心在建康，但文化中心却在会稽。"[2]六朝时期的文人喜好清谈，而清谈的内容很多是玄学，玄学与道教思想的关联十分密切。玄学的影响主要表现在文学中直接探讨玄理，从而使作品形成质朴枯淡的风格，这类文学是东晋的主流文学，后世对东晋文学的批判也主要是针对于此。刘勰说："自中朝贵玄，江左称盛，因谈余气，流成文体。"[3]左证了魏晋时期玄学的发达。

总的来说，儒释道三家思想在唐时已经有一个趋于融合的走向，很多文人士大夫有着为国家建功立业的伟大志向，而当他们在失意之时，就会把佛或道当成自己的精神家园，这也是一些文人最后真正走上隐居道路的原因。

3. 唐代浙东散文的文学史地位

（1）对魏晋山水文学的继承

"浙东"散文在唐代文学史上的具有独特的意义，其继承了六朝山水文

---

[1] ［清］董浩等编《全唐文》卷一八三，中华书局，1983年。
[2] 陈寅恪《魏晋南北朝史讲演录》，黄山书社，1987年，第118—119页。
[3] 范文澜《文心雕龙注》，人民文学出版社，2000年，第657页。

学的流风遗韵,并将之发扬。"浙东"散文中山水题材作品在数量上占有很大比重。文人出于对故乡的山水的热爱,写下了许多经典的名篇,对谢灵运、王羲之等魏晋作家的创作方法多有借鉴。"浙东"散文的形成虽受魏晋文学的影响,但对其风格亦有突破。魏晋文学受玄学的影响,在文章结尾处都要阐发一段议论,以发表对人生及宇宙的看法。如王羲之的《兰亭集序》在描写会稽的景色之后,以"固知一死生为虚诞,齐彭殇为妄作"句来感悟人生。而"浙东"散文则抛开魏晋文学的创作模式,在歌咏山水之美的同时抒发感情志向。

(2)"浙东"散文对后世文学的影响

皇甫湜为睦州人,以其为代表的"浙东"散文作家与北方韩柳发起的古文运动相互应和,提倡所写文章的文道合一,即文章语言的运用与所要表达的思想应相辅相成,二者兼备,摆脱魏晋南北朝骈文的柔弱之气,重视散体。宋代的欧阳修继承唐代古文运动之遗训,再次提出复古口号,反对宋初西昆体的浮泛风气。欧阳修的古文理念与韩愈、皇甫湜等多有相似,但欧阳修对"道"的注重程度远不如皇甫湜等"浙东"作家,"浙东"散文对宋代散文的影响可见一斑。

五、"浙东"文学在中国文学史上的地位

(一)"浙东"文学在唐代文学中的地位

"浙东"文学属于区域文学范畴,是中晚唐文学的代表。"浙东"即浙江东道方镇,是唐代的行政区域,其文学的形成必然会受到政治因素的影响。此外,"浙东"所在区域有着悠久的历史文化,在文化与政治的影响下,浙东文学更是别具特色。相对于江南其他地带,浙东地区有着自身独特的优势。先秦时期,浙东地区活跃着古老的瓯越民族,其深厚的原始文化至今影响着浙东。此外,浙东清雅奇丽的山水环境自古以来吸引着众多道家信徒前来修炼,道家文化应运而生,为此后浙东山水隐逸诗的出现打下基础。魏晋时期,中国史上出现的第二次"衣冠南渡",不仅为浙东地区带来了北方先进的生产力,还带来了儒家崇学尚文的思想观念。佛教自汉末传入江南之后,逐渐与浙东地区的本土文化相融合,自天台山在浙东地区创立了第一个中国化佛教天台宗之后,来往于浙东地区的僧众更是络绎不绝。至此,浙东文化

在原有文化的基础之上受到了儒、释、道等多种文化的影响,这是江南其他区域文化所不具备的。在诗歌创作方面,由于安史之乱后经济萧条,唐代地方割据势力方兴未艾,浙东籍文人创作出了大量的干谒诗,希望通过幕府走上仕途。此外,在道、佛两教的影响下,浙东诗歌还出现了文、僧、道三者互相唱和的文学现象,另还有题壁诗、山水隐逸诗、咏物诗等,诗歌的风格整体趋于理性。纵观唐代的诗歌史,自唐初改变了六朝以来的靡靡之音后,唐诗的风格逐渐多样化,但多以抒情为主。安史之乱后,北方的文化中心逐渐向南移动,南方诗坛崛起。这一时期的北方诗人陷入了有关生命的思考,基于对历史与现实、生命与自然的总体反思,其对生命的思考显得伤感、沉重和无可奈何。其表现出的风格主要有两种,一种为杜甫、白居易所作等反映现实生活的诗歌,其中带有悲苦的情感色彩,另一种为贾岛、李贺所作的诗歌,局限于诗歌的形式之中,诗风绮丽诡谲。而浙东诗人在诗歌表现上显得更为理性,由于受到佛、道等宗教因素的影响,"浙东"诗人在诗歌风格显得极为平淡,甚至尝试着用咏物的方式曲折反映宗教思想、哲学道理。如方干的《新月》"更怜三五夕,仙桂满轮芳",以"月"为吟咏对象,月的清辉使人不由得产生脱尘超凡的臆想。《杜鹃花》"未问移栽日,先愁落地时",《牡丹》"红砌不须夸芍药,白苹何用逞重台"等诗,风格偏于说理,以佛道理性的风格思索人生。浙东文学作为南方文学的一部分,以其特有的地域文化优势,并没有被北方诗坛低迷哀婉的风格同化,而是结合自身的山水文化,创造出了许多咏物诗,这些咏物诗体现出很强的思辨色彩,咏物诗的大量出现可以说是唐代文学的一种转型,并以浙东为中心向四周发散,形成了与北方险丽诡谲、感时伤怀等不一样的诗风。

其次,从"浙东"文章角度上来说,其文主要分为抒情议论性的散文和实用文两种体裁。其中,实用文体是政治化的产物,也有用来阐释佛、道思想的功用,而事情议论性的散文,主要受到魏晋时期有关山水文章的影响,但已脱离魏晋的玄学文章的模式,散文的中心在于抒发山水之情,有一种远离政坛的洒脱,组成了中晚唐抒情散文文学的常见主题。

(二)"浙东"文学对宋代文学造成的影响

"浙东"文学产生的咏物诗及有关佛、道的诗歌,由于受到佛、道等清静无为思想的影响,"浙东"诗人对战乱过后的人生开始了较为理性的思考,其中所蕴含的理性的观点,则是中唐北方文坛所不具有的。此外,其平淡朴实的诗风与宋代尚理的风格不谋而合,显然,宋代文学继承了"浙东"诗风的特点。宋谢章铤《赌棋山庄词话》卷七即说:"咏物南宋最盛,亦南宋最工。"①由此可见,"浙东"文学为战乱之后的唐代文学注入了一股清淡平易之风,其所处地区历来的地域文化不仅推动了"浙东"文学的发展,更令"浙东"文学产生了独有的文学特色。对宋代及以后的文学来说,"浙东"文学尚实、尚理,朴素平淡的文风,潜移默化地影响着宋代的尚理之风。

六、附录

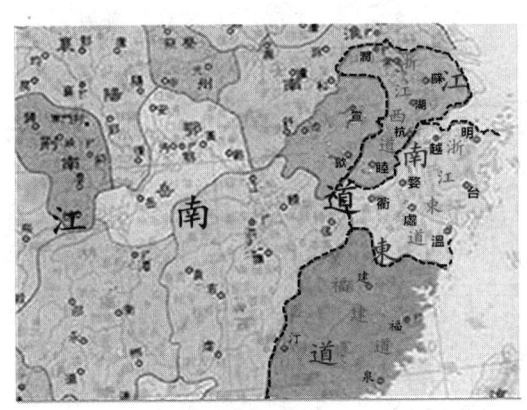

表3—1 唐代浙东区域与今浙江地区对照

郡	治所	辖境	备注	
睦州②新定郡	今浙江建德梅城镇	建德、寿昌、桐庐、分水、淳安、遂安6县。今浙江建德市、淳安县和桐庐县及富阳市的新登镇、万市镇、绿渚镇	武德四年(612),隶歙州总管府,七年(624),隶歙州都督府。贞观元年(627),罢歙州都督府。	武德初年改郡为州,天宝元年,改州为郡,乾元元年(758),又改郡为州。

---

① [清]谢章铤《续修四库全书·赌棋山庄词话》卷七,中华书局,第1735册,第100页。

② 《旧唐书》卷四《地理志三》:"万岁登封二年,移治建德。"《新唐书》卷四一《地理志五》:"万岁通天二年徙治建德。"按万岁登封只有元年,无二年,《旧唐书地理志》误。

续表

郡	治所	辖境	备注	
衢州信安郡	今浙江衢州市区	信安、龙丘、须江、盈川、常山5县,今浙江衢州市		武德初年改郡为州,天宝元年,改州为郡,乾元元年(758),又改郡为州。
明州①余姚郡	今浙江宁波市区	慈溪、翁山、奉化、鄮县、象山5县.今浙江宁波(除宁海外),舟山市		
婺州东阳郡	今浙江金华婺城区	长山、乌伤、永康、吴宁、丰安5县,今浙江金华市	武德四年(612),隶歙州总管府,七年(624),隶歙州都督府。贞观元年(627),罢歙州都督府。	
越州②会稽郡	今浙江绍兴越城区	山阴、上虞、永兴、始宁4县,今浙江绍兴市及萧山区、滨江区		
处州③缙云郡	今浙江丽水莲都区	括苍、缙云、遂昌、青田		
温州永嘉郡	今浙江温州鹿城区	永宁、安固、横阳、松阳4县。今浙江温州市		
台州④临海郡	今浙江临海市	章安、始丰、乐安、宁海、临海5县。今浙江台州及宁波市宁海县		

① 《通典》卷一八二《州郡典十二古扬州下》:"本为会稽郡之鄮县,大唐开元中,分置明州,或为余姚郡,以境内四明山为名,领县四。"《旧唐书》卷四《地理志三》:"开元二十六年,于越州鄮县置明州。天宝元年,改为余姚郡。乾元元年,复为明州,取四明山为名。"

② 《通典》卷一八二《州郡典十二古扬州下》载县六,《旧唐书》卷四《地理志三》载:"天宝领县七",且"上虞"条"汉县,属会稽郡",较《通典》多一上虞县。《新唐书》卷四一《地理志五》:"贞元中析会稽置。"《旧唐书》误。

③ 《通典》卷一八二《州郡典十二古扬州下》作"处州"。按《旧唐书》卷四《地理志三》"处州"条:"大历十四年夏五月,改为处州,避德宗讳。"

④ 《旧唐书》卷四《地理志三》:"永昌元年,置宁海县。神龙二年,置象山县。天宝元年,改为临海郡。乾元元年,复为台州。旧领县二:临海、始丰。……天宝领县六。"

宋前浙江文化年表

王　皓　陈　蕾

[周]

公元前926年(周穆王五十一年)

周穆王修德教,会诸侯于涂山;命吕侯为相,又命其作《吕刑》。

皇甫谧《帝王世纪》载:"穆王修德教,会诸侯于涂山,命吕侯为相,或谓之甫侯。五十一年,王已百岁老耄,以吕侯有贤能之德,于是乃命吕侯作《吕刑》之书。五十五年,王年百岁,崩于祇宫。"

公元前878年(周夷王八年)

楚子熊渠伐庸、杨粤,至于鄂。封其长子于庸,更名曰"伯庸"。

《史记》卷四〇《楚世家》载:"熊渠生子三人。当周夷王之时,王室微,诸侯或不朝,相伐。熊渠甚得江汉间民和,乃兴兵伐庸、杨粤,至于鄂。熊渠曰:'我蛮夷也,不与中国之号谥。'乃立其长子康为句亶王,中子红为鄂王,少子执疵为越章王,皆在江上楚蛮之地。及周厉王之时,暴虐,熊渠畏其伐楚,亦去其王。"

公元前582年(周简王四年)

禹行功,见涂山氏之女。涂山氏之女乃令其妾候禹于涂山之阳,作歌。周公及召公取风焉,以为《周南》、《召南》。

《吕氏春秋》卷六《季夏纪·音初》云:"禹行功,见涂山之女,禹未之遇而巡省南土。涂山氏之女乃令其妾候禹于涂山之阳,女乃作歌,歌曰:'候人兮猗。'实始作为南音。周公及召公取风焉,以为《周南》、《召南》。周昭王亲将征荆,辛余靡长且多力,为右王。"

公元前 559 年（周灵王十三年）

吴王寿梦长子诸樊既除父丧，将立其弟季札。季札请辞。

据《左传·襄公十四年》记载：吴子诸樊既除丧，将立季札。季札辞曰："曹宣公之卒也，诸侯与曹人不义曹君，将立子臧，子臧去之，遂弗为也，以成曹君。君子曰：'能守节。'君，义嗣也，谁敢奸君？有国，非吾节也，札虽不才，愿附于子臧，以无失节。"

公元前 520 年（周景王二十五年）

孔子弟子端沐赐约生于此年。子贡擅长辞令，纵越伐齐，强晋而霸越。

《史记》卷六七《仲尼弟子列传》载："端沐赐，卫人，字子贡。少孔子三十一岁。子贡利口巧辞，孔子常黜其辩。问曰：'汝与回也孰愈？'对曰：'赐也何敢望回！回也闻一以知十，赐也闻一以知二。'"

公元前 511 年（周敬王九年）

十二月辛亥，太史墨为赵鞅占梦，预言吴将败楚。

《左传·昭公三十一年》载："十二月，辛亥，朔，日有食之。是夜也，赵简子梦童子臝而转以歌。旦占诸史墨曰：'吾梦如是，今而日食，何也？'对曰：'六年及此月也，吴其入郢乎。终亦弗克。入郢，必以庚辰。日月在辰尾，庚午之日，日始有谪。火胜金，故弗克。'"

公元前 510 年（周敬王十年）

夏，吴伐越，太史墨占星，预言越必灭吴。

《左传·昭公三十二年》载：夏，吴伐越，始用师于越也。史墨曰："不及四十年，越其有吴乎。越得岁，而吴伐之，必受其凶。"又《周礼》卷五"保章氏"载："以星土辨九州之地，所封封域，皆有分星，以观妖祥。"郑玄注"分星"云："今其存可言者，十二次之分也。星纪，吴越也。"

公元前 506 年（周敬王十四年）

吴师入郢，申包胥如秦乞师，秦哀公赋《无衣》。

据《左传·定公四年》载：及昭王在随，申包胥如秦乞师，曰："吴为封豕、长蛇，以荐食上国。虐始于楚，寡君失守社稷，越在草莽。使下臣告急，曰：

'夷德无厌,若邻于君,疆埸之患也。逮吴之未定,君其取分焉。若楚之遂亡,君之土也,若以君灵,抚之,世以事君。'秦伯使辞焉,曰:'寡人闻命矣,子姑就馆,将图而告。'对曰:'寡君越在草莽,未获所伏,下臣何敢即安?'立,依于庭墙而哭,日夜不绝声,勺饮不入口七日。秦哀公为之赋《无衣》,九顿首而坐,秦师乃出。"

公元前496年(周敬王二十四年)

吴王夫差起师伐越,越王勾践起师迎战。大夫文种谏越王约辞以行成于吴。

《国语》卷一九《吴语》载:"大夫种乃献谋曰:'夫吴之与越,唯天所授,王其无庸战。夫申胥、华登简服吴国之士于甲兵,而未尝有所挫也。夫一人善射,百夫决拾,胜未可成也。夫谋必素见成事焉,而后履之,不可以授命。王不如设戎,约辞行成,以喜其民,以广侈吴王之心。吾以卜之于天,天若弃吴,必许吾成而不吾足也,将必宽然有伯诸侯之心焉。既罢弊其民,而天夺之食,安受其烬,乃无有命矣。'"

越大夫诸稽郢陈婉约之辞,行成于吴。

《国语》卷一九《吴语》载:"越王许诺,乃命诸稽郢行成于吴,曰:'寡君勾践使下臣郢不敢显然布币行礼,敢私告于下执事曰:昔者越国见祸,得罪于天王。天王亲趋玉趾,以心孤勾践,而又宥赦之。君王之于越也,繄起死人而肉白骨也。孤不敢忘天灾,其敢忘君王之大赐乎!今勾践申祸无良,草鄙之人,敢忘天王之大德,而思边垂之小怨,以重得罪于下执事?勾践用帅二三之老,亲委重罪,顿颡于边。今君王不察,盛怒属兵,将残伐越国。越国固贡献之邑也,君王不以鞭棰使之,而辱军士使寇令焉。勾践请盟:一介嫡女,执箕帚以晐姓于王宫;一介嫡男,奉盘匜以随诸御;春秋贡献,不解于王府。天王岂辱裁之?亦征诸侯之礼也。夫谚曰:狐埋之而狐搰之,是以无成功。今天王既封植越国,以明闻于天下,而又刈亡之,是天王之无成劳也。虽四方之诸侯,则何实以事吴?敢使下臣尽辞,唯天王秉利度义焉!'"

公元前494年(周敬王二十六年)

春,吴败越,勾践求和,伍员引述古谚、古史以谏夫差。

《左传·哀公元年》载:吴王夫差败越于夫椒,报檇李也,遂入越。越子以甲楯五千保于会稽,使大夫种因吴大宰嚭以行成。吴子将许之。伍员曰:"不可,臣闻之:'树德莫如滋,去疾莫如尽。'昔有过浇杀斟灌以伐斟鄩,灭夏后相。后缗方娠,逃出自窦,归于有仍,生少康焉,为仍牧正,惎浇,能戒之。浇使椒求之,逃奔有虞,为之庖正,以除其害。虞思于是妻之以二姚,而邑诸纶。有田一成,有众一旅,能布其德,而兆其谋,以收夏众,抚其官职。使女艾谍浇,使季杼诱豷。遂灭过、戈,复禹之绩。祀夏配天,不失旧物。今吴不如过而越大于少康,或将丰之,不亦难乎?勾践能亲而务施,施不失人。亲不弃劳,与我国壤而世为仇雠,于是乎克而弗取,将又存之,违天而长寇雠,后虽悔之,不可食已。姬之衰也,日可俟也。介在蛮夷而长寇雠,以是求伯,必不行矣。"弗听。退而告人曰:"越十年生聚,而十年教训,二十年之外,吴其为沼乎!"

公元前491年(周敬王二十九年)

越大夫范蠡对勾践之问。

《国语》卷二一《越语下》载:"王召范蠡而问焉,曰:'吾不用子之言,以至于此,为之奈何?'范蠡对曰:'君王其忘之乎?持盈者与天,定倾者与人,节事者与地。'王曰:'与人奈何?'对曰:'卑辞尊礼,玩好女乐,尊之以名。如此不已,又身与之市。'王曰:'诺。'乃令大夫种行成于吴,曰:'请士女女于士,大夫女女于大夫,随之以国家之重器。'吴人不许。大夫种来而复往,曰:'请委管钥属国家,以身随之,君王制之。'吴人许诺。王曰:'蠡为我守于国。'对曰:'四封之内,百姓之事,蠡不如种也。四封之外,敌国之制,立断之事,种亦不如蠡也。'王曰:'诺。'令大夫种守于国,与范蠡入宦于吴。"

公元前488年(周敬王三十二年)

夏,鲁哀公会吴王于鄫。吴王征百牢,鲁大夫子服与吴人对。

《左传·哀公七年》载:"夏,公会吴于鄫。吴来征百牢,子服景伯对曰:'先王未之有也。'吴人曰:'宋百牢我,鲁不可以后宋,且鲁牢晋大夫过十,吴王百牢,不亦可乎?'景伯曰:'晋范鞅贪而弃礼,以大国惧敝邑,故敝邑十一牢之,君若以礼命于诸侯,则有数矣,若亦弃礼,则有淫者矣。周之王也,制礼,上物不过十二,以为天之大数也。今弃周礼,而曰必百牢,亦唯执事。'吴人弗听。景伯曰:'吴将亡矣,弃天而背本。不与,必弃疾于我。'乃与之。"

吴大宰伯嚭召季康子,康子使子贡辞,子贡言周礼以答伯嚭。

《左传·哀公七年》载:"大宰嚭召季康子,康子使子贡辞。大宰嚭曰:'国君道长,而大夫不出门,此何礼也?'对曰:'岂以为礼,畏大国也,大国不以礼命于诸侯,苟不以礼,岂可量也? 寡君既共命焉,其老岂敢弃其国? 大伯端委以治周礼,仲雍嗣之,断发文身,裸以为饰,岂礼也哉? 有由然也。'反自鄫,以吴为无能为也。"

公元前486年(周敬王三十四年)

越王召范蠡问伐吴之事,范蠡谏勾践暂缓伐吴。

《国语》卷二一《越语下》载:"四年,王召范蠡而问焉,曰:'先人就世,不谷即位。吾年既少,未有恒常,出则禽荒,入则酒荒。吾百姓之不图,唯舟与车。上天降祸于越,委制于吴。吴人之那不谷,亦又甚焉。吾欲与子谋之,其可乎?'对曰:'未可也。蠡闻之,上帝不考,时反是守,强索者不祥。得时不成,反受其殃。失德灭名,流走死亡。有夺,有予,有不予,王无早图。夫吴,君王之吴也,王若早图之,其事又将未可知也。'王曰:'诺。'"

公元前485年(周敬王三十五年)

伍子胥引《商书·盘庚》谏吴王夫差勿伐齐。

《左传·哀公十一年》载:吴将伐齐。越子率其众以朝焉,王及列士,皆有馈赂。吴人皆喜,惟子胥惧曰:"是豢吴也夫。"谏曰:"越在,我心腹之疾也,壤地同而有欲于我,夫其柔服,求济其欲也,不如早从事焉。得志于齐,犹获石田也,无所用之。越不为沼,吴其泯矣。使医除疾,而曰'必遗类焉'者,未之有也。《盘庚》之诰曰:'其有颠越不共,则劓殄无遗育,无俾易种于兹邑。'是商所以兴也。今君易之,将以求大,不亦难乎?"弗听。

越王召范蠡问伐吴之事,范蠡以"人事至矣,天应未至"谏勾践暂缓伐吴。

《国语》卷二一《越语下》云:又一年,王召范蠡而问焉,曰:"吾与子谋吴,子曰'未可也'。今吴王淫于乐而忘其百姓,乱民功,逆天时;信谗喜优,憎辅远弼,圣人不出,忠臣解骨;皆曲相御,莫适相非,上下相偷。其可乎?"对曰:"人事至矣,天应未也,王姑待之。"王曰:"诺。"

公元前484年(周敬王三十六年)

孔子论防风氏以答吴使。

《国语》卷五《鲁语下》载:吴伐越,堕会稽,获骨焉,节专车。吴子使来好聘,且问之仲尼,曰:"无以吾命。"宾发币于大夫,及仲尼,仲尼爵之。既彻俎而宴,客执骨而问曰:"敢问骨何为大?"仲尼曰:"丘闻之:昔禹致群神于会稽之山,防风氏后至,禹杀而戮之,其骨节专车。此为大矣。"客曰:"敢问谁守为神?"仲尼曰:"山川之灵,足以纪纲天下者,其守为神;社稷之守者,为公侯。皆属于王者。"客曰:"防风何守也?"仲尼曰:"汪芒氏之君也,守封、嵎之山者也,为漆姓。在虞、夏、商为汪芒氏,于周为长狄,今为大人。"客曰:"人长之极几何?"仲尼曰:"僬侥氏长三尺,短之至也。长者不过十之,数之极也。"

越王召范蠡问伐吴之事,范蠡以"天地未形,而先为之征,其事是以不成,杂受其刑"谏勾践暂缓伐吴。

《国语》卷二一《越语下》载:又一年,王召范蠡而问焉,曰:"吾与子谋吴,子曰'未可也',今申胥骤谏其王,王怒而杀之,其可乎?"对曰:"逆节萌生。天地未形,而先为之征,其事是以不成,杂受其刑。王姑待之。'王曰:'诺。'"

公元前483年(周敬王三十七年)

越王召范蠡问图吴之事,范蠡以"天应至矣,人事未尽"谏勾践暂缓伐吴。

《国语》卷二一《越语下》载:又一年,王召范蠡而问焉,曰:"吾与子谋吴,子曰'未可也'。今其稻蟹不遗种,其可乎?"对曰:"天应至矣,人事未尽也,王姑待之。"王怒曰:"道固然乎,妄其欺不谷邪?吾与子言人事,子应我以天时;今天应至矣,子应我以人事。何也?"范蠡对曰:"王姑勿怪。夫人事必将与天地相参,然后乃可以成功。今其祸新民恐,其君臣上下,皆知其资财之不足以支长久也,彼将同其力,致其死,犹尚殆。王其且驰骋弋猎,无至禽荒;宫中之乐,无至酒荒;肆与大夫觞饮,无忘国常。彼其上将薄其德,民将尽其力,又使之望而不得食,乃可以致天地之殛。王姑待之。"

公元前482年(周敬王三十八年)

勾践伐吴。吴人挑战。范蠡论兵法,谏勾践不与吴战。

《国语》卷二一《越语下》云:至于玄月,王召范蠡而问焉,曰:"谚有之曰:

'饐饭不及壶飧。'今岁晚矣,子将奈何?"对曰:"微君王之言,臣故将谒之。臣闻从时者,犹救火、追亡人也,蹶而趋之,惟恐弗及。"王曰:"诺。"遂兴师伐吴,至于五湖。吴人闻之,出而挑战,一日五反。王弗忍,欲许之。范蠡进谏曰:"夫谋之廊庙,失之中原,其可乎?王姑勿许也。臣闻之,得时无怠,时不再来,天予不取,反为之灾。嬴缩转化,后将悔之。天节固然,唯谋不迁。"王曰:"诺。"弗许。范蠡曰:"臣闻古之善用兵者,嬴缩以为常,四时以为纪,无过天极,究数而止。天道皇皇,日月以为常,明者以为法,微者则是行。阳至而阴,阴至而阳;日困而还,月盈而匡。古之善用兵者,因天地之常,与之俱行。后则用阴,先则用阳;近则用柔,远则用刚。后无阴蔽,先无阳察,用人无艺,往从其所。刚强以御,阳节不尽,不死其野。彼来从我,固守勿与。若将与之,必因天地之灾,又观其民之饥饱劳逸以参之。尽其阳节、盈吾阴节而夺之,宜为人客,刚强而力疾;阳节不尽,轻而不可取。宜为人主,安徐而重固;阴节不尽,柔而不可迫。凡陈之道,设右以为牝,益左以为牡,早晏无失,必顺天道,周旋无究。今其来也,刚强而力疾,王姑待之。"王曰:"诺。"弗与战。

公元前471年(周元王五年)

越王勾践称霸,杀大夫文种。

《史记》卷四一《越王勾践世家》载:"勾践已平吴,乃以兵北渡淮与齐、晋诸侯会于徐州,致贡于周。周元王使人赐勾践胙命为伯。勾践已去,渡淮南,以淮上地与楚,归吴所侵宋地于宋,与鲁泗东方百里。当是时越兵横行于江淮东,诸侯毕贺,号称霸王。范蠡遂去,自齐遗大夫种书曰:'蜚鸟尽,良弓藏;狡兔死,走狗烹。越王为人长颈鸟喙,可与共患难,不可与共乐,子何不去?'种见书,称病不朝。人或谗种且作乱,越王乃赐种剑曰:'子教寡人伐吴七术,寡人用其三而败吴,其四在子,子为我从先王试之。'种遂自杀。"

公元前468年(周贞定王元年)

二月,越与鲁哀公盟于平阳,三子皆从。

《左传·哀公二十七年》载二月,盟于平阳,三子皆从。康子病之,言及子赣,曰:"若在此,吾不及此夫。"武伯曰:"然何不召。"曰:"固将召之。"文子曰:"他日请念。"

公元前 420 年(周威烈王六年)

墨子在鲁游。其弟子公尚过于越,受越王之托至鲁请墨子。

《墨子》卷一三《鲁问》云:子墨子游公尚过于越。公尚过说越王,越王大说,谓公尚过曰:"先生苟能使子墨子于越而教寡人,请裂故吴之地方五百里以封子墨子。"公尚过许诺,遂为公尚过束车五十乘,以迎子墨子于鲁。曰:"吾以夫子之道说越王,越王大说,谓过曰:苟能使子墨子至于越而教寡人,请裂故吴之地方五百里以封子。"

公元前 306 年(周赧王九年)

粤人俗鬼,言其土俗尚鬼神之事。

《汉书》卷二五下《郊祀志》载:是时既灭两粤,粤人勇之乃言"粤人俗鬼,(师古曰:"勇之,越人名也。俗鬼,言其土俗尚鬼神之事。")而其祠皆见鬼,数有效。昔东瓯王敬鬼,寿百六十岁。后世怠嫚,故衰耗。"(师古曰:"耗,减也,音火到反。")乃命粤巫立粤祝祠,安台无坛,亦祠天神帝百鬼,(师古曰:"天帝之神及百鬼。")而以鸡卜。上信之,粤祠鸡卜自此始用。

公元前 280 年(周赧王三十五年)

庄辛拜谒楚襄成君,谈话中引"越人歌"以折服之。

《说苑》卷一一《善说》载:"襄成君始封之日,衣翠衣,带玉剑,履缟舄,立于游水之上,大夫拥钟锤,县令执桴号令,呼:'谁能渡王者于是也?'楚大夫庄辛,过而说之,遂造托而拜谒,起立曰:'臣愿把君之手,其可乎?'襄成君忿作色而不言。庄辛迁延沓手而称曰:'君独不闻夫鄂君子皙之泛舟于新波之中也?乘青翰之舟,极䓈芘,张翠盖而㩻犀尾,班丽褂衽,会钟鼓之音,毕榜枻越人拥楫而歌,歌辞曰:滥兮抃草滥,予昌枑泽予昌州,州䤖州焉乎秦胥胥,缦予乎昭澶秦逾,渗惿随河湖。鄂君子皙曰:吾不知越歌,子试为我楚说之。于是乃召越译,乃楚说之曰:今夕何夕兮,搴中洲流。今日何日兮,得与王子同舟。蒙羞被好兮,不訾诟耻,心几顽而不绝兮,得知王子。山有木兮木有枝,心说君兮君不知。于是鄂君子皙乃揄修袂,行而拥之,举绣被而覆之。鄂君子皙,亲楚王母弟也。官为令尹,爵为执圭,一榜枻越人犹得交欢尽意焉。今君何以逾于鄂君子皙,臣何以独不若榜枻之人,愿把君之手,其不可何也?'襄成君乃奉手而进之,曰:'吾少之时,亦尝以色称于长者矣。未尝过僇如此之卒也。自今以后,愿以壮少之礼谨受命。'"

[秦]

公元前 221 年—前 210 年(秦始皇二十六年至三十七年)
秦置会稽郡,闽越、瓯越属之。

《汉书》卷二八上《地理志》载:会稽郡(秦置。高帝六年为荆国,十二年更名吴。景帝四年属江都。属扬州。),户二十二万三千三十八,口百三万二千六百四。县二十六:吴(故国,周太伯所邑。具区泽在西,扬州薮,古文以为震泽。南江在南,东入海,扬州川。莽曰泰德。)、曲阿(故云阳,莽曰风美。)、乌伤(莽曰乌孝。)、毗陵(季札所居。江在北,东入海,扬州川。莽曰毗坛。)、馀暨(萧山,潘水所出。东入海。莽曰馀衍。)、阳羡、诸暨(莽曰疏虏。)、无锡(有历山,春申君岁祠以牛。莽曰有锡。)、山阴(会稽山在南。上有禹冢、禹井,扬州山。越王勾践本国。有灵文园。)、丹徒、馀姚、娄(有南武城,阖闾所起以候越。莽曰娄治。)、上虞(有仇亭。柯水东入海。莽曰会稽。)、海盐(故武原乡。有盐官。莽曰展武。)、剡(莽曰尽忠。)、由拳(柴辟,故就李乡,吴、越战地。)、大末(谷水东北至钱唐入江。莽曰末治。)、乌程(有欧阳亭。)、句章(渠水东入海。)、馀杭(莽曰进睦。)、鄞(有镇亭,有鲒埼亭。东南有天门水入海。有越天门山。莽曰谨。)、钱唐(西部都尉治。武林山,武林水所出,东入海,行八百三十里。莽曰泉亭。)、鄑(莽曰海治。)、富春(莽曰诛岁。)冶、回浦(南部都尉治。)。

[汉]

公元前 140 年(汉武帝建元元年)
严助以贤良对策,擢中大夫,后迁会稽太守。

《汉书》卷六四上《严助传》载:"严助,会稽吴人,严夫子子也,或言族家子也。郡举贤良,对策百余人,武帝善助对,由是独擢助为中大夫。后得朱买臣、吾丘寿王、司马相如、主父偃、徐乐、严安、东方朔、枚皋、胶仓、终军、严葱奇等,并在左右。是时征伐四夷,开置边郡,军旅数发,内改制度,朝廷多事,屡举贤良文学之士。……建元三年,闽越举兵围东瓯,东瓯告急于汉。时,武帝年未二十,以问太尉田蚡。蚡以为越人相攻击,其常事,又数反覆,不足烦中国往救也,自秦时弃不属。……助侍燕从容,上问助居乡里时,助对曰：'家贫，为友婿富人所辱。'上问所欲，对愿为会稽太守。于是拜为会稽太守。数年，不闻问。赐书曰：'制诏会稽太守：君厌承明之庐，劳侍从之事，怀故土，出为郡吏。会稽东接于海，南近诸越，北枕大江。间者，阔焉久不闻问，具以《春秋》对，毋以苏秦从横。'助恐，上书谢称：'《春秋》天王出居于郑，不能事母，故绝之。臣事君，犹子事父母也，臣助当伏诛。陛下不忍加诛，愿奉三年计最。'诏许，因留侍中。有奇异，辄使为文，及作赋颂数十篇。"

公元前 138 年（汉武帝建元三年）
东瓯王被降为广武侯，后称彭泽王。

《史记》卷一一四《东越列传》载："吴王子子驹亡走闽越，怨东瓯杀其父，常劝闽越击东瓯。至建元三年，闽越发兵围东瓯。东瓯食尽，困，且降，乃使人告急天子。天子问太尉田蚡，蚡对曰：'越人相攻击，固其常，又数反覆，不足以烦中国往救也。自秦时弃弗属。'于是中大夫庄助诘蚡曰：'特患力弗能救，德弗能覆；诚能，何故弃之？且秦举咸阳而弃，何乃越也！今小国以穷困来告急天子，天子弗振，彼当安所告愬？又何以子万国乎？'上曰：'太尉未足与计。吾初即位，不欲出虎符发兵郡国。'乃遣庄助以节发兵会稽。会稽太守欲距不为发兵，助乃斩一司马，谕意指，遂发兵浮海救东瓯。未至，闽越引兵而去。东瓯请举国徙中国，乃悉举众来，处江淮之间。"

公元前 131 年（汉武帝元光四年）
严助或于此年迁会稽太守。

《汉书》卷六四上《严助传》载："助侍燕从容，上问助居乡里时，助对曰：'家贫，为友婿富人所辱。'上问所欲，对愿为会稽太守。于是拜为会稽太守。"

公元前 126 年（汉武帝元朔三年）
司马迁二十岁，游历四方，东至会稽。

《史记》卷一三〇《太史公自序》云："南游江、淮，上会稽，探禹穴，窥九疑，浮于沅、湘；北涉汶、泗，讲业齐、鲁之都，观孔子之遗风，乡射邹、峄；戹困鄱、薛、彭城，过梁、楚以归。于是迁仕为郎中，奉使西征巴、蜀以南，南略邛、笮、昆明，还报命。"又《史记》卷二九《河渠书》载："太史公曰：余南登庐山，观禹疏九江,遂至于会稽太湟,上姑苏,望五湖;东窥洛汭、大邳,迎河,行淮、泗、济、漯洛渠;西瞻蜀之岷山及离碓;北自龙门至于朔方。曰:'甚哉,水之为利害也!余从负薪塞宣房,悲《瓠子》之诗而作《河渠书》。'"

公元前 121 年(汉武帝元狩二年)

朱买臣被免,待诏。从会稽守邸者寄居,拜为太守。

《汉书》卷六四《朱买臣传》载:"初,买臣免,待诏,常从会稽守邸者寄居饭食。拜为太守,买臣衣故衣,怀其印绶,步归郡邸。直上计时,会稽吏方相与群饮,不视买臣。买臣入室中,守邸与共食,食且饱,少见其绶。守邸怪之,前引其绶,视其印,会稽太守章也。守邸惊,出语上计掾吏。皆醉,大呼曰:'妄诞耳!'守邸曰:'试来视之。'其故人素轻买臣者入内视之,还走,疾呼曰:'实然!'坐中惊骇,白守丞,相推排陈列中庭拜谒。买臣徐出户。有顷,长安厩吏乘驷马车来迎,买臣遂乘传去。会稽闻太守且至,发民除道,县吏并送迎,车百余乘。入吴界,见其故妻、妻夫治道。买臣驻车,呼令后车载其夫妻,到太守舍,置园中,给食之。居一月,妻自经死,买臣乞其夫钱,令葬。悉召见故人与饮食诸尝有恩者,皆报复焉。"

公元前 7 年(汉成帝绥和二年)

会稽曲阿人包咸生。

《后汉书》卷七九下《儒林传》载:"包咸字子良,会稽曲阿人也。少为诸生,受业长安,师事博士右师细君,习《鲁诗》、《论语》。王莽末,去归乡里,于东海界为赤眉贼所得,遂见拘执。十余日,咸晨夜诵经自若,贼异而遣之。因住东海,立精舍讲授。光武即位,乃归乡里。太守黄谠署户曹吏,欲召咸入授其子。咸曰:'礼有来学,而无往教。'谠遂遣子师之。举孝廉,除郎中。建武中,入授皇太子《论语》,又为其章句。拜谏议大夫、侍中、右中郎将。永平五年,迁大鸿胪。"

公元前 1 年(汉哀帝元寿二年)

会稽余姚人严光约于此年生。

《后汉书》卷八三《逸民列传》载:"严光字子陵,一名遵,会稽余姚人也。少有高名,与光武同游学。及光武即位,乃变名姓,隐身不见。帝思其贤,乃令以物色访之。后齐国上言：'有一男子，披羊裘钓泽中。'……除为谏议大夫，不屈，乃耕于富春山，后人名其钓处为严陵濑焉。建武十七年，复特征，不至。年八十，终于家。"

公元 20 年（新皇帝王莽地皇元年）

会稽山阴人赵晔约生于此年。撰有《吴越春秋》十二卷。

《后汉书》卷七九《儒林列传》载："赵晔字长君，会稽山阴人也。少尝为县吏，奉檄迎督邮，晔耻于廝役，弃车马而去。至犍为资中，诣杜抚受《韩诗》，穷究其术。积二十年，绝问不还，家为发丧制服。抚卒乃归。州召补从事，不就。举有道，卒于家。晔著《吴越春秋》、《诗细》、《历神渊》。蔡邕至会稽，读《诗细》而叹息，以为长于《论衡》。邕还京师，传之，学者咸诵习焉"。《隋书》卷三三《经籍志》载："《吴越春秋》十二卷，赵晔撰。"

公元 27 年（汉光武帝建武三年）

会稽上虞人王充生。

王充字仲任，会稽上虞人。《论衡》卷三〇《自纪》载："建武三年，充生。为小儿，与侪伦遨戏，不好狎侮。侪伦好掩雀、捕蝉、戏钱、林熙，充独不肯。诵奇之。……志俗人之寡恩，故闲居作《讥俗》、《节义》十二篇。……充既疾俗情，作《讥俗》不书。又闵人君之政，徒欲治人，不得其宜，不晓其务，愁精苦思，不睹所趋，故作《政务》之书。又伤伪书俗文多不实诚，故为《论衡》之书。……充书既成，或稽合于古，不类前人。……充以元和三年徙家辟难，诣扬州部丹阳、九江、庐江，后人为治中。……材小任大，职在刺割，笔札之思，历年寝废。章和二年，罢州家居。年渐七十，时可悬舆。仕路隔绝，志穷无如。事有否然，身有利害。发白齿落，日月逾迈，俦伦弥索，鲜所恃赖，贫无供养，志不娱快。历数冉冉，庚辛域际，虽惧终徂，愚犹沛沛。……乃作《养性》之书凡十六篇。养气自守，适食则酒。闭明塞聪，爱精自保。适辅服药引导，庶冀性命可延，斯须不老。既晚无还，垂书示后。"

公元 37 年（汉光武帝建武十三年）

会稽山阴人赵晔约十八岁，为县吏。去职，入蜀师杜抚。

《后汉书》卷七九下《儒林列传》载："少尝为县吏，奉檄迎督邮，晔耻于斯役,遂弃车马去。到犍为资中,诣杜抚受《韩诗》,究竟其术。积二十年,绝问不还,家为发丧制服。抚卒乃归。"

公元38年(汉光武帝建武十四年)

会稽上虞人王充十二岁,会稽大疫,死者万数。

《后汉书》卷四九《王充传》谓其"少孤,乡里称孝"。又《后汉书》卷四一《钟离意传》载:"会稽大疫,死者万数。"疑王充父死于此疫。

公元53年(汉光武帝建武二十九年)

会稽人袁康始作《越绝书》。

《杨升庵全集》卷一〇《越绝当作越纽跋》云:"《越绝》一书,或以为子贡作,又云子胥,皆妄说也。而'越绝'二字,尤非。解者曰:绝者绝也,谓勾践时也。内能约己,外能绝人,故曰'越绝'。又曰:圣文绝于此,辩士绝于彼,故曰'越绝'。二说似梦魇谵语,不止齐东人之类而已。王充《论衡》按书篇云:'临淮袁太伯文术,会稽吴君高,即其人乎?'又曰:'吴君高作《越纽录》,纽,即绝字之误。书以纽名,犹《汉隽》之例也。'绝字迂曲不通,而千年之误,无人证之。袁康、吴平之姓名,著在卷末,无人知之。盖观书者卤莽,阅未数简已欠伸,意思睡,而束之高阁矣。余始发其隐,然即其书以证其人,以订其名,非臆说也。博古君子,必印可而乐闻之乎?"又《跋越绝》云:"或问《越绝》不著作者姓名,何也?予曰:姓名具在书中,览者第不深考耳。子不观其绝篇之言乎?曰:'以去为姓,得衣乃成;厥名有米,覆之以庚。禹来东征,死葬其乡。不直自斥,托类自明。文属辞定,自于邦贤;以口为姓,承之以天;楚相屈原,与之同名。'此以隐语见其姓名也。去其衣,乃袁字;米覆庚,乃康字也;禹葬之乡,则会稽也。是乃会稽人袁康也。其曰'不直自斥,托类自明',厥旨昭然,欲后人知也。'文属辞定,自于邦贤',盖所共著,非康一人也。'以口承天',吴字也;屈原同名,平字也。与康共著此书者,乃吴平也。不然,此言何为而设乎?或曰:二人何时人也?予曰:东汉也。何以知之?曰:东汉之末,文人好作隐语,黄绢碑,其著者也。又孔融以'渔父屈节,水潜匿方'云云,隐其姓名于《离合诗》。魏伯阳以'委时去害,与鬼为邻'云云,隐其姓名于《参同契》。融与伯阳俱汉末人,故文字稍同。则兹书之著为同时何疑焉?问者喜曰:二子名微矣,得子言乃显之,谁谓后世无子云乎!"《隋书》

卷三三《经籍志》载："《越绝记》十六卷,子贡撰。……陆贾作《楚汉春秋》,以述诛锄秦、项之事。又有《越绝》,相承以为子贡所作。后汉赵晔,又为《吴越春秋》。其属辞比事,皆不与《春秋》、《史记》、《汉书》相似,盖率尔而作,非史策之正也。灵、献之世,天下大乱,史官失其常守。博达之士,愍其废绝,各记闻见,以备遗亡。是后群才景慕,作者甚众。又自后汉以来,学者多钞撮旧史,自为一书,或起自人皇,或断之近代,亦各其志,而体制不经。又有委巷之说,迂怪妄诞,真虚莫测。然其大抵皆帝王之事,通人君子,必博采广览,以酌其要,故备而存之,谓之杂史。"

公元 57 年(汉光武帝建武中元二年)

赵晔约三十八岁,卒业而归。州召补从事,不就。举有道,著书后卒。

《后汉书》卷七九下《儒林列传》载:"赵晔字长君。会稽山阴人也。少尝为县吏,奉檄迎督邮,晔耻于厮役,遂弃车马去。到犍为资中,诣杜抚受《韩诗》,究竟其术。积二十年,绝问不还,家为发丧制服。抚卒乃归。州召补从事,不就。举有道。卒于家。"

公元 75 年(汉明帝永平十八年)

十一月,班固荐会稽山阴人谢夷吾。

《后汉书》卷八二《方术列传》载:"及伦作司徒,令班固为文荐夷吾。"又载:"谢夷吾字尧卿,会稽山阴人也。少为郡吏,学风角占候。太守第五伦擢为督邮。时乌程长有臧衅,伦使收案其罪。夷吾到县,无所验,但望阁伏哭而还。一县惊怪,不知所为。及还,白伦曰:'窃以占候,知长当死。近三十日,远不过六十。游魂假息,非刑所加,故不收之。'伦听其言,至月余,果有驿马赍长印绶,上言暴卒。伦以此益礼信之。"

公元 88 年(汉章帝章和二年)

会稽人王充《论衡》书成,作《自纪》终篇。

《四库全书总目》卷一二〇云:"《论衡》三十卷,汉王充撰。充字仲任,上虞人。《自纪》谓在县为掾功曹,在都尉府位亦掾功曹,在太守为列掾五官功曹行事。又称永和三年徙家辟诣扬州部丹阳、九江、庐江,后入为治中。章和二年罢州家居。其书凡八十五篇,而第四十四《招致篇》有录无书,实八十四篇。考其《自纪》曰：'书虽文重，所论百种。案古太公望、近董仲舒，传作书篇百有余，吾书亦才出百而云太多。'然则原书实百余篇，此本目录八十五篇，已非其旧矣。充书大旨，详于《自纪》一篇。盖内伤时命之坎坷，外疾世俗之虚伪，故发愤著书，其言多激。《刺孟》、《问孔》两篇，至于奋其笔端，以与圣贤相轧，可谓悖矣！又露才扬己，好为物先。至于述其祖父顽很，以自表所长，慎亦甚焉！其他论辨，如日月不圆诸说，虽为葛洪所驳，载在《晋志》，然大抵订伪砭俗，中理者多，亦殊有裨于风教。储泳《祛疑说》、谢应芳《辨惑编》不是过也。至其文反覆诘难，颇伤词费。则充所谓'宅舍多，土地不得小。户口众，簿籍不得少。失实之事多，虚华之语众。指实定宜，辨争之言，安得约径'者，固已自言之矣。充所作别有《讥俗书》、《政务书》，晚年又作《养性书》，今皆不传，惟此书存。儒者颇病其芜杂，然终不能废也。高似孙《子略》曰：'袁崧《后汉书》载：充作《论衡》，中土未有传者，蔡邕入吴始见之，以为谈助。谈助之言，可以了此书矣。'其论可云允惬。此所以攻之者众，而好之者终不绝欤？"

公元96元（汉和帝永元八年）

张霸四十岁，或于此年为会稽太守。

《后汉书》卷三六《张霸列传》载："张霸，字伯饶，蜀郡成都人也。年数岁而知孝让，虽出入饮食，自然合礼，乡人号为'张曾子'。七岁通《春秋》，复欲进余经，父母曰'汝小未能也'，霸曰'我饶为之'，故字曰'饶'焉。后就长水校尉樊儵受《严氏公羊春秋》，遂博览《五经》。诸生孙林、刘固、段著等慕之，各市宅其傍，以就学焉。举孝廉光禄主事，稍迁，永元中为会稽太守，表用郡人处士顾奉、公孙松等。……初，霸以樊儵删《严氏春秋》犹多繁辞，乃减定为二十万言，更名《张氏学》。……后当为五更，会疾卒，年七十。"

公元99元（汉和帝永元十一年）

张霸四十三岁，治越有方，童谣歌之。视事三年，知足而退。

《后汉书》卷三六《张霸列传》载："霸始到越，贼未解，郡界不宁，乃移书开购，明用信赏，贼遂束手归附，不烦士卒之力。童谣曰：'弃我戟，捐我矛，盗贼尽，吏皆休。'视事三年，谓掾史曰：'太守起自孤生，致位郡守。盖日中则移，月满则亏。老氏有言：知足不辱。'遂上病。"

公元 130 年（汉顺帝永建五年）

会稽上虞人曹娥生。其父能弦歌，为巫祝。曹娥年十四而亡。

《后汉书》卷八四《列女传》载："孝女曹娥者，会稽上虞人也。父盱，能弦歌，为巫祝。汉安二年五月五日，于县江泝涛婆娑迎神，溺死，不得尸骸。娥年十四，乃沿江号哭，昼夜不绝声，旬有七日，遂投江而死。至元嘉元年，县长度尚改葬娥于江南道傍，为立碑焉。"

公元 170 年（汉灵帝建宁三年）

会稽余姚人虞翻生。

《三国志》卷五七《虞翻传》载："虞翻字仲翔，会稽余姚人也，太守王朗命为功曹。孙策征会稽，翻时遭父丧，衰绖诣府门，朗欲就之，翻乃脱衰入见，劝朗避策。朗不能用。拒战败绩，亡走浮海。翻追随营护，到东部候官，候官长闭城不受，翻往说之，然后见纳。朗谓翻曰：'卿有老母，可以还矣。'翻既归，策复命为功曹，待以交友之礼，身诣翻第。……翻出为富春长。策薨，诸长吏并欲出赴丧，翻曰：'恐邻县山民或有奸变，远委城郭，必致不虞。'因留制服行丧。诸县皆效之，咸以安宁。后翻州举茂才，汉召为侍御史，曹公为司空，辟皆不就。……翻性疏直，数有酒失。权与张昭论及神仙，翻指昭曰：'彼皆死人，而语神仙，世岂有仙人邪？'权积怒非一，遂徙翻交州。虽处罪放，而讲学不倦，门徒常数百人。又为《老子》《论语》。《国语》训注，皆传于世。……在南十余年，年七十卒。归葬旧墓，妻子得还。"《隋书》卷三二至三四著录其著述有："《周易》九卷，吴侍御史虞翻注"；"《周易日月变例》六卷，虞翻、陆绩撰"；"《春秋外传国语》二十一卷，虞翻注"；"王肃、虞翻、谯周等注《论语》各十卷"；"梁有《扬子太玄经》十四卷，虞翻注"；"虞翻注《老子》二卷"；"《周易集林律历》一卷，虞翻撰"；"《易律历》一卷，虞翻撰"。

公元 180 年（汉灵帝光和三年）

蔡邕四十九岁，居吴，制焦尾琴。

《后汉书》卷六〇下《蔡邕列传》载其"亡命江海，远迹吴会。往来依太山羊氏，积十二年，在吴。吴人有烧桐以爨者，邕闻火烈之声，知其良木，因请而裁为琴，果有美音，而其尾犹焦，故时人名曰'焦尾琴'焉"。

蔡邕居吴，题邯郸淳所作《曹娥碑》八字。

《后汉书》卷八四《列女传》李贤注引《会稽典录》载："上虞长度尚弟子邯郸淳，字子礼。时甫弱冠，而有异才。尚先使魏朗作《曹娥碑》，文成未出，会朗见尚，尚与之饮宴，而子礼方至督酒。尚问朗碑文成未？朗辞不才，因试使子礼为之，操笔而成，无所点定。朗嗟叹不暇，遂毁其草。其后蔡邕又题八字曰'黄绢幼妇，外孙齑臼'。"

蔡邕居吴教授顾雍琴书，以其名与之。

《三国志》卷五二《顾雍传》载："蔡伯喈从朔方还，尝避怨于吴，雍从学琴书。"《世说新语》卷六《雅量》载："（顾）雍字符叹，曾就蔡伯喈，伯喈赏异之，以其名与之。"

公元192年（汉献帝初平三年）

许靖约四十一岁，往依吴郡都尉许贡。

《资治通鉴》卷六〇胡三省注引《九州春秋》载："初平三年，扬州刺史陈祎死。"《三国志》卷三八《许靖传》载："（陈）祎死，吴郡都尉许贡、会稽太守王朗与靖有旧，故往保焉。"

公元193年（汉献帝初平四年）

王朗拜为会稽太守，虞翻为会稽太守王朗功曹。

据《三国志》卷一三《王朗传》、《资治通鉴》卷六〇记载：王朗劝陶谦遣使奉承王命，献帝拜其为会稽太守。《三国志》卷五七《虞翻传》裴注引《会稽典录》载：虞翻二十四岁，为会稽太守王朗功曹，雅好博古，对王朗问，高谈阔论会稽之人杰地灵。云："王府君笑曰：'地势然矣，士女之名可悉闻乎？'翻对曰：'不敢及远，略言其近者耳。往者孝子句章董黯，尽心色养，丧致其哀，单身林野，鸟兽归怀，怨亲之辱，白日报仇，海内闻名，昭然光著。太中大夫山阴陈嚣，渔则化盗，居则让邻，感侵退藩，遂成义里，摄养车妪，行足厉俗，自扬子云等上书荐之，粲然传世。太尉山阴郑公，清亮质直，不畏强御。鲁相山阴钟离意，禀殊特之姿，孝家忠朝，宰县相国，所在遗惠，故取养有君子之謩，鲁国有丹书之信。及陈宫、费齐皆上契天心，功德治状，记在汉籍。有道山阴赵晔，征士上虞王充，各洪才渊懿，学究道源，著书垂藻，骆驿百篇，释经传之宿疑，解当世之盘结，或上穷阴阳之奥秘，下摅人情之归极。交阯刺史上虞綦毋俊,拔济一郡,让爵土之封。决曹掾上虞孟英,三世死义。主簿句章梁宏,功曹史馀姚驷勋,主簿句章郑云,皆敦终始之义,引罪免居。门下督盗贼馀姚伍隆,鄞莫候反。主簿任光,章安小吏黄他,身当白刃,济君于难。扬州从事句章王脩,委身授命,垂声来世。河内太守上虞魏少英,遭世屯蹇,忘家忧国,列在八俊,为世英彦。尚书乌伤杨乔,桓帝妻以公主,辞疾不纳。近故太尉上虞朱公,天姿聪亮,钦明神武,策无失谟,征无遗虑,是以天下义兵,思以为首。上虞女子曹娥,父溺江流,投水而死,立石碑纪,炳然著显。'王府君曰:'是既然矣,颍川有巢、许之逸轨,吴有太伯之三让,贵郡虽士人纷纭,于此足矣。'翻对曰:'故先言其近者耳,若乃引上世之事,及抗节之士,亦有其人。昔越王翳让位,逃于巫山之穴,越人薰而出之,斯非太伯之俦邪?且太伯外来之君,非其地人也。若以外来言之,则大禹亦巡于此而葬之矣。鄞大里黄公,絜己暴秦之世,高祖即阼,不能一致,惠帝恭让,出则济难。征士馀姚严遵,王莽数聘,抗节不行,光武中兴,然后俯就,矫手不拜,志陵云日。皆著于传籍,较然彰明,岂如巢、许,流俗遗谭,不见经传者哉?'王府君笑曰:'善哉话言也!贤矣,非君不著。太守未之前闻也。'"

会稽乌伤人骆统生。

《三国志》卷五七《骆统传》载:"骆统字公绪,会稽乌伤人也。父俊,官至陈相。为袁术所害。统母改适,为华歆小妻,统时八岁,遂与亲客归会稽,其母送之,拜辞上车,面而不顾,其母泣涕于后。……孙权以将军领会稽太守,统年二十,试为乌程相,民户过万,咸叹其惠理。权嘉之,召为功曹,行骑都尉,妻以从兄辅女。统志在补察,苟所闻见,夕不待旦。常劝权以尊贤接士,勤求损益,飨赐之日,可人人别进,问其燥湿,加以密意,诱谕使言,察其志趣,今皆感恩戴义,怀欲报之心。权纳用焉。出为建忠中郎将,领武射吏三千人。及凌统死,复领其兵。……以随陆逊破蜀军于宜都,迁偏将军。黄武初,曹仁攻濡须,使别将常雕等袭中洲,统与严圭共拒破之,封新阳亭侯,后为濡须督。数陈便宜,前后书数十上,所言皆善,文多故不悉载。尤以占募在民间长恶败俗,生离叛之心,急宜绝置,权与相反覆,终遂行之。年三十六,黄武七年卒。"《隋书》卷三五著录:"吴偏将军《骆统集》十卷。"

公元194年（汉献帝兴平元年）

王朗子王肃生于会稽。

《三国志》卷三八《许靖传》裴注引《魏略》载王朗《与文休书》云："今有二男：大儿名'肃'，年二十九，生于会稽。"书作于黄初三年（222），以此知王肃此年生。《三国志》卷一三《王肃传》载："肃字子雍。年十八，从宋忠读《太玄》，而更为之解。黄初中，为散骑黄门侍郎。太和三年，拜散骑常侍。……后肃以常侍领秘书监，兼崇文观祭酒。景初间，宫室盛兴，民失农业，期信不敦，刑杀仓卒。……正始元年，出为广平太守。公事征还，拜议郎。顷之，为侍中，迁太常。时大将军曹爽专权，任用何晏、邓飏等。……初，肃善贾、马之学，而不好郑氏，采会同异，为《尚书》、《诗》、《论语》、《三礼》、《左氏》解，及撰定父朗所作《易传》，皆列于学官。……肃集《圣证论》以讥短玄，叔然驳而释之，及作《周易》、《春秋例》、《毛诗》、《礼记》、《春秋三传》、《国语》、《尔雅》诸注，又注书十余篇。"《隋书》卷三二至三四著录王肃著述有："《周易》十卷，魏卫将军王肃注"；"《尚书》十一卷，王肃注"；"《尚书驳议》五卷，王肃撰"；"梁有《尚书义问》三卷，王肃等撰"；"《毛诗》二十卷，王肃注"；"梁有《毛诗》二十卷，郑玄、王肃合注"；"《毛诗义驳》八卷，王肃撰"；"《毛诗奏事》一卷，王肃撰"；"《毛诗问难》二卷，王肃撰，亡"；"《周官礼》十二卷，王肃注"；"《仪礼》十七卷，王肃注"；"《丧服经传》一卷，王肃注"；"《丧服要记》一卷，王肃注"；"《礼记》三十卷，王肃注"；"梁有《礼记音》一卷，王肃撰"；"梁有《明堂议》三卷，王肃撰"；"《春秋左氏传》三十卷，王肃注"；"《春秋外传章句》一卷，王肃撰。梁二十二卷"；"《孝经》一卷，王肃解"；"王肃注《论语》十卷，亡"；"梁有《论语释驳》三卷，王肃撰"；"《孔子家语》二十一卷，王肃解"；"《圣证论》十二卷，王肃撰"；"《王朗、王肃家传》一卷"；"梁有《扬子太玄经》七卷，王肃注。亡"；"《王子正论》十卷，王肃撰"。

公元198年（汉献帝建安三年）

陆凯生，黄武初为永兴、诸暨长。

《三国志》卷六一《陆凯传》载："陆凯字敬风，吴郡吴人，丞相逊族子也。黄武初为永兴诸暨长，所在有治迹，拜建武都尉，领兵。虽统军众，手不释书。好《太玄》，论演其意，以筮辄验。赤乌中，除儋耳太守，讨朱崖，斩获有功，迁为建武校尉。五凤二年，讨山贼陈毖于零陵。斩毖克捷，拜巴丘督、偏将军,封都乡侯,转为武昌右部督。与诸将共赴寿春,还,累迁荡魏、绥远将军。孙休即位,拜征北将军,假节领豫州牧。孙皓立,迁镇西大将军,都督巴丘,领荆州牧,进封嘉兴侯。孙皓与晋平,使者丁忠自北还,说皓弋阳可袭,凯谏止,语在《皓传》。宝鼎元年,迁左丞相。"《隋书》卷三五著录:"吴丞相《陆凯集》五卷。"

公元 200 年(汉献帝建安五年)

张纮谏阻曹操伐吴,曹操从之,并任之为会稽东部都尉。

《三国志》卷五三《张纮传》载:"张纮字子纲,广陵人。游学京都,还本郡,举茂才,公府辟,皆不就,避难江东。孙策创业,遂委质焉。表为正议校尉,从讨丹杨,策身临行陈,纮谏曰:'夫主将乃筹谟之所自出,三军之所系命也,不宜轻脱。自敌小寇,愿麾下重天授之姿,副四海之望,无令国内上下危惧。'建安四年,策遣纮奉章至许宫,留为侍御史。少府孔融等皆与亲善。曹公闻策薨,欲因丧伐吴。纮谏,以为乘人之丧。既非古义,若其不克,成仇弃好,不如因而厚之。曹公从其言,即表权为讨虏将军,领会稽太守。曹公欲令纮辅权内附,出纮为会稽东部都尉。后权以纮为长史,从征合肥。……纮著诗赋铭诔十余篇。子玄,官至南郡太守、尚书。玄子尚,孙皓时为侍郎,以言语辩捷见知,擢为侍中、中书令。"《隋书》卷三五著录:"后汉讨虏长史《张纮集》一卷,梁二卷,录一卷。"

虞翻因孙策卒,留富春制服行丧。为富春长。

《三国志》卷五七《虞翻传》载:"翻出为富春长。策薨,诸长吏并欲出赴丧,翻曰:'恐邻县山民或有奸变,远委城郭,必致不虞。'因留制服行丧。诸县皆效之,咸以安宁。后翻州举茂才,汉召为侍御史,曹公为司空辟,皆不就。"

[三国]

公元 221 年(魏文帝黄初二年)

虞翻五十二岁,阳醉忤孙权,孙权欲杀之。

《三国志》卷五七《虞翻传》载:"权既为吴王,欢宴之末,自起行酒,翻伏地阳醉,不持。权去,翻起坐。权于是大怒,手剑欲击之,侍坐者莫不惶遽,惟大司农刘基起抱权谏曰：'大王以三爵之后手杀善士,虽翻有罪,天下孰知之？且大王以能容贤畜众,故海内望风,今一朝弃之,可乎？'权曰：'曹孟德尚杀孔文举,孤于虞翻何有哉？'基曰：'孟德轻害士人,天下非之。大王躬行德义,欲与尧、舜比隆,何得自喻于彼乎？'翻由是得免。"

王朗小儿子生于会稽。

《三国志》卷三八《许靖传》裴注引《魏略》载：王朗黄初三年《与文休书》云："今有二男,大儿曰'肃',年二十九,生于会稽；小儿裁岁余。"

会稽山阴人谢承为吴郡督邮。

《三国志》卷五〇《吴主权谢夫人传》及裴注引《会稽典录》载：谢承,字伟平,会稽山阴人。"博学洽闻,尝所知见,终身不忘"。曾官督邮,"迁五官郎中、长沙东部都尉、武陵太守。撰《后汉书》百余卷"。《隋书》卷三三载："《后汉书》一百三十卷,无帝纪,吴武陵太守谢承撰。……《会稽先贤传》七卷,谢承撰。"《隋书》卷三五载："梁又有《谢承集》四卷。今亡。"严可均《全三国文》卷六六收其文四篇。

公元 243 年（吴大帝赤乌六年）

阚泽卒,字德润,山阴（今绍兴）人。

《三国志》卷五三《阚泽传》载："阚泽字德润,会稽山阴人也。家世农夫,至泽好学,居贫无资,常为人佣书,以供纸笔,所写既毕,诵读亦遍。追师论讲,究览群籍,兼通历数,由是显名。察孝廉,除钱唐长,迁郴令。孙权为骠骑将军,辟补西曹掾；及称尊号,以泽为尚书。嘉禾中,为中书令,加侍中。赤乌五年,拜太子太傅,领中书如故。泽以经传文多,难得尽用,乃斟酌诸家,刊约《礼》文及诸注说以授二宫,为制行出入及见宾仪,又著《乾象历注》以正时日。每朝廷大议,经典所疑,辄谘访之。以儒学勤劳,封都乡侯。性谦恭笃慎,宫府小吏,呼召对问,皆为抗礼。……六年冬卒,权痛惜感悼,食不进者数日。"

公元 245 年（吴大帝赤乌八年）

姚信以吴太子事被流徙。

《三国志》卷五九《吴主五子传》载：姚信,字德祐,或云字符直,吴兴（今浙江湖州）人。曾仕吴太常。《三国志》卷五八《陆逊传》载："而逊外生顾谭、顾承、姚信,并以亲附太子,枉见流徙",姚信被流徙当与顾谭同时。《隋书》卷三二至三四著录姚信著述有:"《周易》十卷,吴太常姚信注";"梁有《士纬新书》十卷,姚信撰。又《姚氏新书》二卷,与《士纬》相似";"梁有《昕天论》一卷,姚信撰。"有《隋书》卷三五著录:"梁有《姚信集》二卷,录一卷。"

公元258年(吴景帝永安元年)

九月,吴孙琳废吴帝孙亮为会稽王。

《三国志》卷四八《三嗣主传》载:"九月戊午,琳以兵取尚,遣弟恩攻杀丞于苍龙门外,召大臣会宫门,黜亮为会稽王,时年十六。"

吴国富阳人孙惠(258—304)生。

《晋书》卷七一《孙惠列传》载:"孙惠字德施,吴国富阳人,吴豫章太守贲曾孙也。父祖并仕吴。惠口讷,好学有才识,州辟不就,寓居萧沛之间。永宁初,赴齐王冏义,讨赵王伦,以功封晋兴县侯,辟大司马户曹掾,转东曹属。冏骄矜僭侈,天下失望。惠献言于冏,讽以五难、四不可,劝令归藩,辞甚切至。冏不纳。惠惧罪,辞疾去。顷之,冏果败。成都王颖荐惠为大将军参军、领奋威将军、白沙督。"后为东海王越记室参军,专职文疏,豫参谋议。除散骑郎、太子中庶子,补司空从事中郎,迁军谘祭酒,转彭城内史、广陵相,迁广武将军、安丰内史。以迎大驾之功,封临湘县公。以事奔人蛮中,寻病卒。《隋书》卷三五著录:"晋安丰太守《孙惠集》八卷,梁十一卷,录一卷。"

公元260年(吴景帝永安三年)

会稽山阴人贺循(260—319)生。

《晋书》卷六八《贺循列传》载:贺循字彦先,会稽山阴人。少婴家难,流放海隅,吴平,乃还本郡。先为五官掾,举秀才,除阳羡令,徙武康令。陆机上疏荐之,召补太子舍人。赵王伦篡位,转侍御史,辞疾去职。后屡征拜,皆不就。晋怀帝时,强为军谘祭酒。晋愍帝时,拜太常,行太子太傅。疾笃,表乞骸骨,改授左光禄大夫、开府仪同三司。太兴二年卒。帝素服举哀,哭之甚恸。赠司空,谥曰穆。"少玩篇籍,善属文,博览众书,尤精礼传"。《隋书》卷三二至三三著录贺循著述有:"梁有《丧服要记》六卷,晋司空贺循撰";"《丧服谱》一卷,贺循撰";"《丧服要记》十卷,贺循撰";"《会稽记》一卷,贺循撰";又《隋书》卷三五著录:"晋司空《贺循集》十八卷,梁二十卷,录一卷。"

公元264年（吴末帝元兴元年）

七月，吴景帝孙休崩，乌程侯孙皓即位，改元元兴。

《三国志》卷四八《孙皓传》载："孙皓字元宗，权孙，和子也，一名彭祖，字皓宗。孙休立，封皓为乌程侯，遣就国。西湖民景养相皓当大贵，皓阴喜而不敢泄。休薨，是时蜀初亡，而交阯携叛，国内震惧，贪得长君。左典军万彧昔为乌程令，与皓相善，称皓才识明断，是长沙桓王之畴也，又加之好学，奉遵法度，屡言之于丞相濮阳兴、左将军张布。兴、布说休妃太后朱，欲以皓为嗣。朱曰：'我寡妇人，安知社稷之虑，苟吴国无损，宗庙有赖可矣。'于是遂迎立皓，时年二十三。改元，大赦。是岁，于魏咸熙元年也。"

[晋]

公元307年（晋怀帝永嘉元年）

道潜（286—374）永嘉初（307）南渡，隐居于浙江剡县的仰山。

《高僧传》卷四《晋剡东仰山竺法潜传》载："竺潜，字法深，姓王，琅邪人，晋丞相武昌郡公敦之弟也。年十八出家，事中州刘元真为师。……潜伏膺已后，剪削浮华，崇本务学，微言兴化，誉洽西朝，风姿容貌，堂堂如也。至年二十四，讲《法华》、《大品》，既蕴深解，复能善说。故观风味道者，常数盈五百。晋永嘉初，避乱过江。中宗元皇，及肃祖明帝、丞相王茂弘、太尉庾元规，并钦其风德，友而敬焉。"

公元317年（晋元帝建武元年）

会稽山阴人贺循为中书令。

《晋书》卷六八《贺循列传》载："贺循字彦先，会稽山阴人也。其先庆普，汉世传《礼》，世所谓庆氏学。族高祖纯，博学有重名，汉安帝时为侍中，避安帝父讳，改为贺氏。曾祖齐，仕吴为名将。祖景，灭贼校尉。父邵，中书令，为孙皓所杀，徙家属边郡。循少婴家难，流放海隅，吴平，乃还本郡。操尚高厉，童龀不群，言行进止，必以礼让，国相丁乂请为五官掾。刺史嵇喜举秀才，除阳羡令，以宽惠为本，不求课最。后为武康令，俗多厚葬，及有拘忌回避岁月，停丧不葬者，循皆禁焉。政教大行，邻城宗之。然无援于朝，久不进序。著作郎陆机上疏荐循曰：……久之，召补太子舍人。……元帝为安东将军,复上循为吴国内史,与循言及吴时事,因问曰:'孙皓尝烧锯截一贺头,是谁邪?'循未及言,帝悟曰:'是贺邵也。'循流涕曰:'先父遭遇无道,循创巨痛深,无以上答。'帝甚愧之,三日不出。……及帝承制,复以为军谘祭酒。……时江东草创,盗贼多有,帝思所以防之,以问于循。循答曰:……帝从之。……建武初,为中书令,加散骑常侍,又以老疾固辞。……于是改拜太常,常侍如故。循以九卿旧不加官,今又疾患,不宜兼处此职,惟拜太常而已。"贺循为中书令,加散骑常侍,改拜太常,作《颖川豫章庙主不毁议》、《弟兄不合继位昭穆议》及《又议》、《答尚书下太常祭祀所用乐名》、《答尚书符问籍田应躬祠先农否》、《遭难未葬入庙议》、《丁谭为琅邪王衷终丧议》等。

后贺循为太常卿,始有登歌之乐。

《隋书》卷一五《音乐志下》载:"江左之初,典章堙紊,贺循为太常卿,始有登歌之乐。太宁末,阮孚等又增益之。"

十月,会稽山阴人丁谭作《上书求为琅邪王衷行终丧礼》。

《晋书》卷七八《丁谭传》载:"丁谭字世康,会稽山阴人也。祖固,吴司徒。父弥,梁州刺史。谭初为郡功曹,察孝廉,除郎中,稍迁丞相西阁祭酒。时元帝称制,使各陈时事损益,谭上书曰:……及帝践阼,拜附马都尉、奉朝请、尚书祠部郎。时琅邪王衷始受封,帝欲引朝贤为其国上卿,将用谭,以问中书令贺循。循曰:'郎中令职望清重,实宜审授。谭清淳贞粹,雅有隐正,圣明所简,才实宜之。'遂为琅琊王部中令。会衷薨,谭上疏求行终丧礼,曰:'在三之义,礼有达制,近代已来,或随时降杀,宜一匡革,以敦于后。辄案令文,王侯之丧,官僚服斩,既葬而除。今国无继统,丧庭无主,臣实陋贱,不足当重,谬荷首任,礼宜终丧。'诏下博议。"《晋书》卷六《元帝纪》载本年三月"封王子宣城公衷为琅琊王"。

公元 318 年(晋元帝太兴元年)

干宝始领国史。作《王昌前母服论》。后求补山阴令,迁始安太守。

《晋书》卷八二《干宝传》载:"中兴草创,未置史官,中书监王导上疏曰:'夫帝王之迹,莫不必书,著为令典,垂之无穷。宣皇帝廓定四海,武皇帝受禅于魏,至德大勋,等踪上圣,而纪传不存于王府,德音未被乎管弦。陛下圣明,当中兴之盛,宜建立国史,撰集帝纪,上敷祖宗之烈,下纪佐命之勋,务以实录,为后代之准,厌率土之望,悦人神之心,斯诚雍熙之至美,王者之弘基也。宜备史官,敕佐著作郎干宝等渐就撰集。'元帝纳焉。宝于是始领国史。以家贫,求补山阴令,迁始安太守。王导请为司徒右长史,迁散骑常侍。著《晋纪》,自宣帝迄于愍帝五十三年,凡二十卷,奏之。其书简略,直而能婉,咸称良史。"《王昌前母服论》见《晋书》卷二〇《礼志中》,云:"太兴初,著作郎干宝论之曰:……"

四月,会稽山阴人孔愉作《奏日烛伐鼓非旧典》,晋元帝司马睿作《诏报孔愉》。

《晋书》卷七八《孔愉传》载:"孔愉字敬康,会稽山阴人也。其先世居梁国。曾祖潜,太子少傅,汉末避地会稽,因家焉。祖竺,吴豫章太守。父恬,湘东太守。从兄侃,大司农。俱有名江左。愉年十三而孤,养祖母以孝闻,与同郡张茂字伟康、丁谭字世康齐名,时人号曰'会稽三康'。吴平,愉迁于洛。惠帝末,归乡里,行至江淮间,遇石冰、封云为乱,云逼愉为参军,不从,将杀之,赖云司马张统营救获免。东还会稽,入新安山中,改姓孙氏,以稼穑读书为务,信著乡里。后忽舍去,皆谓为神人,而为之立祠。永嘉中,元帝始以安东将军镇扬土,命愉为参军。邦族寻求,莫知所在。建兴初,始出应召。为丞相掾,仍除驸马都尉、参丞相军事,时年已五十矣。以讨华轶功,封余不亭侯。愉尝行经余不亭,见笼龟于路者,愉买而放之溪中,龟中流左顾者数四。及是,铸侯印,而印龟左顾,三铸如初。印工以告,愉乃悟,遂佩焉。帝为晋王,使长兼中书郎。"《奏日蚀伐鼓非旧典》见《晋书》卷一九《礼志上》载:"元帝太兴元年四月,合朔,中书侍郎孔愉奏曰:……"《诏报孔愉》见《宋书》卷一四《礼志一》载:"晋元帝太兴元年四月合朔,中书侍郎孔愉奏曰:……"

公元318年(晋元帝太兴元年)

郭璞议会稽山古文奇书。

《晋书》卷七二《郭璞传》载:"及帝即位,太兴初,会稽剡县人果于井中得一钟,长七寸二分,口径四寸半,上有古文奇书十八字,云'会稽岳命',余字时人莫识之。璞曰:……帝甚重之。璞著《江赋》,其辞甚伟,为世所称。后复作《南郊赋》,帝见而嘉之,以为著作佐郎。"《文选》卷一二《江赋》李善注引《晋中兴书》载:"璞以中兴,王宅江外,乃著《江赋》,述川渎之美。"《省刑疏》见《晋书》卷七二《郭璞传》载:"于时阴阳错缪,而刑狱繁兴,璞上疏曰:……疏奏,优诏报之。"《晋书》卷八二《王隐传》载:"太兴初,典章稍备,乃召隐及郭璞俱为著作郎,令撰《晋史》。"《初学记》卷一一及《太平御览》卷二三四俱引《中兴书》载:郭璞太兴元年奏《南郊赋》,中宗见赋嘉其才,以为著作郎。

公元 320 年(晋元帝太兴三年)
孔坦被谴,遂弃官归会稽。

《晋书》卷七八《孔坦传》载:"坦字君平。祖冲,丹杨太守。父侃,大司农。坦少方直,有雅望,通《左氏传》,解属文。元帝为晋王,以坦为世子文学。东宫建,补太子舍人,迁尚书郎。时台郎初到,普加策试,帝手策问曰:'吴兴徐馥为贼,杀郡将,郡今应举孝廉不?'坦对曰:'四罪不相及,殛鲧而兴禹。徐馥为逆,何妨一郡之贤!'又问:'奸臣贼子弑君,污宫潴宅,莫大之恶也。乡旧废四科之选,今何所依?'坦曰:'季平子逐鲁昭公,岂可以废仲尼也!'竟不能屈。先是,以兵乱之后,务存慰悦,远方秀孝到,不策试,普皆除署。至是,帝申明旧制,皆令试《经》,有不中科,刺史、太守免官。太兴三年,秀孝多不敢行,其有到者,并托疾。帝欲除署孝廉,而秀才如前制。坦奏议曰:……帝纳焉。听孝廉申至七年,秀才如故。时典客令万默领诸胡,胡人相诬,朝廷疑默有所偏助,将加大辟。坦独不署,由是被谴,遂弃官归会稽。"

公元 323 年(晋明帝太宁元年)
杨方为司徒王导掾著《五经钩沉》,更撰《吴越春秋》。

《晋书》卷六八《杨方传》载:"杨方字公回。少好学,有异才。初为郡铃下威仪,公事之暇,辄读五经,乡邑未之知。内史诸葛恢见而奇之,待以门人之礼,由是始得周旋贵人间。时虞喜兄弟以儒学立名,雅爱方,为之延誉。恢尝遣方为文,荐郡功曹主簿。虞预称美之,送以示循。循报书曰:'此子开拔有志,意只言异于凡猥耳,不图伟才如此。其文甚有奇分,若出其胸臆,乃是一国所推……'循遂称方于京师。司徒王导辟为掾,转东安太守,迁司徒参军事。方在都邑,搢绅之士咸厚遇之,自以地寒,不愿久留京华,求补远郡,欲闲居著述。导从之,上补高梁太守。在郡积年,著《五经钩沈》,更撰《吴越春秋》,并杂文笔,皆行于世。以年老,弃郡归。导将进之台阁,固辞还乡里,终于家。"

公元 324 年（晋明帝太宁二年）

婺州高阳人许询约生于本年。父以琅琊太守随中宗过江，迁会稽内史，因家于山阴。

《建康实录》卷八《孝宗穆皇帝纪》载："（永和三年）十二月，以侍中刘惔为丹杨尹""询字玄度，高阳人。父归，以琅琊太守随中宗过江，迁会稽内史，因家于山阴。询幼冲灵，好泉石，清风朗月，举酒永怀。"《太平御览》卷五〇三引《晋中兴书》记许询"山居服食，志求仙道。游会稽临海山，誓不归家，乃与妇书，令改适。后入剡深山，莫知所止，或以为升仙"。

公元 325 年（晋明帝太宁三年）

癸巳，明帝司马绍作《复征任旭、虞喜为博士诏》，会稽余姚人虞喜不至。

《晋书》卷九一《虞喜传》载："虞喜字仲宁，会稽余姚人，光禄潭之族也。父察，吴征虏将军。喜少立操行，博学好古。诸葛恢临郡，屈为功曹。察孝廉，州举秀才，司徒辟，皆不就。元帝初镇江左，上疏荐喜。怀帝即位，公车征拜博士，不就。喜邑人贺循为司空，先达贵显，每诣喜，信宿忘归，自云不能测也。太宁中，与临海任旭俱以博士征，不就。复下诏曰：……喜辞疾不赴。"据《晋书》卷六《明帝纪》载本年三月"癸巳，征处士临海任旭、会稽虞喜并为博士"。

公元 327 年（晋成帝咸和二年）

本年十二月丙寅，司马昱为会稽王。

《晋书》卷七《成帝纪》载："丙寅，徙封琅琊王昱为会稽王。"又《晋书》卷九《简文帝纪》亦载："徙封会稽王，拜散骑常侍。"

公元 328 年（晋成帝咸和三年）

孙绰少慕老庄之道，居会稽作《遂初赋》。

《晋书》卷五六《孙绰传》载："绰字兴公。博学善属文，少与高阳许询俱有高尚之志。居于会稽，游放山水，十有余年，乃作《遂初赋》以致其意。"《世说新语》卷上《言语》注引孙绰《遂初赋叙》曰："余少慕老庄之道，仲其风流久矣。"

公元 329 年（晋成帝咸和四年）

会稽余姚人虞预迁散骑侍郎。

《晋书》卷八二《虞预传》载："虞预字叔宁，征士喜之弟也。本名茂，犯明穆皇后母讳，故改焉。预十二而孤，少好学，有文章。……从平王含，赐爵西乡侯。苏峻作乱，预先假归家，太守王舒请为谘议参军。峻平，进爵平康县侯，迁散骑侍郎，著作如故。除散骑常侍，仍领著作。以年老归，卒于家。预雅好经史，憎疾玄虚，其论阮籍裸袒，比之伊川被发，所以胡虏遍于中国，以为过衰周之时。著《晋书》四十余卷、《会稽典录》二十篇、《诸虞传》十二篇，皆行于世。所著诗赋碑诔论难数十篇。"

公元 333 年（晋成帝咸和八年）

四月，会稽人虞喜被举为贤良。会国有军事，不行。

《晋书》卷七《成帝纪》载："夏四月，诏封故新蔡王弼弟邈为新蔡王。以束帛征处士寻阳翟汤、会稽虞喜。"《征翟汤、虞喜为散骑常侍诏》见《晋书》卷九一《虞喜传》载："咸和末，诏公卿举贤良方正直言之士，太常华恒举喜为贤良。会国有军事，不行。咸康初，内史何充上疏曰：……疏奏，诏曰：……"

公元 335 年（晋成帝咸康元年）

八月，何充作《请征虞喜疏》，会稽人虞喜被征为散骑常侍，未就。

《晋书》卷九一《虞喜传》载："咸康初，内史何充上疏曰：'臣闻二八举而四门穆，十乱用而天下安，徽猷克阐，有自来矣。方今圣德钦明，思恢遐烈，旌舆整驾，俟贤而动。伏见前贤良虞喜天挺贞素，高尚遐世，束修立德，皓首不倦，加以傍综广深，博闻强识，钻坚研微有弗及之勤，处静味道无风尘之志，高枕柴门，怡然自足。宜使薄轮纤衡，以旌其操，一则翼赞大化，二则敦励薄俗。'疏奏，诏曰：'寻阳翟汤、会稽虞喜并守道清贞，不营世务，耽学高尚，操拟古人。往虽征命而不降屈，岂素丝难染而搜引礼简乎！政道须贤，宜纳诸廊庙，其并以散骑常侍征之。'又不起。"《晋书》卷七七《何充传》载："在郡甚有德政，荐征士虞喜，拔郡人谢奉、魏颛等以为佐吏。后以墓被发去郡。"《晋书》卷七《成帝纪》载本年八月，"束帛征处士翟汤、郭翻"。

公元 338 年(晋成帝咸康四年)

会稽人虞喜著《安天论》,葛洪闻而讥之。

《晋书》卷九一《虞喜传》载:"喜专心经传,兼览谶纬,乃著《安天论》以难浑、盖。"《晋书》卷一一《天文志上》载:"成帝咸康中,会稽虞喜因宣夜之作《安天论》,以为……葛洪闻曰……"《隋书》卷三四《经籍志三》载:"《安天论》六卷,虞喜撰。"

支遁出家,隐居余杭山,深思《道行》之品,委曲《慧印》之经。约在此时注《逍遥游》。

《高僧传》卷四《支遁传》载:"家世事佛,早悟非常之理。隐居余杭山,深思《道行》之品,委曲《慧印》之经。卓焉独拔,得自天心。年二十五出家,每至讲肆,善标宗会,而章句或有所遗,时为守文者所陋。"《世说新语》卷上之上《言语》注引《高逸沙门传》载:"支遁字道林,河内林虑人,或曰陈留人,本姓关氏。少而任心独往,风期离亮,家世奉法。尝于余杭山沉思道行,泠然独畅。年二十五,始释形入道。"又《世说新语》卷上之下《文学》载:"庄子《逍遥》篇,旧是难处,请名贤所可钻味,而不能拔理于郭、向之外。支道林在白马寺中,将冯太常共语,因及《逍遥》。支卓然标新理于二家之表,立异义于众贤之外,皆是诸名贤寻味之所不得。后遂用支理。"

公元 340 年(晋成帝咸康六年)

会稽王司马昱进抚军将军,领秘书监,尝与孙绰商略谢风流人物。

《晋书》卷九《简文帝纪》载:"咸康六年,进抚军将军,领秘书监。"又《晋书》卷九三《王濛传》载:"简文帝之为会稽王也,尝与孙绰商略诸风流人。"

许询与王修在会稽西寺辩论,王修作《全贤论》。

《世说新语》卷上之下《文学》载:"许掾(询也)。年少时,人以比王苟子,许大不平。时诸人士及于法师并在会稽西寺讲,王亦在焉。许意甚忿,便往西寺与王论理,共决优劣。苦相折挫,王遂大屈。许复执王理,王执许理,更相覆疏,王复屈。许谓支法师曰:'弟子向语何似?'支从容曰:'君语佳用佳矣,何至相苦邪?岂是求理中之谈哉?'"

公元 341 年（晋成帝咸康七年）

谢安寓居会稽，与王羲之及高阳许询、桑门支遁游处。赴扬州刺史庾冰之召，月余告归。

《晋书》卷七九《谢安传》载："寓居会稽，与王羲之及高阳许询、桑门支遁游处，出则渔弋山水，入则言咏属文，无处世意。扬州刺史庾冰以安有重名，必欲致之，累下郡县敦逼，不得已赴召，月余告归。复除尚书郎、琅邪王友，并不起。"《世说新语》卷上之上《言语》程炎震注引《晋略列传》卷二七《谢安传》载："咸康中，庾冰强致之。"

公元 343 年（晋康帝建元元年）

五月癸丑，晋康帝司马岳诏司马昱领太常。

《晋书》卷九《简文帝纪》载："建元元年夏五月癸丑，康帝诏曰：'太常职奉天地，兼掌宗庙，其为任也，可谓重矣。是以古今选建，未尝不妙简时望，兼之儒雅。会稽王叔履尚清虚，志道无倦，优游上列，讽议朝肆。其领太常本官如故。'"

六月壬午，处士寻阳翟汤、会稽虞喜被征。

《晋书》卷七《康帝纪》载："六月壬午，又以束帛征处士寻阳翟汤、会稽虞喜。"

支遁入剡，居剡山。

《世说新语》卷上之上《言语》载："支公好鹤，住剡东岇山。"注引《支公书》："山去会稽二百里。"

公元 344 年（晋康帝建元二年）

会稽山阴人谢沈以太学博士征。

《晋书》卷八二《谢沈传》载："谢沈字行思，会稽山阴人也。曾祖斐，吴豫章太守。父秀，吴翼正都尉。沈少孤，事母至孝，博学多识，明练经史。郡命为主簿、功曹，察孝廉，太尉郗鉴辟，并不就。会稽内史何充引为参军，以母老去职。平西将军庾亮命为功曹，征北将军蔡谟版为参军，皆不就。闲居养母，不交人事，耕耘之暇，研精坟籍。康帝即位，朝议疑七庙迭毁，乃以太学博士征，以质疑滞。以母忧去职。服阕，除尚书度支郎。何充、庾冰并称沈有史才，迁著作郎，撰《晋书》三十余卷。会卒，时年五十二。沈先著《后汉书》百卷及《毛诗》、《汉书外传》,所著述及诗赋文论皆行于世。其才学在虞预之右云。"《晋书》卷三五《经籍志四》载:"梁有《谢沈集》十卷……文亡。"《晋书》卷一三〇辑文三篇。

王献之(344—386)生,为王羲之第七子,生长在绍兴,官至中书令。

《晋书》卷八〇《王献之传》载:"献之字子敬。少有盛名,而高迈不羁,虽闲居终日,容止不怠,风流为一时之冠。……工草隶,善丹青。……起家州主簿、秘书郎,转丞,以选尚新安公主。尝经吴郡,闻顾辟强有名园,先不相识,乘平肩舆径入。时辟强方集宾友,而献之游历既毕,傍若无人。……谢安甚钦爱之,请为长史。安进号卫将军,复为长史。……寻除建威将军、吴兴太守,征拜中书令。"

公元 345 年(晋穆帝永和元年)

四月壬戌,司马昱进位抚军大将军,录尚书六条事。

《晋书》卷八《穆帝纪》载:"夏,四月壬戌,诏会稽王昱录尚书六条事。"又《晋书》卷九《简文帝纪》载:"永和元年,崇德太后临朝,进位抚军大将军,录尚书六条事。"

公元 346 年(晋穆帝永和二年)

二月,癸丑,会稽王司马昱辅政,专总万机,作《答殷浩笺》。

《晋书》卷八《穆帝纪》载:"二月,癸丑,以左光禄大夫蔡谟领司徒,录尚书六条事、抚军大将军、会稽王昱及谟并辅政。"《晋书》卷九《简文帝纪》:本年,"崇德太后诏帝专总万机"。《晋书》卷八《穆帝纪》载:"三月丙子,以前司徒左长史殷浩为建武将军、扬州刺史。"《晋书》卷七七《殷浩传》载:"简文帝时在藩,始综万几,卫将军褚裒荐浩,征为建武将军、扬州刺史。浩上疏陈让,并致笺于简文,具自申叙。简文答之曰:……浩频陈让,自三月至七月,乃受拜焉。"

七月,司马昱作《奏四祖祧书》,遣祠至会稽,访处士虞喜。

《晋书》卷九一《虞喜传》载:"永和初,有司奏称十月殷祭,京兆府君当迁祧室,征西、豫章、颖川三府君初毁主,内外博议不能决。时喜在会稽,朝廷遣就喜咨访焉。其见重如此。"《晋书》卷一九《礼志上》载:"遣祠至会稽,访处士虞喜。喜答曰:……是时简文为抚军、与尚书郎刘邵等奏。"

公元 350 年（晋穆帝永和六年）

　　王述迁会稽内史，作《答讳》。

　　《晋书》卷七五《王述传》载：述出补临海太守，迁建威将军，会稽内史。莅政清肃，终日无事。母忧去职。服阕，代殷浩为扬州刺史，加征虏将军。初至，主簿请讳。报曰……

公元 351 年（晋穆帝永和七年）

　　会稽内史王述母卒，丁忧去职。

　　《晋书》卷七五《王述传》载："迁建威将军，会稽内史。莅政清肃，终日无事。母忧去职。服阕，代殷浩为扬州刺史，加征虏将军。"

　　王羲之为右军将军、会稽内史。书《复蒙殊遇帖》、《此郡帖》。

　　《晋书》卷八〇《王羲之传》载："羲之既拜护军，又苦求宣城郡，不许，乃以为右军将军、会稽内史。""羲之雅好服食养性，不乐在京师，初渡浙江，便有终焉之志。""时骠骑将军王述少有名誉，与羲之齐名，而羲之甚轻之，由是情好不协。述先为会稽，以母丧居郡境，羲之代述，止一吊，遂不重诣。述每闻角声，谓羲之当候己，辄洒扫而待之。如此者累年，而羲之竟不顾，述深以为恨。及述为扬州刺史，将就征，周行郡界，而不过义之，临发，一别而去。"《晋书》卷七五载："述出补临海太守，迁建威将军、会稽内史。莅政清肃，终日无事。"《晋书》卷八《穆帝纪》载十年"二月己丑，太尉、征西将军桓温帅师伐关中。废扬州刺史殷浩为庶人，以前会稽内史王述为扬州刺史。"《复蒙殊》见《全晋文》，其云："复蒙殊遇，求之本心，公私愧叹，无言以喻。去月十一都，违远朝廷……"《此郡帖》见《全晋文》卷二六，其云："此郡之弊，不谭于此，诸逋滞非复一条。独坐不知何以为治。自非常方所济，吾无故舍逸面无所复及耳。"

　　会稽内史王羲之引孙绰任右军长史。

　　《晋书》卷五六《孙绰传》载："会稽内史王羲之引为右军长史。转永嘉太守，迁散骑常侍，领著作郎。"

　　支遁与王羲之论《逍遥游》，在山阴修行、传播佛法。

　　《世说新语》卷上之下《文学》载："王逸少作会稽，初至，支道林在焉。孙兴公谓王曰：'支道林拔新领异，胸怀所及乃自佳，卿欲见不？'王本自有一往隽气，殊自轻之。后孙与支共载往王许，王都领域，不与交言。须臾支退，后正值王当行，车已在门。支语王曰：'君未可去，贫道与小语。'因论《庄子·逍遥游》。支作数千言，才藻新奇，花烂映发。王遂披襟解带，留连不能已。"《高僧传》卷四《支遁传》载："俄又投迹剡山，于沃洲小岭立寺行道。僧众百余，常随禀学。时或有堕者，遁乃著《座右铭》以勖之。曰……时论以遁才堪经赞，而洁己拔俗，有违兼济之道，遁乃作《释蒙论》。晚移石城山，又立栖光寺。宴坐山门，游心禅苑，木喰涧饮，浪志无生。乃注《安般》、《四禅》诸经及《即色游玄论》、《圣不辩知论》、《道行旨归》、《学道诫》等。追踪马鸣，蹑影龙树，义应法本，不违实相。"

公元 352 年（晋穆帝永和八年）

抚军大将军、会稽王昱为司徒。

《晋书》卷八《穆帝纪》载七月"丁酉，以镇军大将军、武陵王晞为太宰，抚军大将军、会稽王昱为司徒，征西大将军桓温为太尉"。

公元 353 年（晋穆帝永和九年）

三月，王羲之与孙绰、谢安等名士宴集山阴兰亭，作《三月三日兰亭诗序》、《兰亭诗》。

《晋书》卷八〇《王羲之传》载："羲之雅好服食养性，不乐在京师，初渡浙江，便有终焉之志。会稽有佳山水，名士多居之，谢安未仕时亦居焉。孙绰、李充、许询、支遁等皆以文义冠世，并筑室东土，与羲之同好。尝与同志宴集于会稽山阴之兰亭，羲之自为之序以申其志，曰：……或以潘岳《金谷诗序》方其文，义之比于石崇，闻而甚喜。"《临河叙》见《全晋文》卷二六云："永和九年，岁在癸丑，暮春之初，会于会稽山阴之兰亭，修禊事也。群贤毕至，少长咸集。……故列叙时人，录其所述，右将军司马太原孙成公等二十六人赋诗如左，前余姚令会稽谢胜等十五人不能赋诗，罚酒各三斗。"《晋诗》卷一三辑《兰亭诗》者二十六人，与《临河叙》记载相同。辑诗共三十七首。

戴逵徙居剡县，作《放达为非道论》、《与所亲书》。

《晋书》卷九四《戴逵传》载："逵后徙居会稽之剡县。性高洁，常以礼度自处，深以放达为非道，乃著论曰……"《世说新语》卷下之上《栖逸》注引《续晋阳秋》载："逵不乐当世，以琴书自娱，隐会稽剡县，国子博士征，不就。"又《世说新语》卷下之上《栖逸》载："郗超每闻高尚隐退者，辄办百万资，并为造立居宇。在剡为戴公起宅,甚精整。戴始往旧居,"

三月,临海太守王述为扬州刺史,作《下主簿教》。

《晋书》卷七五《王述传》载:"述出补临海太守,迁建威将军、会稽内史。莅政清肃,终日无事。母忧去职。服阕,代殷浩为扬州刺史,加征虏将军。初至,主簿请讳。报曰……"《晋书》卷八《穆帝记》系此事于本年二月,《建康实录》卷八《孝宗穆皇帝录》系于本年三月,《资治通鉴》系于本年正月。

公元 355 年(晋穆帝永和十一年)

三月,王羲之作《为会稽内史称疾去郡于父墓前自誓文》,与道士许迈共修服食。

《晋书》卷八〇《王羲之传》载:"(王)述后检察稽郡,辩其刑政,主者疲于简对。羲之深耻之,遂称病去郡,于父母墓前自誓曰:'维永和十一年三月癸卯朔,九日辛亥,小子羲之敢告二尊之灵。羲之不天,夙遭闵凶,不蒙过庭之训。母兄鞠育,得渐庶几,遂因人乏,蒙国宠荣。进无忠孝之节,退违推贤之义,每仰咏老氏、周任之诫,常恐死亡无日,忧及宗祀,岂在微身而已!是用寤寐永叹,若坠深谷。止足之分,定之于今。谨以今月吉辰肆筵设席,稽颡归诚,告誓先灵。自今之后,敢渝此心,贪冒苟进,是有无尊之心而不子也。子而不子,天地所不覆载,名教所不得容。信誓之诚,有如皦日!'羲之既去官,与东土人士尽山水之游,弋钓为娱。又与道士许迈共修服食,采药石不远千里,遍游东中诸郡,穷诸名山,泛沧海。……初,羲之既优游无事,与吏部郎谢万书曰……"

道士许迈与王羲之为世外之交,作《遗王羲之书》。

《晋书》卷八〇《许迈传》载:"羲之造之,未尝不弥日忘归,相与为世外之交。玄遗羲之书云……羲之自为之传,述灵异之迹甚多,不可详记。"《太平御览》卷四一〇引《道学论》载:"许迈,字叔玄。……与王右军父子为世外之交。王亦辞荣好养生之事,每造远游,未尝不弥日忘返。"

公元 357 年(晋穆帝升平元年)

六月,羲之书《旦夕帖》、《君顷帖》约在此时。

《全晋文》卷二二《旦夕帖》云:"谢无奕外任,数书问无他,仁祖日往,言寻悲酸,如何可言!""谢无奕外任"当指谢弈出为豫州刺史。《晋书》卷八《穆帝纪》：六月"以军司谢奕为使持节、都督、安西将军、豫州刺史"。《全晋文》卷二三云："仁祖家欲至芜湖,单弱伶俜何所成？"

公元358年（晋穆帝升平二年）

正月,司徒、会稽王昱稽首归政,帝不许。

《晋书》卷八《穆帝纪》载："二年春正月,司徒、会稽王昱稽首归政,帝不许。"

王述作《与会稽王笺》,推荐温峤之子温放之。

《晋书》卷六七《温峤传》载："放之嗣爵,少历清官,累至给事黄门侍郎。以贫,求为交州,朝廷许之。王述与会稽王笺曰：'放之温峤之子,宜见优异……'"时竟不纳。

公元361年（晋穆帝升平五年）

支遁居会稽,受哀帝司马丕之请至京,入住东安寺。

《世说新语》卷上之下《文学》注引《高逸沙门传》载：支遁"居会稽,晋哀帝钦其风味,遣中使至东迎之。遁遂辞丘壑,高步天邑"。《高僧传》卷四《支遁传》载："至晋哀帝即位,频遣两使,征请出都,止东安寺,讲《道行般若》,白黑钦崇,朝野悦服。"《全晋文》卷一五七载支遁《上书告辞哀帝》云："自到天庭,屡蒙引见,优游宾礼,策以微言。"

王羲之卒。

《全晋文》卷二三《应期帖》云："应期承运,践登大祚,普天率土,莫不同庆。臣抱疾遐外,不获随例赡望宸极,屏营一隅。"《全晋文》卷二五《足下帖》云："吾年垂耳顺,推之人理,得尔以为厚幸。"耳顺为六十岁,王羲之本年五十九岁。《晋书》卷八〇《王羲之传》载："年五十九卒,赠金紫光禄大夫。诸子遵父先旨,固让不受。"陶弘景《真诰》卷一六《阐幽微》云："逸少……升平五年辛酉岁卒,年五十九。"则王羲之卒于本年。

公元364年（晋哀帝兴宁二年）

会稽王司马道子生。

《晋书》卷六四《简文三子传》载："简文帝七子：王皇后生会稽思世子道生、皇子俞生。胡淑仪生临川献王郁、皇子朱生。王淑仪生皇子天流。李夫人生孝武帝、会稽文孝王道子。"

废帝即位,封王子昌明为会稽王。

《晋书》卷八《海西公纪》载:"秋七月,匈奴左贤王卫辰、右贤王曹谷帅衆二万侵苻监杏城。己酉,改封会稽王昱为琅邪王。"《晋书》卷九《简文帝纪》载:"废帝即位,以琅邪王绝嗣,复徙封琅邪,而封王子昌明为会稽王。帝固让,故虽封琅邪而不去会稽之号。"

公元366年(海西公太和元年)

闰四月,四日,支遁移还坞中,卒前作《切悟章》。

《高僧传》卷四《支道林传》载:"移还坞中,以晋太和元年闰四月四日终于所住,春秋五十有三。即窆于坞中,厥塚存焉。或云终剡,未详。郗超为之序传,袁宏为之铭赞,周昙宝为之作诔,孙绰《道贤论》以遁方向子期,论云:……遁有同学法虔精理入神,先遁亡,遁叹曰:'昔匠石废斤于郢人,牙生辍弦于钟子,推己求人,良不虚矣!宝契既潜,发言莫赏,中心蕴结,余其亡矣!'乃著《切悟章》,临亡成之,落笔而卒。凡遁所著文翰,集有十卷,盛行于世。"

十月,会稽王司马昱为丞相。

《晋书》卷八《海西公纪》载冬十月"以会稽王昱为丞相"。又《晋书》卷九《简文帝纪》载:"太和元年,进位丞相、录尚书事,入朝不趋,赞拜不名,剑履上殿,给羽葆鼓吹班剑六十人,又固让。"

公元369年(晋废帝太和四年)

郗愔辞北伐帅职,转为会稽内史。

《晋书》卷六七《郗愔传》载:"俄属桓温北伐,愔请督所部出河上,用其子超计,以己非将帅才,不堪军旅,又固辞解职,劝温并领己所统。转冠军将军、会稽内史。"

九月,会稽太守桓温北伐失败。

《晋书》卷九八《桓温传》载:"温击破之,遂至枋头。先使袁真伐谯梁,开石门以通运。真讨谯梁皆平之,而不能开石门,军粮竭尽。温焚舟步退,自东燕出仓垣,经陈留,凿井而饮,行七百余里。垂以八千骑追之,战于襄邑,温军败绩,死者三万人。温甚耻之,归罪于真,表废为庶人。真怨温诬己,据寿阳以自固,潜通苻坚、慕容暐。……时温行役既久,又兼疾疠,死者十四五,百姓嗟怨。"《晋书》卷八《废帝海西公纪》载:"九月……戊子,温至枋头。丙申,以粮运不继,焚舟而归。辛丑,慕容垂追败温后军于襄邑。……十一月辛丑,桓温自山阳及会稽王昱会于涂中,将谋后举。"

会稽人孔琳之生。

《宋书》卷五六《孔琳之传》载:"孔琳之字彦琳,会稽山阴人。祖沈,晋丞相掾。父廞,光禄大夫。琳之强正有志力,好文义,解音律,能弹棋,妙善草隶。……景平元年,卒,时年五十五。"

公元 372 年(晋简文帝咸安二年)

简文帝司马昱立会稽王昌明为皇太子,皇子道子为琅邪王,领会稽内史。

《晋书》卷九《简文帝纪》载:"己未,立会稽王昌明为皇太子,皇子道子为琅邪王,领会稽内史。是日,帝崩于东堂,时年五十三。葬高平陵,庙号太宗。"

七月,司马道子为琅琊王、领会稽内史。

《晋书》卷九《简文帝纪》载本年七月,"皇子道子为琅邪王,领会稽内史"。《晋书》卷六四《会稽文孝王道子传》载:"少以清澹为谢安所称。年十岁,封琅邪王。"

公元 373 年(晋孝武帝宁康元年)

七月,范宁为余杭令。

《晋书》卷七五《范宁传》载:"宁崇儒抑俗,率皆如此。温薨之后,始解褐为余杭令,在县兴学校,养生徒,洁己修礼,志行之士莫不宗之。期年之后,风化大行。自中兴已来,崇学敦教,未有如宁者也。在职六年,迁临淮太守,封阳遂乡侯。"

公元 374 年(晋孝武帝宁康二年)

范宁在余杭县崇学敦教。

《晋书》卷七五《范宁传》载:"温薨之后,始解褐为余杭令,在县兴学校,养生徒,洁己修礼,志行之士莫不宗之。期年之后,风化大行。自中兴已来,崇学敦教,未有如宁者也。"

公元 375 年(晋孝武帝宁康三年)

九月,袁宏在孝武帝司马讲《孝经》时执经,出为东阳郡太守。

《晋书》卷九二《袁宏传》载:"谢安常赏其机对辩速。后安为扬州刺史,宏自吏部郎出为东阳郡,乃祖道于冶亭。时贤皆集,安欲以卒迫试之,临别执其手,顾就左右取一扇而授之曰:'聊以赠行。'宏应声答曰:'辄当奉扬仁风,慰彼黎庶。'时人叹其率而能要焉。"

公元 376 年(晋孝武帝太元元年)

会稽文孝王司马道子任散骑常侍、中军将军,进骠骑将军。

《晋书》卷六四《会稽文孝王道子传》载:"太元初,拜散骑常侍、中军将军,进骠骑将军。后公卿奏:'道子亲贤莫二,宜正位司徒。'固让不拜。使录尚书六条事,寻加开府,领司徒。"

十月,王彪之卒。有《登会稽刻石山诗》、《与诸兄弟方山别诗》等。

《晋书》卷七六《王彪之传》载:"加光禄大夫、仪同三司,未拜。疾笃,帝遣黄门侍郎问所苦,赐钱三十万以营医药。太元二年卒,年七十三。即以光禄为赠,谥曰简。"《隋书》卷三五《经籍志四》载:"晋左光禄《王彪之集》二十卷,梁有录一卷。"《晋诗》卷一四辑诗四首:《登会稽刻石山诗》、《游仙诗》、《与诸兄弟方山别诗》、《登冶城楼诗》。

公元 384 年(晋孝武帝太元九年)

谢安都督扬、江等十五州诸军事。

《晋书》卷九《孝武帝纪》载本年九月"甲午,加太保谢安大都督扬、荆、司、豫、徐、兖、青、冀、幽、并、梁、益、雍、凉十五州诸军事"。又《晋书》卷七九《谢安传》载:"乃进都督扬、江、荆、司、豫、徐、兖、青、冀、幽、并、宁、益、雍、梁十五州军事,加黄钺,其本官悉如故,置从事中郎二人。安上疏让太保及爵,不许。是时桓冲既卒,荆、江二州并缺,物论以玄勋望,宜以授之。安以父子皆著大勋,恐为朝廷所疑,又惧桓氏失职,桓石虔复有沔阳之功,虑其骁猛,在形胜之地,终或难制,乃以桓石民为荆州,改桓伊于中流,石虔为豫州。既以三桓据三州,彼此无怨,各得所任。其经远无竞,类皆如此。"

公元 387 年(晋孝武帝太元十二年)
　　戴逵不就散骑常侍、国子博士。郡县敦逼不已,乃逃于吴。谢玄上疏请绝其召命,戴逵复还剡。
　　《晋书》卷九《孝武帝纪》载:"六月癸卯,束帛聘处士戴逵、龚玄之。"《晋书》卷九四《戴逵传》载:"孝武帝时,以散骑常侍、国子博士累征,辞父疾不就。郡县敦逼不已,乃逃于吴。吴国内史王珣有别馆在武丘山,逵潜诣之,与珣游处积旬。会稽内史谢玄虑逵远遁不反,乃上疏曰:'伏见谯国戴逵希心俗表,不婴世务,栖迟衡门,与琴书为友。虽策命屡加,幽操不回,超然绝迹,自求其志。且年垂耳顺,常抱羸疾,时或失适,转至委笃。今王命未回,将离风霜之患。陛下既已爱而器之,亦宜使其身名并存,请绝其召命。'疏奏,帝许之,逵复还剡。"

公元 388 年(孝武帝太元十三年)
　　山阴人帛道猷作书与竺道壹,其中有五言诗一首。
　　《高僧传》卷五《竺道壹传》载:时若耶山有帛道猷者,本姓冯,山阴人。少以篇牍著称,性率素,好丘壑,一吟一咏,有濠上之风。与道壹经有讲筵之遇,后与壹书云:"始得优游山林之下,纵心孔释之书,触兴为诗,陵峰采药,服饵蠲痾,乐有余也。但不与足下同日,以此为恨耳。因有诗曰:'连峰数千里,修林带平津。云过远山翳,风至梗荒榛。茅茨隐不见,鸡鸣知有人。闲步践其迳,处处见遗薪。始知百代下,故有上皇民。'"壹既得书,有契心抱,乃东适耶溪,与道猷相会,定于林下。于是纵情尘外,以经书自娱。

公元 392 年(晋孝武帝太原十七年)
　　十一月庚寅,司马道子为会稽王。
　　《晋书》卷九《孝武帝纪》载本年十一月"庚寅,徙封琅邪王道子为会稽王,封皇子德文为琅邪王"。

公元 394 年(晋孝武帝太元十九年)
　　孝武帝司马曜作《上会稽太妃尊号诏》。
　　《晋书》卷三二《简文宣郑太后传》载:"太元十九年,孝武帝下诏曰:'会稽太妃文母之德,徽音有融,诞载圣明,光延于晋。先帝追尊圣善,朝议不一,道以疑屈。朕述遵先志,常惕于心。今仰奉遗旨,依《阳秋》二汉孝怀皇帝故事,上太妃尊号曰简文太后。'于是立庙于太庙路西,陵曰嘉平。时群臣希旨,多谓郑太后应配食于元帝者。"

公元 397 年(晋安帝隆安元年)

安帝司马德宗改元,会稽王司马道子稽首归政。

《晋书》卷一〇《安帝纪》载:"隆安元年春正月己亥朔,帝加元服,改元,增文武位一等。太傅、会稽王道子稽首归政。"

公元 399 年(晋安帝隆安三年)

谢灵运欲做佛教徒,未遂。自钱塘回建康。

《全宋文》卷三三辑谢灵运《庐山慧远法师诔(并序)》云:"予志学之年,希门人之末。惜哉,诚愿弗遂。"

公元 400 年(晋安帝隆安四年)

十一月,刘裕戍句章城。

《宋书》卷一《武帝纪上》载本年"十一月,刘牢之复率众东征,恩退走。牢之屯上虞,使高祖戍句章城。句章城既卑小,战士不盈数百人,高祖常被坚执锐,为士卒先,每战辄摧锋陷阵,贼乃退还浃口。于时东伐诸帅,御军无律,士卒暴掠,甚为百姓所苦。唯高祖法令明整,所至莫不亲赖焉"。

公元 402 年(晋安帝元兴元年)

孙恩帅军攻打临海,临海太守辛景击孙恩而斩之。孙恩余部由其妹夫卢循率领。

《晋书》卷一〇《安帝纪本》载:"临海太守辛景击孙恩,斩之。"《晋书》卷一〇〇《卢循传》载:"恩亡,余众推循为主。"《晋书》卷一三《天文志下》载:"元兴元年正月,卢循自称征虏将军,领孙恩余众,略有永嘉、晋安之地。"

公元 406 年(晋安帝义熙二年)

陆修静(406—477)生,吴兴东迁(今吴兴县)人。

《太平御览》卷六六七引《道学传》载:"陆修静字符德,吴兴人。太始七年,率众建三元露斋。"《太平寰宇記》卷一一一载:"宋陆修静,吴兴人也。少怀虚素,元嘉末,曾游京师。宋文帝钦风慕道,制停霞宝辇,使仆射徐湛赐焉。先生因辞,远游江汉,还入庐山。此其隐地。"

公元 414 年(晋安帝义熙十年)

会稽山阴人戴法兴生,好学。

《宋书》卷九四《戴法兴传》载:"戴法兴,会稽山阴人也。家贫,父硕子,贩纻为业。法兴二兄延寿、延兴并修立,延寿善书,法兴好学。"

公元 419 年(晋恭帝元熙元年)

沈驎士(419—503)生,吴兴武康(今德清)人。

《南齐书》卷五四《沈驎士传》载:"沈驎士字云祯,吴兴武康人也。祖膺期,晋太中大夫。驎士少好学,家贫,织帘诵书,口手不息。宋元嘉末,文帝令尚书仆射何尚之抄撰《五经》,访举学士,县以驎士应选。……隐居余不吴差山,讲经教授,从学者数十百人,各营屋宇,依止其侧。驎士重陆机《连珠》,每为诸生将之。……驎士负薪汲水,并日而食,守操终老。笃学不倦,遭火,烧书数千卷,驎士年过八十,耳目犹聪明,手以反故抄写,火下细书,复成二三千卷,满数十箧,时人以为养身静嘿之所致也。著《周易两系庄子内篇训》,注《易经》、《礼记》、《春秋》、《尚书》、《论语》、《孝经》、《丧服》、《老子要略》数十卷。以杨王孙、皇甫谧深达生死,而终礼矫伪,乃自作终制。年八十六,卒。"

沈浚,字叔源,吴兴武康人。

《梁书》四三《沈峻传》载:"沈浚字叔源,吴兴武康人。……浚少博学,有才干,历山阴、吴、建康令,并有能名。入为中书郎,尚书左丞。侯景逼京城,迁御史中丞。……及破张嵊,乃求浚以害之。"

[南北朝]

公元 422 年(宋武帝永初三年)

谢灵运为永嘉太守。肆意游遨,遍历诸县。所至辄为诗咏,以致其意焉。

《宋书》卷六七《谢灵运传》载:"少帝即位,权在大臣,灵运构扇异同,非毁执政，司徒徐羡之等患之，出为永嘉太守。郡有名山水，灵运素所爱好，出守既不得志，遂肆意游遨，遍历诸县，动逾旬朔，民间听讼，不复关怀。所至辄为诗咏，以致其意焉。在郡一周，称疾去职，从弟晦、曜、弘微等并与书止之，不从。"

公元428年（宋文帝元嘉五年）

灵运既东还，与族弟惠连、东海何长瑜、颍川荀雍、泰山羊璿之，以文章赏会，共为山泽之游，时人谓之四友。

《宋书》卷六七《谢灵运传》载："灵运以疾东归，而游娱宴集，以夜续昼，复为御史中丞傅隆所奏，坐以免官。是岁，元嘉五年。……惠连幼有才悟，而轻薄不为父方明所知。灵运去永嘉还始宁，时方明为会稽郡。灵运尝自始宁至会稽造方明，过视惠连，大相知赏。……长瑜文才之美，亚于惠连，雍、璿之不及也。临川王义庆招集文士，长瑜自国侍郎至平西记室参军。尝于江陵寄书与宗人何勖，以韵语序义庆州府僚佐云：'陆展染鬓发，欲以媚侧室。青青不解久，星星行复出。'"

谢灵运凿山浚湖，尝自始宁南山伐木开径，直至临海，从者数百人。又赠诗与临海太守王琇。

《宋书》卷六七《谢灵运传》载："灵运因父祖之资，生业甚厚。奴僮既众，义故门生数百，凿山浚湖，功役无已。寻山陟岭，必造幽峻，岩嶂千重，莫不备尽。登蹑常著木履，上山则去其前齿，下山去其后齿。尝自始宁南山伐木开径，直至临海，从者数百人。临海太守王琇惊骇，谓为山贼，徐知是灵运乃安。又要琇更进，琇不肯，灵运赠琇诗曰：'邦君难地崄，旅客易山行。'在会稽亦多徒众，惊动县邑。太守孟𫖮事佛精恳，而为灵运所轻，尝谓𫖮曰：'得道应须慧业文人，生天当在灵运前，成佛必在灵运后。'𫖮深恨此言。"

公元434年（宋文帝元嘉十一年）

颜延之为永嘉太守。作《五君咏》以述竹林七贤。

《宋书》卷七三《颜延之传》载："延之好酒疏诞，不能斟酌当世，见刘湛、殷景仁专当要任，意有不平，常云：'天下之务，当与天下共之，岂一人之智所能独了！'辞甚激扬，每犯权要。谓湛曰：'吾名器不升，当由作卿家吏。'湛深恨焉，言于彭城王义康，出为永嘉太守。延之甚怨愤，乃作《五君咏》以述竹林七贤,山涛、王戎以贵显被黜,咏嵇康曰:'鸾翮有时铩,龙性谁能驯。'咏阮籍曰:'物故可不论,途穷能无恸。'咏阮咸曰:'屡荐不入官,一麾乃出守。'咏刘伶曰:'韬精日沉饮,谁知非荒宴。'此四句,盖自序也。湛及义康以其辞旨不逊,大怒。时延之已拜,欲黜为远郡。"

公元441年(宋文帝元嘉十八年)

沈约(441—513)生,吴兴武康(今浙江德清)人。

《梁书》卷一三《沈约传》载:"沈约字休文,吴兴武康人也。……起家奉朝请。济阳蔡兴宗闻其才而善之;兴宗为郢州刺史,引为安西外兵参军,兼记室。……齐初为征虏记室,带襄阳令,所奉之王,齐文惠太子也。太子入居东宫,为步兵校尉,管书记,直永寿省,校四部图书。……迁太子家令,后以本官兼著作郎,迁中书郎,本邑中正,司徒右长史,黄门侍郎。时竟陵王亦招士,约与兰陵萧琛、琅邪王融、陈郡谢朓、南乡范云、乐安任昉等皆游焉,当世号为得人。……九年,转左光禄大夫,侍中、少傅如故,给鼓吹一部。……约性不饮酒,少嗜欲,虽时遇隆重,而居处俭素。立宅东田,瞩望郊阜。尝为《郊居赋》。……寻加特进,光禄、侍中、少傅如故。十二年,卒官,时年七十三。……所著《晋书》百一十卷,《宋书》百卷,《齐纪》二十卷,《高祖纪》十四卷,《迩言》十卷,《谥例》十卷,《宋文章志》三十卷,文集一百卷,皆行于世。"

公元447年(宋文帝元嘉二十四年)

孔稚圭(447—501)生,会稽(今绍兴)人。

《(嘉泰)会稽志》卷一四载:"孔稚圭字德璋,会稽山阴人。少学涉有美誉,齐高帝为骠骑,取为记室参军,与江淹对掌辞笔。历黄门郎御史中丞。建武初,为南郡太守。征侍中,不行,留本任。稚珪风韵清疏,好文咏,与外兄张融情趣相得。又与琅琊王思远、庐江何点、点弟并欵交,不乐世务,居宅甚营山水,凭几独酌,傍无别事。"

公元454年(宋孝武帝孝建元年)

会稽山阴人朱百年卒,隐逸诗人。

《宋书》卷九三《朱百年传》载:"朱百年,会稽山阴人也。……颇能言理,时为诗咏,往往有高胜之言。……百年孝建元年卒山中,时年八十七。"

公元 464 年（宋孝武帝大明八年，魏文成帝和平五年）

丘迟（464—508）生，吴兴乌程（今湖州）人。

《梁书》卷四九《丘迟传》载："丘迟字希范，吴兴乌程人也。……迟八岁便属文，灵鞠常谓气骨似我。黄门郎谢超宗、征士何点并见而异之。及长，州辟从事，举秀才，除太学博士。迁大司马行参军，遭父忧去职。服阕，除西中郎参军。累迁殿中郎，以母忧去职。服除，复为殿中郎，迁车骑录事参军。高祖平京邑，霸府开，引为骠骑主簿，甚被礼遇，时劝进梁王及殊礼，皆迟文也。高祖践阼，拜散骑侍郎，俄迁中书侍郎、领吴兴邑中正、待诏文德殿。时高祖著《连珠》，诏群臣继作者数十人，迟文最美。天监三年，出为永嘉太守，在郡不称职，为有司所纠，高祖爱其才，寝其奏。四年，中军将军临川王宏北伐，迟为咨议参军，领记室。时陈伯之在北，与魏军来距，迟以书喻之，伯之遂降。还拜中书郎，迁司徒从事中郎。七年，卒官，时年四十五。所著诗赋行于世。"

公元 466 年（宋明帝泰始二年，魏献文帝天安元年）

褚渊在明帝即位后，出为吴兴太守。

《南齐书》卷二三《褚渊传》载："帝在藩，与渊以风素相善，及即位，深相委寄，事皆见从。改封雩都县伯，邑五百户。转侍中，领右卫将军，寻迁散骑常侍，丹阳尹。出为吴兴太守，常侍如故，增秩千石，固辞增秩。"

公元 469 年（宋明帝泰始五年，魏献文帝皇兴三年）

吴均（469—519）生，吴兴故鄣（今浙江安吉）人。

《南史》卷七二《吴均传》载："吴均字叔庠，吴兴故鄣人也。家世寒贱，至均好学有俊才，沈约尝见均文，颇相称赏。梁天监初，柳恽为吴兴，召补主簿，日引与赋诗。均文体清拔，有古气，好事者或效之，谓为'吴均体'。均尝不得意，赠恽诗而去，久之复来，恽遇之如故，弗之憾也。荐之临川靖惠王，王称之于武帝，即日召入赋诗，悦焉。待诏著作，累迁奉朝请。先是，均将著史以自名，欲撰齐书，求借起居注及群臣行状，武帝不许，遂私撰《齐春秋》奏之。书称帝为齐明帝佐命，帝恶其实录，以其书不实，使中书舍人刘之遴诘问数十条，竟支离无对。敕付省焚之，坐免职。寻有敕召见，使撰《通史》，起三皇讫齐代。均草本纪、世家已毕，唯列传未就，卒。均注范晔《后汉书》

九十卷,著《齐春秋》三十卷,《庙记》十卷,《十二州记》十六卷,《钱唐先贤传》五卷,《续文释》五卷,文集二十卷。"

公元 473 年(宋后废帝元徽元年,魏孝文帝延兴三年)

周颙为剡令。有恩惠,百姓思之。

《南齐书》卷四一《周颙传》载:"元徽初,出为剡令,有恩惠,百姓思之。还历邵陵王南中郎三府参军。"

公元 479 年(南齐高帝建元元年)

周颙为阴令。

《南齐书》卷四一《周颙传》载:"建元初,为长沙王参军,后军参军,山阴令。县旧订滂民,以供杂使。"

丘巨源不愿为武昌太守,改授为余杭令。

《南齐书》卷五二《丘巨源传》载:"建元元年,为尚书主客郎,领军司马,越骑校尉。除武昌太守,拜竟,不乐江外行,世祖问之,巨源曰:'古人云:宁饮建业水,不食武昌鱼。臣年已老,宁死于建业。'以为余杭令。"

范云从会稽太守竟陵王子良游。

《梁书》卷一三《范云传》载:"齐建元初,竟陵王子良为会稽太守,云始随王,王未之知也。会游秦望,使人视刻石文,时莫能识,云独诵之,王悦,自是宠冠府朝。"

公元 481 年(南齐高帝建元三年)

何戢为左将军、吴兴太守。

《南齐书》卷三二《何戢传》载:"三年,出为左将军、吴兴太守。上颇好画扇,宋孝武赐戢蝉雀扇,善画者顾景秀所画。时陆探微、顾彦先皆能画,叹其巧绝。戢因王晏献之,上令晏厚酬其意。"

公元 483 年(南齐武帝永明元年)

谢超宗徙越州,行至豫章谢氏自尽。

《南齐书》卷三六《谢超宗传》载:"伈奏弹之始,臣等并即经见加推纠,案入主书,方被却检,疏谬之愆,伏追震悚。诏曰:'超宗衅同大逆,罪不容诛。

象匿情欺国,爱朋罔主,事合极法,特原收治,免官如案,禁锢十年。'超宗下廷尉,一宿发白皓首。诏徙越州,行至豫章,上敕豫章内史虞悰曰:'谢超宗令于彼赐自尽,勿伤其形骸。'"

公元 483 年(南齐武帝永明元年,魏孝文帝太和七年)
会稽人虞骞与高爽、江洪并工属文。

《梁书》卷四九《吴均传》载:"先是,有广陵高爽、济阳江洪、会稽虞骞,并工属文。爽,齐永明中赠卫军王俭诗,为俭所赏,及领丹阳尹,举爽郡孝廉。"

公元 492 年(南齐永武帝明十年,魏孝文帝太和十六年)
顾越(492—569)生,吴郡盐官(今海宁)人。

《陈书》卷三三《顾越传》载:"顾越字思南,吴郡盐官人也。所居新坡黄冈,世有乡校,由是顾氏多儒学焉。越少孤,以勤苦自立,聪慧有口辩,说《毛氏诗》,傍通异义,梁太子詹事周舍甚赏之。解褐扬州议曹史,兼太子左率丞。越于义理精明,尤善持论,与会稽贺文发俱为梁南平王伟所重,引为宾客。寻补《五经》博士。绍泰元年,迁国子博士。世祖即位,除始兴王咨议参军,侍东宫读。世祖以越笃老,厚遇之,除给事黄门侍郎,又领国子博士,侍读如故。废帝嗣立,除通直散骑常侍、中书舍人。华皎之构逆也,越在东阳,或谮之于高宗,言其有异志,诏下狱,因坐免。太建元年卒于家,时年七十八。时有东阳龚孟舒者,亦治《毛氏诗》,善谈名理。梁武世,仕至寻阳郡丞,元帝在江州,遇之甚重,躬师事焉。承圣中,兼中书舍人。天嘉初,除员外散骑常侍,兼国子助教、太中大夫。太建中卒。"

公元 494 年(南齐郁林王隆昌元年,魏孝文帝太和十八年)
沈约除吏部郎,出为宁朔将军、东阳太守。

《梁书》卷一三《沈约传》载:"隆昌元年,除吏部郎,出为宁朔将军、东阳太守。明帝即位,进号辅国将军,征为五兵尚书,迁国子祭酒。明帝崩,政归冢宰,尚书令徐孝嗣使约撰定遗诏。迁左卫将军,寻加通直散骑常侍。"

临海太守沈昭略、永嘉太守庾昙隆,及诸郡二千石并大县官长,多被劾治,内外肃然。

《梁书》卷一四《江淹传》载:"少帝初,以本官兼御史中丞。时明帝作相,因谓淹曰:'君昔在尚书中,非公事不妄行,在官宽猛能折衷;今为南司,足以震肃百僚。'淹答曰:'今日之事,可谓当官而行,更恐才劣志薄,不足以仰称明旨耳。'于是弹中书令谢朏、司徒左长史王缋、护军长史庚弘远,并以久疾不预山陵公事;又奏前益州刺史刘悛、梁州刺史阴智伯,并赃货巨万,辄收付廷尉治罪。临海太守沈昭略、永嘉太守庚昙隆,及诸郡二千石并大县官长,多被劾治,内外肃然。明帝谓淹曰:'宋世以来,不复有严明中丞,君今日可谓近世独步。'"

何胤拜表辞职,不待报辄去。以会稽山多灵异,往游焉,居若邪山云门寺。

《梁书》卷五一《何胤传》载:"胤虽贵显,常怀止足。建武初,已筑室郊外,号曰小山,恒与学徒游处其内。至是,遂卖园宅,欲入东山,未及发,闻谢朏罢吴兴郡不还,胤恐后之,乃拜表辞职,不待报辄去。明帝大怒,使御史中丞袁昂奏收胤,寻有诏许之。胤以会稽山多灵异,往游焉,居若邪山云门寺。初,胤二兄求、点并栖遁,求先卒,至是胤又隐,世号点为大山;胤为小山,亦曰东山。"

陶弘景从东阳孙游岳受符图经法。遍历名山,寻访仙药。每经涧谷,必坐卧其间,吟咏盘桓,不能已已。

《梁书》卷五一《陶弘景传》载:"于是止于句容之句曲山。恒曰:'此山下是第八洞宫,名金坛华阳之天,周回一百五十里。昔汉有咸阳三茅君得道,来掌此山,故谓之茅山。'乃中山立馆,自号华阳隐居。始从东阳孙游岳受符图经法。遍历名山,寻访仙药。每经涧谷,必坐卧其间,吟咏盘桓,不能已已。时沈约为东阳郡守,高其志节,累书要之,不至。"

孝文帝亲饯大将军刘昶,除刘昶使持节、都督吴、越、楚彭城诸军事。

《魏书》卷五九《刘昶传》载:"十八年,除使持节、都督吴越楚彭城诸军事、大将军,固辞,诏不许,又赐布千匹。及发,高祖亲饯之,命百僚赋诗赠昶,又以其《文集》一部赐昶。高祖因以所制文笔示之,谓昶曰:'时契胜残,事钟文业,虽则不学,欲罢不能。脱思一见,故以相示。虽无足味,聊复为笑耳。'其重昶如是。"

公元497年(南齐明帝建武四年)

袁嘏自重其文。为诸暨令,被王敬则所杀。

《南齐书》卷五二《卞彬传》附《袁嘏传》载:"又有陈郡袁嘏,自重其文。

谓人云：'我诗应须大材迮之，不尔飞去。'建武末，为诸暨令，被王敬则所杀。"

王僧孺年三十五，除尚书仪曹郎，迁治书侍御史，出为钱唐令。

《梁书》卷三三《王僧孺传》载："建武初，有诏举士，扬州刺史始安王遥光表荐秘书丞王暕及僧孺曰：'前侯官令东海王僧孺，年三十五，理尚栖约，思致悟敏，既笔耕为养，亦佣书成学。至乃照萤映雪，编蒲缉柳，先言往行，人物雅俗，甘泉遗仪，南宫故事，画地成图，抵掌可述；岂直艇鼠有必对之辩，竹书无络简之谬，访对不休，质疑斯在。'除尚书仪曹郎，迁治书侍御史，出为钱唐令。初，僧孺与乐安任昉遇竟陵王西邸，以文学友会，及是将之县，昉赠诗，其略曰：'惟子见知，惟余知子。观行视言，要终犹始。敬之重之，如兰如芷。形应影随，曩行今止。百行之首，立人斯著。子之有之，谁毁谁誉。修名既立，老至何遽。谁其执鞭，吾为子御。刘《略》班《艺》，虞《志》荀《录》，伊昔有怀，交相欣勖。下帷无倦，升高有属。嘉尔晨灯，惜余夜烛。'其为士友推重如此。"

会稽山阴人孔休源，就吴兴沈骥士受经，为太尉徐孝嗣所称重。

《梁书》卷三六《孔休源传》载："孔休源字庆绪，会稽山阴人也。……后就吴兴沈骥士受经，略通大义。建武四年，州举秀才，太尉徐孝嗣省其策，深善之，谓同坐曰：'董仲舒、华令思何以尚此，可谓后生之准也。现其此对，足称王佐之才。'琅邪王融雅相友善，乃荐之于司徒竟陵王，为西邸学士。"

公元498年（南齐明帝永泰元年，魏孝文帝太和二十二年）

大司马王敬则于会稽举兵反，以萧子恪为名。

《梁书》卷三五《萧子恪传》载："初为宁朔将军、淮陵太守，建武中，迁辅国将军、吴郡太守。大司马王敬则于会稽举兵反，以奉子恪为名，明帝悉召子恪兄弟亲从七十余人入西省，至夜当害之。会子恪弃郡奔归，是日亦至，明帝乃止。以子恪为太子中庶子。"

公元500年（齐东昏侯永元二年，魏宣武帝景明元年）

沈重（500—583）生，吴兴武康（今德清）人。

《周书》卷四五《沈重传》载："沉重字德厚，吴兴武康人也。性聪悟，有异常童。弱岁而孤，居丧合礼。及长，专心儒学，从师不远千里，遂博览群书，尤明《诗》、《礼》及《左氏春秋》。梁大通三年，起家王国常侍。梁武帝欲高置学官，以崇儒教。中大通四年，乃革选，以重补国子助教。大同二年，除《五经》博士。梁元帝之在藩也，甚叹异之。及即位，乃遣主书何武迎重西上。及江陵平，重乃留事梁主萧詧，除中书侍郎，兼中书舍人。累迁员外散骑侍郎、廷尉卿，领江陵令。还拜通直散骑常侍、都官尚书，领羽林监。詧又令重于合欢殿讲《周礼》。……重学业该博，为当世儒宗。至于阴阳图纬，道经释典，靡不毕综。又多所撰述，咸得其指要。其行于世者，《周礼义》三十一卷、《仪礼义》三十五卷、《礼记义》三十卷、《毛诗义》二十八卷、《丧服经义》五卷、《周礼音》一卷、《仪礼音》一卷、《礼记音》二卷、《毛诗音》二卷。"

公元501年（齐和帝中兴元年，魏宣武帝景明二年）

吴兴太守袁昂据郡距义师，高祖使革制书与昂，于坐立成，辞义典雅，高祖深赏叹之，因令与徐勉同掌书记。

《梁书》卷三六《江革传》载："除尚书驾部郎。中兴元年，高祖入石头，时吴兴太守袁昂据郡距义师，乃使革制书与昂，于坐立成，辞义典雅，高祖深赏叹之，因令与徐勉同掌书记。"

公元502年（梁武帝天监元年，魏宣武帝景明三年）

吴郡钱唐人朱异年二十一，特敕擢为扬州议曹从事史。

《南史》卷六二《朱异传》载："朱异字彦和，吴郡钱唐人也。……异年数岁，外祖顾欢抚之，谓其祖昭之曰：'此儿非常器，当成卿门户。'年十余，好群聚蒲博，颇为乡党所患。及长，乃折节从师。梁初开五馆，异服膺于博士明山宾。居贫，以佣书自业，写毕便诵。遍览《五经》，尤明《礼》、《易》。涉猎文史，兼通杂艺，博弈书算，皆其所长。年二十，出都诣尚书令沈约，面试之，因戏异曰：'卿年少，何乃不廉？'异逡巡未达其旨，约乃曰：'天下唯有文义棋书，卿一时将去，可谓不廉也。'寻上书言建康宜置狱司，比廷尉。敕付尚书详议，从之。旧制，年二十五方得释褐，时异适二十一，特敕擢为扬州议曹从事史。寻有诏求异能之士，《五经》博士明山宾表荐异……武帝召见，使说《孝经》、《周易》义，甚悦之，谓左右曰：'朱异实异。'后见明山宾曰：'卿所举殊得人。'"

吴兴故鄣人吴均文体清拔有古气，好事者或敩之，谓为"吴均体"。

《梁书》卷四九《吴均传》载："吴均字叔庠，吴兴故鄣人也。家世寒残，至均好学有俊才。沈约尝见均文，颇相称赏。天监初，柳恽为吴兴，召补主簿，日引与赋诗。均文体清拔有古气，好事者或敩之，谓为'吴均体'。"

公元 505 年（梁武帝天监四年）

吴兴武康人处士沈 卒。

《梁书》卷五一《沈颙传》载："沈颙字处默，吴兴武康人也。……颙幼清静有至行，慕黄叔度、徐孺子之为人。读书不为章句，著述不尚浮华。……天监四年，大举北伐，订民丁。吴兴太守柳恽以颙从役，扬州别驾陆任以书责之，恽大惭，厚礼而遣之。其年卒于家。所著文章数十篇。"

公元 506 年（梁武帝天监五年）

吴郡吴人陆襄除永宁令。

《梁书》卷二七《陆襄传》载："陆襄字师卿，吴郡吴人也。……天监三年，都官尚书范岫表荐襄，起家擢拜著作侍郎，除永宁令。秩满，累迁司空临川王法曹，外兵，轻车庐陵王记室参军。昭明太子闻襄业行，启高祖引与游处，除太子洗马，迁中舍人，并掌管记。"

公元 507 年（梁武帝天监六年）

刘孝绰出为上虞令，还除秘书丞。寻复除秘书丞，出为镇南安成王咨议，入以事免。

《梁书》卷三三《刘孝绰传》载："寻有敕知青、北徐、南徐三州事，出为平南安成王记室，随府之镇。寻补太子洗马，迁尚书金部郎，复为太子洗马，掌东宫管记。出为上虞令，还除秘书丞。高祖谓舍人周捨曰：'第一官当用第一人。'故以孝绰居此职。公事免。寻复除秘书丞，出为镇南安成王咨议，入以事免。"

衡阳王元简出守会稽，引钟嵘为宁朔记室，专掌文翰。元简命钟嵘作《瑞室颂》，辞甚典丽。

《梁书》卷四九《钟嵘传》载："敕付尚书行之。迁中军临川王行参军。衡阳王元简出守会稽，引为宁朔记室，专掌文翰。时居士何胤筑室若邪山，山发洪水,漂拔树石,此室独存,元简命嵘作《瑞室颂》以旌表之,辞甚典丽。选西中郎晋安王记室。"

公元 508 年(梁武帝天监七年)

吴兴太守张稷升任尚书左仆射,刘之遴代作让表,操笔立成。任昉称赞其"荆南秀气,果有异才"。

《梁书》卷二《武帝本纪》载:"冬十月丙寅,以吴兴太守张稷为尚书左仆射。"《梁书》卷四〇《刘之遴传》载:"时张稷新除尚书仆射,托昉为让表,昉令之遴代作,操笔立成。昉曰:'荆南秀气,果有异才,后仕必当过仆。'御史中丞乐蔼,即之遴舅,宪台奏弹,皆之遴草焉。"

公元 514 年(梁武帝天监十三年)

王籍除轻车湘东王咨议参军,随府会稽。王籍游郡境,至若邪溪赋诗,当时以为文外独绝。

《梁书》卷五〇《王籍传》载:"久之,除轻车湘东王咨议参军,随府会稽。郡境有云门、天柱山,籍尝游之,或累月不反。至若邪溪赋诗,其略云:'蝉噪林逾静,鸟鸣山更幽。'当时以为文外独绝。"

郑灼(514—581)生,东阳信安(今衢州)人。

《陈书》卷三三《郑灼传》载:"郑灼字茂昭,东阳信安人也。……灼幼而聪敏,励志儒学,少受业于皇侃。梁中大通五年,释褐奉朝请。累迁员外散骑侍郎、给事中、安东临川王府记室参军,转平西邵陵王府记室。简文在东宫,雅爱经术,引灼为西省义学士。承圣中,除通直散骑侍郎,兼国子博士。寻为威戎将军,兼中书通事舍人。高祖、世祖之世,历安东临川、镇北鄱阳二王府咨议参军,累迁中散大夫,以本职兼国子博士。未拜,太建十三年卒,时年六十八。灼性精勤,尤明《三礼》。"

公元 516 年(梁武帝天监十五年)

钟嵘之弟钟屿,字季望,为永嘉郡丞。

《梁书》卷四九《钟嵘传》载:"嵘与兄岏、弟屿并好学,有思理。……岏字长岳,官至府参军、建康平。著《良吏传》十卷。屿字季望,永嘉郡丞。天监十五年，敕学士撰《遍略》，屿亦预焉。兄弟并有文集。”

公元517年（梁武帝天监十六年）

何胤年七十二，至吴，居虎丘西寺讲经论，学徒随之。

《梁书》卷五一《何胤传》载：“何氏过江，自晋司空充并葬吴西山。胤家世年皆不永，唯祖尚之至七十二。胤年登祖寿，乃移还吴，作《别山诗》一首，言甚凄怆。至吴，居虎丘西寺讲经论，学徒复随之，东境守宰经途者，莫不毕至。”

公元518年（梁武帝天监十七年）

沈峻（518—569）生，吴兴武康人。

《梁书》卷四八《沈峻传》载：“沈峻字士嵩，吴兴武康人。……初为王国中尉，稍迁侍郎，并兼国子助教。……于馆讲授，听者常数百人。出为华容令，还除员外散骑侍郎，复兼《五经》博士。时中书舍人贺琛奉敕撰《梁官》，乃启峻及孔子袪补西省学士，助撰录。书成，入兼中书通事舍人。出为武康令，卒官。”

沈不害（518—580）生，吴兴武康人。

《陈书》卷三三《沈不害传》载：“沈不害字孝和，吴兴武康人也。……不害幼孤，而修立好学。十四，召补国子生，举明经。累迁梁太学博士，转庐陵王府刑狱参军，长沙王府咨议，带汝南令。天嘉初，除衡阳王府中记室参军，兼嘉德殿学士。……五年，除灊令。入为尚书仪曹郎，迁国子博士，领羽林监，刺治五礼，掌策文谥议。太建中，除仁武南康嗣王府长史，行丹阳郡事。转员外散骑常侍、光禄卿。寻为戎昭将军、明威武陵王长史，行吴兴郡事。俄入为通直散骑常侍，兼尚书左丞、十二年卒，时年六十三。不害治经术，善属文，虽博综坟典，而家无卷轴。每制文，操笔立成，曾无寻检。仆射汝南周弘正常称之曰：‘沈生可谓意圣人乎！’著治《五礼仪》一百卷，《文集》十四卷。”

公元519年（梁武帝天监十八）

吴郡人陆云公年九岁，既长，好学有才思，州举秀才。

《梁书》卷五〇《陆云公传》载：“陆云公字子龙，吴郡人也。祖闲，州别驾。父完,宁远长史。云公五岁诵《论语》、《毛诗》,九岁读《汉书》,略能记忆。从祖倕、沛国刘显质问十事,云公对无所失,显叹异之。既长,好学有才思。州举秀才。累迁宣惠武陵王、平西湘东王行参军。"

戚衮(519—581)生,吴郡盐官(今海宁)人。

《陈书》卷三三《戚衮传》载:"戚衮字公文,吴郡盐官人也。……衮少聪慧,游学京都,受《三礼》于国子助教刘文绍,一二年中,大义略备。年十九,梁武帝敕策《孔子正言》并《周礼》、《礼记义》,衮对高第。仍除扬州祭酒从事史。……梁简文在东宫,召衮讲论。又尝置宴集玄儒之士,先命道学互相质难,次令中庶子徐摛驰骋大义,间以剧谈。摛辞辩纵横,难以答抗,诸人慑气,皆失次序。衮时骋义,摛与往复,衮精采自若,对答如流,简文深加叹赏。寻除员外散骑侍郎,又迁员外散骑常侍。敬帝承制,出为江州长史,仍随沈泰镇南豫州。泰之奔齐也,逼衮俱行,后自邺下遁还。又随程文季北伐,吕梁军败,衮没于周,久之得归。仍兼国子助教,除中卫始兴王府录事参军。太建十三年卒,时年六十三。衮于梁代撰《三礼义记》,值乱亡失,《礼记义》四十卷行于世。"

公元521年(梁武帝普通二年)

萧洽出为招远将军、临海太守,为政清平。受敕撰《当涂堰碑》,辞亦赡丽。

《梁书》卷四一《萧洽传》载:"二年,迁散骑常侍。出为招远将军、临海太守,为政清平,不尚威猛,民俗便之。还拜司徒左长史,又敕撰《当涂堰碑》,辞亦赡丽。"

刘峻居东阳,吴、会人士多从其学。撰《自序》。

《梁书》卷五〇《刘峻传》载:"峻又尝为《自序》,其略曰:'余自比冯敬通,而有同之者三,异之者四。何则?敬通雄才冠世,志刚金石;余虽不及之,而节亮慷慨,此一同也。敬通值中兴明君,而终不试用;余逢命进英主,亦摈斥当年,此二同也。敬通有忌妻,至于身操井臼;余有悍室,亦令家道坎坷,此三同也。敬通当更始之世,手握兵符,跃马食肉;余自少迄长,戚戚无欢,此一异也。敬通有一子仲文,官成名立;余祸同伯道,永无血胤,此二异也。敬通膂力方刚,老而益壮;余有犬马之疾,溘死无时,此三异也。敬通虽芝残蕙焚,终填沟壑,而为名贤所慕,其风流郁烈芬芳,久而弥盛;余声尘寂漠,世不吾知,魂魄一去,将同秋草,此四异也。所以自力为叙,遗之好事云。'峻居东阳,吴、会人士多从其学。普通二年,卒,时年六十。门人谥曰玄靖先生。"

公元522年(梁武帝普通三年,魏孝明帝正光三年)

吴郡钱塘人杜之伟年十五,遍观文史及仪礼故事,有逸才。

《陈书》卷三四《杜之伟传》载:"杜之伟字子大,吴郡钱塘人也。家世儒学,以《三礼》专门。父规,梁奉朝请,与光禄大夫济阳江革、都官尚书会稽孔休源友善。之伟幼精敏,有逸才。七岁,受《尚书》,稍习《诗》、《礼》,略通其学。十五,遍观文史及仪礼故事,时辈称其早成。仆射徐勉尝见其文,重其有笔力。"

公元524年(梁武帝普通五年,魏孝明帝正光五年)

吴兴武康人沈众,起家梁镇卫南平王法曹参军、太子舍人。

《陈书》卷一八《沈众传》载:"沈众字仲师,吴兴武康人也。……众好学,颇有文词,起家梁镇卫南平王法曹参军、太子舍人。是时,梁武帝制《千字诗》,众为之注解。与陈郡谢景同时召见于文德殿,帝令众为《竹赋》,赋成,奏,帝善之,手敕答曰:'卿文体翩翩,可谓无忝尔祖。'"

公元527年(梁武帝大通元年,魏孝明帝孝昌三年)

吴郡吴人顾野王年九岁,能属文。

《陈书》卷三〇《顾野王传》载:"顾野王字希冯,吴郡吴人也。……野王幼好学。七岁,读《五经》,略知大旨。九岁能属文,尝制《日赋》,领军朱异见而奇之。"

公元532年(梁武帝中大通四年)

萧正德为吴郡太守。顾协迁轻车湘东王参军事,兼记室。

《梁书》卷三〇《顾协传》载:"会西丰侯正德为吴郡,除中军参军,领郡五官,迁轻车湘东王参军事,兼记室。"

公元534年（梁武帝中大通六年，魏孝武帝永熙三年）

会稽山阴人孔奂年二十一，与刘显交往约在本年。

《陈书》卷二一《孔奂传》载："孔奂字休文，会稽山阴人也。曾祖琇之，齐左民尚书、吴兴太守。祖瑰，太子舍人、尚书三公郎。父稚孙，梁宁远枝江公主簿、无锡令。奂数岁而孤，为叔父虔孙所养。好学，善属文，经史百家，莫不通涉。沛国刘显时称学府，每共奂讨论，深相叹服，乃执奂手曰：'昔伯喈坟素悉与仲宣，吾当希彼蔡君，足下无愧王氏。'所保书籍，寻以相付。"

公元536年（梁武帝大同二年）

吴兴太守张缵罢郡经途，赞陆云公为"今之蔡伯喈"。

《梁书》卷五〇《陆云公传》载："云公先制《太伯庙碑》，吴兴太守张缵罢郡经途，读其文叹曰：'今之蔡伯喈也。'缵至都掌选，言之于高祖，召兼尚书仪曹郎，顷之即真，入直寿光省，以本官知著作郎事。俄除著作郎，累迁中书黄门郎，并掌著作。……高祖暇日，常泛此舟，在朝唯引太常刘之遴、国子祭酒到溉、右卫朱异，云公时年位尚轻，亦预焉。其恩遇如此。"

公元537年（梁武帝大同三年）

萧子显出为仁威将军、吴兴太守，卒于本年。

《梁书》卷三五附《萧子显传》载："大同三年，出为仁威将军、吴兴太守，至郡未几，卒，时年四十九。诏曰：'仁威将军、吴兴太守子显，神韵峻举，宗中佳器。分竹未久，奄到丧殒，恻怆于怀。可赠侍中、中书令。今便举哀。'及葬请谥，手诏'恃才傲物，宜谥曰骄'。子显尝为《自序》，其略云：'余为邵陵王友，忝还京师，远思前比，即楚之唐、宋，梁之严、邹。追寻平生，颇好辞藻，虽在名无成，求心已足。若乃登高目极，临水送归，风动春朝，月明秋夜，早雁初莺，开花落叶，有来斯应，每不能已也。前世贾、傅、崔、马、邯郸、缪、路之徒，并以文章显，所以屡上歌颂，自比古人。天监十六年，始预九日朝宴，稠人广坐，独受旨云：今云物甚美，卿得不斐然赋诗。诗既成，又降帝旨曰：可谓才子。余退谓人曰：一顾之恩，非望而至。遂方贾谊何如哉？未易当也。每有制作，特寡思功，须其自来，不以力构。少来所为诗赋，则《鸿序》一作，体兼众制，文备多方，颇为好事所传，故虚声易远。'子显所著《后汉书》一百卷，《齐书》六十卷，《普通北伐记》五卷，《贵俭传》三十卷，文集二十卷。

二子序、恺,并少知名。……恺才学誉望,时论以方其父,太宗在东宫,早引接之。时中庶子谢嘏出守建安,于宣猷堂宴饯,并召时才赋诗,同用十五剧韵,恺诗先就,其辞又美。"

吴兴武康人沈文阿,梁简文在东宫时,引为学士。

《陈书》卷三三《沈文阿传》载:"沈文阿字国卫,吴兴武康人也。……梁简文在东宫,引为学士,深相礼遇,及撰《长春义记》,多使文阿撮异闻以广之。"

公元 542 年(梁武帝大同八年,东魏孝静帝兴和四年)

吴郡吴人陆琼幼聪惠有思理,六岁为五言诗,颇有词采。

《陈书》卷三〇《陆琼传》载:"陆琼字伯玉,吴郡吴人也。祖完,梁琅邪、彭城二郡丞。父云公,梁给事黄门侍郎,掌著作。琼幼聪惠有思理,六岁为五言诗,颇有词采。"

公元 545 年(梁武帝大同十一年)

高祖任职者,皆缘饰奸谄,会稽山阴人贺琛遂启陈事务封奏,高祖览奏大怒。

《梁书》卷三八《贺琛传》载:"贺琛字国宝,会稽山阴人也。……是时,高祖任职者,皆缘饰奸谄,深害时政,琛遂启陈事条封奏曰:'……其二事曰:……今天下宰守所以皆尚贪残,罕有廉白者,良由风俗侈靡,使之然也。淫奢之弊,其事多端,粗举二条,言其尤者。夫食方丈于前,所甘一味。今之燕喜,相竞夸豪,积果如山岳,列肴同绮绣,露台之产,不周一燕之资,而宾主之间,裁取满腹,未及下堂,已同臭腐。又歌姬舞女,本有品制,二八之锡,良待和戎。今畜妓之夫,无有等秩,虽复庶贱微人,皆盛姬姜,务在贪污,争饰罗绮。故为吏牧民者,竞为剥削,虽致资巨亿,罢归之日,不支数年,便已消散。'"

公元 549 年(梁简文帝太清三年)

庾仲容客游会稽,遇疾卒,年七十四。

《梁书》卷五〇《庾仲容传》载:"庾仲容字仲容,颍川鄢陵人也。……仲容博学,少有盛名,颇任气使酒,好危言高论,士友以此少之。唯与王籍、谢几卿情好相得,二人时亦不调,遂相追随,诞纵酣饮,不复持检操。久之,复为咨议参军,出为鄮县令。及太清乱,客游会稽,遇疾卒,时年七十四。仲容抄诸子书三十卷,众家地理书二十卷,《列女传》三卷,文集二十卷,并行于世。"

公元550年(梁简文帝大宝元年,北齐文宣帝天保元年,西魏文帝大统十六年)
江总至会稽郡,憩于龙华寺,撰《修心赋》,略序时事。

《陈书》卷二七《江总传》载:"台城陷,总避难崎岖,累年至会稽郡,憩于龙华寺,乃制《修心赋》,略序时事。其辞曰:'太清四年秋七月,避地于会稽龙华寺。此伽蓝者,余六世祖宋尚书右仆射州陵侯元嘉二十四年之所构也。侯之王父晋护军将军彪,昔莅此邦,卜居山阴都阳里,贻厥子孙,有终焉之志。寺域则宅之旧基,左江右湖,面山背壑,东西连跨,南北纡萦,聊与苦节名僧,同销日用,晓修经戒,夕览图书,寝处风云,凭栖水月。不意华戎莫辨,朝市倾沦,以此伤情,情可知矣。啜泣濡翰,岂撼郁结,庶后生君子,悯余此概焉。嘉南斗之分次,肇东越之灵秘。表《桧风》于韩什,著镇山于周记。蕴大禹之金书,镌暴秦之石字。太史来而探穴,钟离去而开笥。信竹箭之为珍,何琲玞之罕值。奉盛德之鸿祀,寓安禅之古寺。实豫章之旧圃,成黄金之胜地。遂寂默之幽心,若镜中而远寻。面曾阜之超忽,迩平湖之迥深。山条偃蹇,水叶侵淫。挂猿朝落,饥鼯夜吟。果丛药苑,桃蹊橘林。梢云拂日,结暗生阴。保自然之雅趣,鄙人间之荒杂。望岛屿之遭回,面江源之重沓。泛流月之夜迥,曳光烟之晓匝。风引蜩而嘶噪,雨鸣林而修飒,鸟稍狎而知来,云无情而自合。尔乃野开灵塔,地筑禅居,喜园迢递,乐树扶疏。经行藉草,宴坐临渠,持戒振锡,度影甘蔬。坚固之林可喻,寂灭之场暂如。异曲终而悲起,非木落而悲始,岂降志而辱身,不露才而扬己。钟风雨之如晦,倦鸡鸣之聒耳。幸避地而高栖,凭调御之遗旨。折四辩之微言,悟三乘之妙理。遣十缠之系缚,祛五惑之尘滓。久遗荣于势利,庶忘累于妻子。感意气于畴日,寄知音于来祀。何远客之可悲,知自怜其何已。'"

公元551年(梁豫章王天正元年,北齐文宣帝天保二年,西魏文帝大统十七年)
王僧辩令吴兴武康人沈炯制劝进表,其文甚工。

《陈书》卷一九《沈炯传》载:"沈炯字礼明,吴兴武康人也。……炯少有隽才,为当时所重。……子仙爱其才,终逼之令掌书记。及子仙为王僧辩所败,僧辩素闻其名,于军中购得之,酬所获者铁钱十万,自是羽檄军书皆出于炯。及简文遇害,四方岳牧皆上表于江陵劝进,僧辩令炯制表,其文甚工,当时莫有逮者。高祖南下,与僧辩会于白茅湾,登坛设盟,炯为其文。"

公元 556 年(梁敬帝太平元年,北齐文宣帝天保七年,西魏恭帝三年)

吴兴武康人沈炯与王克等回到南方。

《陈书》卷一九《沈炯传》载:"奏讫,其夜炯梦见有宫禁之所,兵卫甚严,炯便以情事陈诉,闻有人言:'甚不惜放卿还,几时可至。'少日,便与王克等并获东归。"

公元 558 年(陈武帝永定二年,北齐文宣帝天保九年)

虞世南(558—638)生,余姚人。

《旧唐书》卷七二《虞世南传》载:"虞世南字伯施,越州余姚人,隋内史侍郎世基弟也。祖检,梁始兴王咨议,父荔,陈太子中庶子,俱有重名。叔父寄,陈中书侍郎,无子,以世南继后,故字曰伯施。世南性沉静寡欲,笃志勤学,少与兄世基受学于吴郡顾野王,经十余年,精思不倦,或累旬不盥栉。善属文,常祖述徐陵,陵亦言世南得己之意。又同郡沙门智永善王羲之书,世南师焉,妙得其体,由是声名籍甚。"《旧唐书·经籍志》著录有《帝王略论》五卷、《北堂书钞》一百七十三卷、《虞世南集》三十卷等。

公元 560 年(陈文帝天嘉元年,北齐孝昭帝皇建元年)

褚亮(560—647)生,钱塘人。

《旧唐书》卷七二《褚亮传》载:"褚亮字希明,杭州钱塘人。曾祖湮,梁御史中丞;祖蒙,太子中舍人;父玠,陈秘书监,并著名前史。其先自阳翟徙居焉。亮幼聪敏,好学善属文,博览无所不至,经目必记于心。喜游名贤,尤善谈论。年十八,诣陈仆射徐陵,陵与商搉文章,深异之。陈后主闻而召见,使赋诗,江总及诸辞人在坐,莫不推善。祯明初,为尚书殿中侍郎。陈亡,入隋为东宫学士。大业中,授太常博士。……及举灭,太宗闻亮名,深加礼接,因从容自陈,太宗大悦,赐物二百段、马四匹。从还京师,授秦王文学。……太宗每有征伐,亮常侍从,军中宴筵,必预欢赏,从容讽议,多所裨益。又与杜如晦等十八人为文学馆学士。太宗入居春宫,除太子舍人,迁太子中允。贞观元年,为弘文馆学士。九年,进授员外散骑常侍,封阳翟县男,拜通直散骑常侍,学士如故。十六年,进爵为侯,食邑七百户。后致仕归于家。"

公元 582 年（陈宣帝太建十四年,隋文帝开皇二年）

吴郡吴人孙玚博涉经史,尤便书翰,后主频幸其第。

《陈书》卷二五《孙玚传》载:"孙玚字德琏,吴郡吴人也。……玚少倜傥,好谋略,博涉经史,尤便书翰。……后主嗣位,复除通直散骑常侍,兼起部尚书。寻除中护军,复爵邑,入为度支尚书,领兵部校尉。俄加散骑常侍,迁侍中、祠部尚书。后主频幸其第,及著诗赋述勋德之美,展君臣之意焉。"

公元 588 年（陈后主祯明二年,隋文帝开皇八年）

镇卫鄱阳王出镇会稽,萧允又为长史,带会稽郡丞。

《陈书》卷二一《萧允传》载:"萧允字叔佐,兰陵人也。……至德三年,除中卫豫章王长史,累迁通直散骑常侍、光胜将军、司徒左长史、安德宫少府。镇卫鄱阳王出镇会稽,允又为长史,带会稽郡丞。行经延陵季子庙,设蘋藻之荐,讬为异代之交,为诗以叙意,辞理清典。后主尝问蔡征曰:'卿世与萧允相知,此公志操何如?'征曰:'其清虚玄远,殆不可测,至于文章,可得而言。'因诵允诗以对,后主嗟赏久之。其年拜光禄大夫。"

公元 589 年（陈后主祯明三年,隋文帝开皇九年）

姚思廉在陈为衡阳王府法曹参军,转会稽王主簿。

《陈书》卷二七《姚察传》载:"察所撰梁、陈史虽未毕功,隋文帝开皇之时,遣内史舍人虞世基索本,且进上,今在内殿。梁、陈二史本多是察之所撰,其中序论及纪、传有所阙者,临亡之时,仍以体例诫约子思廉,博访撰续,思廉泣涕奉行。思廉在陈为衡阳王府法曹参军,转会稽王主簿。入隋,补汉王府行参军,掌记室,寻除河间郡司法。大业初,内史侍郎虞世基奏思廉踵成梁、陈二代史,自尔以来,稍就补续。"

[隋]

公元 590 年（隋文帝开皇十年）

李德林以取高阿那肱市店事为隋文帝所恶，未几，又以奏议律令停废事忤旨，出为湖州刺史，转怀州刺史。

《隋书》卷四二《李德林传》载："至是，复庭议忤意，因数之曰：'公为内史，典朕机密，比不可豫计议者，以公不弘耳。宁自知乎？朕方以孝治天下，恐斯道废阙，故立五教以弘之。公言孝由天性，何须设教。然则孔子不当说《孝经》也。又謿冒取店，妄加父官，朕实忿之而未能发。今当以一州相遣耳。'因出为湖州刺史。德林拜谢曰：'臣不敢复望内史令，请预散参。待陛下登封告成，一观盛礼，然后收拙丘园，死且不恨。'上不许，转怀州刺史。在州逢亢旱，课民掘井溉田，空致劳扰，竟无补益，为考司所贬。岁余，卒官，时年六十一。"

公元 596 年（隋文帝开皇十六年）

杭州钱塘人褚遂良（596—659）生。

《旧唐书》卷八〇《褚遂良传》载：褚遂良，字登善，杭州钱塘人，散骑常侍褚亮之子。"太业末，随父在陇右，薛举僭号，署为通事舍人。举败归国，授秦州都督府铠曹参军。贞观十年，自秘书郎迁起居郎。遂良博涉文史，尤工隶书，父友欧阳询甚重之。太宗尝谓侍中魏徵曰：'虞世南死后，无人可以论书。'徵曰：'褚遂良下笔遒劲，甚得王逸少体。'太宗即日召令侍书。太宗尝出御府金帛购求王羲之书迹，天下争赍古书诣阙以献，当时莫能辩其真伪，遂良备论所出，一无舛误"。

道宣（596—667）生，俗姓钱氏，长城（今浙江长兴）人。

《宋高僧传》卷一四《唐京兆西明寺道宣传》载："释道宣姓钱氏，丹徒人也，一云长城人。其先出自广陵太守让之后，洎太史令乐之撰《天文集占》一百卷。考讳申府君，陈吏部尚书，皆高矩令猷，周仁全行，盛德百代，君子万年。……及西明寺初就，诏宣充上座。三藏奘师至止，诏与翻译。又送真身往扶风无忧王寺。遇敕令僧拜等，上启朝宰，护法又如此者。撰《法门文记》《广弘明集》《续高僧传》《三宝录》《羯磨戒疏》《行事钞》《义钞》等二百二十余卷。三衣皆纻，一食唯菽。行则杖策，坐不倚床，蚤虱从游，居然除受，土木自得，固已亡身。尝筑一坛，俄有长眉僧谈道，知者其实宾头卢也。……宣从登戒坛及当泥曰，其间受法传教，弟子可千百人。其亲度曰大慈律师、授法者文纲等。其天人付授佛牙，密令文纲掌护，持去崇圣寺东塔。大和初，丞相韦公处厚建塔于西廊焉。"

公元597年（隋文帝开皇十七年）

二十四日，智 （531—597）卒，年六十七。

《续高僧传》卷一七《智顗传》载："释智顗，字德安，姓陈氏，颍川人也。有晋迁都，寓居荆州之华容焉。即梁散骑孟阳公起祖之第二子也。……又敕维那，人命将终，闻钟磬声增其正念，唯长唯久气尽为期。云何身冷方复响磬？世间哭泣着服皆不应作，且各默然，吾将去矣。言已端坐如定，而卒于天台山大石像前，春秋六十有七，即开皇十七年十一月二十四日也。灭后依于遗教而殓焉。"

公元605年（隋炀帝大业元年）

会稽余姚人虞世南作《奉和出颍至淮应制》。

唐张彦远《法书要录》卷八载："虞世南，字伯施，会稽余姚人。祖俭，梁始兴王谘议。父荔，陈太子中庶子。世南受业于吴郡顾野王门下，读书十年，国朝拜银青光禄大夫、秘书监、永兴公。太宗诏曰：'世南一人有出世之才，遂兼五绝，一曰忠谠，二曰友悌，三曰博文，四曰词藻，五曰书翰。有一于此，足为名臣，而世南兼之。'其书得大令之宏规，含五方之正色。姿荣秀出，智勇在焉。秀岭危峰，处处间起。行、草之际，尤所偏工。及其暮齿，加以遒逸，臭味羊薄，不亦宜乎。是则东南之美、会稽之竹箭也。"《隋书》卷一《炀帝纪上》载："八月壬申，龙舟，幸江都。……舳舻相接，二百余里。"炀帝《早渡淮诗》云："会待高秋晚，愁因逝水归。"当作于此次幸江都经淮水时。

公元609年（隋炀帝大业五年）

崔赜等奉诏撰《区宇图志》，称吴人为东夷。帝不悦，遣内史舍人柳陆宣敕责窦威、崔祖濬。

《隋书》卷七七《崔赜传》载："五年，受诏与诸儒撰《区宇图志》二百五十卷,奏之。帝不善之,更令虞世基、许善心衍为六百卷。"严可均辑《全隋文》卷五引《大业拾遗记》云:"炀帝初,敕内史舍人窦威及起居舍人崔祖濬等撰《区域图志》,奏之。又著《丹阳郡风俗》,以吴人为东夷。帝不悦,遣内史舍人柳陆宣敕责威等。别敕虞世基等修《十郡志》。"又载《敕责窦威崔祖濬》云:"昔汉末三方鼎立,大吴之国,以称人物。故晋武帝云:江东之有吴会,犹江西之有汝颍。衣冠人物,千载一时。及永嘉之末,革夏衣缨,尽过江表,此乃天下之名都。自平陈之后,硕学通儒,文人才子,莫非彼至。尔等著其风俗,乃为东夷之人,度越礼义,于尔等可乎?然著述之体,又无次序,各赐杖一顿。"

公元 617 年(隋恭帝义宁元年)

会稽孔德绍,有清才,官至景城县丞。

《隋书》卷七六《孔德绍传》载:"会稽孔德绍,有清才,官至景城县丞。窦建德称王,署为中书令,专典书檄。"又《隋书》卷四《炀帝纪》载:"丙辰,渤海贼窦建德设坛于河间之乐寿,自称长乐王,建元丁丑。"

刘孝孙弱冠知名,与虞世南、孔德绍登山曲水,结为文会。

《旧唐书》卷七二《刘孝孙传》载:"孝孙弱冠知名,与当时辞人虞世南、蔡君和、孔德绍、庾抱、庾自直、刘斌等登临山水,结为文会。"

公元 613 年(隋炀帝大业九年)

李百药大业九年,充戍会稽。

《旧唐书》卷七二《李百药传》载:"九年,充戍会稽。寻授建安郡丞,行达乌程,属江都难作,复为沈法兴所得,署为掾。"《北史》卷七二《李德林传》载其"子百药,博涉多才,词藻清赡。大业末,位建安郡丞"。

[唐]

公元 627 年(唐太宗贞观元年)

徐惠(627—650)生,太宗贤妃,湖州长城人。

《旧唐书》卷五一《后妃上》载:"太宗贤妃徐氏,名惠,右散骑常侍坚之姑也。生五月而能言,四岁诵《论语》、《毛诗》,八岁好属文。其父孝德试拟《楚辞》,云'山中不可以久留',词甚典美。自此遍涉经史,手不释卷。太宗闻之,纳为才人。其所属文,挥翰立成,词华绮赡。俄拜婕妤,再迁充容。时军旅亟动,宫室互兴,百姓颇倦劳役,上疏谏曰:……太宗善其言,优赐甚厚。及太宗崩,追思顾遇之恩,哀慕愈甚,发疾不自医。……因为七言诗及连珠以见其志。永徽元年卒,时年二十四,诏赠贤妃。"《新唐书》卷七六《后妃上》载:"太宗贤妃徐惠,湖州长城人。生五月能言,四岁通《论语》、《诗》,八岁自晓属文。父孝德,尝试使拟《离骚》为《小山篇》。……太宗闻之,召为才人。手未尝废卷,而辞致赡蔚,文无淹思。……贞观末,数调兵讨定四夷,稍稍治宫室,百姓劳怨。惠上疏极谏。"《全唐诗》辑诗五首,有《拟小山篇》、《长门怨》、《秋风函谷应诏》、《赋得北方有佳人》、《进太宗》;《全唐文》收文两篇,有《奉和御制小山赋》、《谏太宗息兵罢役疏》。

公元 635 年(唐太宗贞观九年)

骆宾王(635—684)生,婺州义乌人。

《旧唐书》卷一九〇《文苑上》载:"骆宾王,婺州义乌人。少善属文,尤妙于五言诗,尝作《帝京篇》,当时以为绝唱。然落魄无行,好与博徒游。高宗末,为长安主簿。坐赃,左迁临海丞,怏怏失志,弃官而去。文明中,与徐敬业于扬州作乱。敬业军中书檄,皆宾王之词也。"《新唐书》卷二〇一《文艺上》附《骆宾王传》载:"宾王,义乌人。七岁能赋诗。"《唐才子传》卷一《骆宾王传》载:"武后时,数上疏言事,得罪贬临海丞,鞅鞅不得志,弃官去。文明中,徐敬业起兵欲反正,往投之,署为府属。为敬业作檄传天下,暴斥武后罪。"

公元 638 年(唐太宗贞观十二年)

五月,虞世南卒。虞世南(558—638),会稽余姚人。卒年八十一。

《资治通鉴》卷一九五载:"夏,五月,壬申,弘文馆学士永兴文懿公虞世南卒,上哭之恸。世南外和柔而内忠直,上尝称世南有五绝:一德行,二忠直,三博学,四文辞,五书翰。"《法书要录》卷八《书断》云:"虞世南,字伯施,会稽余姚人。……世南受业于吴郡顾野王门下,读书十年,国朝拜银青光禄大夫、秘书监、永兴公。……其书得大令之宏规,含五方之正色,姿荣秀出,智勇在焉,秀岭危峰,处处间起,行、草之际,尤所偏工,及其暮齿,加以遒逸,臭味羊、薄,不亦宜乎。是则东南之美会稽之竹箭也。贞观十二年卒,年八十一。伯施隶、行书入妙,然欧之与虞,可谓智均力敌,亦犹韩卢之追东郭魏也。论其众体,则虞所不逮。欧若猛将深入,时或不利;虞若行人妙选,罕有失辞。虞则内含刚柔,欧则外露筋骨,君子藏器,以虞为优。子纂书,有叔父体则,而风骨不继。杨师道、上官仪、刘伯庄并立,师法虞公,过于纂矣。"

公元 645 年（唐太宗贞观十九年）

会稽释惠皎撰《高僧传》,创发异部,品藻恒流,详核可观,华质有据,而辑哀吴、越,叙略魏、燕。

道宣《续高僧传序》云:"昔梁沙门金陵释宝唱撰《名僧传》,会稽释惠皎撰《高僧传》,创发异部,品藻恒流,详核可观,华质有据,而辑哀吴、越,叙略魏、燕。良以博观未周,故得随闻成彩。加以有梁之盛,明德云繁,薄传三五,数非通敏,斯则同世相侮,事积由来。中原隐括,未传简录,时无雅赡,谁为补之？致使历代高风,飒焉终古。余青襟之岁,有顾斯文,祖习乃存,经纶攸阙。是用凭诸名器,伫对杀青,而情计栖遑,各师偏竞,遂听成简,载纪相寻。而物忌先鸣,藏舟遽往,徒悬积抱,终掷光阴。敢以不才,辄陈笔记,引疏闻见,即事编韦,谅得列代因之,更为冠冕。自汉明梦日之后,梁武光有以前,代别释门,咸流传史。考酌资其故实,删定节其先闻,遂得类续前驱,昌言大宝。季世情絷,量重声华,至于鸠聚风猷,略无继绪。惟隋初沙门魏郡释灵裕,仪表缀述,有意弘方,撰《十德记》一卷。"

公元 654 年（唐高宗永徽五年）

骆宾王赴京应举。

骆宾王《畴昔篇》云:"少年重英侠,弱岁贱衣冠。既托寰中赏,方承膝下欢。"又《夏日游德州赠高四诗》序云:"太夫人在堂,义须捧檄,因仰长安而就日,赴帝乡以望云。"知其当于"弱岁"即二十岁时赴京。(《全唐诗》卷七七)

公元 656 年（唐高宗显庆元年）

宋之问生,虢州弘农人。进士第,后贬越州长史。

《旧唐书·宋之问传》载:"宋之问,虢州弘农人。……之问弱冠知名,尤善五言诗,当时无能出其右者。初征令与杨炯分直内教,俄授洛州参军,累转尚方监丞、左奉宸内供奉。易之兄弟雅爱其才,之问亦倾附焉。……景龙中,再转考功员外郎。时中宗增置修文馆学士,择朝中文学之士,之问与薛稷、杜审言等首膺其选,当时荣之。及典举,引拔后进,多知名者。寻转越州长史。……之问再被窜谪,经途江、岭,所有篇咏,传布远近。友人武平一为之纂集,成十卷,传于代。"《唐才子传》卷一《宋之问传》载:"宋之问,字延清,汾州人。上元二年进士。……复媚太平公主,以知举贿赂狼藉,下迁越州长史。穷历剡溪山水,置酒赋诗,日游宴,宾客杂遝。"

公元658年(唐高宗显庆三年)

骆宾王参选,为道王府属。

《新唐书》卷二〇一《文艺上》附《骆宾王传》载:"初为道王府属,尝使自言所能,宾王不答。"

公元659年(唐高宗显庆四年)

徐坚(659—729)生,湖州长城人。

《旧唐书》卷一〇二《徐坚传》载:"徐坚,西台舍人齐聃子也。少好学,遍览经史,性宽厚长者。……圣历中,车驾在三阳宫,御史大夫杨再思、太子左庶子王方庆为东都留守,引坚为判官,表奏专以委之。方庆善《三礼》之学,每有疑滞,常就坚质问,坚必能征旧说,训释详明,方庆深善之。……坚又与给事中徐彦伯、定王府仓曹刘知几、右补阙张说同修《三教珠英》。时麟台监张昌宗及成均祭酒李峤总领其事,广引文词之士,日夕谈论,赋诗聚会,历年未能下笔。坚独与说构意撰录,以《文思博要》为本,更加《姓氏》、《亲族》二部,渐有条汇。诸人依坚等规制,俄而书成,迁司封员外郎。"

贺知章(659—744)生,越州永兴人。

《旧唐书》卷一九〇《贺知章传》载:"贺知章,会稽永兴人,太子洗马德仁之族孙也。少以文词知名,举进士。初授国子四门博士,又迁太常博士,皆陆象先在中书引荐也。……十三年,迁礼部侍郎,加集贤院学士,又充皇太子侍读。……天宝三载,知章因病恍惚,乃上疏请度为道士,求还乡里,仍捨本乡宅为观。……至乡无几寿终,年八十六。"《新唐书》卷一九六《贺知章传》载:"贺知章字季真,越州永兴人。性旷夷,善谈说,与族姑子陆象先善。……证圣初,擢进士、超拔群类科,累迁太常博士。"

公元 670 年(唐高宗咸亨元年)

　　四月,吐蕃寇边,骆宾王献诗裴行俭求从军,临行赋诗留别。

　　《旧唐书》卷五《高宗本纪下》载:"夏四月,吐蕃寇陷白州等一十八州,又与于阗合众袭龟兹拨换城,陷之。罢安西四镇。辛亥,以右威卫大将军薛仁贵为逻娑道行军大总管,右卫员外大将军阿史那道真、左卫将军郭待封为副,领兵五万以击吐蕃。"骆宾王《咏怀古意上裴侍郎》诗云:"三十二余罢,鬓是潘安仁。四十九仍入,年非朱买臣。……一得视边塞,万里何苦辛。剑匣胡霜影,弓开汉月轮。……勒功思比宪,决略暗欺陈。若不犯霜雪,虚掷玉京春。"(见《全唐诗》卷七七)

公元 671 年(唐高宗咸亨二年)

　　秋,骆宾王在塞外戍边,赋诗念归。

　　骆宾王有《在军中赠先还知己》诗云:"蓬转俱行役,瓜时独未还。魂迷金阙路,望断玉门关。……胡霜如剑锷,汉月似刀环。别后边庭树,相思几度攀。"又《久戍边城有怀京邑》诗云:"沙塞三千里,京城十二衢。杨沟连凤阙,槐路拟鸿都。……河气通中国,山途限外区。相思若可寄,冰泮有衔芦。"(见《全唐诗》卷七九)

公元 676 年(唐高宗仪凤元年)

　　骆宾王在武功主簿任,以老母在堂,需要赡养,故辞裴行俭掌书记之命。

　　《新唐书》卷二〇一《文艺上》附《骆宾王传》载:"历武功主簿,裴行俭为洮州总管,表掌书奏,不应。"《旧唐书》卷八四《裴行俭传》载:"三年,吐蕃背叛,诏行俭为洮州道左二军总管,寻又为秦州镇抚右军总管,并受元帅周王节度。"骆宾王《上吏部裴侍郎书》云:"四月一日,武功县主簿骆宾王,谨再拜奉书吏部侍郎裴公执事。……不图君侯忽垂过听礼以弓招之恩,任以书记之事。……顾逡巡于成命,踌躇于从事者,徒以凤遭不造,幼丁闵凶,老母在堂,常婴羸恚。……流沙一去,绝塞千里。子迷入塞之魂,母切倚间之望。就令欢以卒岁,仰南薰之不赀;而使忧能伤人,迫西山而何几?君侯情深锡类,道协天经,明恕待人,慈心应物。"(《骆宾王文集》卷七)

公元679年（唐高宗仪凤四年）

骆宾王在侍御史任，得罪下狱，赋诗咏怀。

《旧唐书》一九〇《骆宾王传》载："高宗末，为长安主簿。坐赃，左迁临海丞。"郗云卿《骆宾王文集序》云："仕至侍御史，后以天后即位，频贡章疏讽谏，因斯得罪，贬授临海丞。"骆宾王有《宪台出絷寒夜有怀》诗云："独坐怀明发，长谣苦未安。自应迷北叟，谁肯问南冠。生死交情异，殷忧岁序阑。空馀朝夕鸟，相伴夜啼寒。"（见《全唐诗》卷七八）又《畴昔篇》诗云："适离京兆镑，还从御府弹。……慎罚宁凭两造辞，严科直挂三章律。邹衍衔悲系燕狱，李斯抱怨拘秦桎。"（见《全唐诗》卷七七）

公元680年（唐高宗永隆元年）

骆宾王系狱，作《在狱咏蝉》诗、《萤火赋》等。

骆宾王《在狱咏蝉》诗序云："余禁所禁垣西，是法厅事也。……每至夕照低阴，秋蝉疏引。发声幽息，有切尝闻，岂人心异于曩时，将虫响悲于前听？……仆失路艰虞，遭时徽纆。不哀伤而自怨，未摇落而先衰。闻蟪蛄之流声，悟平反之已奏；见螳螂之抱影，怯危机之未安。感而缀诗，贻诸知己。庶情沿物应，哀弱羽之飘零；道寄人知，悯余声之寂寞。"（见《全唐诗》卷七八）《萤火赋》序云："余猥以明时，久遭幽絷，见一叶之已落，知四运之将终。凄然客之为心乎，悲哉秋之为气也。"（《全唐文》卷一九七）

公元700年（周武则天久视元年）

崔融在凤阁舍人任，以忤张昌宗意，左授婺州长史。

《旧唐书》卷九四《崔融传》载：圣历"四年，迁凤阁舍人。久视元年，坐忤张昌宗意，左授婺州长史。顷之，昌宗怒解，又请召为春官郎中，知制诰事"。《唐会要》卷四一载："圣历三年，断屠杀。凤阁舍人崔融议曰：'春生秋杀，天之常道；冬狩夏苗，国之大事。豺祭兽、獭祭鱼，自然之理也。……虽好生恶杀，是君子之用心；而考古会今，非国家之大体。但使顺月令，奉天经，造次合礼仪，从容中刑典，自然人得其性，物遂其生。何必改革，方为尽善。'"崔融《贺赦表》云："臣伏奉久视元年十月十日墨制，以一月为正，大赦天下。……迹虽限于一隅，心每驰于双阙。"（《全唐文》卷二一八）

公元 701 年（周武则天大足元年，长安元年）

　　春，崔融在江南，赋诗思洛阳。

　　《吴中好风景》诗云："洛渚问吴潮，吴门想洛桥。夕烟杨柳岸，春水木兰桡。城邑高楼近，星辰北斗遥。无因生羽翼，轻举托还飙。"（《全唐诗》卷六八）

公元 707 年（唐中宗景龙元年）

　　郗云卿奉中宗敕搜访骆宾王诗文，集为十卷。

　　郗云卿《骆宾王文集序》云："兵事既不捷，因致逃遁，遂致文集悉皆散失。后中宗朝，降敕搜访宾王诗笔，令云卿集焉。所载者即当时之遗漏，凡十卷。此集并是家藏者，亦足传诸好事。鲁国郗云卿。"

公元 709 年（唐中宗景龙三年）

　　宋之问被贬越州长史，赴任途中多赋诗纪行。

　　《新唐书》卷二〇二附《宋之问传》载："景龙中，迁考功员外郎，谄事太平公主，故见用，及安乐公主权盛，复往谐结，故太平深疾之。中宗将用为中书舍人，太平发其知贡举时赇饷狼藉，下迁汴州长史，未行，改越州长史。"宋之问赴越取道淮汴，途经淮口、扬州、润州、苏州、杭州等地，多赋诗纪行，如《初宿淮口》、《伤王七秘书监寄呈扬州陆长史通简府僚广陵好事》、《陪润州薛司功丹徒桂明府游招隐寺》、《登北固山》、《过史正议宅》、《题杭州天竺寺》等诗皆为赴任途中所作。

　　宋之问在越州，作文祭禹庙，又有诗。

　　宋之问《祭禹庙文》云："维大唐景龙三年岁次己酉月日，越州长史宋之问，谨以清酌之奠，敢昭告于夏后之灵。"（《全唐文》卷二四一）诗有《泛镜湖南溪》云："乘兴入幽栖，舟行日向低。岩花候冬发，谷鸟作春啼。沓嶂开天小，丛篁夹路迷。犹闻可怜处，更在若邪溪。"（《全唐诗》卷五二）又《游禹穴回出若邪》云："禹穴今朝到，邪溪此路通。著书闻太史，炼药有仙翁。……归舟何虑晚，日暮使樵风。"（《全唐诗》卷五三）

公元 710 年（唐睿宗景云元年）

　　宋之问任越州长史，穷历剡溪山，置酒赋诗，流布京师，人人传讽。

　　《新唐书》卷二〇二《宋之问传》载："景龙中，迁考功员外郎，谄事太平公主,故见用。及安乐公主权盛,复往谐结,故太平深疾之。中宗将用为中书舍人,太平发其知贡举时赇饷狼藉,下迁汴州长史,未行,改越州长史。颇自力为政。穷历剡溪山,置酒赋诗,流布京师,人人传讽。"宋之问有《景龙四年春祠海》、《早春泛镜湖》、《游云门寺》、《宿云门寺》、《都宅中裔》、《春期古意》、《见南山夕阳召鉴师不至》、《题鉴上人房二首》、《湖中别鉴上人》等诗,应作于越州时。

公元 711 年(唐睿宗景云二年)

十月,司马承祯还天台山,李适赋诗以赠,和作者甚众,徐彦伯撮其美者为《白云记》。

《旧唐书》卷一九二《司马承祯传》载:"景云二年,睿宗令其兄承祎就天台山追之至京,引入宫中,问以阴阳术数之事。……承祯固辞还山,仍赐宝琴一张及霞纹帔而遣之,朝中词人赠诗者百余人。"《旧唐书》卷一九〇《李适传》载:"睿宗时,天台道士司马承祯被征至京师。及还,适赠诗,序其高尚之致,其词甚美,当时朝廷之士,无不属和,凡三百余人。徐彦伯编而叙之,谓之《白云记》,颇传于代。"《大唐新语》卷一〇亦载:"司马承祯,字子微,隐于天台山,自号白云子。……散骑常侍徐彦伯撮其美者三十一首,为制序,名曰《白云记》。"

公元 714 年(唐玄宗开元二年)

孙逖登手笔俊拔、哲人奇士隐沦屠钓及文藻宏丽、贤良方正三科,授山阴尉。

《旧唐书》卷一九〇《孙逖传》载:"开元初,应哲人奇士举,授山阴尉。"《新唐书》卷二〇二《孙逖传》载:"举手笔俊拔、哲人奇士隐沦屠钓及文藻宏丽等科。"《唐才子传》卷一《孙逖传》载:"开元二年,举手笔俊拔、哲人奇士隐沦屠钓及文藻宏丽等科第一人及第。"颜真卿《尚书刑部侍郎赠尚书右仆射孙逖文公集序》云:"年未弱冠而三搜甲科。吏部侍郎王丘试《竹帘赋》,降阶约拜,以殊礼待之。"

公元 715 年（唐玄宗开元三年）

孙逖在山阴尉任，游览越州名胜并赋诗记咏。

孙逖《山阴县西楼》诗云："都邑西楼芳树间，逶迤霁色绕江山。山月夜从公署出，江云晚对讼庭还。谁知春色朝朝好，二月飞花满江草。一见湖边杨柳风，遥忆青青洛阳道。"（《全唐诗》卷一一八）又有《登越州城》、《宴越府陈法曹西亭》、《奉和崔司马游云门寺》、《酬万八贺九云门下归溪中作》等诗。

公元 717 年（唐玄宗开元五年）

孙逖迁秘书正字，赋诗别越州。经常州，与刺史崔日用赋诗唱和。

《旧唐书》卷一九〇《孙逖传》载："授山阴尉。迁秘书正字。"孙逖《春日留别》诗云："春路逶迤花柳前，孤舟晚泊就人烟。东山白云不可见，西陵江月夜娟娟。春江夜尽潮声度，征帆遥从此中去。越国山川看渐无，可怜愁思江南树。"（《全唐诗》卷一一八）又有《和常州崔使君寒食夜》、《和常州崔使君咏后庭梅二首》、《词和咏楼前海石榴二首》等诗。

公元 720 年（唐玄宗开元八年）

皎然生，吴兴（浙江湖州）人。

《唐才子传》卷四《皎然上人传》载："皎然字清昼，吴兴人。俗姓谢，宋灵运之十世孙也。"《宋高僧传》卷二九《皎然传》载："释皎然，字昼，姓谢氏，长城人，康乐侯十世孙也。幼负异才，性与道合。初脱羁绊，渐加削染。……于篇什中，吟咏情性，所谓造其征微矣。文章隽丽，当时号为释门伟器哉。后博访名山，法席罕不登听者。然其兼攻并进，子史经书，各臻其极。凡所游历，京师则公相敦重，诸郡则邦伯所钦。"

公元 722 年（唐玄宗开元十年）

十二月，司马承祯请还天台山，玄宗赋诗遗之。

《旧唐书》卷一九二《司马承祯传》载："开元九年，玄宗又遣使迎入京，亲受法箓，前后赏赐甚厚。十年，驾还西都，承祯又请还天台山，玄宗赋诗以遣之。十五年，又召至都。玄宗令承祯于王屋山自选形胜，置坛室以居焉。"

公元 723 年（唐玄宗开元十一年）

五月，秘书监徐坚、太常博士会稽贺知章、监察御史鼓城赵冬曦等聚于丽正书院，或修书，或侍讲。

《资治通鉴》卷二一二载："五月，己丑，以王晙兼朔方军节度大使，巡河西、陇右、河东、河北诸军。上置丽正书院，聚文学之士。秘书监徐坚、太常博士会稽贺知章、监察御史鼓城赵冬曦等，或修书，或侍讲；以张说为修书使以总之。有司供给优厚。中书舍人洛阳陆坚以为此属无益于国，徒为糜费，欲悉奏罢之。张说曰：'自古帝王于国家无事之时，莫不崇宫室，广声色，今天子独延礼文儒，发挥典籍，所益者大，所损者微。陆子之言，何不达也！'上闻之，重说而薄坚。"

公元 725 年（唐玄宗开元十三年）

独孤及（725—777）生，洛阳人。遭安史之乱，避地越州。

《新唐书》卷一六二《独孤及传》载："独孤及字至之，河南洛阳人。为儿时，读《孝经》，父试之曰：'儿志何语？'对曰：'立身行道，扬名于后世。'宗党奇之。天宝末，以道举高第补华阴尉，辟江淮都统李峘府，掌书记。……迁礼部员外郎，历濠、舒二州刺史。岁饥旱，邻郡庸亡什四以上，舒人独安。以治课加检校司封郎中，赐金紫。徙常州，甘露降其廷。卒，年五十三，谥曰宪。"《唐才子传》卷三《独孤及传》载："及字至之，河南人。……天宝末，以道举高第。代宗召为左拾遗。迁礼部员外郎。历濠、舒、常三州刺史。及性孝友，喜鉴拔。为文必彰明善恶，长于议论。工诗，格调高古，风尘迥绝，得大名当时。有集传世。"有《毗陵集》二十卷。

刘太真（725—792）生，润州上元人。大历中入浙东观察使府。

《旧唐书》卷一三七《刘太真传》载："刘太真，宣州人。涉学，善属文，少师事词人萧颖士。天宝末，举进士。大历中，为淮南节度使陈少游掌书记，征拜起居郎。累历台阁，自中书舍人转工部、刑部二侍郎。性怯懦诡随。及转礼部侍郎，掌贡举，宰执姻族，方镇子弟，先收擢之。又常叙少游勋绩，拟之桓、文，大招物论。贞元五年，贬信州刺史，到州寻卒。"有《刘太真集》三十卷。

秦系生，越州会稽人。

《新唐书》卷一九六《秦系传》载："秦系字公绪，越州会稽人。天宝末，避乱剡溪，北都留守薛兼训奏为右卫率府仓曹参军，不就。客泉州，南安有九日山，大松百余章，俗传东晋时所植，系结庐其上，穴石为研，注《老子》，弥年不出。刺史薛播数往见之，岁时致羊酒，而系未尝至城门。姜公辅之谪，见系辄穷日不能去，筑室与相近，忘流落之苦。公辅卒，妻子在远，系为葬山下。张建封闻系之不可致，请就加校书郎。"《唐才子传》卷三《秦系传》载："系字公绪，会稽人。天宝末，避乱剡溪，自称东海钓客。……时姜公辅以直言罢为泉州别驾，见系辄穷日不能去，筑室与相近，遂忘流落之苦。公辅卒，妻子在远，系为营葬山下，每好义如此。张建封闻系不可致，请就加校书郎。与刘长卿、韦应物善，多以诗相赠答。……年八十余卒。南安人思之，号其山为"高士峰"，今有丽句亭在焉。集一卷，今传。"

公元726年（唐玄宗开元十四年）

刘长卿生，河间人。进士及第，后贬睦州司马。

《唐才子传》卷二《刘长卿传》载："长卿字文房，河间人。少居嵩山读书，后移家来鄱阳最久。开元二十一年徐征榜及第。至德中历监察御史。以检校祠部员外郎出为转运使判官，知淮西、岳鄂转运留后。观察使吴仲孺诬奏，非罪系姑苏狱，久之，贬潘州南巴尉，会有为辩之者，量移睦州司马。终随州刺史。"

公元727年（唐玄宗开元十五年）

五月，会稽长兴人徐坚等撰《初学记》成。

《唐会要》卷三六载："十五年五月一日，集贤学士徐坚等纂经史文章之要，以类相从。上制名曰《初学记》。至是上之。"《大唐新语》卷九载："玄宗谓张说曰：'儿子等欲学缀文，须检事及看文体。《御览》之辈，部帙既大，寻讨稍难。卿与诸学士撰集要事并要文，以类相从，务取省便。令儿子等易见成就也。'说与徐坚、韦述等编此进上，诏以《初学记》为名。赐修撰学士束帛有差。其书行于代。"《四库全书总目》卷一三五云："《初学记》三十卷，唐徐坚等奉敕撰。……其书分二十三部，三百一十三子目，大致与诸类书相同。……其例前为叙事，次为事对，末为诗文。其叙事虽杂取群书，而次第若相连属，与他类书独殊。其诗文兼录初唐，于诸臣附前代后，于太宗御制则升冠前代之首，较《玉台新咏》以梁武帝诗杂置诸臣之中者，亦特有体例。"

僧灵一(727—762)生,广陵人。少出家,肃宗宝应初卒于杭州龙兴寺。

《宋高僧传》卷一五《灵一传》载:"释灵一,姓吴氏,广陵人也。神清气和,方寸地虚,与太初元精合其纯粹。……暨乎始冠,受其具足,学习无倦,律仪是修。示见谈笑,欲明解脱。示人文艺,以诱世智。初不计身中有我,我中有身。德全道成,缘断形谢,以宝应元年冬十月十六日,寂灭于杭州龙兴寺,春秋三十五,凡满十五安居。……自尔叩维阳法慎师,学相部律,造乎微而臻乎极。友善者慧凝、明幽、灵祐、会稽昙一、晋陵义宣、同门三益,作者七人也。一咳唾尘境,继日经行,宴坐必择山椒树下。初舍于会稽山南悬溜寺,接禅者隐空、乾靖,讨论第一义谛。或游庆云寺,复居余杭宜丰寺。寺邻生丹山,门对佳境,冏然独往。暴风偃山,正智不动,巨浪沃日,浮囊不飘。于是著《法性论》,以究真谛,此一之了语也。每禅诵之隙,辄赋诗歌事,思入无间,兴含飞动。……诗行于世,有选其尤者入《间气集》焉。"

公元729年(唐玄宗开元十七年)

三月,张说与徐坚论当世诸学士之文。

《大唐新语》卷八载:"张说、徐坚同为集贤学士十余年,好尚颇同,情契相得。时诸学士凋落者众,惟说、坚二人存焉。说手疏诸人名,与坚同观之。坚谓说曰:'诸公昔年皆擅一时之美,敢问孰为先后?'说曰:'李峤、崔融、薛稷、宋之问,皆如良金美玉,无施不可。富嘉謩之文,如孤峰绝岸,壁立万仞,丛云郁兴,震雷俱发,诚可畏乎!若施于廊庙,则为骇矣。阎朝隐之文,则如丽色靓妆,衣之绮绣,燕歌赵舞,观者忘忧。然类之《风雅》,则为俳矣。'坚又曰:'今之后进,文词孰贤?'说曰:'韩休之文,有如太羹玄酒,虽雅有典则,而薄于滋味。许景先之文,有如丰肌腻体,虽秾华可爱,而乏风骨。张九龄之文,有如轻缣素练,虽济时适用,而窘于边幅。王翰之文,有如琼林玉斝,虽烂然可珍,而多有玷缺。若能箴其所阙,济其所长,亦一时之秀也。'"

五月,徐坚卒,年七十一。

《旧唐书》卷八《玄宗纪上》载:"五月癸巳……右散骑常侍徐坚卒。"《旧唐书》卷一〇二《徐坚传》载:"坚多识典故,前后修撰格式、氏族及国史等,凡七入书府,时论美之。十七年卒,年七十余。……坚长姑为太宗充容,次姑为高宗婕妤,并有文藻。坚父子以词学著闻,议者方之汉世班氏。"张九龄《大唐故光禄大夫右散骑常侍集贤院学士赠太子少保东海徐文公神道碑并序》云:"尝注《史记》,修《晋书》、《续文选》、《大隐传》,及有文集三十卷,皆资于故实,博于遗训,古今通变,河汉共高,或藏名山,或升天府,亹亹然各得其所。"

孟浩然离洛赴吴越,赋诗抒怀。

孟浩然《自洛之越》诗云:"皇皇三十载,书剑两无成。山水寻吴越,风尘厌洛京。扁舟泛湖海,长揖谢公卿。且乐杯中物,谁论世上名。"(见《全唐诗》卷一六〇)又有《适越留别谯县张主簿申屠少府》、《杨子津望京口》、《问舟子》、《宿杨子津寄润州长山刘隐士》等诗。

孟浩然至杭州,逆浙江西上游览,有诗作。

孟浩然《游江西上留别富阳裴刘二少府》诗云:"西上游江西,临流恨解携。千山叠成嶂,万水泻为溪。石浅流难溯,藤长险易跻。谁怜问津者,岁晏此中迷。"(见《全唐诗》卷一六〇)又有《经七里滩》、《宿桐庐江寄广陵旧游》、《宿建德江》等诗。

公元 730 年(唐玄宗开元十八年)

孟浩然在杭州,将往游天台,有诗留别;至天台,亦有诗作。

孟浩然《将适天台留别临安李主簿》诗云:"枳棘君尚栖,匏瓜吾岂系。念离当夏首,漂泊指炎裔。江海非堕游,田园失归计。定山既早发,渔浦亦宵济。泛泛随波澜,行行任舻枻。故林日已远,群木坐成翳。羽人在丹丘,吾亦从此逝。"(见《全唐诗》卷一五九)又有《舟中晓望》、《寻天台山作》、《宿天台桐柏观》等诗。

公元 731 年(唐玄宗开元十九年)

徐安贞等进上徐坚等所撰《文府》二十卷。

《新唐书》卷六〇《艺文志四》载:"徐坚《文府》二十卷。(开元中,诏张说括《文选》外文章,乃命坚与贺知章、赵冬曦分讨,会诏促之,坚乃先集诗赋二韵为《文府》上之。余不能就而罢。)"《玉海》卷五四引《集贤注记》载:"燕公初入院,奉诏搜括《文选》外文章,别撰一部。于是徐常侍及贺、赵分部检讨。徐等且集诗赋二类,独简杂文,历年撰成写三十卷。燕公以所撰非精,更加研考。"《唐会要》卷三六载:"十九年二月,礼部员外郎徐安贞等撰《文府》二十卷上之。"

三月，孟浩然至越州，游镜湖、云门寺、若耶溪等胜迹，各赋诗记游。

孟浩然《与崔二十一游镜湖寄包贺二公》诗云："试览镜湖物，中流到底清。不知鲈鱼味，但识鸥鸟情。帆得樵风送，春逢谷雨晴。将探夏禹穴，稍背越王城。府掾有包子，文章推贺生。沧浪醉后唱，因此寄同声。"（见《全唐诗》卷一六〇）又有《题大禹寺义公禅房》、《云门寺西六七里闻符公兰若最幽与薛八同往》、《耶溪泛舟》、《游云门寺寄越府包户曹徐起居》等诗。

八月，孟浩然往杭州观潮，旋复返越州。

孟浩然《与颜钱塘登樟亭望潮作》诗云："百里雷声震，鸣弦暂辍弹。府中连骑出，江上待潮观。照日秋云迥，浮天渤澥宽。惊涛来似雪，一坐凛生寒。"《夜登孔伯昭南楼时沈太清朱升在座》诗云："谁家无风月，此地有琴尊。山水会稽郡，诗书孔氏门。再来值秋杪，高阁夜无喧。华烛罢燃蜡，清弦方奏鹍。沈生隐侯胤，朱子买臣孙。好我意不浅，登兹共话言。"（见《全唐诗》卷一六〇）又有《与杭州薛司户登樟亭驿》、《初下浙江舟中口号》等诗。

公元732年（唐玄宗开元二十年）

正月，孟浩然由乐城往永嘉，赋诗寄崔国辅。

孟浩然《永嘉上浦馆逢张八子容》诗云："逆旅相逢处，江村日暮时。众山遥对酒，孤屿共题诗。廨宇邻蛟室，人烟接岛夷。乡园万余里，失路一相悲。"又《永嘉别张子容》诗云："旧国余归楚，新年子北征。挂帆愁海路，分手恋朋情。日夕故园意，汀洲春草生。何时一杯酒，重与季鹰倾。"（见《全唐诗》卷一六〇）又有《初年乐城馆中卧疾怀归》、《宿永嘉江寄山阴崔少府国辅》、《江上寄山阴崔少府》等诗。张子容有《送孟浩然归襄阳二首》、《泛永嘉江日暮回舟》、《自乐城赴永嘉枉路泛白湖寄嵩阳李少府》、《永嘉作》、《永嘉即事寄赣县袁少府瑾》等诗。

三月，孟浩然在越州，有诗赠贺朝，后返襄阳。

孟浩然《久滞越中贻谢南池会稽贺少府》诗云："陈平无产业，尼父倦东西。负郭昔云翳，问津今亦迷。未能忘魏阙，空此滞秦稽。两见夏云起，再闻春鸟啼。怀仙梅福市，访旧若耶溪。圣主贤为宝，卿何隐遁栖。"（见《全唐诗》卷一六〇）

公元733年（唐玄宗开元二十一年）

陆羽，字鸿渐；一名疾，字季疵。复州竟陵人。安史乱起，避地湖州。

《新唐书》卷一九六《陆羽传》载："陆羽字鸿渐，一名疾，字季疵，复州竟陵人。不知所生，或言有僧得诸水滨，畜之。既长，以《易》自筮，得《蹇》之《渐》，曰'鸿渐于陆，其羽可用为仪。'乃以陆为氏，名而字之。……天宝中，州人酺，吏署羽伶师，太守李齐物见，异之，授以书，遂庐火门山。……上元初，更隐苕溪，自称桑苎翁，阖门著书。或独行野中，诵诗击木，裴回不得意，或恸哭而归，故时谓今接舆也。久之，诏拜羽太子文学，徙太常寺太祝，不就职。贞元末，卒。"《唐才子传》卷三《陆羽传》载："羽字鸿渐，不知所生。初，竟陵禅师智积得婴儿于水滨，育为弟子。及长，耻从削发，以《易》自筮，得《蹇》之《渐》曰：'鸿渐于陆，其羽可用为仪。'始为姓名。……天宝间，署羽伶师，后遁去。古人谓'洁其行而秽其迹'者也。上元初，结庐苕溪上，闭门读书。名僧高士，谈宴终日。……工古调歌诗，兴极闲雅。著书甚多。……有诏拜太子文学。羽嗜茶，造妙理，著《茶经》三卷，言茶之原、之法、之具，时号'茶仙'，天下益知饮茶矣。……与皇甫补阙善。时鲍尚书防在越，羽往依焉，冉送以序曰：'君子究孔释之名理，穷歌诗之丽则。远野孤岛，通舟必行；鱼梁钓矶，随意而往。夫越地称山水之乡，辕门当节钺之重。鲍侯知子爱子者，将解衣推食，岂徒尝镜水之鱼，宿耶溪之月而已！'集并《茶经》今传。"

公元734年（唐玄宗开元二十二年）

綦毋潜归江东，游若耶溪等名胜，有诗作。

綦毋潜《春泛若耶溪》诗云："幽意无断绝，此去随所偶。晚风吹行舟，花路入溪口。际夜转西壑，隔山望南斗。潭烟飞溶溶，林月低向后。生事且弥漫，愿为持竿叟。"（见《全唐诗》卷一三五）又有《若耶溪逢孔九》、《题灵隐寺山顶禅院》、《登天竺寺》、《题鹤林寺》、《题栖霞寺》、《题招隐寺绚公房》、《茅山洞口》等诗。

公元735年（唐玄宗开元二十三）

十二月，李邕在括州刺史任，撰《秦望山法华寺碑》，并自书之。

《旧唐书》卷一九〇《李邕传》载："疏奏，邕已会减死，贬为钦州遵化县尉……又累转括、淄、滑三州刺史。"《新唐书》卷二〇二《李邕传》载："开元二十三年，起为括州刺史。"《八琼室金石补正》卷五五《秦望山法华寺碑并序》，前题"括州刺史李邕撰并书"，后署"唐开元廿三年十二月八日建"。

公元738年（唐玄宗开元二十六年）
贺知章为太子宾客。

孙逖《授贺知章等太子宾客制》云："庆王侍读、银青光禄大夫、秘书监员外置同正员贺知章等，衣冠耆旧，词学宗师，或恬淡风流，独擅东南之美，或清贞介特，是称江汉之英。负当朝之令名，有锡类之纯行，顷令教导，久侍藩维，善利则多，宠章亟及。方之四老，用列宾友之任；综彼三坟，俾在图书之府。可依前件。"（见《全唐文》卷三〇九）

澄观生。澄观（738—839），俗姓夏侯氏，越州山阴人。

《宋高僧传》卷五《唐代州五台山清凉寺澄观传》载："释澄观，姓夏侯氏，越州山阴人也。年甫十一，依宝林寺霈禅师出家，诵《法华经》。十四，遇恩得度，便隶此寺。观俊朗高逸，弗可以细务拘。遂遍寻名山，旁求秘藏，梯航既具，壶奥必臻。乾元中，依润州栖霞寺醴律师，学《相部律》。本州依昙一，隶《南山律》，诣金陵玄璧法师，传关河《三论》。《三论》之盛于江表，观之力也。大历中，就瓦棺寺传《起信》、《涅槃》。又于淮南法藏，受海东《起信疏》义。却复天竺诜法师门，温习《华严大经》。七年，往剡溪，从成都慧量法师，覆寻《三论》。十年，就苏州，从湛然法师习天台《止观》、《法华》、《维摩》等经疏。解从上智，性自天然，所学之文，如昨抛舍，鲍静记井，蔡邕后身，信可知矣。又谒牛头山忠师、经山钦师、洛阳无名师，咨决南宗禅法。复见慧云禅师，了北宗玄理。……遂翻习经、传、子、史、小学、《苍》、《雅》、天竺《悉昙》诸部异执，《四围》、五明、秘咒、仪轨，至于篇颂笔语书踪，一皆博综。多能之性，自天纵之。大历十一年，誓游五台，一一巡礼，祥瑞愈繁。仍往峨嵋，求见普贤，登险陟高，备观圣像。却还五台，居大华严寺，专行《方等》忏法。时寺主贤林，请讲大经，并演诸论。因慨《华严》旧疏，文繁义约，慭然长想。……以元和年卒，春秋七十余。弟子传法者一百许人，余堪讲者千数。观尝于新创云花寺般若阁下画《华藏世界图相》，又著《随疏演义》四十卷，允齐相请述《华严经纲要》一卷、《法界玄鉴》一卷、《三圣圆融观》一卷、《华严》、《法华》、《楞伽》、《中观论》等。别行《小钞疏》共三十卷。设无遮大会十二中，其诸塑缋形像，缮写经典，不可殚述。"

公元 739 年（唐玄宗开元二十七年）

　　高适赋诗送族侄赴括州。

　　《旧唐书》卷九《玄宗纪下》载："六月甲戌……幽州节度使、兼御史大夫张守珪以贿贬为括州刺史。"高适《宋中送族侄式颜（时张大夫贬括州使人召式颜遂有此作）》诗云："大夫击东胡，胡尘不敢起。胡人山下哭，胡马海边死。部曲尽公侯，舆台亦朱紫。当时有勋业，末路遭谗毁。转旆燕赵间，剖符括苍里。弟兄莫相见，亲族远枌梓。不改青云心，仍招布衣士。平生怀感激，本欲候知已。去矣难重陈，飘然自兹始。游梁且未遇，适越今何以。乡山西北愁，竹箭东南美。峥嵘缙云外，苍莽几千里。旅雁悲啾啾，朝昏孰云已。登临多瘴疠，动息在风水。虽有贤主人，终为客行子。我携一尊酒，满酌聊劝尔。劝尔惟一言，家声勿沦滓。"（见《全唐诗》卷二一一）又有《又送族侄式颜》等诗。

　　张守珪坐贿牛仙童，自幽州节度使贬括州刺史，未几卒官。

　　《旧唐书》卷九《玄宗纪下》载："六月甲戌，内常侍牛仙童坐赃，决杀之。幽州节度使、兼御史大夫张守珪以贿贬为括州刺史。"又卷一〇三《张守珪传》："张守珪，陕州河北人也。……二十七年，仙童事露伏法，守珪以旧功减罪，左迁括州刺史，到官无几，疽发背而卒。"

公元 740 年（唐玄宗开元二十八年）

　　高适与房琯赋诗唱和，时琯任宋城令。

　　《旧唐书》卷一一一《房琯传》载："二十二年，拜监察御史。……历慈溪、宋城、济源县令……天宝元年，拜主客员外郎。"《旧唐书》卷四〇《地理志》载："奉化、慈溪、翁山，已上三县，皆鄮县地。开元二十六年析置。"高适《同房侍御山园新亭与邢判官同游》诗云："隐隐春城外，朦胧陈迹深。君子顾榛莽，兴言伤古今。决河导新流，疏径踪旧林。开亭俯川陆，时景宜招寻。肃穆逢使轩，夤缘事登临。忝游芝兰室，还对桃李阴。岸远白波来，气喧黄鸟吟。因睹歌颂作，始知经济心。灌坛有遗风，单父多鸣琴。谁为久州县，苍生怀德音。"（见《全唐诗》卷二一二）

公元742年（唐玄宗天宝元年）

李白从山东往浙江会稽，行至广陵，别友人储邕，作诗留别。

李白《别储邕之剡中》诗云："借问剡中道，东南指越乡。舟从广陵去，水入会稽长。竹色溪下绿，荷花镜里香。辞君向天姥，拂石卧秋霜。"（见《全唐诗》卷一七四）

公元743年（唐玄宗天宝二年）

薛据游历吴越，有诗纪行。

《唐才子传》卷二载："据，荆南人。开元十九年王维榜进士。天宝六年，又中风雅古调科第一人。于吏部参选，据自恃才名，请受万年录事。流外官诉宰执，以为'赤县是某等清要'，据无媒，改涉县令。后仕历司议郎，终水部郎中。据为人骨鲠，有气魄，文章亦然。尝自伤不得早达，造句往往追凌鲍、谢。"薛据游吴越《登秦望山》诗云："予本萍泛者，乘流任西东。茫茫天际帆，栖泊何时同。将寻会稽迹，从此访任公。"又《泊震泽口》诗云："早雁湖上飞，晨钟海边起。独坐嗟远游，登岸望孤洲。"（见《全唐诗》卷二五三）又有《西陵口观海》、《题丹阳陶司马厅壁》等诗。

公元744年（唐玄宗天宝三载）

庚子，贺知章将归越州，玄宗赋诗送之，李适之等三十人应制奉和。

《旧唐书》卷九《玄宗纪下》载："（正月）庚子，遣左右相已下祖别贺知章于长乐坡，上赋诗赠之。"《旧唐书》卷一九〇《贺知章传》载："天宝三载，知章因病恍惚，乃上疏请度为道士，求还乡里，仍舍本乡宅为观。上许之……御制诗以赠行，皇太子已下咸就执别。"玄宗有《送贺知章归四明》诗，序云："天宝三年，太子宾客贺知章鉴止足之分，抗归老之疏，解组辞荣，志期入道。朕以其年在迟暮，用循挂冠之事，俾遂赤松之游。正月五日，将归会稽，遂饯东路，乃命六卿庶尹大夫供帐青门，宠行迈也。……乃赋诗赠行。"诸诗见《会稽掇英总集》卷二。

贺知章卒，年八十六。

《旧唐书》卷一九〇《贺知章传》载："天宝三载……求还乡里……至乡无几寿终，年八十六。"又载："知章性放旷，善谈笑，当时贤达皆倾慕之。工部尚书陆象先，即知章之族姑子也，与知章甚相亲善。……知章晚年尤加纵诞，无复规检，自号四明狂客，又称'秘书外监'，遨游里巷。醉后属词，动成卷轴，文不加点，咸有可观。又善草隶书，好事者供其笺翰，每纸不过数十字，共传宝之。时有吴郡张旭，亦与知章相善。"

公元747年（唐玄宗天宝六载）

李白将离东鲁南游吴越，作《梦游天姥吟留别》等诗。

李白《梦游天姥吟留别》（题下注："一作《别东鲁诸公》。"）诗云："天姥连天向天横，势拔五岳掩赤城。天台四万八千丈，对此欲倒东南倾。我欲因之梦吴越，一夜飞度镜湖月。"（见《全唐诗》卷一七四）《唐宋诗醇》卷六载："七言歌行，本出楚骚、乐府。至于太白，然后穷极笔力，优入圣域。昔人谓其'以气为主，以自然为宗，以俊逸高畅为贵，咏之使人飘扬欲仙'，而尤推其《天姥吟》、《远别离》等篇，以为虽子美不能道。盖其才横绝一世，故兴会标举，非学可及，正不必执此谓子美不能及也。此篇夭矫离奇，不可方物，然因语而梦，因梦而悟，因悟而别，节次相生，丝毫不乱。若中间梦境迷离，不过词意伟怪耳。胡应麟以为'无首无尾，窈冥昏默'，是真不可以说梦也。特谓非其才力学之，立见踬踣，则诚然耳。"

张庭芳在信安郡博士任，注李峤《杂咏》诗。

张庭芳《故中书令郑国公李峤杂咏百二十首序》云："顷寻绎故中书令李郑公百二十咏。藻丽词清，调谐律雅，宏溢逾于灵运，密致掩于延年。……于是欲罢不能，研章摘句。辄因注述，思郁文繁。庶有补于琢磨，俾无至于疑滞。且欲启诸童稚，焉敢贻于后贤。于时巨唐天宝六载，龙集强圉之所述也。"（见《全唐文》卷三六四）

公元748年（唐玄宗天宝七年）

李白在越州，赋诗咏怀并悼贺知章。

李白《越中秋怀》诗云："越水绕碧山，周回数千里。乃是天镜中，分明画相似。爱此从冥搜，永怀临湍游。一为沧波客，十见红蕖秋。观涛壮天险，望海令人愁。路遐迫西照，岁晚悲东流。何必探禹穴，逝将归蓬丘。不然五湖上，亦可乘扁舟。"（见《全唐诗》卷一八三）又《重忆一首》诗云："欲向江东去，定将谁举杯。稽山无贺老，却棹酒船回。"（见《全唐诗》卷一八二）又有《天台晓望》、《早望海霞边》、《越中览古》、《对酒忆贺监二首》等诗。

公元750年(唐玄宗天宝九年)

高适往清夷军送兵,经濮阳,赋诗赠吴兴人沈千运。

《唐才子传》卷二《沈千运传》载:"千运,吴兴人。工旧体诗,气格高古。当时士流皆敬慕之,号为'沈四山人'。天宝中,数应举不第,时年齿已迈,遨游襄、邓间,干谒名公。来濮上,感怀赋诗。……其时多艰,自知屯蹇,遂浩然有归欤之志,赋诗云:'栖隐无别事,所愿离风尘。不来城邑游,礼乐拘束人。'……遂释志还山中别业,尝曰:'衡门之下,可以栖迟。有薄田园,儿嫁女织,偃仰今古,自足此生,谁能作小吏走风尘下乎!'高适《赋得还山吟送沈四山人》诗曰:'还山吟,天高日暮寒山深,送君还山识君心,人生老大须恣意。看君解作一生事,山间偃仰无不至。石泉淙淙若风雨,桂花松子常满地。卖药囊中应有钱,还山服药又长年。白云劝尽杯中物,明月相随何处眠。眠时忆问醒时意,梦魂可以相周旋。'"(亦见《全唐诗》卷二一三)

公元751年(唐玄宗天宝十年)

孟郊(751—814)生,湖州武康(今浙江德清)人。

《旧唐书》卷一六〇《孟郊传》载:"孟郊者,少隐于嵩山,称处士。李翱分司洛中,与之游。荐于留守郑余庆,辟为宾佐。性孤僻寡合,韩愈一见以为忘形之契,常称其字曰东野,与之唱和于文酒之间。郑余庆镇兴元,又奏为从事,辟书下而卒。"《新唐书》卷一七六《孟郊传》载:"孟郊者,字东野,湖州武康人。少隐嵩山,性介,少谐合。愈一见为忘形交。年五十,得进士第,调溧阳尉。县有投金濑、平陵城,林薄蒙翳,下有积水。郊闲往坐水旁,裴回赋诗,而曹务多废。令白府,以假尉代之,分其半奉。郑余庆为东都留守,署水陆转运判官。余庆镇兴元,奏为参谋。卒,年六十四。张籍谥曰贞曜先生。郊为诗有理致,最为愈所称,然思苦奇涩。李观亦论其诗曰'高处在古无上,平处下顾二谢'云。"

公元754年(唐玄宗天宝十三年)

陆贽(754—805)生,嘉兴人。

《旧唐书》卷一三九《陆贽传》载:"陆贽字敬舆,苏州嘉兴人。……贽少孤,特立不群,颇勤儒学。年十八登进士第,以博学宏词登科,授华州郑县尉。罢秩,东归省母,路由寿州,刺史张镒有时名,贽往谒之。镒初不甚知,留三日,再见与语,遂大称赏,请结忘年之契。……建中四年,朱泚谋逆,从驾幸奉天。时天下叛乱,机务填委,征发指踪,千端万绪,一日之内,诏书数百。贽挥翰起草,思如泉注,初若不经思虑,既成之后,莫不曲尽事情,中于机会,胥吏简札不暇,同舍皆伏其能。转考功郎中,依前充职。……贽在忠州十年,常闭关静处,人不识其面,复避谤不著书。家居瘴乡,人多疠疫,乃抄撮方书,为《陆氏集验方》五十卷行于代。初,贽秉政,贬驾部员外郎李吉甫为明州长史,量移忠州刺史。贽在忠州,与吉甫相遇,昆弟、门人咸为贽忧,而吉甫忻然厚礼,都不衔前事,以宰相礼事之,犹恐其未信不安,日与贽相狎,若平生交契者。贽初犹惭惧,后乃深交。时论以吉甫为长者。后有薛延者,代吉甫为刺史,延朝辞日,德宗令宣旨慰安。而韦皋累上表请以贽代己。顺宗即位,与阳城、郑余庆同诏征还。诏未至而贽卒,时年五十二,赠兵部尚书,谥曰宣。"《新唐书》卷一五七《陆贽传》载:"陆贽字敬舆,苏州嘉兴人。十八第进士,中博学宏辞。调郑尉,罢归。寿州刺史张镒有重名,贽往见,语三日,奇之,请为忘年交。"

公元 756 年(唐肃宗至德元年)

万齐融在越州,撰《唐法华寺玄俨律师碑》。

陈思《宝刻丛编》卷一三载:"唐前秘书省正字万齐融撰。武部郎中徐浩书。律师,姓徐氏,诸暨人,居越州法华寺。碑以天宝十五年六月立(集古录目)。"计有功《唐诗纪事》卷一七载:"神龙中,知章与越州贺朝、万齐融,扬州张若虚、邢巨,湖州包融,俱以吴越文词俊秀,名闻上京。朝止山阴尉,齐融昆山令。"

公元 757 年(唐肃宗至德二年)

严维授诸暨尉。

《唐才子传》卷三《严维传》载:"维字正文,越州人。初隐居桐庐,慕子陵之高风。至德二年,江淮选补使、侍郎崔涣下以词藻宏丽,进士及第。以家贫亲老,不能远离,授诸暨尉,时已四十余。"严维赴任作诗《留别邹绍刘长卿》云:"中年从一尉,自笑此身非。道在甘微禄,时难耻息机。晨趋本郡府,昼掩故山扉。待见干戈毕,何妨更采薇。"刘长卿以《送严维尉诸暨》诗答云:"爱尔文章远,还家印绶荣。退公兼色养,临下带乡情。乔木映官舍,春山宜县城。应怜钓台石,闲却为浮名。"

灵一,时年三十一,春居越州云门寺;秋回杭州宜丰寺。

灵一《再还宜丰寺》诗云:"再寻招隐地,重会息心期。樵客问归日,山僧记别时。野云阴远甸,秋雨涨前陂。勿谓探形胜,吾今不好奇。"(见《全唐诗》卷八〇九)又有《宜丰新泉》等诗。

皇甫冉赴无锡尉任,与灵一有诗唱和。

皇甫冉作诗《赴无锡寄别灵一浮虚二上人云门所居》(见《全唐诗》卷二四九),灵一有《酬皇甫冉将赴无锡于云门寺赠别》(见《全唐诗》卷八〇九)诗。

李嘉祐时官侍御,避乱越州,有诗《同皇甫冉赴官留别灵一上人》。

《同皇甫冉赴官留别灵一上人》诗云:"法许庐山远,诗传休上人。独归双树宿,静与百花亲。对物虽留兴,观空已悟身。能令折腰客,遥赏竹房春。"(见《全唐诗》卷二〇六)

张继亦寓越州,有《春夜皇甫冉宅欢宴》、《会稽秋晚奉呈于太守》、《酬李书记校书越城秋夜见赠》等诗。

如《春夜皇甫冉宅欢宴》诗云:"流落时相见,悲欢共此情。兴因尊酒洽,愁为故人轻。暗滴花茎露,斜晖月过城。那知横吹笛,江外作边声。"(见《全唐诗》卷二四二)

杜甫有诗《送郑十八虔贬台州司户伤其临老陷贼之故阙为面别情见于诗》。

《杜诗详注》卷五引卢世㴶曰:"虔之贬,既伤其垂老陷贼,又阙于临行面别,故篇中彷徨特至。如中二联,清空一气,万转千回,纯是泪点,都无墨痕。诗至此,直可使暑日霜飞、午时鬼泣,在七言律中尤难。末径作永诀之词,诗到真处,不嫌其直,不妨于尽也。"

沈千运年五十余,卒于本年或稍后。

《唐才子传》卷二《沈千运传》载:"沈千运,吴兴人,工旧体诗,气格高古,当时士流皆敬慕之。"元结《箧中集》序云:"吴兴沈千运,独挺于流俗之中,强攘于已溺之后,穷老不惑,五十余年。凡所为文,皆与时异。故朋友后世,稍见师效,能似类者,有五六人。于戏,自沈公及二三子,皆以正直而无禄位,皆以忠信而久贫贱,皆以仁让而至丧亡。异于是者,显荣当世。谁为辩士?吾欲问之。"《唐音癸签》卷五云:"沈千运刊落文言,泠然独写真意。元次山甚推重之,其同调有王季友、于逖、孟云卿、张彪、赵微明、元融数人,而季友、云卿尤胜。"《诗学源流考》云:"盖终唐之世,称大家者,以李、杜、韩三家为宗。古诗之得正音者,陈、张、韦、柳四家为宗,而元结、沈千运诸人为辅。"《剑溪说诗》卷上云:"《箧中集》载沈千运诸人,皆廉洁士,诗亦高古,无唐世名辈习气。"

公元 758 年(唐肃宗乾元元年)

灵一居杭州宜丰寺,与曹评、李华、韩拯、刘颖、朱放、张继、皇甫冉等交游唱和。

《毗陵集》卷九《灵一塔铭》云:"与天台道士潘清、广陵曹评、赵郡李华、颖川韩拯、中山刘颖、襄阳朱放、赵郡李纾、顿丘李汤、南阳张继、安定皇甫冉、范阳张南史、清河房从心相与为尘外之友,讲德味道,朗咏终日,其终篇必博之以文。"

皇甫冉在越州,与独孤峻同游法华寺,作《奉和独孤中丞游法华寺》诗。

《奉和独孤中丞游法华寺》诗云:"谢君临郡府,越国旧山川。访道三千界,当仁五百年。岩空驺驭响,树密旆旌连。阁影凌空壁,松声助乱泉。开门得初地,伏槛接诸天。向背春光满,楼台古制全。群峰争彩翠,百谷会风烟。香象随僧久,祥乌报客先。清心乘暇日,稽首慕良缘。法证无生偈,诗成大雅篇。苍生望已久,回驾独依然。"(见《全唐诗》卷二五〇)

公元 760 年(唐肃宗上元元年)

陆羽居苕溪,皎然访陆羽,有《寻陆鸿渐不遇》、《访陆处士羽》、《五言喜义兴权明府自君山至集陆处士羽青塘别业》等诗。

《寻陆鸿渐不遇》诗云:"移家虽带郭,野径入桑麻。近种篱边菊,秋来未着花。扣门无犬吠,欲去问西家。报道山中去,归时每日斜。"(见《全唐诗》卷八一五)又《访陆处士羽》诗云:"太湖东西路,吴主古山前。所思不可见,归鸿自翩翩。何山赏春茗,何处弄春泉。莫是沧浪子,悠悠一钓船。"(见《全唐诗》卷八一六)

公元762年(唐肃宗宝应元年)

皎然由扬、楚一带返回湖州,有《兵后与故人别予西上至今在扬楚因是有寄》、《兵后早春登故郭南楼望昆山寺白鹤观示清道人并沈道士》等诗。

《兵后与故人别予西上至今在扬楚因是有寄》云:"日月不相待,思君魂屡惊。草玄寄扬子,作赋得芜城。温温独游迹,遥遥相望情。淮上春草歇,楚子秋风生。辟士天下尽,君何独屏营。运开应佐世,业就可成名。谁借楚山住,年年事耦耕。"(见《全唐诗》卷八一六)

刘长卿游杭、越,有《送宇文迁明府赴洪州张观察追摄丰城令》诗。

《送宇文迁明府赴洪州张观察追摄丰城令》云:"送君不复远为心,余亦扁舟湘水阴。路逐山光何处尽,春随草色向南深。陈蕃待客应悬榻,宓贱之官独抱琴。倘见主人论谪宦,尔来空有白头吟。"(见《全唐诗》卷一五一)

李冶,吴兴乌程(今浙江湖州)人。与皎然、陆羽等交游。

李冶《湖上卧病喜陆鸿渐至》诗云:"昔去繁霜月,今来苦雾时。相逢仍卧病,欲语泪先垂。强劝陶家酒,还吟谢客诗。偶然成一醉,此外更何之。"(见《全唐诗》卷八〇五)又有《寄校书七兄》、《送韩揆之江西》等诗。

灵一卒于杭州龙兴寺,年三十六。

《宋高僧传》卷一五《灵一传》载:"德全道成,缘断形谢,以宝应元年冬十月十六日,寂灭于杭州龙兴寺,春秋三十五,凡满十五安居。"

独孤及与裴倩等十五人在江东宴集。

独孤及《冬夜裴员外薛侍御置酒宴集序》云:"冬十月辛未,征会于此堂,燕朋友故旧也。贤豪毕萃,升降有序,缝衣浅带,十有五人。"(见《全唐文》卷三八七)

公元763年(唐代宗广德元年)

李嘉祐在江阴令任,有《自常州还江阴途中作》。三月,至润州,有诗《润州杨别驾宅送蒋九侍御收兵扬州》。

《自常州还江阴途中作》诗云:"处处空篱落,江村不忍看。无人花色惨,多雨鸟声寒。黄霸初临郡,陶潜未罢官。乘春务征伐,谁肯问凋残。"又《润州杨别驾宅送蒋九侍御收兵扬州》诗云:"渗气清金虎,兵威壮铁冠。扬旌川色暗,吹角水风寒。人对辎輧醉,花垂睥睨残。羡归丞相阁,空望旧门栏。"(见《全唐诗》卷二〇六)

袁傪破袁晁之众于浙东,作诗上李光弼。刘长卿、皇甫冉等人和之。

刘长卿有《和袁郎中破贼后行军过刘中山水上太尉》诗,李嘉祐有《和袁郎中破贼后军行经剡县山水上太尉》诗,皇甫冉有《和袁郎中破贼后经剡中山水》诗。

刘长卿返回淮南,路经安陆、穆陵关等地,多有诗作。

刘长卿有《使次安陆寄友人》、《安州道中经浐水有怀》、《穆陵关北逢人归渔阳》、《送朱放山人越州贼退后归山阴别业》等诗及《祭萧相国文》。

公元 764 年(唐代宗广德二年)

杜甫有《哭台州郑司户苏少监》诗。

郑司户,即台州司户郑虔,此前卒。范冕《广文祠集序》云:"余谓公之著作、才名,当时见重于玄宗,见知于杜甫。其神在天地者固不死,其言在方策者亦不朽。不朽不死之神,台人祀之;不朽之言,台人诵而读之。然果何以得传此于民者哉?盖公自唐至德间谪宦于台,以诗书教人,以衣冠化俗。延至七百余年,民到于今称之。夫以万里遐荒之乡,人不能堪,而曾不纤芥自外;至者,累其灵台丹府;且寄兴觚牍,游戏翰墨,非所谓无入而不自得欤!彼视一时之富贵,若风烟过眼者不同矣。"任棱《广文祠集序》云:"集之者何也?盖以表扬公之著作、才名,虽陷安禄山贼中,而不为伪官所污;虽遭贬谪于台,而有遗爱于民。"

公元 765 年(唐代宗永泰元年)

皇甫冉在徐州王缙幕为掌书记,多有诗作。

皇甫冉有《奉和王相公喜雪》诗云:"春雪偏当夜,喧风却变寒。庭深不复扫,城晓更宜看。命酒闲令酌,披裘晚未冠。连营鼓角动,忽似战桑干。"(见《全唐诗》卷二五〇)又有《奉和王相公早春登徐州城》、《徐州送丘侍御之越》等诗。

岑参、独孤及同至长安韦员外家赴宴赏花,有诗唱和。

岑参作《韦员外家花树歌》、《送卢郎中除杭州赴任》等诗,独孤及作《同岑郎中屯田韦员外花树歌》、《送卢郎中除杭州赴任》等诗。《唐诗解》卷四九载:"卢以郎中出刺杭郡,杭为吴越之交,楚之邻境也。由唐之京师而之任,则过楚而归吴矣。云迎云引,以景言也。城临钱塘,则闻怒涛;楼窥沧海,则连蜃气。江有二驿,停舫处也;郡有西猢,饮马所也。柳色莺声,足供诗酒,若欲登高望乡,其惟枉道而上姑苏乎。盖古称姑苏之台高见五百里,故宜于望乡耳。"

皎然在湖州,与卢幼平唱和。

皎然《秋日遥和卢使君游何山寺宿皎上人房论涅槃经义》诗云:"江郡当秋景,期将道者同。迹高怜竹寺,夜静赏莲宫。古磬清霜下,寒山晓月中。诗情缘境发,法性寄筌空。翻译推南本,何人继谢公。"(见《全唐诗》卷八一五)又有《冬日遥和卢使君幼平綦母居士游法华寺高顶临湖亭》、《同卢使君幼平郊外送阎侍御归台》等诗。

公元767年(唐代宗大历二年)

清昼、卢藻、卢幼平、陆羽、潘述、李㟧、郑述诚在湖州,作联句诗。

《秋日卢郎中使君幼平泛舟联句一首》云:"共载清秋客船,同瞻皂盖朝天。(卢藻)悔使比来相得,如今欲别潸然。(卢幼平)渐惊徒驭分散,愁望云山接连。(皎然)魏阙驰心日日,吴城挥手年年。(陆羽)送远已伤飞雁,裁诗更切嘶蝉。(潘述)空怀鄂杜心醉,永望门栏胭捐。(李㟧)别思无穷无限,还如秋水秋烟。(潘述)"

冯宿生,郡望冀州长乐,婺州人。

冯宿贞元八年进士及第。历泉州司户、监察御史、太常博士、比部郎中等职。元和十四年,坐韩愈谏佛事,贬歙州刺史,十五年征为刑部郎中,权判考功。后累官中书舍人、太常少卿、工部侍郎、刑部侍郎及兵部侍郎等。开成元年十二月卒。《新唐书·艺文志》著录《冯宿集》四〇卷,已佚。《全唐诗》卷二七五存诗二首,《全唐诗逸》卷上补一首。《全唐文》卷六二四存文一篇。王起《冯公神道碑》著录其《格后敕》五十卷,云:"试《百步穿杨赋》,虽为势夺,而其文至今讽之,后生以为楷。……公应用神速,不能自休。词理典奥,文采焕逸,大凡六百余章,为染翰者程准。"韩愈《与冯宿论文书》云:"辱示《初筮赋》,实有意思。但力为之,古人不难到。"白居易《冯宿除兵部郎中知制诰制》云:"刑部郎中冯宿,为文甚正,立意甚明,笔力雄健,不浮不鄙。况立身守事,端方精敏。"

公元 769 年（唐代宗大历四年）

皎然居湖州苕溪草堂，作有《苕溪草堂》诗。

《苕溪草堂自大历三年夏新营洎秋及春弥觉境胜因纪其事简潘丞述汤评事衡四十三韵》云："万虑皆可遗，爱山情不易。自从东溪住，始与人群隔。应物非宿心，遗身是吾策。先民崆峒子，沦景事金液。绮里犹近名，于陵未泯迹。吾师逆流教，禅隐殊古昔。洗足临潺湲，销声寄松柏。缃荷采堪服，柔草持可席。道心制野猨，法语授幽客。境净万象真，寄目皆有益。原上无情花，山中听经石。竹生自萧散，云性常洁白。却见羁世人，远高摩霄翮。达贤观此意，烦想遂冰蘗。伊予战苦胜，览境情不溺。智以动念昏，功由无心积。形骸尔何有，生死谁所戚。为与胜悟冥，不忧颓龄迫。春风自骀荡，禅地常阒寂。掷札成柳枝，溉瓶养泉脉。道人知止足，盥漱聊自适。学外见古贤，颇令我心惕。眇绵云官世，梦幻羽陵籍。鬼箓徒相矜，九原谁家宅。俗情封浅近，至理昧尧跖。蹈善嗟沈冥，履仁伤堙厄。匠心圣亦尤，攻异天见责。试以慧眼观，斯言谅可觌。外事非吾道，忘缘倦所历。中宵废耳目，形静神不役。色天夜清迥，花漏时滴沥。东风吹杉梧，幽月到石壁。此中一悟心，可与千载敌。故交徒好我，筐中无咫尺。潘生入空门，祖师传秘赜。汤子自天德，精诣功不僻。放世与成名，两图在所择。吾高鸥夷子，身退无瑕摘。吾嘉鲁仲连，功成弃珪璧。二贤兼彼才，晚节何感激。不然作山计，改服我下泽。君膺元亮冠，我脱潜师屐。倚卧高松根，共逃金闺籍。"（见《全唐诗》卷八一六）

吴筠在越州，与鲍防、严维、丘丹、谢良辅、杜奕、李清、刘蕃、谢良弼、郑概、陈元初、樊珣、吕渭、范淹等作联句诗。

《中元日鲍端公宅遇吴天师联句》云："道流为柱史，教戒下真仙。（严维）共契中元会，初修内景篇。（鲍防）游方依地僻，卜室喜墙连。（谢良辅）宝笥开金箓，华池漱玉泉。（杜奕）怪龙随羽翼，青节降云烟。（李清）昔去遗丹灶，今来变海田。（刘蕃）养形奔二景，炼骨度千年。（谢良弼）骑竹投陂里，携壶挂牖边。（郑概）洞中尝入静，河上旧谈玄。（陈元初）伊洛笙歌远，蓬壶日月偏。（樊珣）青骡蓟训引，白犬伯阳牵。（丘丹）法受相君后，心存象帝先。（吕渭）道成能缩地，功满欲升天。（范淹）何意迷孤性，含情恋数贤。（吴筠）"（见《全唐诗》卷七八九）

谢良辅、鲍防、严维、丘丹、陈元初、吕渭、范淹等在越州，同作《忆长安十二咏》。

谢良辅《忆长安·正月》、又《十二月》，鲍防《忆长安·二月》，杜奕《忆长安·三月》，丘丹《忆长安·四月》，郑概《忆长安·六月》，陈元初《忆长安·七月》，吕渭《忆长安·八月》，范淹《忆长安·九月》，樊珣《忆长安·十月》，刘蕃《忆长安·十一月》。（见《全唐诗》卷三〇七）

鲍防在浙东幕，为尚书郎、浙东节度行军司马。与严维、吕渭、郑概、张叔政等人游五云溪，登法华寺，作联句诗。

如《寻法华寺西溪联句》诗云："常愿山水游，灵奇赏皆遍。（贾弇）云端访潭洞，林下征茂彦。（阙允初）枕石爱闲眠，寻源乐清宴。（吕渭）探幽渐有趣，凭险恣流眄。（张叔政）竹影思挂冠，湍声忘摇扇。（鲍防）旁登樵子径，却望金人殿。（周颂）萝叶朝架烟，松花暮飞霰。（阙成用）蝉声掩清管，云色缘素练。（郑概）从事暮澄清，看心得方便。（严维）攀崿屡回互，绝迹无健羡。（阙允初）野客归路逢，山僧入林见。（贾弇）云林会独往，世道从交战。（鲍防）塔庙年代深，云霞朝夕变。（周颂）潜流注隈隩，触石乍践溅。（阙成用）逸兴发山林，道情忘贵贱。（郑概）临流日复夕，应接空无倦。（严维）"（见宋孔延之《会稽掇英总集》卷一四）

严维居越州，与徐嶷、郑概、徐禁、张著、范绛、刘全白等有联句诗。

如《秋日宴严长史宅》诗云："北客来江外，秋山到越中。（郑概）故交多此见，清兴复能同。（裴晃）落木秦山近，衡门镜水通。（严维）檐前苔绕砌，篱下菊成丛。（徐嶷）泫泫花承露，泠泠叶动风。（郑概）卷帘看彩翠，对酒命丝桐。（张著）戊日辞巢燕，商天向浦鸿。（范绛）骞开通细雨，笑语望秋空。（刘全白）懒竹霜天绿，残花醉里红。（阙仲昌）客游惊落叶，更使恨风蓬。（阙名）"（见宋孔延之《会稽掇英总集》卷一四）

公元770年（唐代宗大历五年）

刘长卿至越州，与鲍防同泛若耶溪，后赴润州使院。有《发越州赴润州使院留别鲍侍御》、《上巳日越中鲍侍郎泛舟耶溪》、《和樊使君登润州城楼》等诗。

《发越州赴润州使院留别鲍侍御》诗云："对水看山别离，孤舟日暮行迟。江南江北春草，独向金陵去时。"（见《全唐诗》卷一五〇）又《上巳日越中鲍侍郎泛舟耶溪》诗云："兰桡缦转傍汀沙,应接云峰到若耶。旧浦满来移渡口,垂杨深处有人家。永和春色千年在,曲水乡心万里赊。君见渔船时借问,前洲几路入烟花。"(见《全唐诗》卷一五一)

秦系隐居剡溪,相州刺史薛嵩奏为右卫率府仓曹,辞不赴。有《山中赠张正则评事》《献薛仆射》等诗。

《山中赠张正则评事》诗云："终年常避喧,师事五千言。流水闲过院,春风与闭门。山茶邀上客,桂实落前轩。莫强教余起,微官不足论。"(见《全唐诗》卷二六〇)

鲍防罢浙东幕,入朝为职方员外郎。其在浙东,与严维、丘丹等三十七人有诗唱和,后编为《大历年浙东联唱集》二卷。

联唱者有鲍防、严维、丘丹、谢良辅、杜奕、郑概、陈允初、吕渭、范橙、樊珣、刘蕃、贾弇、沈仲昌、张叔政、谢良弼、裴晃、庾骙、员肃、萧幼和、徐嶷、张著、范绛、刘全白、王纲、贾全、段格、刘题、秦瑀、李聿、李清、袁邕、崔泌、仕倚、吴筠、范淹、沈迥等三十七人。

公元 771 年(唐代宗大历六年)

皎然在湖州。

皎然《奉和裴使君清春夜南堂听陈山人弹白雪》诗云："春宵凝丽思,闲坐开南闱。郢客弹白雪,纷纶发金徽。散从天上至,集向琼台飞。弦上凝飒飒,虚中想霏霏。通幽鬼神骇,合道精鉴稀。变态风更入,含情月初归。方知阮太守,一听识其微。"(见《全唐诗》卷八一五)又与韩章、杨秦卿、仲文等人有《春日对雨联句》《春日会韩武康章后亭联句》等。

严维在越州,有《赠送朱放》诗,时朱放移居杭州。

《赠送朱放》诗云："昔年居汉水,日醉习家池。道胜迹常在,名高身不知。欲依天目住,新自始宁移。生事曾无长,惟将白接䍦。"(见《全唐诗》卷二六三)

包何至江南杭、婺、虔等地。

包何《婺州留别邓使君》诗云："西掖驰名久,东阳出守时。江山婺女分,风月隐侯诗。别恨双溪急,留欢五马迟。回舟映沙屿,未远剩相思。"(见《全唐诗》卷二〇八)又有《相里使君第七男生日》《和孟虔州闲斋即事》等诗。

公元 772 年(唐代宗大历七年)

皎然在湖州,有《雪溪馆送韩明府章辞满归》诗。

《雪溪馆送韩明府章辞满归》诗云:"洛令从告还,故人东门饯。惠爱三年积,轩车一夜远。晓月离馆空,秋风故山晚。荣君有嘉荐,顾我阻游衍。宿昔峰顶心,依依不可卷。"(见《全唐诗》卷八一八)

十月,皎然居湖州龙兴寺,追立远祖谢安碣,刺史裴清为撰《唐立晋谢公碣》文。

《宝刻丛编》卷一四《唐立晋谢公碣》注云:"唐裴清撰。僧道锐书大历七年十月十一日,龙兴寺沙门皎然建(复斋碑录)。"

公元 773 年(唐代宗大历八年)

皇甫曾南来越州,严维有《岁初喜皇甫侍御至》诗。

《岁初喜皇甫侍御至》诗云:"湖上新正逢故人,情深应不笑家贫。明朝别后门还掩,修竹千竿一老身。"(见《全唐诗》卷二六三)

春,皇甫曾在越州,有《题赠吴门邕上人》诗。

《题赠吴门邕上人》诗云:"春山唯一室,独坐草萋萋。身寂心成道,花闲鸟自啼。细泉松径里,返景竹林西。晚与门人别,依依出虎溪。"(见《全唐诗》卷二一〇)

秋,皇甫曾在湖州,有《三言喜皇甫曾侍御见过南楼玩月》联句诗,联句者有颜真卿、皇甫曾、李崿、陆羽、皎然、陆士修等人。

《三言喜皇甫曾侍御见过南楼玩月》诗云:"喜嘉客辟前轩,天月净水云昏。(真卿)雁声苦蟾影寒,闻裛浥滴檀栾。(羽)欢宴处江湖间。(曾)卷翠幕吟嘉句,恨清光留不住。(崿)高驾动清角催,借归去重裴回。(昼)露欲晞客将醉。犹宛转照深意。(士修)"(见《全唐诗》卷七八八)

顾况在温州,备办盐务,有《祭陆端公文》。

《祭陆端公文》云:"维大历八年正月朔,同乡顾况,於永嘉发使,具筜蔬野酌,敬祭陆三十二兄端公之灵。呜呼!接席之欢,俄成奠酒。殊乡少别,杳忽於今。牵拘南役,远哭如泪。兄秉德居厚,植灵超茂。天和发外,虚白自内。特挺孤操,与物去害。惟昔二京,群盗纵横。出入十年,天下交兵。越盗寇吴,杀人烧城。国危如此,公乃请行。我之行焉,无往不平。拥阵陵阳,回戈歙右。江南山洞,略尽遗丑。巨敌先摧,群降独受。兄之令弟,况之良友。感激风云,留连诗酒。昔魏有人,子方段干。兄之所在,人心获安。贤者让平,惟患是急。兄之忠勇,人莫能及。燕将泣书,齐师复邑。迹为功著,名因义立。为帝念功,君门遂通。台阁生风,乃忆江东。高临山中,有书满屋。与人共读,有粟如云。与人共分,破富为贫,好事日闻。霭霭牛潭,峨峨囊岭。开流架迥,倒写烟景。今日凄凉,林空夜永。人或有言,吉凶无门。我命由我,以兄之才,何适不可。宁知一旦,忽钟兹祸。鸿翔千仞,自兹而堕。呜呼哀哉!伏惟尚飨。"(见《全唐文》卷五三〇)陆端公即陆渭。

颜真卿在湖州刺史任,与文士作联句诗数首。

如《登岘山观李左相石尊联句》,联句者有颜真卿、刘全白、裴循、张荐、吴筠、强蒙、范缙、王纯、魏理、王修甫、颜岘、左辅元、刘茂、颜浑、杨德元、韦介、皎然、崔宏、史仲宣、陆羽、权器、陆士修、裴幼清、柳淡、释尘外、颜颛、颜须、颜顼、李崿等二十九人。又有《竹山联句题潘书》,联句者有颜真卿、陆羽、李崿、裴修、康造、汤清河、清昼、陆士修、房夔、颜颛、颜须、韦介、李观、房益、柳淡、颜岘、潘述等人。

颜真卿在湖州,立亭杼山,陆羽名为三癸亭。

颜真卿作有《湖州乌程县杼山妙喜寺碑铭》、《题杼山癸亭得暮字》诗,皎然有《奉和颜使君真卿与陆处士羽登喜妙寺三癸亭》诗。

颜真卿与众多文人有联句诗。

比如《三言拟五杂组联句》,联句者有颜真卿、李崿、殷佐明、袁高、陆士修、蒋志等;《三言重拟五杂组联句》、《七言大言联句》、《七言乐语联句》、《七言馋语联句》,联句者有颜真卿、张荐、李崿、皎然等;《七言滑语联句》,联句者有颜真卿、皎然、刘全白、李崿、李益等;《七言醉语联句》,联句者有颜真卿、刘全白、皎然、陆羽等。

公元 774 年(唐代宗大历九年)

李阳冰应诏为集贤院学士,自湖州西上。

皎然有《同颜使君真卿岘山送李法曹阳冰西上献时会有诏征赴京》诗,李嘉祐有《送从叔阳冰祗召赴都》诗。

颜真卿在湖州,重修《韵海镜源》,成书三百六十卷。

《湖州乌程县杼山妙喜寺碑铭》云:"大历壬子岁,真卿叨刺于湖。公务之隙,乃与金陵沙门法海、前殿中侍御史李崿、陆羽、国子助教州人褚冲、评事汤某、清河丞、太祝柳察、长城丞潘述、县尉裴循、常熟主簿萧存、嘉兴尉陆士修、后进杨遂初、崔宏、杨德元、胡仲、南阳汤涉、颜祭、韦介、左兴宗、颜策，以季夏于州学及放生池日相讨论。至冬，徙于兹山东偏。来年春，遂终其事。前是，颜浑、正字殷佐明、魏县尉刘茂、括州录事参军卢锷、江宁丞韦宁、寿州仓曹朱弁、后进周愿、颜暄、沈殷、李莆亦尝同修，未毕，各以事去。而起居郎裴郁、秘书郎蒋志、评事吕渭、魏理、沈益、刘全白、沈仲昌、摄御史陆向、沈祖山、周阆、司议丘悌、临川令沈咸、右卫兵曹张著、兄誉、弟荐、芳、校书郎权器、兴平丞韦柏尼、后进房夔、崔密、崔万、窦叔蒙、裴继、侄男超、岘、愚子口、顾往来登历。时杼山大德僧皎然工于文什，惠达、灵煜昧于禅诵。"（《全唐文》卷三三九）皎然有《五言奉和颜使君真卿修韵海毕会诸文生东堂重校》、《五言奉和颜使君真卿修韵海毕州中重宴》、《五言春日陪颜使君真卿皇甫曾西亭重修韵海诸生》、《奉陪颜使君修韵海毕东溪泛舟饯诸文士》等诗。

张志和来湖州，谒见颜真卿，作《渔父词》五首。

《全唐诗》卷三〇八《渔父词》题注云："《西吴记》云：'湖州磁湖镇道士矶即志和所谓西塞山前也。志和有《渔父词》，刺史颜真卿与陆鸿渐、徐士衡、李成矩倡和。'"《云笈七签》卷一一三引《续仙传》载："真卿与陆鸿渐、徐士衡、李成矩共唱和二十五首，遂相夸赏。"张志和后离湖州而去，不知所终，颜真卿为作《张志和碑铭》。《少室山房笔丛正集》卷一二《九流绪论》云："张志和，吾婺人，行谊甚高卓，自号'烟波钓徒'，所著有《太易》等书及西塞山诗词一二，尚见杂说中。盖高才远识，而皭然尘埃之表者。即此书虽不越庄、列余言，而恢诡跌宕，想见其人，非元次山、皮袭美下也。"

刘长卿被贬睦州司马，秋至江、和诸州，多有诗作。

刘长卿《和州留别穆郎中》诗云："播迁悲远道，摇落感衰容。今日犹多难，何年更此逢。世交黄叶散，乡路白云重。明发看烟树，唯闻江北钟。"又《和州送人归复郢》诗云："因家汉水曲，相送掩柴扉。故郢生秋草，寒江澹落晖。绿林行客少，赤壁住人稀。独过浔阳去，潮归人不归。"（见《全唐诗》卷一四七）又有《听笛歌》、《赴新安别梁侍御》、《送梁侍御巡永州》、《和州送人归复郢》、《青溪口送人归岳州》、《江州留别薛六柳八二员外》、《江州重别薛六柳八二员外》等诗。

公元 775 年(唐代宗大历十年)

刘长卿在睦州,有诗《对酒寄严维》。

《对酒寄严维》诗云:"陋巷喜阳和,衰颜对酒歌。懒从华发乱,闲任白云多。郡简容垂钓,家贫学弄梭。门前七里濑,早晚子陵过。"(见《全唐诗》卷一四七)《唐语林》卷四载:"有人自西川传者,无由知其本末,但呼为《剑南神曲》。其音怨切动人。大历中,江南人盛传。随州刺史刘长卿左迁睦州司马,祖筵闻之,长卿遂撰其词,意颇自得,盖亦不知事之始。"

秋,刘长卿被追赴苏州重推,经苗丕按覆,仍归州。

刘长卿《按覆后归睦州赠苗侍御》诗云:"地远心难达,天高谤易成。羊肠留覆辙,虎口脱余生。直氏偷金枉,于家决狱明。一言知己重,片议杀身轻。日下人谁忆,天涯客独行。年光销蹇步,秋气入衰情。建德知何在,长江问去程。孤舟百口渡,万里一猿声。落日开乡路,空山向郡城。岂令冤气积,千古在长平。"(见《全唐诗》卷一四九)又有《初到碧涧招明契上人》、《奉和李大夫同吕评事太行苦热行兼寄院中诸公仍呈王员外》、《苕溪酬梁耿别后见寄》等诗。

僧人少微自长安南游天台。文士有赠答之诗。

独孤及《送少微上人之天台国清寺序》云:"赵涓赋诗抒别,卿大夫已下属而和者二十七章。"刘长卿有《送少微上人游天台》、《赠微上人》诗。严维有《送少微上人东南游》诗云:"旧游多不见,师在翟公门。瘴海空山热,雷州白日昏。片心应为法,万里独无言。人尽酬恩去,平生未感恩。"(见《全唐诗》卷二六三)

大历中,寒山子隐于天台山。

《太平广记》卷五五引杜光庭《仙传拾遗》载:"寒山子者,不知其名氏。大历中,隐居天台翠屏山,其山深邃,当暑有雪,亦名寒岩,因自号'寒山子'。好为诗,每得一篇一句,辄题于树间石上。有好事者随而录之,凡三百余首。多述山林幽隐之兴,或讥讽时态,能警励流俗。桐柏征君徐灵府,序而集之,分为三卷,行于人间。十余年忽不复见。"

公元 776 年(唐代宗大历十一年)

刘长卿在睦州司马任。多与文士唱和。

刘长卿有《月下呈章秀才》、《碧涧别墅喜皇甫侍御相访》等诗。章秀才即章八元,时在睦州桐庐,有《酬刘员外月下见寄》诗。皇甫曾过访刘长卿,有《过刘员外长卿别墅》诗。

皎然至常州,居建安寺。与人联句。

与皎之联句者有王遘、李纵、郑说、崔子向、齐翔等。《冬日建安寺西院喜昼公自吴兴至联句》诗云:"宗系传康乐,精修学远公。(遘)相寻当暮岁,行李犯寒风。(纵)累积浮生里,机惭半偈中。(说)传家知业坠,继祖忝声同。(昼)云与轻帆至,山将本寺空。(子向)向来忘起灭,留我宿花宫。(翔)。"(见《全唐诗》卷七九五)又有《建安寺夜会对雨怀皇甫侍御曾联句》等诗。

皇甫湜约本年生,睦州新安人。

《新唐书》卷一七六《皇甫湜传》载:"皇甫湜字持正,睦州新安人。擢进士第,为陆浑尉,仕至工部郎中,辨急使酒,数忤同省,求分司东都。留守裴度辟为判官。度修福先寺,将立碑,求文于白居易。湜怒曰:'近舍湜而远取居易,请从此辞。'度谢之。湜即请斗酒,饮酣,援笔立就。度赠以车马缯彩甚厚,湜大怒曰:'自吾为《顾况集序》,未常许人。今碑字三千,字三缣,何遇我薄邪?'度笑曰:'不羁之才也。'从而酬之。"《新唐书·艺文志》著录《皇甫湜集》三卷。

公元777年(唐代宗大历十二年)

王缙被贬为括州刺史,秋经睦州,刘长卿有《饯王相公出牧括州》诗。

《饯王相公出牧括州》诗云:"缙云讵比长沙远,出牧犹承明主恩。城对寒山开画戟,路飞秋叶转朱幡。江潮淼淼连天望,旌旆悠悠上岭翻。萧索庭槐空闭阁,旧人谁到翟公门。"(见《全唐诗》卷一五一)

颜真卿应诏入朝,其在湖州五年所为诗文,编为《吴兴集》十卷。

殷亮《颜鲁公行状》云:"及至湖州,以俸钱为纸笔之费,延江东文士萧存、陆士修、裴澄、陆渐、颜祭、朱弁、李莆、清河寺僧智海,兼善小篆书吴士汤涉等十余人,笔削旧章,该搜群籍,撰定为三百六十卷。大凡据《法言》、《切韵》次其字,按经史及诸子语,据音韵次字成句者刊成文裁以类编;又按《仓雅》及《说文》、《玉篇》等,其义各注其下,谓之字脚。"韵海"者,以牢笼经史之语,依韵次之,其多如海。"镜源"者,八体之本,究形声之义,故曰镜源。绵亘数载,其功乃毕。表奏上之,有诏付所司藏之于书府。大抵求经史撰集篇赋,利于后学焉。此外饯别之文,及词客唱和之作,又为《吴兴集》十卷。

今检校国子祭酒杨昱,自御史中丞京畿采访使除为汉州刺史,转湖州刺史。以旧府之恩,乘州人之请,纪公遗事,刊石立《去思碑》於州门之外。即今都官郎中陆长源之词也。"(见《全唐文》卷五一四)《新唐书》卷六〇《艺文志》著录颜真卿《吴兴集》十卷。

窦叔向因常衮推荐,自江阴令除左拾遗内供奉。

梁肃有《送窦拾遗赴朝廷序》。皇甫曾有诗《酬窦拾遗秋日见呈》注云:"时此公自江阴令除谏官。"诗云:"孤城永巷时相见,衰柳闲门日半斜。欲送近臣朝魏阙,犹怜残菊在陶家。"(见《全唐诗》卷二一〇)

刘长卿在睦州司马任。有诗文。

刘长卿《酬皇甫侍御见寄时前相国姑臧公初临郡》诗云:"离别江南北,汀洲叶再黄。路遥云共水,砧迥月如霜。岁俭依仁政,年衰忆故乡。伫看宣室召,汉法倚张纲。"(见《全唐诗》卷一四七)又有《钱王相公出牧括州》、《送柳使君赴袁州》诗及文《仲秋奉饯萧郎中使君赴润州序》。

严维入河南严郢幕,枉道睦州会刘长卿。

严维有《酬别刘员外长卿时赴河南严中丞幕府》、《答刘长卿蛇浦桥月下重送》、《答刘长卿七里滩重送》等诗。刘长卿有《送严维赴河南充严中丞幕府》、《蛇浦桥下重送严维》、《七里滩重送》等诗。如《答刘长卿蛇浦桥月下重送》诗云:"月色今宵最明,庭闲夜久天清。寂寞多年老宦,殷勤远别深情。溪临修竹烟色,风落高梧雨声。耿耿相看不寐,遥闻晓柝山城。"(见《全唐诗》卷二六三)又《蛇浦桥下重送严维》诗云:"秋风飒飒鸣条,风月相和寂寥。黄叶一离一别,青山暮暮朝朝。寒江渐出高岸,古木犹依断桥。明日行人已远,空余泪滴回潮。"(见《全唐诗》卷一五〇)

十一月二十五日,刑部尚书颜真卿撰《韵海镜源》三百六十卷,表献之。

《玉海》卷四五著录《唐韵海镜源》,云:"《志》颜真卿《韵海镜源》三百六十卷(《崇文目》十六卷)。萧存传,真卿在湖州与存及、陆鸿渐等讨摭古今韵字所原,作书数百篇(以包荒万汇其广如海自末寻源昭之如镜。)。《会要》大历十二年十一月二十五日,刑部尚书颜真卿撰《韵海镜源》三百六十卷,表献之,诏付集贤院。"

公元778年(唐代宗大历十三年)

皎然南行,访秦系于越州,有《题秦系山人丽句亭》诗。

《题秦系山人丽句亭》诗云:"独将诗教领诸生,但看青山不爱名。满院竹声堪愈疾,乱床花片足忘情。"(见《全唐诗》卷八一七)

皎然在睦州,有《早秋桐庐思归示道谚上人》、《戛铜碗为龙吟歌(并序)》诗。

《早秋桐庐思归示道谚上人》诗云:"桐江秋信早,忆在故山时。静夜风鸣磬,无人竹扫墀。猿来触净水,鸟下啄寒梨。可即关吾事,归心自有期。"(见《全唐诗》卷八一六)

刘长卿在睦州任。有诗文。

刘长卿《奉寄婺州李使君舍人》诗云:"建隼罢鸣珂,初传来暮歌。渔樵识太古,草树得阳和。东道诸生从,南依远客过。天清婺女出,土厚绛人多。永日空相望,流年复几何。崖开当夕照,叶去逐寒波。眼暗经难受,身闲剑懒磨。似鸮占贾谊,上马试廉颇。穷分安藜藿,衰容胜薜萝。只应随越鸟,南翥托高柯。"(见《全唐诗》卷一四九)又有《送方外上人依萧使君》、《送方外上人》诗及文《唐睦州司仓参军卢公夫人郑氏墓志铭》。

秦系与妻离异,来睦州。

刘长卿《夜中对雪赠秦系时秦初与谢氏离婚谢氏在越》诗云:"月明花满地,君自忆山阴。谁遣因风起,纷纷乱此心。"(见《全唐诗》卷一四七)又有《见秦系离婚后出山居作》、《秦系顷以家事获谤因出旧山每荷观察崔公见知欲归未遂感其流寓诗以赠之》、《赠秦系征君》等诗。

公元779年(唐代宗大历十四年)

李嘉祐除台州刺史,刘长卿有诗《送台州李使君嘉寄题国清寺》。

《送台州李使君嘉寄题国清寺》诗云:"露冕新承明主恩,山城别是武陵源。花间五马时行县,山外千峰常在门。晴江洲渚带春草,古寺杉松深暮猿。知到应真飞锡处,因君一想已忘言。"(见《全唐诗》卷一五一)

刘长卿在睦州任。有诗作。

刘长卿《新安奉送穆谕德归朝赋得行字》诗云:"九重宣室召,万里建溪行。事直皇天在,归迟白发生。用材身复起,睹圣眼犹明。离别寒江上,潺湲若有情。"(见《全唐诗》卷一四七)又有《送崔载华张起之闽中》、《送张起崔载华之闽中》等诗。

公元 780 年(唐德宗建中元年)

五月,戴叔伦授婺州东阳令,有《将赴东阳留上包谏议》、《敬酬陆山人二首》诗。

《将赴东阳留上包谏议》诗云:"敝邑连山远,仙舟数刻同。多惭屡回首,前路在泥中。"(见《全唐诗》卷二七四)

刘长卿在睦州司马任。有诗作。

刘长卿《奉和赵给事使君留赠李婺州舍人兼谢舍人别驾之作》诗云:"便道访情亲,东方千骑尘。禁深分直夜,地远独行春。绛阙辞明主,沧洲识近臣。云山随候吏,鸡犬逐归人。庭顾婆娑老,邦传蔽芾新。玄晖翻佐理,闻到郡斋频。"(见《全唐诗》卷一四八)又有《赠崔九载华》、《东湖送朱逸人归》、《酬李穆见寄》、《戏题赠二小男》、《望龙山怀道士许法棱》、《送耿拾遗归上都》、《却归睦州至七里下滩作》等诗及文《张僧繇画僧记》。

李嘉祐此年前后卒于台州。

《郡斋读书志》卷四上云李嘉祐:"善为诗,绮靡婉丽,有齐梁之风,时人以比吴均、何逊云。"《中兴间气集》收其诗八首,评云:"嘉祐袁州人,振藻天朝,大收芳誉,中兴高流,与钱、郎别为一体,往往涉于齐梁,绮靡婉丽,盖吴均、何逊之敌也。至于'野渡花争发,春塘水乱流','朝霞晴作雨,湿气晚生寒',文章之冠冕也。又'禅心超忍辱,梵语问多罗',假使许询更出,孙绰复生,穷极笔力,未到此境。"《全唐诗》卷二〇六至二〇八编其诗为三卷,《全唐诗补编·续拾》卷一六补三首。

公元 781 年(唐德宗建中二年)

权德舆为包佶从事,使杭、越诸州。

权德舆《早发杭州泛富春江寄陆三十一公佐》诗云:"候晓起徒驭,春江多好风。白波连青云,荡漾晨光中。四望浩无际,沉忧将此同。未离奔走途,但恐成悲翁。俯见触饵鳞,仰目凌霄鸿。缨尘日已厚,心累何时空。区区此人世,所向皆樊笼。唯应杯中物,醒醉为穷通。故人悬圃姿,琼树纷青葱。终当此山去,共结兰桂丛。"(见《全唐诗》卷三二二)又有《酬陆四十楚源春夜宿虎丘山对月寄梁四敬之兼见贻之作》等诗。

权德舆在扬州盐铁使院,使杭州,又至睦州。

权德舆《严陵钓台下作》诗云:"绝顶耸苍翠,清湍石磷磷。先生晦其中,天子不得臣。心灵栖颢气,缨冕犹缁尘。不乐禁中卧,却归江上春。潜驱东汉风,日使薄者醇。焉用佐天子,特此报故人。人知大贤心,不独私其身。弛张有深致,耕钓陶天真。奈何清风后,扰扰论屈伸。交情同市道,利欲相纷纶。我行访遗台,仰古怀逸民。矰缴鸿鹄远,雪霜松桂新。江流去不穷,山色凌秋旻。人世自今古,清辉照无垠。"(见《全唐诗》卷三二五)又有《奉送黔中元中丞赴本道》、《富阳陆路》、《晓发桐庐》、《新安江路》等诗。

皎然在湖州。有诗作。

皎然《奉酬袁使君高寺院新亭对雨》诗云:"兹亭迹素浅,胜事并随公。法界飘香雨,禅窗洒竹风。浮烟披夕景,高鹤下秋空。冥寂四山久,宁期此会同。"(见《全唐诗》卷八一五)又有《奉和袁使君高郡中新亭会张炼师昼会二上人》等诗。

沈既济作《枕中记》。

沈既济坐杨炎累,自左拾遗、史官修撰贬处州司户,与裴冀、孙成、崔儒、陆质皆谪居东南。时朱放同行,途中话任氏事。沈作《枕中记》,又作《任氏传》。《唐国史补》卷下载:"沈既济撰《枕中记》,庄生寓言之类;韩愈撰《毛颖传》,其文尤高,不下史迁。二篇真良史才也。"《诗话总龟》后集卷三九引《复斋漫录》云:"《灵怪集》载《南柯太守传》与《枕中记》事绝相类,浮世荣枯,固已如梦矣。此二事又于梦中作梦,既可笑,亦可叹也。"

公元 782 年(唐德宗建中三年)

皎然在湖州。有诗作。

皎然《遥酬袁使君高春暮行县过报德寺见怀》诗云:"江春行求瘼,偶与真境期。见说三陵下,前朝开佛祠。停舟仰丽刹,绣组发香墀。咫尺空界色,天人花落时。盛游限羸疾,悚踊瞻旌旗。峰翠羡闲步,松声入遥思。素高淮阳理,况负东山姿。追此一登览,深情见新诗。"(见《全唐诗》卷八一五)又有《奉酬袁使君高春游鹁鸪峰兰若见怀》等诗。

秦系北归湖州,与袁高、皎然游。

皎然如《酬秦山人出山见呈》诗云:"手携酒榼共书帏,回语长松我即归。若是出山机已息,岭云何事背君飞。"(见《全唐诗》卷八一六)又有《酬秦山人见寻》、《奉酬袁使君西楼饯秦山人与昼同赴李侍御招》等诗。

戴叔伦罢东阳令，赴曹王李皋湖南幕。

有《将赴湖南留别东阳旧僚兼示吏人》诗云："智力苦不足，黎甿殊未安。忽从新命去，复隔旧寮欢。晓路整车马，离亭会衣冠。冰坚细流咽，烧尽乱峰寒。耆老相饯送，儿童亦悲酸。桐乡寄生怨，欲话此情难。"（见《全唐诗》卷二七四）

公元 783 年（唐德宗建中四年）

杨凌前为协律郎，自春及夏在滁洲秋赴吴越。

杨凌有《奉酬韦滁洲寄示》诗云："淮扬为郡暇，坐惜流芳歇。散怀累榭风，清暑澄潭月。陪燕辞三楚，戒途绵百越。非当远别离，雅奏何由发。"韦应物有《送元锡杨凝》、《寄杨协律》等诗。

灵澈至湖州。

《刘宾客文集》卷一九《澈上人文集纪》载："初，上人在吴兴，居何山，与昼公为侣。时予方以两髦执笔砚、陪其吟咏，皆曰孺子可教。"昼公，即皎然。

公元 784 年（唐德宗兴元元年）

马异等五人登进士第，时礼部侍郎鲍放知贡举。马异，睦州人。

《唐才子传》卷五《马异传》载："异，睦州人也。兴元元年，礼部侍郎鲍防下进士第二人。少与皇甫湜同砚席。赋性高疏，词调怪涩，虽风骨棱棱，不免枯瘠。卢仝闻之，颇合己志，愿与结交，遂立同异之论，以诗赠答，有云：'昨日全不同，异自异，是谓大同而小异。今日全自同，异不异，是谓同不往而异不至。'斯亦怪之甚也。后不知所终。"《全唐诗》卷三六九录其诗四首。

袁高在湖州刺史任，奉诏修茶贡，作《茶山诗》。

《茶山诗》诗云："禹贡通远俗，所图在安人。后王失其本，职吏不敢陈。亦有奸佞者，因兹欲求伸。动生千金费，日使万姓贫。我来顾渚源，得与茶事亲。甿辍耕农耒，采采实苦辛。一夫旦当役，尽室皆同臻。扪葛上欹壁，蓬头入荒榛。终朝不盈掬，手足皆鳞皴。悲嗟遍空山，草木为不春。阴岭芽未吐，使者牒已频。心争造化功，走挺麋鹿均。选纳无昼夜，捣声昏继晨。众工何枯栌，俯视弥伤神。皇帝尚巡狩，东郊路多堙。周回绕天涯，所献愈艰勤。况减兵革困，重兹固疲民。未知供御余，谁合分此珍。顾省忝邦守，

又惭复因循。茫茫沧海间,丹愤何由申。"(见《全唐诗》卷三一四)

皎然在湖州,与陆长源、袁离等有诗赠别。

皎然有《奉送袁离使君诏征赴行在效曹刘体》诗。陆长源,时权领湖州刺史。五月,皎然在湖州,有《奉和陆中丞使君长源寒食日作》、《奉和陆使君长源夏月游太湖》、《五言奉和陆使君长源水堂纳凉效曹刘体》、《五言夏日奉陪陆使君长源公堂集》等诗。九月,皎然有《五言同薛员外谊喜雨诗兼上杨使君》、《奉陪杨使君顼送段校书赴南海幕》等诗。

公元786年(唐德宗贞元二年)

春,权德舆以大理品评事摄监察御史为李兼观察使判官,取道睦、婺、信诸州赴任。

权德舆《自桐庐如兰溪有寄》诗云:"东南江路旧知名,惆怅春深又独行。新妇山头云半敛,女儿滩上月初明。风前荡飏双飞蝶,花里间关百啭莺。满目归心何处说,欹眠搔首不胜情。"(见《全唐诗》卷三二九)又有《祗役江西路上以诗代书寄内》、《清明日次弋阳》、《酬李二十二主簿马迹山见寄》、《送崔端公赴度支江陵院三韵》、《送崔端公赴江陵度支院序》等诗。

朱放自润州归越,访秦系。

秦系有《晚秋拾遗朱放访山居》诗云:"不逐时人后,终年独闭关。家中贫自乐,石上卧常闲。坠栗添新味,寒花带老颜。侍臣当献纳,那得到空山。"(见《全唐诗》卷二六〇)

公元787年(唐德宗贞元三年)

皎然作《答权从事德舆书》。

其书云:"观其立言典丽,文明意精,实耳目所未接也。幸甚幸甚。贫道隳名之人,万虑都尽,强留诗道,以乐性情,盖由瞥起,余尘未泯,岂有健羡于其间哉。初,贫道闻足下盛名,未睹制述,因问越僧灵澈,古豆卢次方,金曰扬、马、崔、蔡之流。贫道以二子之言,心期足下,日已久矣,但未识长卿、子云之面,所恨耳。先辈作者故李员外遐叔、故皇甫补阙茂正、故严秘书正文、故房吴县元警、故阎评事士和、故朱拾遗长通、故处士韦,此数子畴昔为林下之游,遐叔当时极许贫道四十韵之作……元警著《道交论》,比于高云独鹤,意谓关于诗而不关于事,贫道亦无推焉。今再遇足下见知,则东山遗民,时免擗琴绝弦于知己矣。灵澈上人，足下素识，其文章挺拔瑰奇，自齐梁以来，诗僧未见其偶。但此子迹冥累遭，心无营营。虽然，至于月下风前，犹未废是。公远之友豆卢次方，才识超迈，所得经奇，飘飘然有凌云之气而不轻浮，此乃山僧惠眼远见。亦尝与论物理，极天人之际，言至简正，意不虚诞。"（《全唐文》卷九一七）

公元 788 年（唐德宗贞元四年）

白居易年十七，其父白季庚为衢州别驾，白居易从至衢州，作《王昭君二首》。

《王昭君二首》诗云："满面胡沙满鬓风，眉销残黛脸销红。愁苦辛勤憔悴尽，如今却似画图中。"又"汉使却回凭寄语，黄金何日赎蛾眉。君王若问妾颜色，莫道不如宫里时。"（见《全唐诗》卷四三七）《王直方诗话》云："古今人作昭君词多矣，余独爱乐天一绝，……其意优游而不迫切。乐天赋此时年甚少。"

公元 789 年（唐德宗贞元五年）

皎然在湖州西山，与吴凭编录《诗式》旧稿，时湖州长史李洪点而窜之，成五卷。

《直斋书录解题》卷二二载："《诗式》五卷、《诗议》一卷，唐僧皎然撰。以十九字括诗之体。"《唐才子传》卷四《皎然传》载："往时住西林寺，定余多暇，因撰序作诗体式，兼评古今人诗，为《昼公诗式》五卷，及撰《诗评》三卷，皆议论精当，取舍从公，整顿狂澜，出色骚雅。"《四库全书总目》卷一九七云："皎然与颜真卿同时，乃天宝、大历间人，而所引诸诗举以为例者，有贺知章、李白、王昌龄，相去甚近，亦不应遽与古人并推。疑原书散佚，而好事者摭拾补之也。"

韦应物在苏州，有《寄皎然上人》、《送房杭州》等诗。

《白氏长庆集》卷六八《吴郡诗石记》载："贞元初，韦应物为苏州牧，房孺复为杭州牧，皆豪人也。韦嗜诗，房嗜酒，每与宾友一醉一咏，其风流雅韵，多播于吴中，或目韦、房为诗酒仙。时予始年十四、五，旅二郡，以幼贱不得与游宴，尤觉其才调高而郡守尊。"

白居易在苏、杭,传其谒拜顾况。

《旧唐书》卷一六六《白居易传》载:"居易幼聪慧绝人,襟怀宏放。年十五六时,袖文一编,投著作郎吴人顾况。况能文,而性浮薄,后进文章无可意者。览居易文,不觉迎门礼遇曰:'吾谓斯文遂绝,复得吾子矣。'"(亦见《唐摭言》卷七)

舒元舆生,婺州东阳人。

《旧唐书》卷一六九《舒元舆传》载:"舒元舆者,江州人。元和八年登进士第,释褐诸府从事。大和初,入朝为监察,转侍御史。初,天宝中,玄宗祀九宫坛,次郊坛行事,御署祝板。……寻转刑部员外郎。元舆自负奇才,锐于进取,乃进所业文章,乞试效用,宰执谓其躁竞。五年八月,改授著作郎,分司东都。时李训丁母忧在洛,与元舆性俱诡激,乘险蹈利,相得甚欢。及训为文宗宠遇,复召为尚书郎。九年,以右司郎中知台杂。七月,权知中丞事。九年,拜御史中丞,兼判刑部侍郎。是月,以本官同平章事,与训同知政事。而深谋诡算,荧惑主听,皆生于二凶也。训窃发之日,兵自内出。元舆易服单马出安化门,为追骑所擒,送左军族诛之。"《新唐书》卷一七九《舒元舆传》载:"舒元舆,婺州东阳人。地寒,不与士齿。始学,即警悟。去客江夏,节度使郗士美异其秀特,数延誉。元和中,举进士,见有司钩校苛切,既试尚书。……俄擢高第,调鄠尉,有能名。裴度表掌兴元书记,文檄豪健,一时推许。拜监察御史,劾按深害无所纵。再迁刑部员外郎。元舆自负才有过人者,锐进取。……时李训居丧,尤与元舆善。及训用事,再迁左司郎中。御史大夫李固言表知杂事。固言辅政,权知御史中丞。会帝录囚,元舆奏辨明审,不三月即真,兼刑部侍郎。专附郑注,注所恶,举绳逐之。……元舆为《牡丹赋》一篇,时称其工。死后,帝观牡丹,凭殿阑诵赋,为泣下。"《新唐书·艺文志四》著录《舒元舆集》一卷。

公元790年(唐德宗贞元六年)

孟郊在苏州,有《赠苏州韦郎中使君》、《春日同韦郎中使君送邹儒立少府扶侍赴云阳》等诗。

如《赠苏州韦郎中使君》诗云:"谢客吟一声,霜落群听清。文含元气柔,鼓动万物轻。嘉木依性植,曲枝亦不生。尘埃徐庾词,金玉曹刘名。章句作雅正,江山益鲜明。萍苹一浪草,菰蒲片池荣。曾是康乐咏,如今寨其英。

顾惟菲薄质,亦愿将此并。"(见《全唐诗》卷三七七)

十二月,孟郊在湖州,有《山中送从叔简赴举》、《湖州取解述情》等诗。

如《湖州取解述情》诗云:"雪水徒清深,照影不照心。白鹤未轻举,众鸟争浮沉。因兹挂帆去,遂作归山吟。"(见《全唐诗》卷三七四)

秦系经苏州,有《即事奉呈郎中韦使君》诗。韦应物有《答秦十四校书》、《送秦系赴润州》诗。

《文苑英华》卷七一六权德舆《秦征君校书与刘随州唱和诗序》云:"贞元中,天下无事,大君好文,君绪旧游,多在显列,伯喈、文举之徒,争为荐首。而寿阳大夫公之章先闻,故有书府典校之拜。"

韦应物在苏州刺史任,有《送陆侍御还越》、《听江笛送陆侍御》、《送崔清叔游越》等诗。

如《送陆侍御还越》诗云:"居藩久不乐,遇子聊一欣。英声颇籍甚,交辟乃时珍。绣衣过旧里,骢马辉四邻。敬恭尊郡守,笺简具州民。谬忝诚所愧,思怀方见申。置榻宿清夜,加笾燕良辰。遵涂还盛府,行舫绕长津。自有贤方伯,得此文翰宾。"(见《全唐诗》卷一八九)

十二月,韦应物罢苏州刺史任,居苏州永定寺。

韦应物《永定寺喜辟强夜至》诗云:"子有新岁庆,独此苦寒归。夜叩竹林寺,山行雪满衣。深炉正燃火,空斋共掩扉。还终一尊对,无言百事违。"(见《全唐诗》卷一九三)又有《寓居永定精舍》、《野居》等诗。

丘丹来苏州,秋,返回杭州临平山居。

丘丹有《奉酬韦使君送归山之作》。韦应物则有《送丘员外还山》、《重送丘二十二还临平山居》等诗。如《重送丘二十二还临平山居》诗云:"岁中始再觐,方来又解携。才留野艇语,已忆故山栖。幽涧人夜汲,深林鸟长啼。还持郡斋酒,慰子霜露凄。"(见《全唐诗》卷一八九)

公元791年(唐德宗贞元七年)

孟郊自湖州入京应试。多有诗作。

此行有《舟中喜遇从叔简别后寄上时从叔初擢第归江南郊不从行》、《游终南龙池寺》、《终南山下作》、《蓝溪元居士草堂》等诗。

公元792年(唐德宗贞元八年)

皎然在湖州,集贤院征其文集,刺史于頔采其诗五百四十六首编为《杼山集》十卷。

《杼山集》序云:"有唐吴兴开士释皎然,字清昼,即康乐之十世孙,得诗人之奥旨,传乃祖之菁华,江南词人,莫不楷范。极于缘情绮靡,故辞多芳泽;师古兴制,故律尚清壮。其或发明玄理,则深契真如,又不可得而思议也。贞元壬申岁,余分刺吴兴之明年,集贤殿御书院有命征其文集,余遂采而编之,得诗笔五百四十六首,分为十卷,纳于延阁书府。……上人之植性清和,禀质端懿,中秘空寂,外开方便,妙言说于文字,了心境于定惠,又释门之慈航智炬也。余游方之内者,何足以扣玄关。谢氏世为诗人,岂佛书所为习气云尔。"约本年春,于頔有诗《郡斋卧疾赠昼上人》;皎然有诗《奉酬于中丞使君郡斋卧疾见示一首》。

李纾卒于长安,年六十二。李纾与包佶并称"包李"。

《刘宾客文集》卷一九《董氏武陵集纪》云:"尝所从游皆青云之士,闻名如卢、杜,高韵如包、李。"又《澈上人文集纪》云:"乃抵吴兴,与长老诗僧皎然游,讲艺益至。皎然以书荐于词人包侍郎佶。包得之大喜,又以书致于李侍郎纾。是时以文章风韵主盟于世者曰'包、李'。"《吴礼部诗话》引时天彝《唐百家诗选》评云:"大历后,李纾、包佶有盛名。"《全唐诗》卷二五二存其诗一三首,《全唐文》卷三九五存其文二篇。

公元793年(唐德宗贞元九年)

羊士谔在越州,参皇甫政浙东幕,官试右威卫兵曹参军。

羊士谔撰《南镇永兴公祠堂碑》(见《全唐文》卷六一三)。《会稽掇英总集》卷一八孟简《建南镇碣记》云:"常记其撰南镇碣,彩章辉焕,物象飞动。"

李吉甫在明州员外长史任,有《编次郑钦悦大同古铭论》。

《太平广记》卷三九一引《异闻记》载:"壬申岁,吉甫贬明州长史。海岛之中,有隐者姓张氏,名玄阳,以明《易经》,为州将所重。召置阁下,因讲《周易》卜筮之事,即以钦悦之书示吉甫。吉甫喜得其书。……即编次之。"是年,李吉甫另有文《杭州径山寺大觉禅师碑铭并序》、《唐茶山诗述碑阴记》。

公元794年(唐德宗贞元十年)

柳冕在婺州刺史任。本年或稍后,有《与徐给事论文书》。

书云:"文章本于教化,形于治乱,系于国风。故在君子之心为志,形君子之言为文,论君子之道为教。《易》云:观乎人文,以化成天下。此君子之文也。自屈、宋已降,为文者本于哀艳,务于恢诞,亡于比兴,失古义矣。虽扬、马形似,曹、刘骨气,潘、陆藻丽,文多用寡,则是一技,君子不为也。昔武帝好神仙,而相如为《大人赋》以讽,帝览之,飘然有凌云之气,故扬雄病之曰:讽则讽矣,吾恐不免于劝也。盖文有余而质不足,则流;才有余而雅不足,则荡;流荡不返,使人有淫丽之心,此文之病也。雄虽知之,不能行之。行之者,惟荀、孟、贾生、董仲舒而已。仆自下车,为外事所感,感而应之,为文不觉成卷。意虽复古而不逮古,则不足以议古人之文。噫!古人之文不可及之矣,得见古人之心在于文乎?苟无文,又不得见古人之心,故未能亡言,亦志之所之。"(见《全唐文》卷五二七)《古文雅正》卷七云:"先生论文五、六篇,皆杰然自命,大约谓文以经世明道为主,尽扫寻章摘句、恢诞华藻之陋,韩、李未出之先,诚翘楚也,独孤及、梁肃辈尚未之及焉,登此以见唐文之兴有由来矣。"

公元796年(唐德宗贞元十二年)

皎然卒于湖州杼山寺。

《宋高僧传》卷二九《皎然传》载:"幼负异才,性与道合。初脱羁绊,渐加削染。……于篇什中,吟咏情性,所谓造其微矣。文章隽丽,当时号为释门伟器哉。后博访名山,法席罕不登听者。然其兼攻并进,子史经书,各臻其极。凡所游历,京师则公相敦重,诸郡则邦伯所钦。……观其文也,亹亹而不厌,合律乎清壮,亦一代伟才焉。昼生常与韦应物、卢幼平、吴季德、李萼、皇甫曾、梁肃、崔子向、薛逢、吕渭、杨逵,或簪组,或布衣,与之交结,必高吟乐道。"《石林诗话》卷中载:"唐诗僧,自中叶以后,其名字班班,为当时所称者甚多,然诗皆不传,如'经来白马寺,僧到赤乌年'数联,仅见文士所录而已。陵迟至贯休、齐己之徒,其诗虽存,然无足言矣。中间虽皎然最为杰出,故其诗十卷独全,亦无甚过人者。"《镡津集》卷二〇《三高僧诗并叙》载:"唐僧皎然、灵彻、道标,以道称于吴越,故谚美之曰:'霅之昼,能清秀。越之澈,如冰雪。杭之标,摩云霄。'吾闻风而慕其人,因谚所谓,遂为诗三章,以广其意也。"《文献通考》卷二四三载:"石林叶氏曰:'唐诗僧皎然,居湖州妙喜,今宝积寺是其故庐。自言谢灵运后,诗祖其家法,自许甚高。颜鲁公为守时,与张志和、陆鸿渐皆为客,意其人品亦必不凡。吾尝至妙喜访其遗迹无复有,但山巅坟存耳。其诗十卷,尚行于世,无甚令人喜者,以为优于唐诗僧可也。'观其诗评,亦贬驳老杜,如论《送高三十五书记》诗云:'崆峒小麦熟,且愿休王师。请君问主将,安用穷荒为。'以为四句已前不见题,则其所知可见矣。"

公元 799 年(唐德宗贞元十五年)
李翱游越州,作《拜禹言》。

《拜禹言》云:"贞元十五年六月二十九日,陇西李翱敬载拜于禹之堂下,自宾阶升,北面立,弗敢叹,弗敢祝,弗敢祈,退降复敬,再拜哭而归。且歌曰:'惟天地之无穷兮,哀生人之常勤。往者吾弗及兮,来者吾弗闻。已而已而。'"(见《全唐文》卷六三七)《养一斋诗话》卷四载:"唐李文公翱,人亦谓其能文不能诗。其全集诗止七首,无一上乘语。惟《增赠药师僧》……稍有清脱之气。若《拜禹歌》,则奇诡不可解。诗文二途,殆不可相兼欤?"

八月,李翱过泗州。

作《泗州开元寺钟铭并序》云:"维泗州开元寺遭罹水火漂焚之余,僧澄观与其徒僧若干,复旧室居,作大钟。贞元十五年,厥功成。于是陇西李翱书辞以纪之:八月梓人功既休,戊寅大钟成。先时厥初,罹于天灾。波沈火燔,既浮为薪,既蛰为尘。澄观之功,恢复其居,革旧而新。环墉如陵,台殿斯严。乃三其门,俾后勿蹴。其徒不哗,咸复其勤,有加于初。屋室既同,乃范乃镕,乃作大钟。乃悬于楼,以鼓其时,以警淮夷。非雷非霆,铿号其声,淮夷其惊。上天下地,弗震弗坠,大音无斁。千僧戮力,愿昭其绩。乃铭于石。"(见《全唐文》卷六三七)

公元 805 年(唐德宗贞元二十一年)
秦系居泉州,为姜公辅营葬,其后形迹无考。

权德舆《秦征君校书与刘随州唱和诗序》云:"尝自以为五言长城,而公绪用偏伍奇师,攻坚击众,虽老益壮,未尝顿锋。词或约而旨深,类乍近而致远,若珩珮之清越相激,类组绣之元黄相发,奇采逸响,争为前驱。"李昭玘

《乐静集》卷五《跋秦系诗》云:"系辞意清远,讽而不怨,有古诗人之风。一时与游者,钱起、韦应物、刘长卿、鲍防……皆知名士,独权德舆深爱之,非所谓大音希声、大味必淡者欤。……余尝读系诗,至于老年,唯自适主事,任群儿慨然窃叹,有味其言则知系之肥遯,盖有所不为而后去,非沽激喜名者也。世俗之人犹欲以半通之绶系而拘之,难矣。"《后村诗话》卷一二载:"系诗仅百余首,趣尚清修。然自天宝至正元,先隐剡川,后徙南安、九日山,又客丹阳,寿八十余,不应赋咏寂寥简短如此,必有遗轶者。世传系晚与妻仳离,当是送妻归丹阳耳。"《全唐诗》卷二六〇编其诗一卷,《全唐诗补编·续拾》卷一九补一首。

公元 806 年(唐宪宗元和元年)

羊士谔、萧佑同官御史台,有诗酬唱。

羊士谔有《和萧侍御监祭白帝城西村寺斋沐览镜有怀吏部孟员外并见赠》诗云:"晚沐金仙宇,迎秋白帝祠。轩裳烦吏职,风物动心期。清镜开尘匣,华簪指发丝。南宫有高步,岁晏岂磷缁。"又《酬彭州萧使君秋中言怀》诗云:"右职移青绶,雄藩拜紫泥。江回玉垒下,气爽锦城西。皋鹤惊秋律,琴乌怨夜啼。离居同舍念,宿昔奉金闺。"(见《全唐诗》卷三三二)

公元 811 年(唐宪宗元和六年)

沈亚之应进士落第。夏,往鄜州、夏州求荐,作有《与路鄜州书》、《送受降城使序》。

《唐才子传》卷六《沈亚之传》载:"亚之,字下贤,吴兴人。初至长安,与李贺结交。举不第,为歌以送归。元和十年,侍郎崔群下进士。泾原李汇辟为掌书记。为秘书省正字。长庆中,补栎阳令。四年,迁福建团练副使,事徐晦。后累迁殿中丞御史内供奉。大和三年,柏耆宣慰德州,取为判官。耆罢,亚之贬南康尉,后终郢州掾。亚之以文辞得名,然狂躁贪冒,辅耆为恶,颇凭陵晚达,故及于谪。尝游韩吏部门。杜牧、李商隐俱有拟沈下贤诗,盖甚为当时名辈器重云。有集九卷传世。"《新唐书·艺文志》著录《沈亚之集》九卷。

李翱自浙东入京,还至江上,作《解江灵》文。

《解江灵》云:"元和六年八月,余自京还东,暮宿在江。涛水既平,月高极明,万物潜休,远无微声。坐久夜静,目亦将瞑,闻江中有如贾人相与言曰:'与子商游,十有馀年。不识我愚,托我如亲。相得之欢,百贾谁如。泰山后召,子欲代予。力虽不能,志愿如初。自昔及兹,未尝汝薄。利必以告,害斯共度。誓当结固,永守终乐。汝之责人,惨若五刑。小不顺汝,亦何足听。汝心好恶,灼若天星。动比孔某,其神且明。异汝者斥,谄汝者荣。苟不汝随,绝如诅盟。人实难知,尧所未易。我虽受责,敢丧前志。利汝荐汝,每忧不暨。终何能成,惟力所至。岂不汝怨,我道无二。曰予虚言,鬼神来弃。汝实异兹,翻然汝作。疮疣生心,洗刮不落。巧蔽我长,善探我恶。短我如坠,誉我如缚。人或美我,汝闪其目。人或毁我,汝盈其欲。充汝之心,饱汝之腹。虽汝子孙,亦所不足。我实蒙顽,为汝之辱。动多尤悔,赢败不畜。汝既富厚,享天百福。筋骨坚强,婢妾约绰。财货积委,屋室丰渥。我从此去,非曰道薄。愿汝我忘,无盛其毒。'言未讫,余叱之曰:'人生若流,其可久长。须臾臭死,瞥若电光。用心平虚,天灵所臧。得失是非,其细如芒。奚为交争,此实不祥。相欢不足,其气已僵。汝行吾言,可以息兵。'於是言者叹息吐气,掩郁无语。启户视之,不见其处。"(见《全唐文》卷六三七)

公元812年(唐宪宗元和七年)

李翱在越州,作《答皇甫湜书》。

述其志云:"仆窃不自度,无位于朝,幸有余暇,而词句足以称赞明盛,纪一代功臣贤士行迹,灼然可传于后代,自以为能不灭者,不敢为让。故欲笔削国史,成不刊之书。用仲尼褒贬之心,取天下公是公非为本。群党之所谓为是者,仆未必以为是;群党之所谓为非者,仆未必以为非。使仆书成而传,则富贵而功德不著者,未必声名于后;贫贱而道德全者,未必不烜赫于无穷。韩退之所谓'诛奸谀于既死,发潜德之幽光',是翱心也。仆文采虽不足以希左丘明、司马子长,足下视仆叙《高愍女》、《杨烈妇》,岂尽出班孟坚、蔡伯喈之下耶。"(见《全唐文》卷六三五)

公元814年(唐宪宗元和九年)

陈商登进士。

陈商字述圣,湖州长城人。韩愈《答陈商书》题下注:"商,元和九年进士。"(见《五百家注韩集》)《新唐书·艺文志》著录《陈商集》十七卷。

陈商出游远府,贾岛作诗《送陈商》。

陈商,字述圣,吴兴人。早年与韩愈游,韩愈作有《答陈商书》,授其为文之方。登第后,累官户部员外郎。会昌元年,任司门郎中、史馆修撰。三年,任刑部郎中。旋迁谏议大夫,权知四、五年贡举,迁礼部侍郎。六年出为陕虢观察使。官终秘书监。大中九年正月卒。曾预修《敬宗实录》十卷。贾岛《送陈商》诗云:"古道长荆棘,新岐路交横。君于荒榛中,寻得古辙行。足踏圣人路,貌端禅士形。我曾接夜谈,似听讲一经。联翩曾数举,昨登高第名。釜底绝烟火,晓行皇帝京。上客远府游,主人须目明。青云别青山,何日复可升。"(见《全唐诗》卷五七一)

公元 815 年(唐宪宗元和十年)

沈亚之、裴夷直等三十人登进士第。

《唐才子传》卷六《沈亚之传》载:"元和十年,侍郎崔群下进士。泾原李汇辟为掌书记。为秘书省正字。"《新唐书·艺文志》著录《裴夷直诗》一卷,已佚。《全唐诗》卷五一三编其诗一卷,《全唐文》卷七五九录文一篇。

公元 816 年(唐宪宗元和十一年)

诗僧灵澈卒于宣州,年七十一。

《全唐诗》卷八〇九编灵澈诗一卷。《刘宾客文集》卷一九《澈上人文集纪》云:"世之言诗僧多出江左,灵一导其源,护国袭之,清江扬其波,法振沿之。如么弦孤韵,瞥入人耳,非大乐之音。独吴兴昼公,能备众体。昼公后,澈公承之,至如《芙蓉园新寺诗》云:'经来白马寺,僧到赤乌年',《谪汀州》云'青蝇为吊客,黄犬寄家书',可谓入作者阃域,岂独雄于诗僧间邪?"又《赠包中丞书》云:"有会稽沙门灵澈,年三十有六,知其有文十余年而未识之。此则闻于故秘书郎严维、随州刘使君长卿、前后殿中皇甫侍御曾尝所称耳。及上人自浙右来湖上见存并示制作,观其风裁,味其情致,不下古手,不傍古人。则向之严、刘、皇甫所许,畴今所觐,则三君之言犹未尽上人之美矣。"

公元 817 年(唐宪宗元和十二年)

羊士谔由洋州移刺睦州。过苏州,有诗《题松江馆》。

《题松江馆》诗云:"津柳江风白浪平,棹移高馆古今情。扁舟一去鸱夷

子,应笑分符计日程。"(见《全唐诗》卷三三二)

公元 818 年(唐宪宗元和十三年)
章孝标落第,作《归燕词辞工部侍郎》献庾承宣。
《归燕词辞工部侍郎》诗云:"旧垒危巢泥已落,今年故向社前归。连云大厦无栖处,更望谁家门户飞。"(见《全唐诗》卷五○六)《唐才子传》卷六《章孝标传》载:"孝标字道正,钱塘人。李绅镇淮东时,春雪,孝标参座席,有诗名,绅命札请赋,唯然,索笔一挥云:'六出花飞处处飘,粘窗拂砌上寒条。朱门到晚难盈尺,尽是三军喜气消。'李大称赏,荐于主文。元和十四年,礼部侍郎庾承宣下进士及第,授校书郎。于长安将归家庆,先寄友人曰:……伤其气宇窘急,终不大用。太和中,尝为山南道从事,试大理评事。仕终秘书正字。"《新唐书·艺文志》著录《章孝标诗》一卷。

吴兴人沈亚之撰《湘中怨》。
《四库全书总目》卷一五○云:"其中如《秦梦记》、《异梦录》、《湘中怨解》,大抵讳其本事,托之寓言,如唐人《后土夫人传》之类。刘克庄《后村诗话》诋其名检扫地,王士祯《池北偶谈》亦谓弄玉、邢凤等事大抵近小说家言。考《秦梦记》、《异梦录》二篇见《太平广记》二百八十二卷,《湘中怨解》一篇见《太平广记》二百九十八卷,均注曰出《异闻集》,不云出亚之本集。然则或亚之偶然戏笔,为小说家所采,后来编亚之集者,又从小说撼入之,非原本所旧有欤。"

公元 819 年(唐宪宗元和十四年)
章孝标及第后,有诗《及第后寄广陵故人》。李绅有诗《答章孝标》。
《唐才子传》卷六《章孝标传》载:"元和十四年,礼部侍郎庾承宣下进士及第,授校书郎。于长安将归家庆,先寄友人曰:'及第全胜十政官,金汤渡了出长安。马头渐入扬州郭,为报时人洗眼看。'绅适见,亟以一绝箴之曰:'假金方用真金镀,若是真金不镀金。十载长安方一第,何须空腹用高心!'孝标惭谢。伤其气宇窘急,终不大用。"
朱庆馀,名可久,越州人。
《唐才子传》卷六《朱庆馀传》载:"庆馀字可久,以字行,闽中人。宝历二年裴球榜进士及第,授秘省校书。得张水部诗旨,气平意绝,社中哲匠也。

有名当时。集一卷今传。"《新唐书·艺文志》四著录《朱庆馀诗》一卷。

皇甫湜在江陵，僧简将至潮州谒韩愈，湜作《送简师序》文。

《送简师序》诗云："凤羽而麟毛，鸟与兽也，《经》、《传》以比圣人，岂非以其心，不以其形者耶？师虽佛名，而儒其行，虽夷狄其衣服，而仁义其心，虽未齿于士与凤麟类矣，不犹愈于冠朝冠、服朝服，或溺于淫怪之说，以斁彝伦者耶？呜呼！师吾独贤也。刑部侍郎昌黎韩愈既贬于潮，浮屠之徒，欢快以抃，师独愤起访馀，求叙行以资适潮，不顾蛇山鳄水万里之险毒，若将朝得进拜而夕死可者。呜呼！悲夫吾绊，不得侣师以驰。"（见《全唐文》卷六八六）

羊士谔自睦州刺史征为户部郎中，此后不久卒。

《唐才子传》卷五《羊士谔传》载："士谔工诗，妙造梁选，作皆典重。早岁尝游女几山，有卜筑之志，勋名相迫，不遂初心。"《全唐诗》卷三三二编其诗一卷，《全唐文》卷六一三录其文五篇。

公元 822 年（唐穆宗长庆二年）

白居易自求外任，出为杭州刺史。

《旧唐书·白居易传》载："时天子荒纵不法，执政非其人，制御乖方，河朔复乱。居易累上疏论其事，天子不能用，乃求外任。七月。除杭州刺史。"有《宿蓝溪对月》诗，又有《长庆二年七月自中书舍人出守杭州路次蓝溪作》诗云："太原一男子，自顾庸且鄙。老逢不次恩，洗拔出泥滓。既居可言地，愿助朝廷理。伏阁三上章，戆愚不称旨。圣人存大体，优贷容不死。风诏停舍人，鱼书除刺史。冥怀齐宠辱，委顺随行止。我自得此心，于兹十年矣。余杭乃名郡，郡郭临江氾。已想海门山，潮声来入耳。昔予贞元末，羁旅曾游此。甚觉太守尊，亦谙鱼酒美。因生江海兴，每羡沧浪水。尚拟拂衣行，况今兼禄仕。青山峰峦接，白日烟尘起。东道既不通，改辕遂南指。自秦穷楚越，浩荡五千里。闻有贤主人，而多好山水。是行颇为惬，所历良可纪。策马度蓝溪，胜游从此始。"（见《全唐诗》卷四三一）

八月，白居易路遇张籍于内乡，又遇朱庆馀于夏口，有诗《逢张十八员外籍》、《重到江州感旧游题郡楼十一韵》。朱庆馀有诗《鄂渚送白舍人赴杭州》。

如《逢张十八员外籍》诗云："旅思正茫茫，相逢此道傍。晓岚林叶暗，秋露草花香。白发江城守，青衫水部郎。客亭同宿处，忽似夜归乡。"（见《全唐

诗》卷四四三)

十月,白居易在杭州,多有诗文。

白居易有《初到郡斋寄湖州李苏州》、《久不见韩侍郎戏题四韵以寄之》、《初罢中书舍人》、《赴杭州重宿棣华驿见杨八旧诗感题一绝》、《寓言题僧》、《初到郡斋寄钱湖州李苏州》、《钱湖州以箬下酒李苏州以五酘酒相次寄到无因同饮聊咏所怀》、《岁暮枉衢州张使君书并诗因以长句报之》及文《行营状》、《为宰相谢官表》、《杭州刺史谢上表》等诗。

朱庆馀游江州,有诗《上江州李使君》、《陪江州李使君重阳宴百花亭》。

如《陪江州李使君重阳宴百花亭》诗云:"闲携九日酒,共到百花亭。醉里求诗境,回看岛屿青。"(见《全唐诗》卷五一四)

刘驾生,江东人。

《唐才子传》卷七《刘驾传》载:"驾,字司南,大中六年礼部侍郎崔峣下进士。初与曹邺为友,深相结,俱工古风诗。邺既擢第,不忍先归,待长安中,驾成名,乃同归范蠡故山。时国家复河、湟故地,有归马放牛之象,驾献乐府十章,序曰:'驾生唐二十八年,获见明天子以德归河、湟,臣得与天下夫妇复为太平人。恨愚且贱,不得拜舞上前,作诗十篇,虽不足贡声宗庙,形容盛德,愿与耕稼陶渔者歌江湖田野间,亦足自快。'诗奏,上甚悦,累历达官。驾诗多比兴含畜,体无定规,意尽既止,为时所宗。今集一卷,行于世。"《直斋书录解题》著录《刘驾集》一卷,《宋史·艺文志》著录其《古风诗》一卷。

公元823年(唐穆宗长庆三年)

白居易在杭州,多与客游览,有诗作。

白居易《钱塘湖春行》诗云:"孤山寺北贾亭西,水面初平云脚低。几处早莺争暖树,谁家新燕啄春泥。乱花渐欲迷人眼,浅草才能没马蹄。最爱湖东行不足,绿杨阴里白沙堤。"又《江楼晚眺景物鲜奇吟玩成篇寄水部张员外》诗云:"淡烟疏雨间斜阳,江色鲜明海气凉。蜃散云收破楼阁,虹残水照断桥梁。风翻白浪花千片,雁点青天字一行。好着丹青图画取,题诗寄与水曹郎。"(见《全唐诗》卷四四三)又有《题灵隐寺红辛夷花戏赠光上人》、《题孤山寺石榴花示诸僧众》、《西湖晚归回望孤山寺赠诸客》等诗。入江东进士多奔杭取解,《唐摭言》卷二载:"白乐天典杭州,江东进士多奔杭取解。时张祜自负诗名,以首冠为己任。既而徐凝后至。会郡中有宴,乐天讽二子矛盾

345

祐曰:'仆为解元,宜矣。'凝曰:'君有何嘉句?'祐曰:'《甘露寺》诗有:日月光先到,山河势尽来。'"

徐凝,睦州人,约元和、长庆年间在世。

据《唐才子传》卷六载:"凝,睦州人。元和间有诗名。方干师事之。与施肩吾同里闬,日亲声调。无进取之意,交眷悉激勉。始游长安,不忍自衒鬻,竟不成名。将归,以诗辞韩吏部云:'一生所遇惟元白,天下无人重布衣。欲别朱门泪先尽,白头游子白身归。'知者怜之。遂归旧隐,潜心诗酒。人间荣耀,徐山人不复贮齿颊中也。老病且贫,意泊无恼,优悠自终。集一卷,今传。"《全唐诗》卷四七四编其诗一卷,《全唐诗补编·补逸》卷七补一首,《续补遗》卷五补三首,《续拾》卷二六补二句。

诗僧道标卒于杭州灵隐寺,年八十四。

《宋高僧传》卷一五《唐杭州灵隐寺道标传》载:"标经行之外,尤练诗章,辞体古健,比之潘、刘。当时吴兴有昼,会稽有灵澈,相与酬唱,递作笙簧。故人谚云:'雪之昼,能清秀;越之澈,洞冰雪;杭之标,摩云霄'。每飞章寓韵,竹夕华时,彼三上人当四面之敌,所以辞林乐府常采其声诗。"

元稹由同州刺史授越州刺史、浙东观察使。

元稹《初除浙东妻有阻色因以四韵晓之》诗云:"嫁时五月归巴地,今日双旌上越州。兴庆首行千命妇,会稽旁带六诸侯。海楼翡翠闲相逐,镜水鸳鸯暖共游。我有主恩羞未报,君于此外更何求。"(见《全唐诗》卷四一七)

十月,元稹过杭州,与白居易相会,有诗酬唱。

元稹《酬乐天喜邻郡》诗云:"蹇驴瘦马尘中伴,紫绶朱衣梦里身。符竹偶因成对岸,文章虚被配为邻。湖翻白浪常看雪,火照红妆不待春。老大那能更争竞,任君投募醉乡人。"又《重酬乐天》诗云:"红尘扰扰日西徂,我兴云心两共孤。暂出已遭千骑拥,故交求见一人无。百篇书判从饶白,八米诗章未伏卢。最笑近来黄叔度,自投名刺占陂湖。"(见《全唐诗》卷四一七)又有《再酬复言和前篇》、《赠乐天》、《重赠》、《别后西湖晚眺》、《以州宅夸以乐天》、《重夸州宅旦暮景色兼酬前篇末句》、《寄乐天》、《戏赠乐天复言》、《再酬复言》、《除夜酬乐天》等诗。

崔玄亮出守湖州,与元稹、白居易有诗唱和。

白居易作《得湖州崔十八使君书喜与杭越邻郡因成长句代贺兼寄微之》诗云:"三郡何因此结缘,贞元科第忝同年。故情欢喜开书后,旧事思量在眼前。越国封疆吞碧海,杭城楼合入青烟。吴兴卑小君应屈,为是蓬莱最后仙。"其后贞元崔玄亮与元、白唱和,号《三州唱和集》,据《唐诗纪事》卷三九载:"玄亮与元微之、白乐天皆贞元初同年生也。玄亮名最后自咏云:'人间不会云间事,应笑蓬莱最后仙。'后白刺杭州,元为浙东廉使刺越,而崔刺湖州。白以诗戏之曰:'越国封疆吞碧海,杭城楼阁入青天。吴兴卑小君应屈,为是蓬莱最后仙。'三郡有唱和诗,谓之《三州唱和集》。"

公元824年(唐穆宗长庆四年)

白居易在杭州刺史任,多有诗文。

修筑钱塘湖堤,疏浚城中六井,作《钱塘湖石记》等。是年,白居易另有《祭浙江文》及《看常州柘枝赠贾使君》、《南亭对酒送春》、《仲夏斋戒月》、《三年为刺史二首》、《早饮湖州酒寄崔使君》、《天竺寺送坚上人归庐山》、《留题天竺灵隐两寺》、《西湖留别》等诗。如《早饮湖州酒寄崔使君》诗云:"一榼扶头酒,泓澄泻玉壶。十分蘸甲酌,潋艳满银盂。捧出光华动,尝看气味殊。手中稀琥珀,舌上冷醍醐。瓶里有时尽,江边无处沽。不知崔太守,更有寄来无。"又《西湖留别》诗云:"征途行色惨风烟,祖帐离声咽管弦。翠黛不须留五马,皇恩只许住三年。绿藤阴下铺歌席,红藕花中泊妓船。处处回头尽堪恋,就中难别是湖边。"(见《全唐诗》卷四四六)

元稹在浙东观察使任,编次白居易长庆二年以前诗二千二百五十一首,成五十卷,为《白氏长庆集》。

序云:"《白氏长庆集》者,太原人白居易之所作。居易字乐天。"《旧唐书》卷一六六《白居易传》载:"长庆四年,乐天自杭州刺史以右庶子召还,予时刺会稽,因得尽征其文,手自排缵,成五十卷,凡二千二百五十一首。前辈多以前集、中集为名,予以为陛下明年当改元,长庆讫于是矣,因号《白氏长庆集》。"

公元826年(唐敬宗宝历二年)

朱庆馀及第归越。张籍、姚合、贾岛有赠诗。

张籍《送朱庆馀及第归越》诗云:"东南归路远,几日到乡中。有寺山皆遍,无家水不通。湖声莲叶雨,野气稻花风。州县知名久,争邀与客同。"(见《全唐诗》卷三八四)姚合《送朱庆馀及第后归越》诗云:"劝君缓上车,乡里有吾庐。未得同归去，空令相见疏。山晴栖鹤起，天晓落潮初。此庆将谁比，献亲冬集书。"(见《全唐诗》卷四九六)贾岛《送朱可久归越中》诗云："石头城下泊，北固暝钟初。汀鹭潮冲起，船窗月过虚。吴山侵越众，隋柳入唐疏。日欲躬调膳，辟来何府书。"(见《全唐诗》卷五七二)

刘禹锡罢和州刺史，游建康，多有诗作。

刘禹锡《罢和州游建康》诗云："秋水清无力，寒山暮多思。官闲不计程，遍上南朝寺。"(见《全唐诗》卷三六四)又《金陵怀古》诗云："潮满冶城渚，日斜征虏亭。蔡洲新草绿，幕府旧烟青。兴废由人事，山川空地形。后庭花一曲，幽怨不堪听。"(见《全唐诗》卷三五七)又有《奉酬湖州崔郎中见寄五韵》、《酬湖州崔郎中见寄》、《台城怀古》等诗。是年，刘禹锡与白居易多有酬唱，刘禹锡有《白舍人曹长寄新诗有游宴之盛因以戏酬》诗，白居易有《酬刘和州戏赠》、《重答刘和州》诗等。

公元 827 年(唐文宗大和元年)

朱庆馀游湖州，有《吴兴新堤》诗。

《吴兴新堤》诗云："春堤一望思无涯，树势还同水势斜。深映菰蒲三十里，晴分功利几千家。谋成既不劳人力，境远偏宜隔浪花。若与青山长作固，汀洲肯恨柳丝遮。"(见《全唐诗》卷五一五)

赵嘏约于此时客游越州，有诗作。

有《浙东陪元相公游云门寺》诗云："松下山前一径通，烛迎千骑满山红。溪云乍敛幽岩雨，晓气初高大筛风。小槛宴花容客醉，上方看竹与僧同。归来吹尽岩城角，路转横塘乱水东。"(见《全唐诗》卷五四九)又有《九日陪越州元相宴龟山寺》、《山中寄卢简求》等诗。

元稹在此年前后与文士有颇多唱和。

《旧唐书》卷一六六《元稹传》载："会稽山水奇秀，稹所辟幕职，皆当时文士，而镜湖、秦望之游，月三四焉。而讽咏诗什，动盈卷帙。副使窦巩，海内诗名，与稹酬唱最多，至今称兰亭绝唱。"

公元 828 年(唐文宗大和二年)

元稹在浙东观察使任，与刘禹锡、白居易有诗唱酬。

元稹作《春深二十首》诗，刘禹锡、白居易有和作。元稹另有《听妻弹别鹤操》、《酬白乐天杏花园》等诗。

窦庠在婺州刺史任，约卒于本年或稍后。

褚藏言《窦庠传》载："公天授倜傥，气在物表，一言而合，期于岁寒，为五字诗，颇得其妙。"(见《全唐文》卷七六一)《唐才子传》卷四《窦庠传》："庠字胄卿。尝应辟三佐大府，调奉先令，迁东都留守判官，拜户部员外郎。贞元中，出为婺、登二州刺史。平生攻文甚苦，著述亦多，今并传之。"《新唐书·艺文志》卷四著录窦庠兄弟五人《窦氏联珠集》五卷。《全唐诗》卷二七一录其诗二十一首。

公元829年（唐文宗大和三年）

元稹罢浙东，入京为尚书左丞。有诗文。

元稹有文《重修桐柏观记》及《春分投简阳明洞天作》、《过东都别乐天二首》、《赠刘采春》等诗。元稹任浙东观察使七年，时与诗人、道士、歌女游，多有诗作。《云溪友议》卷下《艳阳词》载："乃廉问浙东，别涛已逾十载。方拟驰使往蜀取涛，乃有俳优周季南、季崇及妻刘采春，自淮甸而来，善弄陆参军，歌声彻云，篇韵虽不及涛，容华莫之比也。元公似忘薛涛，而赠采春诗曰：……采春所唱一百二十首，皆当代才子所作，其词五六七言，皆可和矣。"

元稹、李德裕、刘禹锡三人有唱和之作，为《吴越唱和集》。

卞孝萱《元稹年谱》云："《吴越唱和集》当始于长庆三年，终于大和三年。"《苕溪渔隐丛话》前集卷三八云："文饶镇京口时，时乐天正在苏州，元微之在越州，刘禹锡在和州，元、刘与文饶唱和往来甚多，谓之《吴越唱和集》。"

公元831年（唐文宗大和五年）

贯休生，俗姓姜，婺州兰溪人。

《宋高僧传》卷三〇《梁成都府东禅院贯休传》载："释贯休，字德隐，俗姓姜氏，金华兰溪登高人也。七岁，父母雅爱之，投本县和安寺圆贞禅师出家为童侍。日诵《法华经》一千字耳。所暂闻不忘于心。与处默同削染，邻院而居，每隔篱论诗，互吟寻偶对，僧有见之，皆惊异焉。受具之后，诗名耸动于时，乃往豫章，传《法华经》、《起信论》，皆精奥义，讲训且勤。本郡太守王慥弥相笃重。次太守蒋瓌开洗忏戒坛，命休为监坛焉。乾宁初，贲志谒吴越武肃王钱氏，因献诗五章，章八句，甚惬旨，遗赠亦丰。王立去伪功，朝廷旌为功臣。乃别树堂立碑,记同力平越将校姓名,遂刊休诗于碑阴,见重如此。……自此游黟歙,与唐安寺兰阇梨道合。后思登南岳,北谒荆帅成汭,初甚礼焉,于龙兴寺安置。时内翰吴融谪官相遇,往来论道论诗。融为休作集序,则乾宁三年也。寻被诬潜于荆帅,黜休于功安。爵悒中题砚子曰:'入匣始身安。'弟子劝师入蜀,时王氏将图僭伪,邀四方贤士,得休甚喜,盛被礼遇,赐赉隆洽,暑号禅月大师。蜀主常呼为'得得来和尚'。时韦蔼举其美号。所长者歌吟,讽刺微隐,存于教化。体调不下二李、白、贺也。至梁乾化二年终于所居,春秋八十一。……休能草圣。出弟子昙域,癸酉年集师文集,首安吴内翰《序》,域为《后序》。韦庄尝赠诗曰:'岂是为穷常见隔,只应嫌酒不相过。'又广成先生杜光庭相善,比乡人也。休书迹,好事者传号曰姜体是也。"《十国春秋》卷四七《贯休传》载:"僧贯休,字德隐,俗姓姜氏,婺州兰溪人也。"

公元 833 年(唐文宗大和七年)

罗隐生,号"江东生",杭州新城人。

《唐才子传》卷九《罗隐传》载:"隐字昭谏,钱塘人也。少英敏,善属文,诗笔尤俊拔,养浩然之气。乾符初举进士,累不第。广明中,遇乱归乡里,时钱尚父镇东南,节钺崇重,隐欲依焉,进谒投素作,卷首过夏口云:'一个祢衡容不得,思量黄祖谩英雄。'镠得之大喜遇,以书辟曰:'仲宣远托刘荆州,盖因乱世;夫子乐为鲁司寇,祗为故乡。'隐曰:'是不可去矣!'遂为掌书记。性简傲,高谈阔论,满座风生。好谐谑,感遇辄发。镠爱其才,前后赐予无数。陪从不顷刻相背。……转司勋郎中。自号'江东生'。魏博节度罗绍威慕其名,推宗人之分,拜为叔父。时亦老矣,尝表荐之。……诗文凡以讥刺为主,虽荒祠木偶,莫能免者。且介僻寡合,不喜军旅。献酬俎豆间,绰绰有余也。隐初贫来赴举,过钟陵,见营妓云英有才思。后一纪,下第过之,英曰:'罗秀才尚未脱白。'隐赠诗云:'钟陵醉别十余春,重见云英掌上身。我未成名英未嫁,可能俱是不如人。'与顾云同谒淮南高骈,骈不礼。骈后为毕将军所杀,隐有延和阁之讥。又以诗投相国郑畋。畋有女殊丽,喜诗咏,读隐作至'张华谩出如丹语,不及刘侯一纸书',由是切慕之,精爽飞越,莫知所从。隐忽来谒,女从帘后窥见迂寝之状,不复念矣。隐精法书,喜笔工衺凤,谓曰:'笔,文章货也。今助子取高价。'既以雁头笺百幅为赠,士大夫踵门问价,一致千金,率多借重如此。所著《谗书》、《谗本》、《淮海寓言》、《湘南应用集》、《甲乙集》、《外集》、《启事》等,并行于世。"

公元834年(唐文宗大和八年)

李频字德新,睦州寿昌人。

《新唐书》卷二〇三《李频传》载:"李频字德新,睦州寿昌人。少秀悟,逮长,卢西山,多所记览。其属辞,于诗尤长。与里人方干善。给事中姚合名为诗,士多归重,频走千里丐其品,合大加奖挹,以女妻之。大中八年,擢进士第,调秘书郎,为南陵主簿。判入等,再迁武功令。于是畿民多籍神策军,吏以其横,类假借,不敢绳以法。频至,有神策士尚君庆,逋赋六年不送,睊然出入闾里。频密擿比伍与竞,君庆叩县廷质,频即械送狱,尽条宿恶,请于尹杀之,督所负无少贷。豪猾大惊,屏息奉法,县大治。有六门堰者,廞废百五十年,方岁饥,频发官廥庸民浚渠,按故道厮水溉田,谷以大稔。懿宗嘉之,赐绯衣、银鱼。俄擢侍御史,守法不阿徇,迁累都官员外郎。表丐建州刺史。既至,以礼法治下,更布条教。时朝政乱,盗兴,相椎夺,而建赖频以安。卒官下,丧归,父老相与扶柩,葬永乐州,为立庙梨山,岁祠之。天下乱,盗发其冢,寿昌人随加封掩云。"《新唐书·艺文志》著录《李频诗》一卷。

姚合约于本年赴杭州刺史任,白居易、贾岛多有赠诗。

刘得仁有《送姚合郎中任杭州》诗,顾非熊有《送杭州姚员外》诗,贾岛有《送姚杭州》诗,白居易有《送姚杭州赴任因思旧游二首》诗。抵任后,与前任杭州刺史裴弘泰往来,有《裴大夫见过》、《送裴大夫赴亳州》等诗。

李绅在越州,游法华寺,有诗纪游刻壁,作《题法华寺五言二十韵》。

《题法华寺五言二十韵》序云:"此一首亦在越所作。寺内灵异,随注其下,以越人题诗者,前后皆不备言。今编于追昔游卷中,寺内瘭禅师草庐持经,感普贤见于前。"诗云:"花界无生地,慈宫有相天。化娥腾宝像,留影閟金仙。(寺内因普贤见身于持经僧前,因此置寺。)殿涌全身塔,池开半月泉。十峰排碧落,双涧合清涟。(寺前后有十峰回绕,双涧合流之。)药草经行遍,香灯次第燃。戒珠高腊护,心印祖僧传。(此寺僧律严肃,持经皆承师教。)瓶识先罗汉,衣存旧福田。(寺内有约法师水瓶,梁朝宫人所制袈裟。)幻身观火宅,昏眼照青莲。住觉超真境,依游渡法船。化城珠百亿,灵迹冠三千。萧壁将沈影,梁薪尚缀烟。(寺前昭明太子画真,又梁时薪公影尚在。)色尘知有数,劫烬岂无年。龙喷疑通海,鲸吞想漏川。(寺内有梁朝铜龙吐泉,铜鲸饮水,以注诸院。)磬疏闻启梵,钟息见安禅。指喻三车觉,开迷五阴缠。教通方便入,心达是非诠。贝叶千花藏,檀林万宝篇。坐严狮子迅,幢饰网珠悬。极乐知无碍,分明应有缘。还将意功德,留偈法王前。"(见《全唐诗》卷四八一)

公元 835 年(唐文宗大和九年)
姚合在杭州刺史任,有诗《杭州官舍偶书》。

《杭州官舍偶书》诗云:"钱塘刺史谩题诗,贫褊无恩懦少威。春尽酒杯花影在,潮回画槛水声微。闲吟山际邀僧上,暮入林中看鹤归。无术理人人自理,朝朝渐觉簿书稀。"(见《全唐诗》卷五〇〇)

方干本年约二十七岁,游杭州,有诗作。

方干此时有《叙钱塘异胜》、《贻钱塘县路明府》、《赠钱塘唐处士》等诗。又有《上杭州姚郎中》诗云:"能除疾瘼似良医,一郡乡风当日移。身贵久离行药伴,才高独作后人师。春游下马皆成宴,吏散看山即有诗。借问公方与文道,而今中夏更传谁。"(见《全唐诗》卷六五〇)《唐诗纪事》卷六三《方玄英先生传》载:"始谒钱塘守姚公台,公视其貌陋,初甚侮之。坐定览卷,骇目变容而叹之。"

周贺至杭州与刺史姚合游,多有赠姚合诗。

周贺有《寄姚合郎中》、《赠姚合郎中》、《晚秋江馆事寄姚郎中》等诗。又有《留辞杭州姚合郎中》诗云:"波涛千里隔,抱疾亦相寻。会宿逢高士,辞归值积霖。丛桑山店迥,孤烛海船深。尚有重来约,知无省阁心。"(见《全唐诗》卷五〇三)

郑巢亦在杭州与姚合游,两人均有题咏纪游之作。

郑巢有《秋日陪姚郎中登郡中南亭》诗,姚合亦有《杭州郡斋南亭》、《题杭州南亭》。郑巢又有《宿天竺寺》、《题灵隐寺院公院》诗,《唐才子传》卷八《郑巢传》载:"时姚合号诗宗,为杭州刺史,巢献所业,日游门馆,累陪登览燕集,大得奖重,如门生礼。"

皇甫湜约卒于本年之后。

白居易有《哭皇甫七郎中》诗云:"志业过玄晏,词华似祢衡。多才非福禄,薄命是聪明。不得人间寿,还留身后名。《涉江》文一首,便可敌公卿。"(见《全唐诗》卷四五一)《唐诗纪事》卷三五此诗小注云:"持正文甚多,《涉江》

歌》一篇尤奇。"《新唐书·艺文志》四著录《皇甫湜集》三卷,《郡斋读书志》卷四著录《皇甫湜文》六卷。

公元 836 年(唐文宗开成元年)

姚合约此时罢杭州任,与郑巢、贾岛、刘得仁有赠诗。

姚合有《别杭州》、《舟行书事寄杭州崔员外》、《寄元绪上人》、《送元绪上人游商山》等诗。郑巢有《送姚郎中罢郡游越》诗,贾岛有《喜姚郎中自杭州回》诗,刘得仁有《上姚谏议》诗,无可有《冬晚姚谏议宅会送元绪上人归南山》诗。

公元 838 年(唐文宗开成三年)

李宗闵,字损之,陇西成纪人。开成三年(838),李宗闵由衢州司马迁杭州刺史。

《旧唐书》卷一七六《李宗闵传》载:"李宗闵字损之,宗室郑王元懿之后。……贞元二十一年进士擢第,元和四年,复登制举贤良方正科。……开成元年,量移衢州司马。三年,杨嗣复辅政,与宗闵厚善,欲拔用之,而畏郑覃沮议,乃托中人密讽于上。……翌日,以宗闵为杭州刺史。"《新唐书》卷一七四《李宗闵传》载:"李宗闵字损之,郑王元懿四世孙。……开成初,幽州刺史元忠、河阳李载义累表论洗,乃徙为衢州司马。杨嗣复辅政,与宗闵善,欲复用,而畏郑覃,乃托宦人讽帝。……遂擢宗闵杭州刺史。迁太子宾客,分司东都。"

公元 839 年(唐文宗开成四年)

杨汉公在湖州刺史任,有《明月楼》诗。

《明月楼》诗云:"吴兴城阙水云中,画舫青帘处处通。溪上玉楼楼上月,清光合作水晶宫。"(见《全唐诗》卷五一六)

十月,白居易应湖州刺史杨汉公之请,为作《白蘋洲五亭记》。

《白蘋洲五亭记》云:"湖州城东南二百步抵霅溪,溪连汀洲,洲一名白蘋。梁吴兴守柳恽於此赋诗云:'汀洲采白蘋。'因以为名也。前不知几千万年,后又数百年,有名无亭,鞠为荒泽。至大历十一年,颜鲁公真卿为刺史,始翦榛导流,作八角亭,以游息焉。旋属灾潦荐至,沼堙台圮。后又数十载,萎芜隙地。至开成三年，宏农杨君为刺史，乃疏四渠，濬二池，树三园，构五亭，卉木荷竹，舟桥廊室，洎游宴息，宿之具，靡不备焉。观其架大溪跨长汀者，谓之'白蘋亭'，介三园阅百卉者，谓之'集芳亭'，面广池目列岫者，谓之'山光亭'，玩晨曦者，谓之'朝霞亭'，狎清涟者，谓之'碧波亭'。五亭间开，万象迭入，向背俯仰，胜无遁形。每至汀风春，溪月秋，花繁鸟啼之旦，莲开水香之夕，宾友集，歌吹作，舟棹徐动，觞咏半酣，飘然恍然。游者相顾，咸曰：'此不知方外也，人间也。又不知蓬瀛、昆阆，复何如哉？'时予守官在洛阳，杨君缄书赍图，请予为记。予按图握笔，心存目想，觇缕梗概，十不得其二三。大凡地有胜境，得人而后发；人有心匠，得物而后开。境心相遇，固有时耶？盖是境也，实柳守滥觞之，颜公椎轮之，杨君绘素之，三贤始终，能事毕矣。杨君前牧舒，舒人治，今牧湖，湖人康。康之由革弊兴利，若改茶法，变税书之类是也。利兴故府有羡财，政成故居多暇日，繇是以馀力济高情，成胜概，三者旋相为用，岂偶然哉？昔谢、柳为郡，乐山水，多高情，不闻善政；龚、黄为郡，忧黎庶，有善政，不闻胜概；兼而有者，其吾友杨君乎？君名汉公，字用乂，恐年祀寝久，远来者不知，故名而字之。时开成四年十月十五日记。"（见《全唐文》卷六七六）

公元840年（唐文宗开成五年）
睦州刺史吕述新建城隍庙，有文《移城隍庙记》。

《移城隍庙记》云："睦州城隍神庙，旧在城内西北隅。元和初年，刺史郑膺甫移置于城北门楼上，其地旧置州狱及司法官厅。开成四年，刺史吕述移狱就六司院东南之鄡地，于废址上立新庙。堂屋三间五架，阶高三尺，上设鸱尾，三面行廊联属，东向开门，门外造厅一间一厦，为修容之所。五年正月十九日，庙成，迁神像焉。神坐后分画侍卫于左右壁，其门左右画兵仗屏之，南北列木寓马二，阶前植松五本，门外夹道亦植松二十四株。三月十六日，大备牲牢杂乐，率将吏以落之。今纪其祝词于后云。礼陈八蜡之名，曰祭防与水墉事也。然则城隍命祀，本在勤人，积厚成阴，环兹郡国，论功校重，冠彼神祇。自州城卜迁，神位已固，访闻元和首岁，移置郡楼，下不在田，乖镇宁之义；居无亚丈，阙鼓舞之容。况乎列卒巡城，通宵击柝，往来亵慢，启闭喧呼，既违肃敬之方，岂获幽阴之助。述谬膺符字，亲谒仪形，睹笾豆之亏废，叹祝史之偪仄，虽饰以黼帐，新其灵衣，而居非所安，理合改卜。崇墉之内,废址犹存,遂创新宫,式从弘敞。丹刻咸毕,翚飞有严,拣此吉辰,敬迁庙貌。伏愿永安閟邃,敷祐生灵,使封境无水旱之虞,牧守成富庶之绩。敢申崇奉,毋丑聪明云尔。开成五年六月一日,刺史吕述建。"(见陆心源《唐文拾遗》卷二九和董弅《严陵集》卷七)吕述,字修业。开成三年七月,自盐铁推官、祠部郎中拜睦州刺史。著有《东平小集》三卷。

公元842年(唐武宗会昌二年)

仲春十九日,若耶溪女子题诗三乡驿壁,叹其夫亡后孤身飘零之悲辛。

其诗序云:"余本若耶溪东,与同志者二三,纫兰佩蕙,每贪幽闲之境,玩花光于松月之亭,竟昼绵宵,往往忘倦。洎乎初笄,至于五换星霜矣。自后不得已,从良人西入函关,寓居晋昌里第。其居也,门绝嚣尘,花木丛翠。东西邻二佛宫,皆上国胜游之最。伺其闲寂,因游览焉,亦不幸一时之风月也。不意良人已矣,邈然无依。帝里芳春,吊影东迈。涉浐水,历渭川,背终南,陟太华,经虢略,抵陕郊,挹嘉祥之清流,面女几之苍翠。凡经过之所,皆囊昔燕笑之地,绸缪之所。衔冤加叹,举目魂销。虽残骸尚存,而精爽都失。假使潘岳复生,无以悼其幽思也。遂命笔聊题,终不能涤其怀抱,绝笔恸哭而去。以翰墨非妇人女子之事,名字是故隐而不书。时会昌壬戌岁,仲春十九日。"(见范摅《云溪友议》卷中《三乡略》)

二十三日,杜牧在黄州刺史任,作《黄州准赦祭百神文》。

其文曰:"会昌二年,岁次壬戌,夏四月乙丑朔,二十三日丁亥,皇帝御宣政殿,百辟卿士,稽首再拜,敢上'仁圣文武至神大孝'尊号于皇帝。……牧为刺史,实守黄州。"(见《全唐文》卷七五六)《樊川文集》卷一〇《自撰墓志铭》曰:"转膳部、比部员外郎,皆兼史职。出守黄、池、睦三州。"

石贯,本年进士登第。

石贯字总之,湖州人。姚鹄有《送石贯归湖州》诗云:"同志幸同年,高堂君独还。齐荣恩未报,共隐事应闲。访寺临湖岸,开楼见海山。洛中推二陆,莫久恋乡关。"(见《全唐诗》卷五五三)

裴夷直本年秋仍在驩州司户参军贬所,作《寄婺州李给事二首》赠李中敏。

《寄婺州李给事二首》诗云:"心尽玉皇恩已远,迹留江郡宦应孤。不知壮气今何似,犹得凌云贯日无。""瘴鬼翻能念直心,五年相遇不相侵。目前

唯有思君病，无底沧溟未是深。"（见《全唐诗》卷五一三）

杨敬之雅爱项斯诗，约本年有诗赠项斯。

《新唐书》卷一六〇《杨敬之传》载："敬之爱士类，得其文章，孜孜玩讽，人以为癖。雅爱项斯为诗，所至称之，繇是擢上第。"张洎《项斯诗集序》云："杨祭酒敬之云：'几度见诗诗总好，及观标格过于诗。平生不解藏人善，到处逢人说项斯。'"（见《唐文拾遗》卷四七）钱易《南部新书》卷甲载："项斯始为未闻人，因以卷谒江西杨敬之。杨甚爱之，赠诗云……未几，诗达长安，斯明年登上第。"

任蕃约为本年前后诗人，家江东，多游会稽等地。

曾游天台巾子峰，题诗寺壁。据《唐才子传》卷七《任蕃传》载："蕃，会昌间人，家江东，多游会稽苕、霅间。初亦举进士之京，不第。……归江湖，专尚声调。去游天台巾子峰，题寺壁间云：'绝顶新秋生夜凉，鹤翻松露滴衣裳。前峰月照一江水，僧在翠微开竹房。'既去百余里，欲回改作'半江水'，行到题处，他人已改矣。后复有题诗者，亡其姓名，曰：'任蕃题后无人继，寂寞空山二百年。'才名类是。"

公元 843 年（唐武宗会昌三年）

会昌三年（843），李宗闵由太子宾客分司出为湖州刺史。

《旧唐书》卷一七六《李宗闵传》载："会昌初，李德裕秉政，嗣复、李珏皆窜岭表。三年，刘稹据泽潞叛。德裕以宗闵素与刘从谏厚，上党近东都，宗闵分司非便，出为封州刺史。又发其旧事，贬郴州司马，卒于贬所。"《新唐书》卷一七四《李宗闵传》载："会昌中，刘稹以泽潞叛，德裕建言宗闵素厚从谏，今上党近东都，乃拜宗闵湖州刺史。稹败，得交通状，贬漳州长史，流封州。宣宗即位，徙郴州司马，卒。"《全唐诗》存诗一首。

公元 844 年（唐武宗会昌四年）

项斯，以第二名登进士科，本年约四十三岁。

《唐诗纪事》载："斯，字子迁，江东人。始未为闻人，因以卷谒杨敬之，杨苦爱之，赠诗云：'几度见诗诗尽好，及观标格过于诗。平生不解藏人善，到处逢人说项斯。'未几，诗达长安，明年擢上第。"《唐才子传》卷七《项斯传》载："斯，字子迁，江东人也。会昌四年王起下第二人进士。始命润州丹徒县尉,卒于任。"擢第后,项斯有《春夜樊川竹亭陪诸同年宴》诗云:"相知皆是旧,每恨独游频。幸此同芳夕,宁辞倒醉身。灯光遥映烛,萼粉暗飘茵。明月分归骑,重来更几春。"(见《全唐诗》卷五五四)授润州丹徒县尉,张洎《项斯诗集序》云:"会昌四年,左仆射王起下进士及第。始命润州丹徒县尉。"(见《唐文拾遗》卷四七)

杨严,字凛之,本年登进士第。

《唐摭言》卷八"别头及第"条载:"会昌四年王起奏五人:杨知至(刑部尚书杨汝士之子)、源重(故相牛僧孺之甥)、郑朴(河东节度使崔元式女婿)、杨严(监察御史杨发之弟)、窦缄(故相易直之子),恩旨令送所试杂文付翰林重考覆,续奉进。"方干《上越州杨严中丞》诗云:"连枝棣萼世无双,未秉鸿钧拥大邦。折桂早闻推独步,分忧暂辍过重江。"(见《全唐诗》卷六五二)

李频本年约三十一岁,时或下第。

李频作《下第后屏居书怀寄张侍御》诗云:"刖足岂一生,良工隔千里。故山彭泽上,归梦向汾水。低催神气尽,僮仆心亦耻。未达谁不知,达者多忘此。行年忽已壮,去老年更几?功名如不彰,身殁岂为鬼。才看芳草歇,即叹凉风起。骢马未来朝,嘶声尚在耳。"(见《全唐诗》卷五八九)

公元845年(唐武宗会昌五年)

陈商为侍郎典贡举。

韩愈《答陈商书》题下注:"商,元和九年进士,会昌五年为侍郎典贡举。"(见《五百家注韩集》)

章孝标应淮南节度使李绅之请,于扬州宴上即席赋诗。

《唐摭言》卷一三《敏捷》载:"短李镇扬州,请章孝标赋春雪诗,命题于台盘上。孝标唯然,索笔一挥云:'六出飞花处处飘,沾窗拂砌上寒条。朱门到晚难盈尺,尽是三军喜气消。'"诗即《淮南李相公绅席上赋春雪》(见《全唐诗》卷五〇六)。

元晦自桂管观察使转任浙东观察使,作《除浙东留题桂郡林亭》。

《除浙东留题桂郡林亭》诗云:"紫泥远自金銮降,朱旆翻驰镜水头。陶令风光偏畏夜,子牟衰鬓暗惊秋。西邻月色何时见,南国春光岂再游。莫遣艳歌催客醉,不堪回首翠蛾愁。"(见《全唐诗》卷五四七)

公元 846 年(唐武宗会昌六年)

杜牧由池州刺史转睦州。

途中作《新定途中》、《泊秦淮》、《登九峰楼》等诗。(分别见《樊川文集》卷三、卷四、《樊川外集》)何溪汶《竹庄诗话》卷二〇引《抒情诗话》云:"杜牧之绰有诗名,纵情雅逸。金陵舣舟,闻倡楼歌声,有诗:'烟笼寒水月笼沙,夜泊秦淮寄酒家。倡女不知亡国恨,隔江犹唱后庭花。'风雅偏缀,不可胜纪。与杜甫齐名,时人呼为大杜、小杜。"

杜牧赴睦州任经杭州,逆宣宗朝崇佛之风气,撰《杭州新造南亭子记》。

其文指斥崇佛之弊,云:"梁武帝明智勇武,创为梁国者,舍身为僧奴,至国灭饿死不闻悟,况下辈固惑之。为工商者,杂良以苦,伪内而华外,纳以大秤斛,以小出之,欺夺村间戆民……刑法钱谷小胥,出入人性命,颠倒埋没……大吏有权力,能开库取公钱,缘意恣为……是此数者,心自知其罪,皆捐己奉佛以求救……今权归于佛,买福卖罪,如持左契,交手相付。"(见《樊川文集》卷一〇)

姚合卒,以诗名家,湖州武康人。

《唐才子传》卷六《姚合传》载:"宝应中,除监察御史,迁户部员外郎,出为金、杭二州刺史。后召入,拜刑、户二部郎中、谏议大夫、给事中。开成间,李商隐尉弘农,以活囚忤观察使孙简,将罢去,会合来代简,一见大喜,以风雅之契,即谕使还官,人雅服其义。后仕终秘书监。……所为诗十卷,及选集王维、祖咏等一十八人诗为《极玄集》一卷,序称维等皆'诗家射雕手'也。又挹古人诗联,叙其措意,各有体要,撰《诗例》一卷,今并传焉。"《新唐书·艺文志四》著录《姚合诗集》十卷、《极玄集》一卷、《诗例》一卷。今传《姚少监诗集》十卷、《入极玄集》二卷。

项斯,约卒于会昌末大中初。

《唐文拾遗》卷四七张洎《项斯诗集序》云:"项斯,字子迁,江东人也,会昌四年左仆射王起下进士及第。始命润州丹徒县尉,卒于任所。"项斯诗宗张籍,清婉美丽,久享诗坛盛名。张洎序称:"宝历、开成之际,君声价藉甚,时特为水部之所知赏,故其诗格颇与水部相类。词清妙而句美丽奇绝,盖得于意表,迨非常情所及。故郑少师薰云:'项斯逢水部,谁道不关情?'"(《唐文拾遗》卷四七)《唐诗品》载:"子迁锐情格律,颇宗雅道。宝历、开成之间,声价籍籍,其清利便美,在时调中可谓心流润泽者也。受知水部诸公,亦声实之华不可掩留者耶!"《新唐书·艺文志四》著录《项斯诗集》一卷。《全唐诗》存诗一卷。

公元847年(唐宣宗大中元年)

许浑越中,至杭州、苏州等地。

有《陪越中使院诸公镜波馆饯明台裴郑二使君》、《与裴三十秀才自越西归望亭阻冻登虎丘寺精舍》、《姑苏怀古》等诗。(见《全唐诗》卷五三〇、卷五三三)又有《再游越中伤朱庆馀协律好直上人》诗云:"昔年湖上客,留访雪山翁。王氏船犹在,萧家寺已空。月高花有露,烟合水无风。处处多遗韵,何曾入剡中。"(见《全唐诗》卷五二九)

令狐绹出为湖州刺史。

《新唐书》卷一六六《令狐绹传》载:"绹字子直,举进士,擢累左补阙、右司郎中。出为湖州刺史。"《旧唐书》卷一七二《令狐绹传》载:"绹字子直,大和四年登进士第,释褐弘文馆校书郎。开成初为左拾遗。二年,丁父丧。服阕,授本官,寻改左补阙、史馆修撰,累迁库部、户部员外郎。会昌五年,出为湖州刺史。大中二年,召拜考功郎中,寻知制诰。"《宋史·艺文志七》著录《令狐绹表疏》一卷,已佚。《全唐文》存文三篇,《唐代墓志汇编续集》存墓志一篇,《全唐诗》存诗一首。

公元848年(唐宣宗大中二年)

杜牧自睦州刺史内擢司勋员外郎,作《上周相公启》。

《上周相公启》云:"伏以睦州治所,在万山之中,终日昏氛,侵染衰病,自量忝官已过,不敢率然请告。"(见《樊川文集》卷十)又有《秋晚早发新定》、《夜泊桐庐先寄苏台卢郎中》、《江南怀古》等诗,又有《除官归京睦州雨霁》诗云:"秋半吴天霁,清凝万里光。水声侵笑语,岚翠扑衣裳。远树疑罗帐,孤云认粉囊。溪山侵两越,时节到重阳。顾我能甘贱,无由得自强。误曾公触尾,不敢夜循墙。岂意笼飞鸟,还为锦帐郎。网今开傅燮,书旧识黄香。姹女真虚语,饥儿欲一行。浅深须揭厉,休更学张网。"(见《全唐诗》卷五二二)

南卓约五十八岁,在婺州刺史任,著成《羯鼓录》前录。

南卓《羯鼓录》记云:"会昌元年,卓因为洛阳令,数陪刘宾客、白少傅宴游,白有家僮,多佐酒。卓因谈往前三数事,二公亦应和之,谓卓曰:'若吾友所谈,宜为文纪,不可令堙没也。'时过而未录。及陕府卢尚书任河南尹,又话之,因遣为纪,即粗为编次,尚未脱稿。至东阳,因曝书见之,乃详列而竟焉。虽不资儒者之博闻,亦助宾筵之谈话,属之好事,庶几流传。前录大中二年所著。"

张祜本年约五十七岁,至滑州、苏州、湖州等地,以诗投献奉和卢弘正、卢简求等。

《投滑州卢尚书》诗云:"雨露恩重棣萼繁,一时旌旆列雄藩。权经两使材尤重,位近三台道益尊。江海豁开为气岸,河隍坚画在心源。门阑尽是云霄客,应念于陵独灌园。"又《投苏州卢郎中》、《投苏州卢中丞》等诗。(见《张承吉文集》卷七)

康僚本年为京兆府参军,越州会稽人。

康僚,越州会稽人。唐孙樵《唐故仓部郎中康公墓志铭并序》云:"大中二年复调授京兆府参军。其年冬为进士试官,峭独不顾,虽权势莫能挠。其与选者,不逾年继踵升第。故中书侍郎高公璩、尚书仓部郎中杨嵩、太常博士杜敏求、今春官贰卿崔公殷梦、尚书屯田郎中崔亚、前左拾遗陈昉及樵十辈,皆出其等列也。"(见《全唐文》卷七九五)

公元 849 年(唐宣宗大中三年)

吴融生,越州山阴人。

《新唐书》卷二〇三《吴融传》载:"吴融字子华,越州山阴人。祖翥有名,大中时,观察府召以署吏,不应,帅高其概言诸朝赐号'文简先生'。"《唐才子传》卷九《吴融传》载:"融字子华,山阴人。初力学,富辞,调工捷。"《新唐书·艺文志四》著录《吴融诗集》四卷、《制诰》一卷,《宋史·艺文志七》著录《吴融集》五卷、《赋集》五卷,已散佚。今传《唐英歌诗》三卷。《全唐诗》存诗二卷,《全唐诗补编》补三首;《全唐文》存文十六篇。

公元 850 年(唐宣宗大中四年)

春,南卓罢婺州刺史任,撰成《羯鼓录》后录,年约六十岁。

《羯鼓录》记成书经过云:"前录大中二年所著。四年春阳罢免,旋自海南,路由广陵,崔司空为镇,司空遇合素厚,留止旬朔,辄献之,过蒙奖饰……以大君子所传,又精义入神,岂容忽而不载,遂附之于末。"

夏,杜牧已转吏部员外郎,屡上书求外任湖州,作《上宰相求湖州》三启。

杜牧《自撰墓志铭》云:"迁司勋员外郎、史馆修撰,转吏部员外。以弟病,乞守湖州。"(《樊川文集》卷一一)《新唐书》卷一六六《杜牧传》载:"改吏部,复乞为湖州刺史。"作《新转南曹未叙朝散初秋暑退出守吴兴书此篇以自见志》诗云:"捧诏汀洲去,全家羽翼飞。喜抛新锦帐,荣借旧朱衣。且免材为累,何妨拙有机。宋株聊自守,鲁酒怕旁围。清尚宁无素,光阴亦未晞。一杯宽幕席,五字弄珠玑。越浦黄甘嫩,吴溪紫蟹肥。平生江海志,佩得左鱼归。"又《将赴湖州留题亭菊》诗云:"陶菊手自种,楚兰心有期。遥知渡江日,正是撷芳时。"(见《樊川文集》卷三)

顾陶为校书郎时曾回钱塘,时有弃官之念。

后顾陶《唐诗类选后序》云"行年七十有四,一名已成,一官已弃"。储嗣宗赋《送顾陶校书归钱塘》诗送行,云:"清苦月偏知,南归瘦马迟。橐轻缘换酒,发白为吟诗。水色西陵渡,松声伍相祠。圣朝思直谏,不是桂冠时。"(《全唐诗》卷五九四)

冬至日,杜牧赋诗邀李郢来湖州相叙。

杜牧《湖南正初招李郢秀才》诗云:"行乐及时时已晚,对酒当歌歌不成。千里暮山重迭翠,一溪寒水浅深清。高人以饮为忙事,浮世除诗尽强名。看着白蘋牙欲吐,雪舟相访胜闲行。"(见《樊川文集》卷三)李郢《和湖州杜员外冬至日白蘋洲见忆》诗云:"白蘋亭上一阳生,谢朓新裁锦绣成。千嶂雪消溪影渌,几家梅绽海波清。已知鸥鸟长来狎,可许汀洲独有名。多愧龙门重招引,即抛田舍棹舟行。"(《全唐诗》卷五九〇)

令狐绹自湖州刺史拜翰林学士。

《诗话总龟》卷二六《寄赠》引《诗史》云:"令狐绹自湖州刺史拜翰林学士,因夜召对座,从容语及,文宗大称之,由是眷遇有加,未几拜相。因郊禋侍祠还,赵嘏赠诗云:'鹗在卿云冰在壶,代天才业共吁谟。荣同伊陟传朱户,秀比王商入画图。昨夜星辰回剑履,前年风月落江湖。不知机务时多暇,犹许诗家属和无?'"

杜光庭(850—933)生,号"东瀛子"、"华顶羽人"。缙云人,一曰长安人。

《十国春秋》卷四七《杜光庭传》载:"杜光庭字宾至,缙云人,一曰长安人。为人性简而气清,量宽而识远。方干见之,谓曰:'此宗庙中宝玉大圭也。'唐咸通中应九经举,不第,遂入天台山学道。长安有潘尊师者,道术甚高,雅为僖宗所重,时时以光庭为言。僖宗因召见,大悦。已而从幸兴元,竟留于蜀,事高祖为金紫光禄大夫、谏议大夫,封蔡国公,赐号广成先生。光庭博学,善属文,高祖常命为太子元膺之师。光庭荐儒者许寂、徐简夫以侍东宫,颇与议政事,相得甚欢。久之,迁户部侍郎。后主立,受道箓于苑中,以光庭为传真天师、崇真馆大学士。未几解官,隐青城山,号登瀛子。建殁和阁,奉行上清紫虚吞日月气法,年八十五卒,颜貌如生,人以为尸解,葬于清都观后。有文集三十卷,皆本无为之旨。……又著《洞天福地记》一卷,《录异记》八卷,《阴符经注》一卷,《广成义》八十卷,《东瀛子》一卷,《青城山记》一卷,《武夷山记》一卷,《墉城集仙录》十卷,《崇道记》一卷,《混元图》十卷,《传受年载记》一卷,《元门枢要》一卷。又《泸州刘真人碑记》、《青城县重修冲庙观碑记》、《云升宫广云外尊师碑记》、《三学山功德碑》文,皆光庭所撰。"《宣和书谱》卷五云:"道士杜光庭,字宾圣,道号'东瀛子',括苍人也。"《蜀梼杌》载:"光庭字宾圣,京兆杜陵人。……寓居处州。方干见之,谓曰:'此宗庙中宝玉大圭也。'与郑云叟应百篇举,不中,入天台为道士。"

冯涓进士登第。

《唐语林》卷七载:"大中四年,进士冯涓登第,榜中文誉最高。是岁,新罗国起楼,厚裔金帛,奏请撰记。时人荣之。"《太平广记》引《王氏闻见录》:"冯涓,旧唐名士,雄才奥学,登进士第。"《十国春秋》卷四〇《冯涓传》:"冯涓字信之,先世为婺州东阳人,唐吏部尚书宿之孙也。"《唐诗纪事》卷六六载:"冯涓,字信之,信都人。大中初举进士,登宏词科。"《舆地纪胜》卷一五五《潼川府路·遂宁府·人物》载:"冯涓,其先信都人。连中进士、宏词,昭宗时为眉州刺史。"

严恽,大中四、五年间,杜牧为湖州刺史,以诗相唱。

《唐诗纪事》卷六六"严恽"条云:"皮日休《伤严子重序》云:余为童在乡校时,简上抄杜舍人牧之集,见有与进士严恽诗。……后至吴。一日,有客曰严某,余忘其名久矣,遽怀文见造,于是乐甚。观其所为文,工于七字,往往有清便柔媚,时可轶骇骏于常轨。其佳者曰:'春光冉冉归何处?更向花前把一杯。尽日问花花不语,为谁零落为谁开?'余美之,讽而未尝息。"杜牧有《和严恽秀才落花》诗云:"共惜流年留不得,且环流水醉流杯。无情红艳年年盛,不恨凋零却恨开。"(见《全唐诗》卷五二四)

刘蜕,由荆州解进士及第。

刘蜕,字复愚,号"文泉子"。睦州桐庐人,郡望长沙。《北梦琐言》卷四载:"荆州衣冠薮泽,每岁解送举人,多不成名,号曰'天荒解'。刘蜕舍人以荆解及第,号为'破天荒'。"释齐己《送刘蜕秀才赴举》诗云:"百发百中□,□□□□年。丹枝如计分,一箭的无偏。文物兵销国,关河雪霁天。都人看春榜,韩字在谁前"。(见《全唐诗》卷八三八)

公元851年(唐宣宗大中五年)

李远在岳州刺史任,杜牧、温庭筠有诗寄之。

杜牧《早春寄岳州李使君李善棋爱酒情地闲雅》诗云:"分符颍川政,吊屈洛阳才。拂匣调珠柱,磨铅勘玉杯。棋翻小窟势,垆拨冻醪醅。此兴予非薄,何时得奉陪?"(见《樊川文集》卷二)温庭筠《寄岳州李员外郎远》诗云:"湖上残棋人散后,岳阳微雨鸟来迟。早梅犹得回歌扇,春水还应理钓丝。"(见《全唐诗》卷五八二)张固《幽闲鼓吹》载:"令狐相进李远为杭州,宣宗曰:'比闻李远诗云:长日惟销一局棋。岂可以临郡哉!'对曰:'诗人之言不足有实也。'仍荐远廉察,乃俞之。"

方干寓居东溪。

方干《东溪言事寄于丹》诗云:"日月昼夜转,年光难驻留。轩窗才过雨,枕簟即知秋。草际鸟行出,溪中虹影收。唯君壮心在,应笑卧沧洲。"又《送于丹》诗云:"至业是至宝,莫过心自知。时情如甚畅,天道即无私。入洛霜霰苦,离家兰菊衰。焚舟不回顾,薄暮又何之。"(见《全唐诗》卷六四九)

十二日,杜牧以内擢考功郎中、知制诰,离湖州刺史官舍他住,有诗作。

《八月十二日得替后移居雪溪馆因题长句四韵》中云:"千岁鹤归犹有恨,一年人住岂无情。……景物登临闲始见,愿为闲客此闲行。"(《樊川文集》卷三)杜牧《自撰墓志铭》自述云:"以弟病,乞守湖州,入拜考功郎中、知制诰,周岁,拜中书舍人。"《太平广记》卷一四四引《感定录》载杜牧"自湖州刺史拜中书舍人,题汴河云:'自怜流落西归疾,不见春风二月时。'自郡守入为舍人,未为流落,至京果卒"。

公元 854 年(唐宣宗大中八年)
李频等进士及第。

《唐才子传》卷七《李频传》载:"频,字德新,睦州寿昌人。少秀悟,长,庐西山。多记览,于诗特工。与同里方干为师友。给事中姚合时称诗颖,频不惮走千里丐其品第,合见,大加奖挹,且爱其标格,即以女妻之。大中八年,颜标榜擢进士,调秘书郎,为南陵主簿。试判入等,迁武功令。频性耿介,难干以非理。赈饥民,戢豪右,于是京畿多赖,事事可传。"《唐摭言》卷四载:"李频师方干。频及第,诗僧清越赠干诗云:'弟子已得桂,先生犹灌园。'"《新唐书·文艺下》本传载:"大中八年,擢进士第,调秘书郎,为南陵主簿。"李频《省试振鹭》诗云:"有鸟生江浦,霜华作羽翰。君臣将比洁,朝野共相欢。月影林梢下,冰光水际残。翻飞时共乐,饮啄道皆安。迥霭宜高咏,群栖入静看。由来鸳鹭侣,济济列千官。"(见《全唐诗》卷五八九)

公元 855 年(唐宣宗大中九年)
陆肱登进士第。

《唐诗纪事》卷五三载:"肱大中九年登进士第。咸通六年,自前振武从事试平判入等,牧南康郡,辟许棠为郡从事。郑谷寄诗云:'江山多胜境,宾主是贫交。'肱以《春赋》得名。"李频有《送陆肱归吴兴》诗云:"雪后江上去,风光故国新。清浑天气晓,绿动浪花春。劝酒提壶鸟,乘舟震泽人。谁知沧海月,取桂却来秦。"(见《全唐诗》卷五八九)又《送陆肱尉江夏》诗云:"如何执简去,便作挂帆期。泽国三春早,江天落日迟。县人齐候处,洲鸟欲飞时。免褐方三十,青云岂白髭。"(见《全唐诗》卷五八七)

公元 858 年(唐宣宗大中十二年)
李远授杭州刺史。

《唐才子传》卷七《李远传》载:"远,字求古,太和五年杜陟榜进士及第,蜀人也。少有大志,夸迈流俗,为诗多逸气,五彩成文。早历下邑。词名卓然。宣宗时,宰相令狐绹进奏拟远杭州刺史。……后历忠、建、江三州刺史,仕终御史中丞。"

公元 859 年(唐宣宗大中十三年)
　　吴畦进士及第。
　　《全唐文》卷八〇五载:"畦,山阴人,第进士,官谏议大夫,以谏讨河东出为润州刺史。"《唐语林》卷三载:"令狐滈、弟澄皆好文。自楚及澄,三世掌诰命,有称科场中。令狐滈以父为丞相,未得进。滈出访郑侍郎,道遇大尹,投国学避之。遇广文生吴畦,从容久之。畦袖卷呈滈,由是出入滈家。滈荐畦于郑公,遂先滈一年及第,后至郡守。"
　　浙东农民军裘甫起兵,攻陷象山,进逼剡县,浙东骚动。
　　《资治通鉴》卷二四九本年十二月载:"浙东贼帅裘甫攻陷象山,官军屡败,明州城门昼闭,进逼剡县,有众百人,浙东骚动。观察使郑祗德遣讨击副使刘勍、副将范居植将兵三百,合台州军讨之。"

公元 860 年(唐懿宗咸通元年)
　　徐珏童子科及第。
　　嘉庆《浙江通志》卷一八一引旧志载:"江山人。大中十三年父举明经,携珏诣阙,召试思政殿,赐衣绢。明年童子科及第,父亦策名。"《明一统志》卷四三《衢州府·人物·唐》载:"徐珏,江山人。五岁能诵《易》、《礼》二经,召对称旨,赐衣绢,中童子科。"

公元 863 年(唐懿宗咸通四年)
　　温庭筠自江陵归江东。
　　《旧唐书》卷一九〇《温庭筠传》载:"咸通中,失意归江东,路由广陵,心怨令狐绹在位时不为成名。既至,与新进少年狂游狭邪,久不刺谒。又乞索于扬子院,醉而犯夜,为虞候所击,败面折齿,方还扬州诉之。令狐绹捕虞候治之,极言庭筠狭邪丑迹,乃两释之。"

公元 866 年(唐懿宗咸通七年)
　　沈光登进士第后东归。
　　《唐才子传》卷八《沈光传》载:"沈光,吴兴人。咸通七年礼部侍郎赵骘下进士。"《唐摭言》卷八载:"沈光始贡于有司,尝梦一海船。自梦后,咸败于垂成,暨登第年亦如是。皆谓失之之梦,而特第不测。"罗隐有《送沈光及第后东归兼赴嘉礼》诗云："青青月桂触人香,白纻衫轻称沈郎。好继马卿归故里,况闻山简在襄阳。杯倾别岸终须醉,草傍征车渐欲芳。拟把金钱助嘉礼,不堪栖屑困名场。"(见《文苑英华》卷二八三)孙光宪《北梦琐言》卷七记:"前进士沈光有《洞庭乐赋》,韦八座岫谓朝贤曰:'此赋乃一片宫商也。'后辟为闽从事。"

公元 869 年(唐懿宗咸通十年)

虞鼎进士及第。

杨钜《唐御史里行虞鼎墓志铭》云:"公虞姓,讳鼎,字少微。本会稽人,秘书监兼宏文馆学士赠礼部尚书银青光禄大夫永兴郡公谥文懿讳世南八世孙。曾祖玟,江州刺史。祖敏,宜春令。父汀,东鲁别驾。公性敏,好问学。月开日益,卓然老成。登咸通十年进士,为校书郎,累迁至御史里行。举弹无所避,謇然有声于时。寻陟饶州刺史,视事严且明,人吏敛手,莫敢为非。"(见《全唐文》卷八一九)

约本年夏,章碣陪浙东观察使王沨游宴作诗。

《陪浙西王侍郎夜宴》诗云:"深锁雷门宴上才,旋看歌舞旋传杯。黄金㶉鶒当筵睡,红锦蔷薇映烛开。稽岭好风吹玉佩,镜湖残月照楼台。小儒末座频倾耳,祗怕城头画角催。"又《赠婺州苏员外》诗云:"帝念琼枝欲并芳,星分婺女寄仙郎。鸾从阙下虽辞侣,雁到江都却续行。烟月一时搜古句,山川两地植甘棠。即看龙虎西归去,便佐羲轩活万方。"(见《全唐诗》卷六六九)《唐摭言》卷一〇"海叙不遇条"记章碣"咸通末,以篇什著名"。

吴融于庞勋徐州兵乱平定后途经汴路,赋诗抒怀。

有诗《彭门用兵后经汴路三首》,其一云:"长亭一望一徘徊,千里关河百战来。细柳旧营犹锁月,祈连新冢已封苔。霜凋绿野愁无际,烧接黄云惨不开。若比江南更牢落,子山词赋莫兴哀。"(见《全唐诗》卷六八四)《新唐书·吴融传》:"吴融,字子华,越州山阴人。……融学自力,富辞调。"

道怤生。五代高僧,俗姓陈,温州永嘉人。

《宋高僧传》卷一三《后唐杭州龙册寺道怤传》载:"释道怤,俗姓陈,永嘉人也。丱总之年,性殊常准,而恶鲤血之气。亲党强啖以枯鱼,且虞呕哕。求出家于开元寺。具戒已,游闽入楚,言参问善知识,要决了生死根源。见临川曹山寂公,大有征诘,若昙询之间僧稠也。终顿息疑于雪峰,闽中谓之小忿布纳。时太原同名,年腊之高故。暨回浙,住越州鉴清院。时皮光业者,日休之子,辞学宏赡,探赜禅门,尝深击难焉。退而谓人曰:'忿公之道,崇论闳议,莫臻其极。'武肃王钱氏钦慕,命居天龙寺,私署顺德大师。次文穆王钱氏创龙册寺,请忿居之,吴越禅学自此而兴。以天福丁酉岁八月示灭,春秋七十。茶毗于大慈山坞,收拾舍利,起塔于龙姥山前。故僧主汇征撰《塔铭》。今舍利院,弟子主之,香火相缀焉。"

公元 870 年(唐懿宗咸通十一年)

李频在苏州。寒食日,李频赋诗送别友人。

其《苏州寒食日送人归觐》诗云:"江城寒食下,花木惨离魂。几宿投山寺,孤帆过海门。□声泼火雨,柳色禁烟村。定看堂高后,斑衣灭泪痕。"(见《全唐诗》卷五八九)

会稽大庆寺碑立,孙玉汝时为衢州刺史,为作碑记。

《容斋随笔》续笔卷一一"孙玉汝"条载:"韩庄敏公缜,字玉汝,盖取君子以玉比德,缜密以栗,及王欲玉汝之义,前人未尝用,最为古雅。按,唐《登科记》会昌四年及第进士有孙玉汝。李景让为御史大夫,劾罢侍御史孙玉汝。会稽《大庆寺碑》咸通十一年所立,云衢州刺史孙玉汝记。荣王宗绰书目,有《南北史选练》十八卷,云孙玉汝撰,盖其人也。"

夏秋间,李频离苏州,有辞别曹确诗。

李频有《吴门别主人》(一作《吴门月夜与曹太尉话别》)诗云:"早晚更看吴苑月,小斋长忆落西窗。不知明夜谁家见,应照离人隔楚江。"(见《全唐诗》卷五八七)。

公元 871 年(唐懿宗咸通十二年)

罗隐三十九岁,东归途中有诗纪行、赠友。

有《自湘川东下立春日泊夏口阻风登孙权城》、《春日忆湖南旧游寄卢校书》、《龙丘东下却寄孙员外》、《寄三衢孙员外》等诗。(见《罗隐集·甲乙集》卷二、卷三)

陆勋,苏州嘉兴人,曾任校书郎。本年以兵部员外郎参与考试宏词选人。

《旧唐书》卷一九《懿宗本纪》载:"三月,以吏部尚书萧邺,吏部侍郎归仁晦李当考官；司封郎中郑绍业，兵部员外郎陆勋等考试宏词选人。"《郡斋读书志》子部小说类著录有《陆氏集异记》二卷。

约本年春，贯休上庐山，有诗作。

此行贯休有《江西再逢周琏》（见《全唐诗》卷八三二）、《再到钟陵作》（见《全唐诗》卷八三五）等诗。

许彬罢举归睦州。

郑谷作《闻进士许彬罢举归睦州怅然怀寄》诗云："桐庐归旧庐，垂老复樵渔。吾子虽言命，乡人懒读书。烟舟撑晚浦，雨屐蹑春蔬。异代名方振，哀吟莫废初。"（见《全唐诗》卷六七四）黄滔《答陈磻隐论诗书》云："咸通季初贡于小宗伯，试禹拜昌言赋，翼日罢，特持斯赋于先达之门，忽叼见钱之目。是时张乔、许彬、林希刘皆咸有诗名，而退飞不已。"（见《全唐文》卷八二三）《全唐诗》卷六七八编许彬诗一卷。

方干年约六十三，有诗送睦州侯郎中。

《送睦州侯郎中赴阙》诗云："昔著政声闻国外，今留儒术化江东。青云旧路归仙掖，白凤新词入圣聪。弦管未知银烛晓，旌旗已侍锦帆风。郡人难议酬恩德，遍在三年礼遇中。"（见《全唐诗》卷六五二）

公元872年（唐懿宗咸通十三年）

罗隐曾至湖州谒见刺史裴德符，作诗献之。

《上霅川裴郎中》诗云："贵提金印出咸秦，潇洒江城两度春。一派水清疑见胆，数重山翠欲留人。望崇早合归黄阁，诗好何妨恋白苹。自是受恩心未足，却垂双翅羡吴均。"（见《全唐诗》卷六五八）

春，贯休与睦州刺史冯岩多有诗歌往来。

贯休有《上冯使君五首》、《上冯使君渡水僧障子》、《上冯使君山水障子》、《上冯使君水晶数珠》、《陪冯使君游六首》等诗。（见《全唐诗》卷八二七、卷八三〇、卷八三一、卷八三四、卷八三七）

李频迁侍御史，有《入朝遇雪》之作。

《新唐书·李频传》载："懿宗嘉之，赐绯衣……俄擢侍御史……迁累都官员外郎。"李频《入朝遇雪》诗云："霜鬓持霜简，朝天向雪天。玉阶初辨色，琼树乍相鲜。密霭空难曙，盈征瑞不愆。谁为洛阳客，是日更高眠。"（见《全唐诗》卷五八九）

罗邺屡下第,有文名,尤长律诗,与罗隐、罗虬号"三罗"。

《唐诗纪事》卷六九"罗虬"条载:"虬,词藻富赡,与宗人隐、邺齐名,咸通、乾符中,时号'三罗'。"《唐才子传》卷八其小传:"邺尤长律诗。时宗人隐、虬俱以声格著称,遂齐名号。"

公元 873 年(唐懿宗咸通十四年)

薛能出镇徐州,李频赋诗送行。

《送薛能赴镇徐方》诗云:"列土人间盛,彭门属九州。山河天设险,礼乐牧分忧。皎日为明信,清风占早秋。虽同郄縠举,郄縠不封侯。"(见《全唐诗》卷五八九)

秋,贯休与睦州刺史冯岩唱有诗歌往来。

贯休有《拟齐梁体寄冯使君三首》、《桐江闲居作十二首》、《秋夜吟》、《别冯使君》等诗。(见《全唐诗》卷八二七、卷八三〇、卷八三五)

方干约六十五岁,回越州,王龟任浙东观察使,

方干有《献浙东王大夫二首》、《献王大夫二首》、《献王大夫》等(见《全唐诗》卷六五二、卷六五三)。《旧唐书》卷一六四《王龟传》:"性简澹萧洒,不乐仕进,少以诗酒琴书自适,不从科试。……(咸通)十四年,转越州刺史、御史大夫、浙东团练观察使。"《北梦琐言》卷六载:"诗人方干,亦吴人也。王龟大夫重之。既延入内,乃连下两拜,亚相安详以答之,未起间,方又致一拜,时号'方三拜'也。"

杜光庭应举不中,为道士。

此事在咸通中。《蜀梼杌》卷上载:"光庭字宾圣,京兆杜陵人,寓居处州。方干见之,谓曰:'此宗庙中宝玉大圭也。'与郑云叟应百篇举,不中,入天台为道士。"《十国春秋》卷四七《杜光庭传》载:"唐咸通中应九经举,不第,遂入天台山学道。"

咸通末,王枢任湖州判官。

《全唐诗》卷五四六小注:"王枢,浙西湖州郡判官。"《诗话总龟》前集卷一四载:"曹相确镇浙西日,会湖州郡判官王枢,举进士严恽诗曰:……"

公元 874 年（唐僖宗乾符元年）

方干为浙东观察使王龟所嘉赏，王龟拟荐为谏官。

《唐摭言》卷一〇"韦庄奏请追赠不及第人近代者"条载："王大夫廉问浙东，干造之。连跪三拜，因号方三拜。王公将荐之于朝，请吴子华为表章。无何公遘疾而卒，事不谐矣。"《嘉泰会稽志》卷一五称方干"字雄飞，新定人。隐于会稽，渔于镜湖，萧然山水间，以诗自放。咸通中太守王龟知其亢直，荐之以谏官"。方干有《谢王大夫奏表》诗云："非唯言下变荣衰，大海可倾山可移。如剖夜光归暗室，似驱春气入寒枝。死灰到底翻腾焰，朽骨随头却长肥。便杀微躬复何益，生成恩重报无期。"（见《全唐诗》卷六五二）。

吴融有诗与皮日休往来。

时吴融已由故乡越州山阴移居松江。《新唐书·吴融传》载："吴融，字子华，越州山阴人。"吴融有《和皮博士赴上京观中修灵斋赠威仪尊师兼见寄》、《高侍御话及皮博士池中白莲因成一章寄博士兼奉呈》等诗（见《全唐诗》卷六八七）。又有《秋日感事》、《秋事》、《秋园》、《秋色》、《红叶》、《红树》、《新雁》等诗（见《全唐诗》卷六八四、卷六八六、卷六八七）。

公元 875 年（唐僖宗乾符二年）

曹松有诗寄建州刺史李频。

《林下书怀寄建州李频员外》诗云："一从书事懒，海上迹宜沉。吾道不当路，鄙人甘入林。云垂方觅鹤，月湿始收琴。水石南州好，谁陪刻骨吟。"（见《全唐诗》卷七一六）

宗亮，俗姓冯，明州奉化人。本年尚在世。终年八十。

《宋高僧传》卷二七《唐明州国宁寺宗亮传》载："释宗亮，姓冯氏，奉化人也。家傍月山而居，后称月僧焉。亮开成中剃落纳法，方事毗尼，循于四仪，且无遗行。而云我生不辰，属会昌之难，便隐家山深岩洞穴。……晚年专事禅寂，不出寺门。处士方干赠诗云：'秋水一泓常见底，涧松千尺不生枝。空门学佛知多少，剃尽心华只有师。'终于本寺，春秋八十。亮恒与沙门贯霜、栖梧、不吟数十人，皆秉执清奇，好迭为文会，结林下之交。撰《岳林寺碑》、《诗集》三百许首，赞颂并行于代，而于福敬二田，锐心弥厚焉。"《全唐诗补编》存诗四首。

公元 876 年(唐僖宗乾符三年)

李频在建州刺史任,贯休作诗寄之。

《秋寄李频使君二首》诗云:"为郎须塞诏,当路亦驱驱。贵不因人得,清还似句无。烧烟连野白,山药拶阶枯。想得征黄诏,如今已在途。"又"务简趣难陪,清吟共绿苔。叶和秋蚁落,僧带野香来。留客朝尝酒,忧民夜画灰。终期冒风雪,江上见宗雷。"(见《全唐诗》卷八三二)

罗隐约作《寄陆龟蒙》,对龟蒙之人品文品颇为推重。

《唐诗纪事》卷六四陆龟蒙条记此诗云:"龟蒙攻文,与颜荛、皮日休、罗隐、吴融友善。家贫,与张搏为庐江、吴兴二郡丞,李蔚、卢携景重之。罗隐寄诗曰:'龙楼李丞相,昔岁仰高文。黄阁今无主,青山竟不焚。夜船乘海月,秋寺伴江云。只恐尘埃里,浮名点污君。'"

李频卒于建州刺史任,百姓立庙梨山以祠之。

《新唐书·李频传》载李频任建州刺史,"卒官下,丧归,父老相与扶柩,葬永乐州,为立庙梨山,岁祠之"。李频卒,时人多有哭吊之作,如曹松《哭李频员外》诗云:"出麾临建水,下世在公堂。苦集休开箧,清资罢转郎。瘴中无子奠,岭外一妻孀。定是浮香骨,东归就故乡。"(见《全唐诗》卷七一六)又郑谷有《哭建州李员外频》诗(见《全唐诗》卷六七四)、贯休有《闻李频员外卒》诗(见《全唐诗》卷八三一)。《唐才子传》卷七《李频传》载:"有诗一卷,今行世。"《新唐书·艺文志四》著录《李频诗》一卷。《全唐诗》编诗三卷。

罗隐《题方干诗》,盛赞方干之作。

诗云:"中间李建州,夏汭偶同游。顾我论佳句,推君最上流。九霄无鹤板,双鬓老渔舟。世难方如此,何当浣旅愁。"(见《罗隐集·甲乙集》卷五)

公元 877 年(唐僖宗乾符四年)

沈光受聘为韦岫福建观察使府从事,时罗隐、李洞均有诗送行。

沈光有《洞庭乐赋》为韦岫所称赏,《北梦琐言》卷七载:"前进士沈光《洞庭乐赋》,韦八座岫谓朝贤曰:'此赋乃一片宫商也。'后辟为闽从事。"罗隐有《送沈光侍御赴职闽中》诗云:"未至应居右,全家出帝乡。礼优逢苑雪,官重带台霜。夜浦吴潮吼,春滩建水狂。延平有风雨,从此是腾骧。"(见《全唐诗》卷六五九)李洞有《送沈光赴福幕》诗云:"泉齐岭鸟飞,雨熟荔枝肥。南斗看应近,北人来恐稀。潮浮廉使宴,珠照岛僧归。幕下逢迁拜,何官着茜

衣。"(见《全唐诗》卷七二一)

浙东王郢又出兵攻陷望海镇,掠明州,攻陷台州。

《资治通鉴》卷二五三载:"二月,郢攻陷望海镇,掠明州。又攻台州,陷之。刺史王葆退守唐兴,诏二浙、福建各出舟师以讨之。"

吴游湖州,谒见湖州刺史郑仁规。

有《湖州溪楼书献郑员外》诗云:"危槛等飞楹,闲追晚际凉。青林上雨色,白鸟破溪光。目以高须极,心因静更伤。唯公旧相许,早晚侍长杨。"又《离雪溪感事献郑员外》诗云:"足恨饶悲不自由,萍无根蒂水长流。庾公明月吟连曙,谢守青山看入秋。一饭意专堪便死,千金诺在转难酬。云沈鸟去回头否,平子才多好赋愁。"(见《全唐诗》卷六八四、卷六八七)

崔道融本年移居永嘉,自号"东瓯散人",与司空图为诗友。

《唐才子传》卷九《崔道融传》载:"道融,荆人也,自号'东瓯散人',与司空图为诗友。出为永嘉宰。"司空图有《寄永嘉崔道融》诗云:"旅寓虽难定,乘闲是胜游。碧云萧寺霁,红树谢村秋。戍鼓和潮暗,船灯照岛幽。诗家多滞此,风景似相留。"(见《全唐诗》卷六三二)

罗隐本年四十五岁,时在长安。郑仁规出守湖州,隐赋诗送之。

罗隐《送雪川郑员外》诗云:"明时塞诏列分麾,东拥朱轮出帝畿。铜虎贵提天子印,银鱼荣傍老莱衣。歌听茗坞春山暖,诗咏苹洲暮鸟飞。知有掖垣南步在,可能须待政成归。"(见《全唐诗》卷六六二)

公元 878 年(唐僖宗乾符五年)

王玫,本年进士及第。

《福建通志》卷三三《选举志》一《唐科目》载:"乾符五年戊戌孙偓榜:晋江县王玫及第,温州平阳令。"

章碣,本年进士及第。

嘉庆《浙江通志》卷一八二引万历《严州府志》记章碣:"孝标子,乾符五年进士。"方干有《赠进士章碣》诗云:"织锦虽云用旧机,抽梭起样更新奇。何如且破望中叶,未可便攀低处枝。藉地落花春半后,打窗斜雪夜深时。此时才子吟应苦,吟苦鬼神知不知。"(见《全唐诗》卷六五二)。《新唐书·艺文志四》、《宋史·艺文志七》均著录《章碣诗》一卷。《唐才子传》卷九《章碣传》云:"今有诗一卷,传于世。"《全唐诗》存诗一卷。

公元 879 年（唐僖宗乾符六年）

春，陆龟蒙在苏州笠泽之滨辑其所为文为《笠泽丛书》，并自序。旋即往湖州震泽别业，有《自遣诗》三十首。

《笠泽丛书序》中云："丛书者，丛脞之书也。丛脞犹细碎也。细而不遗，大可知其所容矣。乾符六年春，卧于笠泽之滨，败屋数间，盖蠹书十余簏，伯男儿才三尺许长。……体中不堪羸耗，时亦隐几强坐，内壹郁则外扬为声音，歌诗赋颂铭记传叙，往往杂发，不类不次，浑而载之，得称为丛书，自当谖忧之一物，非敢露世家耳目，故凡所讳，其中略无避焉。"（见《全唐文》卷八〇〇）陆龟蒙有《自遣诗三十首》，其诗序云："《自遣诗》者，震泽别业之所作也。故疾未平，厌厌卧田舍中。农夫日以耒耜事相聒。每至夜分不睡，则百端兴怀搅人思，益纷乱无绪。且诗者，持也，谓持其情性，使不暴去。因作四句诗，累至三十绝，绝各有意。既曰自遣，亦何必题为。"（见《全唐诗》卷六二八）

贯休本年四十八岁。春，赋诗赠婺州刺史王镣。

《循吏曲上王使君》诗云："需宿需宿，炳烂光合。蒸蒸婺民，钟此多福。自东自西，自南自北。伊飞伊走，乳乳良牧。和气无形，春光自成。大信不信，贻厥无朕。需女需女，尔亦须语。使君为理，玄风震古。需女需女，尔亦须语。我愿喙长三千里，枕著玉阶奏明主。"（见《全唐诗》卷八二七）

陆龟蒙约此时或稍后作《记稻鼠》文。

此文记湖州旱灾，群鼠为患，而官府急索赋税状况，借硕鼠以讥刺执政者。如其云："乾符己亥岁，震泽之东曰吴兴，自三月不雨。至于七月，当时汙坳沮洳者埃壒尘勃……且魏风以硕鼠刺重敛，硕鼠斥其君也。有鼠之名，无鼠之实，诗人犹曰'逝将去汝，适彼乐土'，况乎上掊其财，不啗其食，率一民而当二鼠，不流浪转徙，聚而为盗何哉。"（见《全唐文》卷八〇一）

贯休于六、七月间与王镣有诗歌往来。

有《怀薛尚书兼呈东阳王使君》诗云："得力未得力，高吟夏又残。二毛非自出，万事到诗难。蝉见木叶落，雷将雨气寒。何妨槌琢后，更献至公看。"（见《全唐诗》卷八三四）又有诗《贺雨上王使君二首》。（见《全唐诗》卷八三七）

公元 880 年（唐僖宗广明元年）

春，杨夔在湖州，时湖州刺史杜孺休入茶山修贡。

杨夔《送杜郎中入茶山修贡》诗云："一道澄澜彻底清，仙郎轻棹出重城。采苹虚得当时称，述职那同此日荣。剑戟步经高障黑，绮罗光动百花明。谢公携妓东山去，何似乘春奉诏行。"（见《全唐诗》卷七六三）

秋，齐己欲往访陆龟蒙，龟蒙时居甫里。

齐己《寄松江陆龟蒙处士》诗云："万卷功何用，徒称处士休。闲敲太湖石，醉听洞庭秋。道在谁开口，诗成自点头。中间欲相访，寻便阻戈矛。"（见《全唐诗》卷八四三）

崔道融本年或居永嘉，与柳韬、方干等有诗歌往来。

崔道融有《献浙东柳大夫》诗云："属城甘雨几经春，圣主全分付越人。俗眼不知青琐贵，江头争看碧油新。"又《镜湖雪霁贻方干》诗云："天外晓岚和雪望，月中归棹带冰行。相逢半醉吟诗苦，应抵寒猿袅树声。"（见《全唐诗》卷七一四）黄滔有《祭崔补阙》记云："洎博陵崔君之生也，迥禀高奇，兼之文学。近则继李飞之蜕随贡，远则同毛义之志奉亲。东浮谢公旧州，式避戈戟，遁于仙岩潺谷，克业经纶。"（见《黄御史集》卷六）

杜光庭应举不第，入天台山学道，为僖宗召见。

《十国春秋》卷四七《杜光庭传》载："长安有潘尊师者，道术甚高，雅为僖宗所重，时时以光庭为言。僖宗因召见，大悦。已而从幸兴元，竟留于蜀。"

冬，贯休在毗陵，赠诗常州刺史孙徽及前婺州刺史王愃。

有《上孙使君》诗（见《全唐诗》卷八二七），如《避地毗陵寒月上孙徽使君兼寄东阳王使君三首》（一）诗云："一到毗陵心更劳，冷吟闲步拥云袍。岂缘思妙尘埃少，自是风清物态高。野色疏黄连楚甸，故山奇碧隔河桥。终须愚谷中安致，不是人间好羽毛。"（见《全唐诗》卷八三六）

公元 881 年（唐僖宗中和元年）

贯休本年避乱于山寺，重加修改润饰旧作，成《山居诗二十四首》。

其序云："愚咸通四五年中，于钟陵作山居诗二十四章。放笔，稿被人将去。厥后或有散书于屋壁，或吟咏于人口。一首两首，时时闻之，皆多字句舛错。洎乾符辛丑岁，避寇于山寺，偶全获其本，风调野俗，格力低浊，岂可闻于大雅君子。一旦抽毫改之，或留之、除之、修之、补之，却成二十四首。

亦斐然也。蚀木也,概山讴之例也。或作者气合,始为一朗吟之,可也。"(见《全唐诗》卷八三七)

公元 882 年(唐僖宗中和二年)

僧处默本年前后隐居于庐山,罗隐有诗寄之。

罗隐《寄处默师》诗云:"甘露卷帘看雨脚,樟亭倚柱望潮头。十年顾我醉中过,两地与师方外游。久隔兵戈常寄梦,近无书信更堪忧。香炉烟霭虎溪月,终棹铁船寻惠休。"(见《全唐诗》卷六六〇)又有《北固亭东望寄默师》、《钱塘遇默师忆润州旧游》等诗。(见《全唐诗》卷六四、卷六六五)

方干仍在浙东隐居,作《贼退后赠刘将军》诗。

诗云:"非唯吴起与穰苴,今古推排尽不如。白马知无髀上肉,黄巾泣向箭头书。二年战地成桑苎,千里荒榛作比闾。功业更多身转贵,伫看幢节引戎车。"(见《全唐诗》卷六五二)

公元 883 年(唐僖宗中和三年)

章碣在常州,与友人登高赋诗。

《癸卯岁毗陵登高会中贻同志》诗云:"流落常嗟胜会稀,故人相遇菊花时。凤笙龙笛数巡酒,红树碧山无限诗。尘土十分归举子,乾坤大半属偷儿。长杨羽猎须留本,开济重为阙下期。"(见《全唐诗》卷六六九)

章碣本年流寓常州。后不知所终。睦州桐庐人,一说杭州钱塘人。

《唐才子传》卷九《章碣传》载:"碣,钱塘人,孝标之子也。累上著不第,咸通末以篇什称。乾符中,高湘侍郎自长沙携邵安石来京及第,碣恨湘不知己,赋《东都望幸》诗曰:'懒修珠翠上高台,眉月连娟恨不开。纵使东巡也无益,君王自领美人来。'后竟流落不知所终。碣有异才,尝草创诗律于八句中,足字平侧,各从本韵,如'东南路尽吴江畔,正是穷愁薄暮天。鸥鹭不嫌斜雨岸,波涛欺得逆风船。偶逢岛寺停帆看,深羡渔翁下钓眠。今古若论英达算,鸱夷高兴固无边',自称变体。当时趋风者亦纷纷而起也。今有诗一卷,传于世。"《新唐书·艺文志四》著录《章碣诗》一卷,有散佚。今传《章碣诗集》一卷。《全唐诗》存诗一卷。

公元 884 年(唐僖宗中和四年)

　　杜光庭撰成《历代崇道记》。

　　光庭时三十五岁,《历代崇道记》记唐及历代崇道简况。文末署"中和四年十二月十五日,上都太清宫文章应制宏教大师,赐紫道士杜光庭上进谨记"。(见《全唐文》卷九三三)

公元 885 年(唐僖宗光启元年)

　　崔道融在永嘉,闻僖宗自蜀返长安而赋诗。

　　《銮驾东回》诗云:"两川花捧御衣香,万岁山呼辇路长。天子还从马嵬过,别无惆怅似明皇。"(见《全唐诗》卷七一四)《唐才子传》卷九《崔道融传》云:"道融,荆人也,自号'东瓯散人',与司空图为诗友。出为永嘉宰。"

　　罗隐在杭州,时僖宗还京城,赋诗以讽。

　　《鉴诫录》卷八"钱塘秀"条载:"昔僖宗在蜀日,隐吟诗数首以刺诸侯。及銮辂还京,为朝贵所嫉,竟不成名。……驾还京诗曰:'马嵬杨柳尚依依,又见銮舆幸蜀归。泉下阿蛮应有语,这回休更说杨妃。"《罗隐集·甲乙集》卷十题此诗作《帝幸蜀》。

　　沈颜行经江西临川,获颜真卿所撰碑,碑为真卿所沉,颜感而撰《碎碑记》。

　　《碎碑记》中云:"乙巳岁冬十二月,客钟陵,由章江入剑池,过临川。……维舟于岸左。岸左有小渚,小渚之间,垂舟之介,揭厉而获碑,为介者异而告。发而际之,字残阙,存者十七八。考其文,则故临川内史颜鲁公之文。识者以为公牧临川日所沉碑,其文亦多载鲁公之德业,辄碎败而已。"(见《全唐文》卷八六八)《十国春秋》卷一一《沈颜传》载:"沈颜字可铸,湖州德清人。唐翰林学士传师之孙也。……少有词藻,琴奕皆臻神境,时人为之语曰'下水船',言为文精速,无不载也。"

　　时齐己行迹,遍及名山古刹。

　　齐己早年行迹,《宋高僧传》卷三〇述曰:"如是药山、鹿门、护国,凡百禅林,孰不请参。"《唐才子传》卷九《齐己传》载:"游江海名山,登岳阳,望洞庭,时秋高水落,君山如黛,唯湘川一条而已。欲吟杳不可得,徘徊久之。来长安数载,遍览终南、条、华之胜。"

　　吴融,字子华,山阴人。

　　本年仍久困名场,但颇负声名。《新唐书》卷二〇三《吴融传》载:"吴融,字子华,越州山阴人。"《唐摭言》卷五"切磋"条载:"吴融,广明、中和之际,久负屈声。虽未擢科第,同人多赞谒之如先达。"

文益生,五代高僧。俗姓鲁,余杭人。

《宋高僧传》卷一三《周金陵清凉院文益传》载:"释文益,姓鲁氏,余杭人也。年甫七龄,挺然出俗,削染于新定智通院,依全伟禅伯。"《十国春秋》卷三三《僧文益传》载:"僧文益,余杭鲁氏子也。七岁,依睦州僧全伟落发,已而旁通儒典。"《全唐诗》存诗一首,《全唐诗补编》补十二首。

方干卒,睦州清溪人。

《唐才子传》卷七《方干传》载:"干,字雄飞,桐庐人。幼有清才,散拙无营务。大中中,举进士不第,隐居镜湖中。湖北有茅斋,湖西有松岛,每风清月明,携稚子邻叟,轻棹往返,甚惬素心。所住水木幽闷,一草一花,俱能留客。家贫,蓄古琴,行吟醉卧以自娱。……咸通末卒,门人相与论德谋迹,谥曰'玄英先生'。乐安孙郃等缀其遗诗三百七十余篇,为十卷。"《全唐诗》存诗六卷,三百四十七首;《全唐诗补编》补八首。

公元886年(唐僖宗光启二年)

罗隐本年五十四,仍在钱塘。

罗隐《春晚寄钟尚书》诗云:"宰府初开忝末尘,四年谈笑隔通津。官资肯便矜中路,酒醵还应忆故人。江畔旧游秦望月,槛前公事镜湖春。如今莫问西禅坞,一炷寒香老病身。"(见《全唐诗》卷六五五)又有《送刘校书之瓣安寄吴常侍》诗。

公元887年(唐僖宗光启三年)

翁洮,本年进士及第。

万历《严州府志》卷一一载:"光启三年柳玭榜:翁洮,寿昌人。仕至员外郎。"《万姓统谱》卷一载:"翁洮,字子平,寿昌人。举进士,授主客员外郎。退居不仕,僖宗遣使征之不起。"《全唐诗》卷六六七小传载:"翁洮,字子平,睦州人。光启三年进士第,官主客员外郎。"《全唐诗》存诗十三首。

罗隐,五十五岁。归钱镠,初任钱塘县令。

沈崧《罗给事墓志》云:"始以光启三年,罢随计吏,投迹本藩,乃遇淮浙钱令公吴越王,将清国步,聿求群彦,光赞永图。因置钱塘县,以策表上请,诏下可之。由是直绾铜章,尊容朱绂,荐寻偃室,擢升隗台,拜秘书省著作郎,辟为镇海军节度掌书记。"《旧五代史》卷一二三《钱镠传》载:"梁祖革命,以镠为尚父、吴越国王。"

章鲁封本年居钱镠幕,桐庐人。

《十国春秋》卷八五《章鲁封传》载:"章鲁封,桐庐人也。频举进士不第。有隽才,少与罗隐齐名。武肃王既破董昌,辟鲁封为表奏孔目官,鲁封拒不受,武肃王命吏笞之,已而勉就职。累官苏州刺史。著《章子》三卷行于世。"

王霞卿,女诗人,蓝田人,为会稽令韩嵩妾。

《全唐诗》卷七九九小注载:"王霞卿,蓝田人,会稽宰韩嵩之妾。嵩死,霞卿流落会稽,尝题诗唐安寺。进士郑殷彝和诗求谒,霞卿答诗拒之。"《题唐安寺阁壁》序云:"琅琊王氏霞卿,光启三年阳春二月,登于是阁,临轩轸恨,睹物增悲,虽看焕烂之花,但比凄凉之色,时有轻绡捧砚,小玉看题。"诗云:"春来引步暂寻游,愁见风光倚寺楼。正好开怀对烟月,双眉不觉自如钩。"《答郑殷彝》诗云:"君是烟霄折桂身,圣朝方切用儒珍。正堪西上文场战,空向途中泥妇人。"(见《全唐诗》卷七九九)

公元888年(唐僖宗文德元年)

罗隐任钱塘县令,晚秋,有《县斋秋晚酬友人朱瓒见寄》诗。

诗云:"中秋节后捧琼瑰,坐读行吟数月来。只叹雕龙方擅价,不知赪尾竟空回。千枝白露陶潜柳,百尺黄金郭隗台。惆怅报君无玉案,水天东望一裴回。"(见《全唐诗》卷六六四)

吴融游浙东,遇李长史,作《文德初闻车驾东游》、《赠李长史歌》。

如《赠李长史歌序》云:"余客武康县既旬日,将去,邑长相饯于溪亭。座中有李长史,袖出芦管,自请声以送客,且言我业此二十年,年少时,五陵豪侠无不与之游,梨园新声一闻之,明日皆出我下。洎巢贼腥秽宫阙,逃难于东。江淮间非吾上,又无乐。敝衣旅食,双鬓雪然。然风月好时,或亭皋送别,必引满自劝,不能忘情。一曲未终,泫然承睫。越鸟胡马之戚,感动傍人。罗进士隐初遇金陵,有赠诗,尚能成诵在口。余悯李之流落,仰罗之所感,故赠之。时光启戊申岁清明月之八日。"(见《全唐诗》卷六八七)

韦庄年五十一,在婺州,与郑拾遗、贯休有诗唱和。

韦庄有《和郑拾遗秋日感事一百韵》、《李氏小池十二韵》、《婺州和陆谏议》、《婺州屏居》、《和陆谏议避地寄东阳》、《东阳酒家赠别二绝》等诗。贯休有《和韦相公话婺州陈事》。

公元889年（唐昭宗龙纪元年）

崔道融在永嘉，有诗作。

崔道融《元日有题》诗云："十载元正酒，相欢意转深。自量麋鹿分，只合在山林。"（见《全唐诗》卷七一四）《唐才子传》卷九《崔道融传》载："道融，荆人也，自号'东瓯散人'，与司空图为诗友。出为永嘉宰。"

吴融，本年进士及第。

《新唐书》卷二〇三《吴融传》载："吴融字子华，越州山阴人。祖翥有名，大中时，观察府召以署吏，不应，帅高其概言诸朝赐号'文简先生'。融，学自力当辞调。龙纪初，及进士第。"《唐才子传》卷九《吴融传》载："融字子华，山阴人。初力学，富辞，调工捷。龙纪元年，李瀚榜及进士第。"《北梦琐言》卷四载："吴融侍郎策名后，曾依相国太尉韦公昭度，以文笔求知。每起草先呈，皆不称旨。吴乃祈掌武亲密，俾达其诚。"

诏于杭州置武胜军。

《旧唐书》卷二〇《昭宗本纪》载："七月，诏于杭州置武胜军，以镠为本军防御观察等使。"

钱珝，为太常博士，两度进状反对宦官着朝服参与祭祀典礼。

《唐会要》卷九下《杂郊议下》载："龙纪元年十一月己丑朔，将有事于圜丘；辛亥，上宿斋于武德殿，宰相百寮朝服于位。时两军中尉杨复恭及两枢密皆朝服侍上，太常博士钱珝、李绰等奏论之。"《旧唐书》卷二〇《昭宗本纪》载："十一月己丑朔，将有事于圆丘，改御名曰晔。辛亥，上宿斋于武德殿，宰相百僚朝服于位。时两军中尉杨复恭及两枢密皆朝服侍上，太常博士钱珝、李绰等奏论之曰：……至晚不报。钱珝又进状曰：……于是内四臣遂以法服侍祠。甲寅，圆丘礼毕，御承天门，大赦。"

公元890年（唐昭宗大顺元年）

吴融随韦昭度军在蜀中，赋诗怀乡。

《坤维军前寄江南弟兄》诗云："二年征战剑山秋，家在松江白浪头。关月几时干客泪，戍烟终日起乡愁。未知辽堞何当下，转觉燕台不易酬。独羡

一声南去雁,满天风雨到汀洲。"(见《全唐诗》卷六八六)

公元891年(唐昭宗大顺二年)

　　韦庄年五十六,漫游江西后返回婺州。

　　有《章江作》、《饶州余干县琵琶洲有故韩宾客宣城裴尚书修行李侍郎旧居遗址犹存客有过之感旧因以和吟》、《信州西三十里山名仙人城下有月岩山其状秀拔中有山门如满月之状余因行役过其下聊赋是诗》、《衢州江上别李秀才》、《婺州水馆重阳日作》等诗。

　　吴蜕,本年进士及第。

　　《十国春秋》卷八七《吴程传》载:"吴程字正臣,山阴人。祖可信,唐定州虞唐县令;父蜕,大顺中登进士,解褐镇东军节度掌书记、右拾遗,累官礼部尚书。"《宋秘书省续编四库阙书目》著录其《文场应用》三卷,已佚。《全唐文》卷八二一录其《镇东军监军使院记》文。

　　林鼎生,五代以文学名家。侯官人,生于明州。

　　《十国春秋》卷八六《林鼎传》载:"林鼎字涣文,侯官人。父无隐,有诗名,流寓明州,刺史黄晟颇好礼士,无隐依之。鼎生于明州之大隐村,及长,谒武肃王,王以为观察押牙。寻辟文穆王幕府,文穆王以其才行累荐,不见用,一日复密荐之,武肃王曰:'鼎骨法非常,真辅相器。然我不骤贵者,欲汝贵之,庶尽心于汝也。'文穆王袭位,署镇海军掌书记、节度判官。鼎性谠正而强记,能书,得欧虞笔法,比中年,读书必达曙,所聚图籍悉手钞数过,即残编断简,亦较雠补缀,无所厌倦。国建,命掌教令,寻拜丞相,凡政事有不逮者,鼎必极言,罔忌讳。天福中建州之役,鼎指陈天文人事,累疏切谏,王不用鼎言,卒无成功,人多鼎有先见云。开运元年正月卒,年五十四。谥曰'贞献'。有《吴江应用集》二十卷。"《宋史·艺文志七》著录有《吴江应用》二十卷。

公元893年(唐昭宗景福二年)

　　归蔼,本年登进士第。

　　《永乐大典》引《苏州府志》载:"景福二年,侍郎杨涉知举,归蔼登第。"《旧五代史》卷六八《归蔼传》载:"归蔼字文彦,吴郡人也。曾祖登,祖融,父仁泽,位皆至列曹尚书、观察使。蔼登进士第,及升朝,遍历三署。同光初,为尚书右丞,迁刑、户二部侍郎,以太子宾客致仕,卒年七十六。"

杭州罗城毕工,罗隐此时或稍后撰《杭州罗城记》。

记云:"大凡藩篱之设者,所以规其内。沟洫之限者,所以虞其外。华夏之制,其揆一焉。故鲁之祝邱,齐之小谷,犹以多事不时而城,况在州郡之内乎?自大寇犯阙,天下兵革,而江左尤所繁并。余始以郡之子城,岁月滋久,基址老烂,狭而且卑。每至点阅士马,不足回转。遂与诸郡聚议,崇建雉堞,夹以南北,矗然而峙。帑藏得以牢固,军士得以帐幕。是所谓固吾圉。以是年上奏,天子嘉以出政,优诏奖饰,以为牧人之道。其尽此乎?俄而孙儒叛蔡,渡江侵我西鄙。以蓠以逐,蹶于苑陵。劲弩之次。泛舟之助。我有力焉,后始念子城之谋,未足以为百姓计。东呞巨浸,辏闽粤之舟橹。北倚郭邑,通商旅之宝货。苟或侮劫之不意,攘偷之无状,则向者吾皇优诏,适足以自荣。由是复与十三都经纬罗郭,上上下下,如响而应。爰自秋七月丁巳,讫於冬十有一月某日。由北郭以分其势,左右而翌合於冷水源,绵亘若干里。其高若干丈,其厚得之半。民庶之负贩,童髦之缓急,燕越之车盖,及吾境者,俾无他虑。千百年后,知我者以此城,罪我者亦以此城。苟得之于人,而损之己者,吾无愧与。某年月日记。"(见《全唐文》卷八九五)

徐夤有《寄两浙罗书记》诗称誉罗隐。

诗云:"进即湮沉退却升,钱塘风月过金陵。鸿才入贡无人换,白首从军有诏征。博簿集成时辈骂,《谗书》编就薄徒憎。怜君道在名长在,不到慈恩最上层。"(见《全唐诗》卷七〇九)

贯休年六十二岁,作《寄翰林陆学士》诗寄陆扆。

《寄翰林陆学士》诗云:"颜冉商参甲,鸾凰密勿才。帘垂仙鸟下,吟次圣人来。宝辇千官捧,宫花九色开。何时重一见,为我话蓬莱。"(见《全唐诗》卷八三四)陆扆颇有文名。《旧唐书》卷一七九《陆扆传》云:"扆文思敏速,初无思虑,挥翰如飞,文理俱惬,同舍服其能,天子顾待特异。尝金銮作赋,命学士和,扆先成。帝览而嗟挹之曰,曰:'朕闻贞元时有陆贽、吴通玄兄弟,能作内庭文书,后来绝不相继。今吾得卿,斯文不坠矣。'"

罗邺在蜀,多有诗作。

有《闻子规》、《看花》等诗,又有《自蜀入关》诗云:"文战连输未息机,束书携剑定前非。近来从听事难得,休去且无山可归。匹马出门还怅望,孤云何处是因依。斜阳驿路西风紧,遥指人烟宿翠微。"(见《全唐诗》卷六五四)

杨夔寓居湖州。

有《乌程县新修东亭记》："癸丑夏,复诏生宰乌程。"又有《小池记》、《湖州录事参军新厅记》等文。(见《全唐文》卷八六七)

钱镠受封为镇海军节度使、浙江西道观察使等,移军治于杭州。

《新五代史》卷六七《吴越世家》载:"昭宗拜镠杭州防御使。是时,杨行密、孙儒争淮南,与镠战苏、常间。久之,儒为行密所杀,行密据淮南,取润州,镠亦取苏、常。唐升越州威胜军,以董昌为节度使,封陇西郡王;杭州武胜军,拜镠都团练使,以成及为副使。及字弘济,与镠同事攻讨,谋多出于及,而镠以女妻及子仁琇。镠乃以杜棱、阮结、顾全武等为将校,沈崧、皮光业、林鼎、罗隐为宾客。景福二年,拜镠镇海军节度使、润州刺史。"

罗隐年六十一,时已拜秘书省校书郎,为钱镠镇海军掌书记。

《吴越备史》卷一本传载:"王初授镇海节度时,命沈崧草谢表,盛言浙西繁富,成以示隐。隐曰:'今浙西兵火之余,日不暇给,今朝廷执政,方切于贿赂,以表执政,岂无意于要求邪?'乃请更之。其略曰:'天寒而麋鹿常游,日暮而牛羊不下。'朝廷见之曰:'此罗隐词也。'"

公元894年(唐昭宗乾宁元年)

苏检以第一名中进士科状元。

苏检,吴人也。《太平广记》引《闻奇录》载:"苏检登第,归吴省家。行及同州澄城县,止于县楼上,醉后,梦其妻,取笔砚箧中,取红笺剪数寸而为诗。"

公元895年(唐昭宗乾宁二年)

浙东节度使董昌称帝于越州,僭号称"罗平国",年号"大圣"。

《旧唐书》卷二〇《昭宗本纪》载:"三月,制以中书侍郎、同平章事崔胤检校尚书左仆射、同平章事、河中尹,充河中节度、晋绛慈隰观察处置等使。浙东节度使董昌僭号称罗平国,年称大圣,用婺州刺史蒋瓌为宰相,仍伪署官员。镇海军节度使钱镠请以本军进讨,从之。"

夏,崔道融在永嘉山居,自编其作品为《东浮集》十卷。

《直斋书录解题》卷一九著录《东浮集》九卷,注曰:"唐荆南崔道融撰。自称'东瓯散人乾宁乙卯永嘉山斋编成',盖避地于此。今缺第十卷。"《唐才子传》卷九《崔道融传》载:"有《申唐集》十卷,自序云:'乾符乙卯夏,寓永嘉山斋,收拾草稿,得五百余篇。'今存于世。"

公元 896 年(唐昭宗乾宁三年)

四月,钱镠攻并浙东,斩董昌。

《旧唐书》卷二〇《昭宗本纪》载:"四月壬午朔,湖南军乱,杀其帅刘建锋,三军立其部将权知邵州刺史马殷为兵马留后。镇海军节度使钱镠攻越州,下之,斩董昌,平浙东。制加钱镠检校太尉、中书令。"

八月,钱镠领浙江东道军州事。

《旧唐书》卷二〇《昭宗本纪》载:"八月己酉朔。甲寅,新除镇东军节度使钱镠权领浙江东道军州事。"

章鲁封居钱镠幕,为孔目官。

《十国春秋》卷八五《章鲁封传》载:"武肃王既破董昌,辟鲁封为表奏孔目官。鲁封拒不受,武肃王命吏笞之,已而勉就职。"《北梦琐言》卷五载:"屯难之世,君子遭遇不幸,往往有之。唐进士章鲁封,与罗隐齐名,皆浙中人,频举不第,声采甚著。钱尚父土豪崛起,号'钱塘八都'。洎破董昌,奄有杭越,于是章、罗二人,罹其笼罩。然其出于草莱,未谙事体,重县宰而轻郎官。尝曰:'某人非才,只可作郎官,不堪作县令。'即可知也。以章鲁封为表奏孔目官,鲁拒而见笞,差罗隐宰钱塘,皆畏死禀命也。章、罗以之为耻,钱公用之为荣,玉石俱焚,吁!可惜也。"

杨夔仍居湖州,作《乌程县修建庙宇记》。

记末曰:"乾宁丙辰秋七月记。"(见《全唐文》卷八六七)又有《较贫》、《小池记》等文(见《全唐文》卷八六七)。

吴融自荆南返京,初官左补阙,旋以礼部郎中充翰林学士。在江陵与贯休酬唱。

《新唐书》本传记吴融南依成汭后,"久之,召为左补阙,以礼部郎中为翰林学士"。贯休以《西岳集》赠行,并有诗送行。吴融在江陵与贯休酬唱频繁,如贯休《送吴融员外赴阙》诗云:"汉文思贾傅,贾傅遂生还。今日又如此,送君非等闲。云寒犹惜雪,烧猛似烹山。应笑无机者,腾腾天地间。"(见《全唐诗》卷八三一)《宋高僧传》卷三〇《贯休传》:"比谒荆帅成汭,初甚礼焉,于龙兴寺安置。时内翰吴融谪官相遇,往来论道论诗。融为休作集序,则乾宁三年也。"

罗邺卒。杭州余杭人。

《唐才子传》卷八《罗邺传》载:"邺,余杭人也。家资巨万,父则,为盐铁吏。子二人,俱以文学干进。邺尤长律诗。时宗人隐、虬俱以声格著称,遂齐名号'三罗'。隐雄丽而坦率,邺清致而联绵,虬则区区而已。咸通中,数下第,有诗云:'故乡依旧空归去,帝里如同不到来。'崔安潜侍郎廉问江西,邺适飘蓬湘浦间,崔素赏其作,志在弓旌,竟为幕吏所沮。既而俯就督邮,不得志。跟跄北征,赴职单于牙帐。邺去家愈远,万里沙漠,满目谁亲,因兹举事阑珊,无成于邑而卒。"《新唐书·艺文志四》著录《罗邺诗》一卷,有散佚。《全唐诗》存诗一卷,《全唐诗补编》补三首、断句一句。

公元 897 年(唐昭宗乾宁四年)

孙郃,本年进士及第。

《郡斋读书志》云:"孙郃字希韩,四明人。乾宁四年进士。为校书郎。"《唐诗纪事》卷六一"孙郃"条载:"郃与方干友善,乾宁中,登进士第。好荀、杨、孟子之书,学退之为文,为校书郎中,河南府文学。其文为钱珝所序。诗有'仕宦类商贾,终日常东西'之句。"《新唐书》卷六〇《艺文志四》著录《孙子文集》四十卷、《孙氏小集》三卷。《全唐诗》卷六九四小传云:"《文集》四十卷、《小集》三卷。今存诗三首。"《全唐文》卷八二〇录其文四篇。

唐廷赐镇海军节度使钱镠铁券。

《十国春秋》卷七七《武肃王世家》载乾宁四年"八月,我师屯昆山。唐敕王起复,加食邑一千户,又遣中使焦楚锽赍铁券至,券文曰:'维乾宁四年,岁次丁巳,八月甲辰朔四日丁未……宜付史馆,颁示天下'"。

罗隐年六十五,仍在钱镠幕,为其撰文。

《代武肃王钱镠谢赐铁券表》云:"臣镠言:伏承恩旨,赐臣金书铁券一道。恕臣九死子孙三死者,出於睿眷,形此纶言。录臣以丝发之劳,赐臣以山河之誓。镂金作字,指日成文。震动神祇,飞扬肝胆。伏念臣爰从筮仕,迨及秉麾。每自揣量,是何叨忝。行如履薄,动若持盈。惟忧福过祸生,敢冀慎初获末。岂期此志,上感宸聪,忧臣以处极多虞,虑臣以防闲不至,遂开圣泽,永保私门。勋以功名,申诸带砺。虽君亲嘱念,皆云必恕必容,而臣子为心,岂敢伤慈伤爱。谨当日慎一日,戒子戒孙,不敢因此而累恩,不敢乘此

而贾祸。圣主万岁,愚臣一心。臣镠诚惶诚恐,稽首顿首。"(见《全唐文》卷八九四)

九月,钱镠受封为吴王。

《旧唐书》卷二〇《昭宗本纪》载:"制以镇海军节度使钱镠为镇海军节度、浙江东西道观察处置等使、杭州越州刺史、上柱国、吴王。"

吴融约此时与诸学士在禁中遇雪而赋诗。

吴融作《和诸学士秋夕禁直偶雪》诗云:"大华积秋雪,禁闱生夜寒。砚冰忧诏急,灯烬惜更残。正遂攀嵇愿,翻追访戴欢。更为三日约,高兴未将阑。"(见《全唐诗》卷六八五)

公元898年(唐昭宗光化元年)

贯休年七十六,作诗送刘崇望。

《送吏部刘相公除东川》诗云:"帝念梓州民,年年战伐频。山川无草木,烽火没烟尘。政乱皆因乱,安人必藉仁。皇天开白日,殷鼎辍诚臣。一日离君侧,千官送渭滨。酒倾红琥珀,马控白骐驎。渥泽番番降,壶浆处处陈。旌幢山色湿,邛僰鸟啼新。帘幕还名俭,良医始姓秦。军雄城似岳,地变物含春。白必侵双鬓,清应诫四邻。吾皇重命相,更合是何人。"(见《全唐诗》卷八三一)

六月,二十一日,罗隐应钱镠之请为东安镇新筑罗城撰写记文。

罗隐《东安镇新筑罗城记》云:"噫,天下之无事也,吾乡则有河间凌淮宗一,濮阳吴降下己,汝南袁不约还朴以文学进;天下之有事也,吾乡则有太师建徽伯仲及诸将佐以武艺称。岂文武之柄,倚伏而然也?……乾宁五年六月二十一日记。"(见《罗隐集·杂著》)

公元899年(唐昭宗光化二年)

罗隐本年六十七岁,在苏州与刺史曹桂游南湖赋诗。

《姑苏城南湖陪曹使君游》诗云:"水蓼花红稻穗黄,使君兰棹泛回塘。倚风荇藻先开路,迎旆凫鹭尽著行。手里兵符神与术,腰间金印彩为囊。少年太守勋庸盛,应笑燕台两鬓霜。"(见《罗隐集·甲乙集》卷一、《全唐诗》卷六五五)

齐己年三十六,多与郑谷有诗歌往来。

齐己诗有《赴郑谷郎中招游龙兴观读题诗板谒七真仪像因有十八韵》、《和郑谷郎中看棋》、《永夜感怀寄郑谷郎中》、《禅庭芦竹十二韵呈郑谷郎中》、《次韵酬郑谷郎中》、《寄郑谷郎中》三首、《寄孙辟呈郑谷郎中》等诗。(见《全唐诗》卷八三八、卷八四〇、卷八四一、卷八四三、卷八四五、卷八四七、卷八三八)

钱珝,本年进士及第。

《唐才子传》卷九《钱珝传》载:"珝,吴兴人,起之孙也。乾宁六年郑蔼榜及第。"

公元 900 年(唐昭宗光化三年)

贯休有诗怀卢延让。

如《怀卢延让》诗云:"冥搜忍饥冻,嗟尔不能休。几叹不得力,到头还白头。姓名归紫府,妻子在沧洲。又是蝉声也,如今何处游。"(见《全唐诗》卷八三四)

钱珝于贬谪途中编其诗文为《舟中录》二十卷,并为序。

《舟中录序》云:"乙丑岁冬十一月,余以尚书郎得掌诰命。庚申岁夏六月,以舍人获谴,佐抚州,驰暑道病。秋八月,自襄阳浮而下。舟行无事,因解束书,视所为辞藁,蒻蒻冗碎,可存者得五百四十篇。丞相表奏百篇,区别编联为二十卷。夫体正而有伦,辞约而居要。始终明白,兹所以为诰也。国朝声名辞臣,率能由是而作。堂闼秘邃,不与汉魏争高下。而荒学小子,以一日视其冗隙间,其可见堂奥而得规摹哉?以是代天子言,诚不知而作也。古有黜幽,不过考三载之绩。余冒居六年,见考无绩用,思黜不亦宜乎?所编联不敢以集称,理诸舟中,遂曰《舟中录》。是年九月,钱珝自序於沔阳之南。"(见《全唐文》卷八三六)《崇文总目》卷五著录《舟中录》二卷,《新唐书》卷六〇《艺文志》著录《舟中录》二十卷,《宋史》卷二〇八《艺文志》著录《钱珝制集》十卷、《舟中录》二十卷。《舟中录》原应为二十卷,今佚。《全唐诗》卷七一二编其诗一卷,《全唐文》卷八三一至八三六录其文六卷。

罗隐在镇海军节度判官任,时撰《镇海军使院记》。

《镇海军使院记》载:"庚申年,加辟大厅之西南隅,以为宾从晏息之所。……是年冬十月,始命观察判官罗隐为记。"(见《全唐文》卷八九五)《吴越备使·罗隐传》载:"隐累官钱塘县令,寻授镇海军掌书记、节度判官。"《唐摭言》卷一〇载:"罗隐光化中犹佐两浙幕。"

公元 901 年(唐昭宗天复元年)
　　沈颜,本年进士及第。
　　《十国春秋》卷一一《沈颜传》载:"沈颜字可铸,湖州德清人,唐翰林学士传师之孙也。天复初,举进士第,授校书郎。"《郡斋读书志》卷一八载:"沈颜字可铸,传师之孙。天复初进士,为校书郎。"
　　贯休本年七十岁,时有寄吴融、于竞诗。
　　贯休《晚春寄吴融于竞二侍郎》诗云:"白头为远客,常忆白云间。祇觉老转老,不知闲是闲。花含宜细雨,室冷是深山。唯有霜台客,依依是往还。"(见《全唐诗》卷八三一)。
　　贯休在江陵。
　　有《送梦上人归京》诗,又《上荆南府主三让德政碑》诗云:"明明赫赫中兴主,动纳诸隍冠前古。四海英雄尽戢兵,皆如屹屹天金柱。万姓多论政与德,请树丰碑似山岳。一从寇灭二十年,琬琰雕镂赐重叠。荆州化风何卓异,寡欲无为合天地。虽立贞碑与众殊,字字皆是吾皇意。君侯捧碑西拜泣,臣且何人恩涍及。凤皇衔下雕龙文,德昧政虚争敢立。函封三奏心匍匐,坚让此碑声盖国。我恐江淹五色笔,作不立此碑之碑文不得。"(见《全唐诗》卷八二八)
　　黄滔本年约六十二岁,为闽王审知所辟,以监察御史里行充威武军节度推官。旋出使钱塘,与罗隐游处。
　　《十国春秋》卷九五《黄滔传》载:"天复元年,受太祖辟,以监察御史里行充威武军节度推官,旋使钱塘,与罗隐相得甚欢。"又《莆阳黄御史集》所附《莆阳志》记黄滔"光化中除四门博士,寻迁监察御史里行充威武军节度推官。王审知据有全闽,而终其身为节将者,滔规正有力焉"。黄滔《寄罗郎中隐》诗云:"休向中兴雪至冤,钱塘江上看涛翻。三征不起时贤议,九转终成道者言。绿酒千杯肠已烂,新诗数首骨犹存。瑶蟾若使知人事,仙桂应遭蠹却根。"(见《全唐诗》卷七〇五)。

公元902年（唐昭宗天复二年）

钱镠进爵越王。

《资治通鉴》卷二六三载天复二年："镇海镇东节度使，彭城王钱镠进爵越王。"

贯休约此时前后游云顶山，览物兴感，赋诗言情。旋即赴蜀。

贯休《游云顶山晚望》诗云："云顶聊一望，山灵草木奇。黔南在何处，堪笑复堪悲。菊歇香未歇，露繁蝉不饥。明朝又西去，锦水与峨眉。"（见《全唐诗》卷八三〇）又《三峡闻猿》诗云："历历数声猿，寥寥渡白烟。应栖多月树，况是下霜天。万里客危坐，千山境悄然。更深仍不住，使我欲移船。"（见《全唐诗》卷八三二）《五代史补》卷二"僧贯休入蜀"条云："尝游荆南时，成汭为荆南节度，生日有献歌诗颂德者，仅百余人，而贯休在焉。汭不能亲览，命幕吏郑准定其高下。准害其能，辄以贯休为第三。……遂入蜀。"

公元903年（唐昭宗天复三年）

贯休初入蜀，见故人郑中丞，有诗赠之。

贯休《到蜀与郑中丞相遇》诗云："深隐犹为未死灰，远寻知己遇三台。如何麋鹿群中出，又见鹓鸾天上来。剑阁霞黏残雪在，锦江香甚百花开。漫期王谢来相访，不是支公出世才。"（见《全唐诗》卷八三五）《北梦琐言》卷二〇载："休公初至蜀，先谒韦书记庄。"

公元904年（唐哀宗天祐元年）

延寿（904—975）生，俗姓王，字冲玄，号"抱一子"。

《宋高僧传》卷二八《大宋钱塘永明寺延寿传》载："释延寿，姓王，本钱塘人也。两浙有国时为吏，督纳军须，其性纯直，口无二言，诵彻《法华经》，声不辍响。属翠岩参公盛化，寿舍妻孥，削染登戒。尝于台岭天柱峰九旬习定，有鸟类尺鷃，巢栖于衣襵中。乃得韶禅师决择所见，迁遁于雪窦山，除海人外，瀑布前坐讽禅嘿。衣无缯纩，布襦卒岁。食无重味，野蔬断中。汉南国王钱氏最所钦尚，请寿行方等忏，赎物类放生。泛爱慈柔，或非理相干，颜貌不动。诵《法华》计一万三千许部。多励信人营造塔像。自无贮畜，雅好诗道，着《万善同归》、《宗鉴》等录数千万言。高丽国王览其《录》，遣使遗金线织成袈裟、紫水精数珠、金澡罐等。以开宝八年乙亥终于住寺。春秋七十二,法腊三十七。葬于大慈山,树亭志焉。"《景德传灯录》卷二六本传载:"杭州慧日永明寺智觉禅师延寿,余杭人也。姓王氏。"《咸淳临安志》卷七〇本传载:"延寿,杭人,号'抱一子'。"《宋史·艺文志四》著录其《感通赋》一卷、《宗镜录》一百卷;另有《万善同归集》三卷、《唯心诀》一卷;后三书并收入《大正藏》。

公元905年(唐哀宗天祐二年)

罗隐,七十三岁,仍在钱镠幕,有《钱塘府亭》诗。

《钱塘府亭》诗云:"新恩别启馆娃宫,还拜吴王向此中。九牧土田周制在,两藩茅社汉仪同。春生旧苑芳洲雨,香入高台小径风。更有宠光人未见,问安调膳尽三公。"(见《全唐诗》卷六六一)《新五代史》卷六七《钱镠传》载:"天祐元年,封镠吴王。镠建功臣堂,立碑纪功,列宾佐将校名氏于碑阴者五百人。"

公元906年(唐哀宗天祐三年)

丘光庭,五代散文家,吴兴人。

丘光庭,吴兴人。僖宗至哀帝时人,进士及第,官至太学博士。后归隐湖州。《新唐书·艺文志四》著录《丘光庭集》三卷,《郡斋读书志后志》著录《古今姓名相同录》一卷,《宋史·艺文志七》著录《规书》一卷、《兼明书》十二卷、《海潮论》一卷。今仅存《兼明书》五卷、《海潮论》一卷。《全唐文》存文三题十二篇,《全唐诗》存诗七首。

[五代]

公元907年(后梁太祖开平元年)

五月,梁立国,封钱镠为吴越王,年五十六。

《资治通鉴》卷二六六载:"镇海镇东节度使吴王钱镠,遣其子传璙、传瓘讨卢佶于温州。"又:"镇海镇东节度使吴王钱镠为吴越王。"(事又见《旧五代史》卷一三三、《新五代史》卷六七、《十国春秋》卷七七)

孙合,字希韩,明州奉化人。愤于朱梁篡唐,作《春秋无贤人论》。后归隐于明州奉化山。

《十国春秋》卷八八《孙郃传》载:"孙合,明州奉化人也。自幼负气岸,博学高才。唐末为左拾遗。朱全忠篡唐,著《春秋无贤人论》,即脱冠裳,服布衣,归隐于奉化山,著书纪年,悉用甲子,以示不臣之义。"《全唐诗》卷六九四小传云:"《文集》四十卷、《小集》三卷,今存诗三首。"《宋高僧传》卷三〇《梁四明山无作传》载:"时奉化乐安孙合退居啸傲,不交缁伍,惟接作,交谈终日。"《全唐文》卷八二〇录其文四篇,有《献无作上人游云门法华寺序》等。

契此于唐末至梁初游历明州一带。

契此,姓氏不详,明州奉化人,时号"长汀子"、"布袋师"、"布袋和尚"。《宋高僧传》卷二一《唐明州奉化县契此传》载:"释契此者,不详氏族,或云四明人也。形裁腲脮,蹙頞皤腹,言语无恒,寝卧随处。常以杖荷布囊入廛肆,见物则乞,至醯酱鱼菹,才接入口,分少许入囊,号为长汀子布袋师也。曾于雪中卧,而身上无雪,人以此奇之。……以天复中终于奉川,乡邑共埋之。后有他州见此公,亦荷布袋行。江浙之间多图画其像焉。"

皮光业,三十一岁,为吴越钱氏浙西节度推官。

《十国春秋》卷八六《皮光业传》载:"皮光业,字文通,世为襄阳竟陵人。父日休,有盛名,唐末为苏州军事判官、太常博士,遂家焉。光业生于姑苏,十岁能属文,及长以所业谒武肃王,与沈崧、林鼎同辟幕府,累署浙西节度推官,赐绯。天宝九年,王欲通诚于梁而难其人,且中隔淮南,辄绕道为苦,于是以光业为才使,自建、汀逾虔、郴、越潭、岳、荆南入贡。梁均王大喜,加王天下兵马大元帅,开府置官属,特赐光业进士及第,仍赐秘书郎,授右补阙内供奉,赐金紫。未几,淮人来求好,王以光业报聘,及还,赠钱三百万,复禁其出,且曰:'可以市易。'光业曰:'我使介也,岂贾竖也。'乃委置而去,淮人亟载随之。寻兼两浙观察使。文穆王嗣立,命知东府事。天福二年,国建,拜光业丞相。与曹仲达、沈崧同日受命,凡教令仪注多所考定。……弟光邻,官温州刺史。"

文益,二十三岁,是年前后在明州育王寺希觉门下学律,善文。

文益,俗姓鲁,余杭人。七岁出家,二十岁于越州开元寺受戒。《宋高僧传》卷一三《周金陵清凉院文益传》载:"释文益,姓鲁氏,余杭人也。年甫七龄,挺然出俗,削染于新定智通院,依全伟禅伯。弱年,得形俱无作法于越州开元寺。于时谢俗累以拂衣,出樊笼而矫翼。属律匠希觉师盛化其徒于鄮山育王寺,甚得持犯之趣。又游文雅之场,觉师许命为我门之游夏也。寻则玄机一发,杂务俱损。振锡南游,止长庆禅师法会。已决疑滞,更约伴西出湖湘,尔日暴雨不进,暂望西院寄度信宿,避溪涨之患耳。遂参宣法大师曾住漳浦罗汉,闽人止呼罗汉。罗汉素知益在长庆颖脱,锐意接之,唱导之。由玄沙与雪峰血脉殊异,益疑山顿摧,正路斯得,欣欣然挂囊栖止,变涂回轨,确乎不拔。寻游方抵临川,邦伯命居崇寿。四远之僧求益者,不减千计。江南国主李氏始祖知重,迎住报恩禅院,署号净慧。厥后微言欲绝,大梦谁醒?既传法而有归,亦同凡而示灭,以周显德五年戊午岁秋七月十七日有恙,国主纡于方丈问疾。闰月五日,剃发澡身,与众言别,加趺而尽,颜貌如生,俗年七十四,腊五十五。私谥曰大法眼,塔号无相。俾城下僧寺具威仪礼迎引,奉全身于江宁县丹阳乡,起塔焉。益好为文笔,特慕支汤之体,时作偈颂真赞,别形纂录。"《十国春秋》卷三三《僧文益传》载:"僧文益,余杭鲁氏子也。七岁,依睦州僧全伟落发,已而旁通儒典,又诣明州希觉听讲释书。希觉曰:'我门之游,夏也。'元宗重其人,延住报恩院,赐号净慧禅师。常有献画障子者,文益问曰:'汝是手巧心巧?'曰:'心巧。'文益曰:'谁是汝心?'其人默然无对。随机善诱,皆此类也。……交泰元年得疾,元宗亲加礼问。未几,剃发澡身,跏趺而逝,颜貌如生,年七十四。"

公元908年(后梁太祖开平二年)

钱镠作《镇东军墙隍神庙记》。

记云:"若夫阴阳共理之规,人神相赞之道,传於史册,今昔同符。切以浙东地号奥区,古之越国,当舟车辐凑之会,是江湖冲要之津。自隋末移筑子墙,因迁公署。据卧龙之高阜,雉堞穹崇;对镜水之清波,风烟爽朗。缅惟深固,宜叶冥扶。故唐右卫将军总管庞君讳玉,顷握圭符,首临戎政,披榛建府,吐哺绥民,仁施则冬日均和,威肃则秋霜布令。属墙爱戴,黔庶歌谣,寻而罢市兴嗟,馀芳不泯,众情追仰,共立严祠,镇都雉之冈峦,宰军民之祸福。殿堂隆邃,仪卫精严,式修如在之仪,仰托储灵之荫。往载衅生刘氏,妖起罗平,予躬禀睿谋,恭行天讨,数年攘甲,两复越墙,皆资肸蠁之功,以就戡平之业。特为重增仪像,严洁牲牢。迩来四野无尘,重门罢柝。丁卯岁扬旌东渡,巡抚军民,躬奠椒浆,目瞻灵像,每畅吴风越俗,共歌道泰人安。昔为两镇之疆,今作一家之庆,遂驰笺表,请降崇封。所冀朝恩与汉牧齐标,美称共泰峦对耸。寻蒙天泽,果赐允俞,颁崇福之嘉名,升五等之尊爵。其所奉敕命,具列如左。呜呼!人惟神祐,神实人依,爰自始建金汤,肃陈祠宇,奠兹中垒,三百年来,虽享非馨,未登列爵。今则值予佐国,连统藩维,启吴越之双封,为东南之盟主。况遇金星应箓,梁德克昌,道既泰於君臣,泽遂加於幽显,获申奏荐,遽降徽章。今则象轴焕新,龙纶远至,表勋名於当代,昭灵感於千秋。固当永荷皇灵,长垂幽赞,卫我藩宣之地,遏清灾沴之源,保泰斯民,乂安吾土。烜矣赫矣,永作辉华。今当吴越双封,一王理事,亦仗土地阴骘,冥力护持。神既助今日之光荣,予亦报幽灵之焕耀。但虑炎凉改易,星岁徂迁,不记修崇,莫原事始。聊刊贞石,以示后来。时大梁开平二年岁在戊辰四月,启圣匡运同德功臣淮南镇海镇东等军节度使检校太师守侍中兼中书令吴越王钱镠记。"(见《全唐文》卷一三〇)

罗隐年七十六,仍为镇海节度判官。

《旧五代史》卷二四《罗隐传》载:"罗隐,余杭人,诗名于天下,尤长于咏史。……开平初,太祖以右谏议大夫,征不至。魏博节度使罗绍威密表推荐,乃授给事中。年八十余,终于钱塘。"《唐摭言》卷一〇载:"罗隐,梁开平中累征夕郎不起,罗衮以小天倅大秋姚公使两浙,衮以诗赠隐曰:'平日时风好涕流,《谗书》虽盛一名休。寰区叹屈瞻天问,夷貊闻诗过海求。向夕便思青琐拜,近年寻伴赤松游。何当世祖从人望?早以公台命卓侯。'隐答曰:'昆仑山色九般流,饮即神仙憩即休。敢恨守株曾失意,始知缘木更难求。鸰原谩欲均余力,鹤发那堪问旧游!遥望北辰当上国,羡君归棹五诸侯。'"

公元 909 年(后梁太祖开平三年)

齐己居长沙道林寺,年约四十六。

齐己有《哭郑谷郎中》、《乱中知郑谷吴廷保下世》、《伤郑谷郎中》等诗哭郑谷。(见《白莲集》卷六、卷一、卷二)另有《寄钱塘罗给事》诗云:"愤愤呕谗书,无人诵子虚。伤心天祐末,搔首懿宗初。海树青丛短,湖山翠点疏。秋涛看足否,罗刹石边居"。(见《白莲集》卷一)

十三日,罗隐卒于杭州,年七十七岁。

罗隐本年自镇海节度判官、给事中迁盐铁发运使。(参见沈崧《罗给事墓志》、《吴越备史》本传)《崇文总目》卷五著录其《湘南应用集》三卷、《谗书》五卷、《罗隐集》二十卷、《吴越掌记集》三卷、《甲乙集》十卷、《罗隐赋》一卷、《罗隐启事》一卷、《淮海寓言》七卷、《吴越应用集》三卷、《江东后集》十卷、《两同书》二卷、《谗本》三卷。《郡斋读书志》卷四著录其《甲乙集》十卷、《谗书》五卷。《直斋书录解题》卷一六著录其《甲乙集》十卷、《后集》五卷、《湘南集》三卷、《罗江东集》十卷。《宋史》卷二〇八《艺文志七》著录其《湘南应用集》三卷、《淮海寓言》七卷、《甲乙集》三卷、《外集诗》一卷、《启事》一卷、《谗本》三卷、《馋书》五卷,《罗隐后集》二十卷、《汝江集》三卷、《歌诗》十四卷、《吴越掌记集》三卷。《全唐诗》卷六五五至六六五编录罗隐诗十一卷,《全唐文》卷八九四至八九七存其文四卷。

公元 911 年(后梁太祖乾化元年)

梁嘉吴越王钱镠守尚书令,遣刑部侍郎李光嗣如杭州建钱镠生祠于衣锦军,并敕翰林学士李琪为碑文。

《十国春秋》卷七八《武肃王世家》载:"夏四月,梁制,命王守尚书令、兼淮南宣歙等道四面行营都统,增食邑二千户,实封一百户。又遣刑部侍郎李光嗣建王生祠于衣锦军,仍敕翰林学士李琪为碑文,从僚吏将校请也。"

公元 915 年(后梁末帝贞明元年)

钱镠置都水营使以主水事。

钱镠六十四岁,仍为吴越王。钱镠置都水营使以主水事,疏浚太湖、鉴湖,立鉴湖水利法。此后吴越百年间,岁多丰稔。《十国春秋》卷七八载:"是时,置都水营使以主水事,募卒为都,号曰'撩浅军',亦谓之'撩清';命于太湖旁置'撩清卒'四部,凡七八千人,常为田事,治河筑堤,一路径下吴淞江,一路自急水港下淀山湖入海,居民旱则运水种田,涝则引水出田。又开东府南湖,立法甚备。"《吴郡志·水利》载:"是以钱氏百年间,岁多丰稔,唯长兴中一遭水耳。"

齐己始移居庐山东林寺。

作《将之匡岳过寻阳》诗云:"帆过寻阳晚霁开,西风北雁似相催。大都浪后青堆没,五老云中翠迭来。此路便堪归水石,何门更合向尘埃。远公林下莲池畔,个个高人尽有才。"(见《白莲集》卷七)又有《渚宫莫问》(见《白莲集》卷五)、《怀匡阜》(见《白莲集》卷八)诗。孙光宪《白莲集序》云:"题曰《白莲集》,盖以久栖东林,不忘胜事。"

公元 916 年(后梁末帝贞明二年)

徐铉生,字鼎臣。世为会稽人。

《十国春秋》卷二八《徐铉传》载:"徐铉字鼎臣,世为会稽人。父延休,为吴江都少尹,遂家广陵。铉十岁能属文,长与韩熙载齐名江南,谓之韩、徐。起家吴校书郎,已事烈祖父子,试知制诰。与宰相宋齐丘不协,时有得军中书檄者,铉与弟锴评其援引不当。檄故殷崇义笔也,由是崇义与齐丘诬铉、锴泄机事,铉坐贬泰州司户掾,锴贬乌江尉。俄迁祠部郎中,复知制诰。上言贡举初设,不宜遽罢,元宗用其言,即令再行贡举。未几,元宗命内臣车延规、傅宏营屯田于楚州,人不堪其苦,群起为盗,遣铉乘传巡抚。铉至,辄奏罢屯田,切责内臣不少贷,又捕得贼首,即斩于军前。坐专杀,流舒州。周师南侵,元宗徙铉饶州;已召为太子右谕德,复知制诰,迁中书舍人。后主时,除礼部侍郎,通署中书省事,历尚书右丞、兵部侍郎、翰林学士、御史大夫、吏部尚书。……后主泣下,授铉左仆射、参知左右内史事。铉固辞,乃以隐士周惟简假给事中为铉副。……居数岁,铉贬静难军行军司马。初,铉至汴京,见被毛褐者辄哂之,至是邠州苦寒,终不御毛褐,致冷疾。一日晨起,方冠带,遽索笔手疏约束后事,又别署曰:'道者,天地之母。'书讫卒,年七十六。"《徐公文集》附《大宋故静难军节度行军司马检校工部尚书东海徐公墓志铭》云:"公字鼎臣,其先会稽人,自言生于扬州。……以淳化二年秋九月检校工部尚书,出为静难军节度行军司马。"有《骑省集》三十卷、《稽神录》六卷。

钱镠为子传珦娶妇于闽,自是闽、越通好。

《资治通鉴》卷二六九载十二月"吴越牙内先锋都指挥使钱传珦逆妇于闽,自是闽与吴越通好"。

公元 917 年(后梁末帝贞明三年)

契此卒于明州岳林寺。

契此,号"长汀子",世称"布袋和尚",善吟诗偈。《景德传灯录》卷二七本传载:"梁贞明三年丙子三月,师将示灭,于岳林寺东廊下端坐盘石而说偈曰:'弥勒真弥勒,分身千百亿。时时示时人,时人自不识。'偈毕,安然而化。其后他州有人见师亦负布袋而行。于是四众竞图其像。今岳林寺大殿东堂全身见存。"

公元919年（后梁末帝贞明五年）

赞宁生，俗姓高，德清人。

《十国春秋》卷八九《赞宁传》载："僧赞宁，本姓高氏，其先渤海人，隋末徙居德清县。祖珦，父审，皆隐德不仕。宝正中，舍身杭州灵隐寺为僧，已而入天台山，受具足戒，习四分律，通南山律，著述毗尼，时人谓之'律虎'。遂署监坛，又为两浙僧统。是时江潮或溢出石塘，赞宁与延寿建塔于江干镇之，潮由是复循故道。太平兴国三年，忠懿王入宋，赞宁奉舍利真身塔以朝。太宗闻其名，召对滋福殿，赐紫方袍，寻赐号曰通慧。命充翰林史馆编修，纂《高僧传》三十卷、《内典集》一百五十卷、《外学集》四十九卷，听归杭州旧寺。居无何，征入汴京，住天寿寺。参知政事苏易简奉诏撰《三教事迹》，奏赞宁与太乙宫道士韩德纯分领其事，制署左街讲经首座。至道元年，知西京教门事。咸平元年，充右街僧录。年八十余，卒，谥曰圆明大师，葬龙井。"王禹偁《小畜集》卷二○《右街僧录通惠大师文集序》云："大师世姓高氏，法名'赞宁'，其先渤海人，隋末徙居吴兴郡之德清县。"

义寂（919—987）生，俗姓胡氏，温州永嘉人。

《宋高僧传》卷七《大宋天台山螺溪传教院义寂传》载："释义寂字常照，姓胡氏，温州永嘉人也。……幼启二亲，坚求去俗，旋入开元伽蓝。师授《法华经》，期月而彻，寺之耆老称叹希有。受具已，往会稽学南山钞。既通律义，乃造天台山研寻止观，其所易解犹河南一遍照也。……太平兴国五年，朝廷条贯缁伍经业，寂从山入州治寺，寺东楼安置。楼近大山，夜梦刹柱陷没于地，意颇恶之。自徙于西偏僧房，其夜春雨甚，山崩楼圮。人咸谓寂先见同修报得之眼焉。因受黄岩邑人请，乘舟泛江放生，讲《流水长者品》。至海门灵石，是智者冬居道场也，劝人修寺塑像，入缘者繁沓。……四年，临海、缙云、永康、东阳诸邑请其施戒。九月，寂至自太末，十月，寝疾本院方丈。……享年六十九，法腊五十矣。四方传法弟子见星而舍者数百人。寂平素讲《法华经》并《玄义》，共二十许座，《光明》《净名》《梵网》等经、《止观》《金錍》等论、《法界还源》等观、《禅源诠》《永嘉集》各数遍，所著《止观义例》《法华十妙不二门科节》数卷。自智者捐世，六代传法湛然师之后，二百余龄，寂受遗寄，最克负荷，其如炎蒸讲贯而无汗之沾洽，曾不久听而胜解佛乘。每一谈扬，则搅金玉应，召羽商和，彼九旬说妙，相去几何？又尝寓四明育王寺，梦登国清寺上方，有宝庄严幢座，题曰'文殊台'，设栴檀阑隔，求入无由。俄睹观音菩萨从堂徐出,以手攘却行马,低迂相接。斯须,觉已与观音身泯合不分,因而惊寤。"

公元 920 年(后梁末帝贞明六年)

徐锴生,徐铉之弟。

《十国春秋》卷二八《徐锴传》载:"徐锴字楚金,铉之弟也。生四岁而孤,母方教铉就学,未暇及锴,锴自能知书,稍长,文辞与铉齐名。升元中,议者以文人浮薄,多用经义法律取士,锴耻之,杜门不求仕进。铉与常梦锡同直门下省,出锴文示之,梦锡赏爱不已,荐于烈祖,未及用而烈祖殂。元宗嗣位,起家秘书郎,齐王景达奏授记室。未几,贬乌江尉,岁余召还,授右拾遗、集贤殿直学士。论冯延鲁有罪无才,人望至浅,不当为巡抚使,重忤权要,以秘书郎分司东都。然元宗爱其才,复召为虞部员外郎。后主立,迁屯田郎、知制诰、集贤殿学士;改官名,拜右内史舍人,赐金紫,宿直光政殿,兼兵、吏部选事,与兄铉俱在近侍,时号'二徐'。初,锴久次当迁中书舍人,游简言当国,每抑之。……锴凡四知贡举,号得人。锴常著《质论》十余篇,后主为丹黄校定,复裒己所制文,命锴为之序,士以为荣。锴酷嗜读书,隆冬烈暑,未常少辍。后主一日得周载《齐职仪》,江东初无此书,人无知者,以访锴,一一条对,无所遗忘,其博记如此。……开宝七年七月卒,年五十五,赠礼部侍郎,谥曰文。著《说文解字系传》四十卷,《说文通释》四十卷,《方舆记》一百三十卷,又《古今国典》、《赋苑》、《岁时广记》及他文章凡若干卷。"